D1355762

JUBILEUMOMNIBUS 101

JUBILEUMOMNIBUS 101

LENI SARIS
De woorden van het lied

HENNY THIJSSING-BOER
Het spoor bijster

FOKA VAN LOON
En toch is er toekomst

SARIE MARIJS
Ben jij mijn vader?

J. VISSER-ROOSENDAAL
Beter laat dan nooit

Westfriesland

ISBN 978 90 205 2993 7
NUR 344

© 2010 Uitgeverij Westfriesland, Kampen
Omslagillustratie Jack Staller
Omslagontwerp Van Soelen Communicatie

www.kok.nl

Oorspronkelijke uitgave *De woorden van het lied*: Westfriesland, 1990
Oorspronkelijke uitgave *Het spoor bijster*: Zomer & Keuning, 2001
Oorspronkelijke uitgave *En toch is er toekomst*: VCL-serie, 1985

LENI SARIS

De woorden van het lied

HOOFDSTUK 1

Mevrouw Van Steenburg hief met een gebaar dat duidelijk haar ergernis verraadde haar hoofd.

Als ik geweten had hoe het zou zijn, dacht ze moedeloos, dan had ik hem nooit in huis genomen... die eeuwige piano... het is om dol van te worden!

Ze nam het blad met kopjes van de tafel en zette dat, harder dan in de bedoeling lag, op het aanrecht neer. Het leven had haar niet zo erg verwend. Ze was heel jong weduwe geworden en bleef achter met Daniëlle, die toen nog maar een baby was. Drie jaar later hertrouwde ze en Daniëlle hield vanaf het begin veel van haar tweede vader. De geboorte van de tweeling Jan-Hein en Liesbeth zag ze beslist niet als een bedreiging voor haar eigen plaatsje en ze was dol op de kleintjes. Ze vormden een gelukkig gezin, maar ook deze keer duurde dat geluk maar heel kort. Daniëlle was tien jaar toen haar tweede vader het leven verloor bij een verkeersongeluk. De tweeling was nauwelijks vijf jaar en besefte het verlies niet, maar Daniëlle deed dat wel en ze begreep heel wat van haar moeders verdriet en problemen. Er was weinig geld, maar wel een mooi huis.

'Het is te weinig voor ons vieren,' had Nora van Steenburg verdrietig gezegd tegen het ernstig luisterende kind. 'En ik kan niet gaan werken, want ik wil bij jullie blijven.'

Daniëlle wist overigens ook geen oplossing. Arm zijn kon haar niet zoveel schelen als mama maar bij hen bleef. Een vriendin van Nora kwam op de gedachte een van de overtollige kamers te verhuren. Zij wist iemand die goed kon betalen voor een ruime kamer.

'Ik houd niet van vreemde mensen in m'n huis,' had Nora tegengestribbeld, maar de prijs die genoemd werd, was zo hoog, dat ze toch toestemde.

'Dit is nog maar een jongen, een heel aardige jongen... ik denk dat hij achttien is of zoiets,' had Ira Vermaas schouderophalend gezegd.

'Hij heet Eduard Leroy en zijn ouders wonen in het buitenland... nu eens hier... dan weer daar... hij... die vader... is iets in diplomatieke dienst, weet je.'

Nora had om dat vage bericht gelachen. Ze had Ira nooit anders gekend. Ze wist en vertelde altijd alles half, maar meestal klopte de hoofdzaak toch wel. Wat ze hoorde leek haar in ieder geval niet ongunstig.

'Als je maar weet dat ik geen rissen studenten wil die m'n boel afbreken,' verweerde ze zich nog zwakjes. 'Daar ben ik niet tegen opgewassen.'

'Welnee, kind, zo is het niet.' Ira wuifde met haar hand, een vaag fladderend gebaar. 'Zo is het niet. Hij studeert wel, alléén... Waarom zou je neen zeggen?'

Ira bemiddelde en zij haalde Eduard af, waarna ze hem in zijn nieuwe tehuis afleverde. Ze had overigens merkwaardig veel haast om weg te komen en Nora voelde zich nogal hopeloos met die donkere, zwijgende en hooghartige jongen, die nauwelijks op haar vriendelijke vragen antwoordde.

Daniëlle en de tweeling, als nieuwsgierige vogeltjes naast elkaar op de bank, staarden hem met grote ogen aan. Gewoonlijk hadden ze alle drie genoeg te vertellen maar deze keer zeiden ze, onberekenbaar als kinderen nu eenmaal zijn, geen woord. Jan-Hein slingerde met zijn voeten, Liesbeth kauwde zenuwslopend op een stukje kauwgum en Daniëlle zat recht en stil, met gevouwen handen en haar grote grijze ogen waren helder en zo nieuwsgierig als van een eigenwijze mus. Op een manier die onverklaarbaar was irriteerde het oudste kind Eduard ontzettend. Waarom zat ze daar als een standbeeld? Eduards ogen gleden naar de nerveus doende mevrouw Van Steenburg.

'Nee, dank u, mevrouw. Ik wil liever geen koffie meer,' zei hij en hij zette het fijne kopje zorgvuldig op tafel. 'Als het u schikt zou ik wel graag naar m'n kamer gaan om m'n koffers uit te pakken. Ik kan natuurlijk nog niet studeren, maar dat duurt nog maar enkele dagen.'

'Hebt u uw boeken nog niet hier?' vroeg Nora aarzelend. 'Komen er nog meer koffers?'

'Mijn boeken?' Eduard keek haar verwonderd aan. 'Neen, het gaat om mijn piano.'

'Uw... uw... piano?' Nora staarde hem verschrikt aan. 'Maar... maar daar wist ik niets van.'

'Tante Ira zou het toch zeggen.' Eduard zag er opeens jong en hulpeloos uit. 'Ik weet wel dat niet iedereen dol is op iemand die de hele dag piano studeert... maar tante Ira zei... o, wat een ellendige toestand en wat móét ik nou?'

Ik had het kunnen wéten, dacht Nora, boos op zichzelf. Zo'n prijs betaalt geen mens als er niet iets verkeerd is... en het is verkéérd als je dag in dag uit met pianostudies wordt geconfronteerd... o, die ellendige Ira... en ik kan die arme jongen toch niet op straat zetten terwijl zijn ouders denken dat hij veilig onder dak is!

'Tante Ira heeft helemaal niets verteld van die piano.' Nora slaagde erin om te glimlachen. 'Maar nu je er eenmaal bent moeten we het maar proberen. Het kan nu eenmaal niet anders.'

'Dat vind ik sportief van u!' Eduard stak haar spontaan de hand toe en de koele, hooghartige jongen had plaatsgemaakt voor een heel jong en heel erg opgelucht kind, dat blij was met het veilige tehuis.

'Mag ik luisteren als je speelt?' Daniëlle was plotseling van een standbeeld een uitgelaten rondspringende kabouter geworden. 'O, dat lijkt me heerlijk. Mammie, ik heb altijd zo naar een piano verlangd!'

Nora van Steenburg zag de trek van weerzin over het gezicht van Eduard Leroy glijden. Hij was blijkbaar helemaal niet gesteld op de lastige belangstelling van kleine meisjes.

'Ik speel geen leuke wijsjes hoor,' zei hij. 'Alleen maar studies en toonladders.'

'Misschien is dat óók wel mooi,' overwoog Daniëlle. 'Verbeeld je toch, mama, een piano... een échte piano in ons huis!'

De piano arriveerde prompt en als Nora van Steenburg ook maar enigszins had kunnen weten wat het in werkelijkheid betekende om op te staan, de hele dag door te brengen en naar bed te gaan met het geroffel van tien sterke vingers op de toetsen, dan zou ze er nooit aan begonnen zijn en dan had ze waarschijnlijk nog liever droog brood gegeten.

Jan-Hein en Liesbeth hoorden het na korte tijd gewoonweg niet meer en trokken zich er dus niets van aan en buren die protest aan konden tekenen waren er niet, want het huis stond vrij. Daniëlle genoot van de piano en de enige die er dol van werd was de vrouw des huizes. Als Eduard er niet was, herademde Nora. Eduard was vriendelijk maar nogal teruggetrokken. Ze mocht hem wel, maar zijn getrommel op de piano haatte ze! Ze had er Ira een stevig standje voor gegeven, wetend dat het toch niet zou helpen.

'Och, had ik dat van die piano niet gezegd?' vroeg ze verwonderd. 'Wat dom van me! Och, zo erg is het toch óók weer niet, hè? Later ben je er misschien heel trots op dat hij in jouw huis gestudeerd heeft.'

'Later als hij beroemd is... ja!' Nora wist niet of ze moest lachen of huilen. 'Je bent gewoonweg een intrigante, Ira, al doe je ook nog zo onschuldig. Je weet verdraaid goed dat niemand zo'n toonladdermaniak in huis had genomen... daar knapte je mij mee op! Het ellendige is dat Daniëlle het mooi vindt of erdoor geboeid is... of weet-ik-wat... en als Eduard er eens niet is, dan probeert zij of ze geluid uit de toetsen kan krijgen.'

'Je zegt hem toch de huur niet op?' smeekte Ira. 'Zo sneu voor zijn ouders, weet je.'

Nora klemde haar tanden op elkaar om een heftig woord binnen te houden. Ze sloot berustend haar ogen toen boven haar hoofd een vuurwerk van toonladders losbarstte. Ira bleef niet lang. Ze zag er min of meer ontredderd uit, maar boven, dicht bij de deur, stond Daniëlle en luisterde met intense aandacht. Toen het even stil werd klopte ze voorzichtig op de deur.

'Zo, ben je daar weer?' Eduard lachte en het gaf zijn stroeve gezicht iets onverwachts zonnigs. 'Braaf kind, ga dáár maar zitten.'

Ze ging gehoorzaam in het stoeltje zitten en Eduard keek naar haar.

'Waarom luister je eigenlijk zo graag?' vroeg hij nieuwsgierig.

'Toonladders zijn niet mooi, ze zijn alleen maar nodig.'

'Ik vind het mooi om te zien hoe de soldaatjes marcheren.' Daniëlle knikte heftig met haar blonde hoofd. 'Je vingers lopen in de maat. Ik zou ook wel piano willen spelen. Mama vindt het niet goed, ze zegt dat één keer lawaai al erg genoeg is... maar ík vind het geen lawaai.'

'O, bedankt.' Eduard lachte nu hardop.

Daniëlle was opgestaan en schoof dicht naar de piano toe. 'Ik wou zo graag... een wijsje horen... één keer maar!'

'Heb je daarop gewacht?' vroeg Eduard, getroffen door haar smekende ernstige ogen. 'Nu... voor deze éne keer dan, maar ik ken geen kinderversjes.'

'Wie zegt nou dat ik kinderversjes wil... ik ben tíén!' Daniëlle zag er diep beledigd uit.

Eduard dacht even na en speelde toen 'Für Elise' en in later jaren kon Daniëlle die lieflijke melodie niet horen zonder aan dat ogenblik te denken. Ze dronk de tonen in en met een diepe zucht keek ze op toen Eduard zijn handen van de piano liet glijden.

'Ik vond het mooi... héél erg mooi,' zei het kind ernstig.

'Dank je wel en jij bent mijn eerste publiek,' plaagde Eduard.

'Nu moet je eigenlijk in je handen klappen.'

Ze deed het enthousiast en liep daarna vlug naar de vensterbank, waar haar moeder een witte vaas met rode klimroosjes had neergezet.

'En dan moet je ook nog bloemen hebben, dat hóórt zo,' wist ze.

'De juffrouw van de dansschool kreeg ze ook na de uitvoering... maar het is er maar eentje, hoor. Ik durf er niet meer af te trekken, want dan wordt mammie boos.'

'Dank u wel, kleine dame!' Eduard maakte het roosje lachend op zijn jasje vast. 'Dan gaan we nu weer studeren. Als je heel stil bent mag je blijven.'

Eduard studeerde en vergat het kind dat ingespannen zijn oefeningen volgde.

Nora van Steenburg hield het onafgebroken studeren een halfjaar vol en toen kon ze niet meer. Eduard begreep het ook wel en bovendien ging hij naar Parijs om verder te studeren. Ze mochten elkaar graag, maar er was nooit sprake geweest van een meer vriendschappelijke en huiselijke omgang. Eduard was vrij teruggetrokken en ging helemaal op in zijn studie. Hij was vriendelijk maar nooit uitbundig. Met de kinderen kon hij goed opschieten en Daniëlle bewonderde hem mateloos. Zij was de enige die ontroostbaar was bij zijn vertrek. Ze vergat hem nooit. Bij Eduard Leroy bleef een heel vage herinnering achter van een grappig kind met blonde haren en heldergrijze ogen. Zijn leven was zo druk en zo vol van nieuwe indrukken en zijn jarenlang verbeten streven om boven de middelmaat uit te komen vergde zoveel tijd, dat hij nergens werkelijk thuis was en weinig vrienden maakte. Hij had het talent en de sterke wil om zijn doel te bereiken en hij kon niet weten hoe intens een heel jong meisje meeleefde, toen hij enkele jaren later de eerste prijs in een wereldbekend concours behaalde.

Ze had toen zelf al enkele jaren pianoles, met de bedoeling om meer te bereiken dan alleen maar pianospelen voor eigen genoegen. De ijver en de technische vaardigheid waren er wel en haar moeder, wijs geworden door de betrekkelijk korte tijd dat Eduard Leroy in haar huis piano had gestudeerd, had Daniëlles kamer met geluiddempend materiaal laten bekleden. De lege kamers waren aan rustige oude mensen verhuurd en Nora van Steenburg had, zodra de kinderen wat groter werden, een kantoorbaan voor halve dagen aangenomen. Ze konden zich behoorlijk redden, vooral omdat Daniëlles vader destijds een tamelijk hoge studieverzekering voor haar had gesloten.

'Maar als ik niet op het conservatorium was, zou ik je misschien meer hebben kunnen helpen,' zei Daniëlle soms spijtig. 'Pianostudie neemt zo vreselijk veel tijd in beslag.'

'Het gaat zo immers ook,' zei haar moeder en Liesbeth voegde er met een heel diepe zucht aan toe: 'Nou ja, jij kunt alle kanten uit, zeg. Die talencursussen van jou zo tussendoor waren lang niet gek, maar jij hebt dan ook een talenknobbel... ik wou dat ik 'm ook had.'

'O, Dani bekijkt de zaken altijd goed.' Jan-Hein sloeg haar kameraadschappelijk op haar schouder. 'Heus, als alles me zo aanwaaide als jou dan... eh...'

'Voerde je 's avonds niets meer uit, dat begrijp ik wel,' voegde zijn moeder er droog aan toe.

Ze keek vragend in Dani's richting, maar Daniëlle hoorde niets, zo was ze in gedachten verdiept.

Pianospelen... Ze bekeek peinzend haar handen, vaardige, vlugge vingers en toch... Ze zuchtte alsof ze de zware en moeilijke gedachten weg wilde duwen. Het lukte niet. Ze had de snel groeiende carrière van Eduard Leroy met grote aandacht gevolgd, ze had een enkele keer een concert van hem bijgewoond en voor een dure grammofoonplaat, waarop hij het tweede pianoconcert van Chopin speelde, had ze een paar weken kromgelegen. Wat ze in zijn spel vond miste zij, kritisch als ze was, in haar eigen spel.

'Je hébt het of je hébt het niet,' zei Liesbeth altijd en spijtig had Daniëlle geconstateerd dat háár spel het nog steeds niet bezat.

Een aarzelend begonnen gesprek met haar moeder over dat onderwerp verliep niet bepaald bevredigend.

'Lieve kind, dat kan ik niet beoordelen,' had Nora van Steenburg verontschuldigend gezegd. 'Je weet dat ik niet muzikaal ben en daarom kon ik destijds van Eduard Leroy ook bijzonder weinig verdragen. Hij heeft het aardig ver gebracht en dat komt natuurlijk omdat hij werkelijk een groot talent is. Wie zegt dat jij dat niet bent? Wees toch niet zo zwaartillend, Dani.'

'Daniëlle! Word eens wakker!' Liesbeth gooide een geïllustreerd blad naar haar zusje toe. 'Er staat een foto van Eduard Leroy in. Hij is getrouwd met een bééld van een meisje.'

Daniëlle keek lang naar de foto van Eduard en Birgit Stefans. Ze had er nooit over gedacht dat Eduard zou trouwen. Hij was altijd zo stil, zo teruggetrokken, alsof er alleen maar muziek in zijn leven kon bestaan. Natuurlijk was het onzin om te veronderstellen dat muziek zijn enig levensdoel zou zijn. Als kind had ze hem natuurlijk anders gezien en geïdealiseerd. Als pianist had ze hem op een troon geplaatst, eenzaam als een koning, maar op deze foto was hij alleen maar een vrolijk lachende jongeman met zijn arm om een blond meisje geslagen. Gefotografeerd op het vliegveld, allebei met verwarde haren, die opwaaiden in de wind en heel erg blij en gelukkig.

'Ze ziet er leuk uit,' zei ze tegen Liesbeth, die nog altijd op commentaar wachtte. 'Ik hoop dat hij heel erg gelukkig en heel beroemd wordt.'

'Dat is een heleboel,' zei Liesbeth wijsneuzig.

Daniëlle lachte en gaf haar het blad terug. 'Ik ga nog wat studeren.' Ze liep naar haar kamer, in de nok van het huis. Het was haar eigen domein, lief en vertrouwd, dat ze met veel smaak en fantasie en weinig geld had ingericht. Het enige kostbare aan de kamer was de geluiddempende laag en Daniëlle studeerde zonder dat iemand ooit zijn beklag bij haar deed. Ze streek liefkozend over de toetsen.

'Trouw beestje,' fluisterde ze, 'jij bent wel trouw… ja, maar hoe moet het met mij?'

Bijna automatisch begon ze te oefenen, maar opeens vonden haar vingers 'Für Elise'. Ze voelde het als afscheid, want ook al had ze Eduard nooit meer ontmoet, toch had ze altijd nog het gevoel gehad dat ze hem heel goed kende en dat hij een beetje bij hen hoorde, omdat hij hier korte tijd had gewoond. Het was nonsens en dat had ze diep in haar hart ook wel geweten. Ongelukkig voelde Daniëlle zich bepaald niet nu Eduard getrouwd was, maar toch maakte het een ondefinieerbaar verschil. Ze had Eduard niet alleen als pianist bewonderd, maar ook met hem gedweept, wat overigens haar goed recht was.

Daniëlle brak met een dissonant de lieflijke melodie af en haar vingers gleden in een eindeloos lijkende regelmaat over de toetsen. Dweperijen waren zeker niet bestand tegen de foto van twee lachende jonge mensen, die met verwarde haren tegen de wind in liepen.

HOOFDSTUK 2

Birgit Leroy pakte haar koffers in en ze deed het handig en geroutineerd, wat geen wonder was na de ervaring van vier jaren reizen en trekken. De kleine drie jaar oude Birgit zag haar ouders alleen maar tijdens een haastig bezoek tussen twee reizen. Ze was er niet van onder de indruk wanneer haar ouders kwamen noch wanneer ze vertrokken.

'Moeder is goed maar nogal bazig,' had 'grote' Birgit aarzelend tegen Eduard gezegd. 'Ze regelt Birgits hele leventje van minuut tot minuut. Ze is niet zo'n vrij en vrolijk kindje als ik zou willen.'

'Blijf dan een paar maanden thuis,' had Eduard gezegd. 'Ja, ik weet dat je dan zult zeggen dat de vrouw van een kunstenaar veel moet kunnen opofferen, maar Birgit heeft óók rechten. Dat zie ik heel goed in. Voor zo'n egoïst zie je me toch niet aan? In het begin wel, maar nu toch niet meer?'

'In ieder geval niet bewust.' Ze lachte hartelijk om zijn beduusde gezicht. 'Kunstenaars geven de mensen veel, maar ze eisen ook veel van hun omgeving… maar niet te veel… als ik met je meega, dan doe ik dat vrijwillig.'

Eduard Leroy dacht aan die woorden nu hij naar haar bedrijvig geredder keek.

'Wat neem je toch veel mee voor een reis van een paar weken,' plaagde hij. 'Het speelgoed van Birgitje kan er dadelijk niet meer bij.'

'O jawel!' Birgit keek hem peinzend aan. 'Het zal wel vreemd voor je zijn als ik niet in de zaal ben wanneer je speelt. Weet je, ik geloof dat ik nog méér geniet van je succes dan jijzelf. Jij denkt alleen maar aan je spel, maar ik... nou ja, ik ben verschrikkelijk trots op je.'
'Dank je, Birgitje.' Eduard kuste haar. 'Je bent altijd zo lief.'
'O, maar zoals ik zijn er massa's.' Ze lachte door haar tranen heen.
'Ik plaag je maar wat. Dat komt door het komende afscheid. Ik weet niet wat ik heb!'
Ze sloeg haar armen om zijn hals en hij hield haar zwijgend vast.

Nog maanden daarna kon Eduard zich niet veroorloven om terug te denken aan dat laatste gesprek, want het deed te veel pijn. Eduard zou zijn vrouw wegbrengen naar het vliegveld, maar onderweg werd zijn auto aangereden door een vrachtwagen en totaal vernield. Het gebeurde zo snel dat Birgit geen tijd meer had om bang te zijn. Ze leefde niet meer toen ze het ziekenhuis werd binnengedragen en Eduard was zwaar maar niet levensgevaarlijk gewond. Hij had een zware hersenschudding, diverse ernstige kneuzingen en een paar gebroken ribben, maar zijn handen waren ongedeerd. Hij dacht daar niet eens aan. Zijn enige zorg was Birgit en toen men het hem ten slotte verteld had, verviel hij in een toestand van doffe wanhoop.
'Als u zo doorgaat,' zei de witte gestalte aan zijn bed met strenge stem, 'dan redt u het zélf ook niet. Weet u dat wel?'
Het drong vaag door de mist van zijn schrijnend verdriet heen.
'Wat kan het me schelen!' Hij keerde zijn gezicht af. 'Niets kan me meer schelen. De zon is ondergegaan... de wereld is dood... mijn wereld... Birgit!'
'Er is nóg een Birgit, die wél leeft... uw dochtertje.' Een stevige hand werd even op de zijne gelegd. 'Denk om háár, ze zal u nodig hebben.'
Eduard was te moe en te ellendig om te zeggen dat Birgitje hem helemaal niet zo nodig had, maar zijn gevoel voor discipline en plicht, ingehamerd door jarenlang intens studeren, won het van zijn wanhoop. Het was waar wat de dokter had gezegd: Birgitje had recht op hem. Birgitje... en Birgit, die op reis was gegaan om haar kind te bezoeken, was voorgoed weg!

'Nee, ik had haar niet altijd van Birgitje weg moeten halen!' Zijn keel voelde dik en pijnlijk aan en zijn hoofd bonsde alsof het zou barsten. 'Kunstenaars eisen veel... maar niet té veel...' Het was wél te veel. Ze miste het kind.

Hij drukte zijn vuisten tegen zijn ogen en hij klemde zijn tanden zo fel op elkaar dat het pijn deed. Het deed er allemaal niets meer toe. Nooit zou Birgit meer in de zaal zitten, op de allereerste rij, met stralende ogen en enthousiast applaudisserend. Koude, harde, zonloze wereld... er zou geen Birgit meer zijn... nooit meer! De onherroepelijke woorden sneden als een vlijmende pijn door zijn hoofd. Het eerste, dat na dagen goed tot hem doordrong, was de aanwezigheid van zijn schoonmoeder, die naast zijn bed zat. Het was echter niet zozeer haar aanwezigheid als haar woorden, die maakten dat er langzaam iets van de zware mist in zijn hoofd optrok: Natuurlijk voed ík Birgitje op, dat is tenminste een troost voor me en een die me toekomt. Eduard spande zijn pijnlijke hoofd in om goed te kunnen nadenken. Waarom zag ze er zo hard en onverzoenlijk uit en waarom klonken haar woorden zo opstandig? Ze had immers tot nu toe al voor Birgitje gezorgd? Bedoelde ze dat *hij* aan het stuur had gezeten toen het ongeluk gebeurde en dat het daardoor *zijn* schuld was dat Birgit was verongelukt? Bedoelde ze dat zij voorgoed het recht op Birgitjes opvoeding opeiste?

Hij was te zwak om zich te verzetten, maar hij bleef er wel over tobben. Birgit en hij hadden nooit de bedoeling gehad om het kind voorgoed bij Birgits moeder te laten. Het was een voorlopige oplossing geweest en beide partijen wisten dat. Je kon een kind niet op laten groeien in een groot somber huis bij een oudere vrouw. De toestand was echter op het ogenblik zo uitzichtloos dat hij het maar zo liet. Birgit en hij hadden plannen gemaakt om ergens een heel licht en zonnig huis te kopen, met een grote tuin eromheen. Birgit zou dan niet meer voortdurend meereizen en als zij dit wel wilde doen, dan zou Birgits oudere getrouwde vriendin, die geen kinderen had, zo nu en dan voor enkele weken op de kleine Birgit gepast hebben.

Aan al die mooie plannen was nu een abrupt einde gekomen.

Ook in huize Van Steenburg was van harte meegeleefd met de grote slag die de jonge succesvolle pianist had getroffen.

'Wat ellendig,' zei Daniëlle met tranen in haar ogen. 'Dat arme kindje is haar moeder ook kwijt, om van Eduard maar niet eens te spreken. Weet je nog, mams, hoe gelukkig ze er uitzagen op die foto met de baby? Het was zo'n aardig gezinnetje... dat leek het tenminste. Jammer dat geen mens iets kan doen om te helpen. Waar zou het kindje nu zijn?'

'O, dat kan ik je wel vertellen.' Liesbeth keek op van haar huiswerk. Ze had zich uitgebreid in de serre geïnstalleerd, maar hoorde ieder woord dat gesproken werd. 'De moeder van een meisje bij mij in de klas kent Eduards moeder heel goed. Zij vindt het helemaal niet prettig dat de andere oma het kind in beslag genomen heeft. Ja, heus, zo noemde ze het. Eduard en zijn vrouw waren allang van plan om een eigen huis te kopen. Dat hadden zijn ouders hem ook aangeraden, omdat ze dan vanzelfsprekend het kindje bij zich konden nemen, maar hoe het nu zal gaan is de grote vraag.'

Mevrouw Van Steenburg keek naar het trieste gezichtje van haar oudste dochter. Ze had allang het gevoel dat Daniëlle het op het conservatorium niet meer naar haar zin had. Ze was prikkelbaar en studeerde gewoonlijk overdreven hard, maar er waren ook tijden dat ze er genoeg van kreeg en niets uitvoerde.

'De artistieke kuren van mijn zus,' hoonde Liesbeth dan. 'Kind, je hebt toch zélf piano willen spelen, waarom doe je dan nou zo?'

Hetzelfde vroeg Daniëlles moeder zich af, maar ze was ervan overtuigd dat Daniëlle moeilijkheden had die ze alléén uit wilde vechten. Ze komt wel als ze raad nodig heeft, dacht ze. Ik heb zélf zoveel moeilijke beslissingen alleen moeten nemen, ik wil haar niet dwingen. Ze hoefde niet lang meer te wachten, want dezelfde avond nog kwam het tot een uitbarsting. Liesbeth was een schat van een kind, maar ze kon soms zenuwtergend plagen en ze leerde die avond voorgoed de les dat je met plagen voorzichtig moet zijn.

'Gunst, kind, speel niet voor dwaallicht,' zei ze kribbig. 'Moet je niet studeren? Je kunt het natuurlijk ook laten... een ster zal je wel nooit worden. Kun je je tijd later zoekbrengen met lesgeven aan kinderen met vuile handen en de pé in hebben omdat ze piano moeten leren spelen!'

Ze kon niet weten, de arme Liesbeth, dat ze het hart van Daniëlles probleem raakte. Liesbeth hield dolveel van haar oud-

ste zus en bewonderde haar, al zou ze het voor geen geld hebben toegegeven en daarom was het niet vreemd dat ze het uit-
gilde van schrik toen Daniëlle haar een draai om haar oren gaf
waarvan ze suizebolde.

'Daniëlle... wat bezíélt je!' Mevrouw Van Steenburg trok de
woedende Daniëlle achteruit.

Jan-Hein zat er wit en verschrikt bij te kijken alsof hij niet tot
tien kon tellen. Liesbeth was niet boos, maar wel overstuur en
Daniëlle zei schor: 'Waarom zégt ze ook altijd van die hatelijke
dingen? Ze meent het misschien niet, maar het wordt je toch
maar even verteld. Ze is oud genoeg om op haar woorden te letten.'

'Jawel – en jij oud genoeg om op je handen te letten,' meende
haar moeder. 'Niemand heeft jou ooit geslagen en ik wil niet dat
jij het Liesbeth doet.'

'Het was een goeie harde,' sprak Jan-Hein met kennis van
zaken. 'Als ik nou toch wist wat er gebeurde... ik ben nog nooit
zo verbaasd geweest.'

Liesbeth vertrok naar boven, aarzelend gevolgd door Jan-Hein,
omdat zijn moeder hem een wenk had gegeven.

Mevrouw Van Steenburg nam rustig plaats en keek met peinzende ogen naar Daniëlle.

'En Daniëlle?' vroeg ze. 'Als je het alléén niet aan kunt, laten we
het dan samen bespreken. Je loopt al maanden rond als een ver-
dwaalde.'

'Ik weet, mams, hoeveel moeite je je hebt moeten getroosten om
die pianostudies en die cursussen te financieren. Ik weet best dat
de studieverzekering lang niet alles dekt.' Daniëlles stem klonk
wanhopig. 'Het moet zo erg voor jou zijn als het allemaal voor
niets is geweest... dát zit me zo dwars, zie je.'

'Je hebt geen zin meer in je pianostudie?' Mevrouw Van
Steenburg keek haar dochter met grote verbaasde ogen aan. 'O,
alsjeblieft, kindlief, kijk niet zo wanhopig, want daar is geen
reden toe. Ik begrijp het alleen niet.'

'Het heeft handenvol geld gekost,' zei Daniëlle hees en ze streek
het zware blonde haar met een moedeloos gebaar van haar voorhoofd weg.

'Ja, dat weet ik.' Het klonk laconiek. 'Dáár zullen we het niet
meer over hebben.'

'Goed dan! Dít is de reden! Ik ben vanaf mijn prille jeugd dol geweest op de piano, maar daarmee kom je er niet... óók niet met fanatiek studeren... óók niet met vingervlugheid en technische volmaaktheid. Mijn spel mist iets. Ik ging het steeds beter voelen. O ja, zeg maar niets... ik speel zo goed... en ik ben zo vaardig... maar Liesbeth zei de waarheid, misschien onbewust... en dáárom werd ik zo razend. Mijn spel mist iets dat je niet aan kunt leren. Je moet het bij je geboorte als een gave meekrijgen... jammer genoeg was er wel de mogelijkheid om een technisch goed pianiste te worden, maar... geen mens kan me uit het hoofd praten dat ik ooit meer dan de middelmaat kan bereiken. Jij bent niet muzikaal, mams, jij kunt niet zo weten wat ik bedoel, maar het werd steeds erger... een obsessie... ik wil geen piano leren spelen om er later op de manier die Liesbeth zo goed omschreef, m'n brood mee te verdienen.'
'Het concertpodium en lesgeven aan kinderen zonder talent zijn uitersten,' zei mevrouw Van Steenburg kalmerend. 'Ik geloof dat je het wel erg somber inziet. Zo'n inzinking is ook helemaal niet zo vreemd. Je hebt altijd erg hard gewerkt.'
'Dat moest ik wel, want anders kwam ik er helemaal niet.' Daniëlle stond op en begon rusteloos in de grote kamer te lopen. 'Het valt heus niet mee als je na jaren studeren in gaat zien dat het nooit dát zal worden wat je ervan hebt verwacht, gehoopt... gedroomd. Ik voel me als iemand die meedoet aan een wedstrijd hardlopen en ondanks alle inspanning steeds meer achter komt. Het is moeilijk om dat te moeten toegeven en omdat ik het helemaal zeker wilde weten ben ik naar de directeur gegaan.'
'En wat zei hij?' vroeg mevrouw Van Steenburg belangstellend. 'Was hij het met je eens?'
'Als u denkt dat ik het leuk vind om 'wel een aardig talentje, nou niet bepaald een stér', genoemd te worden!' Het klonk bitter.
'Niet iedereen kan op het concertpodium belanden,' zei hij.
'Hij kan zich vergissen,' meende mevrouw Van Steenburg, maar Daniëlle schudde heel beslist haar hoofd.
'Nee, hij vergiste zich niet en hij zei alleen wat ik zélf al wist en ik kan geen compromis met mezelf sluiten... ik kán het eenvoudigweg niet.'
'Maar wat wil je dan?' Mevrouw Van Steenburg zuchtte. 'Kind,

ga alsjeblieft zitten. Ik word dol van dat gewandel. Ik kan niet zeggen dat ik blij ben met je besluit om ermee op te houden, maar we hoeven het ook niet te tragisch op te nemen. Wat je geleerd hebt is niet weg en je toekomst uitstippelen moet je zeker niet met tegenzin doen. Je moet niet aan geld denken, maar aan dat wat je gelukkig kan maken.'

Ondanks alles schoot Daniëlle in de lach. Haar moeder dramatiseerde de dingen nooit en had overal een heerlijk nuchtere kijk op.

'Mams, ik ben blij dat je het zo bekijkt,' zei ze. 'Maar achter je laatste woorden voel ik een bedoeling. Je denkt toch niet dat de een of andere knaap mij zijn hart en hand geboden heeft en dat ik daarom opeens van m'n muziekstudie af wil om hem achterna te ijlen? Niets is minder waar, hoor. Wat ik nu wel wil is mezelf nog duister.'

Daniëlle had heimwee naar haar piano die voorlopig een rustig bestaan leidde, maar ze nam geen halve maatregelen en sloot het instrument af. Liesbeth en Jan-Hein hadden haar hun commentaar niet gespaard.

'Daar heeft ze nou jaren voor geploeterd,' had Liesbeth verontwaardigd gezegd. 'Ik verheugde me eigenlijk al op een beroemde zuster, maar wat doet ze? Ze scheidt ermee uit en vandaag of morgen zit ze op een kantoor briefjes te hameren of ze staat achter een toonbank lastige mevrouwen te bedienen of... of...'

Verdere mogelijkheden wilden haar niet te binnen schieten, maar Jan-Hein, die de laconieke instelling van zijn moeder had, nam het nieuws voor kennisgeving aan.

'Nou ja, wat geeft het. Als ze toch geen zin meer heeft of niet meer kan, dan houdt ze er toch mee op... héél eenvoudig. Ik zal voortaan elke avond naar leuke advertenties speuren. Daar moet jij dan op schrijven, Dani.'

Daniëlle weigerde op de meeste advertenties te schrijven. Ze bevielen haar gewoonweg niet.

'Ik wil het liefst een baantje bij kinderen, maar ik heb geen diploma's.'

'Dus kinderjuf... zonder meer,' preciseerde Jan-Hein. 'Enfin, dan kan je de wichten in ieder geval met hun talen helpen, maar wie vraagt er nou tegenwoordig nog een juf voor de kinderen? Moet je voor in het buitenland zijn, bij heel erg rijke lui.'

Het was Liesbeth die uitkomst bracht en enkele weken later opnieuw aankwam met de nieuwsbron: 'De moeder van het meisje in mijn klas, die Eduard Leroys moeder goed kent... wéét je wel?'

Ja, Daniëlle wist het inderdaad nog en ze vroeg zich af wat er nu weer gebeurd kon zijn. Zou er weer een ongeluk gebeurd zijn?

'Ze vertelt wel eens wat omdat ze weet dat het ons interesseert,' begon Liesbeth. 'De oma van de kleine Birgit zoekt iemand om met het kind op te trekken. Ze is ziek geweest en kan het niet meer aan. De advertentie heeft gisteravond in de krant gestaan en ik weet welke het is. Waarom schrijf je er niet op?'

'Nee, het lijkt me zo opdringerig. Juist omdat we Eduard Leroy vroeger gekend hebben,' stribbelde Daniëlle tegen.

'Och kind, zeur niet.' Liesbeth keek haar wenkbrauwfronsend aan. 'Jij bent me toch ook een vreemde! Eduard Leroy is er nooit, het is zijn schoonmoeder die hulp vraagt voor het kind en niet híj en bovendien, als je hem eens mocht ontmoeten, dan herkent hij je niet eens. Hij zal amper weten dat jij niet Van Steenburg maar Van Tuyl heet. Dat heeft destijds niemand hem verteld, of wel, mams?'

'Welnee,' mevrouw Van Steenburg schudde ontkennend haar hoofd. 'Het is een baan als ieder ander. Als je er zin in hebt, dan schrijf je erop en zo niet, dan moet je je door Liesbeth-haantje-de-voorste niet laten dwingen.'

'Het lijkt me echt een baan die voldoening moet geven,' overwoog Daniëlle. 'Het is enig met zo'n jong kind op te trekken en ik kan me voorstellen dat het voor die oma ook wel te druk zal worden.'

'Ik zou me in die oma maar niet vergissen.' Liesbeth wilde blijkbaar de wenk van haar moeder niet zien.

'Waarom maak je haar toch alle banen tegen?' vroeg Jan-Hein en hij keek zijn zusje verontwaardigd aan. 'Je komt er eerst zelf mee aandragen!'

'Nou ja, ik vind het ook nogal gek,' bekende Liesbeth. 'Dani kan toch heus wel een beter baantje krijgen. Ze is reuzegoed in talen en dan ben je al een heel eind op streek.'

Mevrouw Van Steenburg keek van haar obstinate jongste dochter naar het smalle en tamelijk vermoeide gezichtje van haar oudste.

'Ik zou kunnen zeggen dat het je niet aangaat, Liesbeth,' zei ze, 'maar natuurlijk gaat het je wél aan omdat je van Dani houdt. Kun je niet proberen te begrijpen dat ze het beu is door al die te grote spanning? Ik denk dat ze deze baan wil als een soort overgang. Thuis blijven zitten is niet mogelijk en als een kantoorbaan haar niet ligt, dan zal ze toch in alle rust opnieuw moeten kiezen. Dat gaat blijkbaar niet zo een-twee-drie.'

'Ik kan niet blijven blunderen.' Daniëlles stem klonk smekend.

'Je bent zo vreselijk serieus, maar je bent toch óók een lieverd.' Liesbeth sloeg in het voorbijgaan haar armen om Daniëlles hals.

'Net alsof serieuze mensen niet lief zouden kunnen zijn.' Jan-Hein grinnikte. 'De logica is met jou nooit goede vrienden, zus.'

'Och, sufferd, dat bedoel ik immers niet.' Liesbeth keek nog eens om op haar weg naar de deur. 'Het is alleen maar dat je het moeilijk hebt als je alles zo zwaar opneemt als onze Dani en toch is ze geen zeurpiet... dus ik vind je echt niet saai, Dani, ga dát nu alsjeblieft weer niet denken. O help, ik weet onderhand zélf niet meer wat ik bedoel. Jullie brengen me helemaal van streek.'

'Ik begrijp je wel,' zei Dani troostend en een zonnige lach gleed over haar gezichtje. 'Als ik jullie toch niet had, wat zou ik dan arm zijn.'

Liesbeth beklom langzaam de trap en dacht verdrietig: 'Waarom kan een mens de dingen nou nooit eens zeggen zoals hij ze voelt. Ik ben dol op Dani en ik wil niet dat ze verdriet heeft. Het is natuurlijk sneu als je zoveel jaren hebt gestudeerd en je voelt op een zeker punt dat je niet verder kunt klimmen en dus nooit de top van de berg kunt bereiken... maar zou het wel wáár zijn... zou ze niet alleen maar erg moe en teleurgesteld zijn? Maar die directeur zei... nou ja, die kan zich ook vergissen. Bah, het is eigenlijk ellendig. Wat een geluk dat Jan-Hein en ik helemaal niet artistiek zijn en mams eigenlijk ook niet. Dat heeft Dani dan zeker van haar vader. Hij schilderde en speelde viool en nog meer van die artistieke dingen. Onbegrijpelijk eigenlijk dat Dani maar voor een deel m'n zus is en dat ze een andere naam heeft... maar het is toch heerlijk dat mama tenminste van ons alle drie... écht is.'

Na deze overpeinzing was Liesbeth langzaam sloffend op haar

kamer aangekomen en was niet meer in de stemming om zich met volle ijver aan haar huiswerk te wijden.

Daniëlle keek nog steeds gefascineerd naar de tamelijk opzichtige advertentie.

'Die kost een mop geld,' zei Jan-Hein laconiek en hij maakte eveneens aanstalten om naar boven te gaan. 'Schrijf erop, wat kan het je schelen?'

'Zou ik het doen?' Daniëlle lachte opeens, het klonk helder en vrolijk alsof er een last van haar afgenomen was die ze nauwelijks meer had kunnen dragen. 'Het baantje bij zo'n klein kind trekt me echt wel aan en ik ben nieuwsgierig naar Birgitje omdat we vroeger Eduard gekend hebben, maar ik geloof dat ik me, mocht ik hem ooit ontmoeten, maar braaf in de mantel der anonimiteit hul... al klopt dat natuurlijk niet helemaal, hoe mooi het ook klinkt.'

'Je zou het ook eenvoudiger kunnen zeggen.' Mevrouw Van Steenburg lachte ondeugend.

'Je hoopt dat hij in Daniëlle van Tuyl alsjeblieft niet Dani van Steenburg zal herkennen. Hij heeft dat nooit geweten. De jongen leefde helemaal in zijn eigen wereld. Wij waren de familie Van Steenburg en jij kleine Dani. Tot het bespreken van familieaangelegenheden zijn we wederkerig nooit gekomen.'

'Ik ben me pas later gaan realiseren hoe grondeloos ik hem vroeger geïrriteerd moet hebben,' bekende Daniëlle verlegen. 'Er bestond eigenlijk een aversie tussen hem en ons. U háátte zijn eeuwige studie en hij wist dat en bovendien vond hij mij natuurlijk een verschrikkelijk vervelende kleefpleister die hem altijd lastigviel om te luisteren... nota bene naar toonladders! Nee, alles bij elkaar vonden we elkaar geen succes. Ik heb dus echt geen reden om me bekend te gaan maken als het meisje dat vroeger zo graag naar zijn toonladders luisterde. Ik denk dat ik dan meteen kansloos ben. De oma zal me trouwens wel antwoorden en de zaak afwikkelen, als ik tenminste antwoord krijg, en háár vertel ik het beslist evenmin.'

Daniëlle schreef vlug een brief, het ging haar gemakkelijk af. Waarschijnlijk zou ze er toch niets meer op horen. 'Ik ga de brief nog even posten.' In het voorbijgaan sloeg ze haar arm om haar moeders hals. 'Vind je me een lastpak?'

'Nee, ik geloof dat ik het begrijp. Je bent zoals je vader was.'

Mevrouw Van Steenburg pakte met een stevig liefkozend gebaar de smalle hand die op haar schouder lag. 'Hij was artistiek en had het karakter van een perfectionist, zoals jij, maar zijn artistieke gaven schoten net als de jouwe te kort en dus... kon hij géén perfectionist zijn... evenmin als jij. Ik weet hoeveel strijd en verdriet het hem heeft gekost. Hij had – helaas – minder realiteitszin dan jij. Hij wilde het niet inzien... kón het misschien ook niet. Jij hebt gelukkig op tijd ingezien dat je mogelijkheden beperkt zijn. Ik ben blij dat je de moed hebt gehad om terug te gaan.'

'Ik ben erg blij dat je er zo over denkt...' Daniëlles stem klonk niet helemaal vast. 'Weet je, ik heb altijd geloofd – en dat doe ik natuurlijk nog – dat er in ieder mensenleven een vaste lijn moet zijn. Je doet niet iets 'zomaar'... alleen zie ik niet in wat de noodzaak is van zoveel verknoeide jaren.'

Het klonk zo kinderlijk dat mevrouw Van Steenburg begon te lachen.

'Ten eerste zijn het géén verknoeide jaren. Je moet je eigen besluiten leren nemen en je eigen mogelijkheden zien, maar het duurt misschien jaren, misschien zelfs bijna een leven lang, voor je kunt zeggen: 'Ja, nu zie ik het... dat moest zo zijn.' Misschien zijn er mensen die het nooit ontdekken... de zin van hun leven.'

'Mama, je zei dingen over papa, over mijn eigen vader, je begréép hem, hè? Ik weet dat het helemaal geen doel heeft om te vragen of je meer van hém hield dan van de vader van Liesbeth en Jan-Hein. Dat is misschien ook geen eerlijke vraag en het doet er weinig toe, maar je hield toch heel veel van papa, is het niet?'

'Heel veel,' zei mevrouw Van Steenburg zacht. 'Maar misschien heb ik hem ook lang niet altijd goed begrepen, al probeerde ik het wel. Ik was toen ook nog maar heel jong en toch... zie je, Dani, daar is de lijn weer... misschien begrijp ik beter wat jou drijft, omdat ik er vroeger mee getobd heb om je vader te begrijpen. Ik hield van hem en ik houd van jou.'

Ze keek Daniëlle na toen ze weg liep om de brief te gaan posten... een recht, heel slank figuurtje dat doelbewust voortstapte, het dikke blonde haar hoog opwaaiend in de sterke wind. De manier waarop ze liep en de fiere houding van het hoofd deden sterk denken aan haar vader.

'En of ik van hem gehouden heb... zó veel!' Ze fluisterde het zachtjes en haar ogen werden vochtig. Heel eenzaam voelde ze zich op dat ogenblik en ze dacht zelfs niet aan Liesbeth en Jan-Hein, waarvan ze toch zielsveel hield. Op dit ogenblik, staande in de halfdonkere kamer, met haar ogen op Daniëlle gericht, voelde ze weer de pijn om de zo jong verloren grote liefde. Alles wat daarna was gekomen was goed geweest, maar anders. Het had niets te maken met de glans en de luister van die eerste grote liefde voor Daniëlles vader... en Daniëlle... Opeens drong het tot haar door dat er iemand naast haar stond... Liesbeth. Met een gevoel alsof ze ontrouw was geweest sloeg ze haar arm om haar jongste dochter heen. Ze vroeg niet waarom Liesbeth naar beneden was gekomen en het meisje zei ook niets. Er waren dingen die je niet gemakkelijk kon zeggen, ook al zou je het soms wel willen. Ze zag Jan-Heins gezicht al als ze tegen hem zei: 'Denk jij ook... niet altijd... maar soms... dat mama méér van Daniëlle houdt dan van ons?' Hij zou haar natuurlijk uitlachen en vragen waarom ze zulke dingen dacht en hij zou haar uitschelden voor een jaloers spook... en daar zou hij dan nog gelijk in hebben. Bovendien hield ze zelf zoveel van Daniëlle, die altijd haar beste vriendin was geweest.

HOOFDSTUK 3

Daniëlle had niet verwacht dat ze zo vlug antwoord zou krijgen op haar sollicitatie. Er stond niets anders in de brief dan een kort 'Naar aanleiding van uw brief verzoek ik u maandagmiddag drie uur uw sollicitatie nader toe te komen lichten.'
Mevrouw Stefans nam maar meteen voor vaststaand aan dat de sollicitante op ieder uur kon komen. Zij liet geen mogelijkheid open in haar brief om eventueel een andere afspraak te maken. Daniëlle, die nog nooit had gesolliciteerd, voelde zich niet op haar gemak toen ze op de gedenkwaardige maandagmiddag haar opwachting bij mevrouw Stefans ging maken. Het huis leek van buiten erg groot en nogal somber, met vier grote bomen in de voortuin. Met een voorzichtige vinger prikte Daniëlle in de richting van de bel en ze moest zo lang wachten, dat ze ging ver-onderstellen dat de bel niet was overgegaan. Ze had trouwens

niets gehoord en met een diepe zucht besloot ze opnieuw te bellen toen de deur openging en een lange, slanke, oudere dame, met mooi grijs haar en koele onderzoekende blauwe ogen, voor haar stond.

'U bent juffrouw Van Tuyl?' Ze knikte kort. 'Gaat u maar mee.' De hal was nog donkerder dan Daniëlle verwacht had en de kamer waarheen mevrouw Stefans haar bracht, deelde dat lot. Het was er donker, bijna somber. De meubels waren zwaar en ouderwets en ook hier namen bomen het licht weg.

'Lelijke meubels,' oordeelde Daniëlle na een vlugge keurende blik. 'Niet mooi ouderwets, maar stijlloos en niet eens gezellig, een kamer om melancholiek van te worden.'

Er was niets dat op de aanwezigheid van een kind in huis wees. Ze gaf blijkbaar nogal stotterend antwoord op de gestelde vragen, want ze zag mevrouw Stefans ongeduldig de wenkbrauwen fronsen. Daniëlle voelde trouwens wel dat ze op dit ogenblik beslist niet op haar best was. De baan trok haar helemaal niet meer nu ze kennis had gemaakt met deze koele onvriendelijke vrouw, die geen ogenblik moeite deed om het meisje tegenover haar wat op haar gemak te stellen.

'U hebt dus nog nooit gewerkt, ook niet bij kinderen en u bent nog erg jong,' resumeerde ze, 'maar wat bewoog u om dit soort werk te kiezen?'

Ze had in een oogopslag gezien dat Daniëlle op vreemd terrein was.

'Ik heb een mislukte studie achter de rug,' zei Daniëlle stug; ze was niet van plan om te zeggen wat dat voor studie was. Als ze dat wel deed zou mevrouw Stefans waarschijnlijk prompt denken dat ze de protectie van haar schoonzoon zocht.

'Ik ben ook niet van plan om voorgoed kinderjuffrouw te blijven... vanzelf niet,' voegde ze er na een korte aarzeling aan toe. 'Maar ik houd van kinderen en ik moet toch iets doen zolang ik nog niet weet welke weg ik moet gaan. U kunt het een soort overgangsbaan noemen, maar ik ben in ieder geval van plan mijn werk zo goed mogelijk te doen. Méér kan ik niet beloven.'

Mevrouw Stefans was van plan om Daniëlle aan te nemen. Het meisje was nog erg jong en dus kneedbaar en bovendien had ze geen studie van kinderen en kinderverzorging gemaakt, zodat ze niet met eigenwijze ideeën omtrent de opvoeding van Birgit kon

komen opdraven. Al die nieuwerwetse onzin wilde ze eenvoudigweg niet en kinderen moest je niet horen en niet zien, vond
ze. Het was al erg genoeg dat ze nu al meer dan zes weken zonder hulp met een lastig Birgitje moest optrekken en tot overmaat van ramp met Birgitjes vader, die na het ongeluk zichzelf
niet meer was. Hij zei bijna geen woord en soms waren er dagen
dat hij onduldbare hoofdpijnen had, een nasleep van het ongeluk. Dan sloot hij zich in zijn kamer op en hoorde ze hem rusteloos rondlopen. Hij verlangde bij vlagen naar Birgitjes gezelschap, maar het kind voelde zijn onrust en ongeduld aan en
begon al te brullen als ze hem zag. Eduard vond dat verschrikkelijk en hij begreep het niet. Dan snauwde hij tegen het kind en
liep kwaad de kamer uit. Birgitje bleef over haar toeren achter
en oma zei dat ze een zoet kind moest zijn. Het was meer dan
het vierjarige kindje verwerken kon en dat waren allemaal stro-
mingen, die Daniëlle pas leerde kennen toen ze eenmaal in het
sombere oude huis bij Birgitje was.
'Birgits vader is zelden thuis... hij is nu voor het eerst weer op
tournee,' zei mevrouw Stefans en ze bekeek met kennelijk plezier haar slanke handen, waaraan te veel mooie ringen flonker-
den. 'Daarom laat hij Birgitjes opvoeding helemaal aan mij over.
Zo is het ook het beste. Ik geloof dat ik het maar met u moest
proberen. De hoofdzaak is dat u voor Birgits eten en kleren
zorgt en haar gezelschap houdt. Het is het beste als ze rustig
gehouden wordt en ik wil dat u eraan denkt dat ík Birgits leven
regel, omdat ik weet wat goed voor haar is.'
'Ik zou graag nog even bedenktijd hebben, mevrouw Stefans.'
Daniëlle voelde dat ze kleurde onder de misprijzende blik uit de
koude lichtblauwe ogen. 'Dat is misschien voor u ook prettiger.
U kunt rustig bekijken of u míj inderdaad bij Birgitje wenst.
Mag ik... eh... mag ik Birgitje even zien?'
'Het spijt me, maar dat kan niet. Birgitje rust. Ik bel u morgen
en dan kunnen we nog even bespreken of we het met elkaar eens
kunnen worden. Dag, juffrouw Van Tuyl.' Deze keer kreeg ze
een hand en iets dat met wat goede wil voor een glimlach kon
doorgaan.
Ach ja, de sollicitanten naar een baan als deze lagen natuurlijk
niet voor het opscheppen en ze zou wel wat water in de wijn
moeten doen. Bovendien leek Daniëlle van Tuyl een geschikt

meisje, beschaafd en gewillig, een meisje dat geen moeilijkheden zou veroorzaken.

Ze had zich nog nooit zo vergist, maar dat kon ze natuurlijk niet weten en daarom hoopte ze vurig dat Daniëlle zou komen. De meisjes die ze tot nu toe had ontvangen, waren van het slag geweest dat ze niet in Birgitjes omgeving kon dulden en de rest was beladen met diploma's en eigenwijsheid en bovendien veel te duur. Zo'n kalm, beschaafd meisje als deze Daniëlle van Tuyl leek ideaal.

Liesbeth en Jan-Hein waren al uit school toen Daniëlle thuiskwam en Liesbeth, rap van tong als gewoonlijk, zei meteen: 'Nou, je borrelt niet bepaald over van enthousiasme. Het is zeker weer niets?'

'Dat weet ik nog niet.' Daniëlle keek haar moeder aan. 'Ik dacht dat het heel anders zou zijn. Een gezellig huis en een oma die wel dol is op het kleinkind, maar het niet alleen aankan... Ja, zo denk je dat het zal zijn, maar zo was het niet. Een naargeestig somber huis en een oma met de blik en de manieren van een generaal... een huis waar je niets zag van de aanwezigheid van een kind. Ik vroeg of ik het kind mocht zien, maar dat kon niet, want ze slaapt blijkbaar iedere middag. Ze is toch al bijna vier en met dit heerlijke zonnige weer... ze kon beter buiten spelen. Enfin, misschien is het dat waar oma niet meer tegenop kan... wandelen en spelen en zo. Ze zag er echt niet naar uit, maar schijn bedriegt vaak.'

'Alles bij elkaar ben je er niet dol op om die baan te nemen,' concludeerde haar moeder. 'Het is moeilijk voor mij om je raad te geven, want je moet doen wat je zélf wilt. Hoe kan ik voor jou beslissen? Vraag je alleen terdege af: 'Als ik eraan begin, omdat ik diep in mijn hart medelijden met dat kind heb, ben ik dan sterk genoeg om het niet direct op te geven als de sfeer me niet bevalt of als er moeilijkheden rijzen?' Zie je, want dat lijkt me het ellendige voor zulke kinderen... ieder ogenblik een andere juffrouw, ieder met eigen karakter, inzichten en methodes. Ik zou er echt niet aan beginnen in jouw geval als je er niet diep van doordrongen bent dat het geen baan is om even te proberen en weg te lopen als het niet gaat'.'

'Tenzij oma je aan de deur zet,' vulde Jan-Hein laconiek aan. 'Maar dat is dan force majeure. Waarom begin je eraan, Dani?'

'Ik heb medelijden met dat kind.' Dani haalde de schouders op. 'O, ik begrijp heus wel dat ik moeilijk daar de baas kan gaan spelen. Oma is er de vrouw niet naar om zich dat te laten welgevallen, maar ik ben tenminste jong.'

Mevrouw Van Steenburg zweeg en vroeg zich bezorgd af: Zou Dani zich zo druk hebben gemaakt om Birgitje als ze niet Eduards kind was geweest? Daniëlle heeft hem altijd bewonderd en dat doet ze diep in haar hart nog.

Dat Daniëlle deze baan wilde met het doel om opnieuw in Eduards nabijheid te komen was beslist niet waar. Daarvoor kende ze Dani's karakter te goed. Voor Daniëlle had Eduard vanaf haar kinderjaren iets heel bijzonders betekend, maar hij was zo ver van haar verwijderd als de sterren. Ze had van verre meegeleefd met zijn geluk en verdriet. Ze had medelijden met hem en met het kind. Daniëlle was jong, ze had haar idealen en haar moeder hoopte dat de hele geschiedenis geen verschrikkelijke desillusie voor haar zou worden, eenvoudigweg omdat haar medelijden helemaal niet gewenst werd, door wie dan ook. Natuurlijk kon ze Daniëlle hierop attent maken, maar het zou niet helpen. Het enige dat ze ermee zou kunnen bereiken, was het vernielen van Dani's onbevangenheid.

'Ik wil het in ieder geval toch wel proberen,' zei Dani als een antwoord op haar onuitgesproken gedachten. 'En het salaris is heel behoorlijk. Het lijkt me toch wel fijn om nu eindelijk eens geld te verdienen in plaats van geld te kosten.'

De volgende dag liet Daniëlle mevrouw Stefans weten dat ze de betrekking aannam en de daarop volgende week stapte ze op maandagmorgen om halfnegen met knikkende knieën de hoge stoep van het oude huis op.

Deze keer deed een heel jong dienstmeisje de deur open. Het kind bekeek haar met nieuwsgierige ogen en liet haar op de deurmat staan toen ze mevrouw ging waarschuwen. Twee minuten later was ze terug: 'Of u maar mee wil komme! M'frau is bofe bij B'gitje.'

Het piekharige meisje wipte voor haar uit de trap op en na een onverschillige klop op een bruingeverfde deur gooide ze met een vaart deze deur open en annonceerde: 'J'frouw v'Tuyl, m'frau.'

Het kind spreekt in steno, dacht Daniëlle en bedwong met

moeite haar gezichtsspieren. Ze past óók niet bepaald in dit huis, het lijkt me een grappig kind... dat is een troost.

Aan een grote tafel, die uitgebreid gedekt was, zat een heel klein meiske, tenger en heel donker, niet passend bij haar Scandinavische naam, die aan blond haar en blauwe ogen doet denken. Birgitje ontbeet onder toezicht van haar oma, die niet aan, maar bij de tafel zat, wat niet bepaald een gezellige indruk maakte.

'Dit is Birgitje, juffrouw Van Tuyl. Kom kind, sta eens op en geef een hand,' animeerde de koele stem van mevrouw Stefans. Birgitje had het te kwaad met een hap brood, die kennelijk te groot was uitgevallen en met de beker melk, die ze in beide handjes hield.

'Kom kind, zet die beker nou even neer.' Een ongeduldige hand greep de beker.

Het kind gleed van haar stoel en kauwde verwoed op de hap brood die niet weg wilde. Het kleine snoetje werd vuurrood en de mooie donkere ogen keken angstig op naar Daniëlle, die op hetzelfde ogenblik Birgitje in haar hart sloot.

'Prop je mond toch ook niet zo vol,' zei oma geërgerd, maar Daniëlle boog zich naar de tafel en nam het glas melk. Ze hurkte bij het kind neer.

'Dag Birgitje, ik ben Dani. Zou het hapje niet weg willen als je een slokje melk neemt?'

Birgitje dronk en slikte met de moed der wanhoop de prop brood door.

'Het is natuurlijk wel een oplossing maar niet de juiste,' meende mevrouw Stefans. 'Ik ben ertegen dat ze haar brood met melk wegspoelt. Dat is helemaal niet goed.'

Daniëlle vond het niet nodig om te zeggen dat ze eenvoudigweg van twee kwaden het beste had gekozen om Birgitje te helpen. Toevallig kende ze het verschijnsel uit Liesbeths kleutertijd. Ze had altijd moeite met brood doorslikken en soms wilde het helemaal niet, dan bleef de prop zolang in het mondje tot er eenvoudigweg niets meer mee te beginnen viel. Liesbeth had de familie trouwens voor een verrassing geplaatst toen moeder een hap brood, waarover ze standjes had gekregen, de dag daarna in volle omvang terugvond achter Liesbeths kiezen. Ze had er rustig mee geslapen en alleen het feit, dat mama de kiespijnwang de volgende morgen niet vertrouwde, was er de oorzaak van dat Liesbeth door de mand viel. Birgitje behoorde blijkbaar ook tot dat soort kieskauwers.

'Da-ag,' zei een zacht, zangerig stemmetje, toen de lastige prop verdwenen was en een handje werd vertrouwelijk in de hare gelegd.

Daniëlle was verrukt van Birgitje. Zo stelde ze zich in haar kinderjaren elfjes voor, zo tenger en fijn met grote zwarte ogen. Het leek haar geen grote opgave om met dit kind op te trekken. Ze vroeg zich wel af of mevrouw Stefans van plan was om de hele dag op die stoel in de kinderkamer te blijven zitten en al haar bewegingen te observeren. Birgitje bleef staan en keek verlegen van haar grootmoeder naar Daniëlle. Blijkbaar wist ze niet wat er van haar werd verwacht.

'Dit is dus de kinderkamer,' zei mevrouw Stefans en ze verhief zich plechtig van haar zetel. 'In deze kast vindt u Birgits garderobe.'

Ze zwaaide een kastdeur open. Daniëlle zag Birgitjes jurken en jasjes in volmaakte rijen hangen, daaronder met militaire stiptheid vele paren schoentjes en pantoffeltjes, en op een plank bij ieder jasje een van dezelfde stof gemaakt hoedje.

Wat een onzin! dacht Daniëlle. Al die hoedjes! Welk kind draagt er nou hoedjes?

'Deze kast moet zo blijven.' Mevrouw Stefans sloot de kast weer. 'Het is overzichtelijk en u dient wat Birgit heeft gedragen na te zien en weer op dezelfde plaats te hangen. De hoedjes en de schoentjes horen allemaal bij een bepaald jasje of jurkje. Sokjes en handschoentjes vindt u in dat witte kastje. Dan krijgen we nog Birgits speelgoedkast.'

Opnieuw werden twee deuren tegelijk opengezwaaid, want de kast besloeg nagenoeg de hele muur. Daniëlle had met ontzetting de mannequin-garderobe van een vierjarige aanschouwd, nu keek ze zwijgend naar de inhoud van de enorme kast. Planken vol prachtig speelgoed en boeken, allemaal keurig gerangschikt. Zowel de garderobe als het speelgoed zagen er onpersoonlijk uit, te mooi, te overdreven en griezelig netjes. Daniëlle dacht aan kasten vol nette, maar heerlijk gedragen truitjes, vestjes en rokken, aan netjes gepoetste maar stevig gedragen schoenen en aan kasten vol speelgoed, dat er allesbehalve ongehavend uitzag en boeken die stukgelezen waren. Zo was het thuis altijd geweest en als ze dat allemaal vergeleek met deze filmuitzet en het pronkspeelgoed, dan moest ze zich wel afvragen of Birgitje ooit speelde of kans zag om zich vuil te maken.

'Wat een mooi speelgoed, Birgitje!' zei ze vriendelijk en ze nam de hand van het kind in de hare. Het kind reageerde niet en haar grootmoeder zei schouderophalend: 'Och, ze geeft eigenlijk niet om speelgoed. Je hebt er nooit voldoening van als je haar iets geeft. Wel, nu laat ik u voorlopig met Birgit alleen, dan kunt u wat nader samen kennismaken. Het schema geef ik u straks.'

'Schema?' echode Daniëlle.

'Ja, een kind heeft orde en regelmaat nodig.' De koele ogen namen haar op. 'Birgits dag is ingedeeld, zoals ik dat noodzakelijk acht. Spelen, eten, rusten en wandelen gaan volgens een schema.'

'Misschien zou het prettig zijn als ik Birgit nu mee uit wandelen mocht nemen?' vroeg Daniëlle. 'Het is zulk heerlijk weer en een kind babbelt gemakkelijk als je ermee wandelt.'

'Het is nu niet Birgits wandeltijd. U kunt wat met haar spelen of haar voorlezen. Ze kent zelf al heel wat letters, niet Birgit?'

'Ja, oma,' zei Birgit gehoorzaam en ze zag de deur zonder spijt achter oma in het slot gaan.

Daniëlle dacht na over de woorden van mevrouw Stefans. Er werd dus niet gekeken naar mooi of slecht weer als Birgit ging wandelen. Het mooie weer ging Birgitjes neusje voorbij, omdat wandelen op dat ogenblik niet op het rooster stond, maar als het 's middags donker en somber was moest ze wél de straat op, omdat het rooster onverbiddelijk 'wandelen' voorschreef.

Het lijkt meer op een kazerne, dacht ze. En dit kind op een soldaat die gedrild wordt... enfin, dan wandelen we niet maar het blijft jammer.

Het drong nu pas tot haar door dat Birgitje haar vragend stond aan te kijken. Daniëlle ging op de door oma verlaten stoel zitten en trok Birgit naar zich toe: 'Zo, nu gaan we eens beter kennismaken, hè? Ik weet dat je Birgitje Leroy bent, maar wat vind je nou werkelijk fijn om te doen?'

'Met m'n pop spelen,' was het onverwachte antwoord en Daniëlle dacht aan de rij prachtige poppen met echt haar en mooie gezichtjes. 'Ik heb één heel mooie pop, dat is m'n kind-je,' vertrouwde Birgitje haar toe. 'Oma weet niet dat ik haar nog heb... alleen Greetje weet 't. Oma klimt toch niet op een stoel om op de kast te kijken. Dáár ligt m'n pop en soms geeft Greetje 'm aan me. Wil jij haar pakken?'

Daniëlle deed wat haar gevraagd werd en hield een schreeuwend lelijk en vuil geworden bazarpoppetje in de handen. Het ding kon niet meer dan een paar gulden hebben gekost, maar Birgitje sloot het monstertje in haar armen en zuchtte van verrukking.

Er werd flink op de deur geklopt en meteen kwam Greetje bin-nen. Haar olijke blauwe kijkers onder de steile haarfranje gleden van Birgitje naar de nieuwe juffrouw.

'O, ze mág u,' zei ze tevreden, 'an's ha' ze u Peep ni'laat'sien. M'frau wou'm weggooie, een hele sjénne... Keppem weer opvist.'

Daniëlle beet op haar lip in een wanhopige poging om haar ernst te bewaren, maar het mislukte en ze gierde het uit. Birgitje keek eerst verschrikt, maar toen vond ze het toch wel leuk en stond met een scheefgehouden kopje naar de lachende Daniëlle te kijken. Greetje begreep de situatie heel goed en lachte harte-lijk mee. Ze had een leuk gezichtje, met een kleine glimmende wipneus en een grote mond, die gul haar mooie tanden liet zien. 'Ben'k g'wend,' zei ze. 'Ik kant nie' ans'. Denk u wel?'

Daniëlle schaamde zich omdat ze zo gelachen had en ze keek met vriendelijke ogen naar het vrolijke gezichtje. 'Ik ben blij dat jij hier bent, Greetje, en dat jij Birgits pop voor haar gered hebt en wat ik denk van dat taaltje van jou? Natuurlijk moet iedereen daar even om lachen, maar je hebt helemaal geen spraakgebrek, je bent alleen maar een te haastige praatster. Je gunt je de tijd niet om je woorden af te maken.'

Greetje vertelde in haar wonderlijk springend taaltje, dat haar vriend het had afgemaakt omdat hij vond, dat hij zo met haar voor gek zat als ze ging praten. Zo te zien was ze het verdriet best te boven gekomen.

De deur flapte achter Greetje dicht. Ze was alleen maar vlug even poolshoogte komen nemen.

'Zullen we samen gaan lezen?' vroeg Daniëlle. 'Zoek zelf maar een leuk boekje op, hè?'

'Nee, niet voorlezen... vertéllen,' bedong Birgitje.

Ze klom op Daniëlles schoot, nadat ze eerst zorgvuldig haar poppenkind onder haar eigen bedje te slapen had gelegd. Daniëlle begreep waarom het op zo'n wonderlijke plaats gebeurde en zweeg er dus over.

'Waarover moet ik vertellen?' vroeg ze en ze vouwde haar handen achter het smalle ruggetje samen, want Birgitje was schrijlings op haar schoot gekropen, zodat ze haar nieuwe vriendin kon aankijken.

'Zijn er bij jou thuis kindjes?' informeerde Birgitje.

'Nou... kindjes... zo klein zijn ze niet meer, maar ze zijn wel erg aardig. Liesbeth heet mijn zusje en mijn broer heet Jan-Hein.' Birgitje moest er even over nadenken, ijverig frommelend aan Daniëlles lange houten ketting.

'Ik heb geen broertje en ook geen zusje... waarom niet?' Het gemakkelijkst was om op deze gewetensvraag: 'Dat weet ik niet' te antwoorden, maar daar voelde Daniëlle niets voor. Wat had dit kind eigenlijk wel? Geen moeder en een altijd afwezige vader konden niet vergoed worden door de liefste oma ter wereld en helaas was mevrouw Stefans geen normale oma, al meende ze het waarschijnlijk goed. Gelukkig verlangde Birgit geen onmiddellijk antwoord op haar vraag, want ze ging verder: 'Heb jij een mama? Ik niet.'

'Maar jij hebt een papa en die heb ik niet,' zei Daniëlle; ze had het kleine ding graag even geknuffeld, maar instinctief voelde ze aan dat het verkeerd zou zijn. Birgitje was geen kind dat verwend werd met lieve woordjes en zo af en toe een gezellig knuffelpartijtje, normaal in een kinderleven. Het was waarschijnlijk al heel wat, dat ze zo spontaan bij Daniëlle op schoot was gekropen.

Om elf uur stond onverwachts mevrouw Stefans in de kamer. Ze hadden haar niet horen komen.

'Birgit, kun je niet behoorlijk op een stoel gaan zitten?' vroeg ze. 'Kom, wees een groot kind, dat is geen zitten zo...

'Ik heb er niets tegen,' zei Daniëlle.

'Ik wél,' was het korte antwoord en Birgit, gewend om te gehoorzamen, liet zich op de grond glijden. 'Juffrouw Van Tuyl, u kunt nu een uurtje met Birgit gaan wandelen. Doet u haar dit blauwe stelletje aan, met het kapje en de schoentjes die erbij horen. O ja – en hier zijn de handschoentjes. Om twaalf uur wordt er geluncht... en... ik heb gezegd wandelen en dat bedoel ik dan ook. Zorgt u ervoor dat ze zich niet vuil maakt.'

'Ja mevrouw,' zei Daniëlle gedwee en ze begon het kind in het mooie lichtblauwe jasje te helpen.

Het kapje en de handschoentjes stonden er wel heel erg lief bij, maar waren volkomen overbodig bij dit zachte lenteweer. Een klein fijn modepopje-tegen-wil-en-dank trippelde tien minuten later aan Daniëlles hand naar buiten met de ogen van oma Stefans in hun rug.

'Gaan we naar het park?' vroeg Birgitje gretig. 'Naar de eendjes kijken?'

'Ja, dat is goed. Jammer dat we geen brood meegenomen hebben,' zei Daniëlle. 'Dat doen we dan morgen wel.'

'Als het van oma mag,' zei het kind en Daniëlle hield nog net op tijd de woorden 'dat vragen we haar niet' binnen.

In het park, waar het heerlijk zonnig en volop lente was, omdat de bomen al een groen waas kregen en de vogels het hoogste lied zongen, wandelde Birgitje braaf aan Daniëlles hand mee.

'Zullen we even hollen?' vroeg Daniëlle en ze voorkwam de woorden 'dat mag niet van oma' door meteen te gaan draven.

Dat vond Birgitje toch wel leuk en op het grote grasveld bij de vijver speelden ze krijgertje. Het kapje en de handschoenen had Daniëlle in haar tas gestopt.

'Zo, nou nog even rusten en naar de eendjes kijken.' Daniëlle trok het kind op haar schoot. 'Ik moet je haren even kammen en je kapje weer opzetten.'

'Het is nog nooit zo fijn geweest als vanmorgen,' genoot Birgitje; ze liet zich gedwee haar handschoentjes weer aantrekken. Daniëlle hoopte dat ze over de renpartij zou zwijgen tegen oma, maar ze wilde het haar niet opleggen. Voor zover ze het had bekeken was Birgit niet zo mededeelzaam tegen oma en wist ze, zo klein als ze was, dat ze voorzichtig moest zijn. Het geval met de pop was daar het beste bewijs voor.

In rustig tempo wandelden ze naar huis terug.

'Heb je fijn gewandeld?' Mevrouw Stefans streek even langs de zachte kinderwang. 'Wat heb je een kleur! Je hebt toch niet te hard gehold?'

'De buitenlucht geeft Birgit appelwangetjes en we hebben stevig gestapt,' zei Daniëlle vlug en niet helemaal volgens de waarheid.

Mevrouw Stefans zei er verder niets over en Daniëlle kreeg het druk. Ze moest het kind wassen en verkleden, de kleertjes wegbergen en zorgen dat Birgit haar eten kreeg en daarna het vereiste middagslaapje deed.

Birgit had deze keer geen bezwaren tegen haar bed, wat aan de ongewoon wilde spelletjes te danken was en ze sliep als een roos. Allicht, dacht Daniëlle, je maakt van kasplanten niet in een handomdraai wilde rozen... en toch doe ik het wéér. Dat kind moet leven als een oude vrouw en waarom? Ze is zo gezond als een vis.

Toch werd ze zich er in de volgende dagen van bewust dat ze alles wat ze Birgit aan levensvreugde wilde geven en bijbrengen, min of meer achterbaks moest doen. Ze vond het ellendig, maar er was nu eenmaal geen andere weg. De vrolijke ogenblikken waren allemaal gestolen als het altijd durend toezicht van oma even ontbrak om wat voor reden dan ook. Ze merkte al gauw dat behalve Greetje ook de vriendelijke werkster, die driemaal in de week kwam, haar eigen gedachten had over Birgitjes opvoeding. 'Het schááp... laat haar maar eens lekker uitdollen,' zei ze toen Daniëlle en Birgit gingen wandelen, prompt om elf uur. 'Maar zwijg erover tegen háár daarbinnen! De apenliefde die zíj voor Gitje heeft kan mij gestolen worden.'

Als Daniëlle naar huis ging leefde de familie hevig met haar problemen mee. Ze konden het wel begrijpen dat Daniëlle het niet prettig vond om veel dingen tegen de geboden in te doen.

'Je doet toch niets verkeerds als je een gezond kind laat spelen,' meende haar moeder. 'Die mevrouw Stefans voedt het kind op volgens etiquetteboekjes van zestig jaar terug.'

Er was nog iets waarover Daniëlle moest denken. Birgitje sprak wel eens over haar vader, maar dan zei haar grootmoeder gewoonlijk ongeduldig: 'Papa is er nu niet, hij heeft geen tijd, dat wéét je wel, Birgit.' Waarom dat zo was begreep Daniëlle niet.

Had mevrouw Stefans een hekel aan haar schoonzoon of gunde ze hem Birgitjes liefde niet?

Mevrouw Stefans begreep niet hoe het kwam dat de kleine Birgit lang niet meer 'zo braaf' was als haar vanaf het begin van haar leven was ingeprent dat ze behoorde te zijn. Had Daniëlle dan toch een verkeerde invloed op het kind? Ze kon het meisje echter tot nu toe niet op fouten betrappen. Daniëlle ging heel rustig haar gang. Ze begreep opperbest dat opstand tegen het gezag ontslag ten gevolge zou hebben en dat wilde ze niet. Birgitje hield van haar en door voorzichtig manoeuvreren tussen grootmoeder en kleinkind bereikte ze voor Birgitje wat meer vreugde en vrijheid. De moeilijkheid bestond daarin dat ze er vanaf het begin tegen was geweest om ooit tegen het kind te zeggen: 'Dit mag oma niet weten, hoor'. Birgit was niet mededeelzaam tegen de strenge oma, maar toch rebelleerde ze omdat ze zich vrijer begon te voelen. Zei oma vroeger tegen haar 'Birgit, ga recht zitten', dan deed ze het zonder iets te zeggen. De laatste keer had de jongedame haar oma heel boos aangekeken en gezegd: 'Waarom moet ik nou altijd anders zitten?' Ja, Birgit begon haar eigen willetje te ontwikkelen en Daniëlle vroeg zich vaak bezorgd af hoe het zou eindigen.

HOOFDSTUK 4

Daniëlle en Birgitje kwamen terug van de wandeling die ze dagelijks maakten en waar het kleintje tegenwoordig dol op was, omdat er altijd zo prettig in het park gespeeld werd. Voorzichtig moest Daniëlle daarbij toch wel zijn want oma Stefans bezat argusogen en ze had al een paar maal aanmerkingen gemaakt op vuile handen en een zwarte veeg over een licht jasje.

'U moet heus wat beter op Birgit passen,' zei ze bestraffend. 'Ik ben niet ontevreden over u en u kunt goed met het kind overweg, maar ik heb toch wel de indruk dat u te wild met haar bent.'

Daniëlle bedwong een wrevelig antwoord. Birgit was niet van porselein en door en door gezond. Waarom mocht ze niet rennen en spelen en zich vuil maken? Waarom had ze geen vriendinnetjes? Alleen omdat haar grootmoeder negentiende-eeuwse ideeën had en van haar kleindochter een pronkpoppetje maakte. Het liet Daniëlle niet met rust en ze had vaak een gevoel van onmacht als ze aan de toekomst van Birgitje dacht. Zou ze altijd zo door moeten leven? Als een miniatuur oud vrouwtje in een somber huis? Werd het niet eens tijd dat Birgitjes vader naar zijn dochter omkeek?

'We hebben fijn gespeeld, hè?' genoot Birgitje en ze klemde haar handje vaster om die van Daniëlle. 'Zou oma het goed vinden als Joseetje en Fieke eens bij me komen spelen?'

Joseetje en Fieke waren twee kinderen die ze in het park had leren kennen.

'Misschien, we kunnen het vragen,' overwoog Daniëlle.

'Hè ja, Dani... vráág je het... nu meteen?' bedelde het kind.

Het kwam Daniëlle voor dat het ogenblik nu niet zo bar goed gekozen was, want mevrouw Stefans zeilde de kinderkamer binnen met een gezicht als een orkaan.

O lieve help, als Birgit er nou maar niet over begint! dacht Daniëlle benauwd.

'Oma, Dani wou wat vragen en ík ook,' begon Birgit prompt.

'Toe dan, Dani. Vraag jíj het voor me?'

'Kan je dat zelf niet?' vroeg mevrouw Stefans en ze duwde met een haastige hand Birgitjes donkere haar van haar voorhoofd. 'Wat zie je er toch verwaaid uit. Laat Daniëlle je haar eerst eens kammen... en wat wilde je vragen?'

'Ik... eh... mag Joseetje komen spelen... en Fieke... hier bij mij?' fluisterde Birgitje timide.

'Joseetje en Fieke zijn twee kleine meisjes waar ze in het park kennis mee heeft gemaakt,' viel Daniëlle het kind haastig bij. 'Het zijn heel aardige kinderen.'

'Daniëlle, ik wil niet dat ze met wildvreemde kinderen zomaar kennis maakt.' Het klonk vinnig. 'Nee, het mag natuurlijk niet en als er hier later vriendinnetjes moeten komen, dan zoek ik die zelf wel uit. Bovendien kan het nu toch niet. Birgits vader komt morgen thuis...

'O!' zei Daniëlle verbouwereerd, want ze zag de samenhang niet. Mocht er geen kind komen spelen omdat Birgits vader thuiskwam? Dat vond ze wel heel vreemd. Eduard Leroy leek haar helemaal niet het type om de hele dag met zijn dochter op te trekken. Het maakte op Birgit trouwens niet veel indruk dat haar vader thuis zou komen. Later vroeg ze aan het kind: 'Vind je het fijn, dat papa thuiskomt?'

'O jawel,' zei Birgit kalmpjes. 'Papa is erg lief.'

Daniëlle begreep er niet veel van. Ze was juist bezig Birgit uit te kleden toen er een auto voor de deur stopte. Birgitje, die de hele dag rusteloos en afwezig was geweest, gleed onder Daniëlles handen weg en rende naar het raam.

'Het is papa!' Ze keek naar Daniëlle op, met haar handjes voor haar mond en haar grote ogen straalden van geluk; een geluk dat ze niet durfde uiten.

'Birgitje!' De deur vloog open en een lange donkere man, met zijn jas nog aan, kwam haastig binnen en tilde met een zwaai het kind van de grond.

'Papa... dág papa!' Ze klemde haar armpjes om zijn hals en nooit zou Daniëlle het zielsgelukkige snoetje vergeten.

'Lieve papa... ga je nou niet meer weg?'

Intussen had mevrouw Stefans in een iets kalmer tempo de lange trap genomen. 'Toe, maak haar niet zo van streek, Eduard. Straks kan ze niet slapen,' zei ze afkeurend.

'Och kom, natuurlijk kan ze slapen. Ze heeft de hele dag op me gewacht.' Het klonk afwerend, maar hij zette Birgitje toch langzaam op de grond. Eerst nu nam hij notitie van Daniëlle die deze alles onthullende begroeting ontroerd had aangezien. Om de een of andere reden die ze niet begrijpen kon vormde de grootmoeder een wig tussen de vader en het kind. Birgitje wist dat, zo klein als ze was, en daarom had ze weinig laten blijken van haar blijdschap om haar vaders thuiskomst.

Eduard Leroy stak zijn hand uit naar Daniëlle en zijn ogen gleden onderzoekend over het meisjesgezicht.

'Dus u zorgt tegenwoordig voor mijn dochter?' Hij glimlachte even en zijn vermoeide gezicht werd voor een ogenblik zonnig en vriendelijk.

Hij ontdekte totaal niets bekends aan haar en ondanks alles voelde Daniëlle zich tekortgedaan, wat natuurlijk bespottelijk was.

Kom, Daniëlle, stel je niet zo aan, riep ze zichzelf tot de orde. Wat had je dan verwacht? Dat hij zou zeggen: 'Maar jij bent de kleine Daniëlle, die altijd zat te luisteren als ik speelde'. Hij heeft wel andere zorgen.

Het maakte in het begin niet zo veel verschil dat Eduard thuis was. Van het praatgrage Greetje hoorde ze, dat 'de t'neur' nogal teleurstellend was verlopen. Het duurde wel even voor Daniëlle erachter kwam dat Greetje het tournee bedoelde.

'Mijnheer had veel hoofdpijn en dan ging het wel eens mis.' Greetje bracht de lange zin er keurig af en keek, om goedkeuring vragend, naar Daniëlle, die haar stevig hielp om van het malle aanwendsel af te komen.

'Keurig, Greet,' zei Daniëlle verstrooid.

Greetje liep nogal teleurgesteld de kamer uit en Birgitje, ontsnapt aan het wakend oog, had een mooi en heerlijk lawaaiig spelletje verzonnen. Ze klom op een laag bankje en probeerde zo ver mogelijk te springen.

Daniëlle had nauwelijks de kans om haar te verbieden, want vóór ze een woord kon zeggen zwaaide de deur open en een verschrikkelijk boze oma kwam gehaast binnen.

'Juffrouw Daniëlle, wat maakt dat kind voor een schandelijk lawaai? De lamp hangt beneden te trillen. Laat haar onmiddellijk ophouden.'

'Ik mag ook niks,' huilde Birgitje teleurgesteld en ze sloeg vinnig naar de grootmoederlijke hand, die haar van het bankje sleurde.

'Jij ondeugend nest... je gaat onmiddellijk naar je bed, hoor je!' Mevrouw Stefans schudde het kind door elkaar en het begon natuurlijk prompt te huilen.

Birgitje huilde niet vaak, maar als ze het wél deed, dan stond het huis op stelten, want dan gierde ze met lange felle uithalen. Het was dan ook geen wonder dat Eduard Leroy op het lawaai afkwam.

'Allemensen, waarom brult dat kind zo?' Hij pakte Birgit op, maar ze wilde niets van hem weten en trappelde om los te komen, ze liep rood aan van opwinding.

'Ik moet naar Daniëlle!' schreeuwde ze. 'Stoute oma... stoute pappie...'

Eduard, net zo rood en zeker zo boos als zijn kleine dochter, zette het opstandig brokje mens op de grond en hij keek Daniëlle verwijtend aan.

'Waarom kunt u dat kind niet stil krijgen? Het is toch uw taak?'

'Ze vraagt immers naar mij,' meende Daniëlle zachtzinnig. 'Kom maar hier, Birgitje.'

Ze sloeg haar arm om de tengere schoudertjes en haar ogen sproeiden opeens vuur.

'Birgitje huilt omdat ze verdriet heeft, dát is het,' zei ze, met moeite rustig pratend. 'Ik kan het kind niet de hele dag op een stoel vastbinden. Ze sprong van een bankje. Ik weet dat het niet mag van mevrouw, maar nogmaals... Birgitje is een kínd. Nu moet ze naar bed omdat ze brutaal is geweest, maar we zouden gaan wandelen ze heeft buitenlucht nodig.

'Birgit gaat naar béd,' zei haar grootmoeder kortaf en bleek van boosheid. 'Ik zal wel uitmaken wat goed is voor Birgit. Ik wacht geen brutale mond af van zo'n klein ding en daarbij... u weet dat ze stil moet zijn omdat haar vader de laatste tijd vaak hoofdpijn heeft...'

Daniëlle zweeg, maar haar ogen gleden één alleszeggend ogenblik in de richting van Birgitjes vader, die zweeg.

Bang voor mama, dacht ze. En hij durft niet eens voor zijn kind op te komen... de lafaard!

Eduard had het heel goed gezien en met een ruk keerde hij zich om. Ze hoorde hem de trap aflopen. De deur van de zitkamer vloog in het slot.

Mevrouw Stefans liep naar de deur, daar keerde ze zich nog eens om.

'Ik verwacht dat u voor Birgit zorgt, niet dat u zich met de manier van opvoeden bemoeit, onthoud dat goed.' Haar stem was als ijs.

Daniëlle ging met knikkende knieën in de grote oude stoel zitten en trok het nasnikkende Birgitje op schoot. Het kind sloeg de armen om haar hals.

'Birgit wil niet naar bed... Birgit wil wandelen,' zei ze schor.

'Oma is stout... papa is stout... jij bent lief!'

Daniëlle vouwde haar armen om het kind heen. Ze zou zo graag eens een keer uit haar kalme bedaarde rol willen vallen, omdat ze inwendig kookte van woede, maar ze wist dat mevrouw Stefans haar dan zou ontslaan en ze wilde zo dolgraag nog een poosje voor Birgit zorgen. Natuurlijk was het kind niet geholpen met een korte tijd, maar het moest toch wel mogelijk zijn om Eduard Leroy te doen inzien dat zijn kind hier behandeld werd als een oud vrouwtje en zich diep ongelukkig voelde zodra oma in de buurt kwam. Ze keek op en vroeg zich af hoelang Birgits vader al in de deuropening stond.

'Weet u dat u haar stijft in haar driftige aanvallen?' vroeg hij kortaf, inwendig diep teleurgesteld dat Birgit onmiddellijk haar hoofd omdraaide en het in Daniëlles hals verstopte.

'Birgit is nooit driftig tenzij er een reden toe is,' zei Daniëlle zacht. 'Ik meende wat ik zei, je kunt zo'n jong kind, dat zich de hele dag alleen of met ouderen moet vermaken, niet aan een stoel kluisteren. Birgit wil ook wel eens heerlijk herrie maken en... en...'

Ze zweeg voor de koele afweer in zijn donkere ogen; hij begreep het niet of hij wilde het niet begrijpen.

'Birgit komt niets te kort en ze moet zich niet aanstellen,' zei Eduard Leroy scherp.

'Birgit stelt zich niet aan en ze komt wél iets te kort.' Daniëlle had het kind op de grond laten glijden en haar ogen keken hem onbevreesd en ook wat minachtend aan. 'Birgit komt iedere mogelijkheid om zich te uiten te kort... ze mag niet luid lachen, ze mag niet hard lopen... ze mag zich niet vuil maken... ze mag... ach, wat praat ik ook. Birgitje is een goedverzorgd kindje met twintig jurken, jasjes en idem zoveel paren beeldige schoentjes, met kasten vol speelgoed, maar...' Ze zweeg verschrikt. Wat gooide ze er in vredesnaam allemaal uit tegen deze zwijgende, vijandig-kijkende man. Het kon haar opeens niets meer schelen. Ze werd er nu toch uitgegooid en dan kon ze misschien deze laatste uren in mevrouw Stefans huis benutten door Birgits vader de ogen te openen.

Leroy deed een stap vooruit en sloot de deur van de kinderkamer. Hij leunde ertegen aan en stak de handen in de zakken van zijn jasje.

'Gaat u door, juffrouw Van Tuyl. Het wordt nu pas interessant. Wat weet u veel van kinderopvoeding.' Het klonk ronduit spottend.

'Daar weet ik niets van!' gaf ze fel toe. 'Maar ik weet één ding, dat een klein kind niet hoort in een huis bij een oude dame, die het beschouwt als een mooie pronkpop, die je wel moet zien als het zo te pas komt, maar die je nooit mag *horen*. Ik weet niets van kinderopvoeding, maar ik weet dat een kind liefde en aandacht nodig heeft. Ik weet dat een kind spélen moet en buiten moet kunnen draven, zonder op mooie kleertjes te passen. Ik weet ook dat ik m'n ontslag krijg omdat ik schandelijk brutaal ben geweest, maar het is om Birgitje. U mag ook wel weten dat ik iedere morgen met haar heb gehold en fijn gespeeld in het park... ook al mócht het niet.'

'Is dat alles?' vroeg Eduard Leroy koel en het werkte op

Daniëlle als een klap in haar gezicht.

'Ja, dat is alles,' zei ze hees.

Leroy keek naar het nu opeens zo terneergeslagen gezichtje, dat alle kleur verloren had. Van de kleine furie was niets overgebleven, maar het kon Birgitje allemaal niet schelen zolang ze maar bij Daniëlle mocht blijven. Ze stond met haar handje in die van Daniëlle en haar grote ogen waren achterdochtig op haar vader gericht.

Eduard voelde door deze scène de vernietigende hoofdpijn, die hem sinds het ongeluk kwelde, weer opkomen. Met een vermoeid gebaar wreef hij over zijn voorhoofd. Hij kon zijn schoonmoeder niet afvallen en het had dus geen zin om Daniëlle te vertellen dat hij heel goed wist hoe moeilijk Birgitje het had, ofschoon hij het nooit zo volkomen helder had ingezien als na Daniëlles driftige woorden, die recht uit haar hart waren gekomen. Birgitje was hier in ieder geval in een veilig thuis en hij kon het kind toch moeilijk op zijn reizen meeslepen?

Hij wist ook wel dat mevrouw Stefans zich Birgitje als het ware volkomen had toegeëigend. Had grote Birgit het op de laatste avond ook niet gezegd? Pijnlijk duidelijk herinnerde hij zich de woorden: 'Moeder is zo bazig, al meent ze het goed. Birgitje is niet zo vrij en gelukkig als ik zou wensen'. De herinnering maakte zijn hoofdpijn nog erger. Was hij tekortgeschoten tegenover Birgitje?

'U kunt met Birgit gaan wandelen,' zei hij vermoeid. 'Ik maak het wel in orde met Birgitjes oma. Ik vraag me alleen af waarom het kind het alsmaar over 'stoute papa' heeft?'

Daniëlle glimlachte en schudde haar hoofd. 'Ze heeft geen hekel aan u, ze is een beetje bang omdat u tegelijk met haar oma hier kwam en ze dacht dat ze een standje van u zou krijgen. Ik ben bang... weet u, het klinkt nogal hard... ik ben bang dat ze u te weinig kent.'

Eduard keek peinzend naar zijn dochter, die voorzichtig een oogje aan hem waagde, maar wat Daniëlle innig hoopte gebeurde niet. Hij deed geen moeite om het kind aan te halen en het op haar gemak te stellen. Hij knikte even en verliet de kamer.

'Wég, stoute pappie,' zei Birgitje blij. 'Gaan we nou wandelen?'

'Ja, maar je mag niet voortdurend zeggen dat pappie stout is,' bestrafte Daniëlle. 'Waarom doe je dat toch?'

'Pappie kijkt zo boos.' Birgitje zuchtte ongeduldig. 'Hè toe, laten we nou gaan wandelen?'

Daniëlle gaf het voorlopig maar op en tien minuten later liep ze met een huppelend kind aan haar hand de straat uit, onkundig van het feit dat ze nagekeken werd door een verbitterde oma Stefans en een nadenkend gestemde Eduard Leroy.

'Zie je zelf niet in dat het zo niet gaat?' beet mevrouw Stefans hem toe. 'Je ondermijnt mijn gezag. Birgit is trouwens véél ongezeglijker sinds die juffrouw in huis is. Als er niet zo weinig personeel te krijgen was zou ik haar al hebben opgezegd.'

'Ik zou haar zeker niet opzeggen,' zei Eduard langzaam. 'Al dat veranderen is slecht voor zo'n kind. Ze mogen elkaar graag en juffrouw Van Tuyl is goed voor Birgitje. Wat wilt u meer, moeder? Ik weet wel dat u ook goed voor haar bent, maar Birgit heeft jeugd nodig. Heeft ze geen vriendinnetjes?'

'Birgit heeft een rare keus.' Mevrouw Stefans haalde beledigd de schouders op. 'Ik kan niet iedereen binnenhalen. Als Birgit haar zin niet krijgt dan is het huilen geblazen, vooral tegenwoordig.'

'Ja, huilen is haar enig verweer.' Eduard sloot zijn ogen om de kwellende pijn in zijn hoofd te verlichten, het hielp allemaal niets.

Plotseling was hij het allemaal zo moe, de machtsstrijd van zijn schoonmoeder, het touwtrekken om Birgit, die alleen maar 'stoute pappie' zei en hem vijandig aanstaarde. Birgit... Birgit... zijn hart kromp samen toen hij aan zijn vrouw dacht. Was zij er nog maar, om met haar lach en haar gevoel voor humor, haar warme liefde en opgewekte karakter al deze oneffenheden glad te strijken! Hij kon er bijna niet meer tegenop, vooral na de kwellende pijnen en de minder goede resultaten van zijn laatste concerten. Het kwam allemaal door de pijn in zijn hoofd, die dag in dag uit knaagde en steeds erger werd. Als het zo verder ging zou hij al gauw niet meer kunnen concerteren. De gedachte aan studeren maakte hem ziek en toch stond hij op en liep naar de kamer, waar zijn vleugel stond. De jarenlange gewoonte dwong zijn vingers op de toetsen en langzamerhand begon de heftige pijn in zijn hoofd dragelijker te worden.

Het kwam wel heel ongelukkig uit dat Birgit die middag rumoerig thuiskwam. Daniëlle had haar flink laten hollen en ze hadden tot aan de voordeur krijgertje gespeeld. Het kon Daniëlle

ook niet meer schelen dat mevrouw Stefans het zag. Ze was altijd veel te bang geweest, hield ze zich voor. Birgitje holde de trap op en juichte: 'En je kan me tóch lekker niet pakken, ik kan harder lopen dan jij!'
Ze schaterde het uit toen Daniëlle haar greep en op dat ogenblik vloog de deur van Eduards kamer open.
'Birgit, kun je niet stil zijn?' Hij zag lijkbleek en zijn ogen fonkelden. 'Zet dat kind neer, juffrouw Van Tuyl. M'n schoonmoeder heeft gelijk, u maakt haar te rumoerig en als u denkt nu wel herrie te kunnen maken, nu Birgits oma uit is, vergist u zich.'
Het was zo'n onredelijke uitval dat Daniëlle hem verstomd aan bleef staren. Ze had Birgit op de grond laten glijden en Birgits vader greep zijn opeens luid huilende dochter bij de schouder.
'Je zou denken dat ik een beul ben! Schei uit met huilen, kind.'
'Ja, dat doet ze direct als u het haar zó vraagt,' schamperde Daniëlle, die haar verbazing aardig te boven begon te komen en woedend begon te worden.
Ze begreep best dat ze deze baan toch niet lang meer zou houden, dus waarom zou ze de waarheid dan niet zeggen?
'U bent geen beul,' zei ze verontwaardigd en ze sloeg haar arm beschermend om het snikkende kind heen, 'maar u valt telkens zo tegen haar uit. Ze is gewoonweg bang van u. Het kind kan er toch niets aan doen dat u...'
Ze zweeg verschrikt en trok Birgit na een gemompelde verontschuldiging met zich mee de trap op. De piano beneden bleef zwijgen en toen Birgit en Daniëlle samen aan tafel zaten ging de deur open. Birgit liet haar boterhammetje op haar bordje vallen en vergat te kauwen.
De donkere ogen spraken hun eigen taal, want Eduard zei met een bittere klank in zijn stem: 'Voor háár ben ik ook al de grote indringer.'
'Voor wie dan nog meer?' Het was eruit voor Daniëlle het wist.
'Och nee, dat moest ik natuurlijk niet vragen.'
'Och, waarom niet?' Eduard nam een stoel en ging er schrijlings op zitten. Hij leunde met zijn kin op zijn handen en keek peinzend naar zijn dochter. Het viel Daniëlle in het helle zonlicht, dat naar binnen viel, op hoe scherp de lijnen in het nog zo jonge gezicht waren.
'Och ja... waarom niet?' zei hij opnieuw en hij streek met zijn

vingers door zijn dikke donkere haardos. 'Het is licht te begrijpen dat een klein kind en een jongeman storende elementen zijn in het leven van een al wat oudere vrouw die aan rust in haar huis gewend is.'

'Toch wil mevrouw Stefans Birgit niet missen,' zei Daniëlle.

'Ik weet het.' Zijn gezicht werd zo strak als een masker. 'Wat wilde u daarstraks zeggen? 'Het kind kan er niets aan doen dat u...''

Hij dacht waarschijnlijk dat ze zou voorwenden het niet meer te weten, maar de grijze ogen keken hem open en eerlijk aan.

'Ik wilde zeggen dat het kind er niets aan doen kan dat u haar moeder zo mist. Birgitje is uiteindelijk het ergst de dupe van de hele geschiedenis.'

'Je wilt zeggen dat ik alleen aan mezelf denk?' Hij lachte kort. 'Wat weet jíj ervan hoe het is...'

Ze zag dat hij zijn handen tot vuisten balde en ze had medelijden met hem. Het bleef even stil. Birgitje at haar boterhammetje met gebogen hoofd en muisstil.

'*Ik* weet het niet maar... *zij* wel!' Daniëlle tikte met een slanke wijsvinger op de omslag van een tijdschrift dat op tafel lag. 'Ik vind haar een ongelooflijk moedige en fiere vrouw. Het kan geen onverschilligheid zijn geweest, alleen maar een haast bovenmenselijke zelfbeheersing... ik geloof dat, mét de kogel die hém velde, háár hart wel doorboord moet zijn met een zwaard van verdriet.'

'Dat geef ik graag toe, maar we zijn niet allemaal zoals mevrouw Kennedy, Daniëlle,' zei Eduard Leroy zacht, zonder opzet haar naam gebruikend. 'Eerlijk gezegd geloof ik dat er maar heel weinig zo zijn...

'Dat bedoel ik ook helemaal niet, maar... ik kan me bijvoorbeeld slecht voorstellen dat zíj haar kinderen zou afsnauwen omdat zij verdriet heeft.' 't Klonk onwillekeurig nogal scherp. 'Meneer Leroy, u weet wat ú mist, maar Birgit mist haar moeder.'

'Ze kende haar nauwelijks,' zei Eduard kort.

'Dat doet er niet toe. Haar zorg en haar liefde waren er toch... ze waren een bestanddeel van Birgits leven,' hield Daniëlle vol. 'Ik heb gehoord dat uw vrouw op weg was naar Birgit.'

'Ja, en ík bestuurde de auto.' Het klonk oneindig bitter en

opstandig. 'Dat is het wat Birgits grootmoeder me niet vergeven kan. Och, wat doet het er allemaal nog toe.'

Hij greep naar zijn pijnlijke hoofd en op dat ogenblik gleed het kleine meisje van haar stoel en liep voorzichtig naar haar vader toe.

'Heb jij pijn in je hoofd?' vroeg ze meewarig en een klein warm handje werd tegen zijn voorhoofd gelegd. 'Nou gaat het over, hè? Helpt het al een beetje?'

Eduard ging recht op zijn stoel zitten en trok Birgitje op zijn schoot.

'Ben je nog boos?' vroeg hij zacht met één van zijn heel zeldzame glimlachjes, die zijn gezicht zo heel anders maakten. 'Houd je nog een beetje van me?'

'Ik houd duizend-honderd van jou,' betoogde Birgitje ernstig en een klein handje klopte liefkozend op haar vaders wang. 'Dat is een heleboel... dat is zoveel als de hele wereld.'

Daniëlle lachte om Birgitjes grappige liefdesverklaring, maar die lach was nauw verwant aan tranen. Ze had heel even het gevoel gehad dat ze iets meer begon te begrijpen van dat zo gesloten karakter van Birgitjes vader. Was het wel alleen het verdriet om Birgits moeder dat hem zo down maakte? Nee, natuurlijk kwam daar ook het stille gevecht om kleine Birgit bij. Hij vond het niet goed dat het kind volkomen door zijn schoonmoeder werd ingepalmd als een rechtmatig bezit en hij was het evenmin eens met Birgitjes kwijnende plantenbestaan, maar wat kon hij doen? Intuïtief wist Daniëlle dat er nog meer was dat hem hinderde. Ze zou hem zo graag hebben geholpen, maar haar hulp werd niet gevraagd.

Eduard hief zijn hoofd op en zag Daniëlles peinzende ogen. 'Ik weet niet waarom je me zo bekend voorkomt,' zei hij onverwachts, 'ik heb een paar keer het gevoel gehad dat ik je al eens heb ontmoet.'

Daniëlle aarzelde even, toen begon ze te lachen. 'Ja, u hebt me al eens ontmoet en méér dan eens. Ik zou zeggen, tot vervelens toe.'

'Daar begrijp ik niets van!' Eduards gezicht was opeens jongensachtig nieuwsgierig en zijn donkere ogen schitterden. 'Wat is dat voor een raadseltje? Je ziet toch een meisje als jij zomaar niet over het hoofd.'

'Denkt u er nog maar eens over na.' Ze lachte plagend.

'Dat helpt niet. Ik heb me al suf gepeinsd,' bekende hij. 'Zodra ik je zag wist ik dat ik je al eens eerder gezien had, maar ik zou niet weten waar dat geweest is. Vertel het me maar.'

'Misschien kende u me alleen als Dani van Steenburg, het kind dat gek was op toonladders... maar mijn moeder was voor de tweede keer getrouwd geweest en *ik* heet Daniëlle van Tuyl, ziet u...'

'Ben *jij* dat kleine meisje?' Zijn gezicht zag er nu ongelooflijk jong en opgewekt uit en de verrassing was volledig geweest. 'Nee maar, hoe bestaat het! Je zat daar maar... onbeweeglijk... en luisterde... luisterde met een intensiteit alsof ik je op de prachtigste concerten trakteerde. Ik heb voor zover ik me kan herinneren één keer 'Für Elise' voor je gespeeld. Arm kind, wat moet jij je af en toe bekocht hebben gevoeld en ik ging helemaal in m'n studie op.'

'Ik vond 'Für Elise' zo mooi, maar die studies boeiden me ongelooflijk, al is het moeilijk te geloven.'

Ze schrok ervoor terug hem te bekennen dat ze dezelfde richting gekozen had als hij, maar haar studie had opgegeven.

'Je wilt me toch niet wijsmaken dat je ideaal op kindermeisjesgebied ligt?'

Het klonk nogal schamper en langzamerhand zag Daniëlle de onrust en argwaan groeien in de donkere ogen, die haar strak aan bleven kijken.

Hij denkt dat ik het gedaan heb... om hem... dacht ze in paniek. En... het is nog waar ook... natuurlijk is het waar! Mama heeft het geweten en daarom was ze zo bezorgd. O, laat me alsjeblieft goed toneelspelen, want ik weet geen raad! Hij mag het niet weten... nu niet... nóóit. Ik begrijp het zelf nu pas in zijn volle omvang.

'Nee, kindermeisje spelen is niet m'n ideaal...' Haar stem beefde even en onder tafel kneep ze haar handen samen. 'Het is eigenlijk meer als ontspanning bedoeld. Ik... eh... ik had nogal hard gestudeerd en het ging niet zo goed.'

'Juist, ik begrijp het.' De donkere ogen bleven onwrikbaar op de hare gericht. 'Wat studeerde je?'

'Ik wilde bij het onderwijs.' Ze wist niet waar die inspiratie zo vlot vandaan kwam, maar ze was er dankbaar voor.

Eduard zette Birgitje op de grond en stond op. Zijn gezicht was ondoorgrondelijk.

'Ik zou je moeder nog wel eens willen ontmoeten,' zei hij. 'Ze was altijd zo vriendelijk en zo goed voor het nogal onbehouwen joch dat ik toen was. Je hebt toch ook nog een zus en een broer als ik me goed herinner?'

'Ja. Liesbeth en Jan-Hein,' zei Daniëlle vlug. 'En misschien vinden ze het erg leuk als ik Birgitje eens een keer meebreng. Zou dat mogen?'

'Waarom niet?' Eduard slenterde naar de deur, hij zag er opnieuw vermoeid en onverschillig uit. 'Vraag het maar aan Birgits oma. Ik zou niet weten wat ze ertegen kan hebben.'

Oma Stefans bleek er wel degelijk op tegen te zijn en Eduard hield vol dat het onzin was. Bovendien vroeg hij waarom Birgit en haar verzorgster altijd alleen moesten eten. Hij kreeg zodoende niet veel van Birgitje te zien. Het resultaat van een nogal vervelend twistgesprek was dat Birgitje mee mocht met Daniëlle en dat zij vóór dat bezoek beneden gingen lunchen. Birgit vond er kennelijk niets aan en ze was niet van plan dat geheim te houden. 'Ik eet veel liever boven,' deelde ze minzaam mee, nadat ze met twee kussens 'opgehoogd' was, zodat ze niet behoefde te knoeien met haar eten. Ze deed het overigens toch tot schrik van Daniëlle en heimelijke pret van haar papa.

'Er wordt je niets gevraagd, Birgit... éten!' Oma tikte op haar bord.

'Waarom doet u dat?' informeerde Birgit. 'Dat is stout, hoor! Dadelijk gaat het bordje kapot. Eet, oma... uw eten wordt koud. Oma, was u als kleine kindje erg stout?'

'Nee, ik ben nooit stout geweest,' zei oma majestueus en ze kreeg zowaar een kleur.

Daniëlle genoot en zij niet alleen.

'Bent u dan geen kindje geweest?' informeerde Birgitje na lang en diep te hebben nagedacht.

'Jawel, een héél lief kindje,' gaf oma genadig toe, 'met bolle wangetjes en kleine krulletjes.'

Daniëlle beet op haar tanden. De lach kriebelde als een hoestbui in haar keel en dat werd er niet beter op toen ze Birgits vader met zijn gezicht in zijn servet zag duiken.

'Birgit... éten,' moedigde oma aan en Birgit at braaf, maar zodra ze haar mond leeg had, legde ze de vork neer, bereid om een gezellige kout op te zetten over de onbegrijpelijke combinatie baby-oma.

'Als je dan een baby'tje was...' begon ze hardnekkig, 'dan had je ook een luiertje aan, hè? Baby'tjes moeten die luiertjes wel aan hebben, omdat ze altijd nat zijn... dat zegt Annelies... weet je, Annelies uit het park! Ik vind het maar gek... een oma met een luier...'

'Birgit!' Daniëlles stem trilde en toen begon Birgits vader te lachen, zoals hij waarschijnlijk in geen maanden had gelachen. Daniëlle kon er niets aan doen, maar ze gierde het ook uit en mevrouw Stefans glimlachte zuur, terwijl de aanstichtster van de hilariteit nogal verontwaardigd keek en er maar niets van snapte.

'Je ziet hoe succesvol het is een klein kind aan tafel te hebben,' zei mevrouw Stefans toen de rust was teruggekeerd. 'Ik vind het toch niet zoals het hoort.'

'Och moeder, láát dat kind toch!' Eduard haalde de schouders op. 'Ze heeft toch niets miszegd? Die kinderlijke logica is alleen maar grappig voor wie gevoel voor humor heeft.'

Er was méér gevoel voor humor nodig dan mevrouw Stefans kon opbrengen toen Birgitje enthousiast haar glas melk over de tafel sloeg. Het glas kwam op de grond terecht en het brood op de zilveren schaal zwom in de melk.

'Hé, vervelend kind dat je bent!' Mevrouw Stefans wilde Birgitje door elkaar schudden, maar Birgitje dook onder haar handen door.

'Stoute oma,' zei ze, zoals ze eerst 'stoute papa' had gezegd. 'Stoute oma, je mág me niet slaan, hoor!'

'We zullen eens zien wie hier stout is. Je gaat naar je kamer en naar bed.' De stevige hand had de kinderarm te pakken en liet niet meer los. 'Oma is niet stout, maar jij bent een heel erg ondeugend klein meisje, hoor je?'

'Ik ga niet naar bed... ik mag vanmiddag met Dani mee...' Birgitje begon zielsbedroefd te huilen en toen dat niet hielp liep ze rood aan en begon te trappelen. 'Laat me los, oma... Birgitje is lief!'

Birgitje gilde nu huizenhoog en Eduard greep met een wanhopig gebaar naar zijn hoofd.

'Moeder, laat haar in vredesnaam gaan!' zei hij scherp. 'Ik heb barstende hoofdpijn en u weet dat ik studeren moet.'

Daniëlle wist dat hij over een week zou spelen met een van de grootste orkesten.

Waarschijnlijk maakt hij zich erg nerveus, maar waarom? dacht ze en op dat ogenblik drong zelfs Birgitjes felle protest maar nauwelijks tot haar door, zo was ze geïntrigeerd door het vertrokken gezicht tegenover haar. Hij leed werkelijk hevige pijn, daaraan bestond geen twijfel. Misschien was het daardoor dat hij niets kon verdragen van het kind. Ze kon het hem opeens niet meer kwalijk nemen dat hij conflicten met zijn schoonmoeder liever ontliep. Nee, het was beslist niet het verlies van zijn vrouw alleen waardoor hij zo vreemd en kortaangebonden was geworden. Er waren veel factoren die samenwerkten.

'Juffrouw Van Tuyl,' riep mevrouw Stefans haar scherp tot de orde, 'u kunt Birgit meenemen, maar komt u niet te laat thuis.'

Daniëlle zei dat ze ervoor zou zorgen en verdween schielijk.

Toen ze een kwartier later met Birgit naar beneden liep, zachtjes alsof ze bang was dat oma op het laatste ogenblik tussenbeide zou komen, hoorde ze Eduard studeren.

Zou de hoofdpijn weggetrokken zijn? dacht ze verbaasd. Of zou het niet zo erg zijn en verbergt hij zich achter dat smoesje zodra er moeilijkheden dreigen? Zelfs oma geeft dan haastig toe. Ik begrijp er eigenlijk niets van.

Op weg naar Daniëlles huis zong en huppelde Birgitje uitgelaten. Ze was het verdriet vergeten.

Mevrouw Van Steenburg was dolblij met Daniëlles bezoek en Birgitje bekeek de enthousiaste begroeting van moeder en dochter met wijze ogen.

'Is die mevrouw jouw mammie?' informeerde ze met haar hoge doordringende kinderstem.

'Ja hoor, ik ben Daniëlles mammie.' Mevrouw Van Steenburg stak haar hand uit naar het kleine meisje en glimlachte vriendelijk. Meer deed ze niet omdat ze heel goed wist, dat kleine kinderen er niet van houden door wildvreemde mensen met knuffelpartijen en honingzoete woorden ingepalmd te worden. Ook een kind wil de kat eerst wel eens uit de boom kijken.

'Heel begrijpelijk dat moeder zo doet,' zei Jan-Hein als antwoord op een gefluisterde opmerking van zijn tweelingzus. 'Dat is helemaal niet stijf maar verstandig. Zou jíj het zo leuk vinden als je meteen door iedere wildvreemde geknuffeld werd... nou dan?'

'Jij begrijpt het, zoon,' zei zijn moeder droog en ze wandelde voor het gezelschap uit, met een kleine vertrouwensvolle hand in de hare, want Birgitje had onmiddellijk spontaan voor 'Daniëlles mammie' gecapituleerd.

'Wat een leuk kind, zeg,' bewonderde Liesbeth, toen ze in de tuinkamer zaten en het kind met het jonge hondje, dat de tweeling sinds kort had, de tuin was ingehold. 'Enig, dat donkere kopje met die bruine ogen. Ze past niet erg bij haar naam, die hoort echt bij blonde mensen. Ze is wel erg wild, hè?'

'Ja, en dat is geen wonder.' Daniëlle schoot in de lach. 'Je had haar de eerste keren eens moeten zien, mams, toen ik haar in het park losliet. Het was net een malle jonge hond, thuis mag ze nou eenmaal geen lawaai maken.'

'De juiste opvoedingsmethode lijkt het me niet,' merkte Daniëlles moeder op. 'Gelukkig maar dat haar vader nu thuis is.'

'Ik weet niet of dat gelukkig voor haar is.' Daniëlle haalde met een wrevelig gebaar de schouders op. 'Hij kan evenmin veel van het arme kind verdragen.'

'Maar waarom niet?' Liesbeth keek haar zuster in opperste verbazing aan.

'Hij is héél jong getrouwd, waarschijnlijk omdat hij geen thuis had en altijd moest reizen. Hij moet dus nu ook nog echt jong zijn.'

'Daar gaat het ook niet om, maar ten eerste ligt uitbundigheid niet bepaald in zijn aard,' zei haar moeder. 'En dan heeft hij natuurlijk een zwaar verlies geleden.'

'Ik geloof dat er méér fout is dan dat alleen.' Daniëlle zag er bezorgd uit. 'Mevrouw Stefans en Birgits vader mogen elkaar helemaal niet. Ik weet zeker dat ik me niet vergis. Birgitje zit tussen twee vuren.'

'Wat een ellendige toestand.' Mevrouw Van Steenburg keek naar het spelende kind. 'Bemoei jij je er vooral niet mee, Dani. Praat er ook niet verder over.'

'Nee, dat doe ik ook niet.' Daniëlle zag er nogal verlegen uit. 'Ik... eh... ik wou jullie iets vragen. Birgits vader wilde mama en het huis nog eens terugzien. Ik weet helemaal niet of hij ertoe

komt, want hij is erg onberekenbaar, maar... mocht je hem ontmoeten, vertel dan niets over mijn mislukte pianostudie. Ik heb
het noch mevrouw Stefans noch Eduard Leroy verteld. Ik wilde
bij het onderwijs en ik kon het opeens niet meer opbrengen...
dát heb ik gezegd, zie je.'
'Waar is dat nou goed voor?' vroeg haar moeder en haar stem
klonk verwijtend.
'Och, ik weet het niet...' Daniëlle aarzelde even. 'Ik denk dat ik
het tegenover Eduard nogal een povere indruk vond maken en
daarbij zou hij me er wel eens van kunnen verdenken, dat ik het
huis van zijn schoonmoeder ben binnengedrongen om zíjn hulp
voor mijn studie te verkrijgen. Jullie weten dat zoiets beslist niet
in de bedoeling lag.'
'O... nou ja!' Liesbeth dacht na en schudde haar hoofd. 'Ik weet
niet wat mams doet, maar Jan-Hein en ik zullen wel zwijgen, hè
Jan-Hein?'
Jan-Hein knikte en grijnsde vriendelijk tegen zijn oudste zuster.
Mevrouw Van Steenburg haalde de schouders op. 'Nu ja, het is
nu eenmaal zo en ik kan moeilijk gaan vertellen: 'Mijn oudste
dochter heeft lelijk gejokt...' Ja, Dani, kijk maar niet zo verontwaardigd. Het is niet eerlijk, al doe je er niemand kwaad mee. Ik
begrijp wel dat het nu erg moeilijk voor je is om terug te krab-
belen, vooral in dat wonderlijke huishouden waar je toch al
voortdurend op de nominatie staat om er door mevrouw Stefans
uitgebonjourd te worden. Ik neem aan dat je dat niet wilt, omdat
je vindt dat je iets voor Birgitje doen kunt... wel, zwijg er dan nu
maar over tot een beter tijdstip.'
'Moet je volgende week ook naar het concert dat Leroy geeft?'
informeerde Liesbeth. 'Weet je dat hij een snertkritiek had in
Eindhoven?'
'Nou ja, wat zegt dat?' Het klonk kribbig. 'Als de een of andere
recensent je niet mag, dan vind je dat refrein wel terug in de kritiek. Ik vind alle platen die we van hem hebben prachtig.'
'Dat zegt ook niet alles,' meende Jan-Hein. 'Op platen kunnen
ze iedere onvolmaaktheid wegstrijken. Het is geen live-uitzen-
ding, als je snapt wat ik bedoel.'
'Goed, maar je bent een groot kunstenaar of je bent het niet en
van een prul kunnen ze geen volmaakte platen krijgen, hoe ze
ook gladstrijken.' Daniëlle wond zich er werkelijk over op en

mevrouw Van Steenburg zag het met bezorgdheid.

De middag vloog voorbij; ook Birgitje amuseerde zich kostelijk en voelde zich thuis als een visje in het water. Ze speelde met de hond.

Jan-Hein liet haar paardjerijden op zijn rug en Liesbeth vertelde haar prachtige verhalen uit een groot sprookjesboek. Van mevrouw Van Steenburg nam ze dankbaar de limonade en de koekjes aan en ze keek met aanbiddende ogen naar haar op. Als ze had kunnen uiten wat ze voelde zou het waarschijnlijk zo geluid hebben: 'Ik vind het fijn hier en was jij m'n oma maar!'

Eduard arriveerde juist toen de tweeling en Daniëlle op het grasveld achter het huis met de uitgelaten Birgit een wild balspelletje deden.

Zijn ontmoeting met mevrouw Van Steenburg was hartelijk geweest. Hij vond dat ze weinig was veranderd.

'U hoort wel waar Birgit is?' Ze lachte vriendelijk en dacht: Nog net zo in zichzelf gekeerd als vroeger... nu méér dan ooit en hoe licht ziet een oningewijde dit niet aan voor trots en hoogmoed. Dat is het niet... hij is doodongelukkig, ook al lacht hij nu... arme Edu!

Alsof hij haar gedachten raadde keerde hij zich naar haar toe en zijn stem klonk bijna smekend: 'Och, toe, zegt u 'Edu', zoals vroeger... ik vond de sfeer hier in huis altijd zo bijzonder goed, ook al uitte ik het misschien niet. Ik vind het leuk dat Birgit zich hier zo amuseert... ze is een héél ander kind dan wanneer ze... thuis is.'

Hij liep naar de openslaande deuren en keek met peinzende, bedroefde ogen naar de tuin. Hij was maar zo kort echt jong en gelukkig geweest. Had hij, toen zijn vrouw nog leefde, de verantwoordelijkheid voor het kind werkelijk beseft? Hij wist dat hij tekort was geschoten. Voor hem was alleen grote Birgit belangrijk geweest en alleen om haar had hij ten slotte toegestemd een huis te kopen. Ze moest hem altijd vergezellen en hij had zich geërgerd en verongelijkt gevoeld als ze eens een reis niet mee wilde om bij het kind te blijven. Na Birgits dood had hij zich voorgenomen om voortaan bij alles wat hij deed kleine Birgits belangen voor te laten gaan. Wat was ervan terechtgekomen? Het kind kon niet gelukkig zijn in het zonloze huis van haar bazige grootmoeder die nog de wetten huldigde 'Een kind mag je alleen zien maar niet horen'.

'Wat een heel ander kindje is ze nu,' zei hij zacht en zijn ogen gleden van het donkere kinderkopje naar het blonde hoofd dat zich over haar heen boog.

'Daar is papa!' zei Birgitje verrast en ze holde hem tegemoet. 'Het is hier zo leuk en Jan-Hein heeft konijnen. Mag ik óók konijntjes hebben?'

'Ik ben bang dat dat niet zal gaan.' Hij keek even naar Daniëlle en er kwam een schaduw van een glimlach om zijn mond. Daniëlle lachte ook. Ze dachten aan hetzelfde. Oma's gezicht als haar kleinkind met een konijntje thuis zou komen.

'Mag ik dan een hondje?' bedelde Birgitje, die haar kans schoon zag nu pappie in zo'n zachtzinnige bui was.

'Birgitje, zeur nu niet... het kán niet.' Het klonk tamelijk ongeduldig. 'Ik mag ook niks,' bromde Birgitje tussen haar tanden.

'Wat zég je?' vroeg haar vader scherp en Birgitje, met bliksemende ogen, keek naar hem op, stampvoette en gilde: 'Ik zei dat ik niks mag... van oma niet en van jou niet... ik vind jullie allebei naar... alleen Dani is lief!'

Ze holde naar het huis toe. Jan-Hein en Liesbeth keken elkaar eens aan en kozen de wijste partij. Ze gingen Birgitje achterna en lieten het aan hun zuster over om de situatie op te vangen.

'Ze wordt ergerlijk brutaal.' Eduards stem klonk geprikkeld. 'Daar moet u toch op letten.'

'Hoe kan ik daarop letten?' Daniëlle keek naar hem op, uiterlijk rustig maar met een hart dat vlugger bonsde dan normaal was. 'Ik kan er niets aan doen dat Birgitje het niet langer neemt en ik kan u niet zeggen hoe blij ik ben dat ze een kind met een eigen wil is, een kind met karakter en geen lappenpop. Ze vecht voor zichzelf als...' Ze zweeg verschrikt en na een korte stilte, waarin ze Eduards ogen op zich gericht wist, zei hij kortaf: 'Zegt u het maar: Ze vecht voor zichzelf als niemand anders dat doet, zelfs haar vader niet.'

Daniëlle keerde zich van hem af en leunde over het tuinhek. Hoe dikwijls had ze hier in haar kinderjaren over het hek gehangen en naar de paarden in de wei aan de overkant gestaard. Het had haar zo leuk geleken om op een paardenrug rond te rijden, maar ze had het nooit gewaagd. Jan-Hein wel en toen ze hem had willen 'redden', waarvan hij overigens niet gediend was geweest, had ze voor het eerst het weiland van hun strenge en ongenaakbare buurman, de herenboer Delgaard betreden. Het was Delgaard zelf geweest die Jan-Hein van het paard had getrokken en hem een paar stevige tikken op zijn broek had gegeven. Wat een prettige jeugd hadden ze gehad ondanks de vele zorgen. Ze glimlachte bij de herinnering en vergat voor een ogenblik de man die naast haar stond.

'Ik vroeg of u dat inderdaad dacht,' zei Eduard ongeduldig.

'Of ik wát dacht?' Ze draaide haar gezicht naar hem toe en keek hem afwezig aan. 'O, u bedoelt dat u weinig voor Birgit doet? Och, wat ik dénk doet er weinig toe, maar ik zou wel graag willen dat u één ding goed wist: Ik zet Birgit beslist niet tegen haar vader en oma op, maar ik probeer wél haar te begrijpen en ik ben ervan overtuigd dat ze zich moet kunnen uitleven. Ik laat haar zo veel mogelijk in het park spelen, zoveel als ze wil. Méér kan ik niet doen, maar ik zou het heel erg vinden als Birgitje opgroeide als een oud vrouwtje, een kind dat nooit echt kind heeft mogen zijn. Ze is bijdehand genoeg om zélf haar conclusies te trekken. Van mij mag ze spelen en thuis mag ze niets. Natuurlijk ziet ze het verschil. Als u dát stoken van mijn kant noemt, dan ben ik bang...'

Ze zweeg plotseling omdat ze haar stem niet langer vertrouwde.

'Je vindt me een raar soort vader, hè?' Eduard Leroy zuchtte en streek met een vermoeid gebaar over zijn dik haar. 'Wel, misschien ben ik dat. Ik houd van Birgit, maar ik weet me geen raad met haar. Het klinkt onzinnig, maar het is zo. Birgits moeder en ik trouwden heel erg jong, omdat ik rondreisde en iemand wilde hebben die bij me hoorde. Ik was altijd eenzaam geweest. Mijn ouders zag ik haast nooit en dat doe ik nog niet. Ze wonen in het buitenland, maar nooit lang op dezelfde plaats. Broers of zusters heb ik niet, die had Birgit trouwens evenmin en Birgits moeder nam het me héél kwalijk dat ik haar dochter met me mee wilde nemen. Ze vond haar nog te jong en misschien was ze dat ook wel, maar Birgit had hetzelfde doorzettingsvermogen als kleine Birgit. We trouwden en waren zielsgelukkig; we zijn nooit anders geweest. Toch werd het voor mijn vrouw heel moeilijk toen Birgitje er was. Ze wilde bij mij zijn en bij het kind, maar je kunt een baby niet de wereld doorsjouwen. Birgitje kwam dus bij oma en dat viel niet mee, noch voor mijn vrouw noch voor oma.'

Het bleef lang stil na die woorden. Daniëlle waagde het naar Eduard te kijken. Hij had zijn handen om de spijlen van het tuinhek geklemd en zijn ogen staarden strak voor zich uit zonder iets te zien.

Hij praat tegen me, maar hij is vergeten tegen wie hij praat, dacht Daniëlle verdrietig. Wat doet het er ook toe? Als het hem goed doet om erover te praten, dan ben ik al tevreden.

'Birgit... mijn vrouw... was op weg naar Birgitje en ik bracht haar naar het vliegveld. Ik stuurde zelf. Birgit had een heleboel speelgoed voor Birgitje bij zich en...'

'Praat er niet over als je het niet kunt,' fluisterde Daniëlle dringend. 'Je kunt er niet tegen. Ik probeer te begrijpen wat het voor je moet betekenen.'

Over Eduards gezicht gleed een uitdrukking van intense pijn. 'Dat kan niemand begrijpen.' De handen om de spijlen van het hek zagen wit, zo heftig omklemde hij het hout. 'Ik zat aan het stuur van de auto, maar de aanrijding was niet míjn schuld. Birgits moeder wil dat niet toegeven. Haar dochter zat naast mij in de wagen en ík heb haar de dood ingereden. Dat gaf haar het recht op kleine Birgit.'

'Dat is natuurlijk onzin,' meende Daniëlle kalm. 'Ik kan me voorstellen dat je niet wist waar je met het kind heen moest en dat het dus bleef waar het was... bij oma. Ik kan me ook voorstellen dat mevrouw Stefans verdriet had, maar ze kan toch niet in alle ernst denken dat ze Birgitje als compensatie van jou af kan nemen?'

Het was tot geen van beiden doorgedrongen dat ze het vormelijk 'u' hadden laten vallen.

Op het terrasje speelde Jan-Hein met Birgitje en Liesbeth zei tegen haar moeder: 'Wat staan die twee daar achter in de tuin zwaar te bomen!'

'Och, misschien is het nodig. Opvoedkundige problemen rond Birgitje,' zei haar moeder. 'Ik geloof dat de hele toestand bij mevrouw Stefans thuis nogal moeilijk ligt voor iedereen.'

'Ik vind oma Stefans een dictator,' zei Liesbeth vinnig.

'Sttt... Liesbeth!' Haar moeder keek verschrikt naar het kind dat deze woorden kon horen en je wist nooit wat er in zulke kleine oortjes binnenglipte en bleef hangen.

Wonderlijk genoeg waren de twee jonge mensen bij het tuinhek met hetzelfde probleem bezig. Het was niet zo gemakkelijk om een oplossing van dit probleem te vinden.

'Je kunt het onzin noemen,' zei Eduard, 'toch is het de simpele waarheid. Ze speculeert trouwens op mijn voortdurende afwezigheid. Goed, ik heb medelijden met haar, al had mijn vrouw het als kind en jong meisje óók niet bepaald gemakkelijk bij haar stijve en strenge moeder. Ze hield op háár vreemde en stugge manier van haar dochter, net zoals ze nu van kleine Birgit houdt. Ze is heel jong weduwe geworden en heeft misschien het gevoel gehad dat ze met forse hand moest regeren omdat ze vader en moeder tegelijk moest zijn, maar het had toch... ánders gekund. Je kunt wel streng zijn en toch je liefde tonen... dat kon Birgits moeder niet en daarom wilde Birgit het voor ons dochtertje zo héél anders. Ze droomde van een eigen huis en terwille van Birgitje moesten we het offer brengen om telkens weer afscheid te nemen. Ik was niet zover als Birgit, ik vond de gedachte vreselijk... en daarom voel ik me nu zo schuldig.'

Daniëlle stond heel stil, alsof ze bang was de stroom van zijn woorden te stuiten zodra ze een beweging maakte. De wind speelde met haar blonde haar en haar jonge gezichtje zag er heel ernstig uit. Ze probeerde met inspanning van al haar krachten en geholpen door datgene wat ze voor Eduard voelde, zich in te leven in zijn gedachtegang.

'Ik geloof niet dat je van schuld kunt praten,' zei ze aarzelend. 'Natuurlijk moest je ernaartoe groeien om... Birgit voor een groot deel af te staan aan Birgitje. Ja, ik weet wel wat je wilt zeggen: Waarom kon Birgit het dan wel, maar bij moeders gaat die ontwikkeling vlugger dan bij vaders en bovendien... eh... kunstenaars zijn nogal veeleisend, is het niet?'

'Ja, ik geloof van wel,' gaf hij eerlijk toe. 'Veeleisend en egoïst! Afgezien van oma Stefans' houding vraag ik me af... is dit weer geen staaltje van egoïsme van me? Nu ik grote Birgit verloren heb wil ik kleine Birgit bij me hebben. Ik weet dat het niet kan. Het is onmogelijk om haar mee te nemen... och, ik wéét het niet meer... ik wéét het niet meer.'

'Natuurlijk weet je het wel.' Daniëlles zachte stem klonk beslist. 'Birgitje is van jou en je mag zoveel van haar houden als je wilt en je weet dat ze bij je schoonmoeder niet gelukkig kan zijn. Zelfs al zou mevrouw Stefans een gezellige, hartelijke vrouw zijn, dan nog geloof ik dat het niet goed is een zo jong kind door een oudere vrouw te laten opvoeden, maar dan zouden er wél compensaties kunnen zijn: het huis openstellen voor andere kinderen... vriendinnetjes in huis halen, spelen en lachen zoveel als een kind maar wil... ach, zo van alles wat een kind nodig heeft. Liefde... hartelijkheid... warmte... Dat mist Birgitje... ze mist dat alles zo héél erg. Ze is van nature geen brutaal kind, maar ze wordt opstandig. Zou je niet eens met mevrouw Stefans kunnen praten? Ik durf het niet te doen omdat ik er ten eerste geen recht toe heb en ten tweede doodsbang ben, dat ze me zal ontslaan en ik ben zo graag bij Birgitje. Jij kunt toch doordrijven dat ze vriendinnetjes in huis mag halen? Jij kunt er misschien iets aan doen dat de wet 'Je mag kinderen niet horen' verzacht wordt? Als ze maar wilde inzien dat het niet mogelijk is een kind de hele dag zoet te houden en het om de haverklap in bed te stoppen. Doe er iets aan, je bent toch Birgitjes vader!'

'Hoe vaak heb jij je aan mij geërgerd als ik zweeg?' Eduard keek voor het eerst even naar het fijne meisjesgezicht. 'Heel vaak denk ik, maar ik haat ruzie en ik maak het er voor Birgitje niet beter mee. Het is altijd nog mevrouw Stefans' huis en ik kan me daar nooit thuis voelen... ik ben en blijf er een ongewenste vreemde. Ik kan geen herrie gaan maken in het huis van een vreemde.'

Opnieuw was er dat nerveuze gebaar van een slanke hand die over voorhoofd en haar streek. Daniëlle wist dat hij weer hoofdpijn had en toch durfde ze er niet naar te vragen. Hij had haar deze middag zoveel verteld, maar over die hoofdpijnen zweeg hij en toch wist ze intuïtief dat een groot deel van de ellende school in die martelende pijn. Niemand hoefde haar te vertellen dat hij werkelijk leed, want zijn gezicht zag er dan asgrauw uit en ze wist dat hij aan de lopende band hoofdpijntabletten slikte. Greetje was een prima heraut. Ze deed het helemaal niet om te roddelen, maar ze had Daniëlle bezorgd verteld dat ze overal in huis kokertjes hoofdpijntabletten vond en allemaal half leeg.

'Ze zijn niet van haar... zíj heeft nooit hoofdpijn,' had Greetje grimmig gezegd, met een ongracieus duimgebaar over haar schouder in de richting van de huiskamer. 'Snapt u nou hoe een mens zoveel van dat vergif kan slikken?'

Daniëlle durfde in geen geval een vraag in die richting te wagen.

Ze had het gevoel dat het haar geschonken vertrouwen zo teer was als een spinnenweb. Misschien zou hij er over een halfuur diep spijt van hebben dat hij zich zo had laten gaan. Ten slotte was Eduard altijd een in zichzelf gekeerde persoonlijkheid geweest die je niet gauw loskreeg. Ze moest vooral niet méér proberen te krijgen dan hij wilde geven en hij had natuurlijk alleen iets losgelaten omdat het allemaal te veel werd en hij een-voudigweg niemand anders had om zijn zorgen mee te bespre-ken.

Birgitje kwam aanhollen en sprong als een jong hondje om Daniëlle en Eduard heen.

'Pappie... pappie... mag ik nou een hondje?' smeekte ze, hup-pelend van de ene voet op de andere. 'Liesbeth wéét er een voor me... hè toe nou, pappie!'

'Birgit, zéúr niet,' zei de kortaangebonden pappie van jongejuf-frouw Birgitje, die als antwoord een onbetamelijk eind tong uit-stak en boos besloot: 'En ik vind je toch maar een nare man!' Na deze bekentenis maakte ze dat ze wegkwam.

'Maak je alsjeblieft niet kwaad!' Daniëlle legde haar hand op zijn arm. 'Laat haar nu maar! Een beetje gelijk heeft ze tenslotte wel.'

Eduard Leroy, de bekende concertpianist en ietwat hautaine jongeman van goeden huize, keek het blonde meisje zo beteu-terd aan als een arm klein jongetje dat zijn neus heeft platge-drukt tegen de ruit en nu de lekkernij uit de etalage ziet ver-dwijnen en in andere handen overgaan.

'Ja, je kunt niet alles afdoen met 'zeur niet',' zei Daniëlle en de verontschuldigende glimlach probeerde iets van de scherpe kantjes weg te nemen. 'Bovendien zeurt Birgitje bijna nooit.'

'Je kent haar beter dan ik.' Het klonk vrij scherp. 'Zullen we dan nu maar naar huis gaan? Oma vindt het niet prettig als Birgit te laat aan tafel komt.'

Birgitje had helemaal geen zin om naar huis te gaan. Ze wilde dolgraag blijven eten en iedereen had eigenlijk een beetje mede-lijden met het kleine ding.

'Het kan echt niet, Birgit. Oma heeft met eten op ons gerekend,' zei haar vader zonder de gewone ongeduldige klank in zijn stem. 'Ik beloof je, dat je volgende keer mag blijven eten, als mevrouw het althans goed vindt. Ga je dan nu gauw mee?'

'Ja pappie,' zei Birgitje en ze hief met een aandoenlijk gebaar haar kinnetje op om de wanstaltige strik van haar hoedje te laten vastmaken.

'Waarom heeft dat kind in vredesnaam een hoed op?' informeerde haar vader met een paniekerige klank in zijn stem.

'Dat wil haar oma,' gaf Daniëlle braaf ten antwoord. 'Het laatste modelletje uit een Frans modeblad.'

'O ja? Nou, ik wil niet dat ze het prul nog langer draagt.' Het klonk grimmig en hij nam met een beslist gebaar het hoedje van het dikke donkere haar. 'Zo is het goed, lieverd, je mag wel zonder hoed voortaan.'

Birgitje huppelde uitgelaten naar haar vaders auto en Daniëlle volgde hem op de hielen, met het versmade hoofddeksel in haar hand.

Mevrouw Van Steenburg met Liesbeth en Jan-Hein keken hen na.

'Dat stomme hoedje kan nog lawaai veroorzaken.' Liesbeth begon te lachen. 'Zou het nog nooit eerder tot hem doorgedrongen zijn dat het schaap met hoedjes en handschoenen rondwandelt?'

'Ach welnee, Eduard heeft zijn hoofd boordevol muziek,' zei Jan-Hein goedig. 'Hij is eigenlijk nog wel een beetje rare vader, hè? Hij is natuurlijk ook nog wel erg jong en zo verstrooid. Volgens mij weet hij gewoonweg geen raad met Birgit, al houdt hij wel van haar.'

Zijn moeder keek hem getroffen aan. 'Je hebt recht in de roos geschoten, Sherlock Holmes.'

'Sherlock Holmes? O, u bedoelt de Engelse meesterdetective, ontsproten aan het brein van Conan Doyle, waarvan duizenden mensen tot op de dag van heden geloven dat-ie echt heeft bestaan?' vroeg Jan-Hein. 'Nou, voor míjn conclusies heb je echt geen vergrootglas en vingerafdrukken nodig, hoor.'

HOOFDSTUK 5

Mevrouw Stefans kon geen rust vinden. Ze had minstens een dozijn malen op de klok gekeken. Ze had tegen Daniëlle gezegd dat ze om halfvijf thuis moest zijn en nu was het halfzes geworden, zonder dat iemand kwam opdagen.

lk zal haar een flink standje geven, dacht ze grimmig. Ze heeft zich maar aan de regels te houden en als het haar niet bevalt kan ze gaan. Het is ook eigenlijk niets, zo'n jong meisje bij het kind. Birgitje is lang niet zo gehoorzaam als vroeger. Hier moet ik werkelijk paal en perk aan stellen. Ik vraag me af waar Eduard uithangt.

Ze hoorde het portier van de auto dichtklappen en toen behoefde ze zich niets meer af te vragen. Eduard had blijkbaar zijn dochter afgehaald.

'Dag oma,' kwinkeleerde Birgitjes hoge stem. 'Ik heb konijntjes gezien en een hondje en...'

'Birgit, waar is je hoed?' vroeg oma streng.

'O, die heeft Dani.' Ze wees vaag in Daniëlles richting.

'Maar u weet toch dat ik het zo niet wil!' Mevrouw Stefans wees naar het hoedje dat achteloos aan Daniëlles vinger bengelde.

'O, die hoed... ja, dat is mijn schuld.' Eduard haalde de schouders op. 'Moeder, ik wil niet dat ze die gekke dingen draagt. Zelfs al zat die afzichtelijke strik er niet op, dan wilde ik het nóg niet. Kinderen dragen nu eenmaal geen hoofddeksels meer en ik wil niet dat Birgit voor gek loopt. Ze heeft mooi dik haar, dus waarom zou ze met dat ding op haar bol moeten lopen? Ze zou er maar bevattelijk voor verkoudheden door worden. Juffrouw Van Tuyl, u gooit al die hoeden op een hoop en geef ze voor mijn part vandaag of morgen aan de voddenman mee.'

'Eduard, ben je dwáás!' Mevrouw Stefans was spierwit geworden. Daniëlle trok het kind, dat met grote ogen toekeek, haastig de kamer uit en duwde haar in de richting van de trap. Ze had best gemerkt, dat Eduard zich verschrikkelijk had geërgerd aan de piasachtige hoedjes, maar waarom was hij in vredesnaam zo ontactisch om daar een complete rel over te maken in tegenwoordigheid van haar en het kind? Hij was zichzelf niet, dat stond vast. Zo recalcitrant en zo snel geprikkeld had ze de teruggetrokken Eduard Leroy vroeger niet gekend en ze wist bijna zeker dat hij in de daarop volgende jaren niet zo veranderd kon zijn. Het was niet alleen door het verlies van zijn vrouw of door de moeilijkheden met zijn schoonmoeder, daarvan was Daniëlle overtuigd.

'Oma en pappie waren boos, hè?' fluisterde Birgitje toen ze de deur van de kinderkamer achter zich hadden gesloten en zich veilig voelden in hun eigen wereldje.

'Ja, een beetje wel, maar iedereen is wel eens boos. Jij toch ook?' vroeg Daniëlle.

'Jij bent nóóit boos op me.' Birgitje gaf vlug een zoen op de hand die ze nog steeds vast hield en het schuwe gebaar van het weinig demonstratieve kind roerde Daniëlle. Ze had zoveel liefde nodig en ze kreeg zo weinig.

'Vond je het een fijne middag?' Ze ging in een diepe stoel zitten en trok Birgit op haar schoot en terwijl Birgitje enthousiast babbelde vroeg Daniëlle zich af of ze nu gewoon naar beneden moest gaan voor het eten. Er werd geklopt en Greetje zeilde binnen met een blad waaronder ze bijna bezweek.

"F u hier w't ete!' In haar opwinding vergat ze netjes te praten. 'M'neer sop ze kame en M'frou op de haar!'

'Je bedoelt dat Birgit en ik hier moeten eten, omdat mijnheer en mevrouw ieder op hun eigen kamer zijn?' vroeg Daniëlle. 'Greetje toch... leer je het dan nooit af? Praat langzaam en duidelijk of ik luister niet meer naar je.'

'Het spijt me,' zei Greetje berouwvol en begon de tafel te dekken, wat meer weg had van een bordjes-gooi-en-smijtnummer. 'Ik zou u héél wat kunnen vertellen... over de hoedjes van Birgitje!'

'Nee, dank je, dat weet ik al.' Daniëlle schudde haar blonde krullen in een heftig ontkennend gebaar. 'Ik wil niet dat je alles wat je hoort aan mij komt overbrieven.'

'Nou... pfff...' Greetje koerste driftig naar de deur en daar keek ze met een hautain gebaar over haar schouders. 'Tsalmaal uschuld, zeg m'frou... zeg...'

Ze botste tegen iemand op en schrok heftig toen ze zag dat het mevrouw Stefans was. Haastig glipte ze de kamer uit.

'Converseert u met Gréétje?' Het klonk onzegbaar hooghartig.

'Soms maak ik een praatje met haar en ik weet niet wat daartegen is. Greetje is een lief meisje.' Daniëlle voelde zich driftig worden. 'Het is overigens niet mijn gewoonte om met haar de zaken van de familie te bespreken, als u dat soms mocht denken.'

'Dat doet me dan genoegen.' Het klonk droog. 'Ik wilde u alleen maar even zeggen dat de hoedjes van Birgit blijven waar ze zijn en dat zij ze ook dráágt. Ik ben verantwoordelijk voor Birgitjes gezondheid en opvoeding. Mijn schoonzoon is momenteel te zeer gespannen met het oog op het concert van overmorgen om hem ergens mee lastig te vallen, bedenkt u dat goed.'

Daniëlle overwoog snel of ze zou vertellen dat Birgitjes vader zelf het hoedje had opgemerkt en dat zíj er niets mee te maken had, maar ze begreep dat mevrouw haar toch niet zou geloven. Wat had ze gewonnen als ze de toestand op de spits dreef? Helemaal niets! Het was eigenlijk belachelijk zo'n lawaai om een hoedje.

Het gaat natuurlijk ook niet om dat hoedje alléén, dacht Daniëlle triest. Ik geloof dat het hoedje de lont in het kruitvat is. Zo gaat het in het groot... met een wereldoorlog, zo gaat het in het kleine... met een oorlog in de huiselijke kring. De oorzaak is naar verhouding meestal een kleinigheid waaruit de laaiende brand ontstaat.

De volgende dag was er voor Eduard een van boordevol studie en inspannende repetities. Hij had werkelijk geen ogenblik tijd om zich druk te maken over de hoofddeksels van zijn dochter. De huisgenoten zagen hem trouwens de gehele dag niet maar op de dag van het concert had de hypernerveuze pianist het ongeluk om in de hal Birgitje en Daniëlle tegen te komen.

Daar hebben we het gegooi in de glazen, dacht Daniëlle verschrikt en ze wilde haastig terugkeren op haar schreden, maar Birgitje glipte onder haar handen door en holde naar beneden. 'Dag pappie... Dani en ik gaan uit!' zong ze. 'Ga je met ons mee?'

Daniëlle zag zijn gezicht donker worden en ze kende en vreesde het nerveuze gebaar van de linkerhand door het donkere haar. Hij heeft hoofdpijn en vanavond is het concert, dacht ze. O, hemel, waarom moest dit gebeuren.

'Doe die hoed af!' Hij siste Daniëlle de woorden letterlijk toe en zijn donkere ogen schoten vonken 'Hoe durf je dat te doen tegen mijn bevelen in?'

'Oma wil het, pappie,' zei het kind kleintjes. 'Ik wil liever zonder hoed.'

'Goed, dan doen we die hoed af.' Hij wachtte tot Daniëlle met bevende vingers de strik had losgemaakt. 'Geef hier dat lor, Daniëlle, ik *wens* deze keer niet, maar ik *beveel* en wel dit ene: geen onwijze hoeden meer op Birgitjes hoofd. Als het koud weer is, dan kun je haar 's winters een capuchon of een wollen muts opzetten en daarbij blijft het. Goed begrepen?'

Daniëlle knikte alleen maar, greep het kind bij de hand en holde naar buiten. Ze had nog gezien dat de verbolgen Eduard met de gewraakte hoed in zijn hand de zitkamer was binnengestormd en ze wenste niet dat het kind de ruzie zou horen. Al die opwinding doet hem geen goed, tobde ze. Waarom moest dit nou gebeuren vlak voor het concert en hij hééft al hoofdpijn.

Ze zou met Liesbeth naar het concert gaan en in plaats van zich daarop te verheugen zag ze er verschrikkelijk tegen op. Birgitje pruilde dat ze de wandeling saai vond.

'Je zegt bijna niets!' klaagde ze. 'Wanneer gaan we weer eens naar jouw huis? Ik wil met het hondje en de konijntjes spelen, Dani!'

Toen ze na de wandeling thuiskwamen was het abnormaal stil in huis en nauwelijks waren ze boven of het onverbeterlijk nieuwsblad van Huize Stefans gleed binnen.

'M'frau ligt op bed... zenuwe!' fluisterde ze. 'Mijnheer is weg... kijk eens!'

Ze zwaaide de deur van Birgitjes welgevulde garderobekast open. Daniëlle staarde ongelovig naar de lege hoedenplank, waar heel dwaas één kleurig wollen mutsje was blijven hangen.

'Dat mag ze dragen als het vriest,' zei Greetje tevreden. 'Mijnheer heeft ze zélf weggehaald en al die gekke handschoentjes ook... kijk maar: alleen twee paar wollen wantjes en twee paar wollen handschoentjes voor als het werkelijk koud is.'

'Het is wél radicaal.' Daniëlle ging er bij zitten en bekeek de geplunderde kast, zich afvragend hoeveel geknakte zenuwen van weerskanten deze lege kast had geëist.

'Hij had gelijk, maar waarom moest het zo?' vroeg Dani zich pijnlijk verbaasd af. 'Zo is hij in normale omstandigheden toch niet, zo driftig, zo weinig tactvol... zo zonder zelfbeheersing. Ik had die hoedjes maar zo gelaten, zo vlak voor het concert, en de zaak morgen eens stevig uitgepraat.'

'Ik was erbij, hoor, toen mijnheer de hoedjes weghaalde,' zei Greet. Ze sprak rustig en weloverwogen omdat Daniëlle anders niet naar haar wilde luisteren. 'U wilt nooit iets weten, maar ik doe het echt niet om te roddelen. Mevrouw was woedend... allicht, maar mijnheer was héél erg van streek en dat vind ik naar. Hij was vroeger altijd heel anders, niet druk maar rustig en vriendelijk. Ik ben zo bang dat-ie er vanavond niks van terecht brengt.'

Dat was in ronde woorden hetzelfde wat Daniëlle dacht en ze rilde alsof ze het koud had.

'Ik ga er eigenlijk helemaal niet graag heen,' zei Daniëlle, omdat Greetje antwoord verwachtte. 'Misschien zien we het te donker in.'

'Nee, ik blijf liever hier om op Birgit te passen,' meende Greet. 'Mevrouw gaat toch, ondanks de ruzie, dat zal je zien! En dat is maar goed ook!' Ze was al bij de deur toen ze zich ouderge-woonte half omkeerde en over haar schouder fluisterde: 'Ze gaat wél, maar niet in de hoop dat ze hem geluk kan wensen.'

'Greetje, schaam je toch!' Daniëlle was nu werkelijk boos, maar Greetje haalde de schouders op en was verdwenen voor er ver-der commentaar kon komen.

Liesbeth genoot die avond uitbundig van het uitgaan met haar zusje. Ze was nog nooit naar een echt concert geweest.

'Wel naar schoolconcerten, maar dat is toch anders, hè?' Ze keek trots naar haar leuke blauwe jurk en zwarte schoentjes. 'Dit is feestelijker. Wat een fijne grote spiegel is dit!'

Ze keek in de spiegel naar haar zusje en vergat dat ze bezig was haar haren te kammen.

'Gunst kind, wat heb je? Je ziet gewoonweg spierwit! Voel je je niet goed?'

'Och toe, laten we nu maar naar binnen gaan,' zei Daniëlle ongeduldig. 'Het komt misschien door het felle licht en mijn donkere jurk. Ik voel me uitstekend.'

Liesbeth haalde de schouders op en liet het er verder bij. Hun plaatsen waren dicht bij de deur en zo hadden ze het volle gezicht op het binnenstromend publiek. Vooral Liesbeth genoot. 'Dani, kijk eens wat een zeilschip!' fluisterde ze haar zusje in. 'Ze glimt in haar oren, om haar hals, aan haar vingers en armen. Zou het allemaal echt zijn? Wat een knots van een stola.'

Daniëlle staarde naar mevrouw Stefans, die door Liesbeth zo kort en bondig beschreven was. Greetjes woorden kwamen haar tegen wil en dank weer in gedachten.

Als je ook maar íets om hem gaf, dacht ze bitter, dan zou je weten dat er iets verkeerd is, dan zou je er niet zo triomfantelijk uitzien!

Ze hoorde heel weinig van de ouverture en de rest van het programma voor de pauze.

'Ik ben zo benieuwd!' zei Liesbeth toen de zaal weer volstroomde. Eduard Leroy zou het concert van Mendelssohn no. 1 in g opus 25 spelen en Daniëlle kende die muziek noot voor noot. Een enthousiast applaus begroette de pianist, die daar nauwelijks op reageerde. Hij zag eruit als een slaapwandelaar en zo voelde hij zich ook. Met een dof gevoel in zijn pijnlijke hoofd staarde hij naar de toetsen. Hij wist niets meer en volkomen automatisch keek hij naar de dirigent en ving een verwonderde blik op. Eduard kreeg zichzelf weer enigszins onder controle. De druk op zijn hoofd week voor een paar ogenblikken als een mistsluier die opeens dunner wordt. Zijn onderbewustzijn en de routine van jaren redden hem van een complete debacle. Hoe had hij zo onnozel bang kunnen zijn dat hij niets meer wist... natuurlijk kende hij iedere noot!

Daniëlle zat voorover gebogen in haar stoel, de handen stijf ineengeklemd. Hij redt het... dacht ze. Hij redt het, maar hij speelt met net zoveel gevoel als een automaat!

Ze kromp ineen toen hij er een paar maal duidelijk naast sloeg en ze vroeg zich af of er buiten de deskundigen veel mensen zouden zijn die het gehoord hadden. Hij rolde er letterlijk doorheen, maar zijn spel was slecht, zonder gevoel en slordig bovendien.

Ik zou het er zelf nog beter afgebracht hebben dan hij! dacht Daniëlle wanhopig.

Het applaus was vriendelijk, maar niet overdreven enthousiast en de pianist kwam ook niet meer terug.

'Die man is ziek,' hoorde Daniëlle meewarig achter zich zeggen. 'Hij was een schaduw van de man die ik vorig jaar in Londen heb gehoord.'

'Nou ja, je weet wel, dat ongeluk.' De stemmen stierven weg.

Liesbeth was ongewoon stil op weg naar huis. Daniëlle had een taxi genomen. Ze moest immers zelf weer terug naar het huis van mevrouw Stefans en dat lag buiten de stadskom met een slechte busverbinding.

Pas toen de wagen bij hun huis stopte en Liesbeth aanstalten maakte om uit te stappen zei ze vlug: 'Ik ben blij dat ik mee ben gegaan, Dani. Ik... ik vond het niet mooi, maar ik geloof dat hij ziek was en dat iedereen dat ook wel begreep. Ik hoop dat hij het zich niet erg aantrekt.'

Ze was verdwenen voor Daniëlle antwoord kon geven.

Het grote huis van mevrouw Stefans was doodstil toen ze voorzichtig binnenkwam en Daniëlle schrok heftig toen de kamerdeur onverwachts geopend werd.

'O, ben jij het!' zei Eduard, hij was blijkbaar pas thuisgekomen en nog gekleed in avondkostuum. 'Waar kom jij zo laat vandaan?'

Hij maakte een uitnodigende beweging naar de kamer en ze liep langs hem heen naar binnen. Eduard plofte in een stoel neer en Daniëlle keek met ernstige ogen op hem neer.

'Ik ben naar het concert geweest en daarna heb ik m'n zusje thuisgebracht,' zei ze.

'O, nou, dan zal je wel genoten hebben.' Het klonk cynisch. 'Ik was er helemaal uit... net zoveel bezieling als een elektrische klok... routine... ja, dát wel!'

Hij zei niets over de vele malen dat hij ernaast had geslagen en Daniëlle zweeg er ook over. Ze wilde in geen geval verraden dat ze precies wist waar de fouten scholen.

'Hoe kwam het?' vroeg ze na een korte stilte. 'Komt het... door de hoofdpijn?'

'O, dus dat weet je ook al? Ach ja, zoiets blijft nooit verborgen.' Hij haalde de schouders op. 'Het is niet alleen doordat m'n leven totaal gedeukt is door Birgits dood... het is niet alleen door de moeilijkheden met mijn schoonmoeder... ik zou het misschien aankunnen als ik die martelende, barstende hoofdpijnen maar niet had. Ze komen plotseling en ze trekken ook weer plotseling weg... ik heb het overgehouden aan dat ongeluk.'

'Ja, ik was er bang voor dat het vanavond zo zou gaan.' Ze glimlachte even om de verontwaardigde verbazing in zijn ogen. 'Natuurlijk komt die hoofdpijn vooral als je je nerveus maakt. Je denkt toch niet dat ik niet heb gehoord wat er met de hoedjes van Birgit is gebeurd? Het sop was de kool niet waard. Dat is natuurlijk al een bewijs dat je je niet goed voelt, want je bent toch van nature niet zo driftig?'

'Nee, je hebt gelijk.' Eduard glimlachte vaag. 'Je observeert wel scherp. Weet je, het maakt me eerlijk gezegd erg bang... die hoofdpijnen. Je kunt je er geen voorstelling van maken. Op zulke ogenblikken kan ik niet meer denken... mijn hoofd lijkt wel op een zeef... alles glijdt weg. Zo'n ogenblik had ik vanavond toen ik opkwam... en ik denk wel eens: Vandaag of morgen word je wakker en weet je niets meer... niets... dan is je hoofd voorgoed leeg.'

'Wat zegt de dokter ervan?' informeerde Daniëlle.

'Gelukkig dat je niet zegt: 'Ik geloof er niets van'!' zei Eduard met een zucht. 'De dokter kan het niet vinden en niet één dokter... nee, er zijn er zeker tien die niets kunnen vinden. Ik ben het beu om ze te bezoeken... maar als het zo doorgaat, dan kan ik niet meer in het openbaar spelen... en ik moet toch... ik moet!'

Hij zat nu voorover gebogen met zijn gezicht in de handen verborgen.

'Ja, als dat moeten slaat op de financiële noodzaak, is het natuurlijk helemaal een ellendige geschiedenis,' zei Daniëlle.

'Daar slaat het niet op.' Het klonk ongeduldig. 'Pianospelen is een levensvoorwaarde voor mij.'

Daniëlle gaf geen antwoord en Eduard keek naar het ernstige gezichtje met een gevoel van zelfverwijt.

'Och, daar moet ik jou ook niet mee belasten,' zei hij en nu klonk zijn stem opeens vriendelijk en warm. 'Het was heel lief van je dat je zo rustig hebt geluisterd, Daniëlle. In ieder geval heb ik nu geen hoofdpijn meer en al zal ik dan morgen wel een paar beroerde recensies onder de ogen krijgen, mijn reputatie kan een paar stootjes verdragen, hoop ik.'

'Dat zal zeker wel zo zijn,' meende Daniëlle. 'Maar als het niet beter wordt, dan zou ik toch eens een paar maanden volstrekte rust houden.'

'Rust houden in dit huis?' Eduard haalde de schouders op. 'Daar zie ik werkelijk geen kans toe. Tob er niet over en kijk niet zo ernstig, Daniëlle. Ik had je er helemaal niet mee mogen lastigvallen.'

'Als je ergens in huis bent raak je vanzelf betrokken bij de dingen die de huisgenoten aangaan,' zei Daniëlle met rustige zekerheid. 'Je kunt er ook niet aan ontkomen om erover na te denken en ik wou dat ik kon helpen.'

Ze schrokken beiden van het onverwachts opengaan van de deur.

Mevrouw Stefans moest wel héél zacht over de trap hebben geslopen.

'Het is al laat,' zei ze kortaf. 'Ik meende dat ik stemmen hoorde.'

'Kwam u moedig op de inbrekers af?' Eduard lachte even, maar het klonk schamper. 'We hebben alleen maar even over het concert nagepraat.'

'Het was niet al te best.' Ze haalde de schouders op. 'Je kunt er maar beter weinig over praten en ik zou nu maar naar bed gaan... Goedenavond, juffrouw Van Tuyl of liever... goedenacht!'

'Goedenacht, mevrouw Stefans...' Ze aarzelde even. 'Goedenacht, mijnheer Leroy.'

Ze liep langzaam naar boven met de ogen van mevrouw Stefans in haar rug, maar ze weigerde gewoon om op de vlucht te slaan, alsof ze betrapt was op iets dat verkeerd kon worden uitgelegd. De gevoelens die Daniëlle op dat ogenblik voor haar werkgeefster koesterde, waren bepaald niet vriendelijk te noemen.

De volgende morgen, toen Daniëlle met het kind wilde gaan wandelen, kwam ze Eduard op de trap tegen. Hij zag er uitgerust en ontspannen uit en zo jong als hij werkelijk was.

'De klap valt wel mee. Lees maar!' Hij duwde haar de ochtendkrant in de handen. 'Deze man is een belangrijk kunstkriticus, hij had de situatie nogal goed door.'

Daniëlles ogen vlogen over de regels. De recensent schreef, dat hij dit concert wel eens beter van Eduard Leroy had gehoord en dat de pianist blijkbaar slecht gedisponeerd was. Volgens hem leed de pianist nog aan de gevolgen van het ernstige ongeluk dat hem kortgeleden was overkomen en waarbij zijn vrouw het leven had verloren.

'Wat een engel!' zei Daniëlle uit de grond van haar hart. 'Wat een menselijke engel!' Op hetzelfde ogenblik drong tot allebei de dwaasheid van die woorden door en schoten ze samen in de lach, wat een onmiddellijke reactie ten gevolge had.

'Wil je wat minder lawaai maken, Eduard en u ook... juffrouw Van Tuyl?' Mevrouw Stefans had de kamerdeur geopend. 'U zou toch gaan wandelen?'

'Ja moeder, ze gaat wandelen.' Eduards stem werd meteen ongeduldig. 'Het is hier toch geen kostschool? Waarom hangt u geen bordjes neer met 'Verboden te lachen' en 'Hier niet hardop praten'?'

Daniëlle liep Birgitje na en liet het aan Eduard over om het vinnige antwoord van zijn schoonmoeder op te vangen.

Ze mag me niet, dacht Daniëlle zorgelijk, terwijl ze automatisch op Birgits gebabbel antwoord gaf. Het is niet moeilijk om te begrijpen dat ze me eruit wipt zodra ze iemand anders heeft. Waarom doet ze toch zo? Waarom draait ze iedere vleug sympathie die iemand voor haar zou kunnen koesteren, zo radicaal de nek om? Het is voor Birgitje zo geen leven en voor Eduard evenmin. Zo zie je dan maar weer dat voor geld geen rust, geen geluk en geen gezondheid te koop is, wat overigens alleen maar rechtvaardig is. Dan zou het helemaal een mooie toestand worden, maar dat verandert niets aan het feit, dat zowel vader als dochter zich niet bepaald gelukkig voelen onder oma's schrikbewind. Het kon zo anders zijn! Ze wint niets met wraakgevoelens en verbittering. Waarom wil ze toch niet inzien dat Eduard en Birgitje net zoveel verloren hebben als zijzelf? Waarom geeft ze hun geen warmte en liefde, die ze allebei zo broodnodig hebben?

Ze had nooit kunnen vermoeden dat de toestand zich zo snel zou toespitsen en de aanleiding bestond alweer uit een voorwerp dat aan Birgitje behoorde. Het was regenachtig weer en mevrouw Stefans had gevraagd of Daniëlle even een boodschap voor haar wilde doen. Birgitje dreinde om mee te mogen maar oma vond het niet goed.

'Daniëlle komt zo terug, ga zoet spelen,' zei haar vader. 'Ga je pop maar halen, dan mag je bij mij blijven.'

Birgitje holde naar boven en daar aangekomen aarzelde ze. Peep, de lievelingspop, die al eens door oma als 'vies en onhygiënisch' was veroordeeld en door Greet in het geheim gered, sluimerde vredig onder Birgitjes bed.

Oma is in de keuken en ze komt toch niet op papa's kamer, dus kan ik mijn lieve Peep wel meenemen. Zo ongeveer moest het kind wel gedacht hebben.

De boodschap die Daniëlle moest doen, duurde niet langer dan tien minuten en toen ze thuis kwam stond het huis op stelten.

Ze hoorde Birgitje op de bekende en gevreesde alarmerende manier gillen. Ze deed het alleen als ze volkomen overstuur was. Daniëlle holde naar boven en halverwege kwam ze Greetje tegen, ook al snikkend.

'Greet, wat is er?' vroeg Daniëlle, maar Greetje gaf geen antwoord.

In de kinderkamer vond ze de trappelende en gillende Birgit, vastgehouden door haar vader.

'Kalm toch... stil toch... Birgitje!' smeekte hij.

'Ik wil Pee-eep!' loeide Birgitje, voor geen rede vatbaar en ze sloeg naar de handen op haar schouders, terwijl de tranen als knikkers over haar wangen rolden.

'Nonsens, je krijgt die vieze pop niet terug en het is een schandaal dat Greetje hem weer uit de vuilnisbak heeft opgevist,' sprak mevrouw Stefans met verheffing van stem. 'Wat denkt ze zich te kunnen veroorloven? Ik wil het niet, hoor je, Edu... ik wil het niet. Ze heeft kasten vol mooi speelgoed en het is plagerij van haar dat ze altijd die vieze, smerige lappenpop wil. Ze moet het maar eens afleren, de dwingeland. Wist u ervan, juffrouw Van Tuyl?'

Birgitje stortte letterlijk op Daniëlle toe en begroef haar natte gezichtje in de nieuwste en mooiste rok die Daniëlle bezat, maar daar sloeg de eigenares van de rok totaal geen acht op. Ze legde haar hand kalmerend op het donkere bolletje.

'Stil zijn, Birgit, zo kunnen we het oma niet vertellen.' Birgitje, danig overstuur brulde fortissimo verder en Daniëlle zei met verheffing van stem: 'Ja, ik wist vanaf het eerste uur dat ik bij Birgit was dat Peep haar liefste kind is. Dat is heus geen plagerij van haar. Ze is nu eenmaal dol op die pop omdat ze er meer in ziet dan wij kunnen begrijpen... of het moest zijn omdat een moeder – en óók een poppenmoeder – misschien van haar lelijkste kind het meeste houdt.'

'Ik begreep helemaal niet wat er eigenlijk aan de hand was,' zei Eduard verontschuldigend. 'Ze zou haar pop gaan halen en bij mij op m'n kamer komen spelen. Enfin, toen hoorde ik Birgit opeens loeien.'

Ondanks de verwarde toestand moest Daniëlle vlug een glimlach wegduwen om het in diepe ernst uitgesproken 'loeien' in plaats van 'huilen'.

'Ik kwam binnen. Moeder was bezig om Birgit én Greet een standje te geven! Greet begon ook te jammeren. Mensenlief, wat een toestand...' Hij hief in wanhoop zijn handen op. 'En dat allemaal om een pop! Moeder, geef dat kind in vredesnaam die pop terug. Wat kan het u schelen dat het ding vuil en lorrig is?'
'Nonsens, ze hoeft niet altijd haar zin te hebben,' beet mevrouw Stefans hem toe. 'Ze denkt dat ze maar behoeft te gillen om te krijgen wat ze hebben wil.'
Dat was beslist niet waar, want Birgit was een kind dat zelden om iets dwong en zich gemakkelijk kon schikken.
Birgitje snikte nu heel zachtjes met kleine zenuwschokjes. Daniëlle had diep medelijden met haar en met de getergde blik in Eduards ogen. Ze zag zijn gezicht wit wegtrekken en ze wist dat er weer hoofdpijn op komst was.
'Moeder, wilt u alstublieft die pop aan Birgit teruggeven?' Zijn stem bleef kalm en de donkere ogen hielden de koude blauwe ogen vast.
'Gééft u die pop!'
'Dat kan niet, ze ligt in de vuilnisbak,' zei mevrouw Stefans hooghartig. 'Stel je niet aan, Eduard. Ze kan voor mijn part een mooie nieuwe pop krijgen, maar niet dat lor.'
'Moeder, begrijp het dan toch! Ze wil geen nieuwe pop, ze wil die oude.' Eduard wreef vermoeid over zijn hoofd en sloot een ogenblik zijn ogen. 'Voor Birgit is die oude pop een ziek en mishandeld kind, dat extra zorg nodig heeft. Probeert u toch haar te begrijpen! U verspeelt op die manier haar liefde helemaal.'
'Eduard, ik ben niet gewend te discussiëren in de tegenwoordigheid van personeel.' Ze keek even naar Daniëlle. 'En doe niet zo sentimenteel alsjeblieft! Ik weet heus wel hoe je een kind moet opvoeden.'
Toen zei Eduard, die al die tijd met moeite kalm was gebleven, iets wat hij natuurlijk niet had moeten zeggen: 'O ja, u hebt Birgitjes moeder opgevoed, dat is waar! Wat ben ik blij dat ze in haar korte leven ten minste vier gelukkige vrije jaren bij mij heeft gekend. Daar zal ik altijd dankbaar voor zijn. Kleine Birgit zal een andere opvoeding krijgen.'
Hij stoof langs hen heen en ze hoorden hem de trappen afrennen. Mevrouw Stefans stond een ogenblik onbeweeglijk, toen keerde ze zich naar Daniëlle toe.

'U kunt met Birgit boven eten, ik ga uit,' zei ze stroef en beheerst alsof er niets was gebeurd. 'Als u me nodig mocht hebben, dan kunt u me bij mevrouw Nieman bereiken. U kent het telefoonnummer.'

Ze liep met opgeheven hoofd de kamer uit. Het werd stil in huis. Greetje bracht met roodbehuilde ogen het eten boven in een mokkend zwijgen. Op weg naar de deur zag ze er vinnig en vastberaden uit: 'A'ze denk dazze mij bledige kan... moes' vroeg 'pstaan... gaan weg!'

'Welja, ook dát nog!' zuchtte Daniëlle, maar ze praatte tegen een deur, die onzacht in het slot gekeild was.

Daniëlle en Birgit hadden geen trek in eten en Daniëlle vroeg zich af of Eduard beneden met evenveel ongenoegen aan zijn eenzame maaltijd bezig was. Greetje had nog steeds zwijgend de borden weggehaald en Daniëlle bracht het kind naar bed. O, die lange eenzame avond, dacht ze verdrietig. Ik wou dat ik nu naar huis kon rennen. De sfeer in dit huis benauwt me zo.

Ze installeerde zich met een boek waarin ze niet las bij het gashaardje, waarvan ze in een zielige poging om wat gezelligheid te zoeken, een paar vlammetjes had aangestoken.

Er werd zachtjes op de deur getikt en Eduard kwam binnen. In zijn hand droeg hij een vreselijk verfomfaaide Peep.

'Kun je hier nog iets aan doen?' vroeg hij zacht. 'Greetje heeft het ding op mijn bevel uit de vuilnisbak gevist.'

'Misschien kan ze in een benzinebadje.' Daniëlle nam het popje van hem over. 'Ze zal niet mooier worden, maar dat doet aan Birgits liefde heus niets af... integendeel. Ik zal haar morgenochtend vertellen dat Peep gered is en naar het ziekenhuis moest. Daar mag ze Peep dan komen bezoeken. Ik neem haar morgen wel mee naar huis, mijn moeder weet er wel raad mee.'

'Dat drama is dus opgelost.' Eduard ging in de stoel tegenover Daniëlle zitten en hij keek peinzend naar het betrokken gezichtje. 'Voor jou is het ook ellendig en het spijt me verschrikkelijk dat je de zoveelste scène moest bijwonen.'

'Dat hoeft je niet te spijten.' Het klonk rustig. 'Ik vond het alleen jammer dat je... nou ja, wat je gezegd hebt over de opvoeding van... van grote Birgit.'

'Ik weet het, maar er zijn ogenblikken waarop je er in drift uitgooit wat je lang hebt verzwegen. Het was voor jou erg onaangenaam. De toestand wordt voor ons allemaal onhoudbaar en ik zou dolgraag met Birgit uit dit huis weggaan, maar ik zie geen mogelijkheid of ja... toch één... blijf hier, Dani en luister naar me.'

Hij greep haar bij de hand toen ze opstond en langs hem heen naar de deur wilde lopen.

'Ik ga niet weg,' zei ze zacht, 'ik wilde alleen maar koffie gaan halen.'

'Och, láát die koffie toch! Ik wil dat je naar me luistert.' Ze ging weer zitten, de handen krampachtig gevouwen en de ogen neergeslagen. 'Je wilde er wél vandoor, omdat je begreep waarover ik wilde praten. Goed, misschien is je poging om weg te lopen antwoord genoeg maar tóch zeg ik het: Onze enige redding, die van Birgit en mij ligt in het weggaan uit dit huis. Ik wil een eigen huis, een zonnig huis, waar Birgit kan lopen en lachen en spelen, ik wil die eeuwige scènes niet meer omdat ik het evenmin als Birgit verdragen kan. Dat huis kan ik kopen, maar daarmee is het nog geen thuis. Ik ken jou en Birgit is dol op je. Als ik jou vraag om met ons mee te gaan, doe je het dan? Er is maar één oplossing voor mijn problemen... wil je met me trouwen, Daniëlle?'

Het duurde even voor de wereld ophield met rondom Daniëlle te draaien en voor ze het waagde om haar ogen op te heffen. Ze wist niet of ze wilde lachen of huilen. Daar zat ze dan in een prozaïsche ouderwetse kinderkamer en de man waar ze met heel haar hart van hield, vroeg haar ten huwelijk... als laatste redding in de nood. 'Het is moeilijk om daar opeens een antwoord op te geven,' zei ze eindelijk en de grijze ogen waren zacht en begrijpend. 'Ik begrijp best dat dit een noodsprong is... zo is het toch, Eduard?'

'Ja, ik kan het niet ontkennen.' Het antwoord kwam na een gespannen stilte. 'Ik begrijp heel goed dat het egoïstisch van me is en niet bepaald... fair tegenover jou. Je zit natuurlijk niet te wachten op de zorgen voor een man en een kind en je wint er niet veel bij. Waarom zou een lief en knap meisje 'ja' zeggen op zo'n onzinnig voorstel?'

'Ja... waarom?' Daniëlle lachte even, ze voelde zich zo rustig alsof ze over het leven van een vreemd meisje besliste. 'Ik zie overigens niet in dat je vraag onzinnig is. Ik weet heus wel dat je niets om me geeft... hoe zou dat ook kunnen? Ik verwacht ook niet van je dat je me dát zult gaan wijsmaken want dát... zou ik niet kunnen verdragen.'

Ze stond met een wild gebaar op en liep naar het raam om even niet zijn gezicht met de vragende ogen te zien.

'Een prettig toekomstbeeld voor een jong meisje!' zei Eduard en het klonk bitter. 'Waarom zeg je niet meteen dat ik dwaas ben? Dat mág je doen, zonder rekening met wie dan ook te houden. Je hebt recht op je eigen leven en laat je niet omver praten... door niemand... ook niet door mij!'

Eduard was ook opgestaan en hij legde zijn hand met een dwingend gebaar op haar schouder.

'Ik ben gek geweest toen ik je dat vroeg, Dani. Vergeef het me maar. Je bent nog zo'n kind en je hebt beter verdiend dan een man die...'

'Niet van me houdt,' voltooide ze met rustige, heldere stem. 'Als ik recht heb op mijn eigen leven, zoals je zei, laat me dan nu ook de vrije keus. Ik wil erover nadenken, is dat goed?'

'Je zult het toch niet alleen doen omdat je Birgitje graag mag, hè?' vroeg hij scherp.

'Waar zou ik het anders om moeten doen dan om jou en Birgitje?' vroeg ze zacht. 'Je bent zo verschrikkelijk met jezelf in tegenspraak.'

'Je hebt gelijk.' Eduard deed een stap terug. 'Weet je, je bent zo'n verstandig meisje en dan vergeet ik wel eens hoe jong je nog bent.'

'O nee, ik ben niet zo verstandig.' Daniëlle glipte langs hem heen en ging op de zijleuning van haar stoel zitten. 'Ik weet niet eens of ik het wel zo prettig vindt 'verstandig' genoemd te worden. Het kon je wel eens bitter tegenvallen. Je weet heel weinig van me.'

'O, ik ben bereid het risico te nemen dat het me zou tegenvallen.' Het klonk onwillekeurig wat spottend. 'Erger dan hier kan het niet zijn.'

'O, dank je wel, zeer vereerd.' Daniëlle had op dat ogenblik de neiging om hem Peep, waarmee ze gedachteloos zat te spelen, naar zijn hoofd te gooien. 'Nee, dat is dan wel in orde.'

'Je hoeft niet sarcastisch te doen,' merkte Eduard beledigd op. 'Ik bedoelde er niets onvriendelijks mee.'

Daniëlle gaf er geen antwoord op, ze schrok ervan dat ze hier nu ook al bijna aan het ruziemaken waren geslagen. Het zat gewoonweg in de sfeer van het huis. Ze stond op en legde Peep met een beslist gebaar op de tafel neer. 'Ik ga nu naar m'n kamer,' zei ze zacht. 'Er valt op het ogenblik zo weinig meer te zeggen.'

Ze haalde met een hulpeloos gebaar haar schouders op en bij de deur bleef ze nog even staan, aarzelend en diep in haar hart verlangend naar een hartelijk woord dat niet werd gesproken en zacht trok ze de deur achter zich dicht.

Heel lang stond ze in het donker voor het raam in haar kamer en staarde met nietsziende ogen naar de schimachtige, wild bewegende boomtakken.

Het zou alleen maar dom zijn als ik m'n ogen sloot voor de waarheid, dacht ze verdrietig. Eigenlijk wil hij helemaal niet trouwen, maar hij weet zich geen raad. Hij staat met zijn rug tegen de muur, met zijn hoofdpijnen, de scènes door het gedrag van zijn schoonmoeder en Birgitje die in deze atmosfeer ook niet meer kan leven. Nu rest alleen nog maar de vraag of het werkelijk mijn levensbestemming is om als 'laatste middel tot redding' te fungeren. Ik zou er zelfs niet verder over denken als ik niet zo verschrikkelijk veel van Eduard en Birgitje hield.

Ze sliep die nacht nauwelijks en de volgende morgen zette ze met Birgitje aan de hand en Peep in haar tas, koers naar het huis van haar moeder.

'Nee maar... daar is onze Daantje!' joelde Liesbeth die een vroegertje had omdat de lerares Frans ziek was. 'Dag Birgitje!'

'Zijn de konijntjes er nog?' informeerde Birgitje gretig. 'Mag ik met je mee naar de tuin?'

'Och toe, neem haar even mee,' smeekte Daniëlle en Liesbeth, die kwajongensachtig deed maar heel fijngevoelig was, begreep meteen wat er van haar verwacht werd.

Dani heeft moeilijkheden, dacht ze verschrikt. Ze ziet er zo bleekjes uit! Zeker herrie met oma. Ik hield het er vast niet lang uit.

'Kind, wat gezellig,' zei mevrouw Van Steenburg. 'Ik ga gauw koffie voor je halen.'

'Laat maar even, mams.' Daniëlle legde Peep op tafel. 'Kunt u deze gehavende freule, oorzaak van een massa trammelant, nog wat opkalefateren?'

'Dat zal wel gaan... ja.' Daniëlles moeder bekeek de pop vluchtig. 'Wat is er nog meer, Dani? Vertel het me maar.'

Daniëlle vertelde het verhaal in sobere woorden en hoe goed ze haar moeder ook kende, toch was ze, terwijl ze sprak, bang voor een heftige reactie. Zou moeder niet zeggen: Je bent een dwaas kind. Waar wil je aan beginnen? Een moeder zou het waarschijnlijk allerminst prettig vinden als haar nog geen twintigjarige dochter de zware taak van tweede moeder op zich wilde nemen. Het bleef echter stil nadat Daniëlle alles had gezegd wat er te zeggen viel en Dani was er dankbaar voor. 'Wat denkt u ervan, mams?' vroeg ze dringend.

'Ik denk dat je zult doen wat je hart je ingeeft, kind.' Mevrouw Van Steenburg sprak zonder een spoor van opwinding. 'Het is een bijzonder zware taak, die heel wat moed en geduld zal vereisen. Als je het doet zul je waarschijnlijk duizendeen maal struikelen, fouten maken... dat hindert ook niet, zolang je door liefde geleid wordt. Ik vind maar één ding buitengewoon bezwaarlijk... jij houdt veel van Eduard. Hij heeft altijd een grote plaats in je hart gehad, maar realiseer jij je wel hoe ontzettend moeilijk het zal zijn om met een man getrouwd te zijn waar je veel van houdt, maar die niets om jou geeft. Het klinkt hard, Dani, maar zie het alsjeblieft zoals het nu eenmaal is. Bovendien is Eduard een kunstenaar in hart en nieren, hij zal altijd andere eisen aan het leven en aan zijn huisgenoten stellen... moeten stellen... dan een man met een gewone baan, die 's morgens om halfnegen vertrekt, 's avonds om halfzes binnenkomt en genoeglijk denkt: Ziezo, ik ben weer thuis... gezellig bij m'n vrouw en kinderen. Zo zal het voor jou nóóit worden. Ik zeg dit alles niet voor jou alleen, ik zeg het ook voor hém en voor dat kleine ding. Weet wat je begint en klaag naderhand niet omdat het zo zwaar is te dragen. Alleen als je met open ogen de moeilijkheden wilt zien en begrijpen... ja, alleen dán... maak je er wellicht toch nog een succes van. Hou je alsjeblieft ver van struisvogelpolitiek, steek je kopje niet in het zand... en bedenk dat het om het levensgeluk van drie mensen gaat. Dat is alles wat ik ervan kan zeggen, Dani. Ik ben er overigens niet zo verbaasd over, dat heb je wel gemerkt. Het was al zo lang duidelijk hoe intens je met

Eduard en Birgitje meeleefde. Bovendien heb ik het zélf niet zo gemakkelijk gehad in het leven en ik geloof niet meer in sprookjes. Natuurlijk bestaat er geluk, maar voor een werkelijk groot en diep geluk zal je moeten vechten, dat rolt je zomaar niet in de schoot. Dat heb ik zelf ondervonden toen ik met jouw lieve maar onpraktische en onzakelijke vader trouwde, waarvan ik zielsveel hield, en ook later toen ik met de vader van Liesbeth en Jan-Hein trouwde, waarvan ik... en dat mag je nu wel weten... in het begin beslist niet zoveel hield. Daar was, net als nu bij Eduard, de herinnering aan dat onuitwisbare 'vroeger'.'

'Hield je later wél van... Liesbeths en Jan-Heins vader?' vroeg Daniëlle zacht.

'Ja, heel veel, anders misschien dan de eerste keer, niet zó jong en onbezorgd, maar zeker niet minder.'

Mevrouw Van Steenburg stond op en gaf Daniëlle een zoen. 'Kom, nu ga ik toch heus koffie voor je halen. Liesbeth en Birgitje zijn in aantócht en... laat Péép maar aan mij over.'

Met een zucht van verlichting zag Liesbeth dat de wolken overgedreven waren en blijkbaar maakte Daniëlle zich deze keer er niet zo druk over, dat ze wel eens te laat thuis zou kunnen komen.

'Weet Eduard dat je hierheen bent?' vroeg Liesbeth. 'En weet oma Stefans het ook?'

'Ja, ze weten het allebei.' Daniëlle kleurde en de pientere Liesbeth zag het natuurlijk en dacht er meteen het hare van. Later wandelde ze met Birgit naar huis, het kleine handje van het kind vertrouwelijk in de hare. Het was een wonderlijke en opwindende gedachte om te weten dat ze maar één klein woord behoefde uit te spreken om voorgoed recht op die kleine hand in de hare te hebben. Ze wist, diep in haar hart, heel goed dat haar moeder niet wilde tegenwerken, maar toch niet bepaald blij was met haar besluit. Natuurlijk had moeder direct geweten dat ze wel degelijk al had besloten en dat ze alleen maar had willen weten hoe haar moeder erover dacht. Mochten haar gedachten toch nog een romantische kant aan de historie gevonden hebben, dan tuimelde ze wel hard uit haar besloten gedachtewereldje zodra ze het sombere huis binnenstapte.

'Waar komt u vandaan?' Mevrouw Stefans wachtte haar in de hal op en ze zag er bleek en verstrooid uit. 'U bent een halfuur te laat! U weet dat ik stiptheid van u eis en als u zich daar niet aan wenst te houden, dan kunt u gaan.'

'Zo eenvoudig ligt het niet, moeder.' Eduard liep langs mevrouw Stefans heen. 'Ik wist dat Daniëlle naar haar moeder was met Birgit, voor een heel belangrijk gesprek.'

Hij stak zijn hand uit naar Daniëlle en ze legde de hare erin. De vraag in zijn ogen beantwoordde ze met een knikje en in antwoord daarop voelde ze dat Eduards vingers een ogenblik vaster om de hare sloten.

'Ik geloof dat het voor iedereen beter is, moeder,' zei hij. 'Birgit en ik kunnen niet voorgoed van uw huis gebruik blijven maken. Ik ben ervan overtuigd dat een zo jong kind als Birgit in een jong gezin moet opgroeien, hoe veel waardering ik ook voor uw zorgen heb. Daniëlle en ik gaan trouwen.'

'O, jij intrigante!' Mevrouw Stefans was spierwit geworden en ze deed onbeheerst een stap in Daniëlles richting. 'Het was natuurlijk vanaf het begin je bedoeling om je in te dringen en het kind van me af te nemen... de herinnering aan mijn dochter uit Eduards hart te bannen.'

'Met die bedoeling ben ik beslist niet gekomen,' zei Daniëlle zacht. 'Ik wilde dat u dat kon geloven, maar ik ben bang dat alles wat ik zeg verkeerd begrepen zal worden.'

'Ga maar naar boven. Ik praat het verder uit.' Eduard duwde haar naar de trap en Birgitje glipte voor Daniëlle uit naar boven. 'Oma was boos, hè?' zei ze ademloos zodra de deur achter hen in het slot was gevallen. 'Ze was verschrikkelijk boos... waarom eigenlijk, Dani?'

'Je bent nog een beetje te klein om dat te kunnen begrijpen,' zei Daniëlle en ze belde om Greet, die verrassend vlug boven was. 'Eten? O ja, dat breng ik wel.' Haar heldere ogen keken Daniëlle nieuwsgierig aan. 'Mevrouw is zo woedend als ik haar nog nooit heb meegemaakt. Ze gaat tegen mijnheer Eduard tekeer dat horen en zien je vergaat. Dat loopt natuurlijk weer op hoofdpijn uit. Wat is er eigenlijk aan de hand?'

Ondanks de benarde toestand schoot Daniëlle even in de lach. 'Kom nou, Greet! Als het waar is dat 'horen en zien' je vergaan is, dan heb je beslist ook wel gehoord waar het over ging.'

'Ja, zo is 't,' gaf Greet na een korte aarzeling toe. 'Ik wou alleen van u horen of het wáár is, dat u met mijnheer Eduard gaat trouwen. Het zal een geluk voor die twee zijn als ze adem kunnen halen zonder dat er aanmerkingen gemaakt worden... dat is wat ik ervan denk.'

'Vind je me ook een intrigante?' Het klonk verdrietig.

'Intri... wát?' informeerde Greetje bedremmeld. 'O, ik snap het al. Nee, natuurlijk niet. Mijnheer Eduard is veel te jong om alleen te blijven en al treurt hij nou een levenlang, mevrouw Birgit krijgt-ie immers toch niet meer terug. Het is de beste oplossing zo... voor hem en Birgitje.'

'En voor mij dan?' Daniëlle probeerde te glimlachen, maar er stonden tranen in haar ogen.

'O, voor u... tja...' Greetje staarde haar nieuwsgierig aan. 'Wel, u hoefde toch geen ja te zeggen. U wilt toch immers zelf? Dan zal het voor u óók wel het beste zijn, denk ik.'

Het klonk zo heerlijk logisch en zo verfrissend laconiek dat Daniëlle in de lach schoot en zich opeens een stuk beter voelde. 'Je bent een parel, Greet,' zei ze dankbaar. 'Een echte... en die zijn kostbaar.'

Een halfuur later, toen Birgitje het verplichte middagslaapje deed en Daniëlle zich rusteloos afvroeg wat ze moest doen, ging de deur onverwachts open. Ze schrok omdat ze mevrouw Stefans verwachtte.

'Ik ben het maar, Dani.' Eduard glimlachte even en opeens voelde ze zich dodelijk verlegen. Ze deed een pas terug, zodat haar handen steun vonden aan de vensterbank en ze keek hem met grote verschrikte ogen aan.

'Kijk alsjeblieft niet zo angstig, kind,' zei Eduard zacht. 'Ik schaam me omdat ik jou hierin betrokken heb. Ik had je nooit moeten vragen... ach, wat doet het ertoe. Het is nu eenmaal gebeurd.'

'Je kunt terug als je spijt hebt.' Daniëlle hief haar kinnetje op en zag er strijdlustig uit.

'Heb jij spijt?' vroeg hij vlug.

'Nee, niemand heeft mijn besluit beïnvloed,' zei Daniëlle rustig. 'Ik ben bereid om er het beste van te maken.'

'Daar ben ik erg blij om.' Hij legde zijn handen luchtig op haar schouders en zijn donkere ogen waren heel vriendelijk. 'Ja, laten we dat allebei proberen en begin met je niets aan te trekken van alles wat mevrouw Stefans zegt. Haar visie op Birgit en mij is vanaf het begin verkrampt en daardoor scheefgetrokken geweest. Ze heeft me Birgit nooit gegund, ze heeft me de schuld van haar dood gegeven en ze misgunt me Birgitje. Natuurlijk is ze woedend op jou en toch heb ik medelijden met haar. Ze kan er misschien niets aan doen dat ze zo'n verknipt karakter heeft en eenzaam is en blijft ze, ook nu Birgitje wel bij haar woont. Later zal alles waarschijnlijk wel weer goed komen, maar op het ogenblik is er niets met mijn schoonmoeder aan te vangen. Er zijn een paar moeilijkheden op te lossen. Ik heb per slot van rekening niet opeens een kant-en-klaar huis tot mijn beschikking, dat heeft tijd nodig, maar het ultimatum luidt: 'Als je je huwelijksplannen doorzet, dan is mijn huis vanaf deze dag voor jou en Birgit gesloten'.'

'Zou het helpen als ik nog eens met haar probeerde te praten?' Daniëlle zag er bezorgd en bleekjes uit. 'Natuurlijk is het niet zo'n probleem. Jij kunt zolang in een hotel gaan en Birgitje kan bij ons komen, maar ik vind het allemaal zo nodeloos dramatisch en theatraal en uiteindelijk straft ze alleen zichzelf.'

'Het heeft geen enkel doel, Daniëlle, geloof me.' Eduard zuchtte diep en trok haar naast zich op de brede vensterbank. 'Weet je, ik zou je boeken vol kunnen vertellen over de strijd die Birgit heeft gevoerd tegen de opvoedingsmethodes van haar moeder. Ik weet dat ze tobde over de jeugd van Birgitje en dat ze naar huis wilde om haar moeder erop voor te bereiden dat we binnenkort een eigen huis zouden hebben.'

Daniëlle had toch geen vrede met de manier waarop door mevrouw Stefans' onbuigzame houding de geschiedenis uit de hand was gelopen.

'Tob er maar niet over, Eduard,' zei ze en ze raakte met een troostend gebaar zijn hand aan. 'Als ze niet anders wil... nu ja, dan moet het maar zo. Ik weiger om stilletjes het huis te verlaten alsof ik een misdaad op m'n geweten heb en ik ga haar toch vragen of ze het werkelijk zo wil.'

Voor Eduard haar kon tegenhouden was ze verdwenen. Mevrouw Stefans keek met ijskoude ogen naar het slanke meisje dat aarzelend bij de deur bleef staan.

'Ik heb niets meer te zeggen.' Ze hief met een onherroepelijk gebaar haar hand op. 'Tegenhouden kan ik jullie niet, maar mijn huis is vanaf nu voor jullie gesloten en ik heb nu tenminste gezien wat Eduards liefde voor zijn vrouw waard was.'

'O, wat dát betreft...' Daniëlle haalde met een triest gebaar de smalle schouders op. 'Ik maak me geen illusies over zijn gevoelens voor mij. Hij geeft niets om me, maar hier is hij niet welkom... niet gewenst... en hij wil dat Birgitje opgroeit in een jong gezin. Dat is hard voor u, maar heel redelijk. Daarom hoeft u Birgitje immers niet te verliezen... ik zou zeggen, integendeel. Ons huis zal voor u in ieder geval niet gesloten zijn, al sluit u het uwe dan voor ons.'

Birgitjes oma bleek maar één zin werkelijk belangrijk te hebben gevonden.

'Als je er dan zo zeker van bent dat Eduard niets om je geeft, waarom trouw je dan met hem?' De koude blauwe ogen keken haar doorborend aan. 'Toch niet om Birgitje alleen? Je kunt me niet wijsmaken dat een meisje van negentien haar leven en geluk opoffert voor het kind van een onbekende andere vrouw.'

Het bleef even stil, een harde en gespannen stilte. Toen richtte Daniëlle met een trots gebaar haar blonde hoofd op en haar grijze ogen waren eerlijk en onbevreesd.

'Natuurlijk heb ik nóg een reden en een heel goede,' zei ze rustig. 'Maar ik ben niet verplicht u daarover in te lichten. Tot ziens mevrouw Stefans... en... vóór ik ga wil ik u dit ene nog vragen: Mag Birgitje bij u blijven tot Eduard en ik trouwen of wilt u dat ze gaat?'

'Ik wil dat ze gaat.' Het klonk kil en zonder enige emotie. 'Vaarwel, juffrouw Van Tuyl.'

Er was niemand die Daniëlle en Eduard met Birgitje uitgeleide deed, zelfs Greet niet, die eenvoudigweg niet durfde. Birgitje, bij Daniëlle op schoot in de snelle sportwagen van haar vader, vond het allemaal best en vroeg niet naar haar oma. Zo deed ze voor enkele maanden haar intrede in Daniëlles ouderlijk huis en voelde zich daar best op haar plaats. Ze speelde in de tuin, maakte zich naar hartelust vuil en was dol op de hele familie, wat wederkerig was. Er bleef weinig over van het stille, altijd te mooi geklede kleine meisje, daar zorgde de tweeling wel voor. Birgitje leefde op als een plantje dat in de droge grond heeft gekwijnd en zich nu koesterde in de warme zonnestralen.

HOOFDSTUK 6

Liesbeth, die het in het begin fantastisch had gevonden dat haar zuster verloofd was, begon zich zorgen te maken. Ze leefde intens mee met alles wat er gebeurde en ze bewonderde uitbundig de mooie witte bungalow buiten de stad die door Eduard was gekocht en nu volgens Daniëlles smaak werd ingericht.

'Het is maar gelukkig dat jij smaak hebt,' zei ze op een dag toen ze uit school naar het huis was gefietst om te helpen. 'Eduard bemoeit zich letterlijk nergens mee. Ik begrijp niet hoe hij zo onverschillig voor zijn huis kan zijn.'

'Och, hij zal er niet zoveel in wonen als ik,' meende Daniëlle. Ze keerde zich haastig af, zodat ze Liesbeths pientere ogen kon ontwijken.

'Dat is kolder.' Liesbeth ging er eens goed voor zitten, balancerend op de bovenste traptrede van de ladder. 'Ik vind jullie trouwens een gek verloofd stel. Je hoeft echt niet de hele dag met je armen om elkaar heen te lopen en te dwepen, helemaal niet... maar jullie bekijken elkaar nauwelijks... jullie...'

Ze zweeg plotseling en grinnikte verlegen toen ze Eduard zag opduiken. 'Hé, was jij hiernaast? Of kwam je pas binnen?' vroeg ze verlegen.

'Ik kwam pas binnen.' Het was niet volgens de waarheid en hij wandelde regelrecht op Daniëlle af.

'Het begint erop te lijken, hè?' Hij sloeg zijn arm om Daniëlles schouders en kuste haar vlug op haar mond.

Daniëlle werd vuurrood en Liesbeth bekeek het verschijnsel met nadenkende ogen. Daarna liet ze zich van de ladder glijden en wandelde de kamer uit.

'Ik ga die kist glaswerk even uitpakken,' riep ze over haar schouder. 'Wees maar niet bang. Ik zal je beeldige spullen niet breken.'

'Zulke voorstellingen hoef je niet tegen je zin te geven.' Daniëlle duwde Eduards arm van haar schouders. 'Je hebt natuurlijk wél gehoord wat Liesbeth zei... dat ze... dat ze...'

'Ons een gek verloofd stel vond.' Eduard lachte zachtjes en trok haar opnieuw naar zich toe. 'Dat zijn we ook wel, dacht ik. Dat is niet alleen mijn schuld. Je bent zo schuw als een muisje. Als ik maar in je richting kijk ga je er al vandoor. Nee, nu krijg je de kans niet.'

Daniëlle bleef lijdzaam staan met neergeslagen ogen en haar armen slap langs haar lichaam.

'Kom op, Dani, doe niet zo ongezellig.' Zijn stem begon alweer ongeduldig te worden.

'Ik ben niet ongezellig, ik heb het druk.' Ze waagde het even om op te kijken. 'Ik vermoed dat jij het ook druk hebt gehad met studeren?'

'Inderdaad en als dat soms een bedekte toespeling is op het feit, dat ik je hier alles alleen laat doen...' begon Eduard. 'Ach, het doet er ook niet toe, laten we niet kibbelen, Daniëlle.'

'Ik kibbel niet...' Ze glipte onder zijn armen door. 'Hoe is het vandaag met de hoofdpijn?'

'Voortdurend aanwezig.' Eduard haalde de schouders op en fronste de donkere wenkbrauwen. 'Herinner me er liever niet aan. Ik schei ermee uit verschillende dokters te consulteren, dus begin daar maar niet meer over.'

'Goed... best.' Het klonk geïrriteerd. 'Is het te veel van je verlangd als ik je vraag om voor Liesbeth en mij en als je wilt ook jezelf koffie in te schenken? We hebben de hele middag geen tijd gehad.'

'Koffie? Waar moet ik die vandaan halen?' Eduard keek vragend naar Daniëlle.

'In de keuken staat een thermosfles... kant en klaar, je hebt maar in te schenken.' Het klonk tamelijk snibbig en schouderophalend draaide Eduard zich om.

'Als je het zo beminnelijk vraagt doe je het zelf maar,' bitste hij terug. 'Ik ben je loopjongen niet.'

'O, goed dan.' Ze stond op van de grond en wilde langs hem heen lopen met het gevolg dat ze haar hoofd ongenadig hard stootte aan de uitstekende punt van de plank met tinnen borden. 'Het is allemaal jouw schuld,' zei ze snikkend.

Eduard gaf er geen antwoord op; hij was niet langer humeurig, alleen maar erg bezorgd.

'Sta eens stil!' Zijn vingers gleden voorzichtig door haar haren. 'Ja, dat wordt een pracht van een buil. Arm ding, ik ben ook zo gauw aangebrand, ik weet het wel. Je hebt het niet gemakkelijk, hè?'

De tranen rolden over Daniëlles wangen en voor een paar ogenblikken leunde ze volkomen ontspannen tegen hem aan, met

zijn armen om haar heen en zijn gezicht tegen haar haren.
'Wat ben je begonnen... m'n lieve kind, wat ben je toch begonnen!' Het klonk intens verdrietig. 'Ik kan me nog steeds niet voorstellen dat je 'ja' hebt gezegd en ik maak me voortdurend verwijten dat je gehandeld hebt onder de druk van de omstandigheden. Het moet allemaal zo moeilijk voor je zijn en als ik maar...'
Hij zweeg en Daniëlle vulde in gedachten aan: Ja, als je maar van me kon houden, dan zou ik alles kunnen, maar ook zonder dat... ik wist immers wat ik begon. Alleen wist ik niet dat het zo zwaar kon zijn als je zo zielsveel van iemand houdt en hij geeft niets om jou. Ik wil ook niet dat hij het weet. Laat hem denken wat hij wil.
'Hier ben ik met de koffie... o!' Liesbeth kwam binnen. 'Wat nu, waarom huilt Dani?'
'Ze is tegen de punt van de antiekplank opgelopen.' Eduard liet Dani in een stoel neerglijden. 'Hier, drink je koffie maar gauw op.'
'Het gaat wel weer.' Dani glimlachte flauwtjes. 'Ik heb nogal een hard hoofd. Ik ben er wel vaker op gevallen. Kijk maar niet zo bezorgd.' Ze was blij dat Liesbeth bleef, want ze voelde zich niets op haar gemak.
'De kamer van Birgitje wordt toch zo leuk,' zei Liesbeth genietend. 'Ze zal zich er best thuisvoelen.'
'Birgit wordt een echte kwajongen.' Eduard lachte geamuseerd. 'Het kind is gewoonweg losgeslagen na al die tucht. Ze weet niet hoe ze het heeft en een willetje heeft ze ook.'
Daniëlle luisterde zwijgend naar het gesprek. Dat Birgit een willetje had was haar op een onverwachte manier gebleken. Haar vader had haar verteld dat hij met Dani ging trouwen, dat ze dus nu met z'n drieën in een mooi huis gingen wonen en Dani dus haar mammie werd. Dit laatste accepteerde Birgitje eenvoudigweg niet. De drijfveren van een ouder kind, dat een tweede moeder krijgt, zaten er natuurlijk niet achter, daarvoor had Birgitje te jong haar eigen moeder verloren. Ze hield van Dani, heel veel zelfs, maar daar hield het ook mee op. De rest van het verhaal vond ze maar gek en onbegrijpelijk.
'Jij bent Dáni!' had ze kortaf besloten, daarmee te kennen gevende dat niemand erop moest rekenen haar tegen Dani ooit

iets anders te horen zeggen.

'Misschien heeft ze nog gelijk ook,' had Dani gezegd. 'Ik zal wel met het verlopen van de jaren in die titel moeten groeien. Ze moet maar doen wat ze wil. Ik wens er in ieder geval nooit een woord meer over te zeggen.'

Liesbeth zette voldaan haar bekertje op de grond en zei dat ze hoognodig naar huis moest omdat ze nog moest leren.

'Wij gaan ook weg. Rij je mee?' vroeg Eduard, maar Liesbeth was op de fiets.

Zoals gewoonlijk voelde Daniëlle zich niet zo erg op haar gemak als ze met Eduard alleen was. Zwijgend bleef ze voor zich uit kijken.

'Hoe gaat het met de buil?' vroeg Eduard met een vlugge blik opzij.

'Die zit er nog.' Het klonk stroef.

Eduard zweeg, maar dicht bij het park waar Daniëlle vroeger altijd met Birgitje wandelde, zette hij de wagen stil.

'Hier mag ik parkeren. Zullen we een eindje wandelen? Dat praat gemakkelijker dan wanneer je je hele aandacht op de weg moet houden.'

Het was meer een bevel dan een verzoek en Daniëlle vroeg zich ongerust af wat er nu weer aan de hand was. Vastbesloten gaf Eduard haar een arm en zijn hand gleed om haar pols.

'Nee, niet terugtrekken, Dani.' Hij lachte even. 'Je vraagt je af wat ik nu weer wil. Ik zie het aan je ogen. Het is vlug gezegd: Ik wil dat we goede vrienden worden… échte goede vrienden die elkaar alles vertellen en graag in elkaars gezelschap zijn. Jij bent en blijft een vreemde voor me en dat is niet míjn wens, Dani. Ik ben oprecht van plan om te proberen een succes van ons huwelijk te maken. Jij zal me daarbij moeten helpen. Als je doorgaat zoals tot nu toe zal ik beslist het gevoel krijgen dat ik je tegen je zin ontvoer. Zo is het toch niet, Dani? Eigenlijk kennen we elkaar al zo verschrikkelijk lang, weet je nog wel? Je vond toonladders toch zo prachtig!'

Voor het eerst lachten ze samen als goede vrienden en voelden dat ze toch bij elkaar hoorden.

'Jammer dat jij geen piano hebt leren spelen,' zei Eduard.

'O, maar ik kan een beetje spelen.' Ze keek verlegen naar hem op.

'Waarom heb je me dat niet verteld?' vroeg Eduard verwijtend. 'Dat vind ik niet aardig van je, weet je dat wel?'
Hij zei het met een ondertoon van ernst in zijn stem en de angst sloeg Daniëlle om het hart. Een beetje pianospelen... hij moest de waarheid eens weten! Ze durfde beslist geen vinger op de toetsen te zetten.
Natuurlijk begon hij er onmiddellijk weer over toen ze bij Daniëlle thuis waren.
'Ik kan alleen maar broddelen,' stribbelde ze tegen toen hij haar zonder meer op de pianostoel deponeerde.
Sinds Daniëlle niet meer voortdurend behoefde te studeren stond haar piano beneden in de zitkamer.
'Broddel dan maar.' Zijn handen drukten op haar schouders. 'Nee, je komt toch niet weg.'
'Ik vind het flauw van je.' Ze huilde bijna. 'Speel jij liever iets voor míj. Hetzelfde wat je vroeger eens voor me hebt gespeeld.'
'Nee, dan liever iets anders.' Eduard trok haar van de pianostoel en een ogenblik lachten zijn ogen in de hare: 'Luister maar eens goed of je het kent.'
Op dat ogenblik waren ze alleen maar een heel jong meisje en een jongeman, zonder verdere antecedenten, zonder moeilijkheden.
Daniëlle luisterde met intense aandacht naar de mooie melodie, die niet alleen lieflijk maar ook sterk en onstuimig klonk.
Toen het laatste akkoord verklonken was keek Eduard naar haar op, zijn handen lagen nog op de toetsen en zijn donkere ogen glansden tevreden, zonder pijn of verdriet. Hij zag er zo jong en ontspannen uit dat het Daniëlle voor een ogenblik de adem benam.
'Ik vind het een prachtige melodie, maar ik ken ze niet,' zei ze schor. 'Wil je het alsjeblieft nog héél dikwijls voor me spelen?'
'Het is mooier dan 'Für Elise'? Méén je dat?' Hij lachte overmoedig met een schittering van witte tanden. 'Dat is geen wonder. Dit lied heet 'Voor Daniëlle'.'
'Heb jij het gecomponeerd?' vroeg Daniëlle blij verrast. 'O, maar het is eigenlijk geen lied. Er bestaan geen woorden van.'
'Componeren is wat véél gezegd. Het kwam spontaan en ik beloof je dat ik de melodie niet zal vergeten.' Eduard pakte haar

hand en drukte er vluchtig een kus op. 'En het is tóch een lied...
een lied zonder woorden. Dat ben jij voor me... meestal. Ik
begrijp heel weinig van je, weet je dat wel?'
'Niet iedere melodie gaat erop vooruit als er woorden op
gemaakt worden.' Ze trok haar hand zachtjes los en deed een
stap terug.
Op dat ogenblik buitelde Birgitje binnen met een spartelend dik
wit konijn onder haar arm, dat zich in duizend bochten kron-
kelde om los te komen.
'Kom, breng 'm maar gauw terug in z'n hok,' raadde Daniëlle
aan.
Jan-Hein en Liesbeth liepen lachend achter Birgit aan, die,
overmoedig door het succes, brutaal werd.
'Ik doe het toch niet, hoor.' Ze stak een onbetamelijk eind tong
tegen Daniëlle uit. 'Stoute Dani!'
Op hetzelfde ogenblik glipte het konijn uit haar handen omdat
haar vader haar resoluut van de grond tilde, onder zijn arm nam
en zijn hand twee keer stevig op het zitvlakje van zijn dochter
liet neerdalen.
'Ik zal je leren om je tong uit te steken en tegen iedereen 'stout'
te zeggen,' zei hij streng.
Daniëlle beet op haar lip om niet in lachen uit te barsten, omdat het zo'n dwaze situatie was. Ze leken op dat ogenblik
als twee druppels water op elkaar. Eduard en het kleine Birgitje, zoals ze elkaar met boos-fonkelende ogen stonden aan te
kijken, want Birgitje huilde niet, maar ze voelde wel bedenkelijk aan de gekastijde plek. Ze was boos... verschrikkelijk boos.
Wat moest je nou doen als heel klein meisje tegenover een grote man om je ongenoegen te betuigen? Je tong uitsteken en
'stout' zeggen waren taboe, dat was gebleken en wel op pijnlijke
wijze.
'Ik houd niet meer duizend-honderd van je,' zei ze woedend,
viste het konijn op en holde de tuin in.
Ze keken haar verbluft na en toen begon mevrouw Van
Steenburg te lachen tot de tranen over haar wangen rolden.
'Daar kun je het mee doen, Eduard. Ze heeft karakter, dat klei-
ne nest,' zei ze tussen twee lachvlagen door.
'Ja, karakter heeft ze, een beetje kwaadaardig net als haar vader.'
Eduard grinnikte verlegen naar Daniëlle, die het uitgierde.

'Och, Birgit is het zo weer vergeten,' zei Liesbeth, naar het eenzame figuurtje op het grasveld kijkend.

'Geloof het maar niet.' Birgits vader lachte opnieuw half verlegen, half geamuseerd. 'Het is een klein kopstuk.'

Aan tafel negeerde het kleine ding haar vader met een heel eigenwijs hoogmoedig snuitje en pas toen Daniëlle haar naar bed bracht kreeg ze spijt.

'Ik vind je lief, Dani,' fluisterde de kleine vleister. 'Wil je pappie even voor me roepen?'

Daniëlle kon niet weigeren; Eduard keek verrast op.

'Goed, dan gaan we samen kijken.' Hij trok Daniëlle met zich mee en Birgit had er geen bezwaar tegen. Iedereen mocht weten dat ze, bij nader inzien, toch wel 'duizend-honderd' van hem hield.

'Maar je mag me niet meer op m'n bibs slaan,' bestrafte ze hem en Daniëlle keek vertederd naar de twee donkere hoofden, die eendrachtig tegen elkaar leunden.

'Goed, ik zal het niet meer doen, maar je weet wat jij dan niet meer mag doen, hè?' Hij tikte haar speels op haar neusje. 'Ga nu maar gauw slapen, lieve kleine meid.'

Birgitje had slaap en in vrede met de hele wereld gleden haar ogen toe. Donkere oogharen lagen als veertjes op haar ronde wangen.

'Ontroerend lief... net een engeltje, als ze slaapt.' Eduard lachte en trok de deken wat hoger op.

Daniëlle glimlachte en knipte het licht uit. Ze wachtte tot Eduard haar voorbij zou lopen, maar in plaats daarvan nam hij haar gezicht tussen zijn handen.

'Kijk niet zo gereserveerd. Zeg nu eens dat je blij bent... een béétje blij met Birgitje... en... alsjeblieft... een béétje blij met mij?'

'Ben jij... blij met mij?' Het klonk nogal triest.

'O, zeker... heel blij.' Hij kuste haar vluchtig en liet haar los. 'Je weet nu eenmaal...'

'Ja, wat weet ik nu eenmaal?' Ze bleef hem met grote ogen aankijken. 'Zeg het maar, Eduard. Ik houd niet van onafgemaakte zinnen. Vind je het vervelend om te zeggen wat je denkt en er toch bijna uitgooide? Nou, dan zal ik het wel doen: Ik weet nu eenmaal dat 'ik mag je wel' het beste is wat ik van je kan ver-

wachten. Waarom zou je het niet zeggen? Het hindert me heus niet.'
'O, alsjeblieft, Dani, word niet nukkig en speel niet de dramatische onbegrepen vrouw.' Eduard, die alweer last van hoofdpijn had, kreeg de neiging om Daniëlle door elkaar te rammelen. 'Doe gewoon en gezellig, zoals je vroeger was met Birgitje. Je bracht zon in huis en daarom mocht ik je graag. Dat weet je toch?'
Daniëlle keerde zich om en liep langzaam voor hem uit naar beneden. Eduard ging bij een vriend studeren, omdat hij zelf op het ogenblik geen piano had. Het afscheid was vrij koel. Toen Eduard de volgende dag kwam speelde Birgit in de tuin onder toezicht van mevrouw Van Steenburg, die op het terrasje bonen zat te doppen.
'Daniëlle is naar de stad,' zei ze op Eduards vraag. 'Neem een stoel, ik zal koffie voor je halen.'
Eduard wilde geen stoel en geen koffie. Hij drentelde rusteloos rond en gaf Birgit verstrooide antwoorden.
'Zullen we Dani een eindje tegemoet rijden?' vroeg hij ten slotte.
Birgit holde voor hem uit en mevrouw Van Steenburg keek hen nadenkend na.
Daniëlle had in de stad een van haar oude studievrienden ontmoet en er was zoveel te praten dat ze de tijd vergat.
'Daar is Dani... met een mijnheer,' wees Birgitje.
Eduard keek bevreemd naar het hartelijke afscheid en hij vroeg zich af waarom die kwast Daniëlles hand zo lang bleef vasthouden.
'Doe niet zo mal, Hans,' zei Dani op dat ogenblik bestraffend, onbewust van het feit dat Eduard in de buurt was. 'Nee, ik wil je niet meer ontmoeten. Is het nog steeds niet tot je doorgedrongen dat ik verloofd ben?'
'O jawel,' zei Hans Terheijde somber, 'Ik was zo blij dat ik je eindelijk weer ontmoette en nu is het te laat... ik méén het, Daniëlle.'
'Och ja, jongen, je meent het altijd, dat weet ik wel,' zei ze goedig.
'Het duurt gelukkig nooit lang... ik...'
Op dat ogenblik zag ze de wagen met Eduard en Birgitje.

'Toe Hans, laat m'n hand los, daar komt m'n verloofde.' Ze probeerde zich los te wringen.

'O, is-ie dat?' Hans keek in de richting van de witte sportwagen. 'Ja, dáár kan een arme student niet tegen op. Weet je, ik kan me jou niet voorstellen als de stiefma van dat kleine wurm... intussen vilt je verloofde me dadelijk. Hij is razend jaloers.'

'Je bent walgelijk vervelend,' bitste Daniëlle en ze rukte haar hand uit de zijne. Zijn roekeloze plagende lach achtervolgde haar toen ze haastig in de richting van Eduard liep, die haar allesbehalve vriendelijk aankeek; zijn ogen waren koel en taxerend en ze wist dat ze er vuurrood en geagiteerd uitzag. Die ellendige treiterende Hans! Ze had hem dolgraag recht in zijn gezicht willen slaan.

'Had je een afspraakje?' Eduard hield het portier voor haar open en zijn stem klonk als het tikkelen van ijs in een glas.

'Welnee, het was een oude studievriend van me. Ik ontmoette hem toevallig.'

Ze zuchtte ongeduldig. 'Stel je niet aan alsof je dodelijk jaloers bent, want dat bén je niet en er is verder heus geen reden om zo woedend en beledigd te doen. Wat doe je nu... let toch op, Edu!'

Ze legde met een waarschuwend gebaar haar hand op zijn arm.

'O ja, de stoplichten!' Zijn ogen waren dof en de wereld leek een ogenblik wazig. 'Die ellendige pijn. Ik zág die dingen eenvoudigweg niet.'

Daniëlle zweeg omdat er eenvoudigweg niets te zeggen viel. Ze kon noch wilde hem laten merken hoe verschrikkelijk ongerust zijn toestand haar maakte. Het werd niet beter, eerder het tegendeel. Haar waakzame ogen zagen iedere verandering en ze beefde als ze dacht aan het concert dat hij de dag na hun huwelijk in Parijs zou geven. De rust had hem geen goed gedaan en ze begon zich af te vragen of geen enkele dokter wist wat hem mankeerde of dat niemand het hem wilde zeggen.

Mevrouw Van Steenburg zag meteen dat er iets haperde toen ze het drietal binnen zag komen. Birgit keek beslist beduusd.

'Hoofdpijn... anders niet.' Daniëlles stem klonk beslist en kortaf.

'Ga zitten, Eduard.'

Ze duwde hem in een stoel neer en legde haar hand tegen zijn hoofd. In een aanval van wanhoop en pijn drukte hij met beide handen die kleine koele hand stijf tegen zijn gezicht. Hij kreunde even, maar verder kwam er geen klacht over zijn lippen.

Mensenlief, wat hééft hij toch? Ik ben bang, ik ben doodsbang, maar hij moet het niet merken, dacht Daniëlle in paniek. Kalm blijven... over een paar minuten gaat de aanval voorbij.

Zo sprak ze zichzelf moed in, bleef doodstil zitten op de leuning van zijn stoel. Mevrouw had Birgitje meegenomen. Het was koel en rustig in de kamer. Ongeveer tien minuten later zag Dani dat er ontspanning kwam op het van pijn vertrokken gezicht en langzaam liet hij haar hand los. Met een gevoel van intens medelijden keek ze neer op zijn gezicht met de gesloten ogen. De donkere zware oogharen waren vochtig, als van een kind dat gehuild heeft.

'Edu...' fluisterde ze. 'Is het werkelijk hoofdpijn of... of erger?'

'Het is verscheurend.' Hij sprak tussen zijn opeengeklemde tanden door. 'Ik denk telkens: deze keer red ik het niet... ik ben bezig m'n verstand te verliezen... ik kan niet meer denken... en ik ben doodsbang voor die aanvallen. Ik kan niets doen dan wachten... wachten tot het wegtrekt. Nu wéét je dan waarom ik de laatste tijd mijn concerten aan de lopende band verknoei, de laatste keer had ik 'n lek in mijn geheugen... ik was bang... en vandaag of morgen zal ik opeens helemaal niets meer weten... dan zal ik op het podium zitten en duizenden mensen zullen me aanstaren... het orkest zal spelen... de dirigent zal naar me kijken... en dan wéét ik het niet meer.'

'Zo zal het niet worden... natuurlijk niet, je bent overspannen!' Ze troostte hem, met zijn hoofd tegen haar schouder, zoals ze Birgitje troostte wanneer ze naar had gedroomd. 'Het is allemaal nog de terugslag van dat ongeluk. Je kunt het overwinnen, Eduard, omdat je sterk bent. Er zouden er genoeg zijn die de strijd al opgegeven hadden. Jij doet het niet, hoor je. Ik weet nu hoe het is en je hoeft je voortaan tegen mij niet meer goed te houden. Samen komen we er wel doorheen.'

Zo praatte ze maar door tot hij rustig was geworden en de pijn was weggetrokken. Met een verschrikt gebaar liet ze haar armen zakken zodra hij zich bewoog en sprong overeind.

'Ik voel me herboren. Je bent een wonder, Dani!' Ze hoorde een nieuwe klank in zijn stem en zijn ogen waren warm en stralend.

Zo vlug is een aanval nog nooit overgegaan, je hebt 'm wegge-
práát, je stem, je handen... ze hebben geloof ik toverkracht.'
Voor het eerst durfde Daniëlle aan een gelukkige toekomst te
denken. Vanavond had ze misschien voor het eerst een heel
eigen persoonlijkheid voor hem en had hij niet de eeuwige neiging gehad, die ze voortdurend in zijn ogen had gelezen, om
haar met Birgit te vergelijken.

HOOFDSTUK 7

De tweeling verheugde zich geweldig op de trouwdag van hun
zuster, ofschoon Liesbeth zich zwaar tekortgedaan voelde
omdat ze geen bruidsmeisje kon zijn.
'Heb je nota bene één zus en dan trouwt ze niet gesluierd,' had
ze gemopperd. 'Als je dan toch een wit pakje neemt, waarom
dan geen écht toilet met sluier en kant en weet-ik-veel, al die
tierelantijnen. Nee, ik vind dat helemaal niet leuk. Enfin, ik heb
in ieder geval een vrije dag.'
'Kind, zanik niet,' beet Jan-Hein haar geïrriteerd toe. 'Is dat het
belangrijkste? Vraag je liever af of je zuster echt gelukkig zal
worden.'
'Waarom zeg je dat?' Liesbeth was bijna in tranen. 'Ik mag toch
wel hopen dat het een fijne dag wordt? Waarom zou Dani niet
gelukkig zijn? Ik vind Eduard gewoonweg het einde!'
'Je bent gek met je domme gedweep.' Het klonk ongewoon vinnig voor de zachtaardige Jan-Hein. 'Ik mag Eduard heel graag,
daar gaat het niet om, maar hij is...' Hij aarzelde even en vulde
dan zachtjes aan: 'Hij is ziek, loopt doorlopend te krimpen van
de hoofdpijn en is één bonk zenuwen. Fijn voor Dani, hoor! Dat
wéét ze en ze moet het dus zelf weten, maar er is iets dat ze
beslist niet weet. Gistermiddag moest ik hem de sleutel van het
huis gaan brengen en we zaten even te praten. Toen werd er
voor hem gebeld en hij vroeg aan mij: 'Och, haal jij even m'n
agenda uit m'n slaapkamer Ze ligt op het nachtkastje.' Op dat
kastje stond een grote foto van zijn eerste vrouw.'
'Maar ja, waarom ook niet?' Liesbeth stampvoette. 'Ze heeft
toch bestaan? Ze is Birgits moeder. Dat kan hij toch niet vergeten?'

'Nee, natuurlijk niet, maar er stond géén foto van Daniëlle. Ik weet het zeker. Och, had ik het je maar niet verteld, huilebalk.' Hij keerde zich op zijn hielen om en beende naar de deur. 'Denk erom, dat je hierover niets tegen Daniëlle of mama zegt, hoor.' Liesbeth schudde afwezig haar hoofd. Jan-Heins woorden waren niet bepaald geruststellend en ze verweet zichzelf heftig dat ze zo onnozel had kunnen zijn.

De enige die zich zonder bezwaarde gedachten in het komende feest verheugde was kleine Birgit, in hoofdzaak om de mooie jurk en de aangekondigde grote taart. Op de avond vóór de trouwdag nam Eduard zijn dochter op schoot. Ze was verschrikkelijk lastig geweest, misschien door de blijde opwinding over het komende feest en Dani die een drukke dag achter de rug had, zag er vermoeid uit, maar had met veel geduld Birgits kuren verdragen.

'Kom, Birgitje, nu moet je heus lief zijn, want anders word ik heel erg boos op je,' zei haar vader streng en hij keek over Birgitjes hoofd naar Daniëlle. 'Als het feest morgen voorbij is, wat is Dani dan van je?'

'Weet niet!' Birgit probeerde zich los te wringen en haar stuurse toetje leek op dat ogenblik verbluffend veel op het gezicht dat zich over haar heenboog.

'Birgit, doe niet vervelend.' Een paar harde handen zetten haar rechtop. 'Zit nu eens stil en geef me antwoord. Je weet héél goed wat ik bedoel.'

'Ja, jij gaat met Dani trouwen.' Ze schopte tegen de tafelpoot. 'Dan gaan we alle drie in het nieuwe huis wonen... pappie, Dani en Birgitje.'

'Och, schei er alsjeblieft over uit,' verzocht Daniëlle geprikkeld. 'Het is helemaal niet belangrijk. Met dwang bereik je alleen maar dat ze opstandig en daardoor dwars wordt.'

Eduard keek peinzend naar het fijne meisjesgezicht met een vragende en verwonderde uitdrukking in zijn donkere ogen. In een opwelling van wanhoop had hij Daniëlle destijds gevraagd en er bijna direct spijt van gehad, niet zozeer voor zichzelf maar wel voor haar. Hij had zich later verwijten gemaakt en niet anders verwacht dan dat ze 'nee' zou zeggen. Hij begreep nog steeds niet waarom dat niet gebeurd was. Volgens hem was geen enkele reden steekhoudend genoeg voor Daniëlles even onverwacht als verrassend ja-woord.

Wat voel ik eigenlijk voor haar? mijmerde hij. Ze is een lief en intelligent meisje... kon ik maar geloven dat ze zo onbaatzuchtig is als ze lijkt. Birgitje houdt van haar... ik mag haar graag. Wat schuilt er achter die grote grijze ogen? Ik weet het niet. Eén keer hield ik bijna van haar toen ze kans zag om de ellendige pijn in m'n hoofd weg te nemen door haar zuiver medeleven... maar ik zou op dat ogenblik van iedereen die me kon helpen gehouden hebben... of toch niet? Nee, Birgit, ik ben je niet vergeten... het is geen ontrouw aan jou! Ik stond met m'n rug tegen de muur... ik kón niet anders.

Daniëlle was een echte bruid, vond haar zusje trots, toen ze de volgende morgen naar de hoofdpersoon van deze zonnige najaarsdag keek.

'Al heb je dan geen sluier, je ziet er snoezig uit,' zei ze. 'En wat vindt mama ervan? Heb ik gelijk of niet?'

'Voor honderd procent 'de bruid',' gaf mevrouw Van Steenburg onmiddellijk toe.

'Och, het komt misschien meer door de bloemen dan door mijn witte pakje.' Daniëlle hief de wel erg kostbare witte orchideetjes en lelietjes van dalen omhoog.

'Ik dacht dat een bruidegom die altijd zelf meesjouwde?' Jan-Hein bekeek de bloemen aandachtig en kritisch. 'Ze kosten vast een bom duiten. Enfin, ik kan me Eduard niet erg voorstellen als bruidegom-met-bloemen... niets voor hem. Dat is geen kritiek, Dani!'

'Dank je, Jan-Hein... het spijt me, dat ik de bloemen niet zelf heb meegebracht, geloof je dat?' Ze keken verschrikt om en ontdekten een onberispelijke bruidegom, die kennelijk het hele gesprek over het bruidsboeket had gehoord.

'Het hindert niet, Eduard, ze zijn prachtig.'

Met een heel vriendelijk gebaar en een lieve glimlach strekte Daniëlle haar hand naar Eduard uit.

Hij ving de hand in allebei de zijne en zijn donkere ogen glansden met een warm en blij licht.

'Wat zie je er beeldig uit, Dani.' Zijn stem was even liefkozend als zijn ogen.

Jan-Hein glipte onhoorbaar de kamer uit en voelde zich voor

het eerst minder bezwaard over het geluk van zijn zusje.

'Ik heb nog iets voor je... dat is waar ook!' Eduard haalde een witleren doosje te voorschijn en knipte het open. 'Mijn huwelijksgeschenk voor jou, ik hoop dat je het met plezier zult dragen.'

Daniëlle staarde naar de platina hanger met de grote druppelvormige briljant. Het is net een traan, dacht ze. Prachtig... kostbaar, net als het boeket... maar ik wil niet van die uitzinnig kostbare dingen... een mooie verpakking zonder inhoud. Ik weet nooit hoeveel hij doet omdat hij niet anders kan. Eduard had de hanger uit het doosje genomen en hing het sieraad zelf om haar hals met hetzelfde onpersoonlijke gebaar waarmee een couturier kostbare stoffen om zijn mannequins drapeert.

'Daniëlle!' Eduard zag in de spiegel het bleke, strakke gezichtje en opeens vond hij innig gemeende woorden. 'Wil je alsjeblieft proberen blij te zijn en net zo jong als je hóórt te zijn. Liefste, ik weet dat het allemaal erg moeilijk is, maar zullen we samen proberen er iets goeds van te maken?'

Zachtjes keerde hij haar om, zodat ze hem wel aan moest kijken en voorzichtig streek hij met een vingertop langs haar wang om een eenzame traan weg te vegen.

Hij is innerlijk net zo eenzaam als ik, dacht Daniëlle.

Als een zonnestraal, die door een regenwolk breekt, verscheen de zonnige glimlach, die hem altijd gefascineerd had, op het meisjesgezicht.

'Mag ik je een zoen geven?' vroeg Eduard en het klonk bijna nederig.

'Als je me niet kreukt.' Het was eruit voor ze het wist en meteen besefte ze dat het een vrij onzinnige opmerking was. Het pijnlijke was dat Eduard onmiddellijk begreep waarom ze zo rood werd en haastig een stap vooruit deed.

'Je bedoelt dat het soort zoenen, dat ik jou geef, geen aanleiding tot dergelijke waarschuwende opmerkingen geeft? Wel, je zou je kunnen vergissen.'

Hij ving haar deze keer stevig in zijn armen en zijn ogen waren plagend en uitdagend tegelijk.

De kus die erop volgde loog er niet om, maar Daniëlle duwde hem van zich af. Ze was woedend en haar ogen schoten vonken.

'Je méént er niets van, je deed het alleen maar... om... om...' Ze begon te stotteren. 'Och, wat doet het ertoe.'

Met een onverschillig gebaar duwde ze het in de verdrukking gekomen witte hoedje recht en pakte het boeket, waarna ze meteen koers naar de deur zette. Ze had geen enkel verlangen naar een nog langer gerekt tête-á-tête met een jongeman die zich verplicht voelde om de enthousiaste bruidegom uit te hangen. Hij kon tenminste eerlijk blijven, dacht ze verontwaardigd. Als hij me een zoen wil geven... nou, goed, maar hij hoeft zich niet aan te stellen alsof hij verliefd op me is terwijl iedereen zo langzamerhand kan zien dat hij dat beslist niet is en op het punt staat om spijt te krijgen van zijn besluit.

'Ik wist niet dat je zo humeurig kon zijn.' Eduard voelde zich op zijn beurt diepbeledigd. 'Birgit was nóóit nukkig.'

Hij besefte meteen dat hij niets dommers had kunnen zeggen, maar het was te laat.

'Ik geloof het graag.' Ze wierp hem een boze blik toe. 'Als je maar nooit vergeet dat ik Daniëlle heet en geen kopie van een andere vrouw ben en het evenmin wens te worden. Ik weet dat je mij in alles met haar vergelijkt, maar dat zal niets helpen. Ik ben niet jaloers... waarom zou ik? Dat denk je misschien omdat ik dit zo fel zeg, maar ik ben alleen maar bang, zie je. Ik wil m'n eigen leven leiden, de dingen doen op mijn eigen manier... niet op de hare.'

Op dat ogenblik ging de deur open en kwam Birgitje binnen, stralend in haar nieuwe jurk. Ze eiste alle aandacht voor zich op. Daniëlle had pas de dag tevoren kennis gemaakt met Eduards ouders, die in een hotel logeerden en vandaar naar de kerk zouden rijden.

Birgitje was enthousiast over oma en opa en had nauwelijks aandacht voor haar vader en Daniëlle. Mijnheer en mevrouw Leroy waren vriendelijk geweest en Daniëlle vond hen sympathiek. Alles bij elkaar was het maar een klein gezelschap dat de trouwerij bijwoonde. Daniëlles hand lag klein en koud in die van Eduard en hij zag erg bleek. De eeuwige hoofdpijn knaagde ook vandaag maar dat was het voornaamste niet. De twijfel knaagde ook aan zijn hart en hij had heimwee naar Birgit, gemengd met een wonderlijk ondefinieerbaar gevoel voor het tengere meisje aan zijn zij.

Birgitje zat met grote ogen en doodstil toe te kijken, diep onder de indruk. Liesbeth, die met de arm om haar heen zat, vocht zelf met haar tranen en ze vroeg zich af waarom moeder er zo bleek en strak uitzag. Was dat allemaal omdat ze allemaal toch voelden, dat Daniëlle voortaan niet meer allereerst bij hen hoorde, maar bij die andere twee? Ze waagde een blik naar Jan-Hein, maar hij merkte het niet. Achter zich wist Liesbeth zeker tien jongelui waarmee Daniëlle aan het conservatorium gestudeerd had en ze vroeg zich af of Daniëlle hun verschijning prettig zou vinden? Enfin, daar viel toch niets meer aan te doen en het was toch drukker dan ze verwacht had. Eduard had zich afgevraagd hoe het bericht in de krant gekomen was. Hij had niemand iets verteld, dat wist hij zeker. Daniëlle was er even zeker van dat zij het evenmin had verteld. 'Je impressario waarschijnlijk,' had ze schouderophalend gezegd. 'Wat doet het er ook toe?'

Aan Daniëlle ging de plechtigheid als een droom voorbij. Het was allemaal zo onwerkelijk en ze werd pas wakker toen ze ten slotte de ontvangstzaal van de pastorie binnenging met haar hand in die van Eduard. Het volgend ogenblik werden ze omstuwd door familie, vrienden en kennissen, zonder een ogenblik tijd voor elkaar te kunnen vinden. Een fotograaf wilde een opname voor een tijdschrift en ze poseerden gehoorzaam, elkaar aankijkend met een stralende lach, die geen weerklank in hun ogen en hart vond. Daniëlle had zich een heel klein en eenzaam meisje gevoeld toen haar moeder haar gelukwenste en ze had eigenlijk graag met Liesbeth meegehuild, maar Jan-Hein met Birgit op zijn arm had de situatie gered en voor het eerst had het op een echte gezellige bruiloft geleken toen Birgits hoge stemmetje beweerde: 'Als ik groot ben trouw ik óók met pappie. Mag ik dan jouw jurk lenen, Dani?'

Dani zei plechtig dat het mocht en knuffelde de kleine babbelaarster, die met een lief gebaar haar armpjes om Dani's hals klemde.

'Geef haar maar weer aan mij, ik pas wel op haar.' Jan-Hein nam het kind over en toen Daniëlle zich oprichtte zag ze het conservatoriumgroepje. Ze werd lijkbleek van schrik en Eduard, die juist naar haar keek, vroeg verschrikt: 'Voel je je niet goed? Het is ook erg warm hier.'

'Dank je, het gaat wel weer. Ik voel me best.' Ze duwde zijn arm weg en probeerde te glimlachen, maar ze had zich zielsgelukkig gevoeld als de grond zich onder haar voeten geopend had en ze geruisloos had kunnen verdwijnen. Ze onderging met een star glimlachje de bijzonder drukke gelukwensen van het rumoerige troepje en ze slaagde er op de een of andere manier in om het juiste antwoord te geven. Ze durfde niet naar Eduard kijken en ze voelde als het ware zijn intense verwondering.

Hoe zal hij het opnemen? Had ik toch maar alles verteld, dacht ze angstig. Natuurlijk zal hij kwaad zijn... o, maar hier heb ik ook geen ogenblik rekening mee gehouden... het lijkt wel alsof ze weten hoe ze me ermee tergen. Zijn ze altijd zo rumoerig... zo bohemien geweest? Was het nodig geweest om met zoveel tam-tam binnen te komen rollen in broek en slobbertrui? Zo kom je toch niet op een receptie? Hans heeft het zo opgestookt... o, ik zou hem kunnen villen! Eduard trok zich van het lawaai en het artistieke uiterlijk van de receptiegangers niets aan, blijkbaar kon hij het goed met hen vinden en de meisjes dromden om hem heen. Daniëlle keek hulpeloos in Eduards richting, maar achter haar zei een zachte en een beetje hatelijk klinkende stem: 'Hij heeft het zó druk dat hij zijn bruid vergeten is. Ik vond dat we je wel even moesten komen gelukwensen, zie je, en ons overtuigen van je geluk.'

Daniëlle zag net zo wit als haar pakje en haar vingers knelden onbarmhartig om de fijne bloemstengels.

'Je wordt bedankt,' zei ze zacht. 'Ik vind het maar een naar soort wraak, Hans. In goed vertrouwen heb ik je, toen we elkaar in de stad ontmoetten, verteld, dat Eduard niets wist van m'n pianostudie... nee, hij wist het tot vanmorgen niet. Een heerlijke situatie om uit te buiten, Hans... en... bedankt voor je gelukwensen.'

Ze keerde zich met een ruk van hem af. Het kon haar niets schelen dat onder haar zachte maar vlijmscherpe woorden zijn gezicht rood en beschaamd werd.

De drukte begon weg te ebben. Het troepje van het conservatorium vertrok en het werd opeens stil in de zaal na hun aftocht.

'Ik geloof dat het tijd wordt om op te breken,' kwam Jan-Hein zeggen. 'Jullie auto staat voor.'

'Jammer dat je met het vliegtuig van drie uur mee moet,' betreurde Liesbeth. 'Zo akelig als jullie opeens weg zijn. Helemaal geen feest en zo... ach, ik wéét niet!'

Ze zag er zo verdrietig en verloren uit dat haar moeder haar naar zich toe trok.

'We maken het ons toch wel gezellig, hoor,' troostte ze. 'Laten we opschieten, want anders zijn Dani en Eduard het eerst thuis en dat vind ik toch niet leuk, als niemand het stel ontvangt.'

Door een of andere opstopping in het verkeer was het bruidspaar toch het eerst thuis en het kleine hulpje in de huishouding keek verwonderd naar de strakke gezichten. Eduard pakte Daniëlle bij de arm en duwde haar de weinig gebruikte salon in. Hij sloot de deur met een klap en leunde ertegen aan.

'Intrigante!' Hij siste het woord en niets had Daniëlle dieper kunnen wonden dan dat ene woord en de ijskoude ogen die haar aankeken alsof hun eigenaar haar haatte. 'Jij intrigante... nou weet ik tenminste waarom je met me getrouwd bent... niet omdat je mij mocht... niet omdat je Birgit mocht... natuurlijk wist ik dat er een grondige reden moest zijn... ik brak er al die maanden m'n hoofd over... nu wéét ik het dan! Nooit heb je me gezegd dat je een jarenlange pianostudie achter de rug hebt, maar ik heb vandaag gehoord hoe eerzuchtig je bent... niets was je goed genoeg... de lessen op het conservatorium waren voor jou... die alles wilde bereiken... niet goed genoeg. Het was van jouw standpunt bezien helemaal niet zo gek om met mij te trouwen, daar heb je natuurlijk langzamerhand naartoe gewerkt... en ik ben erin gevlogen. Je leraar vlak bij de hand... iets om naar te streven. Je weet dat ik heel zelden een leerling aanneem.'

'Hoe durf je zulke vreselijke dingen te zeggen.' Daniëlles stem klonk hees. 'Het was verkeerd om je niet te zeggen dat ik piano gestudeerd had, maar...'

Met een autoritair gebaar legde hij haar het zwijgen op.

'Ik wist direct dat je niet het type van een kindermeisje was. Zou je óók hebben gesolliciteerd naar die plaats als Birgit mijn dochter niet was geweest? Geef eens eerlijk antwoord.'

'Nee... nee, maar het is heel anders dan je denkt.' Ze wrong wanhopig haar handen. 'Ik kan niet meer denken. Je bent zo hard en onrechtvaardig... ik kan niet meer denken.'

'Probeer het liever ook niet. Bespaar me je leugens.' Het klonk oneindig hautain. 'Ik ben blij dat ik ten slotte weet wat ik aan je heb.'

Daniëlle staarde naar het boeket die ze nog in haar handen

klemde. Ze was tot diep in haar hart bezeerd, alsof iemand er met harde voeten op had getrapt. Een tuin waarin alle schuchter groeiende bloemen met harde hand onbarmhartig waren uitgerukt, zo leeg, zo verlaten en intens verdrietig voelde Daniëlle zich. Waarom had hij direct het slechtste van haar gedacht? Waarschijnlijk was het een opluchting voor hem. Nu behoefde hij zich tenminste niet in te spannen om vriendelijk te zijn, de liefhebbende bruidegom uit te hangen. Iemand die je zo verachtte als Eduard het haar deed, behoefde je zelfs niet meer beleefd te behandelen.

'Wat zal ik doen?' vroeg ze timide. 'Ik geloof dat ik beter thuis kan blijven... ik bedoel...'

Ze zocht wanhopig naar woorden, maar ze vond ze niet onder die koude, spottende ogen.

'O, je bedoelt dat je niet mee wilt naar Parijs? Het spijt me, maar dat zal toch moeten. Ik ben niet van plan om voor jouw genoegen voor gek te staan... hoewel... ik ben niet gesteld op je aanwezigheid tijdens mijn concert, maar dat zien we dan nog wel...'

Birgit had altijd op de speciaal overal voor haar vrijgehouden stoel gezeten als Eduard een concert gaf. Iedereen wist dat en de opmerking had dezelfde uitwerking als een harde klap in Dani's gezicht.

'Er zijn opmerkingen waartegen je je niet verweren kunt,' zei ze hees. 'En als je denkt dat ik jou ooit als leraar heb gewenst vergis je je deerlijk. Ik voel er niets voor om vandaag ruzie te maken, maar ik weet nu tenminste hoe je over me denkt. Je wilde me niets laten uitleggen, je gaf me zelfs geen ogenblik om me te verweren, maar ik wil dat je één ding goed begrijpt: Je zult na vandaag niet meer de kans krijgen om me iets te vragen of uit te leggen... had je maar een greintje vriendelijkheid of begrip getoond...'

Ze keerde zich om en liep de kamer uit. Toen de rest van de familie thuis kwam was Eduard alleen beneden.

'Dani komt dadelijk,' zei Eduard en hij bukte zich naar Birgitje. 'Zal je lief zijn, lieverd? Je blijft nu een poosje bij oma en Liesbeth en Jan-Hein.'

Birgitje knikte, ze was aan afscheid nemen gewend. Over haar eigen oma sprak ze nooit en deze had ook totaal niets meer van zich laten horen.

Het duurde lang voor Daniëlle naar beneden kwam. Ze droeg een mooie tweed reisjas, die haar vlot stond en ze glimlachte dapper. Het was niet nodig om de toch al ongeruste familie in haar misère te laten delen. Helpen kon niemand haar en ze moest zelf maar zien haar boontjes te doppen, er zat eenvoudigweg niets anders op. De kleine kans op geluk was vanmorgen door een groepje stomdronken jongelui welbewust de grond in geboord onder leiding van een jaloerse jongen.

Het afscheid viel vluchtig uit, omdat het al laat was en Daniëlle kon er alleen maar dankbaar om zijn. Op weg naar het vliegveld zaten ze zwijgend naast elkaar en Dani, die met afgewend hoofd naar het verkeer keek zonder iets te zien, vroeg zich af wat de chauffeur van hen zou denken. Niet dat het er iets toe deed maar de gedachte liet zich niet meer verjagen. Onwillekeurig lachte ze even.

'Wat is er zo grappig?' informeerde Eduard koel.

'O, niets bijzonders. Ik vertel het je later wel eens.' Ze lachte opnieuw en haar ogen gleden onverschillig langs hem heen.

Blijkbaar intrigeerde het Eduard toch, want eenmaal op het vliegveld waar ze tegenover elkaar aan een tafel in het restaurant zaten om te lunchen, begon hij er opnieuw over.

'O, wat doet het ertoe?' Daniëlle keek hem aan met ogen die even onpersoonlijk waren als de zijne. 'Ik lachte jou niet uit, als je dat soms denkt... misschien wel ons allebei. Ik vroeg me alleen maar af wat die vreemde chauffeur van ons zou denken. Het interesseerde me niet zo erg, maar toch had ik het graag geweten.'

'Waarschijnlijk dacht hij alleen maar aan de fooi die hij krijgen zou en of die groot of klein zou zijn.' Eduard haalde de schouders op. 'Daniëlle, het spijt me... ik had niet zo tegen je moeten uitvallen. Dat is in geen geval goed te praten en ik vraag je hiervoor wel excuus.'

Daniëlle legde mes en vork neer en vouwde haar slanke handen onder haar kin. Ze staarde hem met grote peinzende ogen aan. 'Je meende het, is het niet?' vroeg ze zachtjes. 'In je hart denk je er nog precies zo over? Wees eerlijk, alsjeblieft.'

'Natuurlijk, er is niets veranderd... het spijt me alleen dat ik je afgesnauwd heb.' Ook Eduard legde zijn mes en vork neer en keek met gefronste wenkbrauwen naar het gezichtje aan de andere kant van de smalle tafel. 'Het is allemaal zo... zo... oneerlijk... zo achterbaks... Ik vraag me af of je moeder en je broer en zusje hiervan iets wisten? Dat moet toch wel, al begrijp ik het niet.'

'Ze waren het er niet mee eens.' Daniëlle kleurde gevoelig en sloeg haar ogen neer. 'Ik kan het ook niet uitleggen.'

'Je hoeft niets meer uit te leggen.' Het knappe mannengezicht kreeg opnieuw een stroeve uitdrukking.

Hij vond het ellendig om Daniëlles verlegenheid te zien. Hij was nog steeds woedend op haar, maar het speet hem oprecht dat hij haar voor intrigante had uitgescholden. Als die ellendige hoofdpijnen hem ook maar niet zo kwelden, zodat rustig en normaal denken niet meer mogelijk was, dan zou hij toch anders gereageerd hebben. Nu was het te laat. Zonder een sprankje vriendelijkheid keken de grijze ogen hem aan, hard en onverzoenlijk.

Het is ellendig voor haar dat ze betrapt is, maar ze is en blijft een intrigante, dacht hij grimmig. Ik vraag me af wat er met dat pianospel van haar aan de hand is.

Ze aten nauwelijks iets en de korte vlucht naar de Franse hoofdstad was niet bepaald het toppunt van gezelligheid. Ze zouden logeren in een klein, deftig en nogal ouderwets hotel. Daniëlles kamer was zo groot als een bescheiden balzaal en ze voelde zich erg nietig en weinig op haar gemak. De oude bediende zette haar koffer neer en bracht die van Eduard naar de naastliggende kamer.

'Over een uur dineren we beneden.' Eduard knikte haar vluchtig toe. 'Als je iets nodig hebt kun je bellen voor het kamermeisje.'

Daniëlle gaf er geen antwoord op en zodra de deur gesloten was ging ze op het stoeltje voor de pompeuze toilettafel zitten en keek naar haar spiegelbeeld. Ze zag er moe en bleek uit en onwillekeurig kwam haar de tekst van het aardige liedje 'Spiegelbeeld' in gedachten. Zo'n gewoon lijkend, vriendelijk tekstje bevatte nog waarheid ook, dacht ze bitter.

'Kop op, Daniëlle,' zei ze halfluid en ze knikte tegen haar spiegelbeeld. 'Stel je niet aan als een heldin uit een melodrama. Lamenteren helpt niets. Je zit met een handvol scherven... misschien zou iedereen hebben gedacht zoals hij... het wás oneerlijk... en bovendien... hij voelt zich niet goed. Als hij maar niet die twee ellendige kwetsende opmerkingen had gemaakt... intrigante... en ik wil je niet in de concertzaal zien... Stop; niet weer gaan jammeren!'

Met een resoluut gebaar stond ze op en een totaal veranderde Daniëlle liep een halfuur later naar beneden. Ze droeg een beeldig zijden japonnetje en haar mooie haren glansden. Voor ze naar beneden ging had haar spiegelbeeld haar verteld dat ze tevreden mocht zijn en ze oogstte heel wat bewonderende blikken. Eduard was al beneden en zat te praten met een klein ouder heertje, dat galant haar hand kuste.

'Mijn impressario, Louis Legrand.' Eduards ogen namen vlug Daniëlles stralende uiterlijk op en vreemd genoeg voelde hij zich teleurgesteld. Ze trekt er zich geen zier van aan dat alles zo ellendig verlopen is, dacht hij woedend. Kijk haar lachen en praten, de kleine intrigante! Welja, Louis is ook iemand die je als aankomend artiest beter vriendelijk kunt behandelen en ze is immers zo eerzuchtig... een carriére... een privéleraar... dat denkt ze tenminste! Ik heb een hekel aan haar... zo zou Birgit nooit gehandeld hebben.

Legrand en Daniëlle hadden blijkbaar geen behoefte aan zijn bijdrage voor hun levendige conversatie tot Legrand zich naar Eduard toeboog en plagend vroeg of hij jaloers was.

'Waarom zou ik?' vroeg Eduard nijdig.

'Je gedraagt je als een pruilend jongetje.' De honing van Dani's glimlach verzachtte de steek van haar woorden niet.

'Kom, waarom dansen jullie niet eens gezellig samen?' animeerde Legrand in een onhandige poging om bemiddelend op te treden. 'Het is een aardig orkestje dat hier in het restaurant speelt.'

'Ik heb hoofdpijn,' zei Eduard kortaf en het was de waarheid. Om halftien was Daniëlle het krampachtig schijn ophouden zo beu dat ze opstond en naar haar kamer ging. Legrand nam op hoofse wijze afscheid, maar Eduard knikte onverschillig. 'Je zult wel moe zijn van de reis. Ik heb nog een en ander met Louis te bespreken,' zei hij.

Daniëlle ging naar boven en Louis Legrand keek het kaarsrechte figuurtje na, dat waardig en elegant de brede trap beklom.

'Ik geloof dat je geboft hebt, Eduard, na al je pech,' zei hij warm. 'Ze is lief, knap en onzelfzuchtig. Ze heeft persoonlijkheid en

stijl. Ik zou niet weten wat je nog te wensen overblijft.'
'Ik zou tevreden zijn als ik die barstende pijn in m'n hoofd niet
telkens terugkreeg.' Eduard streek vermoeid over zijn ogen. 'Ik
ben mezelf niet meer sinds dat ongeluk.'
'Nee, en uiterlijk is er niets dan dat onbetekenende littekentje.'
Legrand keek naar het smalle rode streepje dat nog juist zichtbaar was bij de haargrens. 'Wat is het dan? Zenuwpijnen of... ja,
wat eigenlijk?'
'Het kan van alles zijn... misschien toch een tumor.' Eduard
haalde de schouders op met een oneindig triest gebaar. 'Ik heb
bijzonder weinig vertrouwen in de goede afloop van hersenope-
raties.'
'Willen ze je opereren?' vroeg Legrand snel.
'Misschien komt het ervan... dit is om gek te worden.' Hij sloot
een ogenblik zijn ogen. 'Het moet wel zo zijn. Waarvan heb ik
anders die pijn? Enfin, ik hoop in ieder geval morgen weer in
orde te zijn... Voor zolang als het duurt.'
Legrand knikte en sprak een paar vage opbeurende woorden,
maar hij was bang. Vandaag of morgen zou het verkeerd gaan op
het podium. Eduards pianospel werd steeds minder, had weinig
meer van de oude glans en schittering. Soms liet zijn geheugen
hem in de steek en hij sloeg fouten. De critici waren genadig
geweest en hadden het, in het algemeen, als nawerking van het
ongeluk gezien. Hoe lang zou het nog duren vóór zijn routine,
die hem er nu nog doorheen hielp, ook tekort zou schieten?
Waarom liet hij het eropaan komen, de eigenwijze koppige jongen! Hij moest morgen toch eens met die pittige Daniëlle spreken als Eduard uit de buurt was.
'Als je ziek bent, speel je niet,' zei hij kortaf en hij dacht met
angst in zijn hart aan het exclusieve publiek in de Salle Pleyel,
dat morgen het allerbeste van de meesterpianist zou verlangen.
'Daar is geen sprake van. Natuurlijk speel ik,' zei hij scherp.
Daniëlle sliep weinig en overdacht haar toekomst zonder dat ze
daar ook maar iets verder mee kwam. Het was geen prettig
vooruitzicht om als vreemden naast elkaar in hetzelfde huis te
moeten leven. Hoe ze de toestand ook wendde en keerde, er
bleef altijd een element van spijt en zelfverwijt, gemengd met
wrok om Eduards houding.
Toen Daniëlle ten slotte insliep droomde ze wonderlijk. Ze

boog zich naar kleine Birgit over, maar toen ze opkeek stond daar iemand, die zoveel op Birgitje leek, dat ze alleen maar grote Birgit kon zijn. Ze zag er verschrikkelijk uit en ze raakte met haar hand haar voorhoofd aan, zoals Eduard het deed als hij hoofdpijn had. Daarna schudde ze langzaam haar hoofd en Daniëlle had het verschrikkelijk benauwd omdat ze niet begreep wat grote Birgit bedoelde en ze wilde het weten. Nee, Birgit moest háár niet aanraken, zij kon het toch niet helpen dat ze er niets van begreep. Waarom schudde ze voortdurend haar hoofd, waarom raakte ze haar hoofd aan?

'Word eens wakker... waarom gíl je zo?' Daniëlle vloog overeind, zich afvragend waar ze was en wat Eduard in haar kamer deed.

'O, ik heb zo naar gedroomd!' Ze huiverde en nam het glas water aan dat hij haar aanreikte.

'Wat heb je dan gedroomd?' Zijn stem klonk kalmerend en heel vriendelijk. 'Kom, geef mij dat glas maar. Je morst verschrikkelijk.'

'Ik weet niet meer wat ik gedroomd heb!' Ze sloot haar ogen en rilde.

'Je jokt het. Werd je achterna gezeten?' Eduard lachte. 'Ja, zo klonk het wel. Je hebt me behoorlijk laten schrikken. Ga maar gauw slapen, zonder dromen deze keer. Er is niets om bang voor te zijn. Zal ik het licht aanlaten?'

Hij knipte het grote licht uit en de schemerlamp aan, waarna hij een ogenblik peinzend op haar betraande gezichtje bleef neerkijken. Een intrigante... ja, dat kon wel zo zijn, maar zelfs intrigantes zijn maar kleine en erg bange meisjes als ze verschrikkelijk naar hebben gedroomd. Ze zag er heel erg kinderlijk uit met dat verwarde blonde haar en tranen op haar wangen.

'Niet meer gillen en gauw gaan slapen.' Hij knikte haar nog eens toe, gaf een zorgzame ruk aan de afgezakte deken en wandelde terug naar zijn eigen kamer. 'Eh... ben je er zeker van dat je niet meer weet wat je hebt gedroomd?'

Waarom wil je toch zoveel van haar weten? fluisterde een plaaglustig duiveltje Eduard in. Als ze je onverschillig laat, verdiep je dan niet in alles wat haar betreft. Wat kan het je schelen waarover ze gedroomd heeft? Het zal haar kwade geweten zijn. Met een nijdig gebaar schopte hij de tussendeur in het slot.

Daniëlle kon niet meer inslapen en woelde rusteloos. Ze was ervan overtuigd dat de droom iets betekend had, maar ze kon de betekenis niet vatten.

Wat een onzin! dacht ze wanhopig. Ik heb wel honderd maal gedroomd zonder te denken dat het iets te betekenen had. Ik word een malle, zenuwachtige joffer... en Eduard was kwaad omdat ik niet zeggen wou waarover ik heb gedroomd... altijd maar geheimzinnig doen, zelfs over een droom... maar ik zie zijn gezicht al als ik hem vertel dat ik van grote Birgit heb gedroomd... het is werkelijk te dwaas.

De volgende morgen was ze nog van haar droom onder de indruk, maar Eduard kwam niet meer op het voorval terug. Zijn gedachten waren helemaal bij het komende concert en dat vond Daniëlle normaal. Ze durfde niet te vragen hoe het met de hoofdpijn ging en hij knoeide maar wat met de eenzame boterham die zijn ontbijt uitmaakte.

'Kom je vanavond naar de Salle Pleyel?' Eduard keek haar onverwacht aan met iets smekends in zijn donkere ogen, maar dat zag Daniëlle, die druk met het besmeren van haar broodje bezig was, niet. Ze hoorde alleen de wat stroeve vraag.

'Ik denk er niet aan,' zei ze afwerend. 'Ben je vergeten dat je me gistermorgen nadrukkelijk hebt verteld dat ik de laatste was die je in de concertzaal wenste als je speelt?'

'Dat heb ik niet zo gemeend,' Eduard boog zich over de tafel naar haar toe.

'Ja, dat is gauw gezegd, maar intussen meende je het gistermorgen; dat... en nog meer onvriendelijke dingen.' Ze haalde de schouders op.

'Och, laten we alsjeblieft niet weer met gekibbel beginnen. Het is zo nutteloos. Je hebt gelijk...' Eduard aarzelde even. 'Gistermorgen liet ik je niet aan het woord komen. Ik was... erg boos. Nu zou ik je wél willen horen praten... vertel me dan de redenen die jij had om te zwijgen. Het is zo onzinnig om me niet te vertellen dat je jarenlang piano hebt gestudeerd.'

'Ik kan er nu niet over praten.' Ze keek hem aan en sloeg meteen haar ogen weer neer. 'Er zijn zoveel factoren die samen hebben gewerkt en misschien ben ik inderdaad oneerlijk geweest, maar al had ik mijn redenen, toch ben ik niet zo'n intrigante als jij denkt.'

'Ik wou dat ik in je kon geloven,' zei Eduard dringend en een ogenblik lag zijn hand op de hare. 'Ik heb iemand nodig die in míj gelooft en waarin ik kan geloven, maar jij bent niet volkomen eerlijk tegen me… ik zie het aan de manier waarop je mijn ogen ontwijkt… aan de manier waarop je je terugtrekt… aan alles!'

Ze wist niet dat hij op het ogenblik zo druk bezig was met haar raadselachtig gedrag dat hij voor het eerst een morgen had doorgebracht zonder aan grote Birgit te denken en toen hij zich dat ten slotte bewust was schrok hij er hevig van. Tot zijn grote ontzetting kon hij zich Birgits gezicht opeens niet duidelijk meer voor de geest halen, er schoof zich een ander gezicht tussen met tergende duidelijkheid.

De ober vroeg zich af waarom de grote pianist met het gezicht van een slaapwandelaar langs hem heen stoof, zonder zijn groet te beantwoorden.

Artiesten… dacht hij. Allemaal een beetje getikt…

Eduard liep regelrecht naar zijn kamer en pakte de foto van Birgit op. 'Birgit… Birgit…' zei hij hardop maar voor het eerst onderging hij niet de emotie van pijn en weemoed, het was echter geen ondervinding waar hij blij om was. Het maakte hem verdrietig en angstig tegelijk.

Daniëlle overwoog wat ze zou gaan doen. In haar eentje winkelen leek nog het meest acceptabele. Ze keerde zich om naar de grote trap, maar vóór ze die bereikt had zag ze Legrand op zich afkomen.

'Goedemorgen, mevrouw Leroy. Is Eduard boven?' vroeg hij.

'Ja, moet ik hem voor u roepen?' vroeg ze. 'Ik… eh… ik geloof niet dat hij erg graag mensen ziet op de dag voor een concert, maar voor u zal hij natuurlijk wel een uitzondering maken.'

Legrand schudde ontkennend zijn hoofd. Hij had medelijden met Daniëlle. Ze zag er zo verlaten en verdrietig uit en toch leek ze hem verstandig genoeg.

'Nee, ik wil Eduard helemaal niet spreken.'

Daniëlle begreep er niets van maar liet zich toch meetronen om een kopje koffie te gaan drinken. Het bleef lang stil. Daniëlle roerde zwijgend in haar koffie.

'Ik geloof dat het helemaal verkeerd is om hem te laten spelen,' zei Legrand ten slotte. 'Zijn reputatie staat op het spel.'

'En zijn gezondheid, ik weet het.' Daniëlle keek hem onverwachts aan. 'Wat denkt u dat ik eraan kan doen? Hem tegenhouden? U kent Eduard langer dan ik. Ik vind het ellendig, maar
hij zal zélf moeten ondervinden dat het niet langer gaat.'
'Birgit zou hem hebben kunnen tegenhouden.' Het was niet
bepaald een diplomatieke of fijngevoelige opmerking en hij
schrok ervan.
'Pardon, dat had ik niet moeten zeggen.'
Daniëlle was opgestaan, ze zag iets bleker dan gewoonlijk, maar
ze verloor haar zelfbeheersing niet. 'Ik ben Birgit niet, mijn
naam is Daniëlle,' zei ze zacht. 'Dat is een hemelsbreed verschil,
in alle opzichten. Ik ben niet van plan Eduard te vragen of hij
alsjeblieft niet meer wil spelen. Daar moet hij naartoe groeien,
zonder drang van wie dan ook.'
'Hij is ziek.' Het klonk beschuldigend. 'Er is iets met zijn hoofd
niet in orde.'
'Dat weet ik... ja.' Daniëlle stond doodstil, haar hand op de leuning van de trap; ze zag eruit alsof ze met haar gedachten heel
ver weg was. 'Maar ik weet zeker dat het géén tumor is.'
'Dan weet u meer dan de dokters.' Legrand haalde de schouders
op.
Daniëlle vroeg zich af wat hij zou zeggen als ze haar ingeving
had gevolgd en gezegd: 'Birgit heeft het me verteld.'
Ze wist trouwens niet of ze daar zelf wel geloof aan hechtte,
maar haar antwoord was een ingeving geweest, een impuls die
ze had moeten volgen.
Ze ging naar boven, haalde haar tas en deed een paar gemakkelijke wandelschoentjes aan, waarna ze met een gevoel van bevrijding, als een kind dat spijbelt, naar beneden ging en de straat
opging. Ze amuseerde zich kostelijk, ook al moest ze zich alleen
amuseren en het was tegen halfvijf dat ze zich realiseerde hoe
lang ze door Parijs gedwaald had. Het kostte haar nog drie
kwartier voor ze het hotel bereikte en in de hal werd opgewacht
door een ziedende Eduard.
'Waar kom jij vandaan?' Hij snauwde het haar toe en de hand
die haar bij de arm greep, was allesbehalve vriendelijk. 'Weet je
wel dat je de hele middag weg bent geweest?'
'Natuurlijk weet ik dat. Ik heb me best geamuseerd.' Ze deed
geen poging om zich los te rukken en haar stem klonk rustig en

zelfs vriendelijk. 'Ik kon moeilijk de hele dag in m'n eentje in dit hotel rondhangen en ik wilde jou niet storen. Ik begrijp heus niet waar je je zo druk over maakt. Bovendien wist ik de weg in Parijs, want ik ben er een paar keer met vakantie geweest.'
'Dat kon ik niet weten en ik was ongerust.' Hij liet haar arm los. 'Het spijt me dat ik zo tegen je uitviel, maar doe zoiets nooit meer. Waarschuw me even als je van plan bent om de hele middag weg te gaan.'
Het scherpe antwoord dat op Daniëlles lippen zweefde bleef onuitgesproken. Hij had tenslotte niet helemaal ongelijk en bovendien was hij, zo kort voor het concert, hypernerveus en gespannen.
'Ik ga nu maar naar boven om me te verkleden,' zei ze, maar opnieuw greep Eduard haar bij de arm en trok haar met zich mee naar een verlaten zaal waar een vleugelpiano stond.
'Waarom speel je niet iets voor me? Ik heb je nog nooit gehoord. Ik kan dan meteen beoordelen hoe het is met dat talent van jou.' Het klonk schamper. 'Och, waarom zou ik je geen lesgeven? Dat zal het enige zijn waartoe ik binnenkort nog geschikt ben. Ga zitten, Daniëlle, en spéél.'
'Ik dénk er niet aan,' weigerde ze kortaf. 'Je bent jezelf niet. Laat me gaan, Eduard. Ik wil geen les van jou hebben, nu niet en nooit, versta je?'
'Ga zitten en spéél!' Ze voelde zich op de pianostoel neergeduwd en ze keek met angstige ogen naar Eduard op. 'Ken je 't 'Eerste pianoconcert' van Brahms?'
Daniëlle knikte beduusd. Wat had deze vertoning te betekenen? Ze wist immers dat hij zelf deze avond in de Salle Pleyel dit concert zou spelen en tussen haar grammofoonplaten was er een waarop hij dit concert meesterlijk speelde, met ragfijne pianissimi en een verrukkelijk lenteblij rondo. Was het nodig om het háár zo krukkerig mogelijk te horen vertolken om opnieuw te weten hoe hij zelf tot oneindig veel meer in staat was? Het leek haar dwaas en oneerlijk en het stelde haar teleur.
'Ik heb in geen jaar een piano aangeraakt.' Haar stem klonk schor. 'Als je erop staat wil ik het proberen als je... als je me maar niet uitlacht.'
'Dat zal ik niet doen. Speel het Adagio.' Het klonk als een bevel en gehoorzaam legde Daniëlle haar handen op de toetsen. Wat

een onzinnige situatie! dacht ze nog. Ze zullen hier denken dat we niet wijs zijn, maar enfin... een kunstenaar wordt veel vergeven.

Toen dacht ze aan niets anders meer dan aan de muziek. Het was heerlijk om weer een piano onder haar handen te voelen en omdat de technische kant van haar spel altijd haar sterkste zijde was geweest, luisterde Eduard intens naar een niet briljant maar wel feilloos gespeeld Adagio.

'Stop... dit is genoeg.' Hij legde zijn hand onverwachts op haar beide handen. 'Wil je het nog eens spelen?'

Ze keek even naar hem op en opeens begreep ze de hele ellendige situatie, haar hart kneep samen met een gevoel van intens medelijden. Hij herinnert het zich niet... o... wat moet ik doen! Ze aarzelde even en begon toen opnieuw het bewuste gedeelte uit het concert te spelen, zich intussen afvragend of ze hem toch zou durven aanraden om het concert geen doorgang te laten vinden en omdat ze daardoor werd afgeleid, sloeg ze een paar keer verkeerde tonen aan.

'Nee, nee... zo is het niet!' Het klonk bijna triomfantelijk.

'Ach, je hebt gelijk.' Ze nam haar handen van de piano en haar glimlach was zacht en vriendelijk. 'Natuurlijk hoor jij iedere noot die verkeerd wordt aangeslagen. Het zou eenvoudigweg niet anders kunnen, iedere noot zit in je hoofd verankerd. Je hoeft er eigenlijk niet meer bij te denken.'

'Dank je. Ik geloof dat je me geweldig hebt geholpen.' Met een spontaan gebaar nam hij haar hand in zijn beide handen en drukte er een kus op.

Daniëlle vouwde haar vingers om de zijne en ze hief haar gezicht naar hem op, zodat hun ogen elkaar van heel dichtbij ontmoetten, zo dichtbij, dat het Daniëlle even de adem benam. 'Je moet niet bang zijn, Eduard,' zei ze dringend. 'Er is niets om bang voor te zijn. Ik weet wat je denkt... maar het is niet zo.'

'Je bedoelt over die hoofdpijnen en mijn geheugenlek?' Hij glimlachte vreugdeloos. 'Ik probeer om er zo goed en zo lang mogelijk tegen te vechten, maar er zal wel een dag komen dat het niet meer gaat. Het is natuurlijk hard als je nog zo jong bent en je voelt dat je spel aftakelt omdat... ach, ik wil je niet verdrietig maken.'

'Dat geheugenlek is er niet echt... je bent er báng voor,' hield

Daniëlle koppig vol. 'Je kunt niet denken omdat je hoofdpijn hebt. Ik wou alleen maar dat je niet zulke bendes pijnstillende middelen innam. Die dingen helpen steeds minder omdat je er immuun voor wordt.'

'Je weet een heleboel van me, hè?' De donkere ogen lachten nu, hij liet haar handen los en deed een stap terug. 'Wat je pianospel betreft, wil je werkelijk niet dat ik je lesgeef?'

'Nee, dat heb ik gemeend,' zei Daniëlle.

'Wees niet zo koppig.' Het klonk alweer geërgerd. 'Het was toch immers de opzet, het doel dat je hebt nagejaagd.'

'Zolang je dat van me gelooft valt er niet verder te praten.' Ze duwde hem met een boos gebaar van zich af. 'Als je zo praat... zo cynisch... zo... zo geméén, dan haat ik je. Ik was van plan geweest om toch te gaan vanavond, maar nu dénk ik er niet meer over, al zal het je wel koud laten. Probeer alsjeblieft geen goede vrienden met me te worden als je me zo wantrouwt.' Ze liep met opgeheven hoofd langs hem heen, maar het volgend ogenblik draaide ze om haar as heen door twee harde handen op haar schouders.

'Waarom ben je dan met me getrouwd? Zég het me dan! Geef er een redelijke verklaring voor.' Het klonk grimmig. 'Je hebt zelf toegegeven dat je nooit kindermeisje zou zijn geworden als het niet geweest was omdat je wist wie ik was.'

Als Daniëlle toen de moed had weten te vinden om de ware reden te zeggen, zou het allemaal veel eenvoudiger zijn geweest, maar ze kon eenvoudigweg niet tegen een man die niets om haar gaf, vertellen dat ze maar één reden had, die doorslaggevend was geweest.

'Begin daar nu niet weer over,' verzocht ze. 'Ik moet overal naar raden, maar jij wilt alsmaar verklaringen van mij hebben, die ik je niet kan geven... of niet wil geven, net zoals je het wenst te noemen. In ieder geval voel ik me hier in Parijs in een hotel niet op m'n plaats. Ik zou liever thuis zijn. Jij kunt niet met me uitgaan en als ik alléén ga is het ook weer niet goed... alsjeblieft, Eduard, laten we teruggaan zodra je gespeeld hebt.'

'Het zal een gekke indruk maken op de thuisblijvers maar... nu ja!' Hij haalde de schouders op. 'Als je werkelijk liever terug wilt, dan doen we dat. Het huis is tenslotte klaar en Birgitje zal dolblij zijn, denk ik.'

'Gaan we morgen terug?' vroeg ze gretig.

'Nee, overmorgen.' Het antwoord kwam na een korte aarzeling. 'Och, je kunt het beter weten. Er is hier een dokter die me aanbevolen is en ik dacht dat ik het mooi kon combineren nu ik toch hier ben... alweer een dokter, maar dat is dan ook de laatste. Wat híj me adviseert doe ik beslist.'

'Een hersenspecialist... een... eh... chirurg?' Daniëlles hart klopte opeens met angstige slagen.

Eduard knikte onverschillig en met een vluchtig gebaar streek hij over haar wang.

'Kijk niet zo benauwd, meisje. Het is mijn doodvonnis niet of... nu ja, dat zou het kunnen zijn.'

'Praat niet zo akelig!' De tranen schoten haar in de ogen. 'Ik wil niet dat je zulke dingen zegt.'

'Ik wil ze ook niet zeggen, Dani, maar sommige dingen, waar je voortdurend mee bezig bent, zijn eruit voor je het weet.' Hij streek met een hulpeloos gebaar door zijn haar. 'Nu het dan toch gezegd is zou ik je graag iets vragen... het is wel een hele opgave, maar als het ooit verkeerd met me mocht gaan, wil je er dan voor zorgen dat Birgitje een gelukkige jeugd krijgt? Ik wil je niet opdringen om voor haar te zorgen, je bent nog zo jong en... en... je zult nog wel heel veel kansen op geluk krijgen. Ik wil niet dat Birgit nog ooit bij haar grootmoeder in huis zal wonen. Zoek een goed tehuis voor haar, ergens waar kinderen zijn en... en... ik zal zorgen dat jij de wettelijke voogdij krijgt. Wil je dat voor me doen?'

In die ogenblikken, onder de druk van de omstandigheden, groeide Daniëlle geestelijk in een versneld tempo. Ze had kunnen huilen en protesteren of hem tegenspreken, maar dat deed ze niet; het kwam zelfs niet in haar op. Hoe verward de toestand tussen hen beiden ook mocht zijn, ze hoorde toch bij hem en ze moest proberen hem zo goed mogelijk te helpen. Ze dacht er ook niet over om hem te vragen waarom hij haar nu opeens wel vertrouwde. Het deed er allemaal zo weinig toe nu hij zo dringend hulp nodig had. Hij was ondanks roem en rijkdom zo eenzaam. Ze had het nog nooit zo goed beseft als nu.

'Je ziet alles van de sombere kant,' zei ze kalmerend. 'Maak je nooit ongerust over Birgitje. Wat er ook mag gebeuren, ik zal zelf voor haar zorgen.'

'Dank je, Dani.' Het klonk schor. 'Dat is een grote geruststelling.'

Hij liep de zaal uit en Dani zonk terug op de pianostoel. Haar hoofd en haar hart leken een paar ogenblikken volkomen leeg. Ze kon niet denken en ze had geen verdriet, maar ze staarde met nietsziende ogen op de wit-zwarte toetsen neer. De verdoving begon te wijken en de pijn kwam met hernieuwde hevigheid terug.

'Het kan niet wáár zijn!' Ze leunde met gebalde vuisten voorover op het toetsenbord. 'Maar als het wel waar is... iedereen ziet dat hij eigenlijk niet meer kan... als het wel waar is... vergal zijn kostbare tijd dan niet met lamenteren en de beledigde uithangen... help hem... wees een vriendin... dat is het enige waar hij nou behoefte aan heeft. Het hindert immers niets wat jíj ervan denkt... het gaat om hem.'

Er werd op de deur geklopt en een van de kamermeisjes keek naar binnen. Daniëlle slaagde erin rustig te glimlachen. Ze liep vlug naar haar kamer. Goed, als hij haar dan niet in de zaal wilde zien, op de plaats waar vroeger Birgit zat, dan zou ze toch in ieder geval zorgen dat ze in de buurt was. Er kon zoveel gebeuren en niemand schoot er iets mee op wanneer ze de beledigde uit ging hangen. Het diner was een vluchtige aangelegenheid. Ze aten allebei weinig en Eduard was zo in zichzelf gekeerd dat ze hem niet wilde storen met onbenullige opmerkingen. Ook als hij wél gezond was sprak hij bijna niet, zo kort voor een concert. Toen Eduard op het punt stond om weg te gaan keerde hij zich tot Daniëlle en zijn hand omklemde de hare.

'Wens me geluk,' zei hij, 'ik heb het nodig, Dani.'

'Je weet dat ik je succes wens, Eduard.' Ze glimlachte, de zeldzame verwarmende lach waardoor haar ogen gingen stralen. 'Probeer zo rustig mogelijk te zijn en verbeeld je geen onmogelijke dingen.'

'Ik wou dat... och, het doet er niet toe.' Hij liet haar hand los en verdween zonder verder commentaar.

Je wou dat ik toch kwam, maar je durfde er niet meer over beginnen, dacht Daniëlle. Ik weet het zo zeker, alsof je het me verteld hebt.

Ze arriveerde aan de concertzaal ongeveer twintig minuten nadat Eduard was weggegaan en het zou haar waarschijnlijk nogal moeite hebben gekost om binnen te komen als ze Legrand toevallig niet had zien lopen.

'Ik kan je natuurlijk naar Eduard toebrengen.' Hij aarzelde even. 'Gewoonlijk houdt hij niet van drukte vlak voor het concert, maar misschien is afleiding nu beter voor hem. Hij heeft trouwens bezoek. Isa Goudin is bij hem. Ze hebben tegelijk gestudeerd en ook een paar keer samen geconcerteerd.'

Isa Goudin was een jonge violiste, ook al op weg naar de top. Daniëlle voelde zich eigenlijk te veel toen ze de kamer binnenkwam en het geanimeerde gesprek plotseling afgekapt werd. De jonge violiste, een slank donker meisje, keek haar nieuwsgierig aan en Eduard kwam haar tegemoet.

'Wat een onverwacht genoegen, Dani.' Hij lachte even. 'Niets veranderlijker dan een vrouw, zelfs een piepjonge... ik dacht dat je niet mee wilde?'

Met een paar vriendelijke woorden stelde hij Isa en Daniëlle aan elkaar voor, maar het gesprek wilde opeens niet meer vlotten. Daniëlle had het nare gevoel dat Isa haar niet mocht en dat de spottende donkere ogen iedere beweging van haar veroordeelden als stijf en links. Ze zei heel weinig, miste verschillende malen, tot ergernis van Eduard, de aansluiting op vragen en opmerkingen die tot haar gericht werden en voelde zich ronduit ongelukkig.

'Zit je te dromen, Dani?' informeerde Eduard ongeduldig.

Isa lachte met een onverdraaglijk superieur air. 'Het arme kind... het valt ook niet mee, Eduard, om opeens tot echtgenote van een moeilijke, nerveuze kunstenaar te worden gebombardeerd. De sfeer is haar zo vreemd, nietwaar?'

'Och, zo erg is het nu ook weer niet,' zei Daniëlle, die boos begon te worden en dit verborg onder een onschuldige poeslieve glimlach. 'Ik ben geen muziekanalfabete en het zal wel wennen.'

Isa trok haar donkere ogen samen en zag er opeens stukken minder lief en knap uit.

Ze heeft een hard gezicht, dacht Daniëlle. Ik mag haar niet. Het schijnt overigens wederzijds te zijn. Geen wonder, want een kind zou kunnen zien dat ze... op zijn zachtst gesproken, heel erg met Eduard dweept. Arme Edu... het zal je, als het aan mij ligt, bespaard blijven om tussen twee jaloerse vrouwen te zitten.

Ze schoot opeens in de lach en Isa keek haar onaangenaam verrast aan, maar Eduard begon te grinniken.

'Naar buiten uitbarstende binnenpretjes noemt Dani dat,' zei hij. 'Ze vertelt daarom ook nooit waarom ze opeens begint te lachen.'

Hij keek op zijn horloge en stond op, waarna hij Isa hartelijk de hand drukte en in het voorbijlopen even Dani's kin in zijn hand ving.

'Je kunt zo gezellig lachen!' Er klonk weemoed in zijn stem. 'Lachen is héérlijk.'

De deur ging achter hem dicht en Daniëlle stond ook op.

'Hebt u een plaats in de zaal?' vroeg Isa nieuwsgierig. 'Nee? Het gaat niet zo best met hem de laatste tijd, hè? Jammer! Eduard en ik hadden heel veel succes toen we samen speelden. Daar had eigenlijk nooit verandering in moeten komen. Hij ontmoette Birgit, dat was het einde van onze gezamenlijke loopbaan.'

'Hebt u Birgit goed gekend?' vroeg Daniëlle.

'Ze leek op jou.' Het antwoord kwam volkomen onverwachts. 'Niet precies hetzelfde gezicht, maar het type. Blond, met lichte ogen, slank en als een schaduw achter Eduard aan, met duizendeen zorgen over het kind... enfin, niet bepaald de vrouw voor een kunstenaar.'

Ze knikte en liep langs Daniëlle de kamer uit. Daniëlle wist dat het een leugen was. Ze had een heel andere indruk van Birgit gekregen. Waarom vroeg ik het ook? dacht ze geërgerd. Het is gewoon een kwestie van zure druiven bij Isa en ik wilde blijkbaar m'n vermoeden bevestigd zien.

Voorzichtig opende ze de deur, sloop op haar tenen door de gang en zocht een plaatsje in de schaduw waar ze Eduard kon zien. Hij speelde volkomen geconcentreerd, een lok haar hing in een eigenzinnige golf over zijn voorhoofd. Daniëlle klemde haar handen tot vuisten en stond doodstil. Het ging goed. Zijn vertolking van het met geweldig fortissimo gespeelde gedeelte zong boven het orkest uit en toch bleef zijn aanslag die wonderlijke soepelheid behouden. Strijkers, blazers en slagwerk waren alleen maar achtergrond voor de virtuoos bespeelde piano, die zong onder de handen van de meester. Daniëlle had nog nooit zo goed beseft wat er aan haar eigen spel ontbrak en altijd ontbreken zou. Alleen een heel begenadigd pianist kon zo spelen.

Daniëlle kende de muziek noot voor noot en daarom voelde ze onmiddellijk aan dat er iets verkeerd dreigde te gaan toen hij het rondo inzette. Ze deed een onbeheerste pas vooruit, onzichtbaar voor de mensen in de zaal, maar Eduards zoekende ogen vingen de beweging en in een flits zag hij Daniëlles gezicht. De aarzeling was voorbij. Zijn gezicht kreeg weer wat kleur en Daniëlle leunde slap en bevend van schrik tegen de muur, zich afvragend of iemand die dreigende hapering gemerkt zou hebben. Er gebeurde verder niets bijzonders meer en onbeweeglijk bleef Daniëlle luisteren tot het bevrijdende slotakkoord, waarna een geweldig applaus losbarstte, dat overging in een ware ovatie. 'Daniëlle... heb je gehoord...' begon Eduard, maar Daniëlle schudde haar hoofd.
'Denk nergens aan dan aan de mensen die een toegift willen... toe, ga terug! Laat je niet bidden en smeken... ga terug!'
Ze duwde hem met zachte dwang in de richting van 't podium. Het fanatieke handgeklap en het 'bis, bis'-geroep ebde weg. Eduard speelde een nocturne van Chopin als toegift en Daniëlle moest eraan denken hoe vaak Chopin vroeger zelf in de Pleyelzaal zijn muziek had gespeeld voor een aanbiddend publiek. Eindelijk liet het enthousiaste publiek de pianist gaan en opeens was daar Isa, die met totaal voorbijzien van Daniëlle, op Eduard afstoof en hem vertelde hoe goed hij gespeeld had en hoe blij ze was dat ze dit had meegemaakt. 'Ik voel nog altijd alles voor samen spelen,' zei ze. 'Hoe denk jij daarover?'
'Op het ogenblik denk ik helemaal niet.' Eduards ogen gleden langs haar heen naar Daniëlle. 'Het enige wat ik wil is naar mijn hotel en slapen. Ik ben op!'
Hij nam Daniëlle bij de arm en voerde haar haastig mee. In de taxi greep hij haar hand. 'Jij hebt het gemerkt, hè?'
'Het was niet erg,' zei Daniëlle zacht. 'Maak je er toch niet zo om van streek.'
'Het ging alleen goed omdat jíj er stond... ik zag jou,' bekende hij en nu klonk er opeens een ongewone warmte in zijn vermoeid klinkende stem. 'Het leek wel een toverformule.'
Met een vluchtig liefkozend gebaar bracht hij haar hand aan zijn mond en Daniëlle was tevreden dat ze de ingeving van haar hart had gevolgd en toch nog naar het concert was gegaan.
'De hoofdpijn is nog niet over, hè?' vroeg ze voorzichtig. 'Neem

alsjeblieft niet zo'n bende hoofdpijntabletten in. Dat is helemaal niet goed.'

'Eigenwijsje, als ik dat niet doe kan ik niet slapen en ik ben doodop en mijn hoofd barst bijna... een heerlijke toestand en een bar gezellige huwelijksreis voor jou. Het spijt me verschrikkelijk, Dani. Wat ik ook gezegd mag hebben... en hoe hard het aankwam... bovendien... wat je beweegredenen mochten zijn, je bent beter waard dan al deze trammelant. Je houdt je fantastisch en je hebt me vanavond héél erg geholpen.'

Dat was een hele toespraak voor de weinig toegankelijke, stille Eduard.

'Dat is allemaal niet belangrijk,' troostte Daniëlle. 'Je moet eerst beter worden. De rest is van later zorg. Verspil geen tijd aan mij met medelijden en maak je geen zorgen. Wat je te verwerken hebt met dat... eh... eigenwijze hoofd van je is al genoeg.'

Het draaide inderdaad uit op het innemen van 'een bende tabletten', wat Daniëlle zo de schrik om het hart joeg dat ze de tussendeur op een kier zette en het grootste deel van de nacht rechtop zat terwijl allerlei schrikbeelden door haar hoofd joegen. Ze had natuurlijk nog nooit gezien hoeveel van die dingen hij in één keer innam. Je moest wel van ijzer zijn om... ze gleed voor de vierde keer uit haar bed om heel voorzichtig te gaan kijken. Het was intussen vier uur geworden en ze overwoog dat, nu hij zo rustig sliep als een kind, er verder ook geen gevaar te duchten viel en ze wankelde naar haar bed, waar ze als een blok in viel en een gat in de dag sliep.

Toen ze de volgende morgen om tien uur beneden kwam, was Eduard weg. De ober gaf haar een briefje. Het was bijzonder kort en luidde: 'Ik heb om tien uur een afspraak met de dokter. Wacht in het hotel op me. Eduard.'

Het waren een paar ellendig onrustige uren en ze vloog overeind toen ze Eduard om één uur binnen zag komen.

'Wat heeft de dokter gezegd?' Ze hief haar gezicht naar hem op met een smekend gebaar en de kleine hand op zijn arm drukte zwaar.

Eduard keek haar peinzend aan. Ze zag eruit alsof ze zich dodelijk ongerust maakte.

'Lieve kind, ze kunnen niet dwars door mijn voorhoofd heenkijken. Er zijn nagenoeg onbereikbare plaatsen in een hoofd en op

zo'n plaats zit het bij mij... namelijk pal achter dat kleine litteken. Misschien is het maar het beste dat ze de zaak van binnen
eens bekijken en dan liefst zo gauw mogelijk.' Het klonk vrij
laconiek.

'Je bent gek,' zei Daniëlle fel. 'Je bent gek om het als een peule-
schilletje voor te stellen. Een zwaardere operatie bestaat er misschien niet... het is waanzin, Edu... het moet iets anders zijn.
Het is géén tumor.'

'Als je me dan eens vertelde hoe jij dat zo zeker weet?' Eduard
schoot in de lach.

'Dat kan ik je niet zeggen, maar ik wéét het,' hield ze koppig vol.
'Ja hoor, ze kan het weer niet zeggen!' Eduard keek haar half
plagend, half geërgerd aan. 'Je bent wel een vat vol geheimzin-
nigheden, hoor. Vertel jij me dan eens wat ik wel moet doen als
ik me niet laat opereren... zo doorsukkelen? Kom nou, Dani, je
hebt heel goed gezien dat het niet langer kan. Langzaam doodgaan op deze manier is veel erger dan... o mijn kind, wat een
opwekkende conversatie, hè? Je hoeft niet te huilen... toe nou!'
Hij trok haar arm door de zijne. 'Zal je verstandig zijn en me
niet tegenwerken? Natuurlijk gaan we eerst naar huis en daarna
zullen we wel verder zien.'

Daniëlle zag er bijzonder vastberaden uit, maar ze sprak niet
langer tegen en ging gehoorzaam naar haar kamer om haar
koffer te pakken. Ze kon er niets aan doen, dat de levendige
droom over Birgit voor haar wel degelijk betekenis had, ze had
eindeloos over Eduards ziekte, het ongeval en de dokters die
niets konden vinden, nagedacht. Er moest ergens iets zijn dat
iedereen over het hoofd had gezien. Haar intelligentie en haar
door haar liefde voor Eduard gescherpte verstand dat iedere dag
en soms zelfs 's nachts rusteloos bezig bleef met die vreemde
hoofdpijnen van hem, hadden haar toen hij van de dokter terugkwam, door een paar woorden van Eduard eindelijk een draad
in handen gegeven. Ze besloot echter voorlopig te zwijgen.

Zonder dat iemand van de familie het wist kwamen ze tegen de
avond in hun eigen huis aan.

'Ik heb net een gevoel alsof we kamperen in ons eigen huis,' zei
Eduard, die op het aanrecht zat met een sandwich in zijn ene
hand en een kop koffie in de andere. 'Je kunt schitterend impro-
viseren, Dani.'

Hij keek met pretglanzen in zijn ogen naar het bezige figuurtje met de verwarde blonde haren.

'Het is fijn om een eigen huis te hebben,' zei hij nadenkend. 'Ik heb het eigenlijk nooit gekend. Ook al kan je weinig thuis zijn, toch is het een rust en een geluk te weten dat er ergens een veilige plaats bestaat waar je thuis hoort, waar nieuwsgierige mensen je niet kunnen bereiken... een paar jaar geleden zag ik dat nog niet zo in. Reizen met Birgit... dat was voldoende. Birgit was het er niet mee eens... ze had gelijk.'

'Birgit... ja!' Daniëlle hees zich op de keukentafel, ook gewapend met een kop koffie en een sandwich. 'Wil je... eh... mag ik met jou over haar praten? Het maakt alles zoveel gewoner... zoveel beter. Het is zo verkeerd om iets of iemand dood te zwijgen.'

'Ik kon het eerst niet verdragen, maar ik vind het niet erg om met jou over Birgit te praten,' zei Eduard rustig. 'Wat wilde je weten? Of ze op jou leek? O nee, helemaal niet. Jullie zijn twee heel verschillende persoonlijkheden, al had zij ook blond haar en blauwe ogen... maar jouw ogen zijn grijs... rookgrijs en heel mooi... wat wil je nog meer weten?'

Daniëlle vergat te eten en bekeek peinzend de sandwich. 'Weet je nog dat ik zo gedroomd heb?'

Ze kleurde toen hij begon te lachen. 'Nou, en of ik dat weet. Je schreeuwde behoorlijk... of liever onbehoorlijk. Wat heb je toen toch gedroomd?'

'Over Birgit... een heel simpele droom.' Ze zag dat hij schrok. 'Nee, ik verzin het heus niet. Het ging over jou. Ze wees op haar hoofd en schudde 'nee'. Toen ze dichterbij wilde komen werd ik, althans in mijn droom, bang en daarom ging ik gillen. Dromen hebben altijd iets angstigs. Je kunt het onwijs van me vinden maar vanaf dat ogenblik groeide de overtuiging dat er eigenlijk helemaal niets bijzonders met je hoofd is.'

Eduard zette zijn glas neer, gleed van het aanrecht en boog zich met zijn handen aan beide kanten op de tafel gesteund naar haar toe.

'Jij, lief bijgelovig ding!' Hij kuste haar vluchtig op het puntje van haar neus. 'Je hebt sproeten op je neus, weet je dat?'

'Ja, ik kijk wel eens in de spiegel.' Ze probeerde onder zijn armen door te glippen. 'Toe laat me gaan, Edu... plaag me niet.'

'Ik heb juist zin om je te plagen. Je ziet er zo leuk uit als je boos bent.' Hij ving haar opnieuw in zijn armen en kuste haar. 'Niet doen...' Ze duwde hem van zich af. 'Ik wilde alleen maar praten.'

Ze wilde geen verliefd gedoe zonder diepere achtergrond en ze was ervan overtuigd dat hij geen zier om haar gaf. Een paar dagen geleden was hij woedend op haar geweest, daarna had hij haar beschouwd als een soort plechtanker en dat vond ze best, maar er was te veel verknoeid en te veel onuitgesproken om het met een paar vluchtige vleiende woorden en een zoen in het rechte spoor te brengen. Zodra Eduard kon zeggen: 'Ik houd van je' was ze bereid om er een gewoon en goed huwelijk van te maken.

'Nou vooruit, dan práten we.' Eduard liet haar schouderophalend los en keek haar beledigd aan. 'Stel je niet aan, Dani.'

'Dank je, maar ik stel me niet aan.' Ze hapte nijdig in de sandwich en trok er een lelijk gezicht tegen. 'In ronde woorden, ik wil niet dat Birgitje haar moeder vergeet en jij behoeft Birgit evenmin te vergeten. Hoe zou dat kunnen, ze heeft bestaan en ze was je lief... het liefste dat je had. Ik zou niet weten waarom er in huis geen foto's van Birgit zouden mogen staan, maar zolang jij nog behoefte hebt aan Birgits foto bij iedere stap die je doet... Birgits foto in je zak... Birgits foto op de tafel naast je bed... dan geloof ik dat het beter is als je... eh... haar geen daadwerkelijke opvolgster geeft... als je mijn bedoeling begrijpt.'

'O, mijn verstand werkt nog goed.' Het klonk sarcastisch. 'Ik mag dus wel aannemen dat je... eh gespioneerd hebt? Kijk, dat had ik nu toch niet achter je gezocht.'

'Gespioneerd! Wat een onzin!' Daniëlle deponeerde de rest van de sandwich met een klap op tafel en haar ogen fonkelden van boosheid. 'De foto in je portefeuille zag ik toevallig zitten toen je in de fotohandel filmpjes kocht en met groot geld betaalde en wat die andere foto betreft... ik ben een paar maal in de nacht na het concert komen kijken of je nog wel lééfde na het innemen van een halve tube hoofdpijntabletten, aangezien ik niet wist dat jij zulke ongelimiteerde hoeveelheden zonder gevaar kon verzwelgen. Geen wonder dus dat ik de foto heb zien staan. Verder nog moeilijkheden?'

Ze keerde zich op haar hak om en liep naar de deur. Aangezien er geen commentaar kwam keek ze toch nog maar even om en ontmoette een paar donkere ogen, ongelovig en geamuseerd tegelijk.

'Je bent een echte kattenkop,' zei Eduard streng.

'Dat zal me een zorg zijn,' antwoordde Daniëlle en ze smeet de keukendeur zo hardhandig in het slot dat het daverde.

Meteen vloog de deur weer open en een boze stem informeerde: 'Kan het niet wat zachter?'

'Dat kan wel, maar ik had zin om het hard te doen,' snauwde Daniëlle terug, ze rukte haar jas uit de garderobe. 'Ik ga Birgitje halen.'

'Toe Dani, dat kan morgen toch wel,' stribbelde Eduard tegen. 'Het kind slaapt waarschijnlijk bijna. Zullen we vanavond spijbelen en de stad ingaan? Jij mag kiezen.'

'Alleen eten of ook nog iets anders?' Daniëlles gezicht klaarde op.

'Ook nog wel iets anders als je wilt... een toneelstuk... dansen... noem maar wat je graag wilt.' Eduard betrapte zich erop dat hij met spanning op haar antwoord wachtte. Het was geen opoffering, want hij ging inderdaad graag met Daniëlle uit, ontdekte hij tot zijn verwondering.

Daniëlles gezichtje straalde plotseling van ondeugd en geheimzinnig plezier.

'Als kind was ik dol op het jaarlijkse Lunapark, maar mama had er nooit veel geld voor, dus bleef het bij overal even kijken... een stuk noga... en één dubbeltje om een gooi naar een of ander wanstaltig stuk speelgoed te doen... maar ik won nooit iets. Het Lunapark is er weer... dáár wil ik heen.'

Eduard staarde haar stomverbaasd aan, maar toen gooide hij zijn hoofd achterover en lachte zoals ze hem nog nooit had horen lachen.

'Zo belachelijk is het helemaal niet,' zei Daniëlle waardig.

Eduard probeerde zijn gezicht in een strenge plooi te trekken, maar slaagde er niet in.

'Het is best, hoor. Trek je jas maar aan, dan gaan we... op naar de kermis!'

Hij grinnikte nog toen ze al op weg waren en Daniëlle was wel zo wijs om niet te vragen hoe het met de hoofdpijn ging. Blijkbaar dacht hij er helemaal niet meer aan en amuseerde hij zich kostelijk. Ze slenterden arm in arm over het overvolle terrein en na een verkennend rondje was Daniëlle opeens verdwenen om even later weer op te duiken met een wanstaltige zeepwolk op een stokje.

'Jakkes kind... éét je dat?' Deze keer was het Daniëlles beurt om te grinniken bij de kennelijke ontzetting op het gezicht van haar echtgenoot.

Het was eigenlijk te zot, de aristocratische Eduard zielstevreden ronddolend op de kermis. Enfin, misschien was het ook een van de gemiste kansen uit zijn eenzame jeugd.

'Dit is gesponnen suiker.' Ze trok een gezicht. 'Het smaakt walgelijk zoet. Dat je zoiets als kind lekker kunt vinden!'

Ze deponeerde het omvangrijke geval in een papiermand en sleepte de verblufte Eduard achter zich aan, omdat ze zulke beeldige speelgoed panda's had ontdekt.

'Het gaat héél leuk... met een wieltje, net een roulette.' zei ze opgewonden. 'Ik wil er een winnen voor Birgitje.'

'Jij wilt gokken.' Eduard amuseerde zich enorm en met zijn arm om Daniëlles schouder dook hij in de dringende menigte rond het gelukswiel. Daniëlle was er niet meer weg te krijgen en Eduard dacht erover om te zeggen, dat ze de panda intussen voordeliger had kunnen kopen.

De voldoening waarmee ze ten slotte na veel moeite en een stroom kwartjes de panda in de wacht sleepte was het gokje waard, vond Eduard.

'Het is een bééld, hè?' zei ze voldaan en ze bekeek haar winst met trotse ogen.

'Ja, en nu ga ik nog een gokje wagen!' Het wieltje rolde en...

'Prijs!' zei een oud mannetje dat naast hem stond. 'Hep fast geen geluk in de liefde, meheer... u wint veuls te flot!'

'Dat is dan triest, man.' Eduard lachte en nam plechtig de prijs in ontvangst. Het was een zilveren ringetje met een aardig blauw steentje.

'O, mag ik het hebben?' bedelde Daniëlle. 'Het past me heus wel!'

Ze schoof het zilveren ringetje aan haar smalle vinger en het gleed gemakkelijk op zijn plaats.

'De herinnering aan een heerlijke avond,' zei Eduard zachtjes. 'En wat wil je nu nog meer? Ben je voldaan? Nee, ik zie het al...

je hebt nog wensen. Zeg het maar, ik ben overal op voorbereid.'
Daniëlle keek hem peinzend aan en overwoog hardop: 'De bots-
auto's... ja, dat is wel enig maar niets voor die kostbare handen
van jou... je zult ze maar ergens aan kneuzen... voor geen geld
wil ik dat op m'n geweten hebben. O, ik weet het al... het
spookhuis... heerlijk... met geraamten en zo!'
Het was eigenlijk een beetje plagend bedoeld, maar Eduard
amuseerde zich nu eenmaal en hij deed het volledig en met
overgave, niets was hem te dol. Het spookhuis week niet af van
tal van dergelijke dingen, met allerlei griezeleffecten.
'Wat een schitterend geraamte komt ons daar tegemoet,' zei
Eduard lachend, maar met een geweldige gil, die overigens niet
opviel in al dat gegil rondom hen, sloeg Daniëlle haar armen om
Eduards hals, ze smoorde hem bijna, maar hij trok haar dichter
naar zich toe.
'Lieve schat, je bent toch niet werkelijk bang voor die onzin?'
vroeg hij verschrikt en het drong niet eens tot hem door hoe hij
haar genoemd had, maar de 'lieve schat' spitste haar oren en
haar hart maakte een buitelingetje.
'De griezel... is-ie weg?' informeerde ze, opduikend van het veilige plaatsje.
'Ja hoor, we zijn aan het eind van de reis,' Eduard hielp haar uit-
stappen en duwde de duurverworven panda in haar armen.
'Dit is beslist de gekste avond die ik ooit heb meegemaakt en...
ook een heel leuke! Het wonderlijke is dat ik geen hoofdpijn heb
gehad.'
'Neem dan ook geen hoofdpijntabletten in vanavond,' zei
Daniëlle dringend.
'Goed dan.' Eduard haalde de schouders op. 'Dacht je dat ik 't
voor mijn genoegen deed? Echt niet, hoor! Morgen wordt er
een opname gemaakt, dus dan kan ik geen hoofdpijn gebruiken.
Dat zijn altijd inspannende dagen.'
'O, dat wist ik niet eens,' zei Daniëlle onaangenaam verrast.
'Waarom heb je me dat niet verteld?'
'Wij vertellen elkaar gewoonlijk weinig.' Het klonk niet bemoedigend. 'Ja, er wordt morgen een opname gemaakt en volgende
week een... mét Isa Goudin. Ik verheug me op die samenwer-
king. We konden altijd best samen opschieten. Ze is vriendelijk,
intelligent en heel talentvol.'

'Dat is een heleboel.' Daniëlle stapte uit de auto die al een poosje stilstond voor het huis.

'En als je in Parijs bent, dan ga je zeker meteen regelrecht naar die hoofdendokter?'

'Wat is dat nou voor een woord? Druk je nauwkeuriger en ietwat intelligenter uit.' Eduard opende de voordeur en knipte het licht aan, zijn gezicht stond donker.

Er waren ogenblikken waarop hij Daniëlle verschrikkelijk graag mocht, maar er waren even zoveel of nog méér ogenblikken dat hij haar graag over de knie zou hebben gelegd, zoals men in het grijs verleden zijn ondeugend kroost placht te straffen.

Daniëlle was de trap opgelopen en halverwege keerde ze zich om. 'Als je het hart hebt naar die... die hóófdendokter te gaan... – het klonk dreigend en tergend tegelijk – dan maak je de grootste fout van je leven. Je mankeert niets bijzonders, dat vertel ik je.'

'O, dank je wel.' Het klonk sarcastisch. 'Met andere woorden, ik stel me alleen maar aan en simuleer pijn die ik niet heb.'

'Dat heb ik niet gezegd.' Ze schudde verwoed haar hoofd, zodat de blonde haren langs haar hoofd zwierden. 'Ik wou dat je eens wat beter leerde luisteren. Alleen... aan dat hoofd van jou valt niets te opereren en je hébt geen tumor...'

'Jij weet het... door die droom van je.' Hij lachte spottend. 'Wees geen dom meisje.'

'Ach, verhip met je domme meisje.' Het klonk ronduit vinnig, waarna ze zich omkeerde, de trap oprende en boven de deur in het slot knalde, zodat de ramen rinkelden.

Eduard bleef verbluft en diep beledigd achter. Hij liep de verlaten zitkamer binnen, die er nog kil en onbewoond uitzag, en liet zich met een smak in een leunstoel vallen, zodat de veren kraakten. Hij was verschrikkelijk kwaad, maar dat hield hij niet lang vol; tenslotte had hij veel gevoel voor humor. Ze mocht dan wat minder gelijkmatig en niet zo zachtzinnig zijn als Birgit was geweest, toch... hij zuchtte. Nee, je kon Birgit en Daniëlle niet vergelijken. Daniëlle was een sterke en heel boeiende persoonlijkheid en wat je haar ook kon verwijten, zeker niet dat ze vervelend was en niet wist wat ze wilde. Het getuigde toch eigenlijk ook wel van grote moed om een zo moeizaam veroverde en langdurig beoefende studie af te breken. Daniëlle was geen meisje dat met halve dingen genoegen kon nemen. Het was haar goed recht en hij had er begrip voor dat ze deze stelregel zowel in haar studie als in haar huwelijk wenste door te voeren, maar dan kwam alles wat hij eerst over Daniëlles beweegredenen had verondersteld, op losse schroeven te staan. Wat had haar dan bewogen? Zou het toch om kleine Birgit zijn geweest? Ach onzin, want dan was haar houding niet consequent of... toch wel? Hij was zelf verkeerd begonnen met haar, onmiddellijk na de huwelijkssluiting, zo aan te vallen over haar vermeende doel om met hem te trouwen. Dat had voor haar blijkbaar alles volkomen bedorven. Geen wonder, als het eerste woord dat je splinternieuwe echtgenoot tegen je zegt 'intrigante' is! Daarna was ze echter vaak vriendelijk, lief en medelijdend of... heel erg kattig geweest. Hij begreep totaal niets meer van het raadsel Daniëlle. Aan de simpelste en meest voor de hand liggende reden, die ze gehad kon hebben om met hem te trouwen, dacht hij niet.

De volgende morgen stond Birgits foto frank en vrij in de huiskamer op de rand van de eikenhouten schouw. Daniëlle zag het wel, maar zei er niets over. Het zwijgend bewijs dat ze de situatie zo als juist aanvaardde, sprak uit het vaasje bloemen, met zorg geschikt, dat ze ernaast zette.

De volgende dag kwam Birgitje thuis en ze voelde zich zo gelukkig als een dartel visje in het water; blijkbaar had ze Daniëlle toch gemist.

'Waar is pappie?' vroeg ze nieuwsgierig.

'Weg, om een muziekopname te maken,' zei Daniëlle. 'Hij zal het wel fijn vinden dat je thuis bent.'

Misschien was dat wel zo, maar daar merkte Birgitje in ieder geval weinig van, want papa had 'een humeur om op te schieten', zoals Daniëlle het kernachtig uitdrukte. Het was een moeilijke opdracht om Birgitje stil te houden en eigenlijk voelde Daniëlle daar ook niets voor, na de manier waarop het kind bij oma was opgevoed.

In de volgende dagen werd de toestand er niet beter op, want Isa Goudin was overgekomen voor de opname en ze beschouwde het huis van de Leroys als de zoete inval. Daniëlle was van nature gastvrij, maar ze had iets tegen gasten die op brutale manier beslag op alles legden alsof dat hun goed recht was. Isa bemoeide zich overal mee: ze ging met het kind wandelen, gaf het dure geschenken en te veel snoepgoed en als Daniëlle het kind iets verbood, dan maakte Isa haar belachelijk: 'Och, daar meent ze niets van... het mag bést, hoor Birgitje!'

Als Eduard het al merkte, dan zei hij er in ieder geval niets van en Daniëlle wilde niet klagen, al voelde ze zich in haar eigen huis van haar plaats geduwd. Eduard en Isa hielden ellenlange gesprekken over muziek.

Toen Isa ten slotte wegging met de belofte dat ze binnenkort weer kwam om de plannen nader uit te werken, vroeg Daniëlle zich natuurlijk onmiddellijk af wat ze bedoelde en ze vroeg er Eduard naar, maar hij haalde de schouders op.

'Ach, Isa zit altijd boordevol plannen,' zei hij vaag. 'Is het niet een erg drukke tijd voor je geweest? Ik geloof niet dat Isa en jij erg harmoniëren. Toch is ze heel aardig.'

'Ja, dat zal wel.' Daniëlle haalde de schouders op. 'Je vindt natuurlijk dat de fout bij mij ligt, maar sympathieën laten zich niet dwingen.'

Daniëlle zat op de pianostoel. De schemerlamp goot een bronskleurige gloed over haar mooie haar en haar slanke hand sloeg een paar akkoorden aan.

'Speel toch eens door,' verzocht Eduard, 'doe niet zo lusteloos, Dani.'

'O, jij altijd met je op- en aanmerkingen. Nee, ik wil niet spelen.' Ze stond met een ruk op van de pianostoel. 'Ik ben in de voorbije dagen doorgezaagd over viool en piano, weet je dat wel? Waarom speel je zelf niet? O, het hoeft geen concert te zijn... voor míj niet... Weet je wat ik graag wil horen?'

Hij begreep onmiddellijk wat ze bedoelde en als ze het maar op een andere toon gevraagd had zou hij direct hebben toegegeven, maar Eduard, toch al gesloten van aard, zat met zijn gevoelens in de knoop. De zaak was eenvoudig genoeg: hij dacht meer aan Daniëlle en haar beweegredenen om met hem te trouwen dan goed was voor zijn toch al wankele gemoedsrust. Was het ontrouw aan Birgits gedachtenis dat hij veel minder en heel anders aan haar dacht dan vroeger? Ze had iets heel liefs en moois in zijn leven betekend, dat hij nooit zou kunnen of willen vergeten, maar de herinnering deed niet langer pijn. Het mooie glimlachende gezichtje op de foto, waar een zorgzame hand

altijd verse bloemen bij zette, gaf geen antwoord en geen uitkomst en toch... Daniëlle had van haar gedroomd, een droom
die diepe indruk op haar had gemaakt. Als Eduard niet zo hevig
met zijn eigen problemen bezig was geweest, zou hij gezien hebben dat Daniëlle ernaar snakte dat hij het destijds spontaan
gecomponeerde 'Voor Daniëlle', dat ze nooit meer had
gehoord, weer voor haar zou spelen, als een teken dat ze toch
iets voor hem ging betekenen. De stemming van het Lunapark,
toen ze dicht bij elkaar waren geweest, was nog maar een heel
broos, langzaam groeiend plantje geweest waar Isa haar spitse
hakken op had gezet.
'O, je bedoelt dat onnozele ding, dat ik toen eens probeerde te
spelen?'
Het klonk onverschillig en hij draaide haar de rug toe. 'Kind, ik
weet niet eens meer hoe het was.'
Het bleef stil achter hem, maar in gedachten hoorde hij nog wat
Dani gezegd had toen hij het voor de eerste en enige maal speelde, zag hij haar verrukte gezichtje bij die woorden: 'Zal je het
nog héél dikwijls voor me spelen?'
Wat had hij daarop geantwoord? Och, het deed er niet meer toe
en opeens kreeg hij spijt van de manier waarop hij uitgevallen
was, drong er toch iets van de teleurstelling die ze moest voelen
tot hem door. Daniëlle was opgestaan en ze deed een stap naar
de deur alsof ze vluchten wilde.
'Het spijt me zo, Daniëlle,' zei Eduard en hij was vlugger dan zij
bij de deur. 'Misschien weet ik die melodie toch nog wel. Wil je
luisteren? Toe, je zou me er zo'n genoegen mee doen.'
'Dank je, het hoeft niet meer. Zoiets kan alleen maar spontaan
gaan. Laat me erdoor. Ik ben geen klein kind dat getroost moet
worden, wat denk je wel van me?'
'Ik wou dat ik het wist.' Hij keek haar peinzend aan. 'Je bent nog
altijd een lied zonder woorden... míjn lied zonder woorden.'
Toen wist ze dat hij noch de melodie noch hun gesprek van de
bewuste middag was vergeten. Hij wilde niet voor haar alleen
spelen, dat was de simpele waarheid.
'Waarom ben je niet eerlijk?' Het was eruit voor hij het wist.
'Ik ben eerlijk.' Ze lachte vreugdeloos. 'Als je je alles zo goed
herinnert, dan weet je ook dat ik gezegd heb 'Niet iedere melodie gaat erop vooruit als er woorden op gemaakt worden'.

Misschien is het zo met mij. Als je niet zo met jezelf bezig was geweest en met het verleden, zou het zo'n probleem niet voor je hebben betekend. Je bent gewoonweg ziende blind.'

Op dat ogenblik kwam Birgitje nietsvermoedend via de tuindeur huilend naar binnen stormen omdat ze gevallen was.

Met een zucht boog Eduard zich over zijn dochter, maar die wilde niets van hem weten.

'Ik moet jij!' Ze greep Daniëlle bij haar rok en veegde een behuild snoetje daaraan af.

Ze vertikte het nog steeds om Daniëlle mama te noemen, maar ze noemde haar evenmin 'Dani', zoals ze vroeger wel deed. Ze zei eenvoudigweg 'jij' en Daniëlle wilde niet dat Eduard het haar verbood.

'Ze komt er zelf wel mee klaar,' zei ze telkens weer. 'Laat haar toch doen wat ze wil! Dwangmethodes heeft ze genoeg gekend.'

'Jij moet niets,' sprak haar vader geprikkeld om de stoornis en om de afwijzing van zijn dochter. 'Als je zo ondeugend bent ga je maar netjes naar je kamertje.'

Waarop Birgitje huilend en wel zei: 'En als jíj zo ondeugend bent tegen Birgitje ga jij maar netjes naar je hoofdpijn!'

Daniëlle maakt een benauwd geluid en zonder Eduard aan te durven kijken, sleepte ze Birgitje haastig met zich mee de kamer uit en de trap op. Ze had willen lachen en huilen tegelijk. Het leek een heel dwaas antwoord, maar in werkelijkheid had Birgitje toch maar het hart van de geschiedenis geraakt.

Toen ze Birgitje getroost had en de geschaafde knie had verbonden, bracht ze haar weer terug naar de tuin. Eduard speelde piano, maar hij hield op toen Daniëlle binnenkwam en nu twinkelden zijn ogen van bedwongen pret.

'Birgitje kan de dingen wél bij de naam noemen, hè?' Hij grinnikte even, maar werd direct weer ernstig. 'Het is maar al te waar dat die afschuwelijke hoofdpijnen ons aller leven overschaduwen. Zo is het toch, Dani?'

'Ja.' Ze stond heel stil, met haar hand licht op de vleugel geleund. 'Ik weet waaraan je denkt... Parijs... de... de...'

'Hoofdendokter,' hielp hij glimlachend, 'Nee, ik neem het niet te licht op. Hoe zou ik dat kunnen? Ik zie er ontzettend tegen op, maar zo kan ik niet blijven doorgaan. Ik verknoei niet alleen mijn eigen leven, maar ook dat van jou en het kind.'

'Maar als je nou toch...' Ze hield even op. 'Och, het is allemaal zo moeilijk onder woorden te brengen, maar zie je... ik heb laatst een heel interessant artikel gelezen over neuraal therapie. Wat jíj hebt zou heel goed in verband kunnen staan met dat oude litteken. Er zijn mensen met de hevigste pijnen die helemaal geen verschrikkelijke oorzaak behoeven te hebben... het kan zelfs ontstaan door het litteken van een steenpuist... enfin, er zijn duizendeen oorzaken. De neuraal therapie heeft te maken met een novocaïne preparaat en injecties. Ik heb gelezen over een dokter die last van hevige reuma had en door de ontdekker van die therapie, die er overigens al veertig jaar mee bezig is, werd genezen door een injectie in zijn vroeger geopereerde amandelen. Dr. Ferdinand heet de ontdekker van die geneeswijze en kijk nu maar niet alsof ik je in aanraking met kwakzalverij wil brengen. Dat is het natuurlijk beslist niet. Ik zal je straks alle wetenschappelijke artikelen die ik erover gelezen heb, laten lezen. Door hoogleraren, artsen en specialisten is die geneeswijze op diverse belangrijke congressen hier en in het buitenland besproken. Waarom zou je niet eens naar een dokter gaan die met die neuraal therapie werkt? Vráág het dan aan de behandelende arts. Daar steekt niets kwaads in, verliezen kun je er niets bij.'

'Het klinkt niet zo gek,' gaf Eduard peinzend toe. 'Je hebt zo'n vurig pleidooi gehouden dat ik bijna niet anders kan dan je zin doen. Een dokter meer of minder komt er niet op aan. Waarom heb je zoveel moeite gedaan om dat allemaal uit te kienen... zég het me... Dani!'

Hij nam haar hand en trok haar dichter naar zich toe. Ze keek neer in de donkere ogen die zo verwachtingsvol naar haar werden opgeslagen.

'Het zou gemakkelijk zijn om te zeggen dat Birgitje je nodig heeft... dat is natuurlijk ook zo.' Ze zweeg even en voegde er zachtjes aan toe: 'Jouw lot laat me vanzelfsprekend niet onverschillig... ik wil het allerbeste voor jou. Tenslotte ben ik niet met je getrouwd om je zonder slag of stoot weer... eh... weer af te staan. We horen bij elkaar, weet je.'

De rest van het verhaal zou ongeschreven zijn gebleven wanneer Liesbeth deze keer geen roet in het eten was komen strooien. Ook zij stapte binnen via de tuindeuren en merkte nietsvermoedend op: 'Hallo, wat een parkieterige bijeenkomst. Als jullie niet getrouwd waren zou ik denken dat Eduard bezig was om je ten huwelijk te vragen.'

'Dag Liesbeth,' zei Eduard en stond op van de pianokruk, terwijl Daniëlle vlug een stap terug deed.

Eduard overwoog dat openstaande tuindeuren hun nadeel hadden als ze voortdurend gebruikt werden door huilende dochters en wijsneuzige nieuwsgierige schoonzusjes.

'O, het hindert niet,' zei Liesbeth plezierig. 'Kijk maar niet zo gechoqueerd, zuslief. Als Eduard je zoenen wil gaat hij z'n gang maar. Ik draai echt m'n hoofd niet om.'

'Wij zoenen niet in het publiek,' zei Daniëlle waardig.

'Soms wel... publiek!' Eduard knipoogde tegen Liesbeth, trok Daniëlle naar zich toe en kuste haar stevig. Ze vergat tegen te stribbelen, wat meer was, ze onderging de kus niet bepaald passief en ze kon zich moeilijk wijsmaken dat Eduard het niet gemerkt had.

'Goed zo,' zei 'het publiek' en grinnikte als een ondeugende kobold.

'O ja, zeg Eduard, wanneer zijn er weer concerten van jou te beluisteren? Ik bedoel hier in Nederland, zie je. Of moet je nu eerst naar die chirurg in Parijs? O, ik wéét wel dat ik doe alsof het een peuleschil is, maar ik vind het echt heel erg voor jullie en mama ook. Ik geloof dat ze er lelijk over loopt te tobben.'

'Nee, ik ga niet naar Parijs, althans voorlopig niet.' Eduard liet Daniëlle met tegenzin los, maar hij bleef haar aankijken met een vragende, zoekende uitdrukking in zijn ogen. 'Dani heeft graag dat ik iets anders probeer. Ze heeft iets uitgedacht in die kleine bol van haar... of het wáár is weten we niet, maar ik wil het proberen om haar genoegen te doen.'

'Zoals het een net echtgenoot betaamt,' meende Liesbeth. 'Vertel me alsjeblieft gauw wat er te gebeuren staat of ik klap van nieuwsgierigheid.'

'Het zou fantastisch zijn,' meende ze nadat ze alles gehoord had en ze zag er nu heel ernstig en bezorgd uit. 'Het zou best waar kunnen zijn omdat geen dokter een afwijking kan vinden en je hebt al wat dokters geconsulteerd! Ja, misschien heeft Dani het bij het rechte eind en wéét je zulke dingen bij ingeving als je heel veel van iemand houdt.'

Ze kreeg van geen van beiden antwoord. Eduard staarde met een wonderlijke uitdrukking op zijn gezicht, verbaasd en gespannen tegelijk, naar zijn vrouw. Ze had zich afgekeerd en schikte met prijzenswaardige ijver de roze rozen in de kristallen vaas, die op een antiek tafeltje prijkte. Het stukje wang dat onder het langs haar gezicht vallende blonde haar zichtbaar was, had een tint die wedijverde met de rozen in de vaas. Ze voelde zich danig in het nauw gedreven en zodra Liesbeth verdwenen was wilde ze zich uit de voeten maken, maar Eduard versperde haar opnieuw de weg.

'Lieve Dani, luister nou eens goed naar me.' Hij keek plagend vanaf zijn lengte op haar neer. 'Als je er steeds maar vandoor gaat zodra we alleen zijn, dan leer ik jou nooit kennen en jij míj niet. Ik zou je zo graag goed leren begrijpen, maar je zegt zo weinig. Ik vind je heel lief. Heb jij een hekel aan mij?'

'Nee, natuurlijk niet, anders was ik niet met je getrouwd,' zei ze eenvoudig.

Hij boog zich en 'Goed dan... wat er ook allemaal fout is gegaan...' kuste haar vluchtig op haar wang. 'Als ik over drie weken naar Londen vertrek zou ik het heerlijk vinden als je mee wilt gaan en dan hoop ik dat het een prettiger reis wordt dan die eerste volkomen in het water gevallen huwelijksreis.'

Hij ging opzij en deed de deur met een hoffelijk gebaar voor haar open.

Daniëlle liep hem voorbij zonder hem aan te zien. Veertien dagen om een besluit te nemen over hun beider leven! Hij had natuurlijk gelijk. Zoals nu konden ze moeilijk doorgaan. Het was alleen zo verschrikkelijk jammer dat ze het gevoel had, dat de oplossing 'mee-op-reis-gaan' geen werkelijke oplossing voor al hun problemen was. Ze hield dolveel van Eduard, maar hij gaf niets om haar.

Goed, dat heb je gewéten! hield ze zichzelf grimmig voor. Als die ruzie op onze trouwdag er niet geweest was, zou alles anders verlopen zijn, maar ik had het evengoed moeten doen met de wetenschap dat Eduard nog steeds vervuld is van gedachten over zijn verloren Birgit. Wat maakt het dan nu voor verschil?

Ze schrok op uit haar gepeins toen de deur openging en Birgitje binnen kwam.

'Kan je niet slapen?' vroeg Daniëlle. 'Je ziet er nog zo erg wak-

ker uit. Kom dan maar even hier.'
Birgit liet zich dat geen twee keer zeggen en klauterde op
Daniëlles schoot. Er was natuurlijk een of ander probleem.
Daniëlle zag het wel aan de manier waarop het kleintje aan haar
ketting plukte.
'Wat is er, Birgitje?' Ze legde haar hand op het kleine handje.
'Helemaal niets? Nou, dan breng ik je gauw weer naar je bedje.'
Birgit liet zich braaf onderstoppen en toen kwam het adembe-
nemend moment dat Daniëlle nooit vergeten zou. Met een heel
innig gebaar sloeg Birgitje haar armpjes om Daniëlles hals en in
plaats van het stereotype 'nacht Dani', zei ze opeens iets héél
anders. 'Ik houd duizend-honderd van je… mammie.' Zo capi-
tuleerde Birgitje volledig en uit vrije wil nadat ze ten slotte alles
op haar eigen manier had verwerkt.
'En ik houd méér dan een miljoen van jou,' fluisterde Dani met
tranen in haar ogen, terwijl ze het kind knuffelde. 'Slaap lekker,
liefje.' Het was voor het eerst dat Daniëlle zich geen vreemde
voelde in het mooie nieuwe huis, nu Birgitje haar geaccepteerd
had.

HOOFDSTUK 8

Via zijn huisarts kwam Eduard terecht bij een dokter die al
enkele jaren met succes de neuraal therapie toepaste. Voor hij
tot het geven van injecties overging moest Eduard voor algeheel
onderzoek in zijn particuliere kliniek worden opgenomen. Ook
dokter Defresne constateerde dat er geen beletsels bestonden
voor het toedienen van de injecties. Hij kon alleen maar beves-
tigen wat veel doktoren vóór hem gezegd hadden: er is geen
tumor te vinden. Eduard kreeg zijn injecties en knapte zien, der-
ogen op. Hij voelde zich prima, had al in geen vier dagen hoofdpijn gehad, sliep en at goed en wilde zo gauw mogelijk naar huis.
Op de vijfde dag ging Daniëlle met Birgitje op bezoek bij de patiënt, die zich gezonder voelde dan ooit.
Daniëlle bleef, allesbehalve aangenaam verrast, op de drempel
staan. Eduard had bezoek. Hij zat aan een tafeltje, gebogen over
een blad muziek en naast hem, het donkere hoofd dicht bij het
zijne, zat Isa. Ze waren in een zo druk gesprek gewikkeld dat ze

de bezoeksters pas zagen toen Birgitje 'pappie' riep. Eduard stond onmiddellijk op, hij kuste Birgit en liep naar Daniëlle toe. 'Overmorgen ben ik thuis, het gaat me hier enorm vervelen.' Hij lachte en kuste haar vluchtig op haar wang. 'Ik voel me prima en ik heb geen seconde hoofdpijn gehad sinds de behandeling.'

'Dat is dan goed nieuws.' Daniëlle keek naar Isa, die volkomen op haar gemak leek en eruitzag alsof zij hier thuishoorde en Daniëlle de indringster was.

'Ik moet trouwens hard gaan studeren,' ging Eduard verder. 'Al die dagen geen vinger op de toetsen... dat is gewoonweg vreselijk. Als je bedenkt dat ik over veertien dagen in Londen moet spelen... en dan wil ik een succesvolle comeback maken.'

'Je bent eigenlijk helemaal niet van het concertpodium weg geweest,' merkte Isa op, 'maar ik begrijp wat je bedoelt. Het was na dat ongeluk tobben en je hebt beslist nooit meer gespeeld zoals je kunt.'

'Als het deze keer geen 'top' wordt kan ik wel inpakken.' Eduard glimlachte om de ernst van zijn woorden te verzachten.

'Het is natuurlijk een heel verschil voor je... vroeger met Birgit, die er altijd was... o, sorry...' Ze deed alsof ze schrok. 'Dat is niet aardig van me. Ga jij ook mee, Daniëlle? Het is natuurlijk wel moeilijker. Birgitje was vroeger bij haar oma.'

'O, wat dát betreft, Birgitje kan heel goed bij mijn moeder logeren,' merkte Daniëlle koeltjes op, 'maar ik weet helemaal nog niet of ik meega.'

Ze sloeg blindelings terug en vroeg zich niet af of dit nu wel eerlijk was tegenover Eduard. Ze durfde niet in zijn richting kijken. Achter die luchtige opmerking 'Ik weet niet of ik meega' ging heel wat meer schuil dan Isa vermoeden kon. Daniëlle wist wat ze op het spel zette als ze weigerde mee te gaan. Het zou betekenen dat ze ronduit toegaf dat hun huwelijk een grote mislukking was geworden en dat zij niets wenste te doen om dat te verhinderen.

Eduard sloeg zijn arm om Daniëlle heen met een dwingend gebaar.

'O ja, Daniëlle gaat mee,' zei hij rustig. 'Ze maakt je maar wat wijs, Isa.'

'Och kom, doe niet zo mal.' Daniëlle duwde zijn arm weg en ze zag er nerveus en geërgerd uit. 'Ik laat me toch door niemand dwingen om mee te gaan. Als ik het doe is het omdat ik dat graag wil... anders blijf ik thuis.'

Isa's pientere ogen gleden van de een naar de ander. Wat was hier in werkelijkheid aan de hand? Misschien kwam ze er nog wel achter, maar dan was het toch beter om nu van onderwerp te veranderen.

Eduards goede humeur was plotseling verdwenen en hij zei ijzig: 'Mijn beste Daniëlle, niemand zal jou tot wat ook dwingen... ik zeker niet.'

'Zou ik vannacht bij jou kunnen logeren?' vroeg Isa haastig. 'Zie je, Dani, ik moet morgenavond in Den Haag zijn en... eh... Eduard dacht dat je er niets tegen zou hebben.'

Daniëlle zei dat het in orde was, maar het klonk niet erg enthousiast. Birgitje speelde onbekommerd in een hoekje van de kamer met een boeket bloemen, die ze opnieuw schikte, spelend dat ze 'juffrouw in een bloemenwinkel' was. Ze voelde gelukkig niets van de spanning die tussen de drie volwassenen hing, onder het rimpelloos oppervlak van het luchtige gesprek. Isa ging natuurlijk tegelijk met Daniëlle weg omdat het al te vreemd zou zijn geweest langer te blijven.

Het werd de allerellendigste avond in Daniëlles leven. Ze zat de lange, lange avond met Isa alleen, een Isa, die vastbesloten was om alles te doorgronden wat verkeerd was tussen haar gastvrouw en Eduard. Daniëlle was niet van plan zich te laten uithoren. Ze mocht Isa helemaal niet en deze jongedame, inwendig ziedend, zon op wraak. O, natuurlijk bleef ze vriendelijk, maar het was een bitterzoete vriendelijkheid. Ze vertelde honderduit over het ideale huwelijk van Birgit en Eduard.

'Echt iets wat maar ééns voorkomt,' zei ze en haar ogen, groot en onschuldig, staarden onafgebroken naar Daniëlles beheerste gezichtje.

'Dat lijkt me reuze beroerd voor jou.'

'Je hebt me wel eens anders verteld, weet je nog?' Daniëlle glimlachte een beetje medelijdend. 'Birgit was als een schaduw achter Eduard aan... niet bepaald de juiste vrouw voor een kunstenaar... ik herinner het me nog goed.'

Isa werd zo rood als een pioen en ze gooide driftig haar sigaret in de asbak.

'Dat neemt het feit niet weg, dat ze dol op elkaar waren,' zei ze bits. 'Al wist ze niets van pianospelen – net zomin als jij. Ze zat wel in de zaal, maar wat kon ze ervan begrijpen?'
Daniëlle haalde de schouders op. 'Dat weet ik niet. Ze hield van Eduard en waarschijnlijk hield ze van muziek. Is dat niet genoeg? Wat mij betreft vergis je je. Ik heb een veeljarige pianostudie achter de rug en ik ben er alleen mee opgehouden omdat ik, na heel wat strijd, moest inzien dat mijn talent te middelmatig was om de top te kunnen bereiken.'
Isa ging, onaangenaam getroffen, overeind zitten. Van haar luie en zelfgenoegzame houding was weinig meer over. 'Dat heeft Eduard me nooit verteld.' Het klonk verongelijkt.
'Nee, waarom zou hij?' Daniëlle klemde de handen om de leuningen van haar stoel, ze kon niet veel meer verdragen en ze wilde tot elke prijs kalm blijven.
'Ik weet het niet,' zei Isa en langzaam stak ze een nieuwe sigaret aan. 'Als je veel met iemand samenwerkt, dan ga je denken dat je overal mee te maken hebt, weet je. Eduard en ik hebben vroeger veel samengespeeld en... o ja, dat ben ik je nog vergeten te vertellen, we hebben vanmiddag besproken om binnenkort wéér samen een reeks concerten te geven. Het lijkt me heerlijk en Eduard was er zó enthousiast over. Misschien vertelt hij het je als hij weer thuis is, maar je moet er maar liever niet zélf over beginnen. Hij dacht namelijk dat jij erop tegen zou zijn en wilde het je op tactvolle manier vertellen.'
Er klonk geamuseerde spot in haar donkere slepende stem. Daniëlle had waarlijk een heel grote zelfbeheersing getoond, maar nu werd ze eindelijk driftig en ze zei iets wat ze nóóit had moeten zeggen in deze omstandigheden: 'Ik begrijp niet waarom Eduard niet met jóú is getrouwd.'
Het bleef even heel stil. Het fijne Franse penduletje op de schoorsteenmantel tikte driftig de minuten af, toen glimlachte Isa, een zachte, verdrietige glimlach, die echt leek, maar bestudeerd was tot in de finesses: de treurige blik in twee donkere ogen, het neerslaan van mooie wimpers en het beven van de vingers die de sigaret vasthielden.
'Omdat hij te vlug met jóú getrouwd is,' zei ze fluisterend. 'Misschien heeft hij gedacht dat ik niets om hem gaf... het is afschuwelijk voor ons allemaal. Ik... eh... ik had dit niet mogen

zeggen. Het spijt me zo, Daniëlle,'
'Het hindert niet, ik houd van de waarheid.' Daniëlle stond uit haar stoel op en liep naar het brede venster. Ze kon niet langer naar Isa kijken. 'Het is m'n eigen schuld. Dan had ik maar niet moeten zeggen... nu ja, wat ik gezegd heb.'
Isa stond eveneens op en liep naar Daniëlle toe. Ze legde een hand op Daniëlles schouder.
'Wil je er... alsjeblieft... niet over praten?' vroeg ze. 'Ik was echt niet van plan geweest om dit allemaal te zeggen. Het is nu eenmaal niet anders en Eduard en jij moeten er maar het beste van maken.'
Daniëlle verstijfde onder de dwingende hand op haar schouder. Alsof het allemaal zo eenvoudig was! Maak er maar het beste van!
Met de reis naar Londen stond of viel haar geluk en haar toekomst, maar dat leek niet zo belangrijk meer. Ze keerde zich naar Isa en al stonden er tranen in haar ogen, haar stem was kalm en beslist: 'Ik kan niet mee naar Londen gaan, maar... zou jíj kunnen zorgen dat je er bent op de avond van zijn concert? Hij heeft op deze eerste grote avond na zijn ziekte steun nodig... ik wéét dat.'
Isa beloofde het maar al te graag. Ze vertrok de volgende morgen na een overdreven afscheid van Daniëlle en Birgitje.

HOOFDSTUK 9

Met een bezwaard hart ging Daniëlle op bezoek bij Eduard en ze besloot niet langer om haar plannen heen te draaien dan nodig was.
'Is Isa vertrokken?' vroeg hij met Daniëlles hand nog in de zijne en zijn ogen trachtten die van Dani te vangen. 'Wat is er met jou? Je ziet zo bleek.'
'Ik heb behoefte aan vakantie... alléén.' Ze trok haar hand los. 'Waarom kijk je me zo vreemd aan? Is het zo gek dat ik eens een paar dagen na wil denken zonder verdere soesa? Vind je het goed als ik Birgit bij moeder breng? Jij kunt dan zoveel studeren als je wilt, door niets gehinderd, en eten kun je bij moeder.'
Eduard had heel veel aan Daniëlle gedacht tijdens de mistige

dagen in het ziekenhuis. Hij had eindelijk volledig begrepen wat
Daniëlle voor hem betekende. Nu vernielde ze met een paar
kille woorden zijn hoop op de toekomst. Hij was nu veel kwets-
baarder omdat hij van haar hield.
'Je hebt het al helemaal voor elkaar. Er valt weinig meer aan
goed of af te keuren.' Eduard was diepbeledigd, maar als
Daniëlle zo graag weg wilde, dan moest ze dat maar doen. Met
dwang kwam je nergens en zeker niet bij Daniëlle.
'Ik hoop dat je in de eenzaamheid je gezonde verstand op volle
toeren laat werken.' Het klonk ontmoedigend. 'Is het me ver-
oorloofd te vragen waarheen je gaat?'
'Naar zee... ik wil lange strandwandelingen maken... eh...' Ze
zweeg plotseling en niet bepaald vriendelijk vulde Eduard aan:
'Alléén ... ja, dat begrijp ik. Je hebt zeker geen idee hoe lang je
aan zee denkt te blijven?'
'Dat laat ik je nog wel weten,' zei ze onverschillig.
Er was van beide kanten kortsluiting. Als Eduard haar had
gevraagd om te blijven zou ze dat onmiddellijk gedaan hebben,
maar hij was zo diep beledigd dat hij daar zelfs niet over dacht
en Daniëlle zag de schim van Isa weer opduiken achter zijn rustig aanvaarden van haar reisplannen.
'Ik... eh... ik ga dan maar.' Daniëlle stond op en Eduard deed
hetzelfde.
'Prettige reis,' zei Eduard en hij draaide zich met een ruk om.
Hij had haar graag gesmeekt om niet weg te gaan, om de eenvoudige reden dat hij haar niet missen kon, maar zijn trots veroorloofde hem dat niet.
Daniëlle werd thuis trouwens evenmin gesterkt in haar voorne-
men om op reis te gaan.
'Je bent gek,' zei Liesbeth ronduit. 'Als Eduard uit het zieken-
huis komt ga jij op reis? Het is je in je bol geslagen en als ik
Eduard was dan kreeg je de kans niet. Birgit is trouwens intus-
sen meer híer dan thuis. Zegt u eens wat, mams?'
'Als jij me de kans geeft... héél graag,' zei haar moeder streng.
'Wil je je er alsjeblieft niet mee bemoeien, Liesbeth? Neem
Birgit mee.'
'Best... ik mag dan wel niets zeggen, maar ik doe het toch!'
bitste Liesbeth. 'Ik ben geen kind meer en al is Dani duizend-
maal mijn zus... als ze Eduard en Birgitje in de steek laat, vind

ik haar een draak.'
Ze knalde de deur onbesuisd achter zich in het slot. Jan-Hein
die op zijn kamer zat te studeren, keek verwonderd op toen zijn
tweelingzus, met Birgitje op sleeptouw, kwam binnenstormen.
Hij luisterde verwonderd naar haar verhaal.
'Ik zou me maar kalm houden en geen partij kiezen,' ried hij.
'Heb jij ooit de indruk gekregen dat Eduard en Dani zo bar
gelukkig waren? Ik niet!'
Liesbeth barstte in snikken uit en Birgit begon een deuntje mee
te huilen.
'O, die vrouwen,' verzuchtte Jan-Hein wanhopig. 'Waar halen
jullie toch altijd die tranen vandaan!'
Mevrouw Van Steenburg werd overigens ook niet veel wijzer, al
pakte ze het heel wat behoedzamer aan dan haar driftige jongste
dochter. Het hielp niet, want er was geen land met de zwijgende Daniëlle te bezeilen.
'Ik wou dat jij me eens een keer de oren van het hoofd praatte.'
Haar moeder zuchtte vermoeid. 'Of ik nu al tegen je zeg dat je
verkeerd doet, dat maakt geen indruk op je... natuurlijk niet...
jij, lied zonder woorden.'
'Waarom zegt u dat?' Daniëlle hield abrupt op met roeren in
haar koffiekopje. 'Zo heeft Eduard me wel eens genoemd...
eh... váák genoemd, maar ik wist niet dat hij dat ook tegen u had
verteld.'
'Dat heeft hij ook niet gedaan. Het is dan zeker geweest een
geval van 'twee zielen, één gedachte',' merkte haar moeder
droog op. 'Dani... je vindt toch niet werkelijk dat je huwelijk
met Eduard een mislukking is geworden?'
'Het heeft nog geen kans gehad een succes te worden.' Daniëlle
lachte zonder vrolijkheid. 'Goed dan... u mag best weten dat ik
zielsveel van Eduard houd, maar hij geeft niets om míj. Ik was
heus niet jaloers op een dode... op Birgit. Nee, waarom zou ik?
Het zou alleen maar dom zijn geweest en het leek allemaal goed
te komen, maar achter mij om, zijn Isa Goudin en Eduard het
met elkaar eens geworden dat het een vergissing was dat hij met
míj getrouwd is. Isa kwam iets te laat terug van een tournee. Zij
begrijpt hem... ze heeft met hem geconcerteerd... ach, het is
allemaal zo begrijpelijk. Ik weet niet wat ik beginnen moet en
het is zo erg voor Edu... o, voor míj ook wel... maar hij heeft al

zoveel ellende gehad...'
Mevrouw Van Steenburg dacht intens na. Misschien was het toch wel het beste om Daniëlle weg te laten gaan. Ze zouden dan waarschijnlijk allebei tot de ontdekking komen dat ze elkaar niet konden missen. Ze geloofde eenvoudigweg niets van dat verhaal van die Isa en ze was geen goedgelovig meisje meer zoals Daniëlle, die in haar onervarenheid alles als gesneden koek geslikt had.

Zo vertrok Daniëlle in haar eentje naar Katwijk, maakte eindeloze wandelingen en zelfs de zeewind kon de tobberijen niet wegblazen, geen minuut. Ze miste Eduard en ze miste Birgit. Bovendien wist ze met haar tijd geen raad.

Als ze thuis om een hoekje had kunnen kijken zou ze met de eerste trein zijn teruggereisd. Birgitje miste haar heel erg en was voortdurend lastig, ze dreinde in die ene week méér dan ze in haar hele leventje had gedaan. Eduard, voorgoed bevrijd van de kwellende hoofdpijnen en met het belangrijke concert in het vooruitzicht, studeerde in een huis dat zijn hart en alle warmte kwijt was en waar hij zonder Dani niet aarden kon.

Op de avond vóór zijn vertrek naar Londen kwam hij veel vroeger dan afgesproken was bij zijn schoonmoeder binnenvallen. Daar was Birgitje, totaal overstuur, juist bezig een pracht van een scène te schoppen. Ze zag rood van woede, sloeg Liesbeth recht in haar gezicht, toen die haar wilde troosten en krijste dat iedereen 'stout' was, zoals in haar slechtste tijd.

'Alle mensen, wat is hier aan de hand?' informeerde Eduard en hij hees zijn woedende dochter van de grond, waar ze een nummertje trappelen lag weg te geven dat er niet om loog. 'Wil je wel eens gauw stil zijn?'

'Stouterd... stouterd...' brulde de boze kleine turf en de tranen rolden als knikkers langs haar wangen, ze probeerde zich achterover te gooien in zijn armen. 'Mammie... ik moet míjn mammie.'

Het was zo'n intense jammerkreet dat mevrouw Van Steenburg de tranen in de ogen kreeg, vooral toen ze Eduards verdrietige gezicht zag.

'Ach, kleine zielenpoot,' fluisterde Liesbeth.

Na een poosje gaf het kind haar tegenstand op en sloeg haar armen om Eduards hals.

'Kunnen we haar niet gaan halen?' smeekte ze met een schor snikkend stemmetje.

'Ik geloof dat we verschrikkelijk naar hetzelfde verlangen.' Eduard drukte het kind vaster tegen zich aan. 'Zullen we direct saampjes opbellen?'

Dat deden ze enthousiast, maar helaas was Daniëlle niet thuis. De boodschap zou worden doorgegeven.

'Ik zal het zéker niet vergeten,' beloofde de vriendelijke stem aan de andere kant. 'Mevrouw zal dan straks wel terugbellen.'

Daniëlle belde niet terug en Birgitje ging ontroostbaar naar bed.

'Als ik jullie begrijp...' begon Liesbeth en ze schudde wild haar hoofd toen haar moeder een nadrukkelijk 'Stil, Liesbeth' liet horen. 'Nee, ik laat me niet altijd met 'Stil, Liesbeth' dwingen om stil te zijn... het is toch wáár... ik begrijp Eduard en Dani niet. Waarom doen ze zo stom? Wat schieten we met al die tactvolle onzin op? Ze missen elkaar... nou, goed! Zegt u dan zonder omwegen waarom Dani ervandoor is... want dat is ze.'

Zowel Eduard als Jan-Hein keken haar verbluft aan.

'Ze heeft gelijk, Eduard.' Mevrouw Van Steenburg legde haar arm om Liesbeths schouders. 'Ik wilde het jullie helemaal alleen laten uitzoeken omdat er nu eenmaal dingen zijn tussen twee mensen waar een derde zich niet mee kan bemoeien, maar Liesbeth heeft misschien wel gelijk. Het kan geen kwaad als je weet dat Isa Goudin de oorzaak van de grootste narigheid is.'

'Jawel, Isa heeft haar wijsgemaakt dat je eigenlijk met háár had willen trouwen, maar dat je haar te laat opnieuw ontmoette en dat jullie in ieder geval weer samen op reis gaan en concerten gaan geven,' vulde Liesbeth haastig aan. 'Nou, en de rest zou ik maar aan Dani zélf vragen... die zit te smelten van heimwee naar jou en Birgitje.'

'Onbetaalbare Liesbeth!' Voor ze het besefte had Eduard haar van de grond getild en zoende haar op allebei haar wangen. 'O, waarom moet ik morgen in alle vroegte naar Londen? Ik zou zielsgraag onmiddellijk naar Dani rijden... dat kan ik moeilijk nu nog doen, daar is het te laat voor, maar... eerlijk gezegd... ik voel me precies als Birgitje... alleen kan ik het niet zo demonstreren als zíj. Het is je reinste kolder... alles wat Isa verteld heeft... er is geen woord van waar!'

Daniëlle werd de volgende morgen gewekt door een berouw-
volle pensionhoudster.
'Ik heb totaal vergeten u door te geven dat uw man heeft gebeld,'
zei ze. 'U zou terugbellen, heb ik hem beloofd. Ik dacht er weer
aan toen in alle vroegte deze bloemen gebracht werden... werk
van de Fleurop natuurlijk... wat een prachtige rozen!'
Daniëlle staarde sprakeloos naar de rode rozen in haar armen en
begreep er niets meer van. Het was al negen uur, ontdekte ze
verschrikt. Dat kwam ervan als je 's nachts niet kon slapen, dan
versliep je je prompt de volgende ochtend.
Een uur later kwam ze met haar koffertje en haar bos rozen kant
en klaar om te vertrekken naar beneden. Ze dronk alleen maar
een kop koffie en at haastig een broodje. Het besluit om naar
huis te gaan was plotseling gekomen nadat het probleem in eenzaamheid langzaam gerijpt was.
Toen ze binnenkwam stortte Birgitje zich op haar nog vóór
iemand haar begroeten kon. 'Ben je daar eindelijk?' Haar stemmetje zong en haar donkere ogen glansden.
Daniëlle tilde haar op en knuffelde haar stevig.
'Ze heeft je erg gemist,' zei Daniëlles moeder. 'Een paar dagen
geleden is ze bij oma op bezoek geweest. Mevrouw Stefans
belde mij op om te vragen waarom ze geen gehoor kreeg als ze
jullie huis belde. Enfin, het is beter zo. Wat heb je aan onaan-
genaamheden... en... eh... Eduard is al naar Londen vertrokken. Waarom heb je gisteravond niet teruggebeld?'
'Ze hebben vergeten het door te geven,' zei Daniëlle spijtig en
ze liet Birgitje op de grond glijden. 'Waarom belde hij op?'
Het bleef even stil. Mevrouw Van Steenburg keek naar het bleke
gespannen gezichtje van haar dochter en opeens glimlachte ze,
met pretglansjes in haar ogen.
'Ja, waarom denk je? Liesbeth heeft even de bezem gehaald door
diverse stoffige ideeën over tact en de heer en mejuffrouw Leroy
gaven allebei toe, dat ze bijna ziek van heimwee naar jou waren.
Mejuffrouw Leroy deed dit blérend en trappelend en haar vader
iets rustiger, maar het kwam op hetzelfde neer... o ja... en die
Isa heeft een geweldig vruchtbare duim, want Eduard heeft
nooit het plan gehad met haar te trouwen en evenmin om met
haar op tournee te gaan. Mag ik vragen wat mevróúw Leroy nu
denkt te doen?'

'O ja, dat mag u vragen.' Daniëlle kuste Birgit en daarna haar moeder. 'Mevrouw Leroy vliegt met het eerste het beste vliegtuig Londenwaarts.'

Ze deed een duik naar de telefoon, belde met het vliegveld, troostte inderhaast Birgitje, die al bij voorbaat begon te huilen en viel Liesbeth, die van school thuiskwam, om de hals. Alles bij elkaar was het een complete wervelstorm die door het huis raasde en de stilte viel gewoonweg als een deken over het huis toen de deur achter Daniëlle in het slot viel en de taxi wegraasde.

Daniëlle had zo haar eigen plannen om het bezoek aan Londen te regelen. Het had geen enkel doel om Eduard zo vlak voor het belangrijke concert uit zijn concentratie te halen. Ze wist allang dat hij toch al rijkelijk nerveus zou zijn en bovendien kreeg ze op legale wijze geen plaatsbewijs meer voor het uitverkochte concert, maar daar wist ze wel raad op. Isa had haar destijds het adres genoemd van het hotelletje waar ze altijd logeerde als ze in Londen kwam en het was beslist geen aangename verrassing voor deze jongedame, toen ze, aan haar eenzame lunch bezig, opeens een bekende stem achter zich hoorde: 'Dag Isa, ik moet je even spreken.'

'Wat doe jíj hier?' Isa keek onaangenaam verrast naar het pittige gezichtje onder het grijze reishoedje.

'Heb jij een plaats voor Eduards concert?' informeerde Daniëlle zonder plichtplegingen.

'Ja, helemaal vooraan... op de eerste rij.' Het klonk triomfantelijk.

'O ja? Nou, dan zou ik die plaats maar aan míj geven.' Daniëlle glimlachte sereen. 'Of moet ik Eduard vertellen hoe je geïntrigeerd hebt om een verwijdering tussen hem en mij tot stand te brengen? Het was je bijna gelukt. Eduard geeft geen snars om jou en hij is niet van plan om met jou op concertreis te gaan. Geef me die plaats nu maar... om erger te voorkomen.'

Ze stak met een uiterst gebiedend gebaar haar hand uit. Isa aarzelde nog even, maar Daniëlle voegde er onheilspellend aan toe: 'Misschien wéét hij het al, maar ik zal hem niet tegenhouden als hij je ter verantwoording wil roepen... alleen als je me jouw kaart geeft, dan misschien...'

'Dat is chantage!' Isa grabbelde in haar tas en smeet Daniëlle de kaart toe.

'Dank je wel, hoor.' Daniëlle lachte hartelijk. 'Hoe noem jij jóúw gedrag? Enfin, het doet er nu niet meer toe. Ik had je niet moeten geloven, maar er zijn wijsheden waar je naartoe moet groeien. Goedemiddag... Isa, en... eerlijk duurt nog altijd het langst!'

Als Daniëlle had kunnen weten hoe hypernerveus Eduard was zou ze toch naar hem zijn toegegaan. Hij had zo'n ontzaglijke behoefte aan steun en hij kon de gedachten aan Daniëlle niet uitschakelen. Hij probeerde altijd zijn persoonlijke gevoelens, zijn moeilijkheden op de achtergrond te houden, maar deze keer lukte het niet. Hoe zou het deze keer gaan? Zou hij geen last meer hebben van het gevreesde afschuwelijke lek in zijn geheugen? Misschien werd zijn spel een teleurstelling en men zou het niet altijd op de nasleep van het ongeluk blijven schuiven.

Op het laatste ogenblik vóór hij op moest fluisterde zijn impressario, die een moeilijke middag met hem had doorgebracht, hem in het oor: 'Je vrouw is in de zaal... ze zit vooraan.'

Hij zag het als een wonder gebeuren: alle onrust en onzekerheid vielen van Eduard Leroy af. Hij was niet bang meer en hij wist dat er niets verkeerd zou gaan. Een spontaan applaus begroette zijn opkomst en heel even gleden zijn ogen naar de eerste rij.

Op de een of andere manier weet hij dat ik er ben! dacht Daniëlle en ze boog zich in een ademloze aandacht voorover. De pianist speelde het concert nummer 2 in F minor opus 21 en nog nooit had Daniëlle zo intens van deze muziek, die tot haar lievelingsnummers behoorde, kunnen genieten. Ook van háár gleed alle spanning weg. Dit was Eduard Leroy in zijn oude glorie. Onder zijn handen en tegen de achtergrond van het orkest zong het Maestoso en intens lieflijk klonk het Larghettho, gespeeld met een ontroerende overgave. Nu was daar alleen de piano, zacht, zangerig en dat was wel het gedeelte waarin Eduard Leroy zijn meesterschap stralend opnieuw bewees, meer nog dan in het forse, juichende Allegro Vivace. Het gezicht van de pianist toonde duidelijk hoe intens zijn aandacht bij zijn spel was en toch had het niets meer van de bijna ondraaglijke zenuwspanning waardoor zijn concerten het laatste jaar getekend waren geweest en waardoor verschillende recensenten hem dan ook genadig behandeld hadden en de neergang geweten hadden aan de gevolgen van het zware ongeluk. Dit spelen was een bevrijding en het juichend aanvaarden van een nieuw leven en een nieuw geluk.

Nee, zó heeft hij ook vroeger nooit gespeeld, wist Daniëlle en ze had haar handen willen vouwen in dank aan God.

Het talent van Eduard Leroy was gerijpt uit de zware strijd tevoorschijn gekomen en Daniëlle was niet de enige die er diep door werd getroffen. Het beste bewijs was het laaiend enthousiasme toen de laatste noten verklonken waren. Er werd niet alleen geklapt, maar er werd gejuicht en alle aanwezigen stonden als één man op. Ieder was zo druk met zijn eigen enthousiaste bijvalsbetuigingen bezig dat er niemand was die zich afvroeg waarom het mooie blonde meisje op de eerste rij niet alleen applaudisseerde maar ook huilde en als iemand het gezien mocht hebben, dan zou hij het aan de zuivere ontroering over het heerlijke pianospel geweten hebben. De pianist die rustig boog en bloemen kreeg, waar hij kennelijk geen raad mee wist en dus meteen op de vleugel neerlegde, zette zich ten slotte weer aan de piano voor een toegift, na een kort gefluisterd overleg met de dirigent, die boog en zich terugtrok. Eduard Leroy speelde, ditmaal zonder orkest, en niemand in de zaal kende de melodie... behalve Daniëlle.

Eens had ze hem gevraagd om 'Voor Daniëlle' vaak voor haar te spelen, hij had het niet gedaan, en hij had het zelfs ronduit geweigerd, toen ze de moed had gevonden het hem te vragen. Nu speelde hij 'Voor Daniëlle', zoals hij de hele avond alleen maar voor Daniëlle had gespeeld. Opnieuw groeide het fanatieke applaus tot een orkaan, maar de pianist zocht naar een gezicht op de eerste rij. Er werden weer bloemen aangedragen, deze keer waren het rode rozen en deze keer legde Eduard Leroy, na een korte blik op het kaartje, de bloemen niet weg... en de hele zaal vroeg zich af: 'Van wie?' De waarheid wisten alleen Eduard en Daniëlle.

Eindelijk was het voorbij, de glorieuze overwinning van Eduard Leroy op de moeilijkheden van de laatste twee jaren.

Het kostte Dani nog heel wat moeite om, dwars tegen de uit de zaal stromende mensen in, koers te zetten in de richting waar ze vermoedde dat Eduard was, al had ze geen flauw idee waar dat kon zijn en hoe ze hem bereiken moest.

Ze glipte door een deur waar 'Verboden toegang' op stond, maar niemand legde haar iets in de weg, tot ze in de verte een dringende en duwende massa met fototoestellen zag. Het leek haar een onmogelijke opgave om er doorheen te komen, temeer omdat er bij de deur een cerberus van behoorlijke omvang stond. Hij zei alleen maar 'No... No... No...', en daarbij bleef het.

'Pers?' informeerde een oudere man die er nogal autoritair uitzag.

'Nee... nee, maar hij is mijn man,' stotterde Daniëlle, 'Ik bedoel Eduard Leroy, maar ik zie geen kans om binnen te komen.'

'Een ogenblik!' De keiharde stem overschreeuwde het lawaai en iedereen hield op met lawaaimaken en keek verwonderd om. De wachter aan de deur grijnsde minzaam, een lange arm schoot uit, hengelde haar door het met moeite vrij gemaakte paadje en met een gebaar dat een langjarige routine verried werd zij alléén en onbeschadigd de kamer binnengeschoven. Daniëlle leunde tegen de deur en keek naar Eduard, maar veel tijd om te kijken had ze niet, want met twee grote passen was hij bij haar en trok haar in zijn armen.

'Als je nog ooit het hart hebt om weg te lopen... ik kan je niet missen, geen dag, geen uur... geen minuut!' zei hij innig. 'Ik houd van je, Dani en ik geloof dat ik dat al héél lang doe, ik kan me m'n leven niet meer voorstellen zonder jou.'

Daniëlles armen gleden om zijn hals en deze keer had ze er niets tegen dat Eduard haar kuste, het was een zoen die alle misverstanden onbelangrijk leek te maken.

Het duurde een hele tijd voor Eduard genoeg op de aarde terug was om de klassieke vraag te stellen: 'Wanneer ben je van me gaan houden? Ja, doe je dat eigenlijk wel? Je hebt het me overigens nog niet verteld!'

'Ik dacht dat je dat wel begrepen had. Nee, wacht nou even.' Ze legde haar hand op zijn mond. 'Ik houd al véél langer van jou dan jij van mij. Ik hield al van je toen jij mij nog maar een vervelend klein mormel vond... ik zal het toen wel niet als 'houden van' ondervonden hebben, maar ik bewonderde je grenzeloos... als héél klein meisje al toen ik ademloos je studies volgde en later volgde ik iedere stap van je carrière... Ik vond het ontzettend toen ik hoorde wat er gebeurd was en ik had écht niet de bedoeling om jou in te palmen, toen ik bij Birgitje kwam, maar ik wilde wel iets doen voor het kind, omdat ze... omdat ze van jou was. Je hebt gedacht dat ik met je trouwde omdat je me met m'n studie kon helpen...'

'Ik weet nu wel beter... jij, lied zonder woorden. Nee, nu ben je eindelijk anders... nu weet ik de woorden van het lied.' Eduard legde zijn wang tegen de hare met een heel teder gebaar. 'Je had natuurlijk maar één reden om met me te trouwen. Mag ik die reden nog eens horen?'

'Ik hield zoveel van je,' zei Daniëlle eenvoudig. 'Maar ik durfde het niet te zeggen of te laten blijken, omdat jij niets om mij gaf... dat dácht ik tenminste.'

'De hele omkeer in mijn leven heb ik aan jou te danken.' Eduard lachte zachtjes, zijn armen sloten nog vaster om Daniëlle heen. 'Ik zou willen zeggen zoals Birgitje dat altijd doet in opperste vervoering... ik hóúd van je... ik houd duizend-honderd van je... en dat is heel veel.'

'Hoeveel?' Ze zag kans om los te komen en met haar handen op zijn schouders keek ze hem aan met ernstige, vragende ogen, 'Ja, hoeveel is dat? Evenveel...'

'Ssstt... niet zeggen!' Deze keer bedekte Eduards hand haar mond en zijn ogen waren heel zacht en vol liefde. 'Ik weet wat je wilde vragen en één keer zullen we erover praten... op dit ogenblik. Ik hield zielsveel van Birgit, maar ik kan er... nu... zonder pijn en met een mooie herinnering op terugzien, omdat het leven me voor de tweede maal zo'n schat heeft gegeven... jou. Ik houd van je... onvoorwaardelijk en met heel mijn hart. Ik wist het allang, maar ik kon me evenmin uiten als jij. Mijn trots liet het niet toe. Isa's aandeel in de misverstanden zullen we maar niet meer ophalen, immers als we elkaar vertrouwd hadden zou ze nooit de kans hebben gekregen. Vanavond... toen ik opeens wist dat je in de zaal zat... ik was tevoren bang... maar op dat ogenblik werd alles goed... ik wist dat ik kon spelen zoals vroeger... béter nog... jíj was er!'

Daniëlle lachte stralend door haar tranen heen. Langzaam plukte ze de kleine rozenknop uit het boeket dat ze hem gezonden had en bevestigde die in zijn knoopsgat.

'Als dank voor de mooiste liefdesverklaring die ik me had kunnen wensen.' Ze ging op haar tenen staan en kuste hem. 'Als klein meisje heb ik óók eens een roos op je jasje bevestigd... je was er toen niets blij mee!'

'Nu wel, ik zal hem bewaren.' Hij liet Daniëlle met tegenzin los. 'Als dat circus daar in de gang voorbij is moeten we gaan. Wat doen we, Daniëlle? Onmiddellijk teruggaan naar ons eigen huis of samen in Londen blijven... een hele heerlijke week samen? Mijn vrouw... hoe klinkt dat? De mooiste muziek!' 'Een week samen!' Daniëlles gezicht straalde. 'Ik wil niets liever, maar... o, je zult het wel vervelend vinden dat ik een domper op ons geluk zet... Birgitje... ze huilde weer zo toen ik wegging en ze heeft mijn belofte dat ik gauw terug zou komen... maar toch... ik zou graag hier blijven!'

'We bellen haar samen op en we leggen moeder – en niet te vergeten onze voorvechtster Liesbeth – de toestand uit. We houden allebei van Birgitje en we kunnen haar geen verdriet doen, maar misschien lukt het toch nog om één week helemaal samen te veroveren.' Opnieuw kusten ze elkaar innig.

Buiten de kamer was het rustiger geworden en er waren nog maar een paar vasthoudende persmensen aanwezig, die vlug een paar plaatjes schoten en vragen afvuurden. De journalist die Daniëlle geholpen had om binnen te komen wilde voor een groot blad een belangrijk interview met kleurenfoto's.

'Liefst in uw eigen huis,' voegde hij eraantoe.

'Best, maar dan over een paar weken. Deze week zijn we voor niemand te spreken.' Eduard trok Daniëlle met zich mee. Ze reden regelrecht naar het hotel waar Eduard kamers had en daar belden ze met de familie thuis.

'We redden het best met Birgitje,' zei Daniëlles moeder geruststellend. 'Het lijkt wel alsof ze voelt dat er nu niets meer is om bang voor te zijn. Hier is Birgitje... praat maar met haar.'

'Dag mammie... dag pappie...' zei Birgitje. 'Komen jullie over een paar daagjes thuis en breng je een pop voor me mee?'

'Nou en of... die gaan we morgen kopen,' beloofde Eduard. 'Een heel mooie omdat je zo verschrikkelijk lief bent.'

Het gesprek werd verbroken en Eduard sloeg met een zucht van verlichting zijn armen om Daniëlle heen.

Birgitje stond hen goedgunstig hun kostbare week samen toe... de lieverd!

'Ben je blij?' vroeg hij zachtjes aan Daniëlle.

'Ik ben zo graag bij je,' zei ze eenvoudig. 'Nu kunnen we eindelijk eens zonder zorgen bij elkaar zijn... geen hoofdpijnen voor jou... geen angst... geen problemen voor mij... alleen maar gelukkig zijn... héél erg gelukkig.'

'Bij al de muziek in mijn leven...' Eduard nam haar gezicht tussen zijn handen. 'Ja... al die muziek valt weg bij dat ene lied... jij... jouw liefde.'

Daniëlle hief haar gezicht, dat glansde van geluk, naar haar man op. Ze kon zich veroorloven om op dat ogenblik een lied... zonder woorden te zijn.

HENNY THIJSSING-BOER
Het spoor bijster

HOOFDSTUK 1

Het was half juli en volop zomer. Toen Stella zich deze vrij-dagavond na haar werk in de tuin in een gemakkelijke stoel nestelde, snoof ze de zoete geur op van de bloeiende rozen die de lucht boven haar kleine achtertuin parfumeerde. Ze hield van dit jaargetijde, waarin alles bloeide, geurde en groeide. De weersvoorspellingen waren uitstekend, wat dat betrof kon ze zich geen betere start van haar vakantie wensen. Wat een zalig vooruitzicht dat ze vanaf nu, drie weken lang alleen maar mocht doen waar ze zelf zin in had. Ze had geen plannen gemaakt, niks geboekt, niks besproken.

Ze had zichzelf wijsgemaakt dat ze te moe was om een buiten-landse reis te maken. Dat was natuurlijk flauwekul, de werke-lijke reden was dat ze zich in haar eentje verloren voelde en dus nergens volop van zou kunnen genieten. Ze kon gewoon veel beter thuisblijven, lekker wat aanlummelen en afwachten of er misschien een onverwacht uitstapje op haar pad kwam. Je wist het maar nooit. Voorlopig wilde ze alleen maar luieren en uit-rusten. Ik heb ook best wel een druk leven, dacht Stella, terwijl ze smulde van de pizza die ze onderweg van werk naar huis gauw even had opgehaald.

Ze zat vijf dagen per week op kantoor en veel te vaak naar haar zin deed pa zaterdags een beroep op haar, terwijl zij zich juist zo had verheugd op die vrije dag van de week. Nee zeggen tegen pa durfde ze niet en zodoende had ze meer dan eens alleen maar de zondag voor zichzelf. Op zaterdagavond moest ze huishoudelijke klussen doen die doordeweeks bleven liggen. Al met al kwam ze nauwelijks aan zichzelf toe.

Soms, als het allemaal even te veel werd, vroeg ze zich af of ze wel tevreden was met dit leven. Feitelijk had ze geen reden tot klagen. Ze had een mooi huisje, een fijne baan en ze stond op eigen benen!

Ruim een jaar geleden was daar nog een bijzonder vervelend conflict aan voorafgegaan. Omdat ze toen resoluut voor zich-zelf was opgekomen en pa geen weerwoord had kunnen vin-den, had ze het dorp kunnen verlaten en woonde ze nu in de stad. Ze zou veel vaker zo eigengereid tegen pa moeten optre-den. Meestal werd haar echter de mond gesnoerd omdat ze in haar hart bang voor hem was.

Van jongs af aan had ze het zichzelf verboden haar vader te haten, maar ze kon er niets aan doen dat ze dikwijls een hekel aan hem had. In de perioden daartussen kon ze alleen maar laconiek denken: hij is mijn vader, maar ik heb verder niets met die man. Dat lag heus niet alleen aan haar. De slechte verstandhouding tussen hen beiden kwam voornamelijk doordat pa niet van haar hield. Dat was geen inbeelding, want ze voelde het duidelijk. Ze was enig kind, zijn enige dochter, maar pa wist niet wat er in haar omging; niet dat ze mam nog altijd miste, en evenmin dat ze hevig verlangde naar een lieve vriend. Een levenspartner, met wie ze in liefde oud zou willen worden, van wie ze een kind wilde.

Dat was toch niet te veel gevraagd? Ze was vijfentwintig jaar, ze had de leeftijd en was eraan toe. In het verleden had ze een paar kortstondige relaties gehad, maar die waren op niets uitgelopen. Dat kwam louter en alleen omdat zij niet overweg kon met jongens van haar eigen leeftijd. Ze viel nou eenmaal op oudere mannen. Van jongs af aan had ze trouwens ook altijd vriendinnen gehad die zeker vijf jaar ouder waren dan zijzelf.

De vriendschap met Linda en Nicolien bestond nog steeds. Ze herinnerde zich nog heel goed hoe jaloers ze was geweest toen eerst Linda, en later ook Nicolien naar de stad Groningen vertrok. Ze had hun voorbeeld dolgraag willen volgen en heel voorzichtig had ze pa erover gepolst. Daarop had hij vastbesloten gezegd dat zij zich geen gekke dingen in het hoofd moest halen. 'Ik kan je in de winkel niet missen en jij kunt je nergens nuttiger maken dan bij mij. Ik wil er geen woord meer over horen.'

Zo was zij destijds als enige van hun drieën in het dorp achtergebleven. Ze had zich ten onrechte natuurlijk in de steek gelaten gevoeld. Linda was dertig, ze was getrouwd met Gerrit Rademaker. Met de hulp van een personeelslid, Luco Schouten, runden Gerrit en Linda een drukkerij. Ze maakten allerlei soorten drukwerk. Gerrit verkondigde altijd dat het bij hen geen vetpot was. Linda voegde er dan lachend aan toe dat ze een goed belegde boterham hadden. 'Wat wil een mens nog meer!'

Nicolien was tweeëndertig, van beroep tandartsassistente en

eveneens getrouwd. Met Wijnand Stamhuis, hij was taxi-
chauffeur. Haar vriendinnen waren gelukkig in de liefde. Ze
verkondigden telkens dat ze nog geen tijd hadden voor kinderen, het werk ging voor. Daar kon zij, Stella, met haar verstand
niet bij, want wat was er nou mooier dan het krijgen van een
kindje? Zij zag zo'n klein hummeltje niet alleen als een waar
godsgeschenk, maar ook als een bekroning van je liefde. Spijtig
genoeg was dat blijkbaar niet voor haar weggelegd. De mannen op wie zij viel, waren doorgaans al getrouwd of ze woonden samen met een vriendin. Hoewel ze in haar hart vurig verlangde naar de liefde van een man, zorgde ze er zorgvuldig
voor dat het haar geheim bleef. Geen mens wist van haar hevige verlangen en dat kon maar beter zo blijven, vond Stella.
Ze had de pizza inmiddels tot de laatste kruimel opgepeuzeld,
ze zette het lege bord op de tuintafel en nam zich dapper voor
haar vakantie niet te laten vergallen door een onvervulbare
wensdroom. Ze liet zich achteroverzakken in de stoel, sloot
haar ogen. Waarschijnlijk kon ze vanavond wel tot tien uur of
langer lekker buiten zitten. Als vanzelf dwaalden haar gedachten naar de uitnodiging van Linda en Gerrit.
Gerrit werd zondag tweeëndertig jaar. Morgen, zaterdag dus,
vierden ze zijn verjaardag met alle vrienden. Net als Nicolien
en Wijnand was zij verzocht om morgenmiddag tegen vijf uur
bij het feestvarken thuis te verschijnen. Ze zouden getrakteerd
worden op een 'aangeklede' borrel. Daarna zouden ze naar een
voorstelling in de schouwburg gaan en tot slot zouden ze nog
ergens een afzakkertje nemen. Het klonk allemaal veelbelo-
vend, ze had er echt zin in. Het was alleen zo vervelend dat ze
zich bij voorbaat alweer een beetje het vijfde wiel aan de wagen
voelde. Wat zou het mooi zijn als zij morgen ook iemand naast
zich had. Iemand die zei dat ze lief was en mooi, iemand die
een arm om haar heen sloeg en haar een veilig, geborgen
gevoel gaf. Waarom bleef die iemand almaar niemand…
Stella zuchtte en waarschijnlijk zou er een traan van zelfmedelijden in haar mooie, blauwe ogen zijn gesprongen als op dat
ogenblik de telefoon niet was overgegaan. Ze pakte haar
mobieltje dat op de tafel lag, en even later klonk er een overbekende stem in haar oor. Haar vader, Andries Buis, viel
plompverloren met de deur in huis.

'Gelukkig dat ik je thuis tref, ik zit met mijn handen in het haar. Lucy heeft vreselijk veel pijn in haar arm, de oorzaak is een ontstoken zenuw. Daar zijn we mooi klaar mee, want zoiets gaat niet van vandaag op morgen weer over. Je begrijpt al wel dat ik jou hier morgenochtend op tijd verwacht. Uiterlijk om negen uur, liever nog een uur eerder. Nou, tot dan, zullen we maar zeggen.'

De man zou de verbinding doodleuk verbroken hebben als Stella niet zo razendsnel had gereageerd. Tijdens Andries' uiteenzetting had ze koortsachtig nagedacht. Ze haalde diep adem en zei: 'Het spijt me, pa, ik kan morgen onmogelijk komen. Ik ben uitgenodigd door Gerrit en Linda, zij verwachten me al in de namiddag. Daarvóór moet ik mijn eigen huis wat op orde brengen en dan wil ik me rustig kunnen douchen, aankleden en opmaken.' Stella hield haar adem in, ze verwachtte een uitbrander en die liet inderdaad niet lang op zich wachten.

Andries viel verbolgen uit. 'Hoe durf je een dergelijke toon tegen mij aan te slaan! Het zijn smoesjes, denk je dat ik je niet doorzie? Uitgaan kun je altijd nog; het leven bestaat uit werken, niet uit feestvieren. Versta je me, Stella!'

Zij moest een hoop wegslikken voordat ze kon zeggen: 'Ik heb niet zo bar veel uitjes, pa... deze laat ik me door jou niet ontnemen. Ik weet dat jij je dat niet kunt voorstellen, maar ik heb ook nog zoiets als een eigen leven... Je kunt hoog of laag springen, ik kom morgen niet naar je toe!'

Andries begreep dat het Stella ernst was, hij had met zichzelf te doen. 'Dan zal ik morgen voor drie moeten werken, je wordt bedankt! Waar heb ik het aan verdiend dat ik zo schandalig word teleurgesteld in jou? Ik verwacht van je dat je dan maandag en de daaropvolgende dagen wél naast me in de winkel zult staan!'

'Ik heb vakantie, pa...' Stella hoorde zelf dat het er weer even timide uitkwam als altijd en ze haatte zichzelf erom.

Andries speelde erop in. 'Dat weet ik, het feit op zich is een geluk bij een ongeluk. Omdat jij nu toch even niets anders omhanden hebt, kan Lucy haar arm ontzien. Nou, dan zal ik me morgen wel zien te redden. Maar ik verwacht je maandag. Tot dan, Stella!'

Deze echode als een gehoorzaam kind: 'Ja, goed... Tot dan.'
Nadat Andries de verbinding had verbroken, foeterde Stella op
zichzelf: wat ben jij een onmogelijk uilskuiken, Stella Buis! Het
was te zot voor woorden dat ze zich op haar leeftijd nog steeds
de wet liet voorschrijven door haar vader... En door haar stiefmoeder, die zij tante Lucy noemde.
Er hoefde tante Lucy maar iets dwars te zitten of pa viel terug
op haar, zijn dochter. Ze geloofde er niets van dat haar stiefmoeder opeens last had van een ontstoken zenuw. Het zou
haar echt niet verbazen als het een smoesje was om het even
kalm aan te kunnen doen. Dat zij – Stella – een deel van haar
vakantie moest opofferen, deed er voor haar niet toe, tante
Lucy ging voor. Zo was het altijd geweest en zo zou het wel
blijven ook.
Pa was een van de weinigen, vermoedde Stella, die zich de
eigenaar mocht noemen van een eigen supermarkt annex slijterij. Jarenlang had hij zich niet opzij laten duwen door de
grote, machtige winkelketens die vochten voor hun alleenheerschappij. Dat betekende wel dat hij hard moest knokken
om het hoofd boven water te kunnen houden. Er moest scherp
worden ingekocht en om te voorkomen dat de klanten kozen
voor de grote supermarkten, moest pa een beduidend groot
percentage van de winstmarge laten vallen. Op deze manier
was het hem gelukt zelfstandig te blijven en vanwege zijn inzet
en werkijver hadden ze financieel niet veel te klagen gehad. De
winkel liep uitstekend, de slijterij eveneens.
Een sterke troef van pa was dat hij de boodschappen desge-
wenst gratis thuisbezorgde. Dit werd door de klanten op prijs
gesteld en er werd dan ook gretig gebruik van gemaakt. Pa
beklaagde zich er altijd over dat de mensen er niet bij stilston-
den dat het bestelbusje niet op water liep en dat hij soms noodgedwongen een beroep moest doen op Hugo Lenstra, hun
buurjongen. Hugo zat nog op school, op vrijdagavond en op
zaterdag wilde hij de bezorgdienst wel van pa overnemen,
maar vanzelfsprekend niet voor niets. Het kostte pa veel moeite om de jongen na gedane arbeid een paar tientjes in zijn hand
te drukken. Die had hij graag zelf verdiend. Daarom peinsde
pa er niet over een vast personeelslid in dienst te nemen, veel
liever liep hij zelf een stapje harder. Hetzelfde verwachtte hij

van zijn vrouw en dochter.

Stella herinnerde zich dat zij als kind na schooltijd altijd al had moeten bijspringen en ook dat mam haar hele leven in de winkel bezig was geweest. Hoe anders zou haar leven er hebben uitgezien als mam nog leefde... Ze had maar zesendertig jaar mogen worden, ze overleed na een kort ziekbed.

Het was alweer elf jaar geleden, zij – Stella – was toen veertien. Ze miste mam nog steeds, ze herinnerde zich alleen maar goede dingen van haar. Mam was een regelrechte schat geweest. Het geluk van haar enige dochter was voor haar het belangrijkste van het leven geweest. Dat had ze niet alleen vaak gezegd, mam had het haar ook voortdurend laten voelen.

In gedachten sprak ze nog vaak met mam en elk jaar op haar verjaardag wenste ze haar steevast een fijne dag in de hemel. Ze was er heilig van overtuigd dat mam het nergens beter zou kunnen krijgen dan daar. Desondanks dacht ze ook vaak opstandig: waarom heb je me alleen gelaten met pa? Je wist toch dat wij het samen niet kunnen vinden? Toen jij naar God ging, verloor ik mijn basis, alle geborgenheid. Ik kukelde toen pardoes in een akelige leegte waar het koud en donker was. En pa was er niet om mij te troosten, ik heb zijn armen nooit om me heen gevoeld...

Nee, pa Buis was er niet voor haar geweest in die moeilijke tijd, toen ze het niet zonder mam had kunnen stellen. Pa had haar verdriet niet aangevoeld, zelf had hij wel troost gezocht.

Krap een halfjaar na mams overlijden had hij zijn nieuwe vriendin al aan haar voorgesteld. Lucy Vos, ze was een paar jaar jonger dan pa en weduwe. Haar eerste huwelijk met Koos Hoefnagel was kinderloos gebleven, voordat ze met pa hertrouwde had ze dikwijls gezegd dat ze hoopte dat er tussen haar en Stella een moeder-dochterrelatie zou groeien.

Mam was ruim een jaar overleden toen pa en Lucy met elkaar trouwden, van toen af aan sprak tante Lucy niet meer over een band tussen haar en haar stiefdochter. Net als zij, Stella, had tante Lucy blijkbaar aangevoeld dat ze die hoop wel kon laten varen. Door de jaren heen waren ze zelfs geen vriendinnen geworden; zij duldde de nieuwe vrouw in haar vaders leven omdat ze hem het geluk gunde. Zelf had ze het er vanaf het begin moeilijk mee gehad dat pa zo snel na mams heengaan al verliefd op een ander was geworden. In stilte had ze hem dat fel verweten. En met hetzelfde, verdrietige gevoel had ze het tante Lucy kwalijk genomen dat zij, alsof het heel vanzelfsprekend was, mams plekje innam.

Tante Lucy en zij deden allebei hun best de sfeer in huis niet negatief te beïnvloeden. En waarschijnlijk juist daardoor liepen ze allebei voortdurend op hun tenen. Het ging niet op een spontane, natuurlijke manier, maar altijd ietwat geforceerd. Treurig bedacht ze dan hoe totaal anders mam en zij met elkaar om waren gegaan; hoe ze samen hadden kunnen snikken van het lachen, hoe ze elkaar zomaar om niks hadden kunnen knuffelen. Ze hadden ontzettend veel om elkaar gegeven. Mam was misschien wel té trots op haar geweest. Ze noemde haar een beeldje om te zien, haar zonnetje die haar dagen licht en warm maakte. Mam was ook trots op het feit dat zij, Stella, goed kon leren. Ze wist echt niet meer hoe vaak mam had gezegd: 'Je beschikt over een stel bijzonder goed ontwikkelde hersens. Het is een gave waar je heel erg dankbaar voor moet zijn. En omdat het een gave is, is het jouw plicht deze te benutten!'

Achteraf bezien was het gewoon vertederend hoeveel luchtkastelen mam en zij hadden gebouwd. Zij – Stella – had dolgraag medicijnen willen studeren. Het was er niet van gekomen omdat pa er een stokje voor had gestoken. Hij had haar nodig, zo eenvoudig was dat voor hem.

Hier onderbrak Stella haar gemijmer, ze voelde dat het frisser werd en dat ze dorst had. Ze ging naar binnen om een vest aan te trekken en een glas dubbeldrank te halen. Kort hierna liet ze zich weer in haar tuinstoel zakken. En nadat ze haar dorst had gelest, dwaalden haar gedachten ongewild toch weer naar de tijd toen mam ziek werd en overleed. In die tijd zat zij op de havo. In het laatste jaar, vol verdriet om het gemis van mam, had ze al geen zin meer in vervolgopleidingen. Pa was er overduidelijk op tegen geweest en als vanouds was zij verlegen en bang geworden van zijn gebiedende stem, zijn priemende ogen. Ze had haar wensdroom zuchtend laten varen.

Natuurlijk wist ze in haar achterhoofd dat pa er middeleeuwse ideeën op nahield. Hij vond dat een meisje meer dan genoeg had aan een basisopleiding. 'Als je een jongen was, zou ik er wellicht anders over denken, voor meisjes is studeren verspilde tijd. Je trouwt later en krijgt kinderen, daar hoef je niet voor te studeren.'

Zoals ze het verdriet over de nieuwe 'moeder', die veel te snel na mams heengaan bij hen in huis was gekomen, heel diep in haar hart had weggestopt, zo had ze ook de pijn van het niet mogen doorleren diep in zich begraven. Ze had weer die berustende houding aangenomen in de hoop een tedere lach op pa's gezicht te zullen zien die haar gold. Het bleek ijdele hoop.

Pa hield niet van haar, zij kón zijn hart niet bereiken. Ze ging hoe langer hoe meer inzien dat hij haar alleen maar nodig had. Dat ze zich daar niet in vergiste, werd haar op een dag wreed duidelijk gemaakt.

Op een ochtend gaf tante Lucy te kennen dat ze hoofdpijn had en een poosje naar bed ging. Zij – Stella – had tegen pa gezegd dat ze een eind ging fietsen. Hij had afwezig geknikt en voordat ze de kamer verliet, was hij in zijn stoel in slaap gevallen. Verdrietig vanwege de geladen, ongezellige sfeer in huis, was ze van gedachten veranderd. Ze had plots geen zin meer gehad om in d'r uppie een fietstocht te gaan maken. Ze besloot op haar kamer het boek te gaan lezen dat ze de dag ervoor uit de bibliotheek had gehaald. Ze had geen idee hoe lang ze op bed had liggen lezen, maar op een gegeven moment had ze pa de trap op horen komen. De slaapkamer van hem en tante Lucy grensde aan die van haar en omdat de muren dun waren, werd er normaliter op fluistertoon gesproken. Die keer echter dempte pa zijn stem niet. Dat had tante Lucy blijkbaar bevreemd, want ze had gezegd: 'Wil je eraan denken dat de muren hier oren hebben!'

'Maak je geen zorgen, Stella is niet thuis. Ze is er met de fiets op uitgegaan. We hebben het rijk voor ons alleen.'

O, hoe gênant had zij het gevonden dat ze zonder inspanning elk woord kon verstaan. Niettemin was ze blijven luisteren.

Pa had aan tante Lucy gevraagd of de hoofdpijn was gezakt en zij had geantwoord: 'Eerlijk gezegd had ik geen hoofdpijn, ik moest gewoon even alleen zijn. Ik word soms zo moe van Stella, moe van het onechte moedertje-spelen. Vanaf het begin heb ik mijn best voor haar gedaan, zij accepteert mij echter niet als jouw tweede vrouw.'

'Daar heb ik nooit iets van gemerkt?'

'Nee, wat een wonder! Als het om Stella gaat houd jij je ogen en oren potdicht.'

'Is dat een verwijt?'

'Nee, dat moet je zelf weten. Het is jouw dochter, niet de mijne. Ik denk echter dat Stella haar moeder nog steeds mist en dat ik daardoor geen schijn van kans heb.'

'Dat zou kunnen, zou me niks verbazen. Roelfientje en Stella waren twee handen op één buik. Ze waren moeder en dochter, maar ook hartsvriendinnen. Wat dat betreft bungelde ik er maar wat bij, dat deed me overigens niets. Ik had de zaak, die ging en gaat bij mij voor alles.'

'Dat heb je me heel duidelijk gemaakt voordat wij elkaar het ja-woord gaven, daar mag ik me dus niet over beklagen. Ik wist toentertijd waar ik aan begon, maar dat de rol van stiefmoeder zo moeilijk was wist ik toen echter niet. Het valt me hoe langer hoe zwaarder, Andries. Stella loopt me hinderlijk voor de voeten. Hoe vaak zijn wij echt samen, toch bijna nooit! In de winkel zie ik Stella voortdurend vanuit mijn ooghoeken, aan tafel hetzelfde. Vanochtend in de kerk zag ik haar zo duidelijk tússen ons in staan, dat het me te veel werd. Onder ons gezegd en gezwegen vind ik het niet gezond dat een meisje van vijfentwintig nog steeds thuis woont. Ze legt een zware druk op ons leven, het is toch zo dat wij de liefde telkens in alle stilte bedrijven, omdat we doodsbang zijn dat Stella iets zal kunnen horen? Ik wil jou frank en vrij kunnen beminnen, op mijn manier. Mijn hartstocht wordt echter aan banden gelegd en dat staat me steeds meer tegen.'

'Ik weet het wel, meisje, ik weet het allemaal wel. Ik kan Stella echter de deur niet wijzen, dat zou Roelfientje me nooit vergeven. Bovendien heb ik haar in de winkel nodig. Ik stop haar maandelijks wat geld toe, zij zeurt daar niet over, een vreemde zou er vast en zeker geen genoegen mee nemen. Personeel kost tegenwoordig handenvol geld, dankzij Stella kan ik een groot gedeelte ervan uitsparen. Ik heb haar broodnodig, verder ben ik het helemaal met jou eens. Denk je dat het mij niet mooi lijkt om zonder een lastige pottenkijkster samen te zijn met jou?'

'Wat de winkel betreft kunnen we het heus zonder Stella af, hoor, Andries! Voor de vrijheid die zij ons dan geeft, wil ik graag een paar stappen harder lopen. We kunnen het roer best eens een beetje omgooien. Door bijvoorbeeld enkel op vrijdagavond en op de zaterdag de boodschappen te bezorgen. Als je Hugo daarvoor voor vast aanneemt, zijn wij al een eind op de goede weg. De klanten zullen er snel aan gewend zijn, eveneens aan het feit dat ze zonder Stella erbij wat langer op hun beurt moeten wachten. Ik zie het wel zitten, als ik jou was zou ik er maar eens goed over nadenken. Al was het alleen om mij te plezieren.'

'Ik doe niets liever dan jou blij maken, gelukkig vooral. Ik weet alleen niet hoe ik hiermee bij Stella moet aankloppen. Ik wil haar er niet mee overdonderen en haar zeer zeker niet de deur wijzen. Dat gaat me te ver, ik denk daarbij aan Roelfientje.'

O, goede God, had er toch voor gezorgd dat ik dat vreselijke gesprek niet had gehoord! Stella slaakte een moedeloze zucht en wiste een traan weg. Ze had van tevoren geweten dat pa haar enkel nodig had voor de winkel, maar toen dat zo genadeloos wreed door hem gezegd werd, had zij zich lamgeslagen gevoeld. En intens verdrietig. Ze had gehoord dat pa en tante Lucy naar beneden gingen, zelf was ze nog uren op haar kamer gebleven. Omdat ze de twee niet onder ogen durfde te komen en omdat ze had willen nadenken over wat haar nu te doen stond. Nadat ze daar de enige juiste oplossing voor had gevonden, was ze naar de huiskamer gegaan.

Pa had zich achter de krant verscholen, en tante Lucy had gemaakt liefjes gezegd: 'Nou zeg, jij hebt een behoorlijke fietstocht gemaakt. Ik heb je trouwens helemaal niet thuis horen komen. Jij wel, Andries?'

Voordat pa daarop had kunnen reageren, had zij bedrukt gezegd: 'Ik ben de deur niet uit geweest... ik was de hele tijd op mijn kamer. Eerst speet het mij dat ik jullie gesprek had afgeluisterd, nadat ik erover nadacht niet meer. Integendeel, ik ben blij dat ik nu weet hoe jullie erover denken.'

'Wat bedoel je?' had pa met een onnozel gezicht gevraagd.

Tot haar eigen verbazing had zij de leiding genomen. 'Ik wil al heel lang dolgraag op eigen benen staan. Het lijkt me fantastisch om net als Linda en Nicolien in de stad te gaan wonen.

Ik ga solliciteren, en een huis of desnoods een kamer zoeken. Ik beloof dat ik er vaart achter zal zetten en mijn uiterste best zal doen om jullie niet lang meer voor de voeten te lopen.'

Ze herinnerde zich nog dat tante Lucy vuurrode zenuwvlekken in haar hals had gehad toen ze stamelde: 'Het spijt me meer dan ik kan zeggen... Dat ik er geen woord van kan terugnemen, spijt me ook. Verder laat ik het aan jou over, Andries...'

Pa had zenuwachtig gekucht en gemompeld: 'Wat gezegd is, kun je niet meer inslikken. Verder weet ik het ook even niet...'

'Jullie hoeven je niet bezwaard te voelen, het is alleen maar goed dat we weten waar we aan toe zijn.' Ze had zich omgedraaid en was het vertrek letterlijk uitgevlucht. Op haar kamer had ze wanhopig gehuild om mam, om een vader die wel van haar zou kunnen houden en nog heel veel meer dat ze in haar verdriet geen naam had kunnen geven.

De dagen die volgden, waren verre van leuk geweest. Ze liepen toen alle drie op hun tenen, en durfden elkaar niet aan te kijken. Er werd nauwelijks een woord gewisseld. Ze solliciteerde zich suf en bezocht talloze kamerverhuurbedrijven. Op een avond, toen tante Lucy koffie inschonk, had ze hardop geklaagd. 'Het is gewoonweg bespottelijk hoeveel geld ze durven te vragen voor een armzalig kamertje. Linda en Nicolien zeggen dat ik dat zeker niet moet doen, dat ik voor hetzelfde geld of ietsje meer, een flatje kan huren. Het is knap moeilijk, de moed zakt me in de schoenen.'

Tot haar verbazing had ze pa daarop kalm horen zeggen: 'Het is minder moeilijk dan je denkt.' Ze had hem vragend aangezien en was onzeker geworden van de blik in zijn ogen. 'Ik ben me er heel wel van bewust dat ik je diep heb gekwetst met het gesprek dat niet voor jouw oren bedoeld was,' had pa toen gezegd. 'Ik wil dat je weet dat dat me spijt. Gedane zaken nemen echter geen keer, het enige dat ik kan doen, is proberen het een beetje voor je goed te maken. Jij hebt lange jaren je best gedaan voor mij, je hebt eh... gehoord dat ik je de hele tijd heb onderbetaald. Dat wil ik rechttrekken door jou een huis te geven. Ik duld wat dit betreft geen tegenspraak, je moeder zou zich in haar graf omkeren als ze wist dat jij ergens op een zolderkamer zat. Ik heb al contact gehad met een paar makelaars in de stad, die hebben beloofd fotomateriaal op te zullen sturen.'

'Ik weet niet wat me overkomt,' had zij gehakkeld, 'dit had ik helemaal niet verwacht van jou.'

Pa had warempel naar haar gelachen en voor zijn doen had hij bijna warm gezegd: 'Lucy heeft me erop gewezen dat ik jou moest laten voelen dat ik je vader ben. Dat doe ik bij dezen, door je een huis aan te bieden. Dit is mijn manier van doen, ik kan het niet anders...'

Voor het eerst van haar leven had ze pa verlegen gezien. Het had haar zo ontroerd dat ze hem er een kus voor had willen geven. Ze had het niet gedaan, de afstand tussen hen beiden was er toch te groot voor geweest. Vanwege het gesprek was de sfeer in huis er aanzienlijk op vooruitgegaan. In de tijd erna was ze vaak dankbaar gestemd geweest, omdat ze zeker wist dat het geen toeval was dat alles toen in een stroomversnelling ging. Het geluk lachte haar aan alle kanten toe.

Ze vond een kantoorbaan bij een autobedrijf waarvan de eigenaar, Bert Hollander, een aardige man was. Omdat ze geen ervaring had, had ze computerlessen en dergelijke moeten volgen. Inmiddels had ze zich al aardig opgewerkt. Het maandsalaris had haar met een schokje doen inzien dat pa al die jaren een wel zeer bijzonder goedkope kracht aan haar had gehad. Ze kon nu zonder moeite elke maand een leuk bedrag sparen, dat kwam natuurlijk ook omdat ze dankzij pa's gulheid gratis woonde. Het huis dat hij voor haar had gekocht, stond in een rustige straat in een mooie buitenwijk. Ze bofte dat zij het hoekhuis had gekregen. Toen ze het de eerste keer in bijzijn van de makelaar bezichtigde, was ze er meteen een beetje verliefd op geworden.

Dat het karakter van haar vader niet om te buigen of bij te schaven was, had ze ondervonden nadat de koopakte bij de notaris was getekend. Toen ze weer thuis waren, had ze pa voor het huis bedankt. Die keer had ze hem zelfs een kus op zijn wang gedrukt. 'Ik ben er ontzetend blij mee en zal niet vergeten dat ik mijn droomhuisje aan jou te danken heb.'

Pa had geknikt, haar indringend aangekeken en toch weer zijn ware aard getoond: 'Onthoud dit, Stella, voor wat hoort wat. In tijd van nood of als Lucy eens ontzien moet worden, verwacht ik hulp van jou. Dat ben jij aan mij verplicht.'

Je bent maar al te vaak een onmogelijke man, pa Buis, dacht Stella. Ze wierp een blik op haar horloge en schrok. Het was gewoon niet te geloven, dat ze zoveel lange uren in gemijmer voorbij had laten gaan. Hoelang geleden was de zon al onder-gegaan en hoelang was het in de tuin van de buren al stil? Die mensen lagen vast al in bed, het zou geen kwaad kunnen als zij hun goede voorbeeld volgde. Nu pas voelde ze dat het kil was buiten. Zo dadelijk nam ze voor het slapengaan eerst nog een wijntje, daar werd je warm van en soezerig.

Die luxe mocht ze zich best veroorloven, bedacht ze grinni-kend terwijl ze de kussens van de tuinstoel in de bijkeuken bracht. Ze had immers vakantie! Jawel, morgen en overmor-gen, de dagen daarna zou ze weer gehoorzaam braaf naast pa in de winkel staan. Omdat ze geen nee durfde te zeggen, omdat ze niet gewend was voor zichzelf op te komen. Als het mijn vader betreft, bedacht ze, ben ik nog lang niet volwassen, eerder een doetje, een jaknikker.

Kort hierna, achter een glas rode wijn, dwaalden haar gedach-ten naar het uitje dat haar morgen te wachten stond. Vastbesloten beloofde ze zichzelf dat ze volop zou genieten. Ook al was ze duizendmaal het vijfde wiel aan de wagen. Zou ze ooit nog iemand tegenkomen die dat vervelende gevoel wegnam? Een lieve vriend, een leuke vent... Ze snakte gewoon naar de liefde van een man en hoopte hem gauw tegen te komen.

Met die stille, maar o zo vurige wens, viel Stella die avond in slaap.

HOOFDSTUK 2

De volgende dag keken zowel Nicolien en Wijnand als Stella hun ogen uit. Behalve zijn of haar favoriete drankje, stond er een uitgebreid koud buffet op hen te wachten dat een streling voor het oog was en voor de tong alle goeds voorspelde. Linda nam de vele complimentjes blozend in ontvangst. 'Jullie over-drijven, zoveel werk was het nou ook weer niet. Gerrit en ik hebben het samen klaargemaakt en een aantal gerechten hebben we gemakshalve laten bezorgen. We moeten een stevige bodem hebben, zodat we straks in de schouwburg niet van de honger omkomen. Ik zou zeggen, tast toe, jongens, en laat geen kruimel over, want dat zou jammer zijn!'

Even hierna kwam al smullend het gesprek op de vakantietijd. Gerrit en Linda hadden hun vakantie er al op zitten, ze waren veertien dagen naar Griekenland geweest. Nicolien en Wijnand hadden tegelijk met Stella vakantie. Omdat de financiën het dit jaar even niet toelieten, gingen zij de grens niet over en hadden ze een caravan gehuurd die op een mooi plekje van de Veluwe stond. Omdat ze Gerrits verjaardag mee wilden vieren, vertrokken zij na het weekeinde.

Nicolien zocht Stella's blik. 'Wat let jou om met ons mee te gaan! De caravan is groot genoeg voor drie personen en ik zeg maar zo: hoe meer zielen hoe meer vreugd.'

Stella schudde haar hoofd. Ze verzweeg dat ze zich te veel zou voelen, bovendien had ze in een flits de blik in Wijnands ogen opgevangen. Die vertelde haar dat hij er weinig voor voelde de vriendin van zijn vrouw de hele tijd op sleeptouw mee te moeten nemen. Dat vond zij overigens heel begrijpelijk. Ze was blij dat ze geen uitvlucht hoefde te verzinnen. 'Je uitnodiging is hartstikke lief, maar ik kan er geen gebruik van maken. Tante Lucy heeft een ontstoken zenuw in haar arm, de pijn schijnt hevig te zijn. Pa vroeg of ik een tijdje kan bijspringen in de winkel. Mensen in nood moeten geholpen worden, zeker als het je naaste familie betreft. Toch?'

Op dat laatste woord, zo aarzelend geuit, kreeg Stella de reacties die niet uit konden blijven, omdat iedereen op de hoogte was van de band tussen vader en dochter Buis.

'Jij bent gek!' viel Nicolien uit. 'Ik zou me wel drie keer bedenken voordat ik mijn vakantie zou opofferen aan mensen die enkel van me willen profiteren. Je vader en je tante gunnen jou je vakantie niet omdat ze jaloers op je zijn.'

Linda deed ook een duit in het zakje. 'We kennen jouw vader van jongs af aan, we weten dat hij altijd een gierige krent is geweest. Hij is gewoon te zuinig om de winkel een poosje te sluiten en er samen met zijn vrouw eens lekker tussenuit te gaan.'

'Pa dúrft de winkel niet te sluiten,' weerlegde Stella, 'hij is bang dat de klanten in die tijd naar het naburige dorp zullen gaan en de smaak te pakken krijgen van de supermarkt aldaar. Hoe dan ook, ik durfde weer eens niet op te komen voor mezelf. Daar heb ik best wel last van.' Ze keek ietwat beschaamd van de een naar de ander.

Gerrit opperde bedachtzaam: 'Door de jaren heen ben jij er zo aan gewend geraakt je pa blindelings te gehoorzamen, dat je nu niet anders meer kunt. Volgens een artikel dat ik onlangs las, kiezen meisjes die niet anders meer weten dan dat ze hun vader moeten gehoorzamen, in de meeste gevallen later voor een zeer dominante man als echtgenoot. Dáár zou ik jou voor willen waarschuwen, want dat lijkt mij voor een vrouw niet best!' Gerrit keek Stella ernstig aan. Zij schoot in de lach. 'Je bezorgdheid is ontroerend. Wees echter niet bang, want dat zal mij echt niet overkomen! En zullen we het dan nu over iets anders hebben? Het is niet goed dat mijn persoontje te lang onderwerp van gesprek is.'

'Zie, nu gooi jij jezelf alweer weg,' zei Linda bestraffend, 'leer je het dan nooit!'

De anderen merkten dat Stella verlegen werd met de situatie. Ze schoten haar te hulp door het gesprek een andere wending te geven. Wijnand vertelde een droge mop die de ernst verjoeg. In de tijd die volgde, werd er heel wat afgelachen.

Op een gegeven moment wiste Linda een paar lachtranen weg en wees op de klok. 'We moeten ons klaarmaken, jongens, de voorstelling begint al over een uurtje!'

Ze hadden zich er allemaal op verheugd. Helaas viel de voorstelling nogal tegen. Het toneelgezelschap bracht onderbroekenlol van de bovenste plank en men speelde ook nog eens bar slecht.

In de pauze verontschuldigde Gerrit zich: 'Het spijt me geweldig, dit had ik van tevoren onmogelijk kunnen bevroeden. Ik kon er zelfs niet om glimlachen, ik zat me constant kapot te ergeren.'

'Je bent niet de enige,' zei Linda, 'ik zat aldoor uit te kijken naar de pauze. En dan te bedenken dat we zo dadelijk nog een hele tijd naar die onzin moeten kijken en luisteren.' Ze keek beurtelings van de een naar de ander, haar ogen bleven rusten op Gerrit toen ze zei: 'Maar we hoeven niet te blijven, we zijn toch zeker eigen baas!'

'Bedoel je...' begon Gerrit aarzelend, vervolgens lachte hij opgeruimd. 'Kom op, jongens, we smeren hem!'

Veel eerder dan gepland stapten ze even later de kroeg binnen. De mannen waren er weleens eerder geweest, maar de vrouwen keken bewonderend om zich heen. Stella zei verrast: 'Wat is het hier gezellig en wat ziet het er keurig uit!'

Ze kozen voor een tafel in een hoek van het ruime vertrek. Nadat ze hadden plaatsgenomen, zei Wijnand: 'De schouwburg was helaas een fiasco. Dat Gerrit niettemin een verfijnde smaak heeft, bewijst hij met het uitzoeken van deze gelegenheid!'

De anderen waren het volledig met Wijnand eens en even later, achter een drankje, ontstond er een geanimeerd gesprek. Op een gegeven moment viel Linda Nicolien op een geheimzinnige fluistertoon in de rede. 'Daar aan de bar staat iemand die wij allemaal kennen! Het is een vroegere dorpsgenoot, Jens Okkerman. Daarnet keek hij deze kant op, hij heeft ons herkend. Hij lachte tegen me, maar ik deed of ik hem niet had gezien. Kijken jullie dus niet zijn kant op, met dat heerschap kunnen we maar beter niet te maken krijgen!'

Gerrit wierp een quasitoevallige blik op de bar waarna hij zei: 'Je hebt gelijk, het is Jens Okkerman. Het is niet zo verwonderlijk dat we hem hier treffen. Na het schandaal dat hij destijds op het dorp veroorzaakte, heeft hij zich in de stad gevestigd. Wat zou er van hem geworden zijn, vraag ik me af.'

Wijnand wierp eveneens schielijk een blik op de bar. 'Hij kijkt telkens deze richting uit. Tjonge, wat heeft die man toentertijd een puinhoop van zijn leven gemaakt. Hoe lang zou het geleden zijn? Al wel weer een jaar of vijf, denk ik. Hij had op het dorp een eigen aannemersbedrijfje, herinner ik me.'

Gerrit viel hem in de rede. 'Nou, of je het een aannemersbedrijf kon noemen, betwijfel ik. Hij deed alles in zijn eentje, tot hij voor weinig geld bouwvallige krotten begon op te kopen. Die kalefaterde hij zo goedkoop mogelijk op, om ze met een hoge winst weer te verkopen. Voor dat soort karweien trok hij tijdelijke krachten aan. Werkloze kerels die wel een zwart centje wilden bijverdienen. De meesten hadden wat de bouw betreft geen kennis van zaken, en naderhand klaagden ze dat Jens hen te laag of domweg niet uitbetaalde. Nee, Jens Okkerman was niet zo'n beste en zijn toenmalige vrouw Suze was een modepopje dat ver boven haar stand leefde. Suze had een groot gat in d'r hand, daar kon Jens niet tegenop verdienen.'

'Misschien was Suze er de oorzaak van dat Jens de verkeerde weg insloeg,' opperde Stella. 'Dat hij aan het gokken sloeg om zijn vrouw te kunnen geven wat ze nodig had om gelukkig te kunnen zijn. Een gokker denkt altijd te zullen winnen, Jens zal geen uitzondering op die regel zijn geweest.'

'Hij is wel een grote domkop geweest,' oordeelde Linda. 'Als je toch aan den lijve ondervindt dat je almaar verliest en steeds dieper in de blubber wegzakt, dan gooi je het roer toch meteen weer om!'

Gerrit glimlachte vertederd om haar naïviteit. 'Als het zo simpel lag, zouden er geen gokkers bestaan, lieverd. Het is juist zo dat dat volk almaar doorgaat in de hoop het verlies weer ongedaan te maken. Binnen de kortste keren zijn ze verslaafd en kunnen ze niet meer ophouden. Zo is het Jens Okkerman vergaan. Die sufferd vergokte op den duur zijn hele hebben en houwen. Er werd bruutweg beslag gelegd op al zijn bezittingen. Suze kon die schande, vooral de armoede, niet verdragen. Kort na de affaire zijn ze het dorp letterlijk uitgevlucht. Hier in de stad hebben ze het nog een poosje samen volgehouden, totdat Suze zich van Jens liet scheiden.'

Nicolien toonde haar nieuwsgierigheid. 'Later hoorden we op het dorp dat Suze is hertrouwd met een man die er warmpjes bij schijnt te zitten. Ze woont nu bij hem in Rotterdam, zij heeft het uiteindelijk weer gered. Ik vraag me af wat Jens tegenwoordig uitspookt. Of hij nog steeds gokt, wat voor werk hij nu doet en of hij ook is hertrouwd. Hij is ouder dan wij, volgens mij is hij tegen de veertig. Dat zou je overigens niet zeggen, hij ziet er nog goed uit. Aan de buitenkant tenminste, over de binnenkant heb ik zo mijn twijfels!'

Stella stoorde zich al een poosje aan het gesprek, toen haar vriendin zweeg kon ze zich niet langer inhouden. 'Ik kan het niet waarderen dat een mens door een ander wordt veroordeeld, terwijl die het fijne er niet van weet. Het kan net zo goed zijn dat Jens een totaal ander, een beter mens is geworden. Dat hoop ik voor hem en ik vind het nogal gênant dat wij doen alsof hij voor ons lucht is. Denken jullie dat die man geen gevoel heeft? Hij heeft allang gemerkt dat wij stiekem naar hem zitten te gluren en volgens mij voelt hij aan dat we over hem zitten te kletsen. Hier doe ik niet langer aan mee, het gaat mij te ver.'

'Nou zeg, je trekt nogal partij voor hem!' viel Linda verbaasd uit. 'Wat wil je dan? Dat wij hem aan ons tafeltje uitnodigen? Dan stap ik op, ik wil met Jens Okkerman niets van doen hebben. Zo denk ik erover.'

Stella kon niet nalaten te zeggen: 'Een oude bekende groeten is wel het minste wat je fatsoenshalve kunt doen en dat ga ik nu doen, hoe jullie er ook over denken.' Ze stond resoluut op en liep naar Jens Okkerman.

Wijnand mompelde: 'Zo eigengereid zou ze tegen haar vader moeten doen, dan had ze het een stuk makkelijker. Ze nam het openlijk op voor Jens Okkerman, terwijl zij toch ook weet wat een misbaksel hij is. Snappen jullie dat nou?'

Stella voelde zich best een beetje opgelaten; dat liet ze echter niet merken toen ze stil bleef staan voor de man die aan hun tafeltje uitgebreid onderwerp van gesprek was geweest. Ze lachte vriendelijk naar hem. 'Dag, Jens. Ken je me nog?'

Hij leunde met zijn rug tegen de bar en met een glas cola in zijn hand nam hij haar van top tot teen op. 'Hoe vaak ben ik vroeger niet bij jullie in de winkel geweest en dan vraag je of ik jou nog ken? Je ziet er goed uit, Stella. Van het jonge meisje ben je in vijf jaar tijd een mooie vrouw geworden. Zit je nog altijd bij je vader achter de kassa?'

Stella vertelde hem trots dat ze tegenwoordig op eigen benen stond en dat ze, zoals zovelen, het dorp ook had verruild voor de stad. Ze noemde de wijk en de naam van de straat waar ze woonde en vervolgde: 'Ik zit op kantoor bij een autobedrijf en dat bevalt me geweldig goed. Hoe is het anders met jou?'

Hij trok met zijn schouders en zei onwillig: 'Het gaat zo zijn gangetje, zullen we maar zeggen.'

Stella begreep dat hij over zichzelf geen boekje open wenste te doen, ze knikte en liep bij hem weg. In de ruimte voor de toiletten werkte ze voor een van de spiegels haar make-up een beetje bij en onderwijl waren haar gedachten bij Jens Okkerman. Ze vond dat hij uiterlijk geen spat was veranderd. Hij had nog hetzelfde dikke donkerblonde haar, hetzelfde slanke postuur. Ze vond hem niet knap, hij was een man waarvan er dertien in het dozijn gingen. Het enige opvallende aan hem waren zijn ogen. Die waren werkelijk zeegroen, echt heel mooi. Toen ze daarnet tegenover hem stond, had hij een verloren indruk op haar gemaakt. Ze had met hem te doen gehad. Het was toch ook ingrijpend wanneer een mens door één misstap alles in het leven kwijtraakte. Ze hoopte dat het nu goed met hem ging. Ze ging naar de wc en besloot daarna nog even een babbeltje met hem te maken. Ze vond het echt te zot voor woorden om hem met de nek aan te kijken, zoals haar vrienden dat deden.

Van haar goede voornemens kwam niets terecht, want toen Stella weer bij de bar kwam, was Jens nergens te bekennen. Ze ging weer bij haar vrienden zitten. 'Is Jens vertrokken?'

Wijnand knikte bevestigend. 'Toen jij na het gesprekje met hem de wc's opzocht, liep hij een seconde later diezelfde kant op. We hielden ons hart vast, want we dachten dat hij je achternaging. Gelukkig vergisten wij ons, want hij liep gewoon naar de uitgang. Opgeruimd staat netjes, dat zeiden wij toen zowat uit één mond!'

'Jullie stellen je ontzettend aan!' viel Stella gepikeerd uit. 'Je doet net alsof Jens een crimineel van de bovenste plank is. Hij is alleen maar verslaafd geweest aan gokken, hoor. Voor mijn gevoel is hij daar inmiddels meer dan genoeg voor gestraft.'

Daarop zei Gerrit: 'Dan kennen wij hem blijkbaar beter dan jij en waarschijnlijk komt dat doordat we ouder zijn. Je kunt gerust van mij aannemen dat Jens Okkerman geen lieverdje is. De gevoelens van anderen raken hem niet of nauwelijks, hij denkt alleen aan zichzelf.'

'Dat zal dan wel,' zei Stella stroef, waarop Nicolien zei: 'We zagen dat jij tegen hem stond te rebbelen, maar zei hij zelf nog iets? Ben je iets van hem te weten gekomen?'

'Nee, en als dat wel zo was, had ik het niet aan jullie doorverteld. Aan te veel nieuwsgierigheid heb ik een hekel.'

'Tsjonge, wat doe je stekelig, zo kennen wij je helemaal niet,'

zei Linda. Ze bestudeerde verbaasd Stella's gezicht en vervolgde: 'Het lijkt wel alsof je verliefd bent op Jens Okkerman, zo
fel neem je het voor hem op!'
'Doe niet zo achterlijk, het idee alleen al!' zei Stella.
De anderen waren blij dat ze weer lachte.
Gerrit wees op de lege glazen. 'Willen jullie nog iets gebruiken of zullen we zo zoetjesaan opstappen? Dan zijn we mooi
voor twaalf uur thuis.'
Ze waren het allemaal met hem eens en kort hierna stonden
ze buiten. Nadat ze afscheid van elkaar hadden genomen,
stapte ieder in zijn of haar auto en gingen ze elk hun eigen
weg.
Later, in bed, vroeg Stella zich af of ze zich inderdaad te druk
had gemaakt over Jens Okkerman. Er was warempel gesuggereerd dat ze verliefd op hem was! Ze had het alleen maar voor
hem opgenomen omdat ze het geroddel spuugzat was geweest.
Ach, ze moest zich er verder maar niet dik over maken, het
hele gedoe was de moeite niet waard. Met die gedachten kroop
ze diep weg onder het dekbed en viel ze meteen als een blok in
slaap.

HOOFDSTUK 3

De volgende ochtend ontwaakte ze fris als een hoentje en nam
ze zich voor om in de ochtenduren haar huisje op orde te brengen. Dan kon ze vanmiddag lekker in de tuin van de zon genieten. Eén dagje, want morgen – haar eerste vakantiedag – zou
ze gewillig dansen naar de pijpen van pa. Wanneer ze dat zou
afleren, wist ze niet, maar ze besefte echter drommels goed dat
het er eens van zou moeten komen. Zodra ze een 'groot' meisje was, beloofde ze zichzelf grinnikend.
Een paar uurtjes later zag haar huis er opgeruimd uit. Ik moet
alleen nog even stofzuigen, dan heb ik mijn plicht gedaan,
dacht Stella. Op het moment dat ze de stofzuiger uit de gang-
kast wilde pakken, ging de telefoon. Ze vermoedde dat het
Linda zou zijn of Nicolien, die nog even wilde napraten over
de gezellige avond van gisteren. 'Met Stella?'
'Herken je deze stem?'

'Ja, en toch kan ik hem niet zo gauw thuisbrengen. Wil je wat duidelijker zijn?'

'We hebben gisteravond een kort gesprekje gevoerd.'

'Ach ja, nu hoor ik het! Wat leuk, Jens, dat je belt. Hoe kom je eigenlijk aan mijn nummer?' liet ze er in één adem op volgen.

'Jij hebt me verteld waar je woonde en aangezien ik een telefoonboek heb, was het niet moeilijk je op te sporen. Ik hoop niet dat ik je stoor en zal het kort houden. Ik wil je alleen maar even bedanken.'

'Hoezo bedanken, waarvoor dan wel?'

'Ik vond het geweldig van je dat jij gisteravond als enige niet deed alsof ik een stuk vuil was, waar je maar beter met een boog omheen kunt lopen. Jouw vriendelijkheid heeft mij meer dan goed gedaan en dat wilde ik je persoonlijk zeggen. Je bent niks veranderd, Stella Buis. Vroeger, in de winkel van je pa, vond ik je ook altijd al een lief, zacht meisje. Toen al had je oog voor de mensen om je heen. Blijf maar zoals je bent, dat zal je enkel goeds brengen!'

Stella liet een geamuseerd lachje horen. Haar gedachten schoten naar haar vader en onnadenkend flapte ze eruit: 'Jij kent me absoluut niet, anders zou je weten dat het voor mij de hoogste tijd wordt om mijn karakter bij te schaven.'

'Daar hoor ik van op, vertel!'

'Nee, nee, dat verhaal is voor jou oninteressant en bovendien te lang voor de telefoon. Kom maar een keer een kop koffie bij me halen, misschien dat ik dan het een en ander uit de doeken doe.'

Wat zeg ik nou toch allemaal, flitste het door Stella heen, dit was ik helemaal niet van plan! Gisteravond had ze bedacht dat ze Jens niet meer zou zien en nu nodigde ze hem bij haar thuis uit. Zonder er spijt van te hebben, dat was het gekke ervan...

'Daar kan ik geen nee op zeggen,' klonk het in haar oor, 'ik wil graag even bijpraten met jou. Zullen we dan meteen iets afspreken, anders blijft het er misschien weer bij?'

'Wat mij betreft kun je vanmiddag langskomen.'

'Ben je alleen dan?'

'Ja, ik ben meestal alleen. Zie ik je dan tegen een uur of twee? Dan heb ik de koffie klaar.'

'Klokslag twee sta ik bij je voor de deur. Enne... ook hiervoor moet ik je bedanken, Stella.'

'Je moet niet zo raar doen. Nou, tot straks dan maar.' Stella hing op en opnieuw vroeg ze zich af waar ze mee bezig was. Ze had Jens Okkerman uitgenodigd, terwijl ze wel op haar vingers kon natellen dat haar vrienden haar dit niet in dank zouden afnemen. Zij wilden met Jens niks te maken hebben. En hoe zou pa reageren als hij wist met wie zij de zondagmiddag had doorgebracht? Een mens met een besmeurd verleden moest je voor straf in zijn eigen sop laten gaarkoken, iets dergelijks zou pa waarschijnlijk zeggen.

Zij had echter medelijden met Jens, ze vond hem zielig. Hij had niet eens een zoon of dochter die hem kon troosten, want het huwelijk van Jens en Suze was kinderloos gebleven. Was het een schande dan, dat zij zo iemand een beetje tegemoet trad? Hij had haar nota bene bedankt voor de paar woorden die zij gisteravond met hem had gewisseld, dat zei haar genoeg. Daaruit bleek wel hoe eenzaam hij was en hoe graag hij weer voor vol aangezien wilde worden. Zou ze ook zo over hem denken, vroeg ze zich af, als zou blijken dat hij nog steeds ver-slaafd was aan het gokken? Ze nam domweg aan dat hij ervan genezen was, maar dat hoefde helemaal niet zo te zijn.

Stak ze zich nou uit puur medelijden in de nesten? Ze kreeg opeens toch een beetje spijt dat ze hem bij haar thuis had gevraagd. Jens Okkerman was niet gebaat met haar medelij-den, ze kon nu echter niet meer terugkrabbelen. Het enige dat ze nog kon doen, was alles over zich heen laten komen. Misschien werd het wel gezellig en misschien...

Had zij Jens uitgenodigd uit louter eigenbelang? Doordat ze zich alleen voelde en ze maar wat graag een vriend wilde? O bah, wat was het opeens allemaal dubbel en wat haalde ze zich malle ideeën in het hoofd. Die moest ze zo snel mogelijk weer laten varen. Ook moest ze ervoor oppassen dat niemand erach-ter kwam wie zij op de koffie had uitgenodigd. Het kon maar beter bij deze ene keer blijven, ze had geen zin in moeilijkhe-den met haar vrienden. En bovendien was ze nu alweer bang voor de scherpe tong van haar vader.

Was ze maar niet zo timide, dan zou ze tegen iedereen de waarheid zeggen: het spijt me voor jullie, maar dit is mijn leven. Ik zoek het geluk en dat doe ik op mijn eigen manier.

Zelfs als ik iets met Jens zou krijgen, gaat dat jullie geen biet aan! Zo heldhaftig kon ze alleen in haar gedachten zijn, ernaar handelen durfde ze niet.

Als ik iets met Jens zou krijgen… Was het dan zo erg met haar gesteld? Verlangde ze zo hevig naar liefde dat ze zich vast-klampte aan de eerste de beste man die op haar pad kwam? Nu ze eraan terugdacht, herinnerde ze zich dat er gisteravond, toen ze tegenover Jens had gestaan, opeens een blij roffeltje in haar hart was geweest. Heel eventjes, maar toch… Als excuus kon ze slechts bedenken dat er na mam nooit meer iemand was geweest die tegen haar had gezegd dat ze mooi was. Iemand die zei dat hij haar altijd al een lief, zacht meisje had gevonden. Dat had Jens gezegd. Ze kon er niets aan doen, maar zijn woorden hadden haar vrouwelijke ijdelheid gestreeld. Ze had hem opeens aardig gevonden, misschien wel uit dankbaarheid. Een hele tijd later bracht de bel van de voordeur haar met een schokje terug in de realiteit. Ze slaakte een zuchtje en besloot straks haar gezond verstand voorop te laten gaan. Dan zou het heus wel goedkomen. Stella toverde een vriendelijk lachje om haar mond en trok de deur open. 'Daar ben je dan, ik moet zeggen dat je een man van de klok bent! Kom binnen.' Nadat ze de deur achter hem dicht had gedaan, keek ze naar hem op. 'Kon je je auto kwijt, op zondag staat de straat hier aan beide kanten meestal vol.'

'Ik had nergens last van, ik heb mijn fiets opzij van je huis tegen de muur gezet. Ik bezit namelijk geen auto. Die zit er hopelijk wel aan te komen, ik moet alleen nog wat geduld heb-ben.'

Stella vermoedde dat Jens het niet breed had, ze vond het ver-velend dat ze het onderwerp auto had aangesneden. Daarom zei ze schijnbaar luchtig: 'Met dit prachtige zomerweer is een eindje fietsen heerlijk en nog gezond ook. Vind je het goed dat we buiten koffiedrinken, of wil je liever binnen zitten?'

'Jij bent de gastvrouw, ik pas me graag aan bij jou. Je woont hier overigens niet onaardig; goede buurt, leuk huis.'

'Ja hè, dat vind ik zelf ook. Ik heb het hier echt naar mijn zin, het is helemaal mijn huis, mijn plekje.' Al pratende waren ze via de keuken in de achtertuin gekomen.

Nadat Jens zich in een van de tuinstoelen neer had laten vallen, prees hij haar opnieuw. 'Wat zit je hier heerlijk vrij! Je hebt groot gelijk dat je rondom een hoge heg hebt geplaatst, er gaat niets boven privacy.'

Stella schonk koffie voor hen in. 'De vorige bewoners hebben de tuin helemaal naar mijn smaak ingericht. Dankzij de bestrating hoef ik geen gras te maaien, daar heb ik een gruwelijke hekel aan en bovendien geen tijd voor.'

Jens keek om zich heen. 'Ik vind dit ook wel zo mooi. Je hebt het gezellig gemaakt, zie ik, door hier en daar potten neer te zetten met bloeiende bloemen. Het kleine vijvertje in het midden heeft ook wel iets!'

'Er zwemmen helaas geen vissen in,' zei Stella lachend. 'Gebruik je suiker en melk? Ik heb natuurlijk geen taartjes in huis kunnen halen, je zult tevreden moeten zijn met een plakje cake!'

Jens keek haar ernstig aan en zei: 'Dat geeft niet, dat ik hier bij je mag zitten is voor mij het belangrijkste. Het betekent veel voor me dat ik door jou ben uitgenodigd, Stella.'

Ze bloosde licht. 'Dat is toch heel gewoon. Het leek me prettig om als oude dorpsgenoten wat bij te praten. Je was gisteravond opeens verdwenen, anders hadden we toen nog een woordje kunnen wisselen. Had je er genoeg van, vond je het niet gezellig?'

Jens roerde lang in zijn koffie voordat hij bekende: 'Ik kreeg hoe langer hoe meer een onbehaaglijk gevoel onder de glurende blikken van de anderen aan het tafeltje. Bepaalde blikken, Stella, maken soms meer duidelijk dan woorden. Ik snapte deksels goed dat mijn doopceel door jullie gelicht werd. Durf je te ontkennen dat jullie gisteravond heel mijn verleden de revue hebben laten passeren?'

Nu bloosde Stella diep. 'Ja, we hebben over jou zitten roddelen. Daar schaam ik me voor, echt waar...'

'Dat hoeft niet, jij hebt het dubbel en dwars goedgemaakt. Achteraf bezien is het voor mij alleen maar gemakkelijk, want doordat jullie alles van me weten en niks zijn vergeten, hoef ik nu voor jou niet op de knieën.'

'Ja, toe zeg, dat zou er nog bij moeten komen!' Stella keek hem verontwaardigd aan.

Jens grijnslachte. 'Je hoeft er niet zo van te schrikken, ik meende het niet letterlijk. Het is zelfs zo dat ik voor geen sterveling op de knieën ga. Wat ik gedaan heb, was niet best, maar het is gebeurd en niet meer terug te draaien. Streep eronder. Ik heb de goede weg teruggevonden, mijn leven weer opgebouwd, en daar ben ik trots op. Ik gok allang niet meer, ik durf nog geen staatslot te kopen. Verder is het allemaal verleden tijd en voor mij onbelangrijk. Ik wil er dan ook niet meer over praten. Ook niet met jou, Stella!' Hij keek haar indringend aan.

Stella voelde dat ze ervan bloosde. 'Ik ben blij voor je dat je aan een nieuw leven bent begonnen. Waar woon je en wat doe je tegenwoordig voor de kost? Dat soort dingen mag ik toch wel vragen?' vroeg Stella verlegen.

'Jazeker, want die hebben te maken met het heden.' Nu schonk hij Stella een innemende lach en noemde de straat waar hij woonde. 'Ik weet drommels goed dat de straat, de hele buurt trouwens, hier in de stad slecht bekendstaat. Dat deert mij niet, ik heb met de mensen die er wonen niks te maken. Voor mij is het belangrijk dat de flats daar spotgoedkoop zijn. Verder wilde je weten hoe ik mijn kostje bij elkaar scharrel. Ik zit in de bouw, ik doe voornamelijk metselwerk.'

Stella opperde: 'Je bent je oude beroep dus trouw gebleven!'

'Jawel, er is echter een groot verschil. Toen was ik eigen baas, nu heb ik mensen boven me staan van wie ik bevelen moet opvolgen. Daar kan ik bar slecht tegen, ik heb er dagelijks moeite mee. Maar dat doet er nu niet toe. Jij hebt een kantoorbaan, heb ik gisteren begrepen?'

'Ja, ik werk bij het autobedrijf van Bert Hollander, die ken je vast wel?'

'Ja, daar hebben ze karretjes in de showroom staan die precies naar mijn smaak zijn. Ze zijn helaas te duur voor mijn beurs. Ik ben de verliezer, letterlijk en figuurlijk...' Jens sloeg zijn mooie groene ogen op naar Stella en keek haar verontschuldigend aan. 'Let maar niet op mij, niet op wat ik zeg. Vertel me liever over jouw leven. Ben je verliefd, verloofd, getrouwd? Ik zie weliswaar geen ring aan je vinger en gisteravond was je alleen op stap met vrienden, maar dat zegt vanzelfsprekend niet alles.'

'Ik ben alleen,' zei Stella, 'zo vrij dus als een vogeltje in de lucht!'

'Dat meen je niet!' Jens keek haar stomverbaasd aan. 'Hoe kan dat nou! Je hebt alles mee, je bent mooi en ook nog eens hartstikke lief!'

Stella schokschouderde. 'Dat zeg jij, maar zo denkt blijkbaar niet iedereen erover. Ik ben vijfentwintig en tot op heden ben ik zelfs nog nooit echt verliefd op iemand geweest. Dat had je dan zeker ook niet van mij verwacht?'

Nu keek Jens haar verbluft aan. 'Nee, ik weet gewoon niet wat ik hoor! Voor zo'n fatsoenlijk meisje als jij, houdt dat in dat je nog... eh... maagd bent?'

'Ja... Stom, hè?' Stella bloosde hevig en veranderde razendsnel van onderwerp. 'Ik neem aan dat je geen koffie meer hoeft, we gaan iets anders drinken. Zeg maar waar je zin in hebt.'

Jens koos voor een koel glas bier en Stella was blij dat ze eventjes bij hem weg kon lopen. In de keuken gunde ze zich de tijd om haar emoties weer onder controle te krijgen.

Jens kreeg alle gelegenheid tot nadenken. Met zijn uitspraak had hij Stella duidelijk in verlegenheid gebracht en dat speet hem. In eerste instantie had hij zijn oren bijna niet kunnen geloven, maar nu hij erover nadacht, paste het eigenlijk wel bij Stella. In heel haar doen en laten was ze nog een meisje.

Ze maakte een kwetsbare indruk op hem. Het was te hopen dat zo'n lief wezentje niet in de verkeerde handen viel. Als het in zijn vermogen lag, zou hij haar daar persoonlijk voor willen beschermen. Maar goeie genade, wie was hij om zo te durven denken? Geen enkele vrouw liet zich nog door hem troosten of meer dan dat.

Jens slaakte een loodzware zucht, waarna zijn gedachten weer naar Stella dwaalden. Vroeger, toen hij nog in het dorp woonde, had hij Stella Buis al een lieftallig meisje gevonden. Ze was er de afgelopen jaren alleen maar mooier op geworden. Ze was klein van stuk, opvallend slank en daardoor waarschijnlijk sprongen haar borsten extra in het oog. Haar donkerbruine haar glansde in de zon en in haar blauwe ogen had hij sterretjes zien dansen, zodra ze lachte. Ja, Stella Buis mocht er zijn. Niet alleen qua uiterlijk, meer nog qua karakter.

Hij hield van zachtaardige vrouwen. Stella zou nooit een kenau worden, daar durfde hij zijn hand voor in het vuur te steken. In niets leek Stella op Suze. Zijn ex-vrouw had in huis

de broek aan gehad. Ze had hem voortdurend haar wil opge-
drongen, terwijl ze wist dat hij daar niet tegen kon. De gevolgen waren voor hen beiden ronduit rampzalig geweest. Hier
werden Jens' gedachten een halt toegeroepen doordat Stella de
tuin weer inkwam. Ze zette een glas en een flesje bier voor Jens
neer en voor zichzelf had ze een sapje ingeschonken.
'Ik heb ook iets te knabbelen meegenomen.' Ze ging zitten en
bloosde opnieuw toen ze hem van opzij aankeek. 'Ik schaam
me dood voor mijn bekentenis van daarstraks... Je vindt me nu
een dom schaap, dat kan niet anders. Kom er maar gerust eerlijk voor uit, ik weet zelf als geen ander dat ik me soms onhandig uitdruk en me onvolwassen gedraag...'
Jens zond haar een warme blik. 'In mijn ogen ben jij bijna
uniek. Blijf maar liever zo, want zo puur als jij bent, lopen er
niet veel rond. Als ik jonger was, zou ik het wel weten, dan
vroeg ik je ter plekke of je het met mij zou willen proberen! Bij
jou vergeleken ben ik echter een oude vent. Ik ben negenen-
dertig, maar liefst veertien jaar ouder dan jij, en maak me dus
beslist geen illusies.'
Tot zijn verbazing hoorde Jens Stella zeggen: 'Ik val juist op
oudere mannen, dus wat dat betreft...'
'Zit je me nu te vleien of op stang te jagen?' vroeg Jens zich
hardop af. 'In beide gevallen moet je voorzichtig zijn, want ik
ben ook maar een mens, hoor Stella!'
Ze trok met haar schouders. 'Het is gewoon waar wat ik zei. Ik
kan met jongens van mijn eigen leeftijd niet overweg, ik vind
het broekjes met wie je geen behoorlijk gesprek kunt voeren.
Ik heb graag oudere mensen om me heen. Is het je gisteravond
dan niet opgevallen dat mijn vriendinnen en hun mannen ook
ouder zijn dan ik? In hun gezelschap voel ik me prettig en op
mijn gemak, bij jongeren ligt dat totaal anders. Ik ben helemaal
niet zo puur als jij veronderstelt, ik ben juist een hartstikke
gecompliceerd mens.'
'Wat zou ik er veel voor over hebben om jou van haver tot gort
te leren kennen,' zei Jens, hij keek haar bijna trouw aan. 'Maar
nogmaals, ik mag me geen illusies maken, daar ben ik me maar
al te zeer van bewust. Mijn leeftijd mag er voor jou dan niet toe
doen, met mijn verleden ligt dat anders. Ik heb je niets te bieden, door mij zou jij alles wat je nu hebt, verliezen.

Bijvoorbeeld jouw vrienden die me gisteravond duidelijk lieten voelen dat ik in hun ogen geen knip voor de neus waard ben. Ik ben te min voor hen en dan heb ik het nog niet eens over Andries Buis, jouw vader. Je denkt toch niet dat ik tussen jou en hem wil komen, dat ik je ongelukkig zou willen maken?'

'Wie zegt dat ik gelukkig ben met mijn huidige leven? Dat neem jij gewoon klakkeloos aan,' zei Stella zacht. 'Bij mijn vrienden voel ik me als alleenstaande het vijfde wiel aan de wagen en de verhouding tussen mijn vader en mij is verre van goed te noemen. Herinner jij je nog dat ik vanochtend door de telefoon tegen je zei dat het voor mij de hoogste tijd wordt om mijn karakter bij te schaven? Daarmee doelde ik op mijn vader. Hij claimt mijn leven en hoewel ik daar gloeiend de pest aan heb, doe ik toch precies wat hij wil. Dan voel ik me een doetje, en hopeloos onvolwassen.' Ze zweeg en pinkte een traan weg.

Jens had met stijgende verbazing naar haar uiteenzetting geluisterd. Hij zei bewogen: 'Ach, meisje toch, wat spijt me dit voor jou. Ik heb alles aan mezelf te danken, jij bent in alle opzichten de onschuld zelve. Jij zou volmaakt gelukkig moeten zijn.' Hij keek haar diep in de ogen. 'Verlang jij naar de liefde, Stella?'

Zij knikte en met een nauwelijks hoorbaar snikje in haar stem bekende ze: 'Ja, heel erg. Voornamelijk verlang ik naar iemand die er wil zijn voor mij. Met wie ik alles kan delen, lief en leed, de hele reutemeteut. Volgens mij is het een normale wens waar ik al zo lang mee rondloop. Ik denk dat iedere alleenstaande naar hetzelfde verlangt. Zeg eens eerlijk, Jens, zou jij dan niet graag weer een levenspartner willen? Een vrouw die je geeft waar jij als man recht op hebt?'

Hij knikte, schonk zijn glas bij en antwoordde bedachtzaam: 'Man en vrouw zijn voor elkaar geschapen, het is alleen de kunst om juist die ene te vinden die bij je past. Die in alle opzichten bij je hoort als je tweede ik. In je verliefdheid vergis je je helaas heel gemakkelijk, zo is het Suze en mij vergaan. We gingen vol vertrouwen van start. We waren nog maar nauwelijks getrouwd toen we elkaar pas goed leerden kennen en het niet meer soepel en vanzelf ging. We moesten hoe langer hoe meer obstakels uit de weg ruimen om elkaar te kunnen bereiken. Het is een bittere pil, te moeten erkennen dat je je in de ander hebt vergist en je beter niet met elkaar had kunnen trouwen.

Dat was overigens ook niet mijn bedoeling, Suze moest zo nodig. En ik héb haar van tevoren gewaarschuwd. In alle openheid heb ik haar gezegd dat ik haar haar zin zou geven, maar dat ik de weekeinden vrij wilde zijn. Ik kan nog steeds geen vaste banden om me heen voelen, daar ben ik kennelijk te vrijgevochten voor. Tijdens de weekeinden ging ik mijn eigen gang. Een pilsje pakken in de dorpskroeg of, als ik daar meer zin in had, in een café in de stad. Tijd en of verantwoordelijkheden telden niet voor mij. Ik voelde me niet schuldig omdat het onschuldig vertier betrof. Toen dat echter op den duur uitmondde in gokken werd het andere koek, en was het hek van de dam. Suze had groot gelijk dat ze me de rug toekeerde, ik ben blij dat het haar nu goed gaat.'

Stella lachte guitig. 'Besef je eigenlijk wel dat je over je verleden praat, terwijl je dat toch juist niet wilde? Oók niet met mij!'

'Ik vertelde het je heel bewust zodat jij je jegens mij geen sprookjes in het hoofd haalt. Na Suze, na alles wat wij meegemaakt hebben, ben ik bang geworden voor het huwelijk. Ik zou het met niemand meer aandurven. Ik ben er de man niet naar om getrouwd te zijn, dat heeft Suze aan den lijve moeten ondervinden. Ik wil dat jij weet hoe ik als man in elkaar zit, om eventuele teleurstellingen te voorkomen. Begrijp je, Stella?'

'Gedeeltelijk. Ik begrijp dat je huiverig bent voor een herhaling. Je vergeet echter te bedenken dat jij en Suze enkel verliefd op elkaar waren. Dat gevoel heeft weinig tot niets met liefde te maken en toen jullie daar te laat achterkwamen, kon het alleen nog maar mislopen. Je kunt pas trouwen als je voor de volle honderd procent zeker van elkaar bent, wanneer er sprake is van oprechte, onverwoestbare liefde. Dáár wacht ik op, want hoezeer ik er ook naar verlang, ik zal nooit van mijn leven zomaar holderdebolder in een huwelijksbootje stappen. Nee hoor, daar peins ik niet over,' besloot Stella.

Jens glimlachte vertederd. 'Als ik jou zo hoor, Stella Buis, besef jij deksels goed dat het leven niet bestaat uit een roze, romantische wolk waarop het heerlijk dobberen is. Ik leer je in korte

tijd al aardig goed kennen en ga je steeds meer bewonderen. Ik mag je, Stella, ik mag je heel graag!'
Stella lachte verlegen. 'Ik vind jou ook aardig, Jens. Ik kan me niet herinneren dat ik ooit met iemand zo openhartig over de liefde heb gesproken. Bij jou voel ik helemaal geen remmingen, ra ra hoe kan dat!'
'Waarschijnlijk zie jij in mij een soort vaderfiguur,' opperde Jens. 'Meisjes als jij hebben zo iemand nodig, wist je dat? Bij je pa vind je niet wat je zoekt, heb ik begrepen, als alternatief denk jij nu iets in mij te zien. Zou het zo kunnen zijn, Stella?'
'Mogelijk...' Ze verzweeg dat ze erachteraan dacht: Nee, Jens Okkerman, je zit er faliekant naast. Ik heb aan één vader meer dan genoeg, ik zoek een lieve vriend. Een man als jij. Ze slaakte een onhoorbaar zuchtje en sprong op van haar stoel. 'Je zit op een droogje, ik ga nog een pilsje voor je halen.'
In de keuken streek ze met de rug van haar hand langs haar voorhoofd waar zweetdruppeltjes op parelden. Niet van de warmte, wist ze, maar vanwege een vreemdsoortige koorts diep in haar. Die voelde prettig aan. Als dit op liefde duidde, had ze de hele tijd niet geweten wat ze had gemist. Jens Okkerman... een man met een verleden. Dat kon haar dus mooi niks schelen, zij vond dat, alsmede zijn leeftijd, alleen maar interessant. Ze zat echter luchtkastelen te bouwen, want als er iets tussen hen ging ontstaan, moest het initiatief ertoe toch heus uitgaan van Jens. Ze had nog wel zoveel verstand, zoveel eigenwaarde, dat ze zich niet in de kaart liet kijken. Met dat ferme besluit liep ze weer naar buiten.
Het liep tegen vijf uur toen Jens te kennen gaf dat hij weer eens moest opstappen. 'Het is lang geleden, Stella, dat ik zo'n fijne middag heb gehad. Ik hoop dat ik er heel lang op zal kunnen teren.'
Stella keek hem oprecht verwonderd aan. 'Hoezo, we zien elkaar binnenkort toch wel weer?'
'Dat ligt helemaal aan jou, meisje. Ik mag me aan jou niet opdringen, dat soort rechten heb ik door mijn eigen stomme schuld verspeeld. Letterlijk zowel als figuurlijk!'
Het drong tot Stella door dat zij zich daarnet had vergist en dat ze dus zelf het initiatief moest nemen. Ze moest iets wegslikken en haar stem haperde toen ze zei: 'Ik zou het bijzonder fijn

vinden als jij me aanstaande zaterdagavond opnieuw gezelschap komt houden...'
Een moment zocht Jens haar blozende gezicht af, vervolgens
deed hij wat hij niet laten kon. Hij legde zijn handen om haar
wangen en drukte een lange kus op haar mond. Daarna bromde hij schorrig: 'Je bent een schat, Stella. De enige die me na
al die beroerde jaren een herkansing geeft. Jij durft het met mij
te proberen, begrijp ik, dat ontwapenende in jou zal ik nooit
beschamen. Dag, kleintje... tot zaterdag!'
'Ja, tot dan...'
Stella keek hem na tot hij op zijn fiets uit haar gezichtsveld verdween. Ze stond nog in de gang toen ze luisterde naar de juichende stem in haar: ik heb een vriend! Totaal onverwachts is
mijn allerliefste wens in vervulling gegaan. Ik mag voortaan
liefhebben en ik word lief gevonden. Door een echte man met
levenservaring! Dit is precies wat ik aldoor graag wilde en waar
ik nu onzegbaar dankbaar voor ben. Ze voelde Jens' zoen nog
op haar lippen branden en ze verlangde nu al naar hun volgende ontmoeting. Dat ze zich opeens een heel ander mens
voelde, kwam vanzelfsprekend doordat ze niet eerder zó gelukkig was geweest...
Stella Buis straalde, zonder te beseffen dat zij in haar naïviteit
kwetsbaar was.

HOOFDSTUK 4

De tijd was voorbij gevlogen. De kalender gaf aan dat de
maand november alweer half voorbij was. Stella vond dat haar
geluk er in de achter haar liggende maanden alleen maar op
vooruit was gegaan.
Deze maandagochtend bij het opstaan kreunde ze echter:
'Lieve deugd, wat voel ik me beroerd. Ik ben ziek.' Ze haastte
zich naar de badkamer en net op tijd bereikte ze het toilet,
waarin ze overgaf. Daarna kroop ze rillend van ellende weer in
bed. Wat een geluk, dacht ze, dat ik een paar vrije dagen heb
opgenomen, nu hoef ik me gelukkig niet ziek te melden.
Woensdag zie ik wel weer, hopelijk ben ik dan weer de oude.
Ze was nooit ziek en voorzover ze wist, heerste er geen griep.

Het kon best zijn dat haar maag wat van streek was, ze had gisteren toch niets verkeerds gegeten? Jens was de hele dag bij haar geweest. Ze had een Japanse rijstschotel voor hem gemaakt waar ze verse ingrediënten voor had gebruikt. Jens had ervan gesmuld en een paar keer gezegd dat hij zich bij haar helemaal thuis voelde.

Dat bleek ook wel, want in de loop der tijd was hij meer bij haar geweest dan in zijn eigen flat. Dat kwam grotendeels doordat zij keer op keer tegen hem zei: 'Kom maar bij mij, in dat ongezellige huis van jou zou een mens depressief worden.' Ze was een paar keer bij hem in de flat geweest en elke keer had ze er een onbehaaglijk gevoel gekregen. De keuken vond ze een complete zwijnenstal en de huiskamer was niet meer dan een hok, waarin slechts een paar eenvoudige, afgetrapte meubels stonden. In haar onschuld had ze Jens een keer gevraagd waarom hij het niet wat gezelliger maakte, met een leuke eethoek, een paar planten voor de ramen en wat snuiste-rijtjes. Ze had zich ter plekke geschaamd, want Jens had verteld dat hij geen geld had voor dat soort dingen.

'Sinds ongeveer een jaar ben ik nu helemaal schuldvrij en het eerste dat ik heb gedaan is me netjes in de kleren steken. Nu ben ik aan het sparen voor een tweedehands auto, dat is een hartenwens. Het zal nog even duren voordat die in vervulling gaat. Ik kan maandelijks maar een klein bedrag opzij leggen en dan schiet het niet op. Voorlopig kom ik dus nog niet toe aan het kopen van nieuwe meubels.' Daarop had ze gezegd dat Jens maar zo veel mogelijk bij haar moest komen. Dat was gezellig en als hij bij haar warm at, scheelde hem dat weer een hoop geld.

Jens was nu echt oppassend, hij gaf geen cent onnodig uit en hoewel hij het vroeger veel ruimer gewend was geweest, klaag-de hij nooit. Dat vond zij een pluspunt. Hij was een man die nooit met weemoed, spijt of wat dan ook, terugkeek op geda-ne zaken. 'Als ik iets kon terugdraaien, zou ik het beslist doen. Maar omdat dat onmogelijk is, is het alleen maar jammer. Voor anderen, die er meer last van blijken te hebben dan ik.'

Daarmee bedoelde hij voornamelijk zijn ouders en zijn zus. Die hadden hem destijds fel veroordeeld. In plaats van hem te steunen en te helpen, hadden ze hem als een baksteen laten vallen. Zoiets hoefde men bij Jens maar één keer te doen, dan was hij voorgoed klaar met hen. Zij vermoedde dat zijn familie net zo in elkaar stak, want tot op heden had geen van hen toenadering met Jens gezocht. Wonderlijk genoeg lag Jens daar geen moment van wakker.

Als zij zo kordaat optrad, zou het tussen pa en haar vast heel anders zijn. Ze kon niet met hem opschieten, maar als hij door ruzie of wat ook spoorslags uit haar leven zou verdwijnen, zou zij daar wel verdriet om hebben. Hij was en bleef haar vader. Daar kon Jens geen begrip voor opbrengen, ze hadden er de laatste tijd zelfs weleens woorden over. Nu Jens en zij zo helemaal bij elkaar hoorden, ging hij zich met haar leven bemoeien en dat was natuurlijk vrij logisch. Hij had er een gloeiende hekel aan als pa haar op een zaterdag opriep omdat hij haar nodig had, terwijl Jens en zij plannen voor die dag hadden gemaakt. Dan moest zij zich in allerlei bochten wringen om Jens te vriend te houden en tegelijk pa zijn zin te geven. Dat deed ze nog altijd, oen die ze was.

Jens wees haar er herhaaldelijk op dat zij zich uitsloofde voor iemand die dat niet verdiende. Daar had Jens volkomen gelijk in. Zij was nog niet vergeten dat ze van de zomer twee weken van haar vakantie voor pa had opgeofferd. Ze had er geen rooie cent voor gekregen, nog geen bosje bloemen. Het was voor pa allemaal heel gewoon. Het stuitte Jens echter tegen de borst dat pa haar op deze manier gebruikte, zoals hij het noemde, en daaruit bleek hoeveel hij van haar hield. Ze waren gewoonweg dol op elkaar. Sinds ze Jens kende, lachte het geluk haar toe.

Hier onderbrak Stella haar gemijmer, omdat ze merkte dat ze zich ineens weer veel beter voelde. De misselijkheid was verdwenen, ze had zelfs trek in een glas thee en in een lekker beschuitje. Kort hierna knabbelde ze met smaak een beschuitje op en voelde ze zich weer kiplekker. Hoe kan dit nou, vroeg ze zich af. Als het niet zo absurd zou zijn, leek het wel op het verhaal van vrouwen in het begin van hun zwangerschap! De lach verdween van haar lippen toen ze half hardop murmelde: 'Absurd? Is het wel zo absurd?' O, grote goedheid, wat is er met me aan de hand? Ze had er geen moment bij stilgestaan dat dit haar zou kunnen overkomen.

Jens en zij waren in de liefde te ver gegaan. Ze herinnerde zich

het moment nog en ook dat zij Jens er schuchter op had geat-
tendeerd dat ze de pil niet gebruikte. Hij had er vertederd om
gelachen en haar hartstochtelijk gezoend. 'Dat lijkt me vrij
logisch voor een lief, onschuldig meisje als jij. Bij mij hoef jij je
nergens zorgen om te maken, ik ben heus mans genoeg om te
weten wat ik doe. Vertrouw op mij, Stella, en je zult ervaren
dat wij hierna niet meer zonder elkaar kunnen.'
Wat dat laatste betrof had Jens gelijk gekregen, ze kon bijna
geen dag meer zonder hem. Hoe zou hij reageren als ze vertelde dat de gevolgen niet uit waren gebleven? Aan die conse-
quenties had zij toen geen moment gedacht. Die keer had ze
zich een verschrikkelijk groentje gevoeld. Ze wist nog hoe ze
zich voor hem had geschaamd. Naderhand had ze zich op een
heel andere manier en veel dieper voor God geschaamd. Ook
die niet geringe zorgen van haar had Jens weggekust. Hij had
gezegd dat de liefde sterker was dan al het overige en dat je
daar als mens niet tegen kón vechten. 'Denk je nou heus dat
God dat niet weet en dat Hij daar geen begrip voor kan
opbrengen!' Jens was een man met levenservaring, hij zou het
wel weten.
Tegelijk vroeg ze zich af hoe Jens, die volgens eigen zeggen
niet meer in God geloofde, deze 'wijsheid' dan kon verkondi-
gen?
Op die vraag had ze geen antwoord gekregen en momenteel
had ze eventjes iets geheel anders aan haar hoofd. Stella
schonk haar theeglas nog eens vol en vroeg zich af wat er allemaal op haar zou afkomen als het waar was wat ze dacht. De
reactie van haar vriendinnen zou voor haar geen verrassing
zijn. Ze wist immers hoe Nicolien en Linda zich stoorden aan
haar omgang met Jens.
Als ze samen een bezoekje aan haar wilden brengen of als het
zo uitkwam apart, belden ze van tevoren om te informeren of
zij – Stella – alleen thuis was. Op haar beurt had zij haar vriendinnen af en toe opgezocht, het was echter niet meer zoals het
was geweest. Van een hechte vriendschap kon je niet meer
spreken, langzaam maar zeker verwaterde het contact. Dat
speet haar enorm, ze had er verdriet van, maar vanzelfsprekend
koos ze voor Jens. En die lieverd, die zelf al in geen jaren meer
echte vrienden had gehad en dus niet kón aanvoelen wat zij

opeens miste, probeerde haar dan te troosten.

'Je hebt mij nu toch, wat doet de rest er dan nog toe? Je moet er niet zo mee zitten. Ik zeg altijd maar zo: mijn huisdeur staat wagenwijd open voor degene die spontaan en louter voor mij komt. Hij of zij die aarzelt, mag wat mij betreft mijn deur voorbijlopen. Graag zelfs!'

Ze wist niet zeker of Jens dit echt meende, of dat het hem zeer deed dat de mensen zo laatdunkend op hem neerkeken. Ze vermoedde het laatste. Met welk recht bleef men Jens zo hardnekkig veroordelen? En waarom in vredesnaam waarschuwde iedereen haar voor haar omgang met Jens! Hij liep nu toch zeker weer keurig in het gareel? Het was de hoogste tijd om het verleden te vergeten. Om te vergeven vooral. Dat kwam bij haar vrienden niet op en dan had ze het nog niet eens over pa. Nadat ze Linda en Nicolien destijds had ingelicht over haar relatie met Jens, had het haar verstandig geleken om pa en tante Lucy er ook van op de hoogte te stellen. Waarom zou ze het niet doen, ze schaamde zich allerminst voor Jens. Ze was wel bang geweest voor pa's reactie en met lood in de schoenen was ze op een zaterdagochtend naar het dorp gereden. Met knikkende knieën en een dikke keel van de zenuwen had ze voor hem gestaan. 'Ik moet je iets vertellen...'

'Zeg het maar, ik luister.' Pa was gewoon doorgegaan met datgene waarmee hij bezig was geweest. Tegen zijn voorovergebogen rug had ze hem verteld over Jens en haar. Heel voorzichtig en heel in het kort. Toen zij zweeg, had pa zijn rug gerecht, hij had haar indringend aangezien en vervolgens meewarig het hoofd geschud. 'Als het niet zo belachelijk was, zou ik je een draai om je oren geven. Ik verbied jou elke vorm van omgang met die man, verder wil ik me er niet eens druk over maken. Het is afgelopen, is dat goed begrepen, Stella!'

Zij wist niet meer of ze automatisch en even dom als altijd ja had geknikt. Ze vermoedde het wel, want pa was verder gegaan. 'Mooi zo, dan zijn we het daarover eens. Wat haal jij je trouwens in het hoofd, domme gans die je bent. Denk je nu heus dat een kerel als Jens Okkerman iets zou zien in een snotneus als jij? Ik weet wel beter en daardoor hoef ik niet bang te zijn dat jij je zou kunnen verslingeren aan de allerminste die er rondloopt. Verder wens ik er geen woord meer over vuil te maken. Nu je toch hier bent, kun je Lucy mooi aflossen; dan kan zij in huis nog even het een en ander doen. Ze klaagde er vanochtend over dat ze aan haar eigen boeltje niet toe komt.' Zoals gewoonlijk had ze braaf geknikt en had ze binnen de kortste keren achter de kassa gezeten. Zonder morren, ze was alleen maar verbluft geweest over pa's reactie. Die had het haar stukken gemakkelijker gemaakt dan ze had verwacht.

Tot op heden was pa niet teruggekomen op Jens Okkerman. Ze besefte echter deksels goed dat zij het binnenkort opnieuw over hem zou moeten hebben. 'Ik ben zwanger, pa. Jij wordt opa.' Pa zou er niet om kunnen lachen, van puur geluk zou zij er zelf om kunnen huilen. Een kindje krijgen van de man die je aanbad, wat was er nou mooier? Waar had ze het aan te danken dat er opnieuw een vurige wens van haar in vervulling ging? Jens en zij zouden gaan trouwen en dankzij het kindje zouden ze samen een gezinnetje vormen.

Hoe lang had ze dit al niet gewild? Een kindje... Wat vreemd dat er nu opeens een klein mensje in haar groeide, ze kon het gewoon nog niet bevatten. Als ze eerdaags toch weer ongesteld werd, zou dat voor haar een hevige teleurstelling zijn, omdat ze het kindje al in haar hart had gesloten. Vanwege het geluk, dat haar nu met golven overspoelde, kon het haar niks meer schelen wat pa of wie dan ook ervan zou zeggen. Het voelde alsof ze niet alleen zwanger was geworden, maar jegens pa ook in één klap volwassen. Kwam dat misschien door de verantwoordelijkheid die ze nu al voor haar kindje voelde? Ze hoopte het, de komende tijd zou het duidelijk moeten maken.

En nu, besloot Stella, mag ik niet langer zo in verrukking blijven dagdromen, maar moet ik mijn tijd wat nuttiger besteden. Dat hoort zo voor een moeder in wording, voor een volwassen vrouw die stevig met beide benen op de grond wenst te staan. Ze grinnikte in zichzelf, het eerste dat ze ging doen was zich aankleden en dan zou ze een pittig kopje koffie zetten. Dat was geen overbodige luxe, want met een blik op de klok zag ze dat het al elf uur was geweest. Beschermend legde Stella haar handen tegen haar nog platte buik, en ontroerd fluisterde ze: 'Je bent zó welkom, mijn kleintje.'

Even later zat ze aangekleed en wel achter een kop koffie, toen ze opeens haar oren spitste. Verbeeldde ze het zich nou of

hoorde ze inderdaad dat het slot van de voordeur werd omgedraaid? Dat moet Jens zijn, alleen hij had een sleutel van haar
huis. Hij was echter aan het werk en... Op dat moment zwaaide de kamerdeur open en stond Jens in de opening ervan, met
een brede lach op zijn gezicht en twinkelende pretogen.
'Verrassing! Dit had jij niet verwacht!' Hij kwam op haar toe,
omarmde en kuste haar en fluisterde in haar oor: 'Heb ik je nu
blij gemaakt?'
'Ja, lieve schat, ik ben altijd blij als ik jou zie. Ik begrijp het
alleen eventjes niet, want gisteravond zei je nog dat het vandaag een drukke dag voor je zou worden. Is er op het werk iets
voorgevallen of zo?'
Jens schudde het hoofd. 'Ik kon het niet verdragen dat jij twee
vrije dagen had terwijl ik moest ploeteren. Ik wilde liever
gezellig bij jou zijn, daarom heb ik me vanochtend bij mijn
baas ziek gemeld. Slim, hè?'
'Wat jij slim noemt,' zei Stella weifelend. 'Ik zou het niet durven om me ziek te melden terwijl ik gezond ben. Niettemin
ben ik ontzettend blij dat je er bent, ik moet je namelijk iets
vertellen...'
Jens dacht de geheimzinnige blik in haar ogen te begrijpen en
riep kreunend: 'O nee, hè! Zeg niet dat je pa heeft gebeld en
dat jij nu zo dadelijk naar het dorp moet! Ik heb me verschrikkelijk verheugd op vanmiddag, ik heb mijn plannen al helemaal uitgestippeld. We gaan straks een boterham eten en daarna heb ik zin om uren achter het stuur van jouw auto te zitten.
Ik wil een lange tocht maken en onderwijl luisteren naar en
genieten van jouw verhalen. Bel je pa dus maar op en zeg hem
dat ik bij jou vóór hem ga. Dat is toch niet zo moeilijk, Stella?
Het wordt echt de hoogste tijd dat jij je eens losmaakt van je
dominante vader!' Jens keek haar bestraffend aan.
Stella lachte hem echter vierkant in zijn gezicht uit. 'Pa hééft
helemaal niet gebeld, ik hoef niet naar het dorp! Jij zit van alles
te verzinnen, terwijl ik je zo graag wil zeggen wat er in mij
omgaat. Ik hoop innig dat ik echt zwanger ben...' Ze keek Jens
verwachtingsvol aan. Toen er niet gauw genoeg naar haar zin
een reactie kwam, zei ze teleurgesteld: 'Wat kijk je me nu raar
aan? Ben je dan niet vreselijk blij, net als ik?'
'Het dringt geloof ik niet tot me door wat je zei, ik kan het in

ieder geval niet zo snel bevatten. Het is nogal wat, als het waar is tenminste. Want het is nog niet zeker, begrijp ik?'

Het ontging Stella hoeveel hoop er in zijn ogen lag. 'Voor mij al wel, ik zou het een ramp vinden als het niet zo was. Ik was vanochtend bij het opstaan heel erg misselijk, ik voelde me zo ziek als een hond en heb moeten overgeven. Daarna ben ik weer in bed gaan liggen en op een gegeven moment voelde ik me opeens weer kiplekker. Het waren dé symptomen van een zwangerschap in het vroegste stadium. Toe, dat weet jij toch ook wel?'

'Alleen van horen zeggen.' Jens keek van haar weg.

Stella vroeg: 'Waarom hebben jij en Suze eigenlijk geen kinderen gekregen? Ik weet dat ik jouw verleden niet mag aanroeren, maar nu het tussen ons opeens zo serieus is geworden, mag ik dat toch wel vragen?'

'Daar heb ik ook geen moeite mee,' zei Jens. Hij schraapte zijn keel. 'Ik heb je verteld dat onze relatie al heel snel niet meer was wat wij ervan verwacht hadden. In zo'n situatie zet je geen kind op de wereld. Suze had er totaal geen belang bij en dat paste mij, want het is een hele verantwoordelijkheid die je dan op je schouders neemt.'

'Ja, natuurlijk is het jouw verantwoordelijkheid ervoor te zorgen dat het je kindje aan niets ontbreekt. Maar dat is toch niet iets om voor terug te schrikken? Het is juist een prachtige taak die je met liefde tot een goed einde probeert te brengen. Toe, Jens, zeg iets. Je vindt het toch net zo mooi als ik dat dit wonder ons is overkomen? Als jij almaar je mond houdt, maak je mij bang, hoor...'

Jens keek bedenkelijk. 'Om heel eerlijk tegen je te zijn, moet ik bekennen dat ik niet weet of ik de enorme verantwoordelijkheid aankan. Of ik er geestelijk sterk genoeg voor ben. Ik vrees dat jij me moet helpen.'

Jens keek zo ongelukkig dat Stella medelijden met hem kreeg. Ze snelde op hem toe, schoof dicht naast hem op de bank en zei vertederd: 'Ik vind die jongensachtige verlegenheid van jou zo schattig, Jens! Zo kent niemand jou, alleen ik. Qua leeftijd ben jij jaren ouder dan ik, geestelijk ben je nu net een klein jongetje dat steun zoekt bij mij. Dat zegt me dat liefde het mooiste van alles is!' Ze zweeg abrupt toen ze Jens' sombere gezicht zag. Hevig bezorgd om hem vroeg ze zacht: 'Wat is er, waar zit je mee?'

'Ja, zie je...' Het zenuwachtige gehakkel van Jens was niet voorgewend. Door Stella's grote nieuws voelde hij zich opgelaten en uiterst gespannen. Hij kuchte en vervolgde: 'Wat je me hebt verteld, is zo overrompelend dat ik er even tussenuit moet. Ik moet een poosje alleen zijn om de dingen op een rijtje te zetten. Vind je het goed dat ik een eindje ga rijden?'

Bijna automatisch knikte Stella. 'Maar natuurlijk! Mijn auto staat voor de deur, als het goed is liggen de sleutels op de fruitschaal. Ga maar.'

'Dank je, voor je begrip. Behalve een regelrechte engel ben je groots!' Jens lachte in haar ogen.

Stella zei zacht: 'Het zou toch niet best zijn als ik jouw gevoelens hierover niet begreep!'

Jens vertrok even gehaast als gerustgesteld, Stella bleef alleen achter met haar gedachten.

In haar gemijmer vroeg Stella zich niet af of het goed was dat Jens haar alleen liet terwijl zij hem nu toch nodig had. Evenmin stond ze erbij stil dat een man als Jens misschien weinig ruggengraat bezat, als hij zo pardoes wegvluchtte voor moeilijkheden. Ze slaakte een diepe zucht van opluchting toen Jens na ruim een uur de auto weer voor haar deur parkeerde. Ze haastte zich naar de voordeur en bezorgd vroeg ze zacht: 'Hoe is het nu, gaat het weer, Jens?'

'Ja, het tochtje heeft me goed gedaan. Achter het stuur van een auto word ik rustig, en kom ik tot nadenken. Ik kan nu alleen maar hopen dat we er samen uitkomen.'

Stella glimlachte om zijn donker gezicht. 'Natuurlijk komen we eruit. Het is heel simpel; we moeten zo snel mogelijk trouwen. Het stuit mij al een hele tijd tegen de borst dat wij soms doen alsof we getrouwd zijn. Je weet wel waarom. Als jij me desondanks preuts durft te noemen, vraag ik jou op de man af waarom jij niets meer doet aan je geloof, terwijl je vroeger trouw naar de kerk ging. Dat heb je me zelf verteld!'

Jens trok onwillig met zijn schouders. 'In de tijd toen ik aan het gokken sloeg, werd de drempel van de kerk te hoog voor mij. Ik durfde me er niet meer te vertonen. Zeg nou zelf: wat moet

God aanvangen met een gokverslaafde die alle normen en waarden uit het oog had verloren?'

'Dat is immers verleden tijd! Je bent inmiddels weer helemaal jezelf. Ik vermoed dat God je nu weer verwacht, in de kerk of in een gebed.'

Wie zegt dat ik mezelf ben, dacht Jens somber. Tegen Stella zei hij: 'Je bedoelt het ongetwijfeld goed. Je moet me echter niet overhaasten. Ik moet hier op eigen tempo mee in het reine komen. Op mijn manier en helemaal alleen. Snap je?'

'Nee, want hoe moet het dan straks allemaal? Ik wil absoluut in de kerk trouwen. Het allerliefste zou ik ons huwelijk willen laten inzegenen door onze eigen predikant, in ons eigen lieve dorpskerkje. Dat is toch niet te veel gevraagd?'

Jens' stem klonk schorrig. 'Je denkt toch niet dat ik me door voormalige dorpsgenoten laat beschimpen? Als ik eraan denk, voel ik die priemende ogen nu al in mijn rug. Nee, Stella, nooit van mijn leven zal ik trouwen in dat dorp. Nooit zal ik er meer een voet zetten! Van het woord trouwen krijg ik trouwens sowieso al een vervelende smaak in de mond...'

Stella herinnerde zich dat Jens dit voor hem pijnlijke onderwerp al eens eerder had aangesneden. Ze was blij dat ze haar mening kon geven. 'Jij denkt almaar terug aan je huwelijk met Suze. Ik heet echter Stella en ben een totaal ander iemand. In tegenstelling tot Suze houd ik oprecht van je. Wij houden van elkaar en dan kan er niets misgaan. Kon jij het verleden maar vergeten, dan zou je nu nergens bang voor hoeven te zijn.'

'Dat zeg jij omdat je nog in sprookjes gelooft,' bromde Jens. Voordat hij verderging, zocht hij haar blik. 'Eens heb ik je verteld dat ik Suze voor ons trouwen heb gewaarschuwd. Ik wilde met haar trouwen als zij me in de weekeinden mijn vrijheid gaf. Ik heb er toen niet bij verteld dat Suze mijn ernst schromelijk onderschatte. Ze dacht dat het zo'n vaart niet zou lopen, ze lachte erom. Maar het lachen verging haar algauw. Onze liefde bekoelde binnen de kortste keren. De schuld ervan lag niet bij Suze, enkel en alleen bij mij. Ik ben niet geschikt voor het huwelijk, ik wil me niet aan banden laten leggen. Ik heb mijn vrijheid nodig, ook als ik met jou zou trouwen.'

Stella glimlachte en streelde langs zijn wang. 'Je bent eerlijk als goud, anders zou je me dit niet zo openhartig hebben verteld.'

Ze kuste hem en zei warm: 'Ik begrijp je volkomen, en op mijn beurt kan ik jou zeggen dat jij bij mij niks te vrezen hebt. Ik wil dolgraag trouwen met jou, maar het is heus niet zo dat je onafgebroken mijn handje moet vasthouden. Het is juist veel gezonder om elkaar een bepaalde vrijheid te geven. Je moet kunnen loslaten om op het juiste moment weer stevig vastgehouden te worden.' Stella lachte ontwapenend.

Jens schudde vertwijfeld zijn hoofd. 'Je bent nog zo jong, ik ben bang dat jij alles door een te roze bril bekijkt. Als het kind er is, moet jij stoppen met werken en dan moeten we ons zien te redden van mijn salaris. Nou, dat is echt niet om over naar huis te schrijven. Ik zie het donker in, Stella.'

Ook voor dit bezwaar van Jens vond Stella ogenblikkelijk een oplossing. 'In deze dure tijd kan niemand zich meer redden van één inkomen, daarom werken haast alle stellen tegenwoordig allebei. Ik heb er geen moment over gedacht om te stoppen, daarvoor houd ik te veel van mijn werk. Na de geboorte heb ik eerst nog een poos zwangerschapsverlof en daarna kan het kindje naar een crèche. Dat is normaal, hoor. Iedereen doet het, waarom wij dan niet? Zie je de zon nu weer een beetje schijnen, jij doemdenker?'

Jens beantwoordde haar stralende lach met een zuurzoet lachje. 'Noem me wat je wilt, maar volgens mij zie ik sommige dingen waarvoor jij je ogen sluit een stuk helderder in. Hierbij denk ik aan jouw vrienden, aan je vader, die mij nog niet met de nek willen aanzien. Wat moet ik in hemelsnaam met die mensen aanvangen? Zie je het gebeuren, Stella, dat zij me op mijn trouwdag opeens het goede komen wensen? Vergeet het maar, meisje! Voordat het zover is, zal je vader ingelicht moeten worden over de reden van het versnelde huwelijk. Ik betwijfel of hij mij in jouw ouderlijk huis zal binnenlaten en van mijn kant moet ik zeggen dat ik er geen behoefte aan heb om ook maar één woord met die man te wisselen. Het enige dat ik wat dit betreft voor jou kan en wil doen, is hem door de telefoon zeggen hoe de zaken er hier voor staan. En daarmee zal jij waarschijnlijk weer geen vrede kunnen hebben.'

Stella schudde van nee en zacht zei ze: 'Het is voor jou inderdaad moeilijker dan ik dacht. Dan ga ik wel een keer alleen naar het dorp. Ik besef heus wel dat jij je niet door mijn vader wenst te laten afbekken. Dat zou er best van kunnen komen, zo bot is pa wel.' Hoopvol vervolgde ze: 'Maar wie weet gaat zijn hart van ontroering wel sneller slaan als hij hoort dat zijn eerste kleinkind in aantocht is. Dat is toch iets wat hem niet onberoerd kan laten?'

Jens trok een gezicht. 'Ik help het je hopen, maar ik vrees het ergste...' Met een vol gemoed dacht hij: ik hou van Stella zoals ik nog nooit van iemand heb gehouden. Ik wil haar niet ongelukkig maken. Ik ben alleen zo bang dat ik het zelf zal zijn als ik aan handen en voeten gebonden ben. Heb ik dat ervoor over, of is het de tol die ik moet betalen? Hoe had hij zo lomp kunnen zijn om Stella zwanger te maken? Hoe had hij zichzelf zo schandalig kunnen verliezen? Het was voor hem niet moeilijk die gewetensvragen te beantwoorden. Na jarenlange spijt en wroeging, na al die eenzaamheid, was er opeens een allerliefst wezentje in zijn leven gekomen. Stella Buis, die hem als enige niet veroordeelde, maar lief had gekregen. Zij had hem zulke lieve woorden in zijn oor gefluisterd, dat zijn bloed erdoor verhit werd en hij zijn mannelijke driften niet in toom had weten te houden. Fout, helemaal fout.

Zou iemand kunnen begrijpen dat hij ook maar een mens was? Een man, voor wie het geluk op dat moment te groot was geweest? Voor dat goede zou hij God willen bedanken. Als hij zich tenminste niet zo diep schaamde voor wat hij vooral Suze had aangedaan. Die schaamte bleef hem achtervolgen en belette hem zijn handen te vouwen. Hij was niet zo'n beste, zoveel zelfkennis had hij wel. Zo wist hij ook dat als hij zich nu op dit moment tot God zou durven richten, hij zou vragen of Stella's zwangerschap een vergissing mocht blijken te zijn. Daar bleek toch wel weer uit, vond Jens, dat hij zijn verantwoordelijkheden niet aankon en voor de gemakkelijkste weg koos.

Waarom zat hij zo complex in elkaar, waar en bij wie moest hij zijn om innerlijke rust te vinden? Er voer een schokje door hem heen toen het net leek alsof zijn ogen dwingend naar zijn handen werden gestuurd. Heel even aarzelde hij, toen, als door een adder gebeten, propte hij zijn handen gehaast in zijn broekzakken.

Hij kon niet meer bidden, hij durfde niet...

HOOFDSTUK 5

Er was een handjevol weken verstreken. Op een zaterdagochtend stond Stella onder de douche en bedacht hoe zalig het was dat ze niet meer hoefde te twijfelen. Ze had het zelf al heel zeker geweten, desondanks was ze onlangs toch even naar de huisarts gegaan. Hij had haar gefeliciteerd en op haar werk waren haar collega's ook blij voor haar geweest.

Haar baas, Bert Hollander, had haar vorsend aangezien. 'Het geluk straalt van je af, dat doet me deugd. Ik hoop alleen niet dat de komst van je baby mij een goede werkkracht kost! Ik zou je niet graag missen, Stella.' Bert was gerustgesteld geweest toen zij had gezegd dat ze mettertijd een plekje in een crèche voor het kindje zou zoeken.

Een van haar collega's had zich vergenoegd in de handen gewreven en breed grijnzend gezegd: 'Het doet me deugd te horen dat jij nu binnen afzienbare tijd gaat trouwen, want dat betekent voor ons dat we een knalfeest in het vooruitzicht hebben!'

Ze had haar schouders opgetrokken en hem niet wijzer gemaakt. Een groot feest zag ze niet zitten. Ze was allang blij dat Jens er nu klaar voor was om met haar in het huwelijksbootje te stappen. Ze had hem ervan kunnen overtuigen dat ze geen claim op hem zou leggen. Jens was nu eenmaal een man die op gezette tijden zijn vrijheid nodig had. Ze hield van hem zoals hij was en ze was inmiddels al wel zover dat ze dat iedereen recht in zijn gezicht zou durven zeggen. Hoewel... iedereen? Pa Buis bleef vanzelfsprekend een uitzondering op de regel.

Op zijn bevel had ze de afgelopen weken weer een paar keer moeten opdraven. Pa deed net alsof ze hem destijds niet had verteld over haar omgang met Jens, die naam kwam niet over zijn lippen. En zij had zich weer even braaf als altijd voor hem uitgesloofd zonder haar grote geheim prijs te geven. Toch zou het er eerdaags van moeten komen en het liefst nog vóór de aanstaande decemberfeestdagen.

Het stemde haar trots en overgelukkig dat ze binnen afzienbare tijd Jens' vrouw zou zijn, de moeder van zijn kind. Niettemin zag ze verschrikkelijk op tegen haar trouwdag, omdat ze bang was dat iedereen verstek zou laten gaan. Wat moesten ze dan? Kon ze er maar net zo gemakkelijk over denken als Jens. Hij lachte haar vierkant uit om de zorgen die zij zich bij voorbaat maakte. 'Als ze niet op jouw uitnodiging ingaan, is er nog geen man overboord, hoor! Dan trommelen we ergens een paar getuigen op en trouwen we fijn met z'n tweetjes. Dat zou van pas komen, wat heb je aan al die poespas eromheen? Wat moet ik met volk dat de hele dag zal lopen huichelen?' Ergens had Jens daar wel gelijk in, maar zij zou stikverdrietig zijn als ze die dag alleen moest zijn met Jens.

Terwijl ze zich afdroogde, bedacht ze optimistisch dat het ook best wel mee zou kunnen vallen. Daar moest ze voorlopig maar van uitgaan. Ze kleedde zich aan, maakte zich op en beraamde een plannetje voor de middag. Ze had heel veel zin om de stad in te gaan, zou Jens daar net zo over denken? Om daarachter te komen hoefde ze alleen maar een telefoontje te plegen. Meteen hierop nam ze de telefoon en toetste ze een nummer in.

'Dag, vrouwtje van me!' riep hij nog voordat ze iets had gezegd.

'Hoe weet je nou dat ik het ben?' vroeg Stella verbaasd.

'Jij bent de enige door wie ik word gebeld, verder is er niemand die belangstelling heeft voor Jens Okkerman. Je hebt me trouwens wakker gemaakt, ik lig nog in bed.'

'Dan wordt het hoog tijd, luiwammes, om op te staan! Ik bel om te vragen of je zin hebt om vanmiddag met mij de stad in te gaan. Ik heb behoefte aan winkelen, ondertussen kunnen we hier en daar ergens gaan zitten om een drankje en zo te gebruiken. Ter afsluiting bied ik je dan een etentje aan in het restaurant waar ik je al eens eerder heb getrakteerd. Is dat een leuk plan, of niet!'

Stella hoorde aan Jens' stem dat hij niet bepaald stond te juichen. 'Ik ken jou en zie het alweer gebeuren dat ik uren zoet moet brengen in de ene na de andere babyzaak. Nee, hoor, daar voel ik niets voor. En wat betreft het etentje, dat komt me ook slecht uit. Ik ben moe, vanmiddag wil ik het in mijn eentje kalm aan doen en vanavond was ik van plan om een poosje naar mijn stamkroeg te gaan. Morgen zie je me weer verschijnen. Goed?'

Het lukte Stella om haar teleurstelling te verbergen en tegen haar gevoel in zei ze: 'Ja, het is alweer niet anders. Kom morgenochtend dan niet al te vroeg, ik wil eerst naar de kerk.' Bezorgd liet ze erop volgen: 'Ben je heel erg moe, Jens?' 'Ja. Ik heb een zware, drukke week achter de rug. Het was elke dag hetzelfde, de rottigste klussen waren weer voor mij. Daar zal ik verder niet over klagen, dat helpt geen zier. Ik wens jou een prettige dag en ik kruip er nog weer een poosje in. Dag, ik hou van je!'

'Ik ook van jou. Heel verschrikkelijk veel. Kusje en tot morgen.' Nadat Stella had opgelegd, verzuchtte ze hardop: 'Hè bah, wat vervelend nou!' Wat moest ze nou, in d'r dooie uppie winkelen vond ze niks aan en uit eten gaan al helemaal niet. Nu zat ze zich warempel te beklagen terwijl ze zich beter zorgen kon maken om Jens. Hij was ieder weekeinde moe en dat kwam niet alleen vanwege het zware werk dat hij moest verrichten. Jens had echt een gruwelijke hekel aan zijn werk en bovendien kon hij niet best met zijn baas overweg. Ze vond het schrijnend dat Jens elke morgen met grote tegenzin naar zijn werk ging. Dat kostte de nodige energie, het matte hem geestelijk af en dat voelde hij lichamelijk. Arme schat, ze gunde het hem zoveel beter. Na de beroerde tijd die hij achter zich had, behoorde het hem nu enkel voor de wind te gaan.

Wat zou ze nou vandaag gaan doen? Opeens schoten haar gedachten naar haar geboortedorp. Zou ze het durven? Eens moest ze de koe bij de horens vatten, er zat niks anders op. Het zou ook leuk zijn voor Jens als ze tegen hem kon zeggen dat ze het moeilijkste karwei had geklaard. Jens drong er niet bij haar op aan, hij zei wel telkens: 'Je moet ervoor zorgen dat je beslagen ten ijs komt. Daar bedoel ik mee dat jij eerst je angst voor je vader overwonnen moet hebben, zodat je niet als een timide schoolmeisje voor hem komt te staan. Daar maakt een man als jouw vader onmiddellijk misbruik van!'

Jens had volkomen gelijk en zij was geen schoolkind meer. Het werd de hoogste tijd dat pa dat inzag. Maar hoe moest ze het dan aanpakken? Gewoon naar het dorp gaan, de winkel binnenstappen en zeggen dat ze een poosje kwam helpen? En dan maar afwachten of er zich een geschikte gelegenheid voordeed?

Stella schudde haar hoofd. Ze kende zichzelf. Als ze eerst een hele tijd achter de kassa moest zitten, zou de moed haar in de schoenen zakken. Ze moest recht op haar doel af gaan en dat kon alleen maar na winkelsluiting. Als pa in zijn luie stoel zat, moest hij wel naar haar luisteren. Het werd dus vanavond en om de tijd tussen nu en dan te overbruggen, kon ze maar beter wel even de stad ingaan. Misschien kocht ze wel een lief knuffeldier voor de baby, dan had ze iets dat haar eraan hielp herinneren dat ze geen onmondig wicht meer was, maar een volwassen, zwangere vrouw. Wil je dat even in je oren knopen, pa Buis!

De dag duurde Stella langer dan haar lief was en toen ze die avond even voor achten uit haar auto stapte en door de zijdeur haar ouderlijk huis binnenging, voelde ze zich niet de volwassen vrouw die ze graag wilde zijn.

Andries en Lucy keken allebei verbaasd op toen Stella opeens voor hun neus stond. Andries vroeg zich hardop af: 'Waar hebben we deze eer aan te danken? Als je komt kijken hoe wij het maken, kan ik je zeggen dat we moe, arm, maar gezond zijn!'

Stella was gaan zitten op de stoel waar ze meestal zat, en ze besloot maar meteen met de deur in huis te vallen. Dat kon ze doen door slechts één naam te noemen. 'Ach ja, ik dacht dat ik jullie maar eens met een bezoekje moest vereren. Jens had vanavond iets anders te doen, vandaar.'

Een ogenblik viel er in het vertrek een oorverdovende stilte, die Andries verbrak. Hij schraapte zijn keel, keek Stella indringend aan en zei gebiedend: 'Die naam wil ik in dit huis niet horen! Ik had je verboden met die kerel om te gaan en dat verbod blijft van kracht. Heb je me verstaan, Stella!'

Ze knikte, maar ze sloeg haar ogen niet neer toen ze antwoordde: 'Dat kan immers niet anders. Je praat niet gewoon, je stem toetert in mijn oren.'

'Is dat een wonder, je jaagt me de stuipen op het lijf. 'Jens had iets anders te doen',' praatte hij haar na, 'welke conclusie moet ik daaruit trekken? Dat jij, tegen mijn wil in, nog steeds omgang met hem hebt!?'

'Ja, pa... En daar kun jij geen verandering in aanbrengen. Tegen een kind kun je een waarschuwende vinger opsteken, maar niet tegen een volwassen vrouw zoals ik. Waarom wil je niet zien dat ik geen kind meer ben en niet meer afhankelijk van jou? Het zou zoveel gemakkelijker zijn. Voor alle partijen...'

Andries liet haar niet uitpraten. Hij brieste: 'Kom je mij de les lezen, brutaal schepsel dat je bent! Dit hoef ik van jou niet te pikken. Wat betreft Jens Okkerman kun jij kiezen uit twee mogelijkheden: jij gehoorzaamt mij, zoals het hoort, en zo niet dan is daar het gat van de deur.'

Voor het eerst mengde Lucy zich in het gesprek. Hevig geschrokken probeerde ze Andries te kalmeren. 'Nu ga je te ver! Let op je woorden!'

Andries wierp haar een vernietigende blik toe. 'En dat zeg jij, die weet wat ik al die jaren met dit wicht te stellen heb gehad! Ik neem geen woord terug, als Stella kiest voor Jens Okkerman, dan heeft ze voor mij afgedaan.'

Stella zat onwezenlijk recht op haar stoel. Haar stem klonk zacht en leek van heel ver te komen. 'Ik kan Jens niet meer loslaten. Ik hou oprecht van hem en hij van mij. Als dat niet zo was, zou ik... nu geen kindje van hem verwachten...'

Het was gezegd en op een reactie hoefde Stella niet te wachten.

Lucy's eerste schrik betrof Andries. Ze fluisterde ontdaan: 'O, lieve deugd, dit is te veel voor hem!'

Andries' stem klonk lager dan normaal. 'Jij noemt het liefde, ik durf te beweren dat zoiets schandaligs alleen een slet kan overkomen. Dankzij de schande die jij zo pardoes op mijn schouders schuift, kan ik voortaan in het dorp geen mens meer recht in de ogen kijken. Dat jij je eigen naam door het slijk haalt, moet jij weten, maar dat je die van mij zo onnadenkend hebt bezoedeld, vergeef ik je nooit! Je kent die niksnut nog maar een blauwe maandag en dan zou je al van hem kunnen houden? Laat me niet lachen!'

Het was niet Stella's bedoeling Andries te kwetsen, het was louter zelfverdediging die haar deed zeggen: 'Jens en ik kennen elkaar ongeveer net zo lang als toen jij na mama's overlijden met tante Lucy verderging. Na eenzelfde 'blauwe maandag' in liefde, weet je nog? Dat was toen voor mij niet gemakkelijk. Ik miste mam verschrikkelijk en kon het niet bevatten dat jij zo snel alweer gelukkig kon zijn met een ander. Je walste domweg over mijn gevoelens heen en dat doe je nu opnieuw...'

'Maar dat is een regelrechte beschuldiging! Dit heb ik van jou niet verdiend!' Andries schudde verbijsterd zijn hoofd. Stella dacht dat ze een traan in zijn ogen zag blinken. Zeker wist ze het niet, want Andries sprong op uit zijn stoel en keerde haar zijn rug toe. 'Het wordt me te veel... Ik moet alleen zijn, ik ga naar boven.' Terwijl hij op de deur toe liep, mompelde hij in zichzelf: 'Dit schandelijke had ik van tevoren kunnen weten, de appel valt immers nooit ver van de boom...'

Lucy kende Andries door en door. Ze wist wat er in hem omging en had zijn gemompel verstaan.

Stella niet, ze keek Lucy vragend aan. 'Wat bromde pa nou?'

'Laat maar, kind,' verzuchtte Lucy, 'het doet er niet toe. Je vader heeft het er moeilijker mee dan jij voor mogelijk kunt houden.'

'Het spijt me, vooral voor jou, dat ik dat zei van mam. Dat was niet mijn bedoeling, maar pa lokte het uit. Hij noemde me een slet, denk je dat dat me niet zeer deed...' Met haar hand wiste Stella een paar tranen weg die over haar wangen biggelden, en verdrietig fluisterde ze: 'Pa houdt niet van mij, daarnet leek het zelfs alsof hij me haat...'

'Zoiets mag je niet hardop uitspreken,' zei Lucy geschrokken. 'Dat is je kop in het zand steken en dat heb ik lang genoeg gedaan, tante Lucy. Pa heeft over mij niks te klagen. Ik weet heel zeker dat ik van jongs af aan een volgzame dochter ben geweest. Het woordje nee heb ik tegen hem nooit durven uitspreken, dat wil echter niet zeggen dat ik het altijd met hem eens was. Ik had vreselijk graag willen doorleren, ma en ik zagen het helemaal zitten dat ik medicijnen ging studeren. Pa stak er echter bruutweg een stokje voor. Omdat hij me bij zich in de winkel wilde, omdat hij een goedkope kracht had aan mij. Mijn wensen deden er niet toe, die van hem telden dubbel. En mam was er niet meer om het voor mij op te nemen...'

Hierop zei Lucy meewarig: 'Ik heb het destijds wel aangevoeld dat jij ontzettend veel verdriet had om je moeder. Dan schaamde ik me en besefte dat het voor jou allemaal veel te snel was gegaan. Jij maakte mij geen openlijke verwijten. Dat was gemakkelijk voor mij, moet ik bekennen. Op mijn beurt kon ik met jou niet praten over de houding die je vader jegens jou aannam. Dan zou ik te veel hebben moeten loswoelen en oud zeer kun je beter laten rusten. Je was nog maar zo'n kind en zo kwetsbaar...'

'Wat zeg je nou allemaal, wat bedoel je met die opmerking?' vroeg Stella verwonderd.

Lucy bloosde. 'Let maar niet op mij, ik flap erg wel vaker zomaar dingen uit. Ik heb met je te doen, Stella, maar ook met Andries. Je hebt ons erg laten schrikken en dan reageert een mens niet altijd op de juiste manier. Dat geldt zeker voor een man als je vader.'

Stella trok met haar schouders. 'Je hoeft helemaal niet met mij te doen te hebben. Ik ben verschrikkelijk gelukkig met Jens. Je zou blij moeten zijn voor mij.'

'Dat zeg jij erg gemakkelijk, voor ons ligt het gevoeliger. Jens Okkerman heeft een slechte reputatie, dat kan niemand tegenspreken. Bovendien is hij een gescheiden man en ook nog eens jaren ouder dan jij. Tot overmaat van ramp moet jij in alle haast met hem trouwen omdat er een kind op komst is. Begrijp je dan niet hoe moeilijk wij het ermee hebben, Stella?'

Stella schudde driftig van nee. 'Jullie maken het jezélf onnodig moeilijk. Wat Jens heeft gedaan is verleden tijd! Hij is nu een man op wie ik onvoorwaardelijk kan bouwen. Ik heb het geluk in de liefde gevonden. Het kindje... is verwekt in waarachtige liefde en is meer dan welkom. Ik zou volmaakt gelukkig zijn als ik niet zo verschrikkelijk opzag tegen mijn trouwdag.'

Stella nam een adempauze om haar emoties onder controle te houden. Daarna vervolgde ze: 'Je hebt gehoord wat pa daarstraks allemaal zei, en je hebt gezien hoe kwaad hij was. Hij heeft me voor de keus gesteld en omdat ik vanzelfsprekend kies voor Jens, zal ik geen ouderlijk huis meer hebben. Pa kennende zullen hij en jij niet op mijn trouwdag aanwezig zijn en dat vind ik heel, heel erg...'

'Nu oordeel jíj te snel,' zei Lucy gedecideerd, 'je vergeet blijkbaar dat ik ook een stem heb. Wat jij nu veronderstelt, zal niet mógen gebeuren. Dan pas zouden Andries en ik ons terecht moeten schamen. Niet voor de mensen, maar voor God. Ik praat wel met je vader, liever gezegd: ik praat hem wel om!'

'Ken jij mijn pa dan zo slecht?' schamperde Stella. 'Weet je niet dat hij zijn wil niet in een andere richting laat ombuigen? Daar is hij veel te rechtlijnig voor.'

Lucy glimlachte fijntjes. Ze schoof iets naar voren op haar stoel en dempte haar stem. 'Neem jij maar gerust van mij aan dat een vrouw, als ze de juiste tactiek volgt, elke man om haar vinger kan winden! Ik ken Andries, ik weet precies waar zijn zwakke plekjes zitten. Laat hem maar over aan mij, dat is beter voor jou. Het zint me niks dat jij er zo tobberig uitziet.'

Stella sloeg haar ogen op naar Lucy en aangedaan zei ze: 'Ik ben vreselijk blij met je hulp, tante Lucy. Het is opeens net alsof ik er niet meer zo helemaal alleen voor sta...'

Lucy peilde het jonge gezichtje tegenover haar. En zorgelijk vroeg ze: 'Hoe kun jij je alleen voelen als je onvoorwaardelijk kunt bouwen op je toekomstige levenspartner? Dat waren toch jouw woorden?'

Stella bloosde en haastte zich te zeggen: 'Ik drukte me verkeerd uit en dat komt omdat het allemaal zo bar moeilijk is. Vooral voor Jens. Hij wil er met mij niet meer over praten en dat hoeft ook niet, want ik weet wel van mezelf dat onze trouwdag voor Jens een ware bezoeking zal worden. Iedereen veroordeelt hem nog steeds en dat weet hij zelf als geen ander. En toch moet hij die dag een lach op zijn gezicht leggen, braaf handjes schudden en ook nog eens met deze en gene een vriendelijk praatje maken. Dat is gewoon te veel voor Jens.'

Lucy maakte nadenkende hoofdknikjes. 'Je hebt gelijk, jullie krijgen samen heel wat te verstouwen. Hebben jullie al een soort draaiboek gemaakt, een trouwdatum vastgelegd?'

'Ja, we gaan in februari trouwen,' vertelde Stella. 'Dan is er aan mij nog niets te zien en wordt er daarover tenminste niet gekletst. We proberen het, ook vanwege pa en de vrienden, zo sober en zo kort mogelijk te houden. We trouwen in de stad, en na de plechtigheid in de kerk geven we enkel een receptie. Daar kunnen we niet onderuit. Jens en ik hebben allebei collega's die we daar fatsoenshalve voor moeten uitnodigen. Die dag zullen zij de enigen zijn die Jens niet met een scheef oogje bezien, omdat ze niet zijn ingelicht over zijn verleden. We moeten maar afwachten hoe de dag verloopt, hoe eerder we hem achter ons hebben, hoe liever het ons is...'

Kind toch, dacht Lucy, dit is werkelijk intriest. Het zou de mooiste dag van je leven moeten worden. Je toont begrip voor iedereen in je omgeving, aan jezelf kom je echter niet toe. Arme Stella. Domme Stella, want waarom moest jij dan ook per se kiezen voor een man die niet in de familie kan worden opgenomen? Omdat je pa is zoals hij is en ik in liefde pal achter hem zal blijven staan. Lucy slaakte een onhoorbare zucht. Omdat ze besefte dat de stilte niet te lang mocht duren, probeerde ze het gesprek gaande te houden. 'Ga je in het wit trouwen, of is het voorlopig geheim hoe je bruidsjurk eruit gaat zien?'

Stella glimlachte flauwtjes. 'Jens vertikt het om in een apenpak gestoken te worden, zoals hij het uitdrukt. Ik heb er ook geen zin in om me al te uitbundig te kleden. Wit komt natuurlijk sowieso niet aan de orde. We zien het wel, ik heb nog even de tijd.' Stella zond Lucy een warme blik en bewogen zei ze: 'Ik kan me niet heugen dat wij ooit eerder zo vertrouwelijk met elkaar hebben gesproken. Het heeft me goed gedaan.'

In tijden van nood leer je je vrienden kennen, dacht Lucy. Zij had het onaangename gevoel dat Stella in nood verkeerde. Zonder het zelf te weten. Lucy toverde een lach op haar gezicht. 'Het goede komt nooit te laat, meisje. Zullen we het daar voorlopig maar bij laten? Andries zal vermoedelijk zo weer naar beneden komen en het lijkt me beter dat jullie elkaar vanavond niet meer zien. Daar komt nog bij dat ik het geen prettig idee vind dat jij te laat alleen onderweg bent.'

Stella stond meteen op. 'Je hebt gelijk, ik moet ervandoor.' Ze liep op Lucy toe en tegen hun gewoonte in gaven ze elkaar niet alleen een hand, maar ook een zoen op beide wangen. Stella lachte er verlegen om.

'Het komt wel goed,' zei Lucy, 'vertrouw daar maar op.' In stilte hoopte ze echter dat er een wonder zou geschieden waardoor dit rampzalige huwelijk niet voltrokken kon worden.

HOOFDSTUK 6

Op de ochtend van 14 februari schrok Stella wakker uit een verwarde droom waar ze geen kop of staart meer aan vast kon knopen. Ze keek op de radiowekker die op het nachtkastje stond, zag dat het pas vijf uur was en liet zich puffend weer achterover in de kussens vallen. Verder slapen kon ze wel vergeten.

Om het nare gevoel van de droom te laten verdrijven, dacht ze aan hun trouwkleding. Uit morele, maar ook uit praktische overwegingen, had ze voor deze dag een donkerblauw, elegant broekpak aangeschaft. Met de bijpassende schoentjes met een kittig hakje en het eenvoudige toefje bloemen, zou ze er misschien niet echt uitzien als een bruid, maar wel vrouwelijk en verzorgd. Jens had nog een net pak in de kast hangen dat hij nog maar één keer had gedragen. Qua kleding zouden ze zich dus niet hoeven te schamen.

Toen gingen haar gedachten naar haar vrienden. Gerrit en Linda, Wijnand en Nicolien hadden alle vier gezegd dat ze haar die dag niet in de steek zouden laten. Op haar vraag of Nicolien die dag voor haar zou willen getuigen, had ze instemmend ja geknikt en daar had ze haar enorm mee gerustgesteld. Vooral omdat ze er niet voor bij pa had hoeven aan te kloppen, noch bij tante Lucy.

Vanwege de lieve vrede had Lucy zich vierkant achter pa geschaard en hij had tegen haar gezegd: 'Lucy heeft mij doen inzien dat ik de veertiende februari aanwezig hoor te zijn. Welnu, ik zal doen wat haar goeddunkt, verder moet jij van mij niets verwachten. Ik zal er slechts zijn, voor het oog van het volk.'

Dat was duidelijke taal. Dat zijn woorden haar veel verdriet bezorgden, had ze verzwegen voor Jens, omdat hij het al moeilijk genoeg had. Er kwam van zijn kant geen familie. Ze wisten niet eens dat hun zoon en broer ging trouwen. Jens zei dat hij hen niet zou missen. Een van zijn collega's zou voor hem getuigen. Arme lieverd, ze zou graag weten wat er in zijn hart omging. Daar kwam ze helaas niet achter, want Jens was erg gesloten.

Al met al werd de grootste dag van hun leven een piepkleintje. Eigenlijk kwam het erop neer dat ze in stilte trouwden. Ze hadden geen kaarten verstuurd. De mensen die zij er graag bij wilde hebben, had ze mondeling uitgenodigd en Jens had hetzelfde gedaan. Alle voorbereidingen waren getroffen en nu was de dag dan toch eindelijk aangebroken. Ze was dankbaar en blij dat ze vandaag Jens' vrouw werd, verder zag ze als een berg op tegen de komende, lange uren. Jens net zo goed. Tegen zijn gewoonte in had hij gisteren een beetje geklaagd. 'Ik zal blij zijn als het overmorgen is. Dan zal er een zware last van mijn schouders zijn gegleden. En dan, vrouwtje, zullen wij het samen moeten zien te rooien. Ben je niet een klein beetje bang voor een toekomst met mij?'

'Het zijn allemaal dommeriken die lelijke dingen over jou blijven zeggen zonder dat ze je kennen. Ik weet wie, wat en hoe jij bent en slechts dat is voor mij belangrijk. Ik beloof je dat ik je alleen maar heel erg gelukkig zal maken.' En dat zal ik doen, nam Stella zich zelfverzekerd voor. Tegen haar verwachting in gleed ze toch even weg in een nu droomloze slaap.

In een ander stadsdeel lag Jens Okkerman te woelen in zijn bed. Vandaag zal het gebeuren, bedacht hij somber. Hij voelde zich allesbehalve blij. Hoe vaak had hij de afgelopen tijd niet op zichzelf gescholden? Dat hij een slappeling was, een kerel zonder ruggengraat. Elke kerel die een vrouw zwanger maakte, waardoor hij haar min of meer tot een huwelijk dwong, was in zijn ogen een lompe vlerk. Hij was niet vergeten dat Stella eens had gezegd dat zij er niet over peinsde om holderdebolder met iemand in het huwelijksbootje te stappen. Door zijn toedoen ging dat nu wel gebeuren en Stella beklaagde zich er niet over. Integendeel, ze leek overgelukkig met hem en met het nog ongeboren kind. Hij kon nog steeds niet bevatten dat hij vader werd, met alle verplichtingen van dien. Vandaag ging hij trouwen...

In gedachten voelde hij alweer de knellende banden. Het waren dezelfde als toen, met Suze. Er was gelukkig één groot verschil: Stella was geen bazige vrouw, zoals Suze. Stella was zacht, meegaand en uiterst flexibel. Dankzij haar lieve karakter moest het deze keer goed gaan. Bij deze gedachten fronste Jens zijn voorhoofd. Zie je nou wel, zo gemakkelijk dacht hij erover. Hij was een egoïst. En dat was nog niet alles... Hij was om de drommel niet vergeten dat hij toen hij zijn verslaving de baas moest zien te worden, de hulp had ingeroepen van een therapeut. Tot dusverre wist geen sterveling daar iets van af. Stella mocht er nooit achter komen. Hij schaamde zich te diep voor de uitslag die hij destijds te horen had gekregen.

Na ettelijke bezoeken aan zijn hulpverlener had hij de man op een keer gevraagd wat er in vredesnaam met hem aan de hand was. 'Ik ken mezelf niet meer, ik weet nog nauwelijks wie ik ben.' Daarop had de man zonder omwegen beweerd dat hij, Jens Okkerman, een gespleten persoonlijkheid was en emotioneel onrijp. Emotioneel onrijp... daar had hij meer van willen weten. De therapeut had gezegd dat een man als hij zich nergens druk over kon maken, dat hij nog geen traan om iets kon laten. Hij was in emotioneel opzicht onvolwassen.

Hoewel het behoorlijk hard was aangekomen, moest hij het ermee doen. Een medicijn voor zijn kwaal was er niet, hij moest er zelf mee in het reine zien te komen. De man had hem weinig hoop gegeven met zijn opmerking: 'Het is een karaktertrek die versterkt wordt zodra er moeilijkheden op je weg komen, die jij niet aankunt. Dan zul jij niet anders kunnen doen dan je schouders ophalen, of vluchten voor de werkelijkheid.'

Misschien had de man gelijk, hij had een hekel aan mensen die met hun zorgen te dicht bij hem kwamen. Omdat hij er niets aan kon veranderen, wilde hij er niks mee te maken hebben en sloot hij zich ervan af. Zo zat hij in elkaar. Sinds hij Stella kende, wenste hij soms dat hij wat gevoeliger was. Een enkele keer had hij de neiging gevoeld om met haar te praten over het allerdiepste in hem. Het bleef een ijdele wens, want zijn gevoelens zaten zo diep verborgen dat hij er zelf niet meer bij kon. Hij was ervan overtuigd dat een deel van zijn eigen ik op de speeltafels was achtergebleven. Erover blijven tobben had volstrekt geen zin. Daar had je alleen jezelf mee en dat wilde hij juist uitsluiten.

Waar hij wel bij stil wilde blijven staan, was Stella. Zij was voor hem als een geschenk van God waarmee hij niet lichtvaardig mocht omspringen. Het was zijn plicht om voor haar zijn best te doen. Ja, hij wist het wel, denken en doen waren echter twee verschillende factoren.

Na een blik op zijn horloge besloot hij op te staan. Voor de laatste keer zou hij zich in dit huis douchen en aankleden, morgen trokken hier andere mensen in. Een stelletje arme sloebers dat het armoedige zootje wat hij aan meubels en dergelijke bezat, van hem had willen overnemen. Hij had het hun cadeau gedaan en daar had Stella hem om geprezen. Lieve meid, kleine zenuwpees, hoe zou ze eraan toe zijn?

Die vraag stelde Jens fluisterend aan Stella toen ze de stoep van het stadhuis beklommen. 'Hoe is het met je? Je ziet er wat pips uit.'
'Ik ben niet helemaal mezelf, ik heb het erg koud.' Er verscheen een bevend lachje om haar mond, haar ogen waren verdacht vochtig. Later in de kerk, en tijdens de preek, biggelden de tranen over haar wangen.
'Huil je om mij?' fluisterde Jens.
Stella's zachte geprevel was niet verstaanbaar voor hem: 'Ik huil om mam... en om een heleboel andere dingen, maar niet om jou.'
Stella ving geen woord op van de preek die toch zo diepgaand was en zo fijngevoelig werd uitgesproken. Zij kon slechts luisteren naar het kermen van haar hart. O, mam, kon je nu maar heel even bij me zijn. Alles zou er dan zoveel mooier uitzien. Ik mis je zo verschrikkelijk en ik heb je zoveel te vertellen. Over Jens en over mijn nog ongeboren kindje. Waarom ben je er niet, mam, nu ik je zo heel erg hard nodig heb?
Stella vond het hinderlijk dat ze het tijdens de dienst zo moeilijk had en ze almaar haar zakdoek moest gebruiken. Na afloop van de plechtigheid, verbaasde ze zich erover dat zij niet de enige was met natte ogen. Op dat moment drong het niet tot Stella door dat niemand haar met woorden feliciteerde. Het ontging haar echter niet dat haast iedereen die haar ontroerd en bewogen de hand drukte of haar enkel omarmde, tranen in de ogen had. Zelfs pa kon die van hem niet droog houden.
Van hem viel het haar wél op dat hij haar niet feliciteerde, dat hij helemaal geen woord uitbracht. Ze nam het hem niet kwalijk, omdat ze begreep dat zijn te volle gemoed daar debet aan was. Het deed haar meer dan goed dat hij een arm om haar middel legde en haar heel even tegen zich aan trok.
Om hem op te beuren zei ze zacht: 'Heb maar geen zorgen om mij, pa... Het komt heus allemaal goed.'
Andries knikte dof, liep bij haar vandaan en zocht een stil plekje waar hij alleen kon zijn met zijn sombere gedachten, die alleen Lucy kende. Kort hierna, in het zaaltje waar de receptie

werd gehouden, hield Andries zich ook zoveel mogelijk afzij-
dig.

Stella had gezien dat haar vader achter in het zaaltje, alleen aan
een tafeltje was gaan zitten en dat Lucy zich algauw bij hem
voegde. Toch weer teleurgesteld fluisterde ze in een onbe-
waakt ogenblik tegen Jens: 'Moet je nou eens zien, in het bijzijn van iedereen zonderen pa en tante Lucy zich af.'

Jens haalde laconiek zijn schouders op. 'Het zal mij een zorg
zijn. Ze hebben mij niet eens een hand gegeven, laat staan
gefeliciteerd. Ook jouw vier vrienden hebben gedaan alsof ze
mij over het hoofd zagen. Ik vind het prima zo! Ik hoop maar
één ding, dat ze zo snel mogelijk ophoepelen. Dat geldt voor
iedereen, ik heb er nu al schoon genoeg van!'

'Arme lieverd,' Stella keek hem bezorgd aan en streelde troostend zijn wang. Daarna dwaalden haar ogen naar de ingang
en op gedempte toon zei ze tegen Jens: 'Je wens gaat niet
in vervulling, want kijk, er komt nog een nieuwe gast binnen!'

Jens volgde haar blik en net als Stella herkende hij de vrouw
die op hen toe kwam lopen. Het was een voormalige dorpsge-
note, Wietske de Winter. Ze was een vrouw van tegen de vijf-
tig en nadat haar man Karel jaren geleden was overleden,
runde ze nu samen met haar zoon Paul een bloemenkwekerij
die aan de rand van het dorp stond. 'Wat een brutaliteit,'
bromde Jens binnensmonds, 'ze komt doodleuk binnenstappen terwijl ze niet door ons is uitgenodigd!'

'Ach, wat geeft dat nou,' fluisterde Stella terug. 'Het is een bijzonder aardig mens. Iemand als zij komt alleen maar met
goede bedoelingen.'

Daar leek Stella gelijk in te hebben, want Wietske kwam met
een uitgestoken hand op hen toe. Ze feliciteerde eerst Stella,
daarna Jens. 'Ik hoorde in het dorp dat jullie vandaag trouwden en dat de receptie hier werd gehouden. Neem me alsjeblieft niet kwalijk dat ik zomaar binnenval. Ik kon het niet
laten, ik moest jullie even zien en de hand drukken. Hoe kon
ik anders duidelijk maken dat ik jullie allebei alle goeds toe-
wens.'

'U hoeft zich niet te verontschuldigen,' haastte Stella zich te
zeggen, 'Jens en ik stellen uw komst zeer op prijs! Zoekt u

maar een gezellig plaatsje, dan komt de ober vanzelf langs met koffie en gebak.'

Wietske de Winter schudde even beslist als gehaast haar hoofd. 'Het is lief aangeboden, ik kwam echter alleen om te zeggen wat ik gezegd heb. Op dé dag van je leven moest ik vooral jou even zien, Stella.'

Wietske wiste tersluiks met de rug van haar hand langs haar ogen, Stella had echter al gezien dat daar tranen in blonken. Omdat ze die niet begreep, lachte ze een beetje nerveus. 'Wat is dit nou, u huilt toch niet om mij? Daar is geen reden toe, hoor. Jens en ik zijn gelukkig en dat zullen we blijven tot we samen oud zijn!'

'Dat hoop ik, dat verdien jij,' prevelde Wietske. Ze grabbelde in haar tas en haalde er een envelop uit. 'Koop hier maar iets moois voor. En nu moet ik er gauw weer vandoor.'

Voordat ze de daad bij het woord voegde, keerde ze zich naar Jens en alleen verstaanbaar voor hem zei ze: 'Trek je van het geklets van de mensen niks aan. Zorg goed voor Stella, dan is alles goed...' Ze stak als groet een hand op en opeens was ze net zo onverwachts verdwenen als ze was gekomen.

Stella keek verbluft naar Jens. 'Wat moeten we hier nou van denken! Zag je dat haar ogen vol tranen stonden toen ze zich van ons wegkeerde?'

Jens trok met zijn schouders. 'Je hebt mensen die hun emoties niet kunnen tonen, er zijn er ook die overdreven sentimenteel zijn. Het zijn aanstellers, ik kan het niet anders zien.'

'Ik ben vroeger regelmatig bij hen in de kassen geweest voor een bos rozen. Ook toen haar man nog leefde. En elke keer verbaasde ik me erover dat die mensen zo ontzettend aardig tegen me deden. Ik denk dat ze me graag mogen en dat Wietske mij dat juist vandaag wilde laten merken. Dat is toch alleen maar erg lief? Haar onverwachte komst heeft mij allerminst gestoord, integendeel.'

Op dat moment werd Stella aan de mouw getrokken door Lucy. Zij keek haar stiefdochter indringend aan en zenuwachtig vroeg ze: 'Wat gebeurde daarnet allemaal? Je pa en ik zagen dat Wietske de Winter binnenkwam en voordat we er erg in hadden, was ze alweer verdwenen. Wat kwam ze doen? Zei ze nog wat? Iets speciaals, bedoel ik?' Lucy keek haar bijna schuchter aan en Stella antwoordde: 'Ze kwam ons enkel feliciteren. Ons allebei!' zei ze nadrukkelijk. 'Zij wenste ons het allerbeste en dat hebben we vandaag niet vaak gehoord.'

'Nee, dat zal wel niet... Nou, dan hou ik jullie niet langer op.' Lucy maakte zich gehaast uit de voeten. Ze schoof weer dicht naast Andries en boog zich fluisterend naar hem over. Daarop knikte hij en ontspande zich.

Nadat Lucy zich had verwijderd, zei Jens met een geërgerde blik: 'Het gaat jouw tante geen snars aan wat mevrouw De Winter ons te zeggen had. We zullen ons er verder maar niet dik om maken. Ik heb nog niet met mijn collega's gepraat, dat gaan we nu doen.'

Stella wees met een hoofdknik in een bepaalde richting. 'De mannen over wie jij het had, maar ook mijn baas en een paar van mijn collega's, hangen geboeid aan de lippen van Gerrit en Wijnand die om beurten blijkbaar het een en ander te zeggen hebben. Wat denk je, moeten wij ons nog afvragen waar het gesprek over gaat?'

Jens schudde zijn hoofd en bromde: 'Mijn doopceel wordt weer eens gelicht. Nou ja, dan weten ze van nu af aan op mijn werk ook wie Jens Okkerman is. Het zal mij worst zijn.'

'Mij niet,' zei Stella verdrietig. 'Ik vind het vervelend dat ze het op kantoor nu ook allemaal weten.'

'Je schaamt je dus wel degelijk voor mij!' stelde Jens vast.

Stella schudde beslist van nee. 'Nee, absoluut niet. Ik kan het alleen niet verdragen dat er nu nog meer mensen zullen zijn die jou gaan beschimpen. Zodra ik daar op kantoor ook maar iets van merk, zullen ze mij tegenkomen, daar kunnen ze gerust op zijn!'

Jens lachte vertederd om de furieuze blik in haar ogen. 'Deze heldhaftigheid past helemaal niet bij jou, lieveling. Blijf maar gewoon wie je bent, en trek je van de mensen niets aan. Dat doe ik ook niet.'

'Ik zou graag een beetje van jouw gemakzucht willen overnemen,' verzuchtte Stella. Donker kijkend vervolgde ze: 'Dit zou ons feestje moeten zijn, we bungelen er echter verloren bij. Iedereen praat met iedereen, alleen niet met ons. Daar kan ik niet gemakkelijk over denken. Daarvoor doet het te veel pijn...'

Het deed Jens goed dat hij haar kon troosten. 'Rustig maar, we hebben het zo achter de rug. Kijk maar, de eerste gasten maken aanstalten om te vertrekken, dan volgt de rest automatisch.'

'Ik help het je hopen,' prevelde Stella. Kort hierna moest ze inderdaad handen schudden en mensen bedanken voor hun komst. Terwijl Jens' collega's op hen afkwamen, zag Stella vanuit haar ooghoeken dat pa en tante Lucy langs de rij mensen glipten en even gehaast naar de uitgang liepen.

Lafbekken, foeterde ze verdrietig in zichzelf. Jens heeft niet de schurft, hoor. Ze bedwong manhaftig haar tranen toen een van Jens' collega's haar de hand drukte. 'Jens had ons al veel over je verteld, allemaal positieve dingen. Dat je een ware schoonheid bent, heeft hij niet gezegd.'

Stella bloosde onder het compliment, het speet haar niet toen het clubje mannen eindelijk afdroop. Daarna stond Linda opeens voor haar. Ze sloeg haar armen om haar vriendin heen en fluisterde tegen Linda: 'Geef Jens alsjeblieft ook een hand, sla hem niet over!' Linda knikte en na een korte aarzeling stak ze toch haar hand uit naar Jens en wenste ze hem geluk voor de toekomst. Linda's voorbeeld sloeg over op de drie anderen en ze drukten Jens om beurten de hand.

Gerrit was de laatste, hij keek Jens indringend aan en zei bijna gebiedend: 'Pas goed op ons kleine vriendinnetje, ze is er één uit duizend!'

Het deed Jens goed dat hij deze keer niet over het hoofd werd gezien en daarom zei hij joviaal: 'Je hoeft nergens aan te twijfelen. Komen jullie maar gauw eens gezellig een borrel bij ons drinken.'

Ze keken alle vier beteuterd en stonden een ogenblik met de mond vol tanden. Kort erop richtte Nicolien zich tot Stella en fluisterend zei ze: 'Wij kunnen toch als vanouds met elkaar blijven omgaan? Zonder de mannen, bedoel ik?'

Stella schudde bedroefd haar hoofd en zei toen zacht: 'Waar Jens niet welkom is, voel ik me niet meer thuis. Laten we het elkaar verder niet moeilijk maken... Het is beter dat we elkaar niet meer zien.'

De anderen verstonden de boodschap en dropen beteuterd af. Stella huilde in alle stilte hete tranen, waardoor de rit naar huis nagenoeg zwijgend werd afgelegd.

Thuis haalde Jens als eerste de enveloppen met inhoud uit zijn binnenzak te voorschijn. Aan de tafel van de eethoek legde hij de bankbiljetten op een stapeltje en nadat hij ze geteld had, riep hij verrast: 'Kom eens kijken, Stella! Hoewel ze het niet met onze keuze eens waren, heeft iedereen behoorlijk diep in de buidel getast! Ik kan er gemakkelijk de onkosten van de receptie mee betalen en dan blijft er ook nog een leuk centje over. Waar blijf je nou, ben je dan helemaal niet nieuwsgierig?'

Bij die vraag keek Jens achterom. Tot zijn niet geringe verbazing zag hij dat Stella weggedoken in een hoekje van de bank zat te huilen. Hij snelde op haar toe en trok haar tegen zich aan. Niet-begrijpend zei hij verbaasd: 'Maar, lieverdje, wat is er nou met je? Het is immers achter de rug!'

Tegen zijn borst snikte Stella een intens verdriet uit. 'Het was zo'n rotdag... Zo'n akelige, beroerde rotdag die ik nooit zal kunnen vergeten. Ik heb mam zo erg gemist, de pijn ervan voel ik nog. En op het laatst ben ik al mijn vrienden kwijtgeraakt. Dat doet zo gemeen zeer, Jens... Het is zo'n raar idee dat ik nu alleen jou nog maar heb...'

Jens nam haar in zijn armen. En terwijl hij haar streelde, deed hij zijn hart op slot, zodat het onrecht dat hem deze dag was aangedaan, er niet in kon doordringen.

HOOFDSTUK 7

Op een zaterdagavond vroeg in augustus klaagde Linda tegen Gerrit over het weer. 'Zul je het nou niet altijd zien! Net nu Nicolien en Wijnand op bezoek komen is het weer omgeslagen en kunnen we niet buiten zitten. Daar had ik me nu juist zo op verheugd.'

Gerrit glimlachte om haar verongelijkte gezicht. 'We hebben het weer niet in de hand en dat is maar goed ook. Stel je voor dat wij het naar willekeur konden regelen, dan hadden de mensen onderling constant ruzie!'

'Toch vind ik het niet eerlijk,' mopperde Linda. Ze was nauwelijks uitgesproken toen de bel van de voordeur ging. Gerrit stond op om hun gasten binnen te laten en onderwijl zette

Linda het een en ander klaar op de salontafel.

Als altijd verliep de begroeting spontaan. Ze gingen zitten en Linda voorzag iedereen van koffie en gebak. Nadat ze een tijdje over koetjes en kalfjes hadden gepraat, zei Linda opeens: 'Hoe zou het eigenlijk gaan met Stella?'

Er viel een beladen stilte, die Nicolien verbrak. 'Als ik het zo snel goed bereken, moet Stella halverwege deze maand zijn uitgerekend. Willen jullie wel geloven dat ik oprecht blij ben voor haar dat ze dan een baby heeft? Ze heeft zo bitter weinig, dat kwelt mij hoe langer hoe meer.'

Linda keek haar verontwaardigd aan. 'Stella is toch zeker ook de koppigheid zelve? Ze werkt immers voor geen centimeter mee. We hebben haar de afgelopen maanden regelmatig gebeld. We hebben haar heel duidelijk gemaakt dat we niet boos op haar zijn en dat wij graag contact willen houden. Daar reageert Stella echter niet op en als we vragen hoe het met haar is, zegt ze telkens hetzelfde: goed. Wat moet je dan, als je totaal geen respons krijgt?'

Hierop zei Gerrit bedachtzaam: 'In Stella's situatie zou ik precies hetzelfde doen. We hebben haar niet fraai behandeld, jongens, en dat knaagt al de hele tijd aan mij.' Hij slaakte een zucht en vervolgde: 'Stella is gewoon een mens met alle gevoelens van dien. Ze is zelfs overgevoelig, ik wou dat ze wist hoezeer ik haar vriendschap mis.'

Net als Gerrit had Linda een brok in de keel toen ze vaststelde: 'Binnen afzienbare tijd krijgt ze haar baby en zoals de zaken er nu voorstaan, zal alleen Jens Okkerman dan bij haar zijn. Stella kennende weet ik hoe dolgraag zij haar kindje aan ons zou willen laten zien. Dat is echter uitgesloten. Ik durf tenminste niet naar haar toe te gaan. De kans is groot dat de deur, of door Stella zelf, of door Jens, voor mijn neus zal worden dichtgekwakt. Het is best wel moeilijk.'

Nicolien knikte instemmend. 'Weet je nog dat wij Stella, alweer een hele tijd geleden, op een zaterdagmiddag heel toevallig in de stad tegenkwamen? Wij hadden samen de grootste pret, maar het lachen verging ons toen we zowat tegen Stella opbotsten. Ik vond dat ze er tobberig uitzag en net zoals wij niet wisten wat we ermee aan moesten, zo verging het haar ook. Ze zei dat ze verder moest, dat ze weinig tijd had. Ik kon

wel janken toen Stella haar weg in haar eentje vervolgde. Voor mijn gevoel zag ze er verschrikkelijk eenzaam en verloren uit.'
'Dat gevoel had ik al op haar trouwdag in de kerk,' zei Gerrit wat schorrig. 'Toen ik zag hoe zielig ze zat te vechten tegen haar tranen, moest ik mezelf geweld aan doen om niet naar haar toe te gaan. Ik had haar willen troosten, zeggen dat ik door dik en dun achter haar bleef staan. Maar ik heb het uiteindelijk niet gedaan, slappeling die ik ben.'
Linda zuchtte en zei: 'Dat geldt voor ons allemaal, maar na al die tijd kunnen we niet meer met hangende pootjes aankomen en zeggen dat we spijt hebben. Stella zou ons niet geloven en Jens zou, terecht, niets meer met ons te maken willen hebben. De drempel is steeds hoger geworden, geen van ons kan er nog overheen.'
'Dat geldt niet alleen voor ons,' opperde Nicolien, 'volgens mij staan Andries Buis en zijn vrouw Lucy er net zo voor. Wij komen vanzelfsprekend alle vier nog regelmatig in het dorp om onze ouders te bezoeken. Mijn moeder vangt weleens wat op als ze in de winkel met Lucy praat. Stella schijnt nog maar zelden thuis te komen. En altijd in haar eentje. Jens vertikt het om bij Andries Buis een voet over de drempel te zetten. Ik zou ook niet naar mensen gaan van wie ik weet dat ze me liever zien gaan dan komen. Al met al blijven wij op de hoogte van het wel en wee van Stella.'
Linda lachte guitig. 'Mijn moeder vangt niet iets toevallig op, zij stapt doelbewust de winkel van Andries Buis binnen. Dan stelt ze onomwonden de vragen die op haar tong branden. Zo wist mam kort na Stella's huwelijk al van Lucy dat Andries zijn dochter niet meer in de winkel wilde hebben. Hij zou zich dan schamen voor haar dikke buik. En als het kind er is, wil Andries Stella helemaal niet meer in de winkel zien. Hij is bang dat de klanten zich eraan ergeren en misschien wegblijven als er een huilend kind in de winkel is. Volgens Lucy neemt haar man het Stella erg kwalijk dat hij noodgedwongen een meisje in dienst heeft moeten nemen. Dat kost Andries Buis geld, en daar heeft die krent het misschien wel het allermoeilijkst mee.' Linda grinnikte.
'Het is voor Stella een geluk bij een ongeluk,' opperde Gerrit. 'Ze heeft lang genoeg voor hem moeten klaarstaan. Nu kan ze

het rustiger aan doen en alle tijd straks aan haar kindje besteden.' Hij keek vragend naar Nicolien. 'In het dorp wordt beweerd dat Jens Okkerman zich heeft laten afkeuren en dat hij sinds kort in de WAO zit. Weet jij daar misschien meer van?'

'Mijn moeder had het er ook al over,' antwoordde Nicolien. 'Ze heeft Lucy erover gepolst, maar zij wilde er niet veel over loslaten. Ze zei alleen dat ze van Stella had gehoord dat Jens de laatste tijd last van zijn rug had.'

'Het is bekend dat Stella na haar zwangerschapsverlof gewoon weer naar kantoor gaat,' zei Wijnand. 'Nou, als Jens inderdaad is afgekeurd, kan hij straks huisman worden. Zien jullie het al gebeuren dat hij de ramen staat te lappen en dat hij hun kind tot in de puntjes verzorgt, zodat Stella van een welverdiende rust kan genieten als ze moe van haar werk thuiskomt? Wij hebben dingen gedaan die niet door de beugel kunnen, maar we moeten Jens nu niet opeens op een voetstuk plaatsen. De man blijft zoals hij is, en daarom zal hij nooit mijn vriend kunnen zijn. Dat spijt me voor Stella, zij heeft echter gekozen voor Jens.'

De vrouwen deden er, bedrukt kijkend, het zwijgen toe.

Gerrit sprak louter voor zichzelf. 'Net als jij, Wijnand, ben ik klaar met Jens Okkerman. Stella is echter een ander verhaal, met haar heb ik te doen. Toch zal ik haar moeten loslaten, en proberen om daar geestelijk vrede mee te hebben. Dat zal niet meevallen, daarvoor mis ik haar te veel. Het is zo'n deksels lief meisje...' Gerrit trok zijn zakdoek te voorschijn. Het was de vraag of hij die slechts nodig had om zijn neus te snuiten.

In huize Rademaker bleef Stella nog geruime tijd onderwerp van gesprek. Haar voormalige vrienden hadden er echter geen idee van dat Stella deze zelfde avond moederziel alleen thuis was. Ze had de televisie uitgedaan, en het boek waarin ze was begonnen had ze weer dichtgeklapt. Lezen lukte niet. Haar gedachten waren voortdurend bij Jens.

De hele middag al was Jens onrustig geweest, tobberig en in zichzelf gekeerd. Toen hij tegen acht uur zei dat hij er even uit moest, was dat voor haar geen verrassing geweest. Dat had ze laten blijken door te zeggen: 'Ik was er al op voorbereid, hoor!

Het is immers het weekeinde, jouw vrijgezellentijd is weer aangebroken.'

Jens had een zucht van verlichting geslaakt. 'Ik ben blij dat jij er geen punt van maakt, dat je begrijpt hoe ik in elkaar zit. Ik heb vertier nodig en in de kroeg, met kerels onder elkaar, praat je anders dan met je eigen vrouw. Dat is gewoon zo. Bovendien heb jij niks over mij te klagen, want zeg nou zelf, ik ben de hele week braaf bij je thuis geweest!'

Ze had hem met een hoofdknikje gelijk gegeven. Nu ze alleen zat, durfde ze hem in gedachten tegen te spreken. Het was niet waar wat Jens had gezegd. Hij was van de week welgeteld drie avonden de deur uitgegaan. Zonder te vragen of zij het niet vervelend vond, dat vond ze dus wel. Zeker op zaterdagavond, dan kwam het extra hard aan en kreeg ze medelijden met zichzelf. Dat moest ze zien te voorkomen, want in feite, bedacht ze, heb ik geen reden tot klagen. Haar allerliefste wensen waren immers vervuld. Ze had een man op wie ze echt stapelgek was en zeer binnenkort kreeg ze bovendien haar zo felbegeerde kindje. Ze had echt alle reden om God dankbaar te zijn. Daar kwam nog bij dat zij niet de enige was die op zaterdagavond alleen thuis zat. Jens trof in zijn stamkroeg altijd dezelfde mannen, die net als hij allemaal getrouwd waren. Die vrouwen moesten zich ook zonder manlief zien te vermaken. In bepaalde gezinnen zou het dus wel normaal zijn. Zij mocht van geluk spreken dat Jens nooit ofte nimmer aangeschoten of dronken thuiskwam. Hij was geen drinker. Voor de gezelligheid nam hij één of twee borreltjes en dan ging hij over op cola. Daar kon zij op vertrouwen, het waren geen loze praatjes om haar zoet te houden.

Hij verkocht overigens weleens praatjes die niet helemaal strookten met de waarheid. Zo was ze behoorlijk geschrokken toen Jens op een keer zei dat hij zich wilde laten afkeuren. Hij had beweerd het louter en alleen voor haar te doen, dat vond ze geen prettig idee. Het was voor haar reden genoeg om spijt te hebben over het feit dat ze op een avond een beetje had zitten zeuren. Over de lange wachtlijsten van de crèches, waardoor er voor haar kindje straks niet direct een plekje vrij was. Bert, haar baas, had gezegd dat ze zich er niet zo druk over moest maken. 'Dan neem je hem of haar toch mee naar kan-

toor totdat er wel een plaatsje vrijkomt!' Zo was Bert. Ze had
hem niet wijzer gemaakt, ze had enkel aan Jens toevertrouwd:
'Ik vind het eigenlijk niet eerlijk van mezelf; het geeft me een
belabberd gevoel. Ik wilde echt dolgraag een baby en als hij er
straks is geef ik hem uit handen. Dan gaan vreemden hem voor
een groot deel opvoeden en ik sta aan een zijlijn toe te kijken.
Hoe lief is het kindje me dan, vraag ik me af, als ik mijn baan
er niet voor wil opgeven omdat ik mijn maandsalaris niet wil
missen. Nu ik er goed over nadenk, kan die baan me gestolen
worden, mijn kind hoort vóór alles te gaan.'
Daarop had Jens kalm vastgesteld dat ze zich zonder haar
inkomen niet konden redden. 'Je hebt een prachtig salaris, dat
kunnen we niet missen, Stella! Daar verdien ik te weinig voor.
Ik kan me voorstellen dat het je als aanstaande moeder moeite
kost om het kind aan vreemden over te laten. We moeten dus
een andere oplossing zien te vinden. In gedachten ben ik al
geruime tijd met iets bezig. Vertrouw maar op mij, dan komt
het prima voor elkaar!'
Hij had er zo raadselachtig bij gelachen dat ze er meer van had
willen weten. 'Toe, Jens, ik zie dat je al op iets zit te broeden.
Je moet vertellen wat je van plan bent!'
Die keer had Jens haar verteld dat hij al van jongs af aan last
had van zijn rug. Toen hij twintig was, waren er foto's van zijn
rug genomen, waaruit bleek dat hij een lichte vergroeiing had
aan een van de onderste rugwervels. Aan een operatie werd
niet gedacht, omdat die waarschijnlijk meer kwaad dan goed
zou aanrichten.
Bezorgd had ze hem gevraagd: 'Maar, lieve schat, ik wist helemaal niet dat jij dagelijks pijn lijdt. Waarom heb je er nooit
over gesproken, ik vind het zo naar voor je…'
Jens had haar gerustgesteld. 'Pijn is een veel te groot woord, ik
heb af en toe alleen maar een wat zeurderig gevoel in mijn rug.
Daar is best mee te leven, ik ben er zelfs aan gewend geraakt.
Nu komt het kleine ongemak echter als geroepen, we kunnen
er ons voordeel mee doen!'
Schaapachtig had ze gevraagd: 'Hoe dan, wat bedoel je?'
Jens had haar uitgelachen. 'Wat ben je bij tijd en wijle toch ook
een dom gansje! Begrijp je dan niet dat zo'n vergroeiing niet
vanzelf overgaat? Het lijkt me niet verkeerd om opnieuw foto's

te laten maken. Geen mens kan de pijn voelen van een ander, ook een arts niet. Als ik dus beweer dat ik niet meer op of neer kan van de pijn, word ik zonder al te veel moeite afgekeurd. Zeker met het oog op mijn werk waardoor mijn rug continu te zwaar belast wordt. Ik zie het wel zitten, het is een uitkomst voor ons allebei!'

Daar was zij het allerminst mee eens geweest. 'Met ziektes mag je niet de spot drijven, Jens! Bovendien is het oneerlijk om je te laten afkeuren als daar geen reden toe is.'

Jens had er meewarig om moeten lachen. 'Jij bent veel te eerlijk voor deze maatschappij, die hartstikke scheef in elkaar zit. Neem maar van mij aan dat mensen die in het bedrijfsleven en in de regering aan de top staan en geld verdienen als water, stelen als de raven. Nou, en als de grote jongens dat zonder gewetensbezwaren mogen doen, waarom zou ik, als kleine jongen, hun voorbeeld dan niet volgen? Met jouw loon en mijn uitkering zullen wij geen veer hoeven te laten! Vergeet niet dat we op deze manier de kosten van de crèche in de zak kunnen houden. En mocht desondanks de nood aan de man komen, dan kan ik altijd nog een centje zwart bijverdienen. Als jij werkt, pas ik op het kind en doe ik het huishouden. Kijk nu maar niet langer zo bedenkelijk, want dat helpt je niks meer. Ik ga mijn plannen zeker ten uitvoer brengen. Ter wille van jou, maar ook omdat ik het werk in de bouw niet meer aankan. Ik haat het om naar de pijpen van een baas te moeten dansen. Dat kan ik niet, ik word er doodziek van. Het kan jou toch niet ontgaan zijn dat ik tegenwoordig de vrolijkste niet meer ben? Volgens mij krijg ik last van depressies en echt, Stella, dat is gevaarlijker dan een rug waar zo goed als niets aan mankeert.' Ze had niet geweten wat ze daartegen in had moeten brengen, want Jens was de laatste tijd inderdaad tobberig, bij vlagen zelfs zwartgallig.

Van toen af aan was alles in sneltreinvaart verlopen. Jens werd door de huisarts doorverwezen naar een specialist. Op de foto's die gemaakt werden, was de vergroeiing inderdaad nog te zien. Jens had voor de rest gezorgd. Als een volleerd acteur was hij kromlopend van zogenaamde pijn het ziekenhuis binnengekomen. Zo was Jens precies een week geleden in de WAO terechtgekomen. Het beviel hem prima en als hij zich verveelde, zoals vanavond, dan trok hij de deur achter zich dicht om afleiding te zoeken. Ze moest bekennen dat ze het van de week best wel gezellig had gevonden om Jens aldoor om zich heen te hebben. Het was de hele tijd net geweest alsof ze vakantie hadden. Jens was het roerend met haar eens geweest. 'Zie je nou wel hoe ik ervoor zorg dat wij het samen naar onze zin hebben!'

Vanwege die uitspraak had zij zich geroepen gevoeld hem ergens op te wijzen. 'Je had me beloofd dat jij je nuttig zou maken in de huishouding, tot dusverre heb je echter geen steek uitgevoerd. Je hebt me niet eens geholpen met de afwas!'

Jens had haar een moment stomverbaasd aangekeken, vervolgens had hij nogal kinderachtig gereageerd. 'Het is vooralsnog jouw huishouden, waarom zou ik me daar nu al mee moeten bemoeien? Als jij na je zwangerschapsverlof weer naar kantoor moet, dan is het voor mij nog vroeg genoeg. En dan, lieveling, kun je op me rekenen!'

Dat moet ik nog zien, dacht Stella sceptisch. Ze vond dat Jens nu al wel karweitjes van haar kon overnemen. Nu haar lieve vrachtje behoorlijk zwaar begon te worden, viel het stofzuigen haar verschrikkelijk moeilijk. Ze wilde het niet, maar kon niet voorkomen dat ze zich aan Jens ergerde als hij desondanks doodgemoedereerd een kruiswoordpuzzel zat te maken of zich achter de krant verschool, terwijl zij zich met haar dikke buik liep uit te sloven. Ze durfde er echter niets van te zeggen, omdat Jens gauw op zijn teentjes was getrapt en ze zijn boze blikken niet kon verdragen.

Soms lijkt het er een beetje op dat ik tegenover Jens hetzelfde doe als ik het bij pa gewend was. Altijd maar ja-zeggen, ook als het nee moet zijn. Jens leek in geen enkel opzicht op pa, dankzij Jens was haar leven juist in positieve zin enorm veranderd. Ze hield nog onverminderd van hem, ze zweeg tegen hem omdat ze bang was voor ruzie. Dan zag ze terstond weer pa's minachtende blik voor zich. Ze wilde voor geen prijs dat Jens op die manier naar haar zou kijken. Ze zou echt kapot gaan van verdriet als ze in Jens' ogen haat jegens haar zou lezen of diepe afkeer.

Ze begreep trouwens niet waarom pa met zoveel weerzin naar haar steeds dikker wordende buik keek. Natuurlijk deed hij het niet openlijk, zoveel fatsoen kon hij nog net opbrengen, niettemin zag ze vaak genoeg wat ze liever niet wilde zien. Had pa nu al een hekel aan haar baby, louter omdat Jens er de vader van was? Kon een mens dan zo vreselijk ver gaan in oordelen en veroordelen? En hoe moest het dan als de baby straks geboren was, kwam pa dan op kraambezoek? Het leek haar volstrekt onwaarschijnlijk dat pa zich over de wieg zou buigen om zijn eerste kleinkind te verwelkomen. Het was allemaal zo akelig ingewikkeld. Het leek haar fantastisch om een vader te hebben die onvoorwaardelijk van haar hield. Gewoon, omdat zij zijn dochter was en hij haar het geluk gunde. Met wie dan ook. Zo was het tussen pa en haar helaas niet, de verhoudingen werden er gaandeweg eerder slechter dan beter op. Jens hamerde er steeds op dat ze niet meer naar het dorp moest gaan. 'Je komt er elke keer stikverdrietig vandaan. Daar heb ik het moeilijk mee. Laat die kerel liever in zijn eigen sop gaarkoken. Het is een vader van niks, wanneer zie jij dat nou eens in!'

Vermoedelijk nooit, dacht Stella bedroefd. Ze kon niet breken met haar ouderlijk huis en om te voorkomen dat de drempel voor haar te hoog werd, zocht ze op gezette tijden toch weer het dorp op. Om het teleurgesteld weer te verlaten. Tante Lucy was best wel lief en bezorgd nu zij hoogzwanger was, pa niet. Hij klaagde alleen maar over het winkelmeisje dat hij in dienst had moeten nemen. Omdat hij haar niet met haar dikke buik achter de kassa wilde zien zitten. Dat was niet uit bezorgdheid om haar, maar omdat hij zich schaamde voor haar. Mooie vader, hoonde Stella, die dat soort dingen recht in je gezicht zegt.

Zo had pa ook gezegd dat hij geen beroep meer op haar zou doen als het kindje er was. 'Ik garandeer je, Stella, dat de helft van mijn klanten wegblijft als het kind van Jens Okkerman hier in de winkel aanwezig is. Je hebt me wel wat geflikt, moet ik zeggen. Dankzij jouw gekke bokkensprongen heb ik een meisje in dienst moeten nemen. Je moest eens weten wat dat wicht me kost! En als ik dan nog waar voor mijn geld kreeg, dat kun je echter wel vergeten!'

De klanten zouden niet om haar of haar kindje wegblijven, want elke keer als ze in het dorp was en ze met iemand een babbeltje maakte, vroeg men vol medeleven hoe haar zwangerschap verliep. 'Geniet er maar van, het is het mooiste wat een vrouw kan overkomen. Ik wens je alvast veel geluk met je baby en vergeet niet mijn groeten aan Jens over te brengen.'

Dat soort dingen werd er tegen haar gezegd, dat was toch wel even heel andere koek. Het deed haar goed te merken dat niet alle mensen negatief over Jens dachten, niettemin kwam ze altijd verdrietig weer thuis. Dan merkte ze dat Jens wel met haar te doen had, maar er samen over praten konden ze echter niet. Dat verontrustte haar meer dan dat hij haar niet kon troosten.

Een keer had Jens haar bekend dat zijn diepste gevoelens in hem op slot lagen, dat hij er met geen mogelijkheid bij kon. Dat vond ze echt vreselijk voor hem. Voor haar was het ondenkbaar dat je zou moeten leven zonder innerlijke emoties. Hoewel Jens er niets van wilde weten, vermoedde ze dat hij daardoor vaak zo tobberig was. Het enige dat ze voor hem kon doen, was extra lief voor hem zijn. Om Jens te kunnen opbeuren moest ze hem constant laten merken dat ze van hem hield en dat ze zich kon verplaatsen in zijn gevoelens. In werkelijkheid had ze er geen idee van wat er in hem omging.

Zodra zij Jens ervan overtuigd had dat hij zich om haar geen zorgen hoefde te maken, werd Jens weer degene die hij wilde zijn en dan was zij gerustgesteld. Jens vond het prettig als zij niet klaagde over pa, niet over het gemis van haar vroegere vrienden. Waarom zou ze dat dan wel doen, ze hoefde het hem toch niet opzettelijk moeilijk te maken? Dat ze het voor zichzelf dubbel moeilijk maakte, moest ze maar op de koop toe nemen. Het was haar eigen schuld, het lot van een jaknikker...

Stella zuchtte en mijmerde ongestoord verder. Toch zou Jens straks wat water bij de wijn moeten doen, want als het kindje er was moest hij zijn vaderlijke plichten vervullen. Wist ze maar of Jens zich ook zo waanzinnig verheugde op de komst van hun kindje. Hij liet zich er nooit over uit en toen zij hem er onlangs over polste, had Jens haar een ietwat geërgerde blik toegeworpen. 'Dat soort dingen moet je me niet vragen. Hoe kan ik nou zeggen dat ik blij ben met iets dat ik niet heb? Daar kan ik me niets bij voorstellen.'

Op haar beurt begreep zij dáár weer totaal niets van, zij had haar kindje nu al boven alles lief. Waarschijnlijk had het te maken met het verschil tussen het gevoelsleven van een man en een vrouw. Zo kon Jens evenmin begrijpen dat zij straks graag met haar baby wilde pronken, en dat ze leed onder het feit dat ze niet wist aan wie ze het vol trots zou moeten laten zien. Aan buren, aan vreemden die ze toevallig op straat zou tegenkomen? Voor zover ze nu kon bedenken zouden tante Lucy en collega's van kantoor de enigen zijn die zich over haar kindje zouden buigen. De anderen waren allemaal afgevallen. Hier werden haar gedachten verbroken door iets wat ze in zich voelde en dat ze niet meteen kon benoemen. Verbaasd vroeg ze zich af wat er met haar aan de hand was. Ze had het zich toch heus niet verbeeld, ze had echt een pijnlijke steek gevoeld. Kijk, daar kreeg ze alweer zo'n gemeen steekje, nog duidelijker voelbaar dan daarnet. In een reflex legde ze haar handen beschermend om haar buik en met een paar grote, schrikachtige ogen prevelde ze: 'Het kindje meldt zich...'

Lieve deugd, wat moest ze nou doen! Geen paniek, ze moest vooral rustig blijven en nuchter nadenken. Het was nog te vroeg, het kon nog helemaal niet. Ze had zelf uitgerekend dat het over een dag of tien geboren zou worden. Jawel, maar had de verloskundige niet gezegd dat de berekening vanwege haar onregelmatige menstruatie moeilijk was? Het was half november geweest toen zij drie weken over tijd was, en het was goed mogelijk dat ze toen al een paar weken zwanger was geweest. Dus misschien was het nu al zover!

Het kindje was meer dan welkom, maar eerst moest Jens thuis zijn. Zonder hem kón zij niet bevallen. Het was echter nog maar net tien uur, gewoonlijk keerde Jens pas tegen een uur of drie in de nacht huiswaarts. Zou de baby tot zolang willen wachten, zou zij het tot die tijd volhouden? Het rare gevoel in haar buik werd steeds erger, de steekjes werden gemene steken.

Ze vond het verschrikkelijk gênant om naar de kroeg te moeten bellen en te vragen of men Jens wilde zeggen dat de baby kwam. Het was zo'n echte mannenwereld waarin Jens zich bevond. Ze zou het erg vinden als er flauwe grappen over hem en haar zouden worden gemaakt. Bovendien vermoedde ze dat het Jens zou storen als hij eerder naar huis moest. Misschien was het verstandiger als ze eerst de verloskundige belde? Ze woonde hier vlakbij en zou haar waarschijnlijk gerust kunnen stellen.

In plaats dat ze de telefoon ter hand nam, bleef Stella echter zitten waar ze zat. Pas toen ze voor de zoveelste keer werd overvallen door een pijnscheut die werkelijk niet te harden was, drong de ernst van de situatie tot haar door. Ze belde de verloskundige, die er in een ommezien was.

Dat de vrouw haar vak verstond, bleek toen zij na een korte inspectie zei: 'Ik breng je onmiddellijk naar het ziekenhuis. Wat een geluk dat ik met de auto naar je toe ben gekomen en niet te voet. Nu kunnen we wat spullen inpakken en wegwezen!'

Stella stribbelde tegen. 'Nee, nee! Ik wil op mijn man wachten, hij moet met me mee. Ik zal hem meteen bellen...' Vanwege een nieuwe wee die haar ineen liet krimpen van pijn kreeg Stella daar de kans niet toe.

De verloskundige nam resoluut de leiding. 'Je hebt me veel te laat geroepen, we mogen nu geen tijd meer verloren laten gaan. Zodra jij in het ziekenhuis in veilige handen bent, zal ik je man voor je bellen. Onderweg moet je mij het telefoonnummer maar geven en dan kunnen we enkel hopen dat hij op tijd aanwezig zal zijn.'

Hierna verliep voor Stella alles als in een roes. Voordat ze er erg in had, lag ze op de verloskamer van de kraamafdeling van het ziekenhuis. De immense pijnen van de weeën die zich razendsnel opvolgden, beletten het haar om aan Jens te denken. Deze keer had ze meer dan genoeg aan zichzelf. Op het moment dat ze dacht: ik ga dood, dit is voor een mens niet te dragen, drong er een stem tot haar door: 'Gefeliciteerd, mevrouwtje! U hebt zich kranig gedragen, en geen kik gegeven. Hier is de beloning!'

Het was kort na middernacht, de achttiende augustus, toen Victor Okkerman in de armen van zijn moeder werd gelegd. Stella bewonderde het kleine jongetje, kuste hem behoedzaam en in tranen prevelde ze: 'Wat ben je mooi en lief, wat ben ik verschrikkelijk blij met je.'

Ze mocht het kindje bij zich houden toen ze naar een eenpersoonszaaltje werd gebracht. Onderweg ernaartoe zei de verpleegster verontschuldigend: 'Wat jammer nou dat u alleen

komt te liggen, er is helaas geen ander bed vrij.'
Stella glimlachte mat. 'Het geeft niet. Ik wil juist graag alleen zijn. Met mijn kindje.'
De verpleegster knikte, maar keek tegelijk wat verbaasd. Ze leek zich af te vragen waar de vader van het kindje was.
Nadat de zuster Stella in bed had geholpen en ze Victor in een wit, stalen ziekenhuisbedje naast haar had gezet, ging ze weg. Stella was blij dat ze alleen werd gelaten en zij haar emoties niet langer hoefde te onderdrukken. Ze verlangde verschrikkelijk naar Jens. Ze zag echter ook haar moeder voor zich en al haar andere dierbaren, die nu niet om haar bed stonden. De tranen biggelden over haar wangen toen ze zich afvroeg waarom zij haar kindje zo helemaal alleen had moeten krijgen. Waarom was jij er niet, Jens, toen ik je zo heel hard nodig had? Kom nou toch, waar blijf je nou zo lang? Stella's verdriet was zo veelomvattend dat ze zich liet gaan in een huilbui die haar lichaam deed schokken.
En zo vond Jens Okkerman zijn vrouw. Eén moment bleef hij verdwaasd in de deuropening van het zaaltje staan, vervolgens snelde hij op haar toe. Hij boog zich over haar heen, kuste haar en fluisterde schorrig: 'Dag, klein moedertje. Ik hoorde van een zuster dat de baby er al is. Had je nou niet even op mij kunnen wachten?'
Stella liet haar tranen vloeien toen ze terugfluisterde: 'Daar heb ik mijn best voor gedaan, Victor had echter geen geduld meer. Het duurde zo verschrikkelijk lang voordat jij kwam… Je hebt ook meer gedronken dan anders, dat ruik ik. Waar blééf je zo lang, Jens?'
Dwars door haar tranen heen las Jens het verwijt in haar ogen. Hij probeerde zijn hachje te redden: 'Je snapt toch wel hoe dat gaat! Toen ik het telefoontje kreeg dat ik naar het ziekenhuis moest komen en waarvoor, waren mijn kroegmaten niet meer te houden. Er ontstond spontaan een feeststemming, ik kon er toen niet meer onderuit. Ik moest trakteren, of ik wilde of niet. Gaandeweg werd het extra gezellig en wat later. Dat spijt me voor jou.' Hij boog zich opnieuw over haar heen. Terwijl hij haar gezicht streelde, vroeg hij meelevend: 'Was het moeilijk, heb je veel pijn moeten lijden?'
Stella wiste driftig langs haar ogen. Wat niet veel hielp, want

er kwamen steeds nieuwe tranen te voorschijn. 'De pijn was verschrikkelijk. Totdat Victor er was, toen... kwam er een ander soort pijn voor in de plaats. Die van heimwee. Het was onmenselijk moeilijk, zonder jou en... de anderen.'

'Arm, klein meisje van me. Je bent ook zo gevoelig. Nu alles achter de rug is zou je moeten lachen van geluk. Jij blijft maar huilen, waarom nou toch!'

Het is werkelijk onvoorstelbaar, dacht Stella bedroefd, dat jij zelfs nu niet even met mij mee kan voelen. Net zoals ze haar tranen inmiddels had ingeslikt, hield ze het verwijt voor zich en glimlachte ze mat. 'Let maar niet op mij, het gaat wel weer over. Moet je Victor niet bewonderen? Je zoon is de mooiste baby die ooit geboren werd...'

Jens knikte en liep op het kleine kinderbedje toe. Geruime tijd boog hij zich eroverheen en bestudeerde hij het gezichtje van zijn slapende zoon. Met een vinger beroerde hij het zachte wangetje van de baby, vervolgens richtte hij zich op en zocht Stella's blik. 'Ik kan nog steeds niet bevatten dat dit mijn kind is...'

'Dat went wel,' zei Stella troostend. 'Wat is hij lief, hè, Jens?'

'Hoe kan ik dat nou weten? Hij slaapt als een marmotje! Op het ogenblik kan ik alleen maar denken dat hij jou en mij van onze nachtrust heeft beroofd.'

'Pak hem er dan even uit, neem hem in je armen, dan voel je ogenblikkelijk dat je onvoorwaardelijk van hem houdt. Zo gaat dat bij een kindje van jezelf, daar hou je meteen van. Toe maar, neem hem er gerust even uit!'

Jens schudde zijn hoofd. 'Nee, liever niet. Stel je voor dat ik hem laat vallen of ondersteboven vasthoud. Als je weer met hem bij ons thuis bent, dan komt de band vanzelf. Dan moet jij me leren hoe ik met een baby moet omgaan. Vrouwen hebben daar geen moeite mee omdat het bij jullie aangeboren is. Als een oerinstinct, dat wij mannen missen.' Hij trok een stoel bij Stella's bed, ging erop zitten en zei uit de grond van zijn hart: 'Ik ben blij dat het achter de rug is, ik heb er verschrikkelijk tegen opgezien. Dat mag je best weten, ook al is het achteraf. Nu kunnen we weer verder, al zal ons leventje er met een kind anders uitzien. Toch?'

'Dat zul jij morgen meteen al merken,' voorspelde Stella. 'Je moet naar het stadhuis om Victor bij de burgerlijke stand te laten inschrijven en... je moet mijn vader bellen.'

Van dat laatste schrok Jens zichtbaar. 'Dat zal toch niet waar zijn,' riep hij uit, 'wat moet ik in hemelsnaam tegen die man zeggen?'

Ondanks alles schoot Stella in de lach. 'Gewoon, dat wij een gezonde zoon hebben gekregen en dat we hem Victor noemen. Verder wijst het zich vanzelf. Als pa vragen stelt, moet jij die beantwoorden, zo simpel is het.'

'Dat zeg jij. Straks geef je me nog de opdracht om ook je voormalige vrienden op de hoogte te stellen. Dat doe ik niet, Stella, dat doe ik beslist niet. Met lui die op mij spugen omdat ik te min ben in hun ogen, wil ik niks te maken hebben. Helemaal niks. Ons leven gaat hun geen zier aan. Het zal hun trouwens worst zijn, dat jij een kind hebt gekregen.'

Stella voelde opnieuw tranen achter haar ogen branden. Ze knikte dof en zei zacht: 'Het is goed, lieverd. Misschien vertel ik het aan hen als ik weer thuis ben. Misschien ook niet...'

Op dat moment kwam er een zuster binnen die zich tot Jens richtte. 'U moet afscheid nemen, meneer Okkerman. Uw vrouw heeft enerverende uren achter zich, ze moet haar rust hebben. Bovendien zal het ook voor u tijd worden om het bed op te zoeken.'

Kort hierna lag Stella weer alleen. Moe en uitgeput als ze was viel ze binnen de kortste keren in slaap. Dit in tegenstelling tot Jens. Toen hij thuiskwam besloot hij nog een borrel te nemen. De zenuwen gierden door zijn keel. Van slapen zou niet veel terechtkomen, veronderstelde hij. Hij had met Stella te doen en toch had hij haar niet kunnen zeggen hoezeer het hem speet dat hij niet bij de bevalling aanwezig was geweest. Doordat hij zich had laten overhalen door zijn kroegmaten, had Stella in d'r eentje te veel te verstouwen gekregen. Wat had zo'n lief wezentje nou aan een slappeling als hij? Niks toch zeker. En dan het kind...

Er was een raar schokje door hem heen gegaan toen hij het babygezichtje bestudeerde. Hij had naar zijn bloedeigen zoon staan staren. Dat was verstandelijk wel tot hem doorgedrongen, maar hij had het echter niet zo gevoeld. In plaats daarvan had hij angst voelen opborrelen. Hij was bang geweest dat hij als vader zou falen. Waarom kon hij niet gewoon gelukkig zijn met vrouw en kind? Zij zorgden er immers voor dat hij niet meer eenzaam en alleen zou hoeven te zijn? Hij kon het allemaal aardig nuchter beredeneren, niettemin voelde hij zich soms naast Stella weer even eenzaam en alleen als in de beroerdste tijd van zijn leven. Geen sterveling zou het kunnen begrijpen, vermoedde hij, dat hij pijnlijk knellende banden om zich heen had gevoeld toen hij naar zijn zoon had staan kijken. Hij was emotioneel onrijp, dat was hem ooit recht in het gezicht gezegd. Hij had er geen flauw idee van hoe andere mannen dachten en voelden, hij besefte enkel dat er bij hem iets niet helemaal pluis was. Grote goedheid... stel dat Stella daar de dupe van werd of een klein jongetje met een rimpelig, oudemannengezichtje. Hij zou hoe dan ook zijn uiterste best moeten doen. En dan maar hopen dat God hem ongevraagd een beetje terzijde stond. Morgen zou hij ook wel wat hulp van boven kunnen gebruiken, het was voor hem geen gemakkelijke opgave om Andries Buis te moeten bellen. Als ik verstandig ben, dacht Jens, bel ik zo vroeg mogelijk, dan ben ik er tenminste weer van af. Rotklussen moest je zo snel mogelijk bij de horens vatten, eromheen draaien maakte ze dubbel zo groot. Met dit voornemen zocht Jens uiteindelijk zijn bed op.

De volgende ochtend, het was even over achten, ging bij Andries Buis de telefoon. Ze zaten aan het ontbijt. Toen Lucy wilde opstaan, gebaarde Andries dat ze kon blijven zitten. 'Ik neem wel op, eet jij maar rustig door. Met Andries Buis?'
Aan de andere kant van de lijn werd nerveus gekucht. 'Ja, eh... met Jens Okkerman. Ik kom melden dat Stella vannacht is bevallen van een gezonde zoon...'
'Zo, zo, heeft Stella haar kind. Dat is groot nieuws.' Andries' stem was niet die van hemzelf en dat hoorde Lucy. Zij luisterde naar het vervolg van het gesprek. 'Heb ik goed verstaan dat het een zoon is?'
'Ja, ja, een gezonde zoon.'
'Hoe is de naam? Naar wie hebben jullie de jongen vernoemd?'
Het ontging Jens dat Andries' stem nu uiterst gespannen klonk.

'Naar niemand. Stella heeft gewoon een naam gekozen die zij mooi vond. Onze zoon heet Victor.' Toen er geen reactie kwam, vroeg hij: 'Hallo, bent u daar nog?'
'Natuurlijk,' zei Andries schor. 'Bedankt voor het bericht.' Zonder verder nog iets te zeggen, verbrak hij de verbinding.
Geen mens kon bevroeden hoe Andries er op dit ogenblik aan toe was. Alleen Lucy kreeg zijn lijkbleke gezicht te zien. Alleen zij verstond zijn gemompel: 'Het is een jongen, ze hebben hem Victor genoemd...'
Lucy begreep wat er nu in haar man omging. Troostend fluisterde ze: 'Rustig nou maar, zo is het immers goed.'
Andries knikte en echode: 'Ja, zo is het goed. Ik weet alleen niet hoe ik Onze Lieve Heer hiervoor moet bedanken. Hij heeft de hele tijd geweten hoe bang ik was dat Stella haar kind naar mij zou vernoemen. Nu ik besef dat mijn gebeden zijn verhoord, is mijn dank groot. Kon ik nu ook maar vergeten en... vergeven.'
Na dat schorre gefluister sloeg Andries zijn handen voor het gezicht en huilde. Een ouder wordende man die terugzag op vervlogen tijden, die echter nooit tot het verleden zouden behoren.

HOOFDSTUK 8

Stella was inmiddels alweer zo vastgeroest in het ritme van alledag dat ze 's avonds geen wekker hoefde te zetten. Ook deze ochtend werd ze uit zichzelf prompt om kwart over zes wakker. Ze liet zich uit bed glijden en schoot haar ochtendjas aan. Om Jens niet wakker te maken, sloop ze geruisloos de slaapkamer uit.
Om even goed wakker te worden maakte ze in de keuken allereerst een kopje thee. Terwijl ze ervan dronk, foeterde ze in zichzelf: 'Het is nog hartstikke donker, helemaal geen tijd om al te moeten opstaan.' Ze zou net als Jens willen uitslapen.
Die luxe werd haar echter niet gegund, ze moest steeds als eerste op! Meteen gaf ze zichzelf een fikse reprimande: je moet je niet zo aanstellen, Stella Okkerman! Het is louter je eigen schuld, je wilde het zelf niet anders!'

Ze stond expres zo vroeg op omdat ze Victor zelf in bad wilde doen. Voordat ze naar kantoor ging, moest die klus geklaard zijn, dan wist ze tenminste dat er niets mis kon gaan.

Feitelijk was het zo dat ze Victor niet wat alles betreft toevertrouwde aan zijn vader. Ze vond dat Jens nog altijd hopeloos onhandig met het kind omging en daarom deed ze het liever zo veel mogelijk zelf. Toen ze nog met zwangerschapsverlof thuis was geweest, had ze hem geleerd hoe hij het flesje moest klaarmaken, hoe hij het bedje moest opmaken en al dat soort dingen meer. Het verschonen van een luier was helemaal een hoofdstuk apart geweest.

Gaandeweg was Jens eraan gewend geraakt, zijn handen trilden echter nog steeds als hij zijn zoon moest helpen. Wat betreft huishoudelijke karweitjes was het van hetzelfde laken een pak. Hij trok de stofzuiger af en toe door het huis, wist hoe hij de wasmachine moest bedienen en de was moest ophangen. Afwassen ging nog net, maar Jens bedankte ervoor om te moeten afstoffen, strijken of de ramen te lappen. 'Dat zijn puur vrouwelijke aangelegenheden. Ik wil alles voor je doen, je moet echter niet proberen van mij een verwijfd type te maken!'

Nee, lieve schat, dat zal ik niet doen. Stella glimlachte geamuseerd in zichzelf. Dat zal me ook zeker niet lukken, want daar ben jij de man niet naar. Na haar werk en vooral op zaterdag deed zij snel die dingen waar Jens niet aan toe kwam of die hij niet kon doen.

En nu, onderbrak Stella haar gemijmer, moet ik aan de wensen van mijn zoon tegemoet komen. Ze hoorde hem huilen en haastte zich naar de badkamer om zijn badje klaar te maken. Kort hierna tilde ze hem uit zijn bedje. Ze kuste hem en zei vrolijk: 'Dag, mijn kleine schatteboutje. Moest je nou per se zo hard brullen, kon het niet wat minder? Of was het juist je bedoeling je vader wakker te maken?'

Victors antwoord bestond uit een stralende lach waarbij hij zijn tandeloze mondje wijd opende. Stella lachte vertederd en dompelde hem onder in het warme badwater. 'Weet je eigenlijk wel dat je vandaag een klein beetje jarig bent? Het is 18 februari en dat betekent dat jij alweer een halfjaar oud bent! Dat is je ook aan te zien, je wordt al echt een knulletje. Mama's allerliefste schat, dat ben jij.' Het is niet te bevatten, bedacht

Stella, zoveel als ik van dit kind houd. Wat haar vroeger pijn en verdriet bezorgde, verbleekte onder de liefde voor haar zoon. Victor maakte alles voor haar goed. Nou ja... bijna alles. Ze nam het ventje uit bad en legde hem op het aankleedkussen. Terwijl ze hem afdroogde en aankleedde, dwaalden haar gedachten naar de dagen vlak na zijn geboorte. Haar kraamtijd was beslist niet de mooiste periode uit haar leven geweest, ze kon er alleen maar met intens veel verdriet op terugkijken. Niet eerder had ze zoveel tranen vergoten als in die tijd en vlak erna. Ze was toen echt ontzettend emotioneel geweest. Bijvoorbeeld toen ze felicitatiekaarten had gekregen van haar vroegere vrienden, omdat ze in plaats van kaarten naar hun lieve gezichten en hun stemmen had verlangd.

En nooit zou ze vergeten dat tante Lucy de dag na Victors geboorte naar het ziekenhuis was gekomen. Ze had haar én Jens gelukgewenst met de baby. Met Victor in haar armen had tante Lucy haar ogen niet droog kunnen houden. Stella had echter verlangend naar de deur gekeken. Toen er niemand binnenkwam, had ze aan tante Lucy gevraagd of pa misschien iets later kwam. Haar stiefmoeder had het hoofd geschud en gezegd dat pa niet kon komen. 'Hij is vreselijk verkouden, doet niks dan hoesten en proesten. We vonden dat hij beter thuis kon blijven. Stel je voor dat hij de baby en jou zou besmetten, dat wilden we liever voorkomen. Begrijp je?'

Op dat moment verbrak Victor het gepeins van zijn moeder door een keel op te zetten. Stella keerde met een schok onmiddellijk terug in de realiteit en troostte het kleine manneke. 'Stil maar, schatje, stil maar. Mama is stout, hè? Ik weet het wel, hoor. In deze eerste uurtjes van de dag, die zo helemaal van ons saampjes zijn, wil jij mijn volle aandacht en gelijk heb je. Nog even je sokjes aan en dan krijg jij je flesje. Daarna gaan we papa wakker maken en dan zorgt hij verder voor je. Nu is het weer goed, zie ik, je lacht weer tegen me.'

Ze kuste en knuffelde het kindje en even later zat ze hem in de keuken de fles te geven. Zonder dat ze het wilde, dwaalden haar gedachten toen toch weer naar de enige die in het ziekenhuis op bezoek was geweest. Tante Lucy had diep gebloosd en ze had haar even schuchter als schuldig aangekeken. Zij – Stella – had geknikt en met een rare kronkel in haar stem

gezegd: 'Ja, tante Lucy, ik begrijp dat jij je ergens uit moet redden. Waarom zeg je niet gewoon eerlijk dat pa niet naar me toe
wil? Omdat hij met mij niets te maken wil hebben en omdat hij
het kind van Jens niet welkom kan heten. Zo is het toch? Durf
eens te beweren dat ik het mis heb!'

Tante Lucy had eerst haar ogen moeten drogen voordat ze
bekende: 'Het is niet helemaal zoals jij veronderstelt, maar in
grote lijnen heb je helaas gelijk. Je vader kan de moed niet
opbrengen om naar je toe te komen, dat mag je hem niet kwalijk nemen. Hij kan echt niet anders en daar heeft hij het zelf
het moeilijkst mee. In zijn hart bedoelt hij het goed met jou,
dat bewijst deze envelop met inhoud die ik je uit zijn naam
overhandig.'

Ze had de envelop werktuiglijk aangenomen, domkop die ze
was. Meteen daarop was tante Lucy opgestaan. 'Ik moet er
weer eens vandoor...'

Nadat ze diep adem had gehaald, had ze gezegd: 'Het lijkt mij
beter, tante Lucy, dat pa en ik een poosje afstand van elkaar
nemen. Zeg hem maar dat ik niet boos ben, alleen verdrietig.
En dat ik hoop dat hij en ik eens in vrede samen verder kunnen. Tot zolang moeten we geduld hebben.'

Tante Lucy had dof geknikt. 'Het is vreselijk te moeten toegeven dat jij de wijste bent van ons drieën. Ik zal de boodschap
aan je vader overbrengen en, met jou, hopen op betere tijden.'

Behalve een enkel telefoontje waarin over en weer niks gezegd
was, hadden ze geen contact meer met elkaar gehad. Jens was
dik tevreden met deze gang van zaken. 'Het was een uiterma-
te stom gedoe, waar jullie de hele tijd mee bezig waren. Als je
elkaar niet mag, moet je er resoluut een punt achter zetten.
Graag of niet, zo denk ik erover.'

Kon zij maar zo gemakkelijk over de dingen doen en denken
als Jens, dan zou ze het minder moeilijk hebben.

Toen hij na tante Lucy's bezoek bij haar in het ziekenhuis
kwam, en ze hem had verteld wat er was voorgevallen, was Jens
heel lief voor haar geweest. Ze had in zijn armen mogen uit-
huilen. Nadat ze zich had hersteld, had ze op de envelop gewezen. 'Ik ben zo dom geweest hem aan te nemen, hij gaat echter alsnog over de post retour gever! Als pa mij niet wil, wil ik
zeker zijn geld niet. Ik laat me niet kopen of verkopen.'

Jens had willen weten hoeveel erin zat, zij had haar schouders opgehaald omdat ze de envelop niet geopend had. Dat deed Jens voor haar. Er bleek een briefje van duizend in te zitten. Zij was misselijk geworden van het idee dat pa met geld iets wilde goedmaken. Jens had goedkeurend geknikt.

'Er gaat niks terug, het is een mooi bedrag dat wij best kunnen gebruiken. Als jij het niet wilt, pik ik het wel in; ik spaar al heel lang voor een auto voor mezelf.'

Stella haalde verloren haar schouders op, vervolgens bekommerde ze zich om de baby. Hij had het flesje leeggedronken en toen ze hem tegen haar aanhield en op zijn rugje klopte, kwam het gewenste boertje. 'Goed zo, die moest eruit! Nu jij je buikje vol hebt, breng ik je naar papa. En dan moet mama zich snel douchen en aankleden, anders komt ze te laat op kantoor.'

Jens was inmiddels al wakker, hij zat rechtop in bed. Ze gaven elkaar een kus, waarna Jens het kind van haar overnam.

Met een wat verongelijkt gezicht bromde hij: 'Goedbeschouwd is het leven een saaie sleur, iedere dag lijkt op de voorgaande. Elke ochtend breng jij het kind bij mij en dan smeer je hem. Altijd met dezelfde haast, ik krijg er de zenuwen van.'

'Het kan toch niet anders? Ik kom niet graag te laat op mijn werk.' Ze verzweeg wijselijk dat ze had zitten dromen. 'Ik ben vanochtend beduidend langer met Victor bezig geweest dan anders, die schade moet ik nu weer inhalen.' Ze wierp een vluchtige blik op haar horloge en uit medelijden met Jens zei ze: 'Goed dan, ik kruip nog even een kwartiertje bij jullie in bed. Even bijkletsen, dan kom ik maar een keer te laat, daar zal Bert me heus niet meteen om ontslaan.'

Ze deed haar ochtendjas uit, schoof dicht naar Jens en boog zich over Victor. 'Wil je wel geloven dat ik dolgelukkig ben met het feit dat hij jouw ogen heeft? Ze zijn zo mooi, zo stralend en zeegroen dat ik er soms in zou willen verdrinken. Victor denkt er anders over, hij heeft nu geen oog voor mij, hij ziet alleen jou!'

'Zo doet hij elke ochtend,' zei Jens. 'Hij ligt me constant strak aan te kijken met die grote ogen van hem. Zonder te beseffen dat ik er verlegen van word.'

'Ja, maar jij moet ook tegen hem praten. Hij wacht erop dat je

vrolijk met hem gaat spelen. Hij wil je stem horen.'
'Wat moet ik dan zeggen?' Jens trok hulpeloos met zijn schouders. 'Kiekeboe en da-da-da-da? Dat soort flauwekul krijg ik niet over mijn lippen. En van een normaal gesprek heeft hij geen kaas gegeten, wat moet je dan?'
Stella schoot in de lach, maar die bestierf meteen weer op haar gezicht toen ze zag dat Jens ontevreden keek. Overbezorgd vroeg ze zacht: 'Je bent niet gelukkig met de gang van zaken, is het wel?'
Jens trok onwillig met zijn schouders. 'De werkelijkheid is vaak anders dan je je had voorgesteld. Huisman zijn valt zwaar tegen, het geeft me geen voldoening en bovendien breng ik er niks van terecht. Ik voel me schuldig ten opzichte van jou. Jij werkt hard, je brengt het nodige geld binnen, ik bungel erbij als een niksnut. Ik wou dat ik een bijbaantje had zodat jij in elk geval een klein beetje trots op me kon zijn.'
'Ach, lieve schat, wat haal jij je nu toch voor gekkigheid in het hoofd?' Stella streelde en kuste hem. 'Ik ben juist ontzettend trots op je! Ik heb de liefste man van de wereld, er zijn niet veel vrouwen die dat kunnen zeggen. Heb je spijt, Jens, dat je je hebt laten afkeuren?'
'Nee, dat niet. Als ik in de bouw was gebleven zou ik eronderdoor zijn gegaan. Toch zou ik niet alleen 's avonds mijn kroegmaten willen ontmoeten, maar ook overdag weer eens onder de mensen willen zijn. En mannenwerk willen verrichten.' Jens slaakte een moedeloze zucht. 'Ach, let maar niet op me, ik zit te zeuren. Dat komt louter en alleen omdat ik me zorgen maak om jou. Jij hebt alles mee, je bent mooi, lief en intelligent, je zou met een heel andere man getrouwd moeten zijn. Vanwege mijn lompheid was die keuze er opeens niet meer voor jou. Dat vreet aan me...'
Stella wist niet wat ze hoorde, want niet eerder had Jens op deze manier tegen haar zijn hart uitgestort. Ze keek bedrukt en zei: 'Zo moet je niet praten, Jens. Dankzij jou kreeg ik juist wat ik het liefste wilde: een man en een kind.'
Stella zweeg en nadat ze een tijdje had nagedacht, kreeg ze plotseling een ingeving. 'Weet je wat ik ga doen, Jens? Ik ga aan Bert vragen of hij niet zo af en toe eens een klusje voor je heeft!'

Daarop sneerde Jens: 'O, ja hoor, ik kan zomaar van het een of het andere moment automonteur worden. Dat geloof je toch zelf niet!'

'Nee, vanzelfsprekend niet. Bij ons op de zaak is echter meer te doen dan alleen auto's repareren. Voordat er een nieuwe auto de deur uitgaat, moet die eerst gewassen en gepoetst worden. De waslaag van de fabriek moet eraf en dat schijnt geen gemakkelijke klus te zijn. Ook niet de mooiste, moet ik toegeven. Bert zit vaak genoeg met zijn handen in het haar, omdat hij niet altijd over voldoende personeel kan beschikken. Voor jou zou het een uitkomst zijn. Je zou mannenwerk kunnen doen én met mannen kunnen kletsen over van alles en nog wat. Ik kan er op de zaak toch een balletje over opgooien?' zei Stella hoopvol.

Jens keek echter bedenkelijk. 'Ik weet niet of dat soort werk me voldoening zou schenken. Wel als het ging zoals ik het graag zou willen: als ik zo'n schitterende mooie Saab afleveringsklaar heb gemaakt, zou ik er als beloning een eind in willen rijden. Dat zou me een goed gevoel geven, die wens kan ik echter wel op mijn buik schrijven.'

Wie weet, dacht Stella. Ze kon bij Bert Hollander een potje breken, ze wist ook dat hij met Jens te doen had vanwege zijn verleden. Ze verzweeg het plannetje dat zich al in haar hoofd had gevormd. Aan Jens vroeg ze: 'Je staat er niet afwijzend tegenover, hoop ik? Het houdt wel in dat jij op zaterdag zult moeten werken en misschien op doordeweekse avonden.'

Jens grijnsde. 'Ik weet dat je hiermee op mijn zo broodnodige vrijheid wijst, maar die verschaf ik me, hoe dan ook, toch wel. Wat mij betreft mag jij je baas aan zijn mouw trekken, kwaad kan het niet.'

Stella slaakte een zuchtje van opluchting en liet zich uit bed glijden. 'Ik moet nu toch echt zorgen dat ik de deur uit kom. Douchen doe ik vanavond wel, daar is nu geen tijd meer voor. Ik had al op kantoor moeten zijn, ze zullen niet weten waar ik blijf. Ik klets snel een nat washandje in mijn gezicht, kleed me aan en dan ben ik weg!'

Jens knikte begrijpend. En nadat Stella hem in haast een zoentje had gegeven en de deur van het vertrek achter zich dichttrok, keek Jens naar zijn zoon die op zijn borst in slaap was gevallen. 'Goed zo,' mompelde hij binnensmonds, 'nu hoef ik met jou tenminste niet te babbelen.'

Hij kon tegen geen sterveling zeggen wat er in hem omging en al helemaal niet tegen zo'n onmondig kind. Hij zag het al gebeuren dat hij tegen Victor zou zeggen: Ik kan je moeder niet geven wat zij van het huwelijk verwacht. Eens zal ze dat gaan inzien en dan kan ik slechts zeggen dat de schuld louter en alleen bij mij ligt. De laatste tijd ben ik steeds wanhopiger op zoek naar mezelf. Wie ben ik, waarom voel ik me als een vogel gekooid? Hoe komt het toch dat ik mijn vleugels wil uitslaan, terwijl ik nergens veiliger en geborgen ben dan in dit huis? Bij de vrouw die mij waarachtig liefheeft. Ik behoor tevreden en vooral dankbaar te zijn, maar ik ben het niet. Dicht bij vrouw en kind voel ik me soms plotseling moederziel alleen. Als er werkelijk een God bestaat, hoe kan Hij het dan over zijn hart verkrijgen om mij zo radicaal te verlaten?

Op die vraag kreeg Jens Okkerman geen antwoord. En hij vergat te bedenken dat een mens die zijn hart willens en wetens sluit voor God, daar de gevolgen van moet aanvaarden.

Onderweg naar kantoor stonden Stella's gedachten niet stil. Ze had verschrikkelijk te doen met Jens. Ze merkte dat hij steeds vaker stil en in zichzelf gekeerd was, dan leek het alsof hij ergens op zat te broeden. Zij vermoedde dat zijn sombere stemming te maken had met haar. Dan overviel haar de angst dat Jens niet meer van haar hield. Ze vond dat ze toch haar uiterste best deed voor hem, ze wilde hem immers alleen maar gelukkig maken. Dat ze hem soms in stilte bepaalde dingen verweet, wist Jens niet en zij kon het niet verhelpen. Dat hij tijdens de geboorte van Victor in de kroeg had gezeten, terwijl zij hem zo heel hard nodig had gehad, ging voor haar steeds zwaarder wegen. Ze betwijfelde zelfs of ze het hem ooit zou kunnen vergeven. Dat hij zo vaak de deur achter zich dichttrok en zo gemakkelijk zijn eigen leven leidde, stond haar ook meer en meer tegen. De afgelopen maanden had ze er veel over nagedacht en was ze tot de conclusie gekomen dat dit gedrag van Jens niet normaal was. Het zou zoveel schelen als hij een klein beetje kon aanvoelen hoe verschrikkelijk erg zij haar vrienden nog altijd miste. En hoeveel pijn de breuk met haar ouderlijk huis haar deed. Jens wilde er niet over praten en als zij het desondanks toch eens deed omdat het haar zo hoog zat, 'troostte' Jens haar door met haar te willen vrijen.

Het was niet allemaal even gemakkelijk, niettemin bleef ze onverminderd van hem houden. In stilte hoopte ze dat als Jens zijn hart weer open durfde te zetten voor het geloof, alles er een stuk beter op zou worden. Onlangs, toen hij weer eens een tobberige bui had en voor haar totaal onbereikbaar was, had ze voorzichtig geprobeerd hem op die mogelijkheid te wijzen. 'Ik weet onderhand wel dat jij met mij niet kunt praten over je diepste zielenroerselen. Ik wil er graag voor je zijn, maar jij wijst elke vorm van hulp af. Dan sta ik machteloos, omdat ik maar een doodgewoon mens ben. Er is echter iemand, Jens, die boven ons mensen staat en nooit ofte nimmer machteloos toeziet. Jij hoeft maar een vinger uit te steken en Hij zal je hand vastgrijpen.'

Ze had van tevoren kunnen weten dat Jens er verbolgen op zou reageren. 'Je moet tegen mij geen preek afsteken, daar gaan mijn nekharen recht van overeind staan. Ik zeg zondags ook niet tegen jou dat ik het vervelend vind dat jij naar de kerk gaat en je mij met Victor laat zitten. Je moet me in mijn waarde laten, dat doe ik met jou ook.'

Het leven is best wel ingewikkeld, verzuchtte Stella voor de zoveelste keer, het gaat beslist niet allemaal van een leien dakje.

De zorgen verdwenen op slag van haar gezicht toen ze op kantoor zowat juichend werd begroet. 'Fijn dat je er bent, zeg! We dachten al dat je ziek was. Bert wilde net naar je huis bellen om te horen wat er aan de hand was.'

'Onkruid vergaat niet,' zei Stella lachend. 'Ik heb me verslapen, en daar schaam ik me voor.'

Op dat moment kwam Bert Hollander het kantoor binnen. Ook hij deed blij verrast. 'Nou, daar ben je dan toch nog! Ik ving net op dat je door de wekker heen was geslapen. Zit daar niet mee, het kan de beste overkomen.'

Stella zond hem een lach. 'Bedankt voor het begrip.' Ze was de ernst zelve toen ze vervolgde: 'Kan ik je straks even onder vier ogen spreken, Bert? Ik zit ergens mee en daar kan ik jouw hulp bij gebruiken.'

Een moment keek hij haar vragend aan, vervolgens zei hij, joviaal als altijd: 'Loop gelijk maar mee naar mijn kantoor, dan kunnen we het varkentje meteen wassen.'

In zijn domein wipte Bert op de rand van zijn bureau, hij wees Stella op de stoel die ervoor stond. 'Steek maar van wal, ik ben één en al aandacht!'

'Het gaat om Jens. Je weet dat hij mij thuis vervangt, het gaat echter niet zoals het zou moeten gaan.' Ze legde uitvoerig uit wat de problemen waren en stelde de vraag die de hele tijd al op haar tong brandde. 'Jens heeft afleiding buiten de deur nodig, hij wil zich weer nuttig voelen. Heb jij niet af en toe een klusje voor hem, Bert? Jens is vanzelfsprekend geen monteur, maar verder is hij ontzettend handig. Zijn handen kunnen als het ware maken wat zijn ogen zien. Daar staat het huishouden doen en een kind verzorgen buiten, moet ik erbij zeggen, maar dat komt in dit geval ook niet aan de orde.'

Bert grijnslachte. 'Nee, hij hoeft bij mij geen stof af te nemen of luiers te wassen. Verder is er hier altijd wel wat te doen, waar de anderen door tijdgebrek niet aan toe komen. Een kerel die zijn handen wil laten wapperen, is altijd welkom bij mij.'

'O… Maar dat is echt fantastisch!' Stella bloosde van puur geluk, ze had niet verwacht dat het zo gemakkelijk zou gaan. De blosjes die op haar wangen verschenen, deden Bert Hollander vragen: 'Is het echt alleen omdat Jens zijn dagen niet kan vullen, of is er meer aan de hand, Stella? Hebben jullie wellicht financiële problemen?'

'Nee, niet echt,' antwoordde Stella naar waarheid. 'Met mijn salaris en Jens' uitkering komen we elke maand net rond. We kunnen ons geen gekke bokkensprongen veroorloven. Ik realiseer me nu echter wel dat wat Jens bij jou gaat verdienen, van zijn uitkering wordt afgetrokken?'

Het deed Bert deugd dat hij haar kon geruststellen. 'Ik ben een man die eerlijk zaken doet, dat wil echter niet zeggen dat we soms niet een heel klein beetje ondeugend mogen zijn. Wat ik je man na gedane arbeid toestop, gaat niemand iets aan.'

Bert keek Stella onderzoekend aan. 'Kan Jens ondanks zijn rug doen wat ik van hem verlang?'

Stella knikte. Ze hakkelde ietwat nerveus toen ze noodgedwongen moest liegen. 'Het werk in de bouw was te zwaar voor hem, te belastend voor zijn rug. Als hij maar niet te veel hoeft te tillen, valt het wel mee.'

'Nou ja,' zei Bert lachend, 'hij hoeft de auto's hier niet van de grond op te tillen. Dat is dus verder geen punt.'

Nee, dacht Stella bedrukt, maar Jens gaat straks wel zwart geld verdienen. Dat komt er nu ook nog bij... Ze zuchtte onhoorbaar en sloeg haar ogen op naar Bert Hollander. 'Jens en ik hebben het er van tevoren vanzelfsprekend uitvoerig over gehad, anders had ik niet aan jou durven vragen of je werk voor hem had. Jens verheugt zich er al bij voorbaat op. Dat komt omdat hij een grote voorliefde heeft voor mooie, grote en dure auto's.' Ze aarzelde even voordat ze verderging. 'Het is zo dat Jens echt dolgraag een spiksplinternieuwe Saab wil laten glimmen als een eikeltje. Dat werk wil hij het allerliefst doen.'

Bert Hollander lachte geamuseerd. 'Is dat alles? Wel, Stella, dan kan ik je geruststellen: Nadat de monteurs de wagens motorisch en technisch hebben geïnspecteerd, zal Jens voor een gedegen schoonmaakbeurt moeten zorgen. Ben je dan nu tevreden?'

'Bijna, er is namelijk nog iets... Je zou Jens echt enorm veel plezier doen als hij een proefrit mocht maken in de auto die hij zo glimmend had gepoetst. Al was het maar één keertje. Kun je me dat niet alvast beloven, zodat ik Jens vanavond blij kan maken? Alsjeblieft, alsjeblieft, Bert?'

Hij keek verbouwereerd. 'Maar Stella toch, je gaat nu zowat smekend voor me op de knieën! Omdat jij het bent, zal ik met mijn hand over het hart strijken. Ik zal Jens een pleziertje doen en daarmee jóuw hartenwens in vervulling laten gaan. Want dáár komt het immers op neer?'

Stella knikte. 'Het geluk van Jens is mij alles waard. Hij heeft zoveel tegenslag in het leven gehad, daar weet jij inmiddels alles van. Ik ben de enige die iets van het leed van toen voor Jens kan goedmaken.' Trouwhartig voegde ze eraan toe: 'Bedankt, Bert! Voor veel. Vooral voor het ritje dat Jens een keer mag maken in een gloednieuwe Saab. Je weet niet half wat dat voor hem betekent. En dus ook voor mij.'

'Het is goed, meisje,' zei Bert. 'Geen dank. Laat Jens maar eens bij me langskomen. Dan kunnen we het een en ander bespreken en afspraken maken. Is verder alles goed, ook met je zoon?'

Stella straalde toen ze over Victor vertelde. Na dat relaas verliet ze het directiekantoor en schoof ze achter haar eigen bureau. De verdere dag was er voortdurend een blij jubeltje in haar dat bestemd was voor Jens. Het speet Stella niet toen ze op het eind van de dag haar computer mocht uitzetten en ze naar Jens kon om hem het verheugende nieuws te gaan vertellen.

Jens knikte en knikte op alles wat Stella zei. Toen ze hem vertelde dat hij een keer een proefrit mocht maken in een gloednieuwe Saab, verscheen er om zijn mond een lach waaraan zijn ogen meededen. 'Die baas van jou is een toffe peer!'

Stella glimlachte. 'Bert Hollander is de goedheid zelve. Dat hij jou zonder meer vertrouwt, door je met een nieuwe Saab de weg op te laten gaan, doet mij enorm goed.'

Stella keek intens gelukkig, ze kon op dit moment ook nog niet weten hoe en door wie, Berts goedheid zou worden bezoedeld...

HOOFDSTUK 9

Goedgemutst reed Stella op een namiddag van kantoor naar huis. Ze had een fijne dag achter zich. Het werk was moeiteloos uit haar handen gegleden, en de onderlinge sfeer was uitstekend geweest. Het had vast met de tijd van het jaar te maken, dat haar collega's, net als zijzelf, de hele dag zo goedgehumeurd waren. Zo halverwege de meimaand hing het voorjaar voelbaar in de lucht en dat maakte de mensen vrolijk. Voordat ze Victor in zijn bedje stopte, zou ze nog een paar uurtjes van haar kleine schat mogen genieten. Ze hoopte dat Jens Victor van het mooie weer had laten profiteren. Dat hij er met hem uit was geweest, al was het alleen maar in de tuin.

Dat de dingen vaak anders verlopen, besefte Stella toen ze uit haar auto stapte en ze een stem achter zich hoorde. 'Ik ben blij dat je er bent, helaas heb ik geen goed nieuws voor je.'

Stella keek om en tot haar grote verbazing stond de buurvrouw achter haar met Victor in haar armen. Stella nam Victor werktuiglijk van de buurvrouw over en bezorgd vroeg ze: 'Wat is er aan de hand? Waarom is Victor bij u, mevrouw Veen?'

Deze vertelde: 'Je man belde vanochtend al voor tienen bij me aan met de vraag of ik op het kind wilde passen. Hij had een alarmerend telefoontje gekregen van zijn vader dat er iets met zijn moeder was. Het was hem niet helemaal duidelijk of ze een ongeluk had gehad of dat ze vanwege een ziekte met spoed naar het ziekenhuis was gebracht. Hij werd in paniek opgeroepen, en moest in allerijl afreizen naar Apeldoorn. Vanzelfsprekend kon hij Victor bij mij brengen en toen hij vroeg of hij mijn auto mocht lenen omdat hij met het openbaar vervoer te veel tijd kwijt zou zijn, kon ik hem ook dat niet weigeren. In nood moet je er voor elkaar zijn, zeg ik altijd.'

Stella knikte afwezig. 'Wat raar allemaal. Waarom weet ik van niks en heeft Jens mij niet gebeld voordat hij vertrok?'

'Je man wilde je niet nodeloos ongerust maken. Hij vroeg aan mij om jou niet op kantoor te bellen, behalve als er iets met Victor mocht gebeuren. Nou, daar was geen sprake van; het is een lief kindje. Hij is de hele dag zoet geweest, terwijl ik toch nagenoeg een vreemde voor hem ben. Hoe oud is hij nu, een maand of acht?'

'Een paar weekjes ouder, hij is negen maanden,' zei Stella. Ze sloeg haar ogen op naar haar buurvrouw en welgemeend zei ze: 'Mag ik u heel, heel hartelijk bedanken voor wat u voor Jens en dus ook voor mij hebt gedaan? Het is echt heel lief van u, morgen laat ik een grote bos bloemen bij u bezorgen.'

'Ach kind, dat hoeft helemaal niet,' haastte de vrouw zich te zeggen. 'Ga jij nu maar gauw naar binnen, wellicht belt je man of komt hij zo dadelijk thuis.'

'Ik hoop op het laatste,' zei Stella. 'Nogmaals, héél erg bedankt en morgen komen de bloemetjes.'

Ze nam de tas met spulletjes van Victor aan en haastte zich naar huis. Ze legde Victor in de box, en ze merkte pas dat hij doodop was toen hij zijn duimpje in de mond stak en na een geeuw die uit zijn teentjes leek te komen, zijn oogjes sloot. Algauw sliep hij als een roosje.

Stella maakte zich los van de box en liet een blik door de kamer gaan. Ze zag dat de ontbijttafel nog niet was afgeruimd en de kamer rommelig was. Het gebeurde de laatste tijd steeds vaker dat Jens doodleuk de boel de boel liet, dan moest zij dikwijls een woedeaanval onderdrukken. Nu sloeg de schrik haar ech-

ter om het hart, er moest iets ergs gebeurd zijn waardoor Jens
nergens aan toe had kúnnen komen. Wat was er in vredesnaam
met zijn moeder aan de hand? En hoe kwamen ze eigenlijk aan
hun telefoonnummer? Misschien hadden ze in hun wanhoop
de politie ingeschakeld, dan was er meer gaande dan zij nu
voor mogelijk kon houden. O, Jens, kom alsjeblieft thuis of bel
even, want ik héb het niet meer!

Terwijl Stella afwisselende buien van bezorgdheid en boosheid
de baas probeerde te blijven, was Jens onderweg naar huis. Hij
voelde zich goed, bedacht hij, prettig zelfs. Zo was het altijd als
hij achter het stuur van een auto zat. Dan was het net alsof hij
werd opgetild uit de soms haast wurgende sleur van alledag.
Als hij een proefritje mocht maken in een auto van Bert
Hollander, voelde hij zich ook meteen happy. Dat feest duurde echter altijd maar heel even, hooguit een halfuurtje. Dan
moest hij de wagen weer uit handen geven en geen sterveling
wist, dat hij dat deed met bloedend hart.
Zijn hartenwens, een eigen auto, was nog altijd niet vervuld.
Hij betwijfelde óf het er ooit van zou komen. Sinds enkele
maanden werkte hij nu met enige regelmaat voor Stella's baas.
Ze hadden hem alleen nodig als ze zelf niet aan de rottigste
klussen toekwamen. Het schoonmaken van een gloednieuwe
auto was een rotklus, een karwei dat iemand zonder hersens
kon doen. Trots op zichzelf was hij dan ook niet. Per keer verdiende hij er een paar tientjes mee, soms iets meer, dat lag aan
de gulheid van Bert Hollander. Het geld was voor hemzelf, dat
had hij Stella van meet af aan duidelijk gemaakt. Het kwam
terecht in zíjn spaarpotje en was bedoeld om ooit zijn liefste
wens te vervullen. Het schoot echter geen zier op, soms moest
hij er iets uitnemen omdat hij naar de kroeg wilde en zijn zak-
geld al op was. Een andere keer zat Stella krap en dan moest
hij haar iets van zijn spaarcenten toestoppen zodat ze het de
rest van de maand kon uitzingen.
Vervelend nou, dat de naargeestigheid van vanmorgen
opnieuw in hem opkwam. Stella was die ochtend nog maar net
de deur uit, toen hij met zijn handen in het haar had gezeten
omdat hij niet wist hoe hij de dag moest doorkomen. O, jawel,
er was genoeg te doen. Stofzuigen, afwassen, opruimen en

meer van dat soort wijvenwerkjes. Het bed moest worden verschoond, of hij dat even wilde doen. Niet vergeten, hoor, Jens. Het had een week geleden al moeten gebeuren, jij stelt het almaar uit. Zo was het niet, als hij er geen zin in had, deed hij het gewoon niet. Met Victor lag het anders, dat was een levend wezen en van hem afhankelijk.

Vanochtend had het kind in de box liggen jengelen. Hij was haast gek geworden van het geluid. Hij had tegen Victor geschreeuwd dat hij stil moest zijn. 'Houd je mond, of ik doe je wat!' Van die uitval was hij zelf enorm geschrokken, des te meer omdat hij een bijna onbedwingbare drang had gevoeld het kind een klap te geven. Hij had zich ervoor geschaamd en zich afgevraagd of hij eigenlijk wel van zijn zoon hield. Hij kende het antwoord op de vraag, maar verstopte dat op een plek waar hij niet zelf bij kon. Hij kreeg het er benauwd van, haast tot stikkens toe. Niettemin was hij vanochtend doorgegaan met die zelfkwelling. Je houdt wel van Stella. Toch?

Dat ene woordje had hem volledig van zijn stuk gebracht. Hij had zich geen raad geweten met de gevoelens die hem overspoelden. Het eind van het liedje was dat hij op de vlucht was geslagen. Bij de buurvrouw had hij een zielig verhaal opgehangen. Het goede mens had hem terstond een helpende hand geboden; hij mocht Victor bij haar brengen en zonder bezwaar had ze hem haar auto geleend.

Zonder een doel voor ogen had hij gereden en gereden en ondertussen had hij zich schuldig gevoeld jegens Stella. Wanneer zag zij in dat ze getrouwd was met een slappeling? Een kerel die voor nog geen meter geschikt was voor het huwelijk, omdat zijn eigen vrijheid hem vóór alles ging. Zo was het en niet anders. Zo, in diepe gedachten verzonken, had hij tot zijn eigen stomme verbazing gemerkt dat hij regelrecht afreed op de grensovergang van Ter Apel. Vlak ervoor was hij gestopt. Hij had het verlangen om de grens te overschrijden nog maar net op tijd weten te onderdrukken. Hij was teruggegaan en nu was hij bijna thuis.

Zou Stella zich hebben afgevraagd waar hij de hele dag had gezeten? Stella wist van een mug een olifant te maken. Lief meisje, ze was nog altijd een beetje naïef en daardoor misschien wel zo meegaand. Ze had gebroken met haar dominante pa, die man kon zijn wil niet meer aan haar opdringen.

Zou het mogelijk zijn dat Stella dat onbewust toch miste en dat ze er daarom nu alles aan deed om het hem, haar man, naar de zin te maken? Ze verweet hem zelden of nooit iets, terwijl daar vaak genoeg wel reden toe was. Dwars door alles heen hield ze van hem en dat kon hij hoe langer hoe minder bevatten. Als hij wist dat Stella niet van hem hield, zou hij de grens misschien wel zijn overgestoken. En dan…

Jens suste zijn geweten door hardop te verzuchten: 'Ik ben blij dat ik haar zo meteen in mijn armen kan sluiten. Zegt dat dan niet genoeg?'

Het was negen uur 's avonds toen Stella in de straat een auto hoorde. Ze sprong op uit haar stoel en haastte zich naar het raam. Ze zag dat het Jens was die uit de auto stapte en slaakte een zucht van verlichting. Vervolgens repte ze zich naar de voordeur, en zag ze dat Jens een grote bos bloemen overhandigde aan mevrouw Veen. Wat lief van hem om daaraan te denken – in zijn hart was Jens best wel attent.

Kort hierna stapte Jens het huis binnen. Hij had zijn emoties haastig onder het tapijt geveegd en zodoende lukte het hem haar een lach toe te zenden en een zoentje te geven. Vanwege zijn manier van doen vermoedde Stella dat het minder erg met zijn moeder moest zijn dan zij het zich in de zenuwen had voorgesteld. Jens maakte op haar een ontspannen indruk. Zo voelde Stella zich niet toen ze naar hem opkeek. 'Daar ben je dan eindelijk! O, Jens, als je eens wist hoe verschrikkelijk ik in de rats heb gezeten. Wat is er allemaal gebeurd? Toe, vertel!'

'Moet dat hier in de gang? Kunnen we niet beter naar de huiskamer gaan? Ik wil er wel even bij zitten, een borreltje zou ook niet verkeerd vallen!'

'O ja, natuurlijk! In de consternatie vergat ik dat jij een enerverende dag achter je hebt. Ga maar gauw lekker zitten, dan schenk ik je een hartversterkertje in.' Dat werd een glas cognac, zelf nam Stella een wijntje. Nadat ze daar een slokje van had genomen, vroeg ze bezorgd: 'Hoe is het met je moeder? Was het niet raar om je ouders na al die jaren opeens terug te zien? En dan ook nog in zo'n vervelende situatie? En je zus, heb je haar ook gezien en gesproken?'

Een moment keek Jens haar stomverbaasd aan, vervolgens schoot hij in de lach. 'Hemeltjelief, ik hád kunnen weten dat jij de boodschap die ik bij de buurvrouw achterliet, serieus zou nemen! Wat ben je toch ook nog een kind. Malle meid, je had toch beter kunnen weten? Je kent me toch!'

'Op dit moment eventjes niet, geloof ik...' Stella bestudeerde zijn gezicht. De lach van daarnet verbleekte toen ze vroeg: 'Was het dan niet ernstig met je moeder, of... ben je helemaal niet bij haar geweest?' Laat dat niet waar zijn, flitste het door haar heen.

'Je denkt toch niet dat ik helemaal naar Apeldoorn rijd om mensen op te zoeken met wie ik niks te maken heb?' schamperde Jens. 'Ik héb geen ouders en geen zus, laat daar geen twijfel over bestaan. Ik had verwacht dat jij meteen zou begrijpen dat het een smoes was. Ik moest Victor kwijt zien te raken en haar auto lenen. Oude, alleenstaande vrouwen zijn meestal weekhartig. Mevrouw Veen kon haar ogen nauwelijks droog houden toen ik op de zielige toer ging en bij haar klaagde over mijn arme, zieke moedertje.' Jens lachte geamuseerd nu hij het voorval opnieuw beleefde. 'Het ging erin als koek. En waarom ook niet? De buurvrouw heeft er immers geen idee van dat ik niet eens weet óf mijn moeder nog leeft. Ze kan al wel jaren dood zijn, en wat dan nog?'

Heel even staarde Stella hem met open mond aan, totdat de realiteit tot haar doordrong. 'O, Jens... wat intens gemeen van je! Ik vond het al zo bezwaarlijk dat jij die oude vrouw met Victor had opgescheept. En nu ik de waarheid ken, schaam ik me dood. Voor jou!'

Jens deed alsof hij zich van geen kwaad bewust was. 'Wat doe je raar? Gun je mij dan niet eens een dagje helemaal voor mezelf?'

Stella's stem was niet die van haarzelf, de opgekropte emoties die erin doorklonken wel. 'Waar ben je dan de hele dag geweest? Wat heb je gedaan en waarom?'

'Ik vrees dat jij niet zult kunnen begrijpen dat een man als ik er af en toe uit moet, om niet stapelgek te worden. Ik ben vandaag overal en nergens geweest. Ik heb heerlijk rondgetoerd, hier en daar op terrasjes gezeten, daar leende het weer zich uitstekend voor! Toen het voor mezelf mooi genoeg was geweest, ben ik naar jou teruggekomen, niet wetend dat jij je zorgen zat te maken om niks. Kom, lach nou maar weer, want er is niks aan de hand.'

Voor Stella was de maat nu echter meer dan vol. Met een stem vol walging tierde ze: 'Hoe dúrf je beweren dat er niks is gebeurd! O, wat ben jij een verschrikkelijke egoïst, Jens Okkerman! Je spant iedereen gemakzuchtig voor jouw karretje, zelfs een oude vrouw. Jij hebt je uitstapjes nodig, zeg je steeds, je vraagt je echter nooit eens af of ík daar geen behoefte aan heb. Als ik niet hoef te werken, zit ik aan huis gekluisterd omdat ik geen andere keus heb. Victor is er, vrienden en familie aan wie ik een bezoekje zou willen afleggen helaas niet meer. Jij neemt domweg aan dat de pijn daarvan allang gesleten is. Nou, het tegendeel is waar, hoor! Als je dat maar weet...'

Om niet te laten merken dat haar verwijten hem troffen als zware mokerslagen, speelde Jens opnieuw de geboren onschuld. 'Jij weet niet wat je zegt, en ik niet wat ik hoor!'

Vanwege zijn houding veranderde haar boosheid in woede.

Ze keek hem furieus aan toen ze haar gal spuugde. 'Nee, dat geloof ik graag! Snap je dan echt niet dat dat komt doordat jij je nergens in verdiept! Jij leeft uitsluitend voor jezelf, daar lijkt het tenminste vaak op. Als een vrijgezel ga jij je heel eigen gang. Maar je bént getrouwd, Jens Okkerman! Als jij ook maar een greintje verantwoordelijkheidsgevoel had, zou je beseffen dat je ook verplichtingen hebt!'

Jens keek zijn vrouw nu verbluft aan. 'Wat mankeert jou, waar heb ik al deze verwijten aan te danken? Zo ken ik je helemaal niet, wat is er in vredesnaam in jou gevaren!'

Stella wreef driftig langs haar ogen. 'Besef je dan echt niet dat jij de kantjes overal van afloopt? Had je bijvoorbeeld vanochtend niet eerst de boel op orde kunnen brengen voordat je de deur achter je dichttrok? Daar heb je niet eens bij stilgestaan. Het doet jou niks dat ik na een drukke werkdag thuis nog eens aan de slag kan gaan. En het gebeurt zo vaak dat je alles voor mij laat liggen. Dat ik op zaterdagavond steevast alleen zit te kniezen, daar zal ik me niet over beklagen, maar leuk is het niet. Als men jou een vinger toesteekt, grijp je de hele hand. Het is toch zeker zo dat jij me ook doordeweeks zeker twee of drie avonden aan mijn lot overlaat? Om ruzie te voorkomen durfde ik er de hele tijd niks van te zeggen, nu ben ik het echter spuugzat om almaar ja te moeten knikken. Wat jij vandaag hebt geflikt, is voor mij de laatste druppel. Het is niet normaal zoals jij doet en ik zie opeens in dat ik jouw fratsen niet als zoete koek hoef te slikken. Waarom doe je zo, Jens? Waarom ben je zo ontevreden?'

Stella kon niet langer tegen haar tranen vechten. Omdat ze Jens' blik, zo strak op haar gericht, niet meer kon verdragen, vluchtte ze het vertrek uit. In de slaapkamer liet ze zich voorover op het bed vallen en barstte in snikken uit.

In de huiskamer zat Jens met een donkere blik voor zich uit te staren. Hij had nooit verwacht dat Stella hem zoveel verwijten zou maken. Zo kende hij haar niet. Het pijnlijkste van alles was dat ze zo terecht waren. Tegenover Stella had hij zich van de domme gehouden, maar in zijn hart wist hij wel beter. Hij was geen lieverdje, en het ellendige was dat hij zichzelf niet kon veranderen. Dat kon alleen een mens die zichzelf kende. Misschien was hij niet alleen emotioneel onrijp, maar functioneerde zijn hart ook niet naar behoren. Hij miste in ieder geval dat waarmee hij een vrouw gelukkig kon maken. Eens had Suze dat moeten ondervinden, nu waren Stella's ogen opengegaan. En juist zij verdiende zoveel beter. Doordat hij Stella destijds zwanger had gemaakt, had hij niet alleen zichzelf, maar ook Stella van haar vrijheid beroofd. Vandaag had hij opeens voor een grensovergang gestaan...

Nu hij daarover nadacht, kwam hij tot de conclusie dat dat geen toeval kon zijn geweest. Hij was erheen gestuurd, omdat God voor Stella het allerbeste wilde en dat kon hij, Jens Okkerman, haar niet geven. Door hem een bepaalde weg te wijzen had God, ter wille van Stella, ingegrepen. Hij had die boodschap niet opgevangen en was teruggegaan naar huis. Daar had hij niet de vrouw getroffen die hij tot dan toe had gekend. Het was net geweest alsof Stella opeens een volwassen vrouw was geworden, die niet meer wilde dansen naar de pijpen van een ander...

Later zou Jens bij geen benadering kunnen navertellen hoe lang hij zijn hersens nog had gepijnigd. Op een gegeven moment knikte hij en mompelde voor zich uit: 'Zo moet het

dan maar. Het is de enige juiste oplossing. Voor ons allebei.'
Kort hierna beklom hij de trap. In hun slaapvertrek trof hij
Stella nog steeds in tranen.

Toen ze Jens binnen hoorde komen, wreef ze met een punt van
het dekbed langs haar ogen en terwijl ze hem zielsverloren
aankeek, fluisterde ze: 'Het is de eerste keer dat wij ruzie hebben, Jens... Ik vind het zo erg, dit wil ik helemaal niet.'

Hij schoof naast haar in bed, sloeg een arm om haar heen en
schorrig bromde hij: 'Stil maar, ik vind het ook niet leuk.'

'Het spijt me niet dat ik al die dingen tegen je heb gezegd. Ik
heb je ermee bezeerd, maar het was je eigen schuld.'

'Ik kan wel een stootje hebben.'

Stella maakte zich los uit zijn arm die vast om haar middel lag.
Ze keerde zich naar hem toe en bekeek zijn gezicht onderzoekend. Haar stem leek van heel ver te komen toen ze zacht zei:
'Wat ik zei was waar en volgens mij moet jij dat diep in je hart
weten. Het is zo jammer en voor mij een groot gemis, dat jij
niet kunt zeggen wat er in je omgaat. Zelfs nu zeg je niet iets
wezenlijks, niet een paar lieve woorden die voor mij troostend
zouden zijn.'

'Ik weet niet wat ik moet zeggen...'

'Kunnen dan zelfs de drie overbekende woordjes met hun
diepe inhoud niet over je lippen komen? Voor mij zou alles
weer goed zijn als jij alleen maar tegen me zei: het spijt me.'

Jens keek donker voor zich uit en na enig nadenken deed hij
haar én zichzelf een belofte: 'Vanaf morgen, lief meisje, zal ik
het je nooit meer moeilijk maken.'

Stella stelde zich er tevreden mee. Als ze echter had geweten
wat Jens er precies mee bedoelde, zou ze hem vast en zeker
niet zo warm hebben gekust.

HOOFDSTUK 10

De volgende ochtend was de sfeer in huis toch anders dan
anders. Stella wist zich met haar houding niet goed raad en ze
zag dat Jens er niet veel beter aan toe was. Nadat ze Victor in
bad had gedaan, en hem daarna zijn bordje pap had gevoerd,
schoof ze naast Jens aan de ontbijttafel. 'In de consternatie van

gisteren ben ik vergeten een boodschap van Bert aan jou over te brengen. Vlak voordat ik het kantoor verliet, zei Bert dat jij vandaag niet hoefde te komen omdat er niet de hele dag werk voor je is. Zonder erbij na te denken heb ik daarop gezegd dat jij desondanks toch even zou langskomen. Je weet maar nooit of er niet toch een klusje te klaren valt. Achteraf ben ik blij dat ik dat gezegd heb, nu kun jij er tenminste even uit. Stribbel maar niet tegen, ik zie dat je er behoefte aan hebt.'

Jens glimlachte mat. 'Zoals jij me kent, zou ik mezelf willen kennen. Je hebt gelijk, ik moet even mijn gedachten verzetten. Dat kan ik alleen buitenshuis.' Alsof hij zijn ongeduld niet meer kon bedwingen, zo gehaast stond hij op. 'Dan ga ik maar...' Na een korte aarzeling voegde hij eraan toe: 'Enne... wat er ook gebeurt, geloof van me dat ik om je geef.'

Stella zond hem een geruststellende blik. 'Dat weet ik, lieverd. En maak je geen zorgen, er gebeurt niets. Niet wéér, bedoel ik, want daar zorg ik persoonlijk voor.' Ze wipte op haar tenen, drukte een kus op Jens' mond en warm zei ze: 'Ik hou van je, Jens. Zielsveel.'

Kort hierna stond Stella met Victor op haar arm voor het raam en zwaaide ze Jens gedag.

In diepe gedachten verzonken, was Jens gekomen waar hij zijn moest. Doelbewust liep hij regelrecht op de Saab toe die afleveringsklaar op zijn nieuwe eigenaar stond te wachten. Hij pakte een dot poetskatoen en probeerde de wagen nog glimmender te maken dan die al was.

Vanuit een andere hoek van de garage zag Bert hem bezig. Hij kwam bij Jens staan en merkte lachend op: 'Je kunt het niet laten, zie ik. Man, je kijkt alsof je er verliefd op bent.'

Jens lachte zuurzoet. 'Dat zou best eens zo kunnen zijn. Heb ik donderdagavond goed begrepen dat 'mijn liefde' vandaag de deur uitgaat?'

'De familie Brons komt hem in de loop van de namiddag ophalen. Eerder kan het niet, want we zijn er nog niet aan toe gekomen om hem op de weg te testen. Frans heeft zojuist de nummerborden erop gezet, nu is hij zijn handen aan het wassen. Als hij dan ook nog zijn smerige overall heeft uitgetrokken, zal hij de wagen starten en mag die eventjes de weg op.'

'Zo, zo, mag Frans dat doen. De bofkont! Ach ja, sommige mensen hebben altijd geluk, anderen worden telkens door pech achtervolgd.'

'Je hebt het nu over jezelf,' begreep Bert. Hij las het verlangen dat van Jens' gezicht afstraalde en ter plekke verscheen voor zijn geestesoog het beeld van Stella. Hij zag haar weer zoals ze hem eens en zowat op haar knieën, had gesmeekt of Jens een keertje een proefrit mocht maken. Alsjeblieft, alsjeblieft. Hij vond dat nog altijd aandoenlijk, zoals dat jonge ding toen had gestreden voor één gelukkig moment voor haar man. Dat was liefde met een hoofdletter, vond hij.

En zoals Bert Hollander die keer, louter ter wille van Stella, zijn hand over zijn hart had gestreken, zo deed hij dat nu opnieuw. 'Als Frans er geen bezwaar tegen heeft, mag jij wat mij betreft het karweitje opknappen.'

Op dat moment kwam Frans, een van Berts beste monteurs, op hen toe lopen. Hij had een gedeelte opgevangen van wat Bert had gezegd en informeerde: 'Waar zou ik wel of geen bezwaar tegen moeten hebben?'

Nadat Bert het een en ander had uitgelegd, keerde Frans zich naar Jens. 'Je komt als geroepen, want ik zit hopeloos in tijdnood. De auto van meneer De Wilde moet vanmiddag om vijf uur klaarstaan. Dat wordt hard aanpezen, elk kwartier is voor mij welkome winst.'

Het ontging zowel Frans als Bert dat Jens heel even van kleur verschoot nu de kansen plotseling voor het grijpen lagen. Zoveel geluk, schoot het door hem heen, had ik één keer in het casino moeten hebben. Jawel, dan had zijn leven er heel anders uitgezien. Hij slaakte een onhoorbare zucht.

Bert merkte lachend: 'Zo zie je maar weer hoe goed het is dat jij uit eigen beweging toch bent gekomen. Jij bent hier al zo goed als onmisbaar, man!'

Jens meesmuilde: 'Er is geen mens onmisbaar. Ik zeker niet!'

Vervolgens ging elk van de drie mannen zijn eigen gang. Bert zocht zijn kantoor op, Frans trok zijn overall weer aan en Jens startte een fonkelnieuwe Saab die voor het eerst 'even' de weg op mocht.

Geen sterveling zou ooit weten dat Jens het stuur haast liefdevol streelde en dat hij hardop voor zich uit sprak alsof hij het tegen zijn allerbeste vriend had. 'Daar gaan we dan, jij en ik, de vrijheid tegemoet. Vraag me niet waarheen we gaan, en hoe lang we samen onderweg zullen zijn, want dat weet ik niet. Ik hoop alleen dat er ergens op deze wijde wereld een plekje is waar ik me thuis zal voelen. Waar ik te weten zal komen wie Jens Okkerman is. Als ik dat weet, zal ik zielenrust vinden. En als ik dan ook nog mijn zelfrespect weet terug te krijgen, kan ik hopelijk mijn emoties tonen. Aan Stella en aan mijn zoon. Dan pas keer ik terug en zal alles goed zijn.'

Jens was nog maar goed een uur de deur uit, toen Stella merkte dat Victor niet helemaal in orde was. Hij huilde en jengelde onafgebroken. Ze vermoedde dat er een tandje doorkwam en dat hij daar wat koortsig van was. Ze besloot hem naar zijn bedje te brengen. Het kleine manneke keek haar bijna dankbaar aan toen ze hem onderstopte en de fopspeen in zijn mondje stak. 'Ga maar lekker slapen, dan ben je gauw weer beter.' Stella drukte een behoedzame kus op zijn voorhoofdje en ging naar beneden waar nog een hoop werk op haar wachtte.

Stella had de was weggestreken, en ze zat net achter een kopje koffie toen de telefoon ging. Ze nam op en toen de stem van Jens in haar oor klonk, riep ze in haar onschuld: 'Jens, wat leuk dat je me zomaar belt!'

Hij sprak gehaast. 'Nee, Stella, wat ik te zeggen heb is niet leuk voor jou, maar wel het allerbeste. Je moet nu alleen naar me luisteren. Ik kom voorlopig even een poosje niet thuis. Een paar uur geleden ben ik op de vlucht geslagen. In de eerste plaats voor mezelf, maar ook vanwege het schuldgevoel dat ik jegens jou heb. Ik had je niet zwanger mogen maken, dan was jij nooit getrouwd met een man zoals ik. Zodra ik mijn evenwicht heb teruggevonden en ik zeker weet dat ik jou wél gelukkig kan maken, kom ik weer naar je toe. Ik geef om je... Tot dan.'

'Tot dan?' echode Stella. Vervolgens riep ze in paniek: 'Wat is er aan de hand? Waar ben je dan nu? Ik wil dat je wél bij me thuiskomt! Toe, Jens, zeg iets!'

Maar Jens had de verbinding echter al verbroken. Stella wist niet hoe ze het had, ze werd misselijk van de onrust die haar overspoelde. Wat was dit nou weer? Jens kon toch niet doodleuk zeggen dat hij 'even een poosje' niet naar huis kwam! Gisteren had hij de hele dag ook al de benen genomen, zo kon hij toch niet doorgaan? De ongerustheid maakte plaats voor een ongekende boosheid. Wat was Jens van plan, liet hij haar opnieuw een dag aan haar lot over, of bleef hij nog langer weg? 'Als je dat durft,' siste ze nijdig voor zich uit, 'ben je met mij nog niet klaar, Jens Okkerman!' Ze was opeens zo vreselijk kwaad dat ze zin kreeg om iets kapot te smijten.

Stella had er geen benul van hoe lang haar gevoelens wild heen en weer werden geslingerd. Van opstandig boos naar intens verdrietig en andersom. Op een gegeven moment kreeg haar zorg om Victor eventjes de overhand en ging ze snel bij hem kijken. Ze slaakte een zuchtje van opluchting toen ze zag dat hij rustig sliep en zijn wangetjes minder fel gekleurd waren. Gerustgesteld ging ze weer naar beneden, ze stond op de laatste trede van de trap toen er aan de voordeur werd gebeld. Werktuigelijk opende ze de deur en verbouwereerd keek ze in het gezicht van Bert Hollander.

Het was Stella nog aan te zien dat ze had gehuild, maar Bert had daar geen aandacht voor. 'Waar is Jens?' brieste hij. 'Ik verwachtte, of liever gezegd hoopte, hem hier bij jou te zullen aantreffen. De Saab staat echter niet voor de deur. Waar hangt die man van jou uit, Stella!'

Al pratende had Bert de deur achter zich gesloten en liep hij op Stella toe die zich halverwege de gang had teruggetrokken. Als een bang, verschrikt wezeltje. Zo keek ze, zo klonk haar stem. 'Dat weet ik niet... Ik maak me ernstige zorgen. Kom even verder...'

In de huiskamer, waar ze Bert een stoel had gewezen, vertelde Stella: 'Jens heeft mij gebeld, nog maar heel kort geleden. Ik begrijp dat jij je zorgen maakt om de auto, je kunt er echter op vertrouwen dat Jens hem bij je terugbrengt. Vandaag nog, anders morgen.'

Een moment staarde Bert haar sprakeloos aan, vervolgens viel hij woedend uit: 'Hoor je eigenlijk wel wat je zegt, Stella! Dit slaat werkelijk alles! Tegen beter weten in probeer je het goed te praten. Bedenk liever dat Jens onderweg is met míjn bedrijfskapitaal! Hoe moet ik mij tegenover de familie Brons verantwoorden als zij een blik werpen op de kilometerstand?

Die zal er niet om liegen, Jens is inmiddels al uren onderweg. De nieuwe eigenaar komt straks zijn auto ophalen. Reken er maar op dat ik de geleden schade op jullie kom verhalen!' Stella voelde zich in het nauw gedreven, met verstikte stem zei ze: 'Als je eens wist hoe erg ik het allemaal vind. Hoe vervelend...'

Bert lachte smalend. 'Je moet niet liegen, zodra ik weg ben, klap jij vol vreugde in je handen. En kijk nou maar niet alsof je niet tot drie kunt tellen, want ik heb je door! Het zou er allemaal heel anders hebben uitgezien als jij géén contact had gehad met je man. Dan zou ik me niet alleen zorgen maken over de wagen, maar ook over de chauffeur. Maar nu, als een donderslag bij heldere hemel, wordt er me opeens veel duidelijk. Misschien wel té veel!' Hij hapte naar adem en vervolgde: 'Jens heeft jou gebeld en jij durft met een stalen gezicht te beweren dat je niet weet waar hij is? Kom aan, Stella, je moet mij wel voor vol aanzien, hoor! Ik ben minder onnozel dan jij veronderstelt!'

'Ik begrijp niet waar jij op aanstuurt, Bert... Het lijkt net alsof je mij van iets verschrikkelijks beschuldigt. Ik weet écht van niets... Heus waar niet.' Stella werd nerveus van Berts indringende blik, van zijn stem vol verwijt. 'Ik zit niet te liegen, Bert, waarom zou ik? Jens heeft echt alleen maar gezegd dat het een poosje zou duren voordat hij naar huis terug kon komen. Vanzelfsprekend vroeg ik hem waarom, maar Jens had inmiddels al opgehangen...'

Bert schudde vertwijfeld zijn hoofd. 'Weer zo'n wonderlijk verhaal. Neem van mij aan dat mijn vrouw zoiets niet zou pikken en dat ik, wat haar betrof, helemaal niet meer thuis hoefde te komen. Jij beschermt Jens zoals je dat de hele tijd al hebt gedaan!'

'Hoe bedoel je?' fluisterde Stella met gebogen hoofd.

'Je kijkt me nu zo schaapachtig aan, dat ik je geheugen wel moet opfrissen. Je bent het vast en zeker niet vergeten dat jij me ooit smeekte om Jens als oproepkracht in dienst te nemen. Toen ik daar geen bezwaar tegen had, ging jij een stapje verder. Je viel zowat voor me op de knieën toen je smeekte of Jens alsjeblieft, alsjeblieft, eens een proefritje in een Saab mocht maken. Ben je nu weer bij de les, Stella Okkerman?'

Zij knikte en hakkelde: 'Ja, natuurlijk weet ik dat nog... Ik ben je nog steeds dankbaar dat jij toen je hart liet spreken. Jens was dolgelukkig toen hij achter het stuur van een van je auto's mocht zitten. Daar was het mij om te doen, enkel om Jens gelukkig te maken.'

Bert streek vertwijfeld met beide handen door zijn haar en riep ongelovig uit: 'Tjonge, het is niet te bevatten zoals jij zonder blikken of blozen kunt liegen! Jij en die kerel van je hebben de hele tijd gedacht dat ik een beetje getikt was. Misschien was dat ook wel zo, ik snap tenminste niet waarom ik nu pas inzie dat het allemaal doorgestoken kaart was: Jens moest proeffrit-jes maken en mijn vertrouwen zien te winnen. Op zekere dag zouden jullie toeslaan, en vandaag was het zover!' Bert haalde diep adem voordat hij verderging. 'Waaraan heb ik dit ver-diend, Stella? Ik heb de hele tijd met jullie te doen gehad. Ik vond het min van anderen dat ze Jens zijn misstap uit het ver-leden niet konden vergeven. Ik wilde beter zijn dan dat soort en nu krijg ik dit op mijn brood!'

Stella's stem klonk emotioneel. 'Je beschuldigingen zijn niet terecht, Bert... Ik hoop van ganser harte dat je dat ooit zelf zult inzien. Het zijn je reinste leugens. Zodra Jens terug is, zal hij je dat persoonlijk komen zeggen, daar zorg ík wel voor.'

'Ach heden, ik zou haast medelijden met je krijgen. Als ik mijn ogen tenminste nog zo potdicht had als vroeger. Nee, Stella, wat mij betreft mag je verdere smoesjes voor je houden. Hoe langer ik erover nadenk, hoe duidelijker alles me wordt. Ik moet eerst nog zien dat ik mijn peperdure auto terugkrijg! Wat gaan jullie doen met het geld dat Jens ervoor gevangen heeft? Een mooie, buitenlandse reis maken? Of zit Jens al in het bui-tenland en voeg jij je vandaag of morgen bij hem!'

Stella huilde en hakkelend zei ze: 'Ik wil dat jij nu je mond houdt... Je mag niet nog meer beschuldigingen uitspreken, je beseft niet hoeveel pijn je mij ermee doet. Ik hoor mijn zoon huilen, ik moet naar hem toe...'

Bert knikte. 'Ik zal mijn mond houden en opstappen, want ik zit mijn kostbare tijd hier te verdoen. Ik had allang aangifte moeten doen bij de politie. Dat ga ik nu als eerste doen!' Hij sprong op uit zijn stoel en stevende op de deur van de huiska-mer toe. Daar draaide hij zich om en zei botweg: 'Jouw stoel,

Stella Okkerman, zal binnenkort door een ander worden ingenomen. Ik zal je ontslagbrief klaarmaken, in de loop van de volgende week vind je hem in de brievenbus.' Nadat Bert zijn zegje had gedaan trok hij de deur met een klap achter zich dicht.

Stella stond te trillen op haar benen. Ze vond het verschrikkelijk gemeen van Bert dat hij haar zo onrechtvaardig had behandeld, maar ze begreep deksels goed dat Jens er de oorzaak van was. Lieve deugd... wat hing er haar nu allemaal boven het hoofd? Dankzij Jens' idiote fratsen was zij haar baan kwijt en als het nog wat meer tegenzat, kreeg ze tot overmaat van ramp ook nog de politie op haar dak. Ze hoopte vurig dat Jens nog een keer zou bellen, dan zou ze hem de huid volschelden. Helaas kon ze hem niet bereiken, want hij had zijn mobiele telefoon weer eens nonchalant thuis gelaten.

Haar gedachten werden onderbroken door een indringend gehuil. 'Ja, ja, stil maar, mama komt er al aan!' riep ze naar boven.

Kort hierna tilde ze Victor uit zijn bedje en drukte hem hartstochtelijk tegen zich aan. 'Als ik jou toch niet had...' Ze verschoonde hem en toen hij als vanouds lag te kraaien, slaakte Stella een zuchtje van opluchting. Wat een geluk dat ze niet ook nog eens met een ziek kind kwam te zitten. Nu de koorts was gezakt, hoefde zij zich om Victor geen zorgen te maken. Ze sloeg haar ogen op naar boven en fluisterde: 'Dank U wel.'

Stella was eraan gewend om op zaterdagavond alleen te zitten, dit keer had ze echter het gevoel dat de muren op haar af kwamen. Hoelang kon Jens zich redden, of... was het allemaal met voorbedachten rade gegaan en had hij extra kleding meegenomen? Terwijl Stella dat bedacht was ze al op Jens' kast toegesneld. Ja, alles hing er nog in, dat kon dan toch alleen maar betekenen dat hij vandaag nog terugkwam? Een mens kon geen dag zonder schone kleren, en al helemaal niet zonder geld. Geld?

Alsof ze door iets of iemand op de hielen werd gezeten, repte ze zich naar een andere kast. Ze trok de la open waarin Jens zijn spaarpot bewaarde. De spaarpot was een blikken sigarendoos, die ze met trillende handen opende. Het geld was ver-

dwenen. Ze wist dat er bijna tienduizend gulden in had gezeten. Hoe vaak had ze niet tegen hem gezegd dat hij het op een
spaarrekening moest zetten, dat het onverantwoord was om
zo'n groot bedrag in huis te hebben. Waarom zou er bij hen
niet ingebroken worden, of een brand uitbreken? Jens had
haar bezwaren altijd lachend weggewuifd.

Nu ze wist dat hij voldoende geld bij zich had, besefte ze dat
Jens niet van vandaag op morgen terug zou komen. Hij was
met voorbedachte rade vertrokken. Het kon weken duren,
misschien zelfs maanden. Toen ze dat bedacht, kermde het in
haar: O, Jens... doe me dit niet aan! Hoe kon je zover gaan?
Denk je dan geen moment meer aan mij, snap je dan niet dat
ik nu verder moet onder een last van schaamte? Ik was blij met
jou en Victor, en jij had als man en vader je verantwoordelijkheid moeten dragen. Je sloeg echter doodleuk op de vlucht en
liet alles achter je. Bert had gesuggereerd dat Jens helemaal
niet meer terugkwam. Wat moest zij dan, waar moest ze van
leven nu ze geen werk meer had? Ik vertik het, bedacht ze koppig, om een uitkering aan te vragen.

Had ze nu maar iemand bij wie ze haar volle hart kon uitstor-
ten. Mam kon niets meer voor haar doen, Linda en Nicolien
hadden lang geleden al voor die eer bedankt. Pa was een
hoofdstuk apart, en met tante Lucy had ze nooit echt een ver-
trouwelijke band gehad. Ze moest er helemaal alleen doorheen. En ze mocht niet laten merken hoe moe ze was van alles.
Hoe verschrikkelijk boos, verdrietig en eenzaam ze zich voelde.

Die nacht zocht Stella haar bed niet op. Ze piekerde urenlang
en bij ieder geluid van buitenaf, vulde heel haar wezen zich
met de hoop dat het Jens was die thuiskwam. Omdat hij tot
inkeer was gekomen, naar haar verlangde, en hij uit liefde voor
haar wilde zorgen.

De ochtend was al aangebroken toen Stella haar handen vouwde, haar ogen sloot en aanklopte bij iemand die geen mens in
de kou laat staan.

HOOFDSTUK 11

De maandag na Jens' verdwijning, schoof Wijnand Stamhuis gewapend met de krant die zojuist in de brievenbus was gegleden, aan de grote tafel van de eethoek. Hij had de krant nauwelijks opengevouwen toen hij Nicolien bij zich riep. 'Kom eens gauw, je weet niet wat je hoort! Als ik me tenminste niet vergis en dat lijkt me sterk.' Nicolien repte zich naar hem toe en samen lazen ze het berichtje.

Eigenaar van autobedrijf Hollander ernstig gedupeerd. J.O. verrichtte op gezette tijden klusjes voor de heer Hollander. Zaterdag jongstleden moest hij een nieuwe Saab op de weg testen en tot op heden is hij daar niet van teruggekeerd. Gevreesd wordt dat J.O. naar het buitenland is uitgeweken. Ondanks naspeuringen van de politie is er nog geen spoor van dader en auto gevonden. Elke tip is voor de politie bruikbaar.

'Grote goedheid, wat verschrikkelijk,' fluisterde Nicolien.
Wijnand keek haar aan. 'Jij denkt dus ook dat het om Jens Okkerman gaat?'
Nicolien knikte. 'Volgens mij kan daar geen misverstand over bestaan. Stella zit bij Bert Hollander op kantoor, het lijkt me goed mogelijk dat Jens Okkerman daar in drukke tijden af en toe bijspringt. Als het zo is gegaan, dan kunnen wij de rest van het verhaal wel invullen. Wij kennen Jens, we weten dat hij van meet af aan niet deugde. Daar wilde Stella niets van weten. Nu zit ze met de gebakken peren en zal ze moeten toegeven dat wij haar destijds terecht voor hem hebben gewaarschuwd. Toch?'
'Dat is wel zo,' zei Wijnand bedachtzaam, 'voor Stella is dat nu echter een schrale troost. Ik heb met haar te doen. Ik moet weten of Gerrit de krant al heeft gelezen,' voegde hij er in één adem aan toe. Meteen hierop toetste hij een nummer in. 'Ja, hallo, Gerrit, met Wijnand.'
Voordat hij verder kon gaan, klonk Gerrits stem al in zijn oor. 'Zijn jullie ook zo ontdaan over het krantenartikel? Jens Okkerman is ervandoor! Wat heeft dit te betekenen, vraag ik me af. Het zal toch niet zo zijn dat die ploert Stella aan haar lot heeft overgelaten? Daar zou ik graag het mijne van willen

weten. Bovendien maak ik me zorgen om haar.'

'Je bent niet de enige. Wat moeten we ermee, Gerrit? Als ik zou doen wat mijn hart me ingeeft, zou ik al onderweg zijn naar haar toe. Het is echter de vraag of ik Stella daar een plezier mee doe. We hebben haar al zo lang laten barsten, om het maar cru te zeggen.'

'Zo is het gewoon, daar hoeven we niet omheen te draaien,' vond Gerrit. 'Stella neemt het ons nog altijd kwalijk, anders had ze wel iets van zich laten horen toen dat met Linda gebeurde. Stella reageerde er echter niet op en daarom kost het mij nu moeite haar te benaderen, dat zul jij moeten doen.'

'Bedoel je...'

Wijnand werd door Gerrit onderbroken. 'Ja, precies! Een van ons moet Stella in elk geval laten weten dat wij er in nood weer voor haar willen zijn. Mocht ze de deur voor je neus dichtslaan, dan weten we waar we aan toe zijn. Ik verwacht overigens niet dat Stella zo zal reageren. Vergeet in geen geval mijn groeten aan haar over te brengen!'

'Nou zeg, zo te horen heb jij de zaken al aardig geregeld.'

'Dat is niet zo moeilijk. Ik ken jou als mijn eigen broekzak, ik weet dat je staat te popelen om naar Stella toe te gaan. Stel dat goede voornemen niet meer uit. Het heeft zo moeten zijn dat jij vanavond niet hoeft te werken! Verder wens ik je sterkte en je houdt me op de hoogte, hè?' Gerrit verbrak de verbinding, en nadat Wijnand overleg had gepleegd met Nicolien, zei zij: 'Ik kan niet met je meegaan. Ik schaam me diep voor Stella en ik ken mezelf. De kans is groot dat ik emotioneel word en de verkeerde dingen eruit flap. Jij weet onder alle omstandigheden je kalmte te bewaren, de rust die jij uitstraalt zal Stella goed doen. Je kunt het beste tegen achten naar haar toe gaan. Dan slaapt haar kleine jongetje, zodat jullie ongestoord samen de kwestie kunnen bespreken.'

Wijnand knikte en bromde donker: 'Als Stella mij tenminste te woord wil staan...'

Die avond schrok Stella van het geluid van de bel. Met knikkende knieën liep ze op de voordeur toe. Ze slaakte een zuchtje van opluchting toen ze Wijnands vertrouwde gezicht zag. Om haar mond verscheen een bibberlachje, in haar ogen was stille blijdschap te zien. 'Wijnand, jij?'

'Mag ik binnenkomen, Stella?'

'Ja... Ja, natuurlijk.'

Nadat Wijnand de deur achter zich had gesloten, sloeg Stella haar ogen naar hem op. 'Je hebt zeker het krantenbericht gelezen?'

Hij knikte. 'We zijn er verschrikkelijk van geschrokken. Is het waar, Stella, is Jens ervandoor?'

'Ja... Jens is spoorloos verdwenen. Geen mens weet waar hij is.'

'Ach, meisje toch,' zei Wijnand meewarig, 'wat ellendig voor je. Hoe is het nou met je, kun je het aan?'

'Het zal wel moeten, ik heb geen keus.' Ze was Wijnand voorgegaan naar de huiskamer. 'Ik heb net koffie gezet, wil je een kopje?'

'Als het niet te veel moeite is...'

'Natuurlijk niet!' Stella was blij dat ze even naar de keuken kon om te bekomen van de schrik. Bovendien hoefde ze zo niet te laten merken hoe goed het haar deed dat een van haar vroegere vrienden uit eigen beweging naar haar toe was gekomen op het moment dat zij zich hopeloos in de steek gelaten voelde.

Kort hierna zaten ze tegenover elkaar, en zei Wijnand verontschuldigend: 'We vinden het vreselijk, Stella, dat we jou destijds zo aan je lot hebben overgelaten. Niet alleen nu, de hele tijd al.'

'Het geeft niet. Ik wil liever niet terugkomen op die tijd. Het is geweest. Momenteel heb ik andere dingen aan mijn hoofd. Zoals je zult begrijpen, heb ik een rottig weekeinde achter de rug en vandaag was ook allesbehalve plezierig. Ik was vanochtend nauwelijks aangekleed, het was nog geen negen uur, toen er al twee politieagenten voor de deur stonden. Alsof ik een regelrechte misdadigster ben, zo werd ik onderworpen aan een streng verhoor. Het was zó afschuwelijk...'

'Dat kan ik me voorstellen,' zei Wijnand meelevend. 'Het moet vernederend voor je zijn geweest.'

'Dat mag je gerust zo stellen,' zei Stella zacht. 'Het ergste van alles is dat de twee mannen mij niet geloofden, toen ik naar eer en geweten zei dat ik er geen idee van had waar mijn man is. Net als mijn baas, Bert Hollander, trokken de agenten elk woord van mij in twijfel. Bert is afgelopen zaterdag bij me geweest, hij heeft mij openlijk van de vreselijkste dingen beschuldigd. Hij is zo verschrikkelijk boos op Jens en ook op mij, dat hij me... op staande voet heeft ontslagen.'

Wijnand schrok zich een hoedje. 'Wat zeg je me nou, dat méén je toch niet! Een ieder die jou kent, weet dat jij de eerlijkheid zelve bent. Dit spijt me echt voor je, Stella.'

Ze haalde haar schouders op en glimlachte mat. 'Ik heb er momenteel geen idee van waar ik wel of geen spijt van moet hebben. Het is allemaal heel erg onwezenlijk, net alsof het een ander aangaat en ik vanaf een zijlijn toekijk. Het volgende moment ben ik dan zomaar weer heel boos, op alles en iedereen. Vooral op mezelf. Ik weet niet goed raad met wat er opeens allemaal met me gebeurt. Neem me niet kwalijk dat ik dit tegen jou zeg. Het is niet mijn bedoeling te klagen, het is... alleen zo heerlijk dat jij er opeens bent! Dat ik eindelijk alles van me af kan praten en dat jij zo geduldig luistert...'

Stella veegde tersluiks een traan weg.

Wijnand zei bewogen: 'Ik ben er niet alleen om te luisteren, ik wil je helpen, Stella. Huil maar niet, je staat er niet langer alleen voor.'

'Lief dat je dat zegt, Wijnand. Ik ben echter bang dat ik er alleen doorheen zal moeten. Er is vandaag nog iets gebeurd, het hield maar niet op...' Stella zweeg een moment, ze had het zichtbaar te kwaad. Nadat ze diep adem had gehaald, vervolgde ze: 'Ik had net het vreselijke bericht in de krant gelezen toen de telefoon ging. Ik hoopte vurig dat het Jens zou zijn, maar het was een van de agenten die eerder bij me waren geweest. Hij kwam melden dat de auto terecht was. Jens had naar het politiebureau hier in Groningen gebeld en gezegd dat de wagen op een pleintje in het centrum van Davos stond. Ze hadden de melding gecheckt en het bleek te kloppen. De auto was terecht, maar van Jens was geen spoor te bekennen. Jens had slechts gezegd dat hij de auto had verlaten omdat hij bij nader inzien geen dief wilde zijn. Er was geen enkel persoonlijk woordje voor mij bij...' Stella kon er niets aan doen dat er een traan over haar wang rolde die ze haastig wegveegde.

Wijnand zag het gebaar en aangeslagen adviseerde hij: 'Je

hoeft je voor mij niet in te houden. Stella. Huil maar gerust, dat lucht op.'

Stella keek hem verlegen aan. 'Ik heb het afgelopen weekeinde niet alleen maar zitten janken, ik heb ook diep over alles nagedacht. Het stikt in de stad van de kantoren, ergens zal er heus wel een plaats voor mij vrijkomen. Ik ga zo gauw mogelijk solliciteren en voor Victor moet ik een oppas zien te vinden of een plekje in een crèche. Dat komt allemaal wel weer goed, maar wat blijft, is dat ik Jens verschrikkelijk mis. Ik maak me zo veel zorgen om hem dat ik er niet van kan slapen...'

'Na alles wat hij je heeft aangedaan?' vroeg Wijnand ongelovig. 'Hij heeft je gewoon laten stikken, Stella!'

'Jens heeft het veel moeilijker gehad dan ik de hele tijd heb kunnen vermoeden. Hij lijdt eronder dat wij destijds moesten trouwen omdat ik zwanger was. Daar geeft hij zichzelf de schuld van, maar zo is het natuurlijk niet. Hoewel hij er niet meer over wenst te praten, weet ik zeker dat zijn vroegere gokverslaving hem ook nog altijd parten speelt. Hij is in zijn wanhoop op de vlucht geslagen en alleen God weet waar hij nu is. Wat zoekt hij in vredesnaam in Zwitserland? Hij kent er geen sterveling. Hij heeft geen huis, Wijnand, niemand die voor hem zorgt! In mijn verbeelding zie ik hem almaar rondzwerven en honger lijden. Hij heeft weliswaar geld bij zich, maar dat is dan ook het enige. Ik ken Jens, ik weet dat hij nu warmte mist en... mijn liefde. Die ik hem niet geven kan omdat hij onbereikbaar voor me is. Het is zo bar moeilijk. Begrijp je dan niet dat ik zowat gek word van de zorgen om hem?'

'Jawel, jou kennende is dat voor mij niet zo moeilijk,' zei Wijnand. En bedachtzaam sprekend vervolgde hij: 'Het zou echter precies andersom moeten zijn, Stella! Jens zou zich de haren uit het hoofd moeten trekken om wat hij jou heeft aangedaan!'

'Jens kan het niet helpen. Hij is het spoor bijster...

Wijnand ging op het puntje van zijn stoel zitten, boog zich naar Stella toe en sprak op indringende toon: 'Jens redt zich wel, geloof dat maar gerust! Hij slaapt heus niet op straat onder de blote hemel, want overal op de wereld zijn goedkope pensions met goede bedden. En overal is werk te vinden voor een kerel die zijn handen wil gebruiken. Jens heeft er zélf voor gekozen om te gaan dwalen, dan mag dat voor jou niet een allesoverheersende zorg zijn.'

'Ik weet het allemaal wel,' verzuchtte Stella. 'Verstandelijk denk ik er hetzelfde over als jij, maar emotioneel niet. Ik mis hem, daar kan ik niks aan doen. Het enige goede aan deze kwalijke zaak is dat Jens bij me terugkomt zodra hij met zichzelf in het reine is gekomen. Dat heeft hij me door de telefoon beloofd.'

Eén moment staarde Wijnand haar perplex aan. 'En dan sla jij je armen om hem heen en is voor jou alles vergeten en vergeven. Maar dat kan niet, Stella, dat kan écht niet hoor!'

Stella bloosde diep en mompelde: 'Ik hou nog onverminderd van Jens, terwijl ik tegelijk ook woedend op hem ben. Zo word ik de hele tijd al overspoeld door tegenstrijdige gevoelens. Het is onzegbaar moeilijk. Zullen wij het nu over iets anders hebben, Wijnand?'

Vertederd schudde Wijnand zijn hoofd. 'Je bent nog dezelfde lieverd, je vraagt nu echter het onmogelijke. We zijn allemaal zo begaan met jouw lot dat we over niks anders meer kúnnen praten. Ik ben gekomen om te helpen, niet om over koetjes en kalfjes te kletsen. Probeer dat te begrijpen, in plaats van jezelf almaar weg te cijferen.'

Wijnand keek haar nu bestraffend aan. Stella wipte toch over op een ander onderwerp. 'Hoe is het met Nicolien?'

'De schuldgevoelens die er aldoor sluimerend waren, steken bij ons nu fel verwijtend de kop op. Dat is een van de redenen waarom Nicolien vanavond niet met me mee is gekomen. Evenals Gerrit durft ze jou niet onder ogen te komen, daar heb ik het overigens ook even moeilijk mee gehad.'

'Ik ben niet haatdragend...' Ik heb jullie de hele tijd verschrikkelijk gemist, dacht ze, maar niet eerder heb ik jullie zo hard nodig gehad als nu. Ze keek Wijnand onderzoekend aan. 'Net sprak je over Gerrit en Nicolien, maar niet over Linda. Er is toch niets met haar?'

Eén moment staarde Wijnand haar met open mond aan.

'Maar Stella toch,' zei hij aangeslagen. 'weet je het dan niet?'

Zij zei in volle onschuld: 'Wat zou ik moeten weten? We hebben immers al lange, lange maanden niets van elkaar gehoord. Wat is er, je kijkt opeens zo bedroefd.'

'Ik weet niet hoe ik dit moet zeggen,' zei Wijnand. Hij zuchtte diep en slikte moeilijk. 'Linda is overleden... ruim twee maanden terug...'
Stella sloeg geschrokken een hand voor haar mond. Ze werd lijkbleek. 'O nee, zeg alsjeblieft dat het niet waar is. Het mag niet waar zijn!'
'Ja, meisje,' verzuchtte Wijnand, 'dat hebben wij inmiddels al zo vaak gezegd. We verkeerden in de veronderstelling dat jij ervan op de hoogte was. Vanwege de breuk tussen ons, vond Gerrit het wat gênant om je een kaart te sturen. Nicolien en ik waren het daar niet mee eens, we hebben ons best gedaan Gerrit op andere gedachten te brengen. Hij was echter bang dat jij zou denken dat hij met een rouwkaart jouw medelijden wilde opwekken. Hij ging ervan uit dat het overlijdensbericht wel in de krant zou lezen en dat jij dan contact zou opnemen. Daar heeft hij een tijdlang stil op gehoopt, zo goed ken ik hem wel.'
'O, wat erg allemaal,' fluisterde Stella met grote ogen van ontzetting. 'Ik schaam me en vergeef het mezelf niet dat ik zo nalatig ben geweest. Ik wíst het niet, dat is mijn enige excuus. Ik lees de overlijdensberichten in de krant namelijk nooit. Wat spijt me dit voor Gerrit... Hij en Linda waren zo gek met elkaar, hoe redt hij zich nu zonder haar?'
'Zo goed en kwaad als het gaat. Hij mist Linda natuurlijk verschrikkelijk, zijn leven gaat echter verder. Linda's moeder komt om de andere dag bij hem, dan kookt ze voor Gerrit, doet het huishouden en de was. Dat is allemaal goed geregeld, verder moet ook de drukkerij draaiende blijven. Omdat Gerrit ook maar één paar handen heeft, moest hij iemand in dienst nemen die Linda's werk overneemt. Het is een getrouwde vrouw van achter in de dertig, Vonne Looman. Overdag heeft hij de nodige afleiding, maar 's avonds en in de weekeinden voelt hij het gemis weer des te sterker. Ik sta er nog van te kijken dat jij er niets van afwist.'
'Ik heb al in geen tijden meer contact met pa en tante Lucy, en de mensen van het dorp kom ik hier in de stad niet tegen. Hoe is het gebeurd,' vroeg ze zacht, 'was Linda ernstig ziek?'
'Nee, en dat is misschien wel het trieste van het gebeuren. Als een mens zwaar ziek is en lange tijd heeft moeten lijden, kan

de dood een verlossing zijn. Linda was echter zo gezond als een vis. Het is in de zaak gebeurd. Na de koffiepauze ging Linda eerst nog even naar de wc. Heel gewoon. Totdat het Gerrit opviel dat ze wel erg lang wegbleef. Hij ging poolshoogte nemen; toen hij haar vond was ze al overleden. Ze is getroffen door een hartstilstand. Zo lachte, praatte en leefde ze nog, het volgende moment was ze er niet meer. Het is nog altijd niet te bevatten.'

'Arme Gerrit...' fluisterde Stella met een van tranen verstikte stem. 'Wat denk je, Wijnand, zou hij het op prijs stellen als ik hem bel om hem alsnog te condoleren? Of is het gepaster als ik hem een brief schrijf?'

'Je zult hem gelukkig maken met een belletje,' voorspelde Wijnand. 'Dan hoort hij je stem en dat zal hem net zo goed doen als dat bij mij het geval is. Het is fijn dat ik je na al die tijd weer eens heb gezien en gesproken. Daar zijn jouw problemen echter niet mee opgelost. Ik zou zo heel erg graag iets voor je willen betekenen.' Het klonk bijna smekend.

'Je zou me heel erg blij maken als je nog eens een keertje kwam. Samen met Nicolien. Ik heb jullie nu zo hard nodig... je weet niet half hoe het is om werkelijk moederziel alleen te zijn...' De tranen liepen over haar wangen.

Wijnand snelde op Stella toe en sloeg zijn armen om haar heen. 'Stil maar, van nu af aan laten wij je niet meer aan je lot over. Zoals Nicolien en ik er voor Gerrit proberen te zijn, zo zullen we er voortaan ook zijn voor jou. Ik bedenk opeens dat Gerrit en jij elkaar nu waarschijnlijk daadwerkelijk tot steun kunnen zijn. Goed beschouwd zijn jullie immers ongewild lotgenoten geworden.'

'Er is een groot verschil, Wijnand. Gerrit wéét dat hij Linda niet meer terugkrijgt. Hij kan om haar rouwen en te zijner tijd mag hij zijn leven weer een nieuwe invulling geven. Ik kan niet rouwen, niet opnieuw beginnen, want Jens leeft. Ik moet wachten totdat hij bij me terugkomt. Ik weet op het moment niet goed of ik daar blij mee moet zijn. We zijn echter getrouwd en dat schept toch bepaalde verplichtingen.'

Wijnand riep verbolgen uit: 'Maar Stella toch! Hoor je wel wat je allemaal zegt! Jij gedraagt je nu warempel als een meisje van zeventien! Je weet heel goed dat Jens jou vreselijk heeft behandeld. Hij is het niet waard dat jij geduldig op hem wacht. Jij zou er goed aan doen om een en ander op een rijtje te zetten. Dat kan slechts op één manier, door goed in het oog te houden dat die kerel totaal geen ruggengraat heeft. Anders had hij zich van je moeten laten scheiden, zodat jij in elk geval vrij was geweest. Jens rende echter enkel zijn eigen vrijheid tegemoet, naar jou keek hij geen moment meer om. Hij leeft louter en alleen voor zichzelf, maar dat heeft hij altijd al gedaan. De lummel!'

Stella schudde heel langzaam en verdrietig haar hoofd.

'Zoiets moet je niet zeggen,' zei ze zacht bestraffend. 'Jens heeft mij niet moedwillig in de steek gelaten, hij is op de vlucht geslagen voor zichzelf. En zo iemand is beklagenswaardig. Daarom zou ik het op prijs stellen als je geen nare dingen zegt over Jens waar ik bij ben. Het is al erg genoeg dat ík regelmatig heel lelijk over hem denk.'

Wijnand zuchtte diep. 'In plaats van je te helpen, zit ik je constant de les te lezen. Het spijt me, Stella, dat ik niet de juiste toon heb weten te vinden...'

Stella's ogen werden vochtig en haar stem trilde. 'Jij bent de enige die mij te hulp schoot. Eenvoudigweg door bij me te komen nu het zo moeilijk is. Daarvoor wil ik je bedanken...'

Door de blinkende tranen in haar ogen heen zag Wijnand het meisje in haar. Ze bedankte voor zo weinig, terwijl ze zonder woorden en zonder het zelf te weten, om zoveel meer vroeg.

HOOFDSTUK 12

Andries Buis had zijn vrouw deze avond al een paar keer van opzij aangekeken. Hij zag dat Lucy zat te tobben. Om begrip te tonen merkte hij op: 'Je blijft ermee bezig, hè? Het vergaat mij net zo, ik zou ook willen dat we het konden loslaten.'

'Dat is onmogelijk,' zei Lucy. 'Het zou betekenen dat wij niet met Stella te doen hadden, het tegendeel is waar. Wat mij betreft, tenminste. Het is inmiddels al bijna acht weken geleden dat we dat vreselijke krantenbericht onder ogen kregen en nog haast elke dag worden wij er in de winkel mee geconfronteerd. Ongevraagd worden we op de hoogte gehouden van

Stella's wel en wee. Soms doet dat me goed, maar vaak ook vind ik het gênant. Dan heb ik het over de mensen die leuk en aardig doen, terwijl ze ons in het geniep verwijten dat wij geen contact zoeken met Stella. Het erge is dat ik hun gelijk moet geven.'

'Ik sluit mijn oren voor dingen die ik niet wil horen,' bromde Andries, waarop Lucy oordeelde: 'Dat is struisvogelpolitiek. We hebben nooit geheimen voor elkaar gehad en nu moet ik alles in m'n eentje verwerken. Zodra Stella in de winkel ter sprake komt, maak jij dat je wegkomt. Dat is voor mij niet leuk, hoor Andries!'

Deze keek haar schuldbewust aan en bekende: 'Ik weet wel, meisje, dat ik me niet gedraag zoals het zou moeten. Denk je dat ik niet ook zou willen weten hoe Stella zich erdoor slaat? Jij hoort het allemaal van de moeders van Stella's vroegere vriendinnen. Is het te laat, Lucy, als ik je vraag om mij alsnog deelgenoot te maken van alles wat je weet?'

'Voor het goede is het nooit te laat,' stelde Lucy vast. 'Stella heeft trouwens weer contact met Wijnand en Nicolien en tussen haar en Gerrit Rademaker is het ook weer goed gekomen. Natuurlijk ben ik daar blij mee, maar ik zou Stella óók willen bijstaan. Ze heeft het moeilijker dan wij ons zelfs maar kunnen voorstellen.'

Andries stem klonk onverbiddelijk: 'Stella heeft het merendeel van alle ellende aan zichzelf te danken. Wij hebben haar vaak genoeg gewaarschuwd, maar ze moest en zou Jens Okkerman hebben.'

'Verwijten achteraf zijn volstrekt nutteloos,' oordeelde Lucy, 'Stella was verliefd op Jens en dan zijn alle jonge meisjes doof voor dergelijke waarschuwingen. Femmie Jansma heeft van haar dochter Nicolien gehoord dat Stella het nog steeds opneemt voor Jens. Ze schijnt geen kwaad woord over hem te willen horen en wacht nog steeds op zijn terugkeer. Volgens mij weet ze in haar hart dat ze ijdele hoop koestert, anders zou ze zijn wao-uitkering toch niet hebben stopgezet?'

'Heeft ze dat gedaan?' vroeg Andries ongelovig, waarop Lucy knikte. 'De moeder van Linda wist het me te vertellen, zij had het op haar beurt van Gerrit gehoord. Stella is naar de sociale dienst gegaan en heeft gezegd dat haar man voor onbepaalde tijd in het buitenland verbleef en dat hij de uitkering voorlopig niet meer nodig had.'

'Daar heeft ze zich dan lelijk mee in de vingers gesneden, ze kan het geld goed gebruiken,' bromde Andries.

'Zo denkt Stella er niet over. Zij heeft tegen Gerrit, Wijnand en Nicolien gezegd dat het haar altijd al dwars had gezeten dat Jens die uitkering opstreek, omdat hij zich destijds ten onrechte heeft laten afkeuren. Nu Stella er alleen voor staat, wil ze niet langer aan dat bedrog meedoen. Het is me wat, al die toestanden,' besloot Lucy zuchtend.

'Dat kun je wel stellen,' beaamde Andries. 'Het komt erop neer dat Stella momenteel geen inkomen heeft. Ze zal haar spaargeld moeten aanspreken. Aangezien daar nu niets meer bij komt, zal de bodem weldra in zicht zijn. En dan? Ik mag hopen dat ze niet bij mij aanklopt. Ik heb lang genoeg haar lasten moeten dragen.'

Lucy's ogen werden vochtig. 'Overdrijf je nu niet een beetje, Andries? Ik had liever dat jij wat meer begaan was met haar lot. Het zit Stella op alle fronten tegen. Ze komt nergens aan de slag, omdat zij erop wordt aangekeken voor wat Jens op zijn kerfstok heeft. Dat heeft zij niet verdiend!'

'Als je met Jens Okkerman in zee gaat, kun je dit soort dingen verwachten. Ik had het haar kunnen voorspellen, maar Stella heeft nooit waarde gehecht aan mijn mening.' Andries haalde laconiek zijn schouders op, maar Lucy kon niet nalaten te zeggen: 'Ik weet waarom jij zo weinig met Stella te doen hebt, buitenstaanders echter niet. Zij zullen het jou verwijten dat jij geen moeite doet om het contact met Stella te herstellen. Wat dat betreft stelt Hilly Kuiper zich aanmerkelijk positiever op. De stakker is haar eigen dochter verloren, desondanks neemt ze het op voor anderen die het ook moeilijk hebben. Zoals haar schoonzoon, Gerrit. Door wat Hilly mij in vertrouwen vertelde, besef ik hoe ik jegens Stella tekort ben geschoten. Er was niemand anders in de winkel, toen Hilly mij in vertrouwen nam. Ze zei toen letterlijk: 'Ik geef ontzettend veel om Gerrit, hij heeft onze dochter gelukkig gemaakt. Linda kwam bij hem niets te kort. Dat Gerrit nu zo eenzaam en verloren is, kan ik niet verdragen. Hij is nog veel te jong om alleen verder te moeten. Van mij mag Gerrit weer een lieve vrouw zoeken. Ik heb daarbij weleens aan Stella gedacht...' Dat bekende Hilly aan mij,' vervolgde Lucy. 'Ik schrok er eerst wel van, maar gaandeweg ben ik er anders over gaan denken. Hilly Kuiper is een vrouw met karakter. De liefde ten opzichte van haar schoonzoon is volstrekt onzelfzuchtig. Wanneer ik me jegens Stella zo fair kon opstellen, zou ik minder jaloers zijn op een vrouw als Hilly. Als ik eerlijk en moediger was, zou ik allang hebben gedaan wat mijn hart me ingeeft. Als ik jouw toestemming had en voldoende moed kon verzamelen, zou ik Stella zeker opzoeken.'

'Enkel om haar tot steun te zijn? Of ben je van plan... haar de waarheid te vertellen?' Andries keek haar veelbetekenend aan. Lucy dacht een moment na voordat ze antwoordde. 'Het is niet aan mij om die stap te zetten. Het is wel de hoogste tijd dat jij dat doet. Zou het geen opluchting zijn voor alle partijen als jarenlange leugens eindelijk de wereld uit zouden worden geholpen?'

Andries verschoot van kleur en keek Lucy hulpeloos aan.

'Roelfientje heeft me destijds een belofte afgedwongen, daar moet ik me aan houden.'

'Als jouw Roelfientje wist hoe moeilijk haar dochter het momenteel heeft, zou zij het absoluut met mij eens zijn. Door eindelijk open kaart te spelen zullen Stella en jij elkaar leren begrijpen en dat kan de onderlinge verstandhouding alleen maar ten goede komen. Stella is een verstandig meisje, ze zal begrip opbrengen en jou tegemoetkomen. Wat je dan hebt gewonnen, Andries, is voor jou en Stella van onschatbare waarde!'

Andries zweeg geruime tijd, zijn mondhoeken trilden verdacht toen hij Lucy antwoord gaf. 'Jij bent de verstandigste van ons tweeën, wil jij het moeilijke karwei voor mij opknappen, Lucy? Jij zult jegens Stella de juiste toon aanslaan, ik zou meer kwaad dan goed doen. Ik kan het niet tegen Stella zeggen. God is de enige die weet waaróm dat voor mij onmogelijk is...'

Enkele dagen later was Stella niet helemaal zichzelf. Ze had Victor zojuist naar bed gebracht, toen ze een telefoontje kreeg van tante Lucy. Haar stem had uiterst nerveus geklonken toen ze vroeg of het goed was als ze zo dadelijk even op bezoek kwam. Ze had gezegd dat ze iets moest uitleggen dat niet door de telefoon kon.

Nou, dacht Stella, ik kan nu al wel nagaan waarover ze het wil hebben. Ze komt zich verontschuldigen voor het feit dat pa en zij tot dusverre niets van zich hebben laten horen. Wat moest zij hiermee, voor haar hoefde het eigenlijk al niet meer.

Net als het hele dorp, wisten pa en tante Lucy wat er met haar aan de hand was. Hoe lang zal het nog duren, vroeg ze zich af, voordat Jens besluit om naar ons terug te keren? En hoe zouden zij dan tegenover elkaar staan? Zou het ooit weer kunnen worden zoals het geweest was?

Op dat moment ging de bel van de voordeur. Stella haastte zich naar de gang en nadat ze de deur had geopend, zochten de beide vrouwen onwennig elkaars gezicht af. Lucy omarmde Stella en drukte op iedere wang een vluchtig zoentje.

'Het doet me goed je te zien,' zei ze welgemeend.

In de huiskamer wees Stella haar een stoel. 'Het doet me goed, tante Lucy, dat je toch nog gekomen bent. Ik had de hoop eerlijk gezegd al een beetje opgegeven.'

Lucy keek beschaamd. 'Ik ben me ervan bewust dat ik een van de laatsten ben, terwijl jij misschien wel vooral uitkeek naar ons. Probeer te bedenken, Stella, dat alles een reden heeft. Het was voor ons een troost dat je vroegere vrienden zich meteen om jou bekommerden. Zij toonden duidelijk meer lef dan je vader en ik...'

Stella probeerde haar gerust te stellen. 'Het geeft niet wie de eerste of de laatste is. Het is alleen maar belangrijk dat de mensen voor elkaar hun best doen. Zodat het weer goed kan komen. Dat geldt helaas niet voor alles. Wat erg, hè, tante Lucy, dat Linda zo jong al moest sterven. Ik mis haar verschrikkelijk en met Gerrit heb ik te doen. Hij is veranderd, hij is stiller en ernstiger geworden. Maar ja, dat kan natuurlijk ook niet anders. Wij gaan weer net als vroeger vriendschappelijk met elkaar om en dat doet ons allebei goed. Toch zijn er bepaalde dingen veranderd. Wanneer Gerrit, Wijnand, Nicolien en ik nu bij elkaar zijn, ben ik niet langer het vijfde wiel aan de wagen. Dat vond ik vroeger heel vervelend. Nu zou ik er veel voor over hebben als ik er weer net als toen, een beetje bij mocht bungelen. Dan zou ik niet het pijnlijke gevoel

hebben dat ik Linda's plekje heb ingenomen.'
'Zo krijg jij op alle fronten meer te verstouwen dan wenselijk voor je is,' opperde Lucy. 'Hoe staat het nu eigenlijk met Jens? In het dorp wordt beweerd dat jij de hele tijd taal noch teken van hem hebt gehoord. Dat moet vreselijk voor je zijn.'
Stella glimlachte dapper. 'Leuk is het allemaal niet, ik zit met veel vragen. Het enige dat ik zeker weet, is dat hij in Zwitserland is geweest, in Davos. Gerrit en Wijnand beweren dat Jens inmiddels verder is getrokken. Misschien zit hij al wel in Amerika, of in een ander ver land. Ik heb er geen idee van. Voorlopig moet ik me erbij neerleggen dat hij zwervende is. Omwille van Victor moet ik flink zijn. Voor hem doe ik mijn uiterste best...'
Bewogen zei Lucy: 'Het is werkelijk niet te bevatten wat jij allemaal te verstouwen krijgt! En toch red jij het zo te zien. Hoe klaar je het, Stella, nu je ook nog zonder werk zit en dus zonder inkomsten? Je weet toch hopelijk wel dat je recht hebt op een uitkering nu je baas je heeft ontslagen?'
'Ja, daar wijst iedereen me telkens op,' zei Stella ietwat kregelig. 'Niemand schijnt te willen begrijpen dat ik niet van de gemeenschap wens te profiteren nu Jens er zo'n bende van heeft gemaakt. Ik red me heus wel, niemand hoeft medelijden met mij te hebben.'
'Hoe je het ook wendt of keert, het feit is dat jij in de mensen teleurgesteld bent. Hierbij denk ik aan Jens, aan je voormalige baas en niet in de laatste plaats aan de houding die Andries ten opzichte van jou heeft aangenomen. Daar heeft hij zelf de meeste last van.'
Stella stootte een honend lachje uit. 'Ach kom, tante Lucy, dat geloof je immers zelf niet! Als het waar was wat jij verkondigt, dan zou pa hier nu ook zijn. Het is zijn eigen schuld dat ik hem niet meer als mijn vader kan beschouwen, omdat hij zich niet als zodanig gedraagt. Ik hoef me er niet voor te schamen dat ik dit zeg, want het is gewoon de waarheid. Ik kan tal van voorbeelden opnoemen. Op mijn trouwdag heeft hij zich, vooral ten opzichte van Jens, gewoon misdragen.'
'Ik weet wat je bedoelt, je pa en ik hebben Jens niet gefeliciteerd. Wat dat betreft gedroeg Wietske de Winter zich fatsoenlijker. Ze is geliefd in het dorp en dat gold ook voor wij-

len haar man, Karel. Jij hebt hem toch ook gekend?'
'Ja, en evenals zijn vrouw deed hij altijd opvallend aardig tegen mij.'
'Ze hebben jou vanaf je geboorte gekend,' zei Lucy. Ze moest een brok wegslikken voordat ze verder kon gaan. 'In de eerste jaren van hun huwelijk waren Andries en Roelfientje dik bevriend met Wietske en Karel, maar op een kwade dag kwam daar abrupt een eind aan. Tot op de dag van vandaag is dat de zwartste dag uit Andries' leven. Toen Roelfientje hem moest bekennen dat ze zwanger was, verloor hij de vaste grond onder zijn voeten...' Hier zweeg Lucy omdat het haar even te veel werd.
Stella keek haar met grote ogen aan. 'Wilde pa mij dan niet? Heeft hij daarom altijd een hekel aan me gehad?'
Het kostte Lucy moeite om de draad van het verhaal weer op te nemen. 'Voordat Andries en Roelfientje trouwden, wisten ze dat ze met z'n tweetjes zouden blijven omdat Andries geen kinderen kon verwekken. Dat is de reden waarom jij geen broers of zusters hebt gekregen. Toen Roelfientje desondanks toch in verwachting raakte, kon dat maar één ding betekenen...' Lucy keek Stella vertwijfeld aan.
Stella reageerde toonloos: 'Als het waar is wat jij zegt, dan... kan pa niet mijn echte vader zijn. Hoe is dit mogelijk? In mijn herinnering was mama een onkreukbare vrouw.'
'Andries heeft altijd verkondigd dat Roelfientje de deugd zelve was, totdat dat erge hem overkwam. Toen bezag hij haar met heel andere ogen. Hetzelfde gold voor Karel de Winter. Die man, Stella, is jouw biologische vader...'.
Stella was lijkbleek weggetrokken. Nauwelijks verstaanbaar prevelde ze: 'Hoe kom je hierbij? Mama was er de vrouw niet naar om vreemd te gaan. Als dat toch is gebeurd, betekent dat dat zij niet genoeg van pa hield, of andersom: hij hield niet genoeg van haar. Dat moet de reden zijn geweest. Mam was een regelrechte schat, nooit was ze gemeen of laaghartig. Ik voel me nu opeens zo rottig... Het is net alsof er in mijn hoofd een storm opsteekt. Waarom vertelde je me dit, tante Lucy? Liever had ik het nooit geweten... Wat moet ik ermee? En als ik het volgens jullie dan zo nodig moest weten, waarom is pa er dan niet bij?'

'Als het aan Andries had gelegen, zou hij het tot in lengte van dagen voor je hebben verzwegen. Ik heb hem op andere gedachten gebracht, omdat ik ervan overtuigd was dat jij je vader beter zou begrijpen als je wist wat er vroeger is gebeurd. En hoe moeilijk hij het daar nog altijd mee heeft. Hij kón geen vader voor je zijn, hij zag jou constant als een kind van een ander waar hij voor op moest draaien. Toen je moeder overleed en hij alleen met jou achterbleef, werd het voor hem alleen maar moeilijker om jouw bestaan te accepteren. Ik heb het er talloze keren met hem over gehad, het is me echter niet gelukt hem op andere gedachten te brengen. Bij Andries is het een gevoelsmatige kwestie, waarvan jij helaas de dupe werd.'
Stella werd overmand door emoties die doorklonken in haar stem. 'Er dringen zich nu opeens zoveel vragen aan me op. Waarom, bijvoorbeeld, heeft pa zich indertijd niet van mama laten scheiden? Volgens mij waren daar genoeg redenen voor aanwezig. Ik kan mij tenminste niet voorstellen dat hun huwelijk ooit weer is geworden zoals het was geweest.'
'Ik wou dat ik je hierin kon tegenspreken,' zei Lucy mat. 'Je hebt echter gelijk, vanaf toen hebben Andries en Roelfientje elkaar nog slechts geduld. Hoe het toeging tussen Wietske en Karel weet ik niet, zij kregen later nog een zoon.'
Stella sloeg haar betraande ogen op naar Lucy en zacht vroeg ze: 'Heeft Karel de Winter geweten dat ik zijn dochter was, tante Lucy?'
'Dat kon niet uitblijven. Ze waren bevriend en wisten nagenoeg alles van elkaar, ook dat Andries geen kinderen kon verwekken. Andries heeft me verteld dat ze nog een keer met z'n allen om de tafel zijn gaan zitten om de dingen te bespreken. Om een dorpsschandaal te voorkomen werd er besloten dat Andries het kind zou accepteren als het zijne. Ze hebben het geheim altijd tussen hun vieren weten te bewaren, later heeft Andries mij er deelgenoot van gemaakt. In het dorp is geen sterveling die er ook maar iets van weet en dat moet zo blijven, dat hebben ze aan elkaar beloofd. Nadat Karel en Roelfientje hun schuldbekentenis aan Andries en Wietske hadden gedaan, kwam er vanzelfsprekend en eind aan hun vriendschap. Voor het oog van het volk groetten ze elkaar op straat, ze zijn echter nooit meer bij elkaar over de vloer geweest. Op haar sterf-

bed heeft Andries Roelfientje moeten beloven dat hij het ook voor jou zou verzwijgen. Het spijt me dat ik die belofte heb verbroken, ik hoopte ermee te bereiken dat het tussen jou en pa beter zou worden.'

Stella keek donker, haar stem klonk bezeerd. 'Niemand kan het me verbieden dat ik voor mama tedere gevoelens blijf koesteren. Wat pa betreft moet ik bekennen dat ik het ergens wel kan aanvoelen hoeveel moeite het hem kostte om mij te moeten grootbrengen. Om hem tegemoet te komen zal ik me voorgoed uit zijn leven terugtrekken, zeg dat maar tegen hem. Helaas, tante Lucy, is al jouw moeite tevergeefs geweest. Het liefst zou ik een potje willen janken, dat lost echter ook niks op...'

Lucy keek haar vol medeleven aan. 'Moet ik nog iets van jou tegen Andries zeggen? Kun je me misschien een boodschap meegeven waar die arme man een klein beetje troost uit kan putten, Stella?'

Stella had weinig tijd nodig om erover na te denken. 'Zeg maar dat ik begrijp dat hij zich in mama en mij teleurgesteld voelt, maar dat ik jegens mama geen wrok koester. Dat ik meer van haar houd dan ooit tevoren, omdat ik aanvoel dat mam in haar jonge jaren liefde te kort kwam. Pa kon haar niet geven wat ze nodig had en noodgedwongen zocht mam het toen bij een ander. Mam kennende, weet ik dat zij snakte naar onzelfzuchtige liefde en die heeft pa niet in zich. Zeg hem maar dat ik denk dat het zo is gegaan.'

Lucy schudde meewarig haar hoofd. 'Ik kan het je niet beloven, Stella. Ik heb jou vanavond al diep genoeg gekwetst, moet ik Andries dan ook nog eens pijn doen? Ik voel me ten opzichte van jou al schuldig genoeg.'

Stella's lippen trilden, haar ogen vulden zich met tranen. 'Ik bedoelde het niet zo cru. Zeg dan alleen maar aan pa dat ik voortaan mijn eigen weg ga. Zonder jullie. Want dat meende ik wel...'

'Ik begrijp het,' zei Lucy aangeslagen. 'Er brandt echter nog een vraag op mijn lippen die ik niet meer durf te stellen.'

'Doe het toch maar,' adviseerde Stella. Neerslachtig voegde ze eraan toe: 'Er is inmiddels al zoveel op mijn schouders gestapeld, als het moet kan er nog wel een lading bij.'

Lucy keek kinderlijk verlegen. 'Ja, zie je... het betreft Wietske de Winter. Zij weet vanzelfsprekend niet dat ik bij je ben geweest en je dit allemaal heb verteld. Ik ben bang dat zij het me kwalijk neemt als ze erachter komt dat ik als buitenstaander een belofte heb verbroken die onder hun vieren was gesloten. Mag ik jou vragen... je mond te houden tegen Wietske?'

'Daar heb ik nog niet over kunnen nadenken,' zei Stella. 'In wezen is die vrouw mij vreemd en dat geldt evengoed voor de man die ik niet opeens als een vader kan beschouwen. Voorlopig wil ik niet dat er nog dieper wordt geroerd in een stinkende pot. Wil je me nu alsjeblieft alleen laten?'

Lucy stond meteen op. Ze stak een hand uit naar Stella en schrok van het ijskoude handje dat in die van haar werd gelegd. 'Ik wens je alle goeds voor de toekomst en voor nu alle mogelijke sterkte.'

'Dank je, dat zal ik zeker nodig hebben,' zei Stella. Tevergeefs probeerde ze een lach om haar mond te leggen. Met een vertrokken gezicht opende ze de voordeur en sloot die achter Lucy zonder haar na te zwaaien.

Weer alleen kroop ze weg in een hoekje van de bank en gaf ze zich over aan gedachten die haar bestormden. Ze was er heilig van overtuigd dat mama geen avontuurtje had gezocht bij Karel de Winter. Dat ze zwanger was geraakt van die man, moest absoluut tragische achtergronden hebben. Waarom was mam ooit met pa getrouwd? Had ze hem dan in haar verkeringstijd niet goed genoeg leren kennen? Stella zuchtte diep en vervolgens stak ze de hand in eigen boezem: kende jij Jens dan door en door toen je met hem trouwde? Nee, zeker niet, bekende ze aan zichzelf. Ze was vol vertrouwen geweest, en had gedacht dat als zij Jens maar voldoende liefde gaf en het hem naar de zin maakte, hij vanzelf gelukkig zou zijn. Met haar en met het huwelijk waarvoor hij haar zelfs nog had gewaarschuwd. Haar hoop was ijdel gebleken. Jens had haar op een minne manier in de steek gelaten. Dat vergaf ze hem nooit, niettemin verlangde ze nog altijd naar hem. Zo raar was het dus gesteld met de liefde, die was zo dubbel als wat. Dat had mam ook moeten ondervinden. Bij pa en bij Karel de Winter, dat leed voor haar geen enkele twijfel meer.

Zou Karel de Winter, en mogelijk ook zijn vrouw, er misschien onder geleden hebben dat zij zijn dochter niet bij hen had kunnen opgroeien? Waren ze daarom de hele tijd zo opvallend vriendelijk tegen haar geweest? Nu pas snapte ze waarom Wietske de Winter toentertijd onuitgenodigd op haar receptie was verschenen. Ze wist niet wat ze nou aan moest met Wietske de Winter. Misschien was het niet onverstandig als ze het hierover eens had met Nicolien, Wijnand en Gerrit. Gelukkig waren zij bij haar teruggekeerd, waardoor ze er niet meer zo schrikbarend alleen voor stond. Geen mens stond graag alleen op de wereld.

Deze gedachten brachten haar weer naar Jens. Waar zou hij zijn, hoe zou hij het maken? Kon er dan geen telefoontje af, of een kaart met een paar lieve, opbeurende woorden? Tot dan...

Die laatste woorden van hem gonsden bijna de hele tijd in haar hoofd en elke keer vroeg ze zich af hoe rekbaar die tijd zou blijken te zijn.

O, Jens... hoe kón je me dit aandoen? Vanwege haar angst voor de toekomst, vanwege verdriet om onnoemelijk veel, werd Stella overvallen door een niet te stuiten huilbui.

HOOFDSTUK 13

Op een zaterdagochtend, even voor elven, kreeg Stella een telefoontje van Gerrit. Ze hoorde dat zijn stem nog slaperig klonk. 'Volgens mij ben jij net uit bed gerold!' zei ze lachend. 'Dat klopt, nauwelijks tien minuten geleden. En denk maar niet dat ik me ervoor schaam. Het is elke ochtend vroeg opstaan geblazen, in het weekeinde wil ik uitslapen. Dat heb ik na een week hard werken wel verdiend, vind ik zelf.'

'Ik geef je groot gelijk, voor mij is die luxe helaas niet weggelegd. Victor meldt zich in alle vroegte, vanmorgen heb ik hem bij mij in bed genomen en heb ik nog een uurtje lekker liggen soezen. Is er iets, Gerrit, dat je me belt terwijl je nog maar half wakker bent?'

'Ik zat me achter een mok koffie af te vragen met wie ik vandaag iets leuks zou kunnen ondernemen. Wijnand moet het hele weekend rijden, daarom is Nicolien naar het dorp vertrokken om de tijd door te brengen bij haar ouders.'

Hier onderbrak Stella hem, ze merkte plagend op: 'Ik begrijp het al, bij gebrek aan beter klop je aan bij mij.'

'Zo kwam het misschien over, het ligt een beetje anders. Ik moet toegeven dat het me best van pas zou komen als jij me uitnodigde. In dat geval hoef ik je door de telefoon niet de vraag te stellen die op het puntje van mijn tong brandt.'

'Je maakt me nieuwsgierig, hoor!'

'Mooi zo! Dat was precies de bedoeling. Ik denk namelijk, Stella, dat ik heel goed nieuws voor je heb!'

'O? Kom dan alsjeblieft maar gauw deze kant op, want goed nieuws komt mij meer dan gelegen. Een paar dagen geleden kreeg ik iets te horen dat minder fraai is en waar ik nogal mee in mijn maag zit.'

'Wat dan? Of heeft Jens iets van zich laten horen?'

'Was dat maar waar! Nee, het betreft iets anders, wat niet geschikt is voor de telefoon.'

'Nu maak jij míj nieuwsgierig! Ik ga me douchen, een hapje eten en dan ben ik rond ongeveer halftwee bij je. Afgesproken?'

'Ja, gezellig! Tot dan, dag!'

Nadat de verbinding was verbroken, babbelde Stella opgeruimd tegen Victor, die over de grond kroop. 'We krijgen vanmiddag bezoek. Van oom Gerrit, is dat even leuk of niet! Nu moet mama naar boven om zich wat op te tutten, want als een vrouw bezoek krijgt, hoort ze er verzorgd uit te zien. Kom maar, dan zet ik jou zolang in de box.'

Victor stribbelde niet tegen toen Stella hem optilde en hem in de box zette. Wat ben je toch een schat van een kind, dacht ze, terwijl ze de trap naar boven beklom. Victor was niet alleen een dotje, maar ook nog eens opvallend gemakkelijk. Als ze hem in de box zette, vond hij het best; als hij vrij over de grond mocht kruipen, was dat ook prima. Straks moest ze allereerst even naar de supermarkt om de hoek om iets bij de koffie te halen. Een paar pilsjes mochten ook niet ontbreken en voor de gezelligheid hoorde daar hartige hapjes en knabbelnootjes bij, daar was Gerrit verzot op.

Een tijd later, nadat ze alles in huis had gehaald en de nodige huishoudelijke karweitjes had gedaan, zag ze tot haar schrik dat het al tegen enen liep. Ze realiseerde zich dat het de hoogste tijd werd om Victor zijn bordje eten te voeren.

Daarna moest hij voor zijn middagslaapje naar bed. Hij zat op zijn gatje in de box al tegen de slaap te vechten, zag ze, want hij wreef driftig met beide knuistjes in zijn oogjes. Ze haastte zich het kindje te helpen. Ze had hem nauwelijks ondergestopt, toen de auto van Gerrit al bij haar voor de deur stopte.

Nadat ze hem had binnengelaten en ze elkaar met een vriendschappelijke kus hadden begroet, zei Gerrit lachend: 'Ben ik een man van de klok, of niet!'

Daarop bekende Stella dat zij zich had moeten haasten. 'Zodoende heb ik nog geen koffie kunnen zetten, je zult dus nog even moeten wachten op een bakje troost.'

'Dat komt goed uit!' zei Gerrit tevreden. 'Het is amper een halfuur geleden dat ik een joekel van een uitsmijter naar binnen heb gewerkt. Ik moet niet aan koffie denken. We kunnen maar beter gaan praten; door de telefoon hebben we elkaar nieuwsgierig gemaakt. Wie begint er, jij of ik?'

Stella hoefde er geen moment over na te denken. 'Goed nieuws heeft altijd voorrang, dus jij begint! Ik ben écht heel benieuwd, ik heb er geen idee van wat voor goeds jij me komt brengen.'

Gerrit schoof op het puntje van zijn stoel. Zijn haast gitzwarte ogen twinkelden van blijdschap. 'Gisteravond, vlak voor sluitingstijd, zei Vonne Looman dat zij in plaats van vijf, nog maar drie dagen in de week wilde werken. Ze had te veel hobby's waar ze nu niet aan toe kwam. Ze bekende dat haar man het heel vervelend vond dat zijn vrouw een baan had genomen, terwijl daar geen reden toe was. Vonne zei meteen dat er geen haast bij was. Ze bleef vijf dagen werken totdat ik iemand had gevonden. Snap je het?' vroeg Gerrit verwachtingsvol. Hij ging ervan uit dat Stella al wel had begrepen wat dit voor haar betekende.

Stella verzuchtte echter uit de grond van haar hart: 'Tjonge, wat een luxe, om te kunnen zeggen dat je geen tijd hebt om te werken, omdat gezelliger dingen voorgaan.'

'Die luxe kan Vonne Looman zich veroorloven, want haar man heeft een topfunctie bij de Spoorwegen. Vonne hoeft haar handjes niet te laten wapperen, maar voor het oog van het volk wil ze toch drie dagen in de week blijven werken. Dat is jammer voor jou, ik had je maar wat graag een volledige baan aangeboden. Je zult helaas genoegen moeten nemen met twee dagen in de week.'

'Bedoel je…' hakkelde Stella, 'bedoel je dat écht, Gerrit?' Ze keek hem met grote ogen vol hoop aan.

Gerrit lachte geamuseerd. 'Ja, suffie, je had al veel eerder in de gaten moeten hebben dat je bij mij aan de slag kunt! Ik bied je een deeltijdbaan aan, beter iets dan niets. Ja toch?'

Stella schudde haar hoofd. 'Het zou echt fantastisch zijn, maar het kan niet. Jij vergeet dat ik Victor heb. Als ik ergens een vol maandsalaris zou kunnen verdienen, zou ik hem naar een crèche brengen. Voor maar twee dagen in de week zal ik mijn verdiensten aan mensen moeten geven die op mijn kind passen.'

'Denk je nou heus, Stella, dat ik op mijn achterhoofd ben gevallen? Natuurlijk is er aan jouw jongetje gedacht. Ik moest gisteravond naar het dorp om mijn schone was op te halen en toen heb ik het er met mijn schoonouders over gehad. Dat ik jou graag zou willen aannemen, maar dat het bezwaarlijk voor je zou zijn vanwege Victor. Mijn schoonmoeder ontpopte zich weer eens als de reddende engel. Dat mens is de goedheid zelve, ze is een regelrechte schat. Meteen zei ze dat zij zich wel over Victor wilde ontfermen als jij aan het werk was. Letterlijk zei ze: 'Zeg maar tegen Stella dat ze haar kleine ventje mee kan nemen, dat ik met liefde op hem pas. Het lijkt mij geweldig om een beetje voor oma te mogen spelen.' '

Stella's ogen stonden vol tranen. 'Wat lief… Wat ontzettend lief van haar om juist dat te zeggen. Victor beseft nog niet wat hij mist, ik weet echter maar al te goed wat een lieve oma voor hem zou kunnen betekenen.'

'Jij bent een moedertje met een gouden hart dat je in de eerste plaats aan het welzijn van je zoon denkt,' stelde Gerrit vast. 'Probeer Victor toch even te vergeten en vertel mij of ik je blij heb gemaakt?'

'Het is niet te geloven…' fluisterde Stella ontroerd. 'Net nu ik het helemaal niet meer zag zitten, krijg ik van alle kanten hulp. Bidden helpt écht, Gerrit, wist je dat…'

Hij knikte en zei gesmoord: 'Hoe denk je, Stella, dat ik anders de dagen doorkom zonder Linda? Dat zou toch volstrekt

onmogelijk zijn als niet ook mijn gebeden werden verhoord?'
Stella dacht aan dat wat Jens miste. 'Vanwege ons geloof in
God zijn wij bevoorrechte mensen.' Ze slaakte een zuchtje en
vervolgde: 'Jij weet niet half hoe blij je me hebt gemaakt! Het
lijkt wel eeuwen geleden dat ik zo'n geluksgevoel had.'
'Wijnand, Nicolien en ik, we hebben de hele tijd geweten dat
jij het financieel niet gemakkelijk had. We wilden je aldoor
dolgraag wat geld toestoppen. Om jou in je waarde te laten
konden we dat niet maken, bezorgd waren we wel degelijk. Nu
kan ik gelukkig daadwerkelijk iets voor je doen. Waar jij me
niet voor hoeft te bedanken omdat het loon naar werken is. Ik
word je nieuwe baas, hoe vind je dat!'
'Te mooi om waar te zijn,' zei Stella, nog steeds ontroerd. 'Je
bent het waard dat ik mijn uiterste best voor je ga doen. Wat
moet ik eigenlijk doen?' liet ze er in één adem op volgen.
'Naast het gewone kantoorwerk, moet je klanten ontvangen. Je
moet mensen die komen voor geboortekaarten, trouw- of
rouwkaarten, met behulp van fotomateriaal adviseren zodat zij
hun keuze kunnen maken. Hetzelfde geldt voor het opstellen
van advertenties voor de gratis huis-aan-huiskrant die bij ons
wordt gedrukt. Die worden vaak telefonisch doorgegeven, je
wordt dus ook nog telefoniste. Ach, dat wijst zich
straks allemaal vanzelf. Ik ben continu bij je in de buurt en
anders is Luco Schouten, mijn rechterhand, wel aanwezig.
Heb je er zin in, Stella?'
Voordat ze antwoord kon geven, noemde Gerrit het bedrag
dat ze maandelijks zou gaan verdienen. 'Vanzelfsprekend is het
een schijntje vergeleken met wat je bij Bert Hollander verdiende, maar het is beter dan niets...'
Stella glimlachte. 'Ik kan er een hoop mee doen, geloof dat
maar gerust! Ik heb inmiddels geleerd hoe je, door heel zuinig
te zijn, heel weinig nodig hebt om te kunnen leven. Dank je,
Gerrit, voor dit geweldige gebaar...'
'Graag gedaan, meisje!' Gerrit schonk haar een blik vol gene-
genheid. 'En nu is het jouw beurt om míjn nieuwsgierigheid te
bevredigen!'
'O ja, dat is waar ook,' zei Stella. 'Vanwege jouw heerlijke
nieuws vergat ik helemaal te vertellen dat tante Lucy een paar
dagen geleden bij me op bezoek is geweest. Ze onthulde toen

een groot en schokkend geheim. Het is geen leuk verhaal, en je moet me beloven dat je het alleen aan Wijnand en Nicolien zult vertellen.'

Stella haalde diep adem en vervolgens vertelde ze Gerrit tot in de details wat ze van Lucy had gehoord.

Toen ze klaar was, vervolgde ze: 'Ik ben er inmiddels al een beetje aan gewend geraakt, ik weet alleen niet wat ik aan moet met Wietske de Winter. Moet ik haar vertellen dat tante Lucy haar mond voorbij heeft gepraat?'

Gerrit keek bedenkelijk. 'Tenzij jij er anders over denkt, zou ik je aanraden het hierbij te laten. Vooral omdat jouw moeder wilde dat het geheim zou blijven. Ik vind dat je haar wens moet respecteren. Maar ja, wie ben ik?'

'Ik denk er eigenlijk net zo over. Met het oog op haar zoon Paul, dúrf ik eerlijk gezegd niet eens naar haar toe te gaan. Heb je er al aan gedacht, Gerrit, dat Paul de Winter mijn half-broer is?'

'Ja, meisje, er schieten momenteel duizend dingen tegelijk door mijn hoofd. Ik vraag me af wat jij allemaal loswoelt als je naar de rozenkwekerij zou gaan. Hoe Paul erop reageert, bedoel ik.'

'Slecht!' voorspelde Stella. 'Zo aardig als zijn moeder is en zijn vader was, zo onuitstaanbaar is hij. Paul de Winter heeft het veel te hoog in zijn bol. Ik zou best een broer willen hebben, als híj het maar niet hoeft te zijn.'

'Dan zijn we toch precies waar we moeten zijn,' opperde Gerrit. 'Ik denk ook dat Paul slecht op het nieuws zou reage-ren. Hij zal jou niet tegemoet komen, je eerder vernederen. Die ellende kun je voorkomen door te zwijgen. Voor je tante Lucy heb ik overigens geen goed woord over,' zei Gerrit ver-bolgen. 'Het is gewoon een dom mens! Hoe kon ze er nou van uitgaan dat zij de boel wel eventjes recht kon breien, terwijl ze zo hopeloos ontactvol te werk ging.' Hij zond Stella een blik vol medeleven en zei bewogen: 'Wat erg voor je, dat je dit er nu ook nog bij krijgt. Je hebt er een paar dagen alleen mee geworsteld, dat zit mij nog het meest dwars. Ik vraag me af waarom jij alles tegelijk op je bord krijgt…'

'Hetzelfde geldt voor jou,' zei Stella. 'Waarom werd Linda zo wreed bij jou weggerukt? Dat is veel erger dan de onthulling dat pa mijn vader niet is. Hij is nooit een echte vader voor me geweest, moet ik hem dan nu opeens missen of om hem huilen? Dat kan ik niet eens en dat zegt mij meer dan voldoende. Het is wel allemaal heel erg rottig, ik zou het dolgraag anders willen...'

'Ik ook,' zei Gerrit schorrig. 'Ik zou er wat voor over hebben als ik Linda terug kon krijgen. Ze was nog zo jong, we hadden samen nog zoveel plannen. Daar wordt echter geen rekening mee gehouden, je moet je erbij neerleggen. En proberen te bedenken dat het een bedoeling zal hebben. Linda is thuisgehaald door God. Daar ben ik van overtuigd, het is voor mij een troost. Die jij mist, Stella, want jij weet niet waar Jens is. Nu kijk je me lelijk aan omdat je niet over Jens wilt praten, maar het zou juist zo goed zijn als jij je overvolle hart eens uitstortte.'

'Dat kan ik niet omdat jullie hem alleen maar veroordelen en daar wil ik niet aan meedoen. Pas als Jens bij me terug is en ik overal het fijne van weet, zal ik openhartig mijn mening geven. Niet eerder. Laten we het verder maar niet over Jens hebben. Ik moet overigens naar Victor, ik hoor dat hij wakker is.'

Stella stond op, ze was bij de kamerdeur toen Gerrit haar nog even staande hield en hij haar een belofte gaf.

'Ik zal de kwestie Jens niet meer aanroeren, tenzij jij erom vraagt. Ga nu maar gauw je zoon halen, dan kan ik nog even met hem ravotten voordat we de stad ingaan. Als jij daar zin in hebt, tenminste?' Hij keek Stella vragend aan en toen zij er verheugd op reageerde, bedisselde Gerrit: 'We gaan gezellig winkelen, ergens iets drinken en we mogen niet vergeten een speelgoedzaak binnen te gaan. Ik heb zin om die kleine boef van jou eens flink te verwennen. Tot besluit bied ik jullie een etentje aan. Hoe lijkt je dat?'

'Als een welkom feestje!' Stella tuitte haar lippen en zond hem een denkbeeldig bedankkusje.

Een uurtje later wandelden ze op hun gemakje door de stad. Gerrit duwde de buggy, en Stella liep er druk pratend naast. Achter de lach om haar lippen verborg ze voor Gerrit haar verdriet om Jens. Je zou eens moeten kunnen zien, Jens Okkerman, hoe leuk Gerrit omgaat met jouw zoon. Hij geeft Victor spontaan meer dan jij het in het verleden zo geforceerd probeerde te doen. Als jij nu naast me liep, zoals het hoort te zijn, zou ons gezinnetje weer compleet zijn. Hoe lang nog, Jens, moet ik daarop wachten? Hoe lang nog moet ik zo inverdrietig zijn en tegelijk zo woedend op jou?

HOOFDSTUK 14

Deze ochtend was Stella bezig met het klaarmaken van het ontbijt. Haar eigen belegde boterhammen sneed ze doormidden, die voor Victor in kleine blokjes die hij zo dadelijk met een vorkje kon opprikken. Ondertussen bedacht ze hoe snel de tijd voorbij was gevlogen. Gisteren, zondag de achttiende augustus, was Victor alweer drie jaar geworden. Al haar dierbaren waren op bezoek geweest, ze hadden haar kleine jongen werkelijk overladen met cadeautjes.

Hij was nog net zo lief en gemakkelijk als toen hij nog een baby was. Hij was gewoon een zonnig kind. Iedereen zei dat Victor op haar leek en dat zag ze zelf ook. Hij had haar mond en neus, en dezelfde haarkleur als zij. Zijn mooie, sprekende ogen had hij echter van zijn vader geërfd. Victors zeegroene ogen deden haar altijd denken aan die van Jens.

Tijdens het verjaardagsfeestje was Jens niet ter sprake gekomen. Ze begreep heus wel dat iedereen er bewust niet over begonnen was om haar te ontzien. Zou een van hen er gisteren aan gedacht hebben dat Victor negen maanden was geweest toen Jens verdween en dat hij nu dus al twee jaar en drie maanden spoorloos was? Ondanks die afschuwelijke lange tijd dacht ze nog dikwijls aan hem. Soms verlangend, maar veel vaker vol verwijt en boosheid. Hoe langer hij wegbleef, des te bezorgder maakte ze zich om hem. Ze zou zo vreselijk graag willen weten hoe het met hem ging. Als ze wist dat het hem goed ging, zou er aan haar martelende onzekerheid een eind komen. Ze durfde geen mens te zeggen dat ze in haar hart bang was dat hij niet meer leefde.

Hier werden Stella's gedachten een halt toegeroepen door Victor. Met zijn nieuwe knuffeldier onder zijn arm, een pluchen hondje dat hij van Wijnand en Nicolien had gekregen, hief hij zijn gezichtje schuin naar haar op. 'Gaan we eten,

mama? Victor moet naar juf Mieke. De trommel met snoepjes moet ook mee!'
Stella tilde hem op, ze kuste hem vertederd en zette hem op zijn stoel aan tafel. 'Slim ventje, je hebt goed onthouden dat je op de crèche mag trakteren! Dat doen we morgen, als mama naar kantoor moet. Vandaag gaan we oom Gerrits huis schoonmaken. Moet Rakker thuisblijven of mag hij met ons mee?'
'Rakker mag mee,' besloot Victor. En alsof hij wilde bena-drukken hoe belangrijk dat voor hem was, overlaadde hij het speelgoedhondje met klapzoentjes.
'Eet maar lekker je boterhammetjes op, dan gaat mama intus-sen naar boven om zich aan te kleden. Zul je niet kliederen en aan tafel blijven tot ik terug ben? Pas maar op als je stout bent, verklapt Rakker het aan mij en dan moet ik jou straf geven!'
'Ik is lief!' Victor zei het met een verontwaardigde ondertoon in zijn stem. Stella gaf berouwvol toe: 'Dat is waar, jij bent altijd lief. Ik moet me schamen dat ik daar aan durfde te twij-felen!'
Terwijl Stella zich waste, aankleedde en opmaakte, stonden haar gedachten niet stil. Voor haar gevoel leek het geen jaren, maar nog maar kort geleden, dat Gerrit haar een baan had aan-geboden voor twee dagen per week. Ze was er uit financieel oogpunt bekeken dolgelukkig mee geweest. Kort nadat ze bij Gerrit aan de slag was gegaan, had zijn schoonmoeder zich op een keer bij haar beklaagd. Dat ze opeens veel last had van hoofdpijn, en dat ze haar rug voortdurend voelde. 'Dat ligt niet aan Victor, hoor, Stella,' had ze haar gerust proberen te stellen, 'het zal mijn leeftijd zijn. Twee huishoudens is gewoon te veel van het goede.'
Zij – Stella – had haar pasverworven baan de lucht in zien vlie-gen. 'Dan zal Gerrit iemand anders moeten zoeken, want van-zelfsprekend wil ik u niet extra belasten met mijn kind.' Groot was haar verbazing geweest toen Gerrits schoonmoeder met een ideale oplossing was komen aanzetten. 'Er zou niets aan de hand zijn, Stella, als jij mijn werk zou willen overnemen. Dan is Gerrit geholpen en kan ik thuisblijven en het kalmer aan gaan doen. Zou je er eens over willen nadenken, meisje?'
Vanzelfsprekend had ze daar niet lang over na hoeven denken,

en nog diezelfde dag hadden Hilly en zij overlegd met Gerrit. Hij was zich een hoedje geschrokken, meteen daarop was hij dankbaar voor de oplossing die Hilly had bedacht. Zo had Stella destijds een baan gekregen voor vijf dagen in de week. Vanaf de tijd dat Hilly het kalmer aan kon doen, hoorden ze haar niet meer klagen. Dat deed Gerrit en haar bijzonder goed. Waar zij het wel even moeilijk mee had gehad, was het feit dat Gerrit haar evenveel betaalde voor het huishoudelijke werk als voor haar kantoorbaan. Ze had er met Gerrit over gesproken en hij had gezegd: 'Een werkster verricht lichamelijk gezien zwaarder werk dan iemand die op een kantoorstoel zit. Mag zij dan misschien ook een beetje leuk verdienen?'

Dat was Gerrit ten voeten uit, hij was een zeer sociaal voelend mens. Ze waren indertijd allemaal tevreden geweest, zij had al helemaal niet mogen klagen! Haar financiële zorgen waren in één klap van de baan geweest. Zuinig als ze was, kon ze maandelijks zelfs weer een klein bedragje sparen. Dat kwam echter voornamelijk doordat ze vijf dagen van de week nauwelijks boodschappen hoefde te doen, en geen eten hoefde te koken. Gerrit wilde dat zij aan het eind van de dag bij hem de warme maaltijd gebruikte. 'Het zou toch te gek zijn als jij thuis nog eens moet koken, terwijl je dat net voor mij hebt gedaan? Dan zitten we allebei in ons eentje achter een bord, met z'n drietjes smaakt het veel beter.'

Al met al was ze elke dag van negen tot ongeveer zeven uur bij Gerrit en het beviel van beide kanten goed. Gerrit was gewoon een lieverd; wanneer hij er een ander mee kon bevoordelen, cijferde hij zichzelf graag even weg. Ze had zichzelf er al een paar keer op betrapt dat ze meer voor hem was gaan voelen dan wenselijk was. Ze ging elke dag meer om hem geven en daar was ze beslist niet blij mee. Ze mócht haar hart niet verliezen, niet vergeten dat ze nog altijd getrouwd was.

Ze moest op Jens wachten totdat het hem behaagde naar haar terug te keren. Als hij nog leefde... Stel dat er met hem niets aan de hand was en dat hij op een dag terugkwam. Wat moest zij dan met haar gevoelens van liefde voor Gerrit? Ja, ze hield van Gerrit, daar was niets aan te verhelpen. Hij was lief en goed voor haar, voor Jens had ze geen goed woord meer over. Ze hield niet meer van hem, toch moest ze op hem wachten omdat ze zijn ring droeg... Stella slaakte een moedeloze zucht en vervolgens verstopte ze de zorgen om Jens weer net als altijd op de bodem van haar hart, waar ze voor anderen onzichtbaar waren.

Niet veel later zette ze Victor in zijn autozitje op de achterbank en reed naar de drukkerij. Ze parkeerde haar auto en met Victor aan de hand liep ze vervolgens naar de privé-ingang aan de zijkant van de zaak.

Gerrit stond erop dat zij in de drukkerij koffie kwam drinken, ze vond het zelf ook plezierig, voor Victor was het echter een ware belevenis. Dat kwam door Luco. Hij was echt dol op Victor, elke keer drukte hij het ventje een zachte bezem in zijn handjes en dan mocht hij de vloer van de drukkerij aanvegen. Victor voelde zich dan verschrikkelijk nuttig, en Luco genoot ondertussen van zijn kwebbeltje dat geen moment stilstond.

Stella waste haar handen, trok een kam door haar haar en deed een vleugje lippenstift op haar lippen. Ziezo, dacht ze grinnikend, de werkster ziet er weer toonbaar uit. 'Ga je mee, Victor, koffiedrinken bij oom Gerrit en Vonne?' Ze lachte omdat ze bij voorbaat wist hoe het kind erop zou reageren.

'Nee, ik ga Luco helpen met vegen!'

'Je moet eerst een beker chocolademelk drinken, daarna mag je Luco helpen,' besliste Stella.

In het kantoor groette ze Vonne Looman die juist achter haar computer vandaan kwam.

Vonne vertelde dat de koffie bruin was en dat ze die met hun tweetjes zouden moeten drinken. 'Luco is bezig een van de drukpersen te repareren. Hij schijnt daar niet bij weg te kunnen en vroeg of we hem een mok koffie wilden komen brengen. Gerrit is naar de tandarts.'

Nadat ze hun koffie hadden gedronken, en Victor een grote chocoladesnor had gekregen van zijn drankje, zei Stella tegen Vonne: 'Ik ga Luco zijn koffie brengen, Victor staat al te trappelen van ongeduld. Hij wil bij Luco aan het werk!'

Samen met Victor verliet Stella het kantoor en even hierna begroette ze Luco. Hij stond voorovergebogen over een drukpers. 'Lukt het, krijg je hem weer aan de praat?'

Luco schudde mismoedig zijn hoofd. 'Nee, was het maar waar! Als Gerrit zo dadelijk komt, is het zo gepiept en sta ik als een

klungel in mijn hemd. Dat moet ik hoe dan ook zien te voor-komen, ik schaam me niet graag.'
'Nou, dan moet je misschien even een koffiepauze inlassen. Daarna gaat het vast weer beter.'
'Ik heb er behoefte aan om even m'n hart te luchten. Wil je me zolang gezelschap houden?'
Luco keek haar vragend aan. Stella kon niet direct antwoord geven, want Victor wurmde zich los uit haar hand. 'Ikke ga vegen, ik heb het héél druk!'
'Doe maar, jongen,' zei Luco, 'veeg jij al die papiersnippers op de grond maar bij elkaar.'
Terwijl Victor zich op zijn korte beentjes verwijderde, zei Luco tegen Stella: 'Ik heb die snippers er daarnet opzettelijk met handen vol neergegooid. Dan heeft hij wat te doen.' Hij lach-te breed en ging ernstig verder: 'Ik heb sinds kort een meisje waar ik zielsveel van houd. Het kan echter niets worden tussen ons, want Maya is een gescheiden vrouw. Ze heeft twee kin-dertjes en bovendien is ze niet van onze kerk. Als ik thuis aan-kom met dit verhaal, krijg ik de wind van voren. Ik zit in een bar moeilijk parket.'
Stella boog zich vertrouwelijk naar Luco toe. Ze had er geen idee van dat Gerrit inmiddels thuis was gekomen en voor het raam van het kantoor naar hen stond te kijken. Ze legde een hand op die van Luco, die op zijn knie lag, en vanuit haar eigen ervaring sprak ze op hem in. 'Je moet je afvragen wat voor jou het belangrijkste is: het geluk van Maya en jou, of de lieve vrede in het huis van je ouders. Toe, Luco, je bent geen kleine jongen meer! Op jouw leeftijd heb je het recht te doen wat jou goeddunkt. Als jij nu kansen laat schieten, zul je later een ver-bitterde oude man zijn. Zónder ouders, want die hebben echt niet het eeuwige leven, hoor!' Hierna vertelde ze zo beknopt mogelijk hoe zij zich vroeger jegens haar pa had opgesteld. 'Ik deed er alles voor om bij hem in de gunst te komen, het was echter vergeefse moeite, want ik kreeg er niets voor terug. Helemaal niets en zo zal het jou ook vergaan. Tenzij je voor jezelf opkomt, dan lacht het geluk je toe. Wat ik je brom!'
'Je hebt volkomen gelijk. Ik weet alleen niet wat ik ermee moet. Kun je me geen raad geven, Stella?' Luco keek ongeluk-kig als een kleine jongen.

Stella legde vertederd haar handen om zijn gezicht en even zacht als indringend zei ze: 'Het is heel simpel, Luco. Jij hoeft alleen maar te kiezen, voor Maya of voor je ouders. Als jij kiest voor de vrouw bij wie jouw geluk ligt, moet jij je ouders durven loslaten. Laat zien dat je een kerel bent en dóe dat. Meer kan ik er niet op zeggen. We moeten zoetjesaan weer aan het werk, denk je niet?'

Luco knikte. 'Bedankt voor je raad, en vooral voor je luisterend oor. Ik zal er goed over nadenken, jij bent de eerste die hoort tot welke keus ik uiteindelijk gekomen ben.'

'Jij hébt maar één keus, man! Knoop dat in je oren en doe er je voordeel mee.' Hierna stond Stella op van haar kruk en met haar tegenstribbelende zoon onder haar arm zocht ze het woongedeelte boven de zaak weer op.

Het liep tegen de middag en net als altijd, werd Victor hangerig vanwege de slaap. Hij kon nog absoluut niet zonder zijn middagslaapje. Ze besloot het hem niet onnodig moeilijk te maken door alvast een bordje pap voor hem te maken. Dan kon hij daarna lekker gaan slapen. Jammer voor Gerrit, hij vond het ongezellig als Victor al in bed lag als hij bovenkwam. Het was niet anders, Gerrit en zij zouden met z'n tweeën moeten lunchen, haar kleine manneke wilde naar dromenland.

Het was even over twaalf toen Gerrit de huiskamer binnenstapte. Met één oogopslag zag Stella dat hij slecht gehumeurd was, zijn gezicht stond op onweer. Om hem op te monteren zei ze vrolijk: 'Zoals je ziet kun je meteen aanschuiven. Victor ligt al in bed, hij kon het niet langer volhouden. Heb je zin in een kopje tomatensoep?'

'Ik heb nergens zin in.' Opeens schoot het Stella te binnen dat Gerrit vanochtend naar de tandarts was geweest. Ze vermoedde dat daar de oorzaak lag van zijn pestbui. 'Een bezoek aan de tandarts is verre van leuk, heb je erg veel pijn?'

'Hoe kom je erbij, ik ben geen mietje.'

'Waarom doe je dan zo bokkig, wat is er met je aan de hand?'

'Ja zeg, dat moet jíj nodig zeggen!' Gerrit keek haar verwijtend aan.

Stella reageerde hoogst verbaasd: 'Het lijkt nu net alsof jij mij ergens van beschuldigt. Vertel, want ik ben me van geen kwaad bewust.'

Tussen een paar happen soep door mompelde Gerrit binnensmonds: 'Als er één recht heeft op een verklaring ben ik het
wel!' Hij schoof zijn soepkom een eindje van zich af en keek
Stella indringend aan. 'Het zit me verschrikkelijk dwars dat jij
zo stiekem doet. Je zit achter mijn rug om met Luco te flikf-
looien. Ik had liever gehad dat je recht in mijn gezicht had
gezegd dat jullie van elkaar zijn gaan houden. Hoelang is dit al
aan de gang, Stella, en waar draait het op uit...?'
Een moment kon ze de blik in zijn donkere ogen niet plaatsen,
totdat er iets tot haar doordrong, stelde ze vast: 'Je bent
gewoon hartstikke jaloers! Op iets wat er niet is.' Haar lach
werkte niet aanstekelig op Gerrit...
Hij mokte: 'Maak dat de kat wijs! Ik heb met eigen ogen gezien
hoe jullie samen zaten te smoezen en hoe liefdevol jij je handen om Luco's gezicht legde. Durf je me nu nog langer voor
de gek te houden!'
'Stel dat het waar is wat jij suggereert, dan vraag ik me af waar
jij je zo dik om maakt. Het zijn jouw zaken niet, je hoeft dus
helemaal niet zo nijdig te doen!'
'Nijdig is niet het juiste woord, ik ben hevig teleurgesteld. Dat
zou iedere man zijn als hij zo wreed moet ervaren dat de vrouw
die hij liefheeft haar hart aan een ander heeft geschonken.' Hij
sloeg zijn ogen op naar Stella en schorrig bekende hij: 'Ik hou
van je... Ik voel me belabberd nu blijkt dat ik achter het net
heb gevist.'
'Wat zeg je nou toch!' fluisterde Stella onthutst. 'Sinds wanneer...'
Hier onderbrak Gerrit haar. 'Dat doet er nu niet meer toe.
Luco is de gelukkige, ik de pechvogel.'
'Als het niet zo gevoelig lag, zou ik nu subiet in een lachbui uitbarsten,' zei Stella. 'Ik zou nooit kunnen houden van een man
als Luco, hij heeft echter wel mijn medelijden. Ik wilde hem
alleen maar troosten.' Vervolgens vertelde ze Gerrit waar Luco
mee worstelde. 'Ik kan exact aanvoelen hoe moeilijk Luco het
ermee heeft. In het verleden was ik net zo timide jegens pa
Buis, als Luco tegen zijn ouders. Naar eigen inzicht heb
ik hem raad gegeven, ik hoop dat hij zijn voordeel ermee
zal doen. Er was dus niets stiekems aan mijn gedrag en met
liefde had het al helemaal niets te maken. Domkop, hoe kon je

zoiets nou van mij denken?'

'Je hebt een zware last van mijn schouders genomen,' zei Gerrit. Hij keek van haar weg toen hij eraan toevoegde: 'Wat ik over mezelf zei was de waarheid. Ik ben ontzettend veel van je gaan houden, Stella...'

Haar stem was niet veel meer dan een fluistering. 'Besef je wel hoezeer je mij hiermee in verlegenheid brengt?' Ze moest diep ademhalen voordat ze verder kon gaan. 'Hoe weet je dat opeens zo zeker, tot dusverre heb je er immers niets van laten merken...'

'Zullen we vóór gaan zitten?' zei Gerrit. 'Het eten smaakt ons allebei niet, jij steekt ook geen hap in je mond.'

Kort hierna zat Stella star rechtop in een stoel en Gerrit hing op de bank. Hij moest naar de juiste woorden zoeken, zodoende duurde het even voordat hij van wal stak. 'In mijn onderbewustzijn hield ik vermoedelijk al heel lang van je. Linda leefde nog toen jij al een speciaal plekje in mijn hart innam. Dat wist Linda, ze heeft me er weleens mee geplaagd. 'Als ik reden had om te twijfelen aan jouw liefde, zou Stella mijn rivale zijn. Zij doet jou iets en daar kan ik me wel iets bij voorstellen. Stella is lief en aardig en bovendien stukken knapper dan ik. Als er ooit iets met ons gebeurt, dat we om welke reden dan ook niet samen verder kunnen en we van elkaar worden gescheiden, zou ik willen dat jij verderging met haar. Dat meen ik echt, Gerrit.' Dat waren Linda's woorden,' zei Gerrit aangeslagen, 'ruim een jaar na dat gesprek werden wij wreed van elkaar gescheiden.'

'Het is haast griezelig,' fluisterde Stella, 'net alsof Linda het heeft aangevoeld dat jullie niet samen oud mochten worden.'

'Daar is mijn schoonmoeder van overtuigd,' zei Gerrit. 'Zoals ze er ook van overtuigd is dat jij en ik bij elkaar horen. Onlangs zei ze tegen mij: 'Doordat ik jou scherp in de gaten houd, zie ik meer dan misschien goed voor me is. De manier waarop jij soms naar Stella kijkt, zoals je heimelijk haar bewegingen volgt, spreekt boekdelen. Je houdt van haar. Verberg die liefde niet langer, mijn jongen, maak jezelf en Stella alsjeblieft weer gelukkig.' Dat, en nog veel meer, zei mijn schoonmoeder.'

'Wat moet die vrouw een groot, eerlijk hart hebben,' zei Stella zacht, 'ze gunt jou, de man met wie haar dochter getrouwd was, weer het geluk, terwijl zij Linda niets meer kan geven. Dat moet haar toch pijn doen?'

'Hilly Kuiper mist haar oogappeltje nog ieder uur van dag en nacht. Het is juist dat immense verdriet, vertelde ze me, dat ze mij wil besparen. Net zoals ik, zul jij je oren niet kunnen geloven als ik jou vertel dat mijn schoonmoeder al vrij kort na het overlijden van Linda hoopte dat ik weer gelukkig zou worden met een ander, het liefst met jou. Ik kom er niet onderuit, Stella,' bekende Gerrit verlegen, 'mijn schoonmoeder heeft me wakker geschud, zij had gelijk. Ik hou van jou. Anders misschien dan vroeger van Linda, maar zeker niet minder.'

'Ik weet niet wat ik nu zeggen moet...' fluisterde Stella. Ze voelde zich in het nauw gedreven. Gerrit was er pas kort geleden achter gekomen, maar zij wist al heel lang dat ze hem liefhad. Ze had die tere gevoelens altijd diep in haar hart verborgen weten te houden en daar moesten ze blijven rusten. Het kon immers niet anders.

'Wat gaat er nu allemaal in dat kleine hoofdje van jou om?' vroeg Gerrit. 'Kun je me niet een sprankje hoop geven? Je mag me toch?'

'Veel meer dan dat.' Stella's ogen werden vochtig. 'Ik geef om je, misschien wel net zoveel als jij om mij. We schieten er echter niets mee op, want het kan niet. Ik ben getrouwd, ik moet... nee, ik wíl op Jens wachten. Ik mag jou geen hoop geven. Ik geloof dat ik niet meer om Jens geef; toch mag ik daar nog niet aan toegeven. Op een keer zal hij terug zijn, dat heeft hij beloofd. En stel dan eens, Gerrit, dat mijn liefde van toen weer opbloeit? Ik heb echt ontzettend veel van hem gehouden, bovendien is hij de vader van mijn kind. Begrijp je hoe dubbel en moeilijk het is...?'

'Het enige dat klip en klaar tot mij doordringt, is dat wij niet kunnen trouwen, omdat jij niet vrij bent. Jens Okkerman blokkeert ons geluk en dat zal ik hem nooit vergeven. Hoe kun je nou almaar blijven wachten op een man die je leven totaal heeft geruïneerd! Die trouw van jou verdient Jens niet, ik wou dat je dat inzag. Kun je dan zelfs niet proberen mij een kans te geven? Ik wil je zo graag eindelijk echt gelukkig maken.'

Stella schudde vertwijfeld haar hoofd, er biggelde een traan over haar wang. 'Ik neem het je niet kwalijk dat je mij niet begrijpt, het is ook allemaal zo hopeloos ingewikkeld. Het is niet alleen dat ik niet vrij ben, maar ook emotioneel gezien ben ik nog niet los van Jens. Ik weet deksels goed dat hij zich jegens mij heeft misdragen. Je zou eens moeten weten hoe vaak ik hem inwendig de huid al heb volgescholden, om vervolgens weer om hem te huilen. Al die tegenstrijdige gevoelens kosten enorm veel energie. En dan is het ook nog eens zo dat ik me vreselijk veel zorgen om hem maak. Er kan van alles met hem zijn gebeurd, hij kan wel dood zijn. Alleen God weet waar hij is, of hij naar mij en Victor verlangt en hoe hard hij ons misschien nodig heeft. Ik kan jou niets beloven, Gerrit, hoe graag ik dat in mijn hart ook wil...' Stella sloeg haar handen voor haar gezicht, haar smalle schouders schokten van het snikken. Gerrit snelde op haar toe, hij trok haar op uit haar stoel en tegen zijn borst. En met zijn armen beschermend vast om haar heen zei hij bewogen:

'Het spijt me geweldig dat ik het je extra moeilijk heb gemaakt. Ik had er geen idee van dat jij in gedachten nog altijd zo intensief bezig bent met Jens. Sorry, Stella...'

Zij had zich weer hersteld. Ze snoof nog een keer en toverde een dapper lachje te voorschijn. 'Je moet je niet verontschuldigen, het is voor jou niet minder moeilijk.'

'Jij hebt het het zwaarst te verduren,' stelde Gerrit vast. Hij omvatte met beide handen haar gezicht en drukte een kus op haar lippen. 'Dit is hetzelfde als jij bij Luco deed... ik troostte je.'

'Je gaf me je liefde,' prevelde Stella, 'dacht je dat ik dat niet proefde uit de kus die je me gaf?' Haar ogen vulden zich opnieuw met tranen. 'Hoe moet het nu verder, Gerrit? Er is opeens zoveel veranderd, tussen ons is nu niets meer hetzelfde.'

Gerrit streelde langs haar wang en schonk haar een geruststellende blik. 'We gaan zo veel mogelijk op de oude voet verder. Met dit verschil dat ik je heel af en toe een kus zal geven, zodat je niet vergeet dat ik je liefheb. Zodra jij je hart voor mij kunt openzetten, moet je uit eigen beweging naar me toe komen. Kom dan alsjeblieft snel naar me toe...' Dat laatste klonk als een smeekbede die zich zou vastzetten in Stella's hoofd.

Vooralsnog knikte zij instemmend en terwijl ze behoedzaam

een traan wegwiste die over Gerrits wang rolde, schoten haar gedachten naar Jens: je hebt me verschrikkelijk veel aangedaan. Het allerergste is wel dat ik deze lieve man door jouw toedoen niet gelukkig kan maken...

HOOFDSTUK 15

Met een blik op de klok zag Stella dat het nog geen uur geleden was dat ze Victor had uitgezwaaid. Hoewel ze wist dat hij in goede handen was en een fijne dag tegemoet ging, miste ze hem nu al. Stom ook dat ze gisteren haar enkel had verzwikt. Nota bene op vrijdag de dertiende. Ze was niet bijgelovig, anders zou ze er haast iets van denken.

Het was gisteren vlak voor sluitingstijd gebeurd. Ze was bezig haar bureau op te ruimen, toen ze blijkbaar een verkeerde stap had gedaan. Ze was ineengekrompen van de pijn en strompelend had ze Victor van de crèche gehaald. In zijn bezorgdheid had Gerrit gisteren net gedaan alsof ze een been had gebroken. Hij had meteen Nicolien gebeld en gevraagd of zij even bij haar langs wilde gaan omdat hijzelf verhinderd was. Zodoende was Nicolien gisteravond nog even bij haar op bezoek geweest. Ze had Nicolien er wél van kunnen overtuigen dat het ongelukje voor haar alleen maar lastig was. Daarna had Nicolien verteld dat zij en Wijnand de volgende dag naar de dierentuin gingen en voorgesteld om Victor mee te nemen. 'Dan heb jij even geen zorg om hem en kun je even alleen aan jezelf denken. Hoe lijkt je dit plan?'

Vanzelfsprekend had Stella het toegejuicht. Ze zou een slechte moeder zijn als ze haar kind dit buitenkansje ontnam. Victor had blosjes van voorpret op zijn wangen gehad. Voordat ze daarstraks met haar zoon waren vertrokken, had Wijnand met een stralend gezicht tegen haar gezegd: 'Nu kunnen Nicolien en ik vandaag alvast een beetje oefenen!' Daarmee had hij gewezen op Nicoliens prille zwangerschap waar ze ontzettend blij mee waren. Vanzelfsprekend deelde zij hun vreugde.

Vanwege het mooie weer was zij in de achtertuin gaan zitten, haar zere been liet ze rusten op een andere stoel. Haar gedachten dwaalden via Victor naar Luco. Ze hoopte voor hem dat de kinderen van Maya snel zijn kinderen mochten worden. Luco had zich een poos geleden zorgen gemaakt om niks.

Luco had haar onlangs verteld dat hij haar advies ter harte had genomen. Hij had zijn ouders ingelicht over zijn relatie met Maya en tot Luco's stomme verbazing hadden ze gezegd dat ze Maya en haar kinderen graag wilden leren kennen. Algauw had Maya de harten van zijn ouders voor haar gewonnen. Zodoende mocht Luco nu openlijk gelukkig zijn met zijn Maya. Ze gunde hem onverstoord geluk, net zoals ze Wijnand en Nicolien een mooi en gezond kindje toewenste. Het leek soms net alsof het geluk opeens voor iedereen was weggelegd, behalve voor Gerrit en haar.

Stella's gedachten bleven bij Gerrit. Met gesloten ogen lag ze over hem te dromen, totdat ze in slaap dommelde. Ze schrok wakker doordat er een zoentje op haar voorhoofd werd gedrukt. In de veronderstelling dat het Gerrit was, opende ze haar ogen en kwam ze overeind. De blijde lach om hem bestierf op haar lippen toen ze in een paar zeegroene ogen keek en ze een lachende stem hoorde zeggen: 'Verrassing!'

'Jens?' fluisterde ze verward, 'ben jij het heus?' Het kan niet waar zijn, flitste het door haar heen. Ik moet dromen, met wijd open ogen.

Jens liet zich in de stoel naast die van Stella vallen, wreef zich quasivergenoegd in de handen en schonk haar een brede lach. 'Je ziet het goed, ik ben het echt! Ik heb de huissleutel altijd zorgvuldig bewaard, zodoende kon ik nu stilletjes binnensluipen om jou de verrassing van je leven te bezorgen. Eerlijkheidshalve moet ik zeggen dat ik me jouw verwelkoming anders had voorgesteld. Je zit me aan te staren alsof ik een prehistorisch monster ben. Zou je me niet eens een klinkende kus geven?'

Stella kon er met haar verstand niet bij dat hij praatte als was hij slechts een kwartier weggeweest. Hoewel hij haar volkomen had overrompeld, zag ze tot haar eigen verbazing toch dat hij een perfect zittend pak droeg met bijpassende das, overhemd en schoenen. Lakschoenen. Als ze ergens een hekel aan had, was het aan mannen met lakschoenen. Waar ze echter het meest van gruwde, was de opzichtige ring aan zijn pink met een grote, fonkelende rode steen. Dit was niet Jens, er zat volkomen onverwachts een of andere fat bij haar in de tuin.

Wat moest zij met deze vreemde man die niets dan weerzin bij haar opwekte? Die haar liefde voor hem in één klap doofde? Jens' stem bracht haar terug in de realiteit.

'Hé, droomster, word eens wakker en laat blijken dat je blij bent!'

Het was juist zijn abnormale manier van doen, waardoor Stella haar tegenwoordigheid van geest terugkreeg. Met het oog op eventuele meeluisterende buren, besliste ze met een stem die geen tegenspraak duldde: 'We gaan naar binnen. Wat wij elkaar te zeggen hebben, is niet geschikt voor de tuin.'

Jens haalde zijn schouders op. 'Wat je wilt...' In de huiskamer liep hij meteen op het raam toe. Hij speelde nu geen rol. Hij was helemaal zichzelf toen hij Stella glunderend van trots op een auto wees die voor de deur geparkeerd stond.

Stella vond dat de auto er even potsierlijk uitzag als hijzelf.

Jens straalde echter en vol trots zei hij: 'Nou? Is dat even een mooi karretje of niet?'

Stella keek hem koel aan. 'Het is precies wat jij vroeger al begeerde. De grootste, glimmende slee was voor jou nog niet mooi genoeg.'

'Mijn hemel!' viel Jens verbolgen uit, 'wat doe je toch snibbig! Is het nou per se nodig om mij te wijzen op die Saab? Dat ik daar destijds mee aan de haal ging, was een vergissing. Dit pronkjuweel is van mij, ik heb hem eerlijk verdiend. Daar zou jij trots op moeten zijn!'

Stella voelde een tomeloze woede in zich opkomen die ze niet kon onderdrukken, waardoor ze furieus tegen hem uitviel.

'Hoe kún je zelfs maar veronderstellen dat ik trots zou zijn op jou! Een beetje minder hoge eigendunk zou jou niet misstaan, of ben je vergeten wat je mij hebt aangedaan! Je hebt me gewoon laten barsten, man! En nu verwacht jij dat ik je om je nek vlieg van louter blijdschap? Laat ik je één ding zeggen, Jens, ik ben níét blij met je terugkomst. En jij moet je diep schamen, maar zo te zien doe je dat niet.'

'Ik heb je indertijd op een minne manier behandeld, en dat spijt me oprecht. Al het overige doet er voor mij niet meer toe en me schamen doe ik al helemaal niet. Dat heb ik lang geleden al afgeleerd. Ik ben destijds vertrokken om mezelf terug te vinden, om mezelf te leren kennen. Weet je nog? Nou, Stella, ik kan je verzekeren dat ik nu weet wie ik ben en dat ik bovendien onnoemelijk trots ben op mezelf. Ik ben niks minder waard dan wie ook. Zelfs voor de koningin hoef ik niet meer onder te doen! Jens Okkerman heeft het gemaakt, ik dacht dat je dat wel aan me kon zien? Neem alleen het overhemd dat ik draag, dat kost over de tweehonderd gulden. Ik zie het al, je mond valt open van bewondering!'

Met een haast bovenmenselijke krachtsinspanning lukte het Stella om met een effen gezicht te zeggen: 'Ik wil weten waar je al die tijd bent geweest. En waardoor je bent geworden zoals je nu bent.' Ze gebaarde naar zijn dure kleren en de protserige auto. 'Steek maar van wal, ik luister. Het zal me niet verbazen als je vertelt dat je in Amerika bent geweest of nog verder weg.'

Jens schoot in de lach. 'Naar verhouding zat ik vlak bij huis. Na de nodige omzwervingen ben ik uiteindelijk in België terechtgekomen. In Brussel, om precies te zijn. Ik woon in een riante flat met alle denkbare gemakken. Ik heb zelfs een poetsvrouw die de boel netjes houdt. Dat had je niet van mij verwacht, hè! Bekrompen als de mensen hier zijn, zal iedereen denken dat Jens nog altijd een zielepoot is, maar dat is verleden tijd! Ik heb geld zat, ik kom niks te kort.'

'Waar verdien je dat vele geld dan mee?'

'Ik werk in een nachtclub. Ik ben er portier, ik sta achter een van de bars, dat soort werkzaamheden neem ik voor mijn rekening. Nou ja, en als het eens zo uitkomt, ben ik ook niet te beroerd om datgene te doen, waar een nachtclub voor dient. Daar is overigens niks mis mee. Het hoort bij het leven dat ik leid en dat me bijzonder goed bevalt. Als je op een prettige manier veel geld kunt verdienen, zou je toch wel gek zijn om je voor weinig uit te sloven. Nee hoor, wat dat betreft heb ik het verleden de rug toegekeerd!'

Jens deed zich niet alleen voor als een man van de wereld, hij voelde zich duidelijk ook zo. Stella werd onpasselijk van zijn walgelijke verhalen. Haar stem klonk dan ook zwaar van ingehouden emoties. 'Ik kan de trots die jij uitstraalt niet met je delen. Het was mij liever geweest als je had verteld dat je zo arm was als een kerkrat, maar overgelukkig doordat je God had teruggevonden. Was toch op zoek gegaan naar Hem, in plaats van naar het grote geld... Geld raakt op, maar Gods liefde duurt eeuwig.'

Jens schudde zijn hoofd en zei meewarig: 'Het is jammer voor jou dat je zo kleinzielig bent gebleven. Je hebt geen idee van het werkelijke leven, niet hoe bruisend dat kan zijn. In het milieu waarin ik nu verkeer, zijn de nachten één groot feest. Zodra de mensen bij ons binnenkomen, glijden de dagelijkse zorgen van hun schouders. Evenals die van ons, de medewerkers. Het spijt me voor jou, voor mezelf is het goed geweest dat ik destijds de kuierlatten nam. Nu weet ik tenminste wie ik ben, waarom ik me in mijn beide huwelijken hopeloos gevangen voelde. Ik weet nu heel zeker dat ik niet als een braaf burgermannetje in het gareel kan lopen. Het heeft de nodige tijd gekost, maar uiteindelijk ben ik erachter gekomen dat ik algehele vrijheid nodig heb. Het kan me niets meer schelen hoe een ander over me denkt. Ik ben trots op degene die ik nu ben, omdat dat mijn ware ik is. Begrijp je?'

Tergend langzaam schudde Stella haar hoofd, haar stem leek van heel ver te komen. 'Ja, ik begrijp dat ik jou tot dusverre niet gekend heb. Ik kon niet weten dat er zo'n grote egoïst school in de man van wie ik meende te houden. Dat was een afschuwelijke vergissing waar ik helaas te laat achter ben gekomen...'

Jens zond haar een blik waaruit bleek dat hij zich miskend voelde. 'Wat gemeen van je om mij uit te maken voor egoïst! Dat slaat nergens op, hoe kom je erbij?'

'Een egoïst denkt louter aan zichzelf en dat heb jij al die jaren gedaan,' zei Stella. 'Je hebt geen moment aan mij gedacht, niet één keer heb jij je afgevraagd of ik me alleen kon redden met ook nog de zorg om een baby. Nou, mocht het je nog interesseren, ik heb het verschrikkelijk moeilijk gehad. Maar daar zul jij niet van wakker liggen, hè Jens?'

Het sarcasme in haar stem was hem niet ontgaan, niettemin keek hij haar schaapachtig aan. 'Hoezo, heb jij het moeilijk gehad? Je hebt een goed betaalde baan bij Bert Hollander en bovendien heb je de hele tijd mijn uitkering kunnen opstrijken. Een rekensommetje leert mij dat jij, gezien het burgerleven dat jij leidt, daar best van rond kunt komen. Je moet nu niet proberen mijn medelijden op te wekken, Stella!'

Zij slaakte een vermoeide zucht. Zo beknopt mogelijk vertelde ze Jens waarom Bert haar destijds op staande voet de laan had uitgestuurd en waarom zij uit eigen beweging zijn uitkering had stopgezet. Ze verzweeg de geschiedenis van haar afkomst en ook over Gerrit zei ze niets. 'Al die ellende had ik aan jou te danken. Als je ook maar een greintje verantwoordelijkheidsgevoel bezat, zou je zeker hebben willen weten hoe het met Victor gaat. Ik attendeer je nu op het bestaan van je zoon, anders had je niet eens aan hem gedacht. Geef dat maar gerust toe.'

Jens keek beschaamd. 'Het heeft me altijd dwarsgezeten dat ik jou zwanger heb gemaakt. Daar heb ik nog steeds spijt van. Het is echter gebeurd, wat kan ik er nog meer over zeggen?'

'Niets…' zei Stella. Vanwege Jens' liefdeloosheid jegens Victor moest ze vechten tegen de tranen die ze, koste wat kost, voor Jens wilde verbergen. Ze moest wel een brok wegslikken uit haar keel, voordat ze haar stem beheerst kon laten klinken. 'Het enige dat ik nog tegen jou te zeggen heb, is dat ik van je wil scheiden. Het liefst zo snel mogelijk, ik hoop dat je me niet zult tegenwerken.'

Het leek alsof Jens hierdoor verrast werd, want zo keek hij en zo klonk zijn stem. 'Wat een toeval, ik ben juist naar je toe gekomen om deze kwestie met je te bespreken. Ik durfde er niet meteen mee voor de dag te komen, omdat ik vermoedde dat jij nog van mij hield. Voordat ik verdwijn, moet ik je zeggen dat ik blij ben met jouw beslissing. Neem een advocaat in de arm, druk hem vooral op het hart dat er haast bij is. Ik wil volkomen vrij zijn, jij verdient het als geen ander om van mij verlost te worden. Ik zal niet in de rechtszaal aanwezig zijn als de scheiding tussen ons wordt uitgesproken, verder kun je op mijn medewerking rekenen.'

'Dank je…' zei Stella met een van tranen verstikte stem, 'dan wil ik nu dat je weggaat. Ik kan dit niet langer aan, Jens…'

'Dat komt mij goed van pas,' zei Jens en zonder blikken of blozen voegde hij eraan toe: 'Als ik plankgas geef, kan ik vanavond weer in de club aanwezig zijn.' Hij aarzelde even voordat hij zich hardop afvroeg: 'Moet ik je nu een hand geven, of een… zoen misschien?'

Stella schudde haar hoofd en bedroefd kijkend zei ze: 'Jij mag me met geen vinger meer aanraken. Ik wil niet misselijker worden dan ik al ben. Het enige dat jou nog te doen staat, is je huissleutel achterlaten. Leg hem voor je op de tafel, zodat ik kan zien dat ik niet meer bang hoef te zijn dat jij hier nog eens ongevraagd binnendringt.'

Jens grabbelde in zijn zak en legde de huissleutel voor Stella op tafel. Terwijl hij opstond, kon hij niet nalaten op te merken: 'Het is niet te geloven zoals jij bent veranderd! Van het meegaande, gewillige meisje, ben je een vrouw geworden die weet wat ze wil. Hoe is dat zo gekomen?'

Stella stond perplex van de vraag, die zij meer dan dom vond. Ze zei moedeloos: 'Dat kan ik aan jou niet uitleggen. Je zou het niet begrijpen als ik vertelde hoe het komt dat een vroegere jaknikker door schade en schande leert hoe ze voor zichzelf moet opkomen. Het moet voor jou genoeg zijn, te weten dat ik – vanwege een enorme zelfoverwinning – nu voor mezelf kan opkomen. Dat doe ik bij dezen, door van jou te eisen dat je me alleen laat. Ga alsjeblieft, Jens, en kom nooit meer terug...'

En deze man, die dacht de wijsheid in pacht te hebben, leek op een schuchtere jongen toen hij zijn handen in zijn broekzakken begroef en aangeslagen bekende: 'Ik deed zojuist alsof, in werkelijkheid weet ik deksels goed dat ik jou onzegbaar veel verdriet heb bezorgd. Het spijt me dat jij mij destijds moest ontmoeten en dat ik misbruik maakte van jouw liefde, die niet aan mij was besteed. Ben ik weer een egoïst als ik je vraag om een klein beetje vergeving?'

Stella's gedachten dwaalden naar Gerrit, naar de man die ze nu eindelijk gelukkig kon maken en die ze voortaan ongeremd mocht liefhebben. De zware last, die ze te lang had moeten dragen, gleed van haar schouders nu ze Gerrits smekende stem roepend in haar oor hoorde: 'Kom dan alsjeblieft snel naar me toe.' Ja, lieve schat, dacht ze, ik kom. Ik ben al bijna onderweg.

In haar ogen blonken gelukstranen die Jens niet begreep. En ook haar antwoord was voor hem een raadsel: 'Nu wij door niets meer met elkaar zijn verbonden, mag ik de weg van mijn hart volgen en gehoor geven aan een smekende stem. Dáár dank ik je voor. Uit het diepst van mijn hart...'

FOKA VAN LOON

En toch is er toekomst

HOOFDSTUK 1

Gevraagd op boerderij: een flink meisje, dat de handen uit de mouwen kan steken. Brieven aan A. Jungerius Gelderman, Elkeburen (Gr.).

Josien Doornekamp leest de advertentie en denkt: De zoveelste die niets voor mij is, want nu kan ik wel schrijven, dat ik met één gezonde linker- en een halve rechterarm net zoveel kan doen als een ander met twee handen, maar er is toch niemand die het met me aandurft.

En toch, als ze 's avonds in bed ligt – ze woont bij haar ouders op een boerenbedrijf waar je nu niet direct met een polsstok overheen kunt springen, maar dat toch ook niet groot is – spelen de woorden van de advertentie die ze vanmiddag las, haar nog steeds door het hoofd. Ze heeft er expres niet met mem over gesproken, want die begint al bij voorbaat te huilen en komt met honderd en één bezwaren aandragen: Ze kunnen haar immers onmogelijk missen. Ze spaart een werkman uit. Heit is niet zo sterk, nooit geweest trouwens, en mem heeft van tijd tot tijd migraineaanvallen die er niet om liegen, en waarom zou Josien dit huis, waar ze het zo intens gezellig hebben en waar ze naar waarde wordt geschat, verruilen voor een dienstje bij vreemden. Als ze nu eens minder fit is, wordt daar rekening mee gehouden, maar als je ondergeschikt bent, dan hou je je klachten voor je en ga je gewoon door met je werk en dat vindt 'de vrouw' heel gewoon; die zal niet vragen, zoals een goede moeder dat doet: 'Josien, kind, scheelt er wat aan?'

En 's avonds? Hebben ze 't dan niet knus met elkaar? Een spelletje dammen of scrabbelen of schaken. Nou ja, van schaken heeft mem niet in het minst verstand, maar ze gunt heit en Josien graag hun partijtje. Zij kijkt ondertussen wel naar de tv. Dit amusement kan heit gestolen worden. Goed, ieder z'n meug. Als hij zijn krantje leest, zetten mem en Josien het vermakelijkheidsmeubel aan, niet te hard, zodat heit er geen last van heeft.

Alles verloopt hier altijd in vrede en liefde, en deze idylle zou Josien uit eigen beweging vaarwel willen zeggen? Waar heeft ze haar verstand?

En mem heeft gelijk, schoon gelijk. Jos moet het allemaal toegeven en toch, en toch verlangt ze naar verandering. Zal ze de stoute schoenen aantrekken en nu nog schrijven? Zichzelf kennend voegt ze meteen de daad bij het woord, want morgen zal ze met mems gezicht, misschien vertrokken in pijnrimpels, voor zich en haar vroeg oud wordende heit er de moed niet voor hebben. Ze stapt resoluut uit haar bed op het koude zeil en knipt op de tast het licht aan.

In het laatje van haar nachtkastje vindt ze wat ze zoekt: een pakje correspondentiekaarten en enveloppen. Ja, en ook nog een postzegel. Het geluk dient haar wel te middernacht. Ze pent vlot een keurig geschreven briefje, natuurlijk met haar linkerhand. Ze hoeft niet bang te zijn, dat ze daar een slecht figuur mee slaat. De meester stelde haar vroeger altijd ten voorbeeld aan kinderen die niet veel meer dan hanenpoten en mensenbenen produceerden. Alleen akelig, dat hij er dan altijd aan toevoegde: 'Jos met haar ene hand presteert meer dan jullie met je normale twee.' Dan was de glans van de lof er voor haar allang weer af.

Ja, daar zit ze nu eigenlijk wel wat mee. Moet ze direct over haar handicap schrijven? Dan heeft ze bij voorbaat al nee. Of zou ze eerst maar eens op zicht gaan – aangenomen dat ze daartoe uitgenodigd wordt – en dan vragen, desnoods smeken, of ze haar twee weken op proef willen nemen, om te kunnen bewijzen, dat ze met haar ene linkerhand minstens zoveel kan verzetten als iemand bij wie alle ledematen intact zijn? Ze hoeft er niet lang over te piekeren: ze kiest voor het laatste.

De volgende morgen moet ze een boodschap doen in het dorp en post ze tegelijk haar brief met een kloppend hart, alsof ze het antwoord op slag uit de bus zal zien springen.

Ze is de hele week opvallend stil, zodat mem om de haverklap vraagt, of ze zich wel goed voelt of misschien ergens verdriet over heeft.

Josien verklaart met de hand op het hart dat ze nergens pijn heeft en nee, niemand is onaangenaam tegen haar geweest, maar och, wat beleeft ze eigenlijk, wat de moeite van het vertellen waard is? Het is alle dagen precies hetzelfde: eten, drinken, werken, slapen, en dat alles in hetzelfde kringetje! De dominee zou zeggen: 'We leven in een vicieuze cirkel.'

En ondertussen kijkt Josien een paar dagen reikhalzend uit naar de post, stiekem natuurlijk! Om ongeveer tien uur komt hij meestal voorbij. Ja, voorbij, want hij duwt zelden of nooit iets bij hen in de bus. De krant lezen ze met de buren. En brieven of ansichten... Josien zou niet weten, wie ze zou moeten sturen. O ja, met haar verjaardag krijgt ze steevast een kaart met een stelletje huizen erop van tante Josina; daar is ze naar genoemd. Maar tante is de tachtig al gepasseerd, dus met die kaarten zal het ook wel gauw zijn afgelopen. En dan, ineens, zomaar, alsof mem een brandbom op haar bordje deponeerde in plaats van een stuk peperkoek, merkt heit op: 'Daar komt de post warempel hier op af! Wat mag die hebben?'

'Misschien is tante Josina overleden!' Mem ziet het leven altijd van de donkerste en melancholieke kant.

Heit beent naar de deur, kauwend op zijn koek. Wat mem daar zegt over tante Josina, zijn enige zuster, verontrust hem niet al te zeer. Gunst, dat meenske is zo taai, die kan wel honderd worden. Nee, het is een brief zonder rouwrandje, net wat hij dacht, Josina is nog wel in het land der levenden.

Hij wil de envelop al openscheuren, maar dan ziet hij wat erop staat: Aan Mej. J. Doornekamp!

'Nou zullen we het nog beleven!' grinnikt hij, als hij de kamer weer is binnengekomen. 'Hij is voor onze Josien. Hier, maak maar gauw open. Het zal wel een aanzoek wezen!'

'Dat zou dan de eerste keer zijn!' merkt zijn vrouw zuurzoet op – en ze denkt: Het is jammer, want wat heeft ze anders een knap gezichtje! En zuchtend mediteert ze verder: Gods wegen zijn lang niet altijd de onze en dat hebben we maar te aanvaarden. Ze wil er niet om liegen, het is haar vaak zwaar gevallen! Haar man tilt er vrij wat makkelijker aan.

'Ik heb niks geen belang bij een man voor onze Josien!' pleegt hij te zeggen. 'Dan raken we haar kwijt, en nu hebben we niets dan genot van het famke!' Hij ziet dan ook helemaal niet met een verguld gezicht aan, hoe gretig Josien haar brief verslindt.

Mem en hij kijken haar de woorden uit de mond, zodra ze haar hoofd opheft. Haar ogen stralen! Dat wijst op niet veel goeds, menen ze beiden.

Josien zegt, en dat valt ze geweldig mee: 'Ik zal jullie de brief voorlezen.' Kijk, dat is een gunstig teken, is weer hun beider mening, want dat zou ze niet doen als iemand haar schriftelijk zijn liefde verklaard had.

Maar o, wat een tegenvaller, al waait de wind dan uit een heel andere hoek dan ze vreesden. Een zekere mevrouw Jungerius, boerin van 'Zeldenrust' – de naam wijst er al op dat de bezitters farao's aandrijvers zijn – verzoekt Josien morgenmiddag met de trein van twee uur bij dat en dat station uit te stappen. Dan zal ze daar met een auto gehaald worden, want hun bedrijf ligt nogal ver 't land in, zo'n driehonderd meter!

'Jij hebt dus op een advertentie geschreven,' concludeert mem op zwaar beschuldigende toon. 'En zonder ons erin te kennen!' gooit heit er nog een schepje bovenop. 'Wat denk je daar op dat 'Zeldenrust' te vinden, dat je hier niet kunt krijgen?'

Josien lacht. 'Jullie praten of de hele zaak al beklonken is, maar ze kunnen me daar wel niet eens willen hebben met m'n anderhalve arm...!'

'Hé ja, dat is ook zo!'

Heit en mem zeggen het tegelijk en halen verlicht adem. Ook gaat het tegelijk door hun hoofd en voelen ze het nog aan hun hart, hoe verdrietig en verslagen ze waren, toen Josien verminkt geboren werd en dan schamen ze zich over hun eigen egoïsme.

Josien heeft gelijk. Mem kan het met haar jonge buurvrouw als werkster ook wel redden en werken op het land is nu juist niet Josiens grootste kracht; wat ze daar doet, zet beslist geen zoden aan de dijk, hoewel heit dit nooit laat blijken; integendeel, hij prijst haar altijd hemelhoog en hij verklaart steeds tegen heug en meug, dat als hij Josien niet had, hij het nooit klaar zou spelen. De waarheid is echter, dat Josien hem zo opvrolijkt, ze ziet altijd de zonzijde van de dingen.

'Wij zullen het erg stil krijgen, als die mevrouw je aan mocht nemen,' verzucht hij.

En bij vrouw Doornekamp biggelen de tranen al over de wangen, terwijl ze bij het gasstel in de karnemelkse pap staat te roeren.

'Ik weet niet, wat ik zonder jou moet beginnen,' snuft ze, naar haar zakdoek tastend. 'Het zal net zijn, alsof we Kareltje een doek over z'n kooi gegooid hebben, dan zingt ze ook niet meer!'

Josien lacht. 'Ik beloof jullie bij deze, dat ik, als ik daar niet zo nu en dan in gezang mag uitbarsten, meteen mijn koffer weer pak en naar huis kom, met de staart tussen de benen! En wie zegt mij, dat ze daarginds zitten te wachten op een gehandicapt meisje? Misschien vinden ze die kunsthand wel zo erg, dat hun schoonheidsgevoel erdoor gekwetst wordt. Dat merk ik gauw genoeg en dan ren ik haastig weer op huis aan. Bovendien kan ik op niet één van de zeven schoonheden bogen, ben ik eerlijk gezegd maar een lelijk meisje.'

'Wat? Jij lelijk?' Vrouw Doornekamp keert zich met een verontwaardigd gezicht om, de pollepel in de hand. Dat de pap sissend naar alle kanten op de kachel sproeit deert haar op het moment niet, hoe kraakzindelijk ze anders ook is. 'Menig meisje zal je je mooie vergeet-me-niet-ogen en kroezig haar benijden!'

Josien begeeft zich met ladyachtige pasjes naar de spiegel en neemt zich daar met een spottend gezicht in ogenschouw.

'U hebt gelijk, als ik m'n aanvallig toetje goed bekijk, dan zeg ik ook: Er zullen mij heel wat medezusters passeren, die me met jaloerse blikken naogen, om van de mannen dan nog maar niet te spreken. Ik vraag me zelf vaak verbaasd af, waarom het hier iedere avond niet zwart van manvolk voor de deur is.'

'Kind, foei toch, het is zonde, om zo met je zelf te spotten!'

'Wat wilt u dan? Dat ik er de ganse dag om ween? Toen ik een kleine peuter was en mijn handje zag, heb ik er ooit om gehuild? En in het ziekenhuis, waar ze me met die prothese leerden omgaan, wat was ik trots toen ik na veel mislukkingen een blad papier tussen mijn vingers schoof. U weet wel, ik ben nooit scheutig met vrome kreten geweest, maar ik heb altijd zeker geloofd, dat God er een bedoeling mee had mij zo geboren te laten worden. Maar niet, dat ik in huis zou versuffen of alle dagen een traantje weg zou pinken om mijn arme ik, want dan kom je helemaal alleen in het leven te staan. En dat nu wil ik niet. Ik wil mij erin werpen en ondervinden, wat ik waard ben als ik onder jullie beschermende vleugels vandaan ben. Op school werd ik door die strenge oorwurm van een meester apart behandeld. Als ze maar naar me keken, werden ze al weggesnauwd. Het was goed bedoeld van de man, maar voor mij allesbehalve plezierig. Maar ja, hij kon niet weten, dat ik de prothese eerder een pronkstuk vond, dan iets om me voor te schamen. U vroeg alleen maar zachte, lieve meisjes bij me te komen spelen, die door hun moeders al tot en met geïnstrueerd waren, dat ze vooral niet over mijn ontbrekende handje mochten praten en

me zo veel mogelijk m'n zin moesten geven. Dat was natuurlijk glad verkeerd. En daarom wil ik nu eens aan den lijve ondervinden, hoe kwetsbaar ik ben, als er niet meer met mij wordt omgegaan als met kraakporselein. Tot nu toe ben ik altijd gespaard.'
Mem haalt nog een zware zucht uit haar tenen en doet er dan verder het zwijgen toe.
Josien had als heel klein kind al een eigen willetje en dat heeft ze nog. Het beste zal zijn, al is het dan een moeilijke opgave, haar haar eigen weg te laten gaan.
Zo zien ze dochter Josien de volgende morgen met de eerste trein vertrekken, met door tranen verduisterde ogen.
Heit talmt om naar zijn werk te gaan. Met Josien is al zijn ijver en werklust vertrokken. Gelukkig is Evert, de knecht, er. Hij zal het vandaag voor het grootste deel moeten klaarspelen. Hij gaat voor alles wat bij huize Doornekamp hoort, door dik en dun. De gedachte is wel eens bij Doornekamp opgekomen, dat hij zich ter wille van Josien zo voor hen uitslooft. Hij ziet wel eens hoe de ogen van de jongen zijn dochter volgen, waar ze ook gaat en wat ze ook doet. Hij heeft haar trouwens zonder een woord om haar tegen te houden laten gaan. Had hij maar wat gezegd, dan was Josien misschien gebleven. Misschien! Want ook zij heeft Evert nooit meer aandacht geschonken dan het fatsoen en haar natuurlijke vriendelijkheid van haar eisten. Nooit koket, nooit onaardig!
Maar heit vergist zich toch deerlijk, als hij meent, dat Josien en Evert elkaar niet meer gesproken hebben, want gisteravond – zo tussen licht en donker – had Josien verklaard, dat ze nog een laatste rit om huis en erf wilde maken. Toen was Evert ineens te voorschijn gekomen van achter een schuur. Een wederzijds 'hallo' was gevolgd en toen had hij pardoes er achteraan gezegd, haar bij haar beide bovenarmen vattend: 'Josien, ga niet weg! Blijf om mij! Zonder jou vind ik er hier niets meer aan!'
Josien had hem even over zijn ruige wang geaaid en zacht gezegd: 'Als ik van jou hield, dan ging ik toch zeker nooit weg, domme, lieve jongen. Maar blijf nog even, anders komt het te hard aan voor heit. Hij heeft het toch al zo te kwaad met mij. Daaag!' Nog een handdruk op zijn mouwen daarmee had Josien haar eerste huwelijksaanzoek als tot het verleden behorend beschouwd en het met de onbarmhartigheid van de jeugd ook al

uit haar gedachten gebannen.

En nu zit ze genoeglijk in een hoekje haar medereizigers op te nemen. Met haar gezonde hand maakt ze haar tas open, haalt er een boek uit en zet zich behaaglijk tot lezen. Het overkomt haar niet vaak op de vroege morgen, dat ze zich deze weelde kan veroorloven.

Maar dan hoort ze – al is het fluisterend: 'Mam, mam, kijk toch eens, dat meisje heeft een helemaal stijve hand.'

Blozend van schrik sluit de moeder het vlugge mondje van haar dochter en zegt zacht: 'Mieke toch, zulke dingen zie je, maar je praat er niet over!'

Dan komt Josien ertussen: 'Het is niet erg hoor, Mieke. Durf je te komen kijken? Ja? Kom maar. Het is geen echte hand, maar ik kan er toch een heleboel mee, behalve iemand groeten, wél zo... (ze slaat aan als een soldaat), maar met deze linker kan ik een stevige handdruk geven en ook wel een flinke mep als het moet!' Ze lacht vriendelijk uitnodigend naar het kleine ding. 'Eerst vind je het wat eng, maar later wordt het heel gewoon. Ik ben ermee geboren, zie je, dan weet je niet beter.'

Schoorvoetend komt Mieke naar haar toe en staat even later aan haar knie.

'Heb je er erg om gehuild?' vraagt ze, terwijl de tranen over haar zongebruinde wangetjes biggelen.

'Ik niet,' lacht Josien. 'Maar m'n moeder wel. Ze was, toen ik naar school ging, bang dat de andere kinderen me zouden plagen.'

'Deden ze dat ook?' Mieke slaat meteen al een boze toon aan.

Josien schudt van nee. 'Weet je, ik was niet zo'n goedzak. Ik liet me niet treiteren. Ik trok met mijn goede hand aan hun haar. En daar waren ze bang voor. Dan zei ik: 'Hier, ik zal jou je krullenkop wel eens kammen' en dan wilden ze wel zoet zijn. En gek, ik had juist een heleboel vriendinnetjes, want ik kon goed leren en goed voorzeggen, snappez-vous?'

'Ja, ik snap het,' antwoordt het kleine ding parmantig. 'Ik kan Frans! Heb ik geleerd van mijn zus, die gaat al naar de mavo!'

Ze plaatst zich nu zonder enige verlegenheid naast Josien en babbelt over van alles en nog wat. Ook over dingen, die beter verborgen kunnen blijven, zoals ze aan de ogen van Miekes moeder ziet. Die kucht al eens waarschuwend, maar het meiske blijft argeloos door vertellen.

'Moet je horen, mijn kleine broertje kwam laatst bij mama's bed, en toen hij maar één kussen zag, vroeg hij: 'Waar is papa's kussen toch? Of wil hij niet meer bij je slapen?' Zie je, mijn papa is al een hele poos bij oma te logeren, omdat hij een beetje overspannen is. Wat is overspannen eigenlijk?'

'O!' antwoordt Josien, of haar de gewoonste zaak van de wereld onthuld was. 'Dan heeft je papa zeker wat te hard gewerkt. Dat gaat vanzelf weer over. En nu moet je weer naast je mama gaan zitten, want anders is zij zo alleen!'

Mieke gehoorzaamt. De moeder zendt Josien een dankbare blik.

HOOFDSTUK 2

Als ze bij het haar aangeduide station uitstapt, hoeft Josien niet lang te raden welke auto voor haar bestemd zou kunnen zijn, want er staat er welgeteld maar één.

Naast een al opengehouden deur heeft een lange jongeman de wacht betrokken. Zijn manieren zijn die van een heer, zijn kleding is echter die van een arbeider in werktenue – overall en besmeurde laarzen.

Hij begroet Josien correct: 'Juffrouw Doornekamp, Eduard Jungerius!' Een lichte buiging volgt.

Josien reikt hem haar linkerhand. Als hij een beetje – een heel klein beetje maar – verwonderd kijkt, zegt ze: 'Ja, ik kan mijn rechterhand niet beschikbaar stellen, want die heb ik niet, nou ja, een prothese, maar die vervangt de echte niet!'

'O, pardon, dat kon ik natuurlijk niet weten, vandaar mijn misschien wat onbeleefd verbaasde blik.'

'Helemaal niet onbeleefd,' protesteert Josien, terwijl ze achter in wil stappen. 'Het is toch tegen de gewoonte in, iemand met de linkerhand te groeten, of je moet al padvinders onder elkaar zijn.'

Hij lacht, haar met zijn ogen hulde brengend. 'Wilt u niet liever naast me komen zitten? Dat vind ik altijd gezelliger dan conversatie te moeten voeren met iemand achter mijn rug. En wat uw handicap betreft, ik maak u mijn compliment, dat u, ik zou haast zeggen het op zo'n charmante wijze de mensen vertelt.'

Josien lacht nu op haar beurt. 'Och ja, valse schaamte lijkt mij in mijn geval overbodig. God heeft mij zo geboren laten worden, dus zal het ergens wel goed voor zijn. Waarvoor? 'Gij zult het na dezen verstaan' staat ergens in de Bijbel. Maar het lijkt me wel vreemd en onbegrijpelijk, dat ik God later om Zijn wijsheid zal prijzen. Maar och, dan denk ik in mijn goede ogenblikken ook weer – en die heb ik gelukkig veel – er zijn mensen die veel ongelukkiger zijn dan jij en die moeten daar ook mee leren leven!'

'Ja, mijn zusje bijvoorbeeld,' is zijn verbluffend antwoord. 'Zij is blind.'

'O, laat ik mij dan maar gauw stil houden!' Josien slaat zich voor de mond. 'Dan heeft zij het veel moeilijker dan ik.'

'Ze is er in ieder geval niet zo opgewekt onder als jij, ze mokt veel meer en voelt zich ten onrechte achteruitgeschoven. Zeer tot verdriet van mijn moeder – en – eigenlijk van ons allemaal. Het bederft de sfeer in huis.'

Josien wordt enigszins gespannen onder deze uiteenzetting. Wat wordt er eigenlijk van haar verwacht, dat zij voor bliksemafleider zal spelen? Jammer eigenlijk, dat Eduard dit allemaal vertelde. Ze heeft er haar gewone onbevangenheid door verloren.

Het laatste eind zwijgen ze. Eduard vraagt zich af: waar komt dat nou door, dat we ineens zo stil zijn, zij net zo goed als ik? Waarmee heb ik het bedorven? Enfin, hij zal er zich het hoofd niet te zeer over breken. Alles komt toch altijd op een andere manier dan je verwacht, of wordt toch anders dan waarvoor je bang bent.

'We zijn er!' kondigt hij aan en hij rijdt tot vlak voor de deur van de nogal statige villa, die allerminst de indruk maakt van een hoeve. Eduard brengt haar in een grote hal, waarvan de vloer met zwarte Noorse leisteen is belegd. De wanden worden, behalve door een enorme kapstok, ingenomen door geweien, geweren, bergstokken en valhelmen.

'Het ziet er hier oorlogszuchtig uit!' lacht Josien. 'Het lijkt er meer op, dat men hier dieren afmaakt dan dat men ze opfokt.'

'We doen beide, meisje. Kijk, hier is de woonkamer, zoek maar een zetel, dan ga ik ma zeggen dat je er bent.'

Kort daarop hoort Josien met vlugge trippelpasjes iemand de

trap afkomen. 'Ma' is in ieder geval nog vlug ter been, meent Josien. Dan gaat de deur open en een jong meisje blijft op de drempel staan. Ze speurt met haar fijne neusje als een jachthond links en rechts en vraagt dan met een ietwat zenuwachtig schrille stem: 'Is hier iemand?'

Josien springt op. 'Ja, ikke, zou mijn kleine buurjongetje zeggen.'

Ze loopt het meisje tegemoet en vat haar hand. 'Ik ben Josien Doornekamp, kersvers als nieuwe haring, en ik zit op uw moeder te wachten. Ik ben hier zoveel als op zicht.'

'Ja, ik wist dat ma u had laten komen om kennis te maken, maar wat ik vragen wou: ben je bij de padvinders?' Ze zegt het met een zweem van een lach om haar overigens stroeve mond. 'Tussen haakjes, ik heet Evelien. Dan weet je dat maar alvast, kunnen we dat stijve 'u' achterwege laten.'

'Graag!' zegt Josien. 'En wat die padvinders betreft, dat vroeg je broer me ook al, maar zover heb ik het nooit gebracht. Ik mis namelijk mijn rechteronderarm en heb een keurige prothese, bekleed met een net vleeskleurig handschoentje, maar mijn linkerhand moet het werk doen, daar mag ik dus geen ongelukken mee krijgen, want dan zou ik de pisang zijn!'.

Evelien lacht hardop vermaakt. 'Je gaat er zo te horen niet erg onder gebukt. Je hebt het makkelijker met je niet gaaf zijn dan ik. Ik ben blind, zie je, maar ik kan daar niet zo luchthartig over praten als jij blijkbaar. Maar ga zitten, waar je jezelf had gezet. Dit is mijn stoel.'

Josien doet wat haar gevraagd wordt en zegt dan: 'Luchthartig is niet het goede woord, maar hoe ik het zo goed kan aanvaarden, weet ik niet, want mijn ouders hebben mij altijd allerliefst, maar met veel beklag behandeld. Ik geloof zeker, dat God mij zo gemaakt heeft, niet omdat Hij de pik op mij had – zoals eerder vermeld jochie het uit zou drukken, maar wel opdat ik andere mensen zou kunnen helpen door blijmoedig te zijn. Niet doen alsof – dat kan ik trouwens niet eens, maar ik ben vrolijk van aard en mag graag lachen, terwijl ze het thuis passender en begrijpelijker zouden vinden als ik altijd met een lang gezicht rondliep. Daarom heb ik mij zelf onder hevig protest en tranen van hun kant de deur uitgezet. Ik wil namelijk ontdekken hoe ik zal reageren, als ik niet meer zo in de watten word gelegd!'

'Wie wordt hier in de watten gelegd?'

Een statige dame, maar met een lachend gezicht, komt binnen. De twee meisjes staan tegelijk op.

'Moeder!' neemt Evelien het woord. 'Dit is nu Josien Doornekamp. En ze heeft ook wat, net als ik!'

'En wat is dat wat? Of moet ik dat soms raden?'

'Nee,' zegt Josien flink. 'Ik mis mijn rechteronderarm en dat kunt u zien, al is-ie dan netjes in een handschoen verpakt.'

Mevrouws gezicht verraadt niets, maar dat ze even geschrokken is blijkt wel uit het feit dat zij ook haar linkerhand uitsteekt ter begroeting. Innerlijk is ze verward.

'En jullie hebben al kennisgemaakt, hoorde ik in de gang, toen ik aan kwam lopen. En was het een beetje tot beider genoegen?'

'Van mijn kant wel,' antwoordt Josien.

'O ja, wat mij betreft ook. Alleen zou ik zo graag weten, hoe je eruitziet,' bekent Evelien een beetje weifelend lachend. 'Is dat gek?'

'Helemaal niet,' vindt Josien. 'Maar ik bereid je erop voor, een schoonheid ben ik niet!'

Ze loopt naar het meisje toe en gaat voor haar staan.

'Ga je gang! Hé, we zijn even lang,' ontdekt ze dan nog gauw.

Evelien tast met haar gevoelige vingers Josiens gezicht af. Ze slaat geen detail over.

'Je hebt nogal een knaap van een neus!' giechelt ze. 'En je ogen liggen wat diep in je hoofd, maar dat zal aan het zien zelf wel geen afbreuk doen.' En meteen erachteraan: 'Je haar. Wat voor kleur heeft het? Bruin, zwart, blond, rood?'

Josien schatert. 'Mijn moeder zegt om mij te sparen, dat het kastanjebruin is, maar ik noem het kind liever bij de naam. Het is vuurrood, maar het heeft één goede eigenschap: het krult van zichzelf. De kapper verdient aan mij dus geen dik stuk brood.'

'En het bijbehorend verschijnsel: zomersproeten, hoe staat het daarmee?'

'Nou, dat kon erger, hier en daar een pikkeltje in de buurt van mijn niet onbelangrijke neus, maar tjokvol zit ik er niet mee, ik heb nogal een blanke huid. En als het wel zo was, zou ik er nog geen nachten om wakker liggen.'

'Dat geloof ik grif, kan ik voelen aan je mond. Je houdt van een grapje!'

'Dat is waar, maar ik heb ook wel eens het land, bijvoorbeeld toen gisteravond de knecht van mijn vader mij serieus ten huwelijk vroeg. Mijn ouders zouden gejuicht hebben als ik 'Ja' had gezegd, want hij komt uit een groot, maar lang niet onbemiddeld gezin. Hij had zo het bedrijf van mijn vader over kunnen nemen en dan was ik natuurlijk in de buurt gebleven!'

'Heb je een hekel aan hem?'

'Een hekel? Helemaal niet. Ik vind hem zelfs heel aardig, maar dat heeft met echte liefde toch geen sikkepit uit te staan.'

'Ja, dat kun jij weten,' antwoordt Evelien met een half onderdrukte zucht.

'Of niet,' troeft Josien haar. 'Hij was de eerste, die me graag hebben wou, maar ik kan niet bogen op een schare aanbidders.'

Mevrouw Jungerius leidt ten slotte het gesprek in de richting van het doel waarvoor Josien gekomen is. 'We zitten wel heel gezellig te keuvelen,' interrumpeert ze, 'maar er moeten vanmiddag spijkers met koppen geslagen. Josien heeft op mijn wel wat gecamoufleerde advertentie geschreven en ongeweten mij met gelijke munt betaald. Zoals ik Eveliens ogen buiten beschouwing heb gelaten, liet zij haar arm voor wat die is! Dit vermijden van het onvermijdelijke is volgens mij heel goed geslaagd. Bij de ontmoeting waren jullie allebei geheel onbevangen.Het was mij eerlijk gezegd niet zozeer om een huishoudelijke hulp te doen, maar meer om een opgewekte vriendin voor Evelien en volgens mij hadden wij het met Josien niet beter kunnen treffen. Ik zou het heerlijk vinden als Josien hier de boel eens wat kwam opvrolijken. En jij Evelien, hoe denk jij erover?'

'Het zou een ontzettende teleurstelling voor mij zijn als Josien 'nee' zei. Het is net of ik haar altijd al gekend heb.'

Uit Eveliens stem klinkt bewogenheid.

'En nu jij, Josien.'

Op mevrouws gezicht valt geen spanning te lezen; het antwoord staat voor haar al vast.

'O, ik ben bedreven zowel in de huishouding als op het land, dus lijkt het mij wel leuk nu eens de dame uit te hangen!'

'Pas op, Josien, neem het niet al te luchtig op, want ik ben soms een onverdraaglijk lastig meubel,' bekent Evelien op haast angstige toon. 'En toch hoop ik, dat je je daardoor niet laat afschrikken. Dan zit ik vol achterdocht en maak me zelf wijs, dat iedereen aardig voor me is uit medelijden.'

Josien glimlacht ondeugend. 'Och, ik ben ook zo'n heilig boontje niet en ben vooral 's morgens soms niet te genieten. Dan ben ik met het verkeerde been uit bed gestapt, zoals mijn vader dat noemt. Dan grijnst de dag me als een boosaardig duiveltje aan, maar gek, dan sta ik 's avonds soms verbaasd, dat de uren omgevlogen zijn en alles heel anders is gegaan dan ik mezelf in m'n zwartgallige bui had voorspeld. Maar daar zul je hier niet veel van merken, hoor, ik kan de lelijke kant van m'n karakter aardig goed verborgen houden, vooral bij vreemden. Thuis laat je je veel meer gaan, wat eigenlijk schandelijk is, want als ik ergens met fluwelen handschoentjes aangepakt word, is het daar...'

Dan slaat ze verschrikt de hand die ze tot haar beschikking heeft, voor de mond: 'Pardon, ik praat of alles al in kannen en kruiken is!'

'Dat is het ook, hè moeder?' Evelien zegt het smekend.

'Ja hoor, kind, dat was het eigenlijk dadelijk al. Josien mag dan ook haar nukken en kuren hebben, ze lijkt me heel geschikt gezelschap voor jou. Alleen, ze is enig kind; haar werd, zoals ze zelf zegt, nooit een strobreed in de weg gelegd en Eduard kan het plagen niet laten, als ze daar maar tegen kan!'

'O, ik ben niet bang, voor geen tien Eduarden. Sla je mij, dan sla ik weer. Die stelregel heb ik op school al leren toepassen.'

'Werd je op school geplaagd?' vraagt Evelien nieuwsgierig. 'Ik niet, ik ben op een blindeninstituut geweest en daar ben je allemaal gelijk, dus viel er niets te discrimineren!'

'O, natuurlijk werd ik er wel – als ze de kans zagen – tussen genomen of voor schut gezet, maar dat overkwam ieder op z'n beurt wel eens en ik kreeg ook wel eens naar m'n hoofd: 'Och, wat wou jij met die ene hand van je', als ik me eens al te strijdlustig toonde. Maar als de bovenmeester zoiets ter ore kwam, dan was degene die me zoiets had toegesnauwd nog niet jarig. Zelf vertelde ik het natuurlijk niet, maar er was er altijd wel één, zo'n stille verklikker, die een wit voetje bij de meester wou krijgen. En dan kreeg de zondaar, waar ik bij was liefst, ongenadig op z'n kop. O, wat werd ik inwendig dan woest, want dat was juist waar ik zo'n hekel aan had, beklaagd te worden. Ik wou, net als de anderen, niet ontzien worden, ik was een kemphaantje en wel bereid eens een robbertje te vechten!'

'O,' ontdekt Evelien, 'nu weet ik meteen wat mijn gebrek was naast mijn niet kunnen zien, ik wou juist wél overal mijn zin in krijgen en als iemand me ook maar een strobreed in de weg legde, griende ik al. Daarom vinden natuurlijk een heleboel me niet aardig. Stom van me, want daar heb ik heel wat voor mezelf mee bedorven.'

Mevrouw Jungerius maakt plotseling een bezwerende beweging met haar hand, geeft Evelien een waarschuwend duwtje, en half fluisterend, op een toon waar lichte schrik uit spreekt, zegt ze. 'Sst, daar komen vader en Eduard, en ik heb nog niet eens koffie gezet!'

Heel haar kalme waardigheid is verdwenen. Ze trippelt weg als een verschrikte kip.

Eduard, die per dag geen tien woorden met z'n vader pleegt te wisselen, heeft ook nu niet de moeite genomen de baas van het huis – en dat is hij in letterlijke zin – op de hoogte te brengen van het feit, dat Josien enigszins invalide is. Dat spijt hem nu achteraf, want hij weet hoe onbehouwen zijn vader uit de hoek kan komen.

Het gaat precies zoals hij vreesde. Jungerius stapt met een paar grote schreden op Josien af.

'Zo, jij wordt misschien onze huisgenote?'

Zijn stem is even verweerd en ruw als zijn hand. Zij steekt hem naar gewoonte haar linkerhand toe.

'Wat?' bast hij ruw.'Ben je links of moet dat een grapje verbeelden?'

Josien wordt een nuance roder in haar gezicht en antwoordt een beetje benepen: 'Nee, was het maar een grapje. Ik kan m'n rechterhand niet gebruiken, ik heb vanaf de elleboog een kunstarm.'

'Zo,' bromt hij. 'Dat is niet zo best, want dan kunnen wij jou natuurlijk ook niet gebruiken!'

'Vader toch!'

Het klinkt tegelijk uit drie monden. De koffie, die mevrouw Jungerius net bezig is binnen te brengen, plenst over de randen.

'Dat is nu toch echt niet hoffelijk.'

'Zo was het ook niet bedoeld. Ik zei alleen de waarheid! Wat heeft Eef aan een hulp, die maar één arm tot haar beschikking heeft?'

Eduard staat op en loopt weg, de deur met een onbetamelijk

harde klap achter zich sluitend.

Het ligt mevrouw Jungerius op de lippen om te roepen: 'Ed, je koffie wordt koud,' maar dan overlegt ze bij zichzelf: Och, het is misschien beter zo, anders zou er hoogstwaarschijnlijk nog een twistgesprek tussen de twee mannen ontbranden, dat voor Josien hoogst pijnlijk zou zijn.

Evelien echter stapt met vastberaden tred op hem af en zet zich op zijn knie, de armen om zijn hals. 'Pappie, je hebt je laatst beklaagd, dat je me nooit eens een pleziertje kon doen en dat kun je nu, door goed te vinden dat ik Josien tot vriendin krijg. Echt, ik geloof dat ik in m'n hele leven nog niet iets zo graag gewild heb als dit. We kunnen zo goed opschieten samen, is het niet, Josien?'

Ze ziet gelukkig de beschaamd bittere trek niet op Josiens gezicht.

'En nu ga jij roet in het eten gooien. Je jaagt Josien zo de schrik op het lijf, dat ze misschien niet eens meer komen wil!' – en dan vleiend in de richting van Josien: 'Maar je laat het er niet om, hè? Pappie is nou eenmaal een oude bulderbas en een blad voor de mond nemen heeft hij nooit gekend en dat leert hij ook niet meer.'

Er komt geen vlotte toestemming uit Josiens hoekje.

Dan gooit Evelien het over een andere boeg. Ze begint te huilen als een dwingend klein kind, dat niet gewend is ooit iets geweigerd te krijgen.

Josien moet erom lachen. Intussen denkt ze: Dat leperdje, ze weet hoe ze haar vader bij het hart moet pakken.

Maar de boer schrikt zich bijkans wild. Hij zet gauw zijn kopje neer, om haar kalmerend op de rug te kunnen kloppen. 'Stil maar hartje, stil maar, je weet toch wel dat pappie alles goed vindt wat jij graag wilt!'

Josien is intussen opgestaan. 'Kom, ik moet weg, wil ik m'n trein nog halen.'

'Maar je komt wel terug, hè?' dwingt Evelien.

'Ik wil er graag eerst nog eens met mijn vader en moeder over praten. Ik vind het niet leuk om buiten hen om te beslissen.'

'Dat is het ook niet, Josien. Je hebt nu gezien, hoe de situatie hier is. En als je denkt, dat je het aankunt, zullen we je met open armen ontvangen!'

Jungerius humt nadrukkelijk, om te kennen te geven, dat over die laatste uitspraak van zijn vrouw bij hem wel enige twijfel bestaat. Niemand reageert erop.

'Wacht, ik zal Eduard even waarschuwen, dan kan hij je weer naar het station brengen.'

Josien neemt afscheid en geeft ook nu weer de linkerhand, die Jungerius ditmaal zonder onhebbelijke uitvallen accepteert.

Evelien snuffelt als een hondje, om haar gezicht te zoeken en kust haar. 'Tot ziens, hoor!'

Het afscheid van mevrouw is minder dramatisch, maar de uitdrukking op haar gezicht is weinig hoopvol.

Zodra Eduard de auto gestart heeft, keert hij zijn gezicht onmiddellijk naar Josien: 'En?'

Zijn toon is bitter, alsof hij alsem proeft.

Josien doet niet, of ze niet begrijpt waarop hij doelt.

'Wel,' antwoordt ze bedachtzaam, 'ik blijf bij wat ik straks al zei: ik wil het eerst met mijn ouders overleggen. De lust is mij natuurlijk wel wat ontnomen, door het optreden van je – pardon – uw vader.'

Eduard grijnst ondeugend, wat hem stukken jonger maakt. 'Allereerst, ik zie geen reden waarom we elkaar niet zouden tutoyeren, en wat mijn vader betreft, ik leef constant met pa op voet van oorlog. En dat is van kind af eigenlijk al zo geweest. Evelien heeft hij stierlijk verwend, maar op zo'n onverstandige manier, dat moeder hem met een scheiding heeft moeten dreigen om hem toestemming af te dwingen mijn zus naar een blindeninstituut te sturen. Mij kon hij om de een of andere duistere reden niet verdragen. Hij wou mij gewoon tot slaaf van Evelien maken, maar ik voelde, zo jong als ik was, dat ze een totaal verkeerde opvoeding kreeg, helemaal op zichzelf gericht, alles draaide om haar willetje. En ik vertikte het daaraan mee te doen.

Och, en zo zijn er zoveel punten, waarin we elkaar niet verstonden. Ik had willen studeren in Wageningen, maar hij weigerde me financieel te steunen. En dat alles is in mij blijven wrokken, met als gevolg, dat ik me overdag niet met alle kracht die in mij is op de boerderij stort en de arbeiders als een bezetene naren met een boekje in de hand, om dat wat ze presteren te kunnen vergelijken met het voorgaande jaar. Ik wil ook nog

tijd en energie overhouden om 's avonds te studeren en cursussen te volgen, die me dichter bij mijn doel brengen!
Maar nu wat anders – ik heb voor een eerste ontmoeting wel wat erg veel geroddeld over de familie, speciaal over mijn verhouding met vader – hoe zullen jouw ouders reageren als je hun precies uit de doekjes doet hoe je het bij ons gevonden hebt?'
Josien lacht luchtig: 'O, daar zullen ze geen nachten om wakker liggen. Heit zal zeggen: 'Proberen meisje, laat maar eens zien wat je waard bent, als je op jezelf teruggeworpen wordt'. En dat vindt hij dan in zijn hart enorm onbaatzuchtig van zichzelf, want ik help hem vaak in ons bij jullie groots bedrijf vergeleken keuterboerderijtje, kippen, kalfjes en varkentjes voeren, en nog een heleboel meer. Dat is mijn werk; tot koeienmelkster heb ik het nooit gebracht. En mem! Zij ziet het leven nogal van de zware kant, zij zal een waarschuwende vinger opheffen: 'Josientje, kind, bezint eer gij begint, je weet wel wat je loslaat, maar niet wat je ervoor terugkrijgt!' Ze zal alleen vrede met het geval hebben, als ze aan Evelien denkt. 'Toe dan maar, ga dat arme, lieve kind maar wat opvrolijken, maar als er geen land met haar te bezeilen is of de behandeling maar zo zo is, kom dan subiet terug, al is het ook midden in de nacht'.'
Ze heeft onopzettelijk haar ouders zo weergaloos goed ten tonele gevoerd, dat Eduard het op een gegeven moment uitproest.
'O, wat ben jij er eentje. Je had aan het toneel gemoeten. Je zou beslist opgang gemaakt hebben, zo prachtig als jij de mensen schilderen kunt, met woorden dan natuurlijk, het is of ik ze in levenden lijve voor me zie.'
En dan legt hij heel even een hand op haar arm. 'Laat je niet ompraten, alsjeblieft, beloof me, want we verleren bij ons in die benepen boel het lachen helemaal. Jij zult weer leven in de brouwerij brengen. Doe je het?'
'Ja.' Het komt er spontaan uit. 'Ons buurjongetje zou zeggen: 'Omdat je het zo wief vaagt'.'
Josien draait er thuis niet als een kat om de hete pap omheen. Ze geeft een eerlijke, aanschouwelijke voorstelling ten beste van de familie Jungerius, zoals het daar reilde en zeilde.
Mem loost een zucht van verlichting. 'Gelukkig, we houden je dus thuis!'

'Mem toch!' lacht haar man. 'Ken je onze Josien zo slecht? Nu gaat ze juist! Je weet toch net zo goed als ik dat onze dochter graag tegen de bierkaai vecht? Ze laat ons in de steek, wat ik je brom! Heb ik het mis, Josien?'

'Nee, heit. U hebt het goed geraden. Het kan zijn, dat ik met hangende pootjes terugkom, maar dan moeten ze het al heel bont maken. Wel verdraaid, al zou ik het alleen doen om die oude mopperaar te laten zien, dat iemand twee rechterhanden kan hebben zonder de ene te kunnen gebruiken.'

Josiens ogen glinsteren strijdlustig.

'Nou!' berust haar moeder met een nog zwaardere zucht dan zo-even. 'Ondervinding is de beste leermeester. Maar als die oude heer je afblaft, dan pak je je koffers, al is het ook midden in de nacht!'

Om Josiens mond vormt zich een pretlachje. Haar gedachten zwerven naar Eduard. Ze wenst hem hier op dit moment! Maar ze moet zich vergenoegen met wat ze in haar hart denkt: Wel, wat heb ik je gezegd?

HOOFDSTUK 3

De eerste de beste morgen die voor Josien aanbreekt in huize Jungerius is niet een van de gelukkigste. Ze heeft, geheel naar gewoonte, de hele nacht aan één stuk door geslapen, hoewel mem haar voorspeld had dat ze geen oog dicht zou doen in een omgeving die niet onverdeeld genoegen nam met haar komst en bovendien in een vreemd bed, terwijl ze eigenlijk nooit echt uit logeren is geweest.

Ze is om halfacht wakker geworden en stapt twintig minuten later welgemoed de eetkamer binnen, waar nog geen kip te bekennen is en waar het bovendien ongezellig koud is.

Ze zet gauw de verwarming wat hoger en begeeft zich naar de keuken, waar het meisje, dat pas gearriveerd is, haar begroet met een gezicht van 'zeven dagen lelijk weer'.

'Ik ben Josien,' stelt het pas gecharterde manusje van alles zich voor.

'O! En ik ben Riek, maar ik mag jou van mevrouw niet bij je naam noemen! Stel je voor. Een halve kracht, zoals de baas je terecht noemt en daar moet ik 'ja juffrouw' en 'nee juffrouw' tegen spelen.'

'Van mij hoeft het niet,' verweert Josien zich. 'Ik heb geen moment verwacht, dat je mijn onderdanige dienaresse zou zijn. Ik voor mij zou het erg leuk vinden, als we goed met elkaar overweg konden, maar dan moet je niet beginnen met me over te brieven, wat de opinie van mijnheer Jungerius over mij is. Die wist ik trouwens allang.'

'Ik zou hier nooit gekomen zijn, als ik jou was. Je beleeft er niets dan narigheid van. Juffrouw Evelien zal zich bij de eerste ontmoeting wel poesmooi hebben voorgedaan, maar ze is om de drommel geen katje om zonder handschoenen aan te pakken, en mijnheer Eduard...'

'Mag ik dat alsjeblieft allemaal zelf ontdekken?' belet Josien haar verder te gaan met kwaadspreken. 'Maar ik wil wel graag van je weten waar alles staat voor het ontbijt.'

'Is mevrouw dan nog niet op?' vraagt Riek verbaasd. 'Ze is anders om deze tijd altijd al present.'

Dan wijst ze Josien, waar ze kan vinden wat nodig is, en ze voegt er niet zonder leedvermaak aan toe: 'De baas belieft om deze tijd spekpannenkoeken,' en genadig erachteraan: 'Maar als je dat niet gemakkelijk afgaat, wil ik het wel doen.'

'Nee, dat is niet nodig, dat heb ik thuis zo vaak gedaan, ik denk, dat het me hier ook wel zal lukken,' wimpelt Josien het aanbod vriendelijk lachend af.

'O, ga je gang, hoor. Dan kan ik aan mijn eigen werk gaan, genoeg te doen!' is het bitse antwoord van Riek, die blijkbaar toch een beetje op haar teentjes is getrapt. Nog namompelend 'het zal mij benieuwen,' verwijdert ze zich van het toneel. Maar terwijl ze bezig is, denkt ze, ondanks haar tegenzin om met een derde meesteres opgescheept te worden: Toch mag ik haar geloof ik wel, het lijkt wel een fidele meid en niet verwaand ook. Josien bakt het lievelingsontbijt van de heer des huizes half om half met appels en met spek. Ze kent zijn smaak niet, dan heeftie dus keuze. Ze brengt de pannenkoeken toegedekt met een bord, warm op tafel, de schotel geflankeerd door stroop en suiker.

Als ze nu maar niet te lang op zich laten wachten! Evelien belieft haar eerste maaltijd in bed, nadat de anderen ontbeten hebben, want ze wil in geen enkel opzicht lastig zijn, motiveerde ze braaf haar gewoonte, die Josien in haar hart een verderfelijke vindt. Waarom moet een gezond mens, ook al is ze blind, zich zo laten verwennen?

Mijnheer Jungerius verschijnt al heel gauw met een gezicht als een oorwurm, maar niet ongesoigneerd. Hij ziet er in zijn donkergroene overhemd, met losjes een leren vest erover, uit als een welgesteld landeigenaar, die wel gewend is te bevelen en te controleren, maar niet als iemand die zelf werkt. Hij schuift langs Josien of ze een of ander onnodig meubel was met een geluid, dat als 'mogge' klinkt, gevolgd door de norse vraag: 'Waar is mijn vrouw en waar zou die dekselse jongen uithangen?'

'Ik weet het niet, mijnheer. Voelt mevrouw zich misschien niet lekker?'

Naar die dekselse jongen van naar schatting dertig jaar informeert ze veiligheidshalve niet. Hij liet immers bij de eerste ontmoeting al duidelijk merken, dat hij zijn eigen gang wenste te gaan.

De vraag naar de gezondheid van zijn vrouw doet de Hercules met een paar woorden af. 'O, als gewoonlijk, migraine!'

Dan snuift hij als een hond die wild ruikt, met een zeker welbehagen de geur op die van onder het door Josien opgetilde bord vandaan komt. 'Ha, dat ruikt niet slecht!'

En dan argwanend: 'Als ze nu maar net zo lekker smaken als ze eruitzien. Gisteren waren ze niet te genieten, zo klef en halfgaar. Het scheelde niet veel of ik had ze die meid, die Riek, naar haar oren gegooid, als mijn vrouw mij niet tegengehouden had met haar gelamenteer: 'O, Diederik, alsjeblieft, niet doen. Alles wordt vet en vol vlekken!'

'Nou, dan hoop ik maar, dat ze nu beter geslaagd zijn, want anders word ik ermee beklad en mevrouw is er niet om mij in bescherming te nemen,' plaaglacht Josien, vrij zeker van zichzelf.

De geweldenaar doet een stap achteruit van verbazing. 'Jij? Heb jij die gebakken? Met je ene hand? Hoe is het in vredesnaam mogelijk. Nou, we zullen eens proeven of het je gelukt is.'

Hij schuift aan met een mond die bij voorbaat al bereid is tot afkeuring.

Hij valt eerst op de spekgevallen aan, propt zo ongeveer een halve naar binnen en warempel, hij grijnst waarderend. 'Nou, ik ben gewoon het ene net zo te zeggen als het andere. Ze smaken superbe.'

'Gelukkig maar,' herademt Josien, die zonder het zich te willen bekennen toch wel een beetje in de piepzak zat.

Dan vraagt ze, omdat ze een blaadje voor mevrouw wil klaarmaken: 'Hoe heeft mevrouw haar ei het liefst, hard of zacht?'

Hij staakt zijn smulpartij voor een moment en antwoordt al kauwend: 'Weet ik dat? Zulke dingen – met de nadruk op zulke – moet je mij niet vragen. Ze moet haar eerste kopje thee door mij haar op bed gebracht nog krijgen, laat staan dat ik met een ei naar boven zou lopen. Ze zou zich een ongeluk schrikken, denk ik, of bang zijn, dat het mij in mijn hoofd was geslagen.'

'Dat is nou niet aardig!' Het is Josien van de lippen gerold, voor ze zich heeft kunnen realiseren dat haar uitroep een rechtstreekse afkeuring van zijn gedrag inhoudt.

Hoewel er een vingerdoekje naast zijn bord ligt, veegt hij zijn mond af met een mouw van zijn overhemd, om vervolgens nijdig te brommen: 'Niet aardig? Niet aardig? Ik hou mij niet met aardigheden op! Nooit gedaan ook! Als ze een aardige man gewild had, heeft ze haar keus niet op de juiste laten vallen.'

'Ze heeft misschien gehoopt dat er iets aan u te veranderen zou zijn, meer naar de ridderlijke kant, bedoel ik!'

Josien bijt zich vol schrik op haar onderlip, nu heeft ze het vast voorgoed verbruid.

Maar nee, hij grinnikt waarderend. 'Jij mag dan maar één hand hebben, op je mondje gevallen ben je zeker niet en iemand sparen doe je óók niet. Dat mag ik wel, misschien omdat ik zelf ook niet als een kat om de hete brij heensluip! Ik zeg het, wie het ook is, recht voor z'n raap. En zo zal ik, zodra ik hem zie, ook eens een hartig woordje met m'n zoon spreken. Van mooie manieren gesproken! Dat komt maar aan tafel, wanneer het hem belieft. Kwam gisteravond ik weet niet hoe laat thuis en geeft nergens tekst en uitleg van. Vanmorgen in geen velden of wegen te bekennen. Waar die mag uithangen! Of misschien ligt-ie nog op z'n nest. Wie zal het zeggen. Ik zal de laatste zijn om te gaan kijken! Want dan krijg ik zó'n grote mond.'

Hij meet met zijn handen ongeveer een halve meter uit, de bek van een leeuw is er niets bij.

'Het werk lapt-ie aan z'n laars, als hem dat zo uitkomt. Net als die meid daar in de keuken!'

Hij wijst met een wrevelig hoofdgebaar naar wie hij bedoelt. 'Die doet ook maar wat goed is in haar ogen. En mijn vrouw is, wat dat betreft, een doetje. Doodsbang dat ze zal weglopen. Dat is het dreigement van tegenwoordig: 'Als het u niet aanstaat, dan ga ik wel.' Ik hoop niet dat jij ook van dat soort bent!'

'Nou!' is het langgerekte plaagzieke antwoord van Josien. 'Als u altijd zo moppert, dan weet ik het nog zo zeker niet! Ik heb nu in een paar minuten al meer boze woorden gehoord dan thuis in een jaar!'

'Dan laten ze daar zeker alles over hun kant gaan,' sneert de baas van het spul met een wrange mond. 'Dat moet haast wel, want jij bent, als je het mij vraagt, geen katje om zonder handschoenen aan te pakken. Ze zullen hun handen wel dichtgeknepen hebben van dankbaarheid, toen jij de deur uitging. Opgeruimd staat netjes!'

'Dat valt dan tegen!' glimlacht Josien toegeeflijk, als om een kind of stokoud besje dat wartaal spreekt. 'Mijn moeder heeft er hete tranen om vergoten en m'n vader keek zo verdrietig als een kleine jongen, die ze z'n mooiste speelgoed afgepakt hebben!'

'Niet te begrijpen!' En dan stommelt hij weg. Onderweg naar de deur stoot hij tegen een stoel aan, die zijn evenwicht verliest en valt, en geeft hij de kat, die zijn pad kruist, een trap zodat die een eind wegvliegt. Het beest zat uitgerekend onder die stoel, zodoende.

Josien gaat naar de keuken om een nieuw stapeltje pannenkoeken voor junior te bakken, maar ze deinst, ondanks zichzelf en haar aangeboren kalmte, verschrikt achteruit, want wat ziet haar oog? 'Die meid in de keuken' dierbaar omstrengeld door de armen van de zoon des huizes, die bij zijn vader geen goed kan doen.

Ze keert echter even vlug op haar schreden terug. De jongeling in kwestie is van het toneel verdwenen en Riek poetst de plaat van de gaskachel, of haar leven ervan afhing. Als Josien niet beter wist, zou ze haast denken, dat ze dat van daar net maar gedroomd heeft. Ze zegt echter heel rustig en nuchter: 'Het is wel jammer dat je het stel net afgesopt hebt, maar de oude baas liet zich mijn baksel zo goed smaken dat er geen kruimel over-

gebleven is om het ons aan te zeggen, ik zal dus weer aan de
gang moeten, of is prins Eduard er niet zo gek op?'
'Nou en of!' hapt Riek. 'Maar ik doe het wel even, hoor!' En
dan, pal erbovenop, blaast ze als een nijdige kat Josien in het
gezicht: 'Je verklikt niks, hoor!'
'O nee, niet de minste behoefte aan. Dat zijn zaken, die mij niet
raken,' antwoordt deze koeltjes en dan kapt ze het ietwat neteli-
ge onderwerp af door te vragen: 'En juffrouw Evelien, moet zij
niet gevoed, gespijsd en gelaafd?'
Riek lacht als een medeplichtige en gaat gretig op Josiens jolige
toon in: 'Zij wordt doorgaans op haar wenken bediend.'
'En wat gebruikt de dame dan alzo? Ook pannenkoeken?'
Riek trekt haar mondje in een nuffige plooi: 'O nee, stel je voor!
Het idee!' En dan telt ze op haar vingers af: 'Thee, beschuit,
toast, kaas, ontbijtkoek met gember graag, anders gaat het
blaadje per kerende post terug, en af en toe een zachtgekookt
eitje, maar daar moet eerst naar worden gevraagd, of ze het
belieft, zo ja, dan moet daar een sneetje roggebrood bij geser-
veerd.'
'Nou, dat is geen kleinigheid, en waarom moet dat alles in bed
genoten?'
'Omdat ze daaraan gewend en mee verwend is!' merkt Riek
snedig op.
'Zo! Ja, juist! Nou, ik zal wel eens poolshoogte gaan nemen!'
zegt Josien en denkt er intussen het hare van. Wat een onzin,
om een kerngezonde jonge vrouw zo in de watten te leggen.
Ook al is ze honderdmaal blind. Nee, dan is zij zelf gelukkig
anders door de mosterd gehaald.
Ze beklimt vlug de trap en gaat het eerst naar mevrouw
Jungerius, van mening dat de moeder haar meer nodig zal hebben dan de dochter.
Het is aardedonker in de kamer, de dikke velours gordijnen zijn
potdicht getrokken.
Van de patiënt is weinig te bespeuren. Een heuvel van dekens
verraadt hoe ze zich als een egel opgerold heeft en op het kussen ligt een hoofd dat, met wollen doeken omwikkeld, tot een
onherkenbaar iets is verminkt. Van het gezicht zijn alleen de
mond en een puntje neus zichtbaar.
'Mevrouw!' probeert Josien op fluistertoon. 'Hebt u erge pijn?'

Het ingebakerde hoofd knikt bijna onmerkbaar.

'Kan ik u ergens mee helpen of u iets brengen? Een kopje thee misschien?'

Vanuit de berg kruipt moeizaam een wasbleke hand, die een zwak afwerende beweging maakt.

Josien begrijpt dat hier geen hulp baat en sluipt op haar tenen de kamer weer uit. Aan de overkant vermoedt ze Evelien. Ze klopt en wipt tegelijk binnen. Ook hier stroomt het zonlicht nog niet door de ramen, maar het lampje boven het bed van Evelien is wel aan, hoe onnodig dit ook is.

Ze leest met tastende vingers een boek in brailleschrift en daarbij zwaait het bovenlichaam op en neer als werd het door een mechaniek bewogen.

'Goeie morgen, dame!' galmt Josien. 'Weet je niet, dat de morgenstond goud in de mond heeft en ons lust tot werken geeft?' Ze declameert dit op gezwollen toon.

Het meisje in bed, gehuld in een nachtpon, meer kant dan stof, staakt voor een ogenblik het gewiegel, neemt de moeite om de schouders op te halen en een minachtend lachje te produceren. Met een stemmetje, druipend van zelfbeklag, zeurt ze: 'Lust tot werken heb ik helemaal niet. Geen sikkepit! Maar goed, want ik kan immers niks!'

'Dat zeg je!' weerspreekt Josien haar. 'Maar daarom is het nog niet zo. Kun je nu werkelijk helemaal niets? Je kunt toch op z'n minst stof afnemen in je eigen kamer. En stofzuigen, heb je dat wel eens geprobeerd? Misschien sla je eens een plekje over. Wat zou dat? En breien en haken, heb je dat ooit gedaan?'

'Ik kan met de hand op m'n hart verklaren, dat ik nooit pogingen in die richting heb ondernomen!' spot Evelien, en dan ineens met een verongelijkt stemmetje: 'Jij hebt gemakkelijk praten. Jij kunt zien!'

'Dat is zo, maar ik kan niet over m'n beide handen beschikken en toch klaar ik het aardig. Door oefening wordt de kunst verkregen, beleerde mijn oma mij vroeger. Niet altijd tot mijn genoegen, hoor, dat moet ik erbij zeggen. En je bent toch in dat instituut geweest, hebben ze je daar dan niets geleerd?'

Evelien wappert, haar gezicht een en al afschuw, afwerend met beide handen. 'Praat me niet van die drilgevangenis. Ze lieten geen middel onbeproefd, hoor, dat moet ik ze tot hun eer nageven. Het was arbeidstherapie voor en na. Maar ik was altijd in de contramine, ik had een afschuw van dat gedresseer. Ik aard naar m'n vader, zie je! Die wil zich ook door niemand laten gezeggen. Nu, zo'n onwillig hondje was ik daar ginder. Expres de dingen verknoeien en net doen of ik gek was en niets begreep. Ik voelde me daar thuis als een kat in een vreemd pakhuis. Er viel geen land met me te bezeilen!'

'Niet zo mooi!' meent Josien met de stem van een bedaagde schooljuffrouw.

'En dat knikkebollen en steeds maar wiebelen dat je doet, waar is dat goed voor? Moet dat, of wil je dat?'

Het bleke gezichtje van Evelien wordt vuurrood. Ze is duidelijk beledigd. En ze klemt haar lippen opeen of ze vastbesloten is dit onderwerp te laten varen.

Josien echter niet. Ze reageert heel anders dan Evelien verwacht. Die meent dat Josien zich wel zal verontschuldigen bijvoorbeeld. Maar nee hoor. Ze port het meisje in de rug of ze haar gelijke was en geen loontrekkende kamenierster.

'Sta dan op, suffie! Laten we samen ontbijten. Ziek, zwak en misselijk ben je niet, dus waarom zou ik je in bed bedienen?'

'Omdat ik het zo gewend ben!' antwoordt Evelien op slome toon en nestelt zich nog wat dieper in de kussens.

'Omdat je ermee verwend bent, bedoel je!' corrigeert Josien haar koelbloedig. 'En kom er nu maar gauw uit, want ik ben hier bij mijn weten niet aangenomen om aan een vlucht in de ziekte, waar je druk mee bezig bent, mijn medewerking te verlenen, maar wel om je zelfwerkzaamheid te bevorderen! Mooi gezegd, hè?' voegt ze er dan nog zelfvoldaan aan toe.

En warempel, wat ze niet verwacht had, gebeurt. Evelien slingert energiek haar benen buiten boord en dan staat ze daar, onwennig en bevend, net een juffershondje, dat pas uit het water is getogen.

'Wat zeg je me daarvan?' vraagt ze triomfantelijk.

'Het is boven verwachting, dat moet ik toegeven, maar voor een normaal mens rijkelijk laat,' reageert Josien koelbloedig. 'En daarbij vraag ik me af wie dat totaal ontredderde bed mag opmaken!'

'O, dat doet Riek wel en anders jij, daar bemoei ik me niet mee. Ik kan het immers niet zelf.'

Eveliens stem klinkt agressief. Ze tast naar haar peignoir, die aan een haak boven haar bed hangt en hijst er zich in. 'Zullen we dan maar gaan?' vraagt ze nors.

'Nee!' ploft het krachtig en vastbesloten uit Josiens mond. 'Je mag van je medemens geen slavin maken. We gaan eerst samen dat bed afhalen.'

Evelien staat eenvoudig perplex. Zo zout heeft ze het nog nooit gegeten. 'Medemens? Ondergeschikte bedoel je!' Haar lippen klemmen zich in een smalend lachje opeen.

'Ook goed, ondergeschikte dan, als je dat aangenamer in het gehoor ligt,' geeft Josien vrolijk toe. 'Natuurlijk heb ik in die staat niet het recht je te dwingen, maar ik kan je voor je eigen bestwil wel aansporen om ook eens de handen uit de mouwen te steken. Heus, je zult zien hoe plezierig je je voelt als je je broos en bouwvallig lichaam op een zelfgespreid bedje uitstrekt. Zullen we dan maar?'

Josien wacht geen weigerend antwoord af. 'Hier, vang! Die deken viste ik onder het bed vandaan. Als jij die nou eens in vieren vouwt en op een stoel legt, dan zal ik ondertussen proberen nummer twee op te sporen! O, daar ligt-ie, aan de andere kant, je kunt hem zo pakken, ook in vieren, ja? Nu de kussens, daar is geen kunst aan, ze liggen voor het grijpen. Dan het bovenlaken, dat is naar het voeteneinde verhuisd. Ik neem het onderlaken en klop dat even op het balkon uit! Zo, klaar is Kees! Was dat nou geen koud kunstje?'

'Ja, dwingeland!' luidt het met tegenzin gegeven antwoord van Evelien. 'En om je genoegdoening nog te vergroten, ergens hier – ze wijst naar haar hart – heb ik een gevoel, of ik een overwinning op me zelf behaald heb!'

De tranen schieten Josien, haars ondanks, in de ogen. Ze legt de arm die ze beschikbaar heeft om de schouders van Evelien. 'Grote meid! zoals ons buurjongetje van drie zijn zusje van twee pleegt te prijzen. Dat is gewoon een engeltje in mensengedaante. We hebben al wat om hem gelachen! Verleden winter sneeuwde het een keer geweldig, vlokken als kaatsenballen. Toen zei Taco: 'Als de Here ze nog dikker maakt, dan komen er grote gaten in de lucht en dan valt opoe er misschien wel uit.' Zijn grootmoeder was namelijk pas overleden en naar de hemel gegaan, zo was hem verteld!'

'Nou zie je eens, hoe fout het is bij kleine kinderen met zulke nonsenspraat aan te komen,' hapt Evelien.

'Daar discussiëren we later nog wel eens over, laten we nu eerst maar eens gaan ontbijten. Ik rammel!'

'Goed, maar in mijn peignoir, hè?' stelt Evelien opgelucht voor.

'Daar zal ik voor één keer genoegen mee nemen!' is het genadige antwoord van Josien. 'Maar morgen gaan we er aangekleed op af, daar hoop ik voor te zorgen!'

'Door me er nog vroeger uit te sleuren zeker?' wordt argwanend door Evelien verondersteld. 'Maar dat zal je niet lukken, meisje.'

'Nou, dat weet ik nog niet zo zeker. Ik heb daar zo mijn eigen methodes voor. Dat zul je, als ik hier mag blijven tenminste, wel ondervinden! En nou, op naar de eetkamer!'

Gearmd gaan de meisjes de trap af.

'Zeg!' Het gezichtje van Evelien keert zich naar haar geleide. 'Dat meen je toch zeker niet, dat 'als ik hier mag blijven tenminste'? Ik kan je nou al niet meer missen.'

'Je kust de roede dus!' lacht Josien.

In de gang blijft het blinde meisje met een ruk staan en snuift als een hondje de geur op, die uit de richting van de keuken komt. 'Hé, pannenkoeken! Een mens zou er zin in krijgen. Zeker alleen voor de pipa en mijn meestal afwezige broeder?'

'Welnee, voor allemaal! Ik ben tenminste van plan mijzelf op een of wie weet, twee, te trakteren. Ik heb 's morgens altijd een enorme honger!'

'Zouden ze iedere dag beginnen met pannenkoeken?'

'Ik heb de indruk van wel. Dat komt ervan Evelientje, als je de halve morgen in je bed blijft,' plaagt Josien.

'Uit pure verveling!' vult het blinde meisje zelf wat grimmig aan. 'Wat moet ik anders?'

'O, een heleboel! Zo meteen gaan we een fiks eind wandelen. Vervolgens koffiedrinken. En dan mag je kiezen tussen voorlezen en breien.'

'Kan ik niet!' onderbreekt Evelien het repertoire van de nieuwe huisgenote en ze denkt: Wel alle mensen, die is gauw thuis! Last van onderdanigheid heeft ze niet. Ze beschikt maar over me.

'O, dat leer ik je in een wip. Maar ga vast zitten. Dan haal ik ondertussen ons ontbijt.'

'Drie stuks graag!' bestelt Josien met de vingers van haar goede hand omhoog.

'Drie?' haalt Riek verbaasd uit. 'Moet jij die allemaal opeten?'

'Nee, zo erg is het nu ook weer niet. Voor Evelien en mij samen. Dat is toch niet te veel? Doe er voor alle zekerheid nóg maar één bij. Je weet maar nooit.'

'Juffrouw Evelien? Is die dan al beneden? Dat mag ook wel in de krant. Dat gebeurt anders nooit.'

'Zo zie je maar, de wonderen zijn de wereld nog niet uit,' lacht Josien, en in één adem door: 'Ja, stroop en suiker graag.'

'Goed. Neem die van mij ook maar. Ik heb helemaal geen trek. Ik word er eerder misselijk van. Mijn maag lijkt wel van streek.'

'O, vervelend,' zegt Josien en er flitst onwillekeurig wat door haar gedachten. Ze denkt aan wat ze vanmorgen heeft gezien: Eduard en Riek. Ze zal toch niet een kind verwachten? Och, welnee, hoe komt ze op het idee. En trouwens, het zijn haar zaken niet. Ze haalt haar schouders op en gaat met de pannenkoeken de eetkamer binnen.

Evelien proeft geïnteresseerd van de eetbare waar, die haar nooit werd gepresenteerd, omdat ze de pannenkoeken éénmaal vol afschuw weer naar de keuken heeft verwezen.

'Verrukkelijk!' ontdekt ze. 'Ik zou er, geloof ik, nog wel een paar lusten, niet omdat ik niet genoeg heb gehad, maar uit pure begerigheid en vraatzucht.'

'Het gaat mij net zo!' bekent Josien. 'Maar dan zijn we niet meer in staat een fikse wandeling te maken en die staat toch eigenlijk wel op m'n programma. Zullen we dan maar danken en ons aankleden?'

Fatsoenshalve vouwt Evelien haar handen en denkt intussen: Die Josien steekt niet onder stoelen of banken, dat ze van christelijke huize is. Enfin, handjes samen, oogjes dicht is zo'n kunst niet. Als ze maar niet gaat preken.

Ze hoort Josien de gebruikte borden in elkaar zetten.

'Dat hoef jij niet te doen!' reageert ze onmiddellijk op een beetje snibbige toon.

'Nou ja, laat me nou maar, wat geeft het? Riek was vanmorgen niet zo lekker.'

'O,' – een schampere lach, – 'zeker vanwege haar maag. Daar heeft ze het tegenwoordig vaker mee te stellen. En moeder, die goeie conservatieve ziel, maar geen erg hebben. Ik met m'n ste-keblinde ogen zie en hoor meer dan zij! Jammer voor Eduard, dat die traptreden naar de tweede verdieping zo kraken. En ik hoor hem pas 's morgens in de vroegte weer naar beneden gaan! Daarom, zie je, verbaast me die onpasselijkheid van Riek niet zo heel erg! Maar ik snap Eduard niet, want hij draagt het hart anders nogal hoog, dat hij zich met zo'n tweederangs meisje afgeeft! Wat is dat nou? Een soort gemakzucht?'

'Hij kan toch van haar houden!' meent Josien, en ze zegt maar niet, dat ze eigenlijk dezelfde argwanende gedachten koestert. 'We zullen maar afwachten en hopen, dat je je vergist.'

'Hopen en bidden toch zeker?' spot Evelien. 'Die twee dingen horen toch bij elkaar volgens jullie gelovigen?'

'Ja, zo is dat!' beaamt Josien droog. 'Gaan we?' Ze haakt bij Evelien in.

'Ben je bang, dat ik niet alleen de trap op kan komen?' De arm wordt min of meer afgeschud.

'Neem me niet kwalijk! We moeten nog een beetje aan elkaar wennen, denk ik.' Met deze woorden houdt Josien voor zich, dat ze zich ergens toch wel een klein beetje bezeerd voelt.

'Zo zal het zijn! Ik zal je in veel opzichten mee- én tegenvallen,' antwoordt Evelien, om vervolgens spontaan Josiens arm te grij-pen en die even heel stevig tegen zich aan te drukken.

Dan wipt ze snel de trap op en is even vlug en vaardig in het zichzelf aankleden.

Na niet al te lange tijd lopen de meisjes buiten in de tuin, elkaar vriendschappelijk bij de hand houdend.

Eveliens vader, bij zijn vrouw in de slaapkamer, hoort ze samen praten. Hij gluurt tussen een kier van de gordijnen door en keert zich dan naar het hoopje ellende in bed.

'Nee maar, vrouw! Het is dat je er zo beroerd aan toe bent, anders zou ik zeggen: Kom dit zien! Daar loopt onze Evelien zowaar al buiten. Het is nog geen tien uur! Nooit eerder ver-toond. Dat meisje met haar anderhalve arm doet wonderen. Die werkt net zo stimulerend op haar als een glas jonge jenever op mij!'

De patiënt ontworstelt zich aan haar dekens en komt, onvast op haar benen, ook naar het raam. Ze grijpt de arm van haar man, terwijl de tranen haar over de wangen biggelen. 'O, Diederik, ik kan m'n ogen haast niet geloven!'

Haar man steekt z'n borst vooruit alsof hij zelf debet was aan dit ongewone verschijnsel van een wandelende dochter. 'Heb ik er niet altijd op getamboerd? Behandel haar toch niet als kraakporselein, als een doodzieke?'

Mevrouw Jungerius moet haar hoofd steunen om de verscheurende pijnscheuten te bezweren, maar ze moet toch lachen: 'O, en dat zeg jij, die gewoonweg háár slaaf bent, haar letterlijk niets kunt weigeren!'

'Nou ja, nou ja, dat mag dan zo zijn, maar ik treed af en toe toch ook wel tegen haar op.'

'Ik heb je er nooit op betrapt, maar als je het zelf zegt, zal het wel zo zijn,' zegt zijn vrouw op sussende toon. 'En je zult mij op jouw beurt moeten toegeven, dat Josien blijkbaar vanaf het eerste moment een goede invloed op haar heeft.'

HOOFDSTUK 4

'Fijn, dat Josien, ondanks haar handicap, zo handig is in de huishouding,' zegt mevrouw Jungerius tegen haar man, als ze op een morgen weer eens met hevige migraine wakker is geworden. 'Dat komt mij goed van pas, want wat Riekje mankeert, Joost mag het weten. Ze klaagt erover geen eetlust te hebben en heeft last van haar maag. 'Ga dan toch naar de dokter', heb ik al een paar keer tegen haar gezegd.'

'Dat is ook niet nodig,' meesmuilt de heer des huizes, 'met die kwaal kan ze bij mij ook terecht! Ze verwacht een kind! Vanmorgen vroeg stond ze al boven de gootsteen over te geven! Ik vond dat minder smakelijk en vroeg haar of ze daar geen andere plaats voor kon vinden!'

'Ja, ja, daar had je gelijk aan,' geeft zijn vrouw hem onmiddellijk toe. 'Maar ze kan het toch ook met haar maag te kwaad hebben zonder dat ze een baby verwacht? Ik heb haar nog nooit over een vriend gehoord.'

Hij grinnikt, maar met een verbitterde bijtoon. 'Komt me niet vreemd voor, wel verdacht. Ze zal jou niet dadelijk in vertrouwen nemen, omdat ik zo'n vermoeden heb, dat jouw eigen lieve zoontje debet is aan haar toestand.'

'Ed? Onze Ed? Je bent niet goed wijs!' Ze wijst naar haar voorhoofd, waar de pijn zich plotseling in verdubbelde mate manifesteert.

Hij aarzelt even met zijn antwoord, omdat hij zelf eigenlijk ook nog twijfelt. 'Vóór verleden week zou ik ook gezegd hebben: wat een nonsens, maar donderdagmorgen kwam ik onverwacht binnen – nog op m'n sokken – en toen kreeg ik sterk de indruk, dat ik ze overviel, ze vlogen als verschrikte kippen elk een kant uit. Eerlijk gezegd tilde ik op dat moment helemaal niet zo zwaar aan dat voorval. Ik dacht: dat heeft-ie dan toch van mij en niemand anders. Ik zag er zelf vroeger ook geen been in om eens een zoentje te stelen van één van mijn moeders gedienstigen als ik in een overmoedige bui was. Ik bedoelde er natuurlijk nooit iets serieus mee. Het was meestal proberen hoe ze zouden reageren. De meesten waren niet vies van een kusje, alleen één bezorgde mij een bloedneus. Ze gaf me een pats vlak in mijn gezicht.'

'Ik heb nooit geweten, dat er zoiets in je zat!' glimlacht zijn vrouw, enigszins moeilijk. 'Je hing bij mij altijd de brave Hendrik uit! Dat was je dus niet!'

'Toch wel, toch wel,' verdedigt hij zich, het was altijd maar kinderspel. Maar met zoon Eduard...' Hij graait eens door zijn ruige rechtopstaande kuif. 'Ik weet het niet. In ieder geval zal ik hem vanavond eens apart nemen – of nee doe jij dat maar liever, mijn invloed op hem is nihil! Dan zal ik die Riek wel eens het een en ander vragen. Ze is bang voor mij, al zeg ik het zelf, ze zal tegen mij niet durven liegen!'

Zo worden zoonlief en dienstmaagd door ma en pa Jungerius verhoord.

Mevrouw ligt nog altijd vanwege haar migraine op bed. Eduard, onwetend van wat hem te wachten staat, begeeft zich eigener beweging naar de slaapkamer. Hij houdt van zijn moeder.

Hij wordt ter plekke als dé vrouw van Lot tot een stijfstaande pilaar, als hij op zijn vraag: 'Wel, hoe gaat het ermee?' ten antwoord krijgt: 'Eduard, het is toch niet waar?'

'Wat, niet waar?' informeert hij ten overvloede, hoewel hij direct lont ruikt.

'Dat jij stiekem omgang hebt met Riek,' steunt de stem van onder de dekens.

Eduard overweegt nog even een ontkenning, maar dan denkt hij: Waarom er nog langer omheen gedraaid? Het komt toch een keer uit. Hoewel het hem aan het hart gaat zijn moeder in haar zielige toestand de pijnlijke stoot toe te brengen, zegt hij: 'Ja, het is waar en ook, dat ze me vanmorgen net verteld heeft, dat ze een kind moet krijgen!'

'O, jongen, wat erg! Hoe moet dat nou?' komt het zacht klagend uit zijn moeders mond.

'Trouwen natuurlijk. Er zit niet anders op!' Zijn toon is vastberaden, maar er klinkt toch ook wanhoop in door.

'Ik ben blij met dat besluit van je, maar vader, of hij...'

Voor ze verder kan gaan, barst Eduard los: 'Vader? Vader? Praat me niet van vader! Het is zijn schuld ook, zo rottig als hij me altijd behandelt. Ik heb me hier na mijn hbs-jaren altijd over en te veel gevoeld! Waarom liet hij me niet naar Wageningen gaan? Niet uit geldgebrek, maar hij moest en zou een opvolger hebben. Er zit geen boer in mij, wel een ingenieur! Dat verbeeld ik me tenminste, maar ik ben nergens meer zeker van. Hij heeft bij mij systematisch alle zelfbewustheid de kop ingedrukt. Hij heeft mij met zijn eeuwig gevit naar dat meisje toe gedreven. Zij heeft een beetje begrip voor mij en gaf mij warmte.'

'Hou je van haar, Eduard?'

Zijn moeder is uit haar warme holletje te voorschijn gekomen en zit nu rechtop in de kussens, die ze altijd om zich heen gedrapeerd heeft.

Eduard kijkt haar schuldbewust en tegelijk uitdagend aan. 'Laten we het zo stellen: ik heb geen hekel aan haar.'

'Is dat genoeg, Ed?' vraagt zijn moeder op de man af.

'Ze zal het ermee moeten doen!' is het laconieke antwoord.

Dan staat hij op en rekt zich uit, zo lang hij is. 'Kom, ik ga maar eens weer op die ellendige tractor zitten! Het zou me niet zo heel veel kunnen schelen als ik ermee in de sloot kantelde. Dan was ik van de hele troep af!'

'Eduard toch!' roept zijn moeder verschrikt en half huilend.

De deur klapt achter hem dicht.

Direct daarop hoort ze stemmen in de gang. De ene woedend en bevelend. Dat is haar man! De andere is van Eduard, die ook geen moeite doet zijn geluid te temperen.

'Je pakt je biezen of je ziet van die meid af.'

'Best!' schreeuwt Eduard. 'Ik verdwijn wel, hoe dan ook!'
Dan wordt het stil.
Eduard komt op weg naar zijn werk Evelien en Josien tegen, die
van hun ochtendwandeling terugkomen. Zijn hoofd is rood aan-
gelopen, alsof hij een paar glaasjes op heeft.
'Zo, hebben de dames alweer een ommetje gemaakt op de vroege morgen? Dat is een prestatie van jou, die wel in de krant
mag!' sneert hij in de richting van zijn zus.
'Niet zo groot als die prestatie van jou, broertje! Ik maak er niemand misselijk mee! Hoogstens zal er goedkeurend geknikt
worden.'
'Zóóó!' zegt hij langgerekt. 'Hoe ben jij daar zo gauw achter-
gekomen?' Zijn onvriendelijke blik zoekt de ogen van Josien.
Het is of Evelien het voelt!
'Nee, nee, je hoeft er Josien niet zwart om aan te kijken. Ik ben
wel blind, maar niet doof. Ik hoorde je 's avonds wel naar boven
sluipen, jongetje. Zodra ik dus vernam van Riekjes onpasselijkheid, kreeg ik mijn vermoedens. Het is dus waar.'
En dan gaat ze op meer meelevende toon verder. 'Hoe wil je je
daar in vredesnaam uit redden? Op een tegemoetkomende houding van vader hoef je niet te rekenen!'
'Nee, dat heeft hij mij daarnet al toegebeten. Hij heeft me zelfs
de deur gewezen.'
'O, Ed toch! Je gaat dus wel met haar trouwen?'
'Natuurlijk. Wat dacht je? Zo'n smiecht ben ik nou ook weer
niet! Maar een huis en een andere baas, waar vind ik die zo
gauw?'
Josiens gezicht, dat in bedruktheid niet onderdeed voor dat van
Evelien, klaart plotseling op.
'Ik weet wat!' jubelt ze. 'Als jullie eens tijdelijk bij mijn ouders
introkken. Ze hebben daar natuurlijk niet de ruimte die jullie
gewend zijn, maar het is met wat behelpen van beide kanten
groot genoeg voor twee gezinnetjes. Heit zou er heerlijk mee
geholpen zijn en je graag de teugels in handen geven en mem,
zij zou het fijn vinden, al was het alleen maar om de baby, ze zal
zich onmiddellijk tot oma opwerpen.'
Ed, die als hij eerlijk is zich, al is het maar een tweederangs,
maar toch een soort landjonker voelt, vliegt het bloed naar zijn
toch al gebruinde wangen. Wat een voorstel, om van te kotsen!

Het staat duimendik op zijn gezicht te lezen.

Josien ziet het en maakt direct de juiste gevolgtrekking. Heel nuchter merkt ze op: 'Natuurlijk zou dit, als er geen haast achter zat, een idee beneden je stand en waardigheid zijn, dat begrijp ik best, en dat neem ik je ook in het minst niet kwalijk. Mijn ouders zijn doodeenvoudige lieden, maar met een aangeboren beschaving. Het zou voor Riek de gulden middenweg zijn, om er zich bewust van te worden, dat ze geen dienstmeisje meer is, maar jouw vrouw en dat ze zich daar naar heeft te gedragen. Heus, het zou als intermezzo niet zo gek zijn als jij momenteel nog denkt.'

Ed schaamt zich en hij toont dat ook. 'Je bent een lieve meid!' laat hij zich spontaan ontvallen. 'Als jij vanavond eerst eens belde ter inleiding en je voelhorens eens uitstak, dan schrijf ik daarna en doe de situatie in den brede uit de doeken. Misschien raken we op die manier uit de brand of...' – zijn toon wordt nu agressief grommend – 'ermiddenin, dat kan ook en het valt nog zwaar te bezien of dat laatste niet het geval wordt, het zit er dik in!' Hij grijnst cynisch.

Evelien heeft zich er tot nu toe niet in gemengd, maar nu doet ze het wel, met een messcherpe stem: 'Al zie ik je niet, toch kan ik me de uitdrukking op je gezicht levendig voorstellen en die is niet mooi! Als je nu al denkt, dat alle factoren voor mislukking van jullie huwelijk aanwezig zijn, begin er dan alsjeblieft niet aan. Vertel Riek in ieder geval eerlijk dat je niet onverdeeld gelukkig bent met die gedwongen trouwerij, dan weet ze tenminste wat ze aan je heeft!'

Eds mond verbreedt zich tot een zo mogelijk nog hatelijker lach: 'O, dat weet ze allang, maar daar wordt ze – zo doet ze tenminste – heet noch koud van. Je wou me hebben en nu zul je me hebben!' zo drukte ze dat gisteravond triomfantelijk uit. Ja jongetje, nu zit je aan me vast, hè? Terugkrabbelen niet toegestaan!'

Even is het stil, dan vervolgt hij: 'Ze zou best een abortus willen, want een kind is wel het laatste waarnaar ze verlangt, maar dáár ben ik tegen. Dat mag niet, leven dat je zelf hebt verwekt, opzettelijk vernietigen.'

'Laat ze het dan ter wereld brengen en er afstand van doen,' oppert Josien.

'Nee, meisjes, nee,' komt Ed weer sarcastisch. 'Daar ben ik ook tegen. Maar jullie hebben de zaak niet door. Het kind laat haar onverschillig, maar ze wil mij, mij!'
Hij slaat zich, niet met trots maar verbitterd, op de borst.
'Dat is achteraf bekeken haar hele opzet geweest en ik was stom genoeg om erin te tippelen.'
'Willens en wetens,' vult Josien droogjes aan.
'Goed, goed! Dat zál dan wel zo zijn. Jij kunt het weten!' beaamt hij spinnijdig. 'Ik heb de eer jullie te groeten! En... Josien, je vergeet het telefoontje niet?' Dit wat vriendelijker.
'Nee. Ik doe het direct. Dan kunnen heit en mem rustig beslissen, zonder dat jullie in tijdnood komen te zitten.'
Even later draait Josien met kloppend hart het nummer van haar ouders. Heeft ze niet overijld en op eigen gezag gehandeld? Haar vader neemt op. Ze begint met een grapje.
'Zit u nu alweer mooi bij mem aan de koffie? Ik kan er toch ook geen ogenblik bij weg, zoals beppe dat vroeger zei. Of bent u ziek, want dan bent u natuurlijk bij voorbaat verontschuldigd.'
'Nee, nee, famke,' klinkt het van de andere kant, 'met mij is alles in orde, maar mem kan eerlijk gezegd niet best tegen het alleenzijn, daarom val ik een keertje extra de keuken binnen, maar – nu begin ik me ongerust te maken over jou! We hebben gisteren net een brief gehad met goede berichten en nu al weer een telefoontje! Dat geeft te denken. Je hebt toch geen last van heimwee?'
Josien wijst die laatste veronderstelling nadrukkelijk van de hand. 'Nee, heit, ik zit niet in hetzelfde schuitje als mem, maar ik zou haar wel wat meer gezelligheid, maar ook drukte willen bezorgen. Moet u horen!' En dan komt ze met haar hele relaas op de proppen.
'Niet direct een besluit nemen, heit, eerst over praten met mem, want het betekent voor haar wel meer leven in de brouwerij; maar ze krijgt ook veel meer te doen. Ed en u zullen het samen zeker goed kunnen vinden en moeder met Riek zal ook wel gaan. En dan straks de baby, dat zal voor mem helemaal een feest zijn!'
Heit antwoordt zoiets van: 'Maar ook een last. Mem wordt langzamerhand te oud voor *lytse bern*!'
'Mem te oud?' Josien schatert. 'En als ik er dan eens een gekre-

gen had? Ik weet wel, dat is in mijn geval onmogelijk, maar als het wel gekund had, och lieve heit, mem zou de wereld te rijk zijn geweest.'

Het blijkt, dat Josien groot gelijk krijgt. Mem neemt de telefoon over. 'Wanneer kunnen we dat jonge stel verwachten? Ik zal jouw kamer in orde maken voor het geval ze eens alleen willen zijn! Dan zul jij – ja, je hebt dat zaakje zelf aan het rollen gebracht! – als je thuis komt wel genoegen moeten nemen met dat hokje op zolder. Het is groot genoeg! Als mijnheer wat handig is zou hij er best zelf een slaapkamer bij kunnen timmeren.' Josien brengt de boodschap bijna letterlijk over. Dat laatste idee ontlokt Ed, ondanks zichzelf, een vrolijke spotlach. 'Ik ben nogal een doe-het-zelver! Wat dat betreft komt er niets uit mijn handen, en dan nog wat anders – je moeder en vader zullen het toch wel uit hun hoofd laten mij met mijnheer te betitelen?'

Nou, dat betwijfelt Josien. 'Je bent nogal een indrukwekkende figuur,' zegt ze, met ogen vol ondeugd. 'En op mij moet je niet afgaan! Zo gespeend van onderdanigheid als ik ben, zo gedwee en nederig zijn zij, maar schatten zijn het en dat is weer iets, dat van mij niet gezegd kan worden!'

Ed fixeert haar met ernstig onderzoekende blik, als een arts, die zijn diagnose nog niet gesteld heeft. 'Ik geloof niet dat ik mij vergis, als ik beweer, dat jou dat woordje ook nog wel eens toegefluisterd zal worden en dat de persoon in kwestie het dan nog zal menen ook!'

Josien bloost ondanks zichzelf. 'Wie weet, wie weet,' zegt ze ironisch, 'wat er nog voor mij in het vat zit. En nou eerst maar eens overleggen met Riek, of jullie voor eerst in het stulpje van heit en mem willen kruipen, of iets anders willen zoeken. Het was zo maar een los voorstel van mij, van weloverwogenheid was geen sprake!'

De volgende morgen neemt Ed haar even apart. 'Mevrouw' – met een gebaar van zijn hoofd naar de keuken – 'heeft jouw plan welwillend in overweging genomen en na een lang en rijp beraad heeft ze toegehapt. Ik betwijfel ten zeerste of je moeder de vrede met haar zal kunnen bewaren. Ze ontpopt zich razendsnel tot een niet gemakkelijke tante, nu ze de zekerheid heeft, dat het tussen ons tot een huwelijk zal komen. Daar heeft ze eerst, schijnt het, nog aan getwijfeld.'

'Niet zonder reden!' laat Josien zich niet luidkeels maar toch goed verstaanbaar ontglippen.

Ed gaat er niet op in, maar vervolgt: 'Nu is ze als een blad aan de boom omgekeerd. Ze is duidelijk van mening, dat ma haar behoort te ontheffen van haar plichten als dienstbode.'

'Waar ze gelijk aan heeft,' denkt Josien hardop. Die opmerking wordt weer genegeerd.

Ed vervolgt zijn relaas min of meer sarcastisch. 'Ze zou desnoods de eerste weken haar opvolgster wel met raad en daad bij willen staan. Voor de rest vindt ze, dat zij bij ma in de huiskamer hoort te tronen en eventueel bezoek mee moet ontvangen. Nu zal moeder zich niet direct bij die plotseling opgekomen verandering kunnen aanpassen. Het zal haar wel beter lijken, dat Riek naar haar eigen ouders gaat om van daaruit te trouwen, wat mij ook vrij logisch voorkomt, maar mijn aanstaande bruid heeft het ineens hoog in het hoofd gekregen en wil zich eigenlijk niet meer met mensen uit haar oude omgeving inlaten.'

'Als dat zo is, dan zal ze zich bij heit en mem ook niet thuis voelen,' stelt Josien met een bedenkelijk gezicht vast. 'Zij zijn doodeenvoudige mensen en wars van alle opmaak en deftigheid.'

'Dat zal wel meevallen,' meent Ed. 'Maar weet je wat! Ik ga morgen eens een kijkje bij hen nemen, dat lijkt me voor je vader en moeder ook prettiger, dan dat wij ze daar op een goede – of als je wilt een kwade dag – zomaar op hun dak komen vallen.'

'Maar dan mag je, het wisse voor het ongewisse nemend, Riek wel naast je in de auto zetten, dan kan zij ook een indruk krijgen.'

Op het gezicht van Ed tekent zich een trek van onwil, om niet te zeggen van tegenzin af.

'Merci beaucoup, als het mijn zegen weg kan dragen, heeft zij zich maar te schikken.'

Josien schudt als een bedaagde oma afkeurend haar hoofd en heft een waarschuwende vinger.

'Eduard, Eduard, ga jij in zo'n weinig liefdevolle stemming een huwelijk aan? Wat moet dat worden? Daar zie ik grote ongelukken van komen!'

Eduard dient haar een broederlijk, maar misprijzend tikje op haar neus toe. 'Eigenwijs nest. Daar ben je mee geprezen, want dat ben je!'

Dan kijkt hij haar peinzend in de ogen om tot de ontdekking te komen: 'Gek, ik ken je nog maar net en toch heb ik met jou meer contact dan ik met Riek ooit heb gehad, hoe komt dat?'

'Verwante zielen, mijn zoon!' volhardt Josien in haar grootmoederlijke pose, maar met een snel opkomende blos. Daarom keert ze zich haastig om: 'Vooruit, Josientje, doe je plicht, op naar de thee, die door Evelien zal worden ingeschonken.'

'Dat zou dan de eerste keer zijn,' grinnikt Eduard waarderend, maar met een motie van wantrouwen. 'Als je dat lukt, zal ik je voordragen voor een ridderorde.'

'Nou, als zo'n belangrijk persoon als jij je daar eens voor inzette, kréég ik hem misschien ook nog,' spotlacht Josien en verdwijnt naar de keuken.

Daar vindt ze Riek, gezeten bij de tafel, hoofd in de handen, duidelijk vol zelfbeklag.

'Wat ben ik beroerd! Ik kan wel aan één stuk door boven de gootsteen blijven hangen!'

'Ja, meisje, het valt niet mee,' is het antwoord van Josien, dat ter zake kundig klinkt. Ondertussen laat ze een zorgvuldig afgemeten hoeveelheid water in de elektrische koker stromen.

'Je kon er al wel een stuk of twaalf op de wereld hebben gezet. In ieder geval lijkt het net, of je uit ondervinding spreekt. Heb je misschien al eens een kind gehad?' vraagt Riek uitdagend brutaal, met iets van leedvermaak in de ogen.

'Nee, ik ben nooit getrouwd geweest,' dient Josien haar met een quasi-onnozel gezicht van repliek.

'Het kon je toch wel net zo zijn vergaan als mij. Ik ben de eerste niet en ik zal de laatste ook niet zijn, wil ik wedden. Maar één ding weet ik zeker, ik begin nooit aan een tweede. Eén keer die ellende is me genoeg.'

Josien gaat er niet op in. 'Wat kookt het water hier enorm gauw, hè? Je hebt de thee nauwelijks in de pot, of de ketel fluit al!'

Al pratend giet ze op en ze neemt de theemuts mee.

'De thee wordt toch altijd hier ingeschonken?' zegt Riek verbaasd.

'Ja, dat had ik ook al ontdekt, maar ik wou het spul nu eens mee naar binnen nemen om het Evelien te laten doen.'

'Ben je gek?' valt Riek uit.

'Nee, ik meen van niet.'

'Nou, dat moet ik dan zien, want dat red je nooit!' Riek springt meteen op van haar stoel.

'Nee, deze eerste keer liever niet, want dan zal het natuurlijk niet zo gemakkelijk gaan.'

Josien is al weg. In de huiskamer treft ze Evelien aan, minstens zo lusteloos als Riek.

'Waar blijf je toch zo lang?' vraagt ze verongelijkt.

'O, ik had onderweg een gesprekje met je broer. Hij gaat morgen naar Tsumhuizen om kennis te maken met mijn heit en mem,' vertelt Josien, 'en toen vond ik een niet bijster opgewekte Riek in de keuken, die het sterk betwijfelde of je wel thee zou willen inschenken, maar ik heb haar gerustgesteld, ik zei: 'Ze wil alles leren, dus dit ook. Wat ze wil, dat kan ze'.'

Tot haar blijde verbazing maakt Evelien geen tegenwerpingen.

'Goed, ik zal het proberen.' Ze komt naar de tafel toe. 'Ik kan tegen jou toch niet op, dwingeland.'

Tastend vindt ze alles, zonder dat Josien ook maar een vinger hoeft uit te steken om haar te helpen. 'Zal ik maar op vier drinkers rekenen? Ed en Riek zullen wel niet van de partij zijn!'

'Natuurlijk wel. De aanstaande bruid en bruidegom horen er toch ook bij.'

'Ja goed, maar hoe weet ik nou dat de thee er niet overheen gaat?'

'O, dat is geen probleem. Als het kopje vol genoeg is, zeg ik wel 'ja'!'

En zo legt Evelien haar eerste proeve van bekwaamheid af. Ze doet het volmaakt!

'Prachtig!' prijst Josien. 'En denk erom, het tweede doe je ook, hoor. Maak me niet te schande, door te zeggen: 'Ik pas', of zo iets. Dan ga ik nu de rest roepen.'

Ze vergadert de familie uit diverse vertrekken. Het regent, dus zijn de deelnemers prompt van de partij.

Evelien, die haar werk nu ook wil voltooien, deelt de kopjes rond, met een gespannen gezichtje als van een schoolkind dat voor het eerst ten aanschouwen van de klas iets op het bord moet schrijven.

Iedereen begrijpt, dat dit niet een door Evelien zelf ondernomen taak is. Ze kijken Josien aan met de verbaasde vraag in hun ogen: 'Hoe ter wereld heb je dat voor elkaar gekregen?'

Josien trotseert die op haar gerichte blikken met een feilloos effen gezicht en zegt als terloops: 'Ik geloof dat er koekjes in het dressoir staan, Evelien! Rechts!'

'Die heb ik gebakken!' zet Riek zichzelf een pluim op de hoed.

'Wel, wel, wat een uitsloverij, en dat in jouw toestand!' sneert Ed hatelijk.

Zijn moeder springt voor haar aanstaande schoondochter in de bres. 'Ja Ed, daar kun je nu wel onaardig over doen, maar het is werkelijk een prestatie van Riek. Een vrouw in de eerste periode van zwangerschap voelt zich echt miserabel.'

Ed zwijgt, hij peinst er niet over zijn verontschuldiging aan te bieden, noch maakt hij een verzoenend gebaar in de richting van zijn aanstaande vrouw.

Er volgt een ogenblik stilte, die door allen als benauwend wordt ervaren.

'De beruchte dominee gaat voorbij!' constateert mijnheer Jungerius, en daar pardoes bovenop. 'Evelien, kind, krijg ik nog een kopje van je? Ik moet weer aan het werk! En ik lust ook nog best zo'n koekje van Riek erbij. Ze zijn lekker!'

Josien richt in haar hart een ereboog voor hem op. Hij kan dus ook tactvol zijn!

En Evelien, alsof het de gewoonste zaak ter wereld is, voldoet aan zijn verzoek, nu al meer zelfverzekerd. Het waarschuwend 'ja' wordt door de anderen genegeerd.

Mevrouw pinkt haastig een traan weg. Stel je voor, dat Evelien iets van haar ontroering merkte! Och nee, dat kan immers niet, of ze moest haar stem niet in bedwang kunnen houden.

'U ook nog, moeder?' Ze kan meteen de proef op de som nemen.'

'Graag kind!' Ze is tevreden over zichzelf. Het klonk heel natuurlijk.

Riek bedankt. 'Nee, ik zou meteen weer over de tong moeten!' Dit plastisch antwoord ontlokt Ed een korzelig. 'Bah, wat onfris! Stel je toch niet zo aan, maar frunnik jezelf liever wat op, we zouden toch naar het gemeentehuis gaan?'

Het is of Riek hierop heeft zitten wachten, zo haastig komt ze in de benen. Haar ogen zoeken Eds moeder en Josien: 'Wat zal ik aandoen?'

Mevrouw zegt, dat ze te weinig op Rieks garderobe heeft gelet om haar in deze van advies te kunnen dienen.

Maar Evelien, van wie ze het het minst verwachtte, schiet haar te hulp: 'Heb je een mantelpakje?'

'Nee, nee!' stamelt Riek. 'Nooit gehad ook!'

'In mijn kast hangen een groen en een donkerblauw. Voor zover ik een idee van kleuren heb, lijkt me dat laatste het meest geschikt voor jou, het is wat meer gedistingeerd. Kijk zelf maar eens! Misschien wil Josien wel met je meegaan, om te zien wat je het beste past!'

'Met alle genoegen. Ik steek graag overal mijn neus in.'

'Ook in zaken, die jou niet aangaan?' plaagt Ed haar op een kameraadschappelijke toon, die Riek niet van hem kent.

Als ze samen met Josien de trap oploopt kan ze haar ergernis, gemengd met jaloezie, dan ook niet onder zich houden.

'Tegen jou kan hij wel aardig zijn en ik krijg de laatste dagen geen goed woord van hem!'

'Och!' zegt Josien verzoenend, 'het is onschadelijk voor hem om tegen mij een beetje vriendelijk te zijn, ik, met mijn gebrekkige arm!'

'Dat weet ik nog niet zo zeker. Hij heeft mij niet genomen omdat hij zo gek op mij was, maar louter uit hartstocht. Het is nooit zijn bedoeling geweest om met mij te trouwen!'

Dat wordt Josien te gortig. 'Maar je rolt toch zó maar niet met elkaar in bed? Dan moet je je toch minstens tot elkaar aangetrokken voelen, dacht ik, met m'n onnozele gezicht. Of liet jij je gebruiken, zonder een spoor van verliefdheid?'

'Nou, geen sikkepit, dat is ook weer niet helemaal waar, maar ik wou altijd hogerop. Heb jij dat niet?'

'Nee,' antwoordt Josien kortaf, en ze denkt: Wat een jammerlijk begin!

Ze vervolgt: 'Maar laten we nu eerst maar eens zien wat Evelien ons heeft aan te bieden.' Ze heeft al meteen het mantelpakje te pakken, dat Evelien moet bedoelen. 'Dit zal het wel zijn. Trek het eens aan!'

Riek laat de rok die ze aan heeft zakken en hijst zich in de andere. 'Die zit alvast goed.' Haar stem klinkt al wat opgewekter. 'Nu het manteltje nog!'

'Als gegoten,' roemt Josien, met keurende blik om haar heen drentelend. 'Als je nu je haar wat opkamt en je gezicht opdoft, ben je het mevrouwtje en zal Ed met je in zijn schik zijn!'

'Zou het?' vraagt Riek. Haar toon is vol wrange twijfel en ze valt weer terug in haar staat van nonchalance: 'Nou ja, hoe het ook is, trouwen moet hij me toch, al was het alleen maar voor zijn fatsoen.'

Josien zucht gelaten. 'Treurig voorwerp! Ik ga maar vast naar beneden.'

'Best, dan zal ik me vlug verkleden. Hij mocht nog eens van gedachten veranderen.'

'O, Riek toch! Doe asjeblieft niet zo bij heit en mem. Zij kunnen zich zo'n koude verstandhouding helemaal niet indenken. Niet dat ze graag zouden zien dat jullie je verliefdheid onophoudelijk zouden demonstreren. Mem zou niet weten waar ze kijken moest, maar zo'n ijzige toestand als tussen jullie, daar zou ze zich doodongerust over maken. Ze zou 's avonds in bed wel tegen heit fluisteren: 'Teacke, soe dat wol goed sitte tusken die twa?'

Riek lacht. 'Die Friese taal, daar versta ik geen biet van, maar dat zal wel gauw genoeg wennen.'

Zodra Josien de kamer weer binnenkomt, vraagt Evelien nieuwsgierig: 'En, was er wat van haar gading bij?'

'Ja hoor, alsof het voor haar gemaakt was!'

Evelien is haast een beetje teleurgesteld. 'Ben ik dan zo'n kenau?'

'Welnee, maar dat is Riek ook niet, ze heeft ongeveer jouw lengte!'

'Gek, ik stel mij haar veel forser voor. Hoe kan dat nou? Ik heb gewoonlijk nogal een goede kijk op dat soort dingen.'

'Nou, daar heb je Riek al. Ruggen maar tegen elkaar en meten wie het grootste is!' commandeert Josien.

Riek nadert schoorvoetend. 'Waar is dat goed voor?'

'O, ik heb altijd gedacht, dat jij een reuzin bent,' onthult Evelien.

'Precies even lang!' oordeelt Josien. 'Nu wij, Evelien! Ik denk dat wij ook niet veel verschillen.'

Doordat ze zich tegelijk omkeren, botsen ze tegen elkaar aan. Evelien grijpt steun zoekend Josien bij haar bovenarmen. 'Hela, gij bloempje!' en dan, een beetje geschrokken: 'Wat voel ik daar toch voor banden aan je rechterarm?'

'O, dat is een verlengstuk van m'n prothese! Die moet toch ergens aan vastzitten, hè?'

'Ja, ja, natuurlijk!' stamelt Evelien.

Er valt een stilte, die door Josien zelf verbroken wordt: 'Nu we toch bezig zijn, aai ook eens over Rieks gezicht met je poezele handjes, dan weet je ook hoe zij eruitziet.'

'Vindt ze dat niet vervelend?' aarzelt Evelien, die dit maar een hoogst eigenaardig voorstel vindt. Ze is nooit zo 'Riekachtig' geweest.

'Nee, natuurlijk niet,' antwoordt Josien voor haar. 'Of wou je me vertellen, dat je van je vader en moeder, nou ja, van al je dierbaren, nog nooit de lijnen in hun gezicht afgetast hebt, om je een idee te vormen van hun onvolmaaktheden, maar ook van de schoonheid die ze bezitten? Bij mij heb je het toch ook gedaan?'

'O, vroeger, toen ik klein was, zal ik ze wel eens bewerkt hebben met m'n vinnige vingertjes, maar vanzelfsprekend niet met voorbedachten rade en later, och, af en toe een zoen, dat is alles.'

'Nou, kom op, dan fungeer ik nu als proefkonijn,' komt Riek ongeduldig.

Dralend, haast te voorzichtig, betasten Eveliens vingertoppen het naar haar opgeheven gezicht. Riek is er op haar gemak bij gaan zitten.

Op dat moment verschijnt Eduard, en geïrriteerd komt het uit zijn mond: 'Hé zeg, wat heeft dat te betekenen? Dat kunnen jullie beter aan mij overlaten.'

De drie meisjes moeten lachen, of ze willen of niet, en dan dient Josien hem van repliek, als een moeder die haar zoon, een betweterige puber, onderwijst: 'Nou, jongeman, het is toch te gek om los te lopen dat je bloedeigen zus er geen flauw benul van heeft of jij een adonis bent of zo lelijk als de nacht?'

'Jij hebt een regelmatig gezicht,' brengt Evelien rapport uit van haar onderzoek. 'Wat voor kleur ogen heb je en wat voor soort haar?'

'Mijn ragebol is nog nooit met kappersmateriaal in aanraking geweest, behalve dan met een schaar. Die golf – ik hoop, dat je er erg in gehad hebt – is dus van mezelf, en m'n ogen... ik geloof dat die zo tussen groen en grijs in zijn,' antwoordt Riek.

'In ieder geval zijn ze niet zo mooi als die van Josien.' Dat is Ed.

'Ten hoogste bedankt! zegt onze dorpsidioot, en daar sluit ik mij bij aan,' grijnst Josien.

'En nu ben jij aan de beurt, Ed!'

Hij neemt zowaar gedwee de plaats van Riek in. 'Dat zal je niet tegenvallen, zusje, je broer mag er best wezen, vindt hij zelf.'

Ed wordt er helemaal opgewekt van. Het gaat hier anders altijd zo saai en ingetogen toe. Een lach wordt zelden gehoord.

'Die Josien brengt leven in de brouwerij, dat moet gezegd!' grinnikt hij.

'Ja,' zegt Riek met een lach die klinkt als hoon, 'Josien is een goede gangmaakster, ze is reuzeleuk, behalve die arm dan, maar dat kan ze niet helpen.'

Josien voorkomt zelf, dat iemand anders voor haar in de bres zou springen en het daardoor nog erger zou maken.

'Ontzettend aardig van je om dit Ed en Evelien eens goed aan het verstand te peuteren, maar even waar is het, dat als jullie nog langer hier rondhangen, het gemeentehuis gesloten is, dus – voorwaarts, mars, vivalderaldera!'

Ze duwt Riek vlug de deur uit en noodzaakt zo Ed zijn aanstaande bruid te volgen. 'Dag, lieve luitjes, vooral de groeten doen daar.'

Samen met Evelien staat ze even later voor het raam. 'Wat ziet mijn oog nu? Ze gaan niet met de auto, maar op de fiets.'

'Net wat voor Ed om het zo te versieren! Riek was natuurlijk graag in de auto gestapt. Nu gaat Ed expres om haar te jennen op z'n oude kar zitten en zij knerpt op het vehikel van ma, dat al sinds lang niet meer gebruikt is,' zegt Evelien spinnijdig. Ze zou haar broer met genoegen door elkaar rammelen.

'Ik hoop niet dat je gelijk hebt, want wat moet dat voor een stel worden?'

'O, dat kan ik je wel voorspellen, dat draait na niet eens zo lang natuurlijk op een scheiding uit.'

'Zou het? Wat een doffe ellende, en dat alleen door dat ene uur van onbedachtzaamheid! En op die manier is er voor heit en mem ook geen aardigheid aan. Die verwachten natuurlijk een paar tortelduiven, waarover ze zo nu en dan hun oude hoofden moeten schudden: 'Wat zijn die jongelui van tegenwoordig toch anders dan wij vroeger', mem gesproken. En dan heit vergoelijkend: 'Nou ja, wij deden het niet zo in het publiek, maar verder kwam het ook al op hetzelfde neer'.'

Evelien lacht wel, maar het gaat niet van harte, er is zorg in haar stem als ze zegt: 'Het is te hopen dat je een broodetende profetes bent, maar ik geloof dat je ouders zich meer over het stel zullen verbazen omdat ze zo nonchalant en koud met elkaar omgaan, dan dat ze reden tot ergernis zullen geven!'

'Afwachten maar,' meent Josien, en haar blik dwaalt naar de piano. 'Wie speelt hier eigenlijk? Ik heb er nog nooit iemand achter gezien.'

'Ik! Zomaar wat getingel-tangel uit mijn hoofd.'

'Nooit les genomen?'

'Ja, voor een blauwe maandag. Ik mocht die leraar niet. Hij kon z'n handen niet thuishouden. Hij dacht zeker dat blindheid synoniem was met een beetje achterlijk. Van dat idee heb ik hem misschien niet op ladylike, maar wel op doeltreffende wijze afgeholpen. Hij is nooit weer teruggekomen.'

'Zoeken we een andere!' besluit Josien resoluut.

De ouders van Evelien, die net binnenkomen, vangen haar uitspraak op.

'Ga je er dan nou alweer vandoor?' plaagt mijnheer Jungerius haar.

'Ja, je bent nog maar net bij ons,' valt mevrouw hem bij.

'Wie zegt dat we het over Josien hebben?' informeert Evelien.

'Ze wil alleen maar een pianoleraar die niet zo handtastelijk is als zijn voorganger voor me opduikelen.'

'Goed idee!'

Het echtpaar vormt voor deze keer eens een duetje dat eensgezind klinkt.

HOOFDSTUK 5

Zoals het aantekenen in alle stilte is verlopen, zo zonder tamtam trouwen Ed en Riek ook.

Haar vader en een getrouwde zus met haar man zijn aanwezig. Dat is alles. Van een bruiloft of een receptie is geen sprake. Riek had het best gewild, maar Ed voelde er helemaal niets voor.

Zijn moeder had hem nog tot andere gedachten willen brengen:

'Eerst een receptie en dan een intiem gezellig etentje!' had ze voorgesteld. 'Je trouwt als het goed is maar één keer.'
Ed had meesmuilend opgemerkt: 'Daar zegt u zo wat. Als het goed is! Maar is het dat?'
Zijn moeder had tersluiks een traan weggeveegd en het er verder maar bij gelaten.

De spaarzaam vertegenwoordigde familie van Riek, rasechte Noord-Hollanders, dus tuk op een feestje, zijn verslagen en stil van verbazing. Naar het uithangbord te zien geld genoeg en dan op zo'n bijzonder feestelijke dag de bloemetjes niet buiten zetten? Te gek om los te lopen! Nou ja, het is een 'moetje', maar vereist dat lange gezichten of er een dode te betreuren viel? Ze krijgen elkaar toch? Maar het valt naar die keurige knappe bruidegom te oordelen met die trotse uitdrukking op z'n gezicht en die neerbuigende houding, zwaar te bezien of onze Riek hem anders wel gekregen had. Het is altijd een meidje geweest, dat smaakte naar meer dan ze zelf was en bezat. Wat dat betreft heeft ze dus haar zin gekregen, maar of ze gelukkig zal worden met die heerachtige wederhelft, is een tweede.

Dit bespreken vader, dochter en schoonzoon tijdens een onderonsje in de trein op de terugreis. De oudste zus van Riek heeft er avonden aan besteed om een draaglijke 'wens' in elkaar te draaien, een gedichtje dat in kwaliteit de hoogte van een sinterklaasrijm dicht nabij komt, maar dat geval zit nog ongebruikt in haar tas. Ze durfde er niet meer voor de dag te komen. Jammer evengoed van de tijd. Goed voor de papiermand! Misschien had Josien, dat meisje met haar anderhalve arm, het door haar gewrochte vers, dat werkelijk aardig rijmde, nog wel kunnen waarderen, dat leek wel een leukerd, maar de rest van de familie zou er op z'n mooist een gedwongen lachje voor over gehad hebben, meer niet.

'Blij, dat het achter de rug is,' bekent het drietal elkaar.
Hetzelfde zegt Ed tegen z'n kersverse vrouw, als ze de volgende dag op weg zijn naar Friesland.
Riek stemt het met het nodige vergif in haar stem toe. 'Ja jammer, het was een dooie boel, geen één, die wat deed!'
'Wát deed?' houdt Ed zich opzettelijk van de domme.
'Ja, precies,' snauwt Riek. 'Wát deed! Het leek wel een begrafenis. Geen voordrachtje, er werd niet gezongen, alleen dat strijk-

je, dat jammerhout en die piano! Niet om aan te horen. En als ze nou nog bekende wijsjes gespeeld hadden, zodat de gasten konden meezingen. Alleen wat jullie klassiek noemen! In één woord: pet!'

'Oooch!' haalt Ed lang uit. 'Had je dat mooi gevonden? Inhaken bij je buurman of buurvrouwen dan meedeinen op de melodie van 'Sarie Marijs' en 'Wie zal dat betalen, zoete, lieve Gerritje'? En dan tot slot de polonaise rond de tafel! Ik zie het m'n hark van een pa en m'n statige ma al doen! Nou, ik moet zeggen, onze smaken verschillen wél!'

'Dat doen ze net!' snibt Riek, zelfverzekerd in haar gehuwde staat. Hij kan haar niets meer maken, de vis zit aan de haak, al spartelt-ie dan nog wel tegen!

Ze zwijgen verder, tot Ed wijst: 'Kijk, daar ligt je toekomstige thuis! Echt nog op oud-Friese wijze, kop-hals-rompboerderij noemen ze dat hier.'

'Ja, ja, dat zal wel! Maar ik had het me wel een beetje groter voorgesteld. En als ik geweten had, dat het niet meer aanzien had, was ik er niet mee akkoord gegaan.'

'Nee, dat dacht ik wel,' beaamt hij met een grijns. Jou stond een 'state' voor ogen. Nou, daar grijp je dan wel naast. Het is een doodgewone boerenbedoening, met heel gewone, maar bijzonder aardige mensen met innerlijke beschaving.'

'Dan had je toch veel beter bij je vader kunnen blijven,' oppert Riek, maar dit voorstel herroept ze op hetzelfde moment. 'Nee, nee, toch niet, dat was voor mij een onhoudbare toestand geworden, van gewezen dienstbode tot de jonge mevrouw Jungerius is een al te grote sprong in huize 'Zeldenrust'.

Ed knikt instemmend. 'Nee, dat was niets geworden, voor jou niet en voor mij evenmin. Hier krijg ik mettertijd het heft in handen. De oude baas zal mij eerst wel wegwijs moeten maken, maar het wordt geen verkapte slavernij van heer en knecht zoals thuis. Nee, ik ben blij, dat ik onder dat juk vandaan ben. En als jij nu maar zorgt dat je de goede sfeer niet bederft door een houding aan te nemen alsof je de koningin van Sheba zelf bent, dan zullen we het er niet kwaad hebben! Om te beginnen kun je je bijvoorbeeld niet presenteren als mevrouw Jungerius, maar je bent daar gewoon Riek, en de moeder van Josien noem je 'vrouw Doornekamp', dat is hier de gewoonte.'

'Bedankt!' snauwt Riek. 'Nu weet ik hoe ik me moet gedragen, maar als het me niet aanstaat, dan lap ik de hele zaak aan m'n laars en smeer 'm.'

En in haar hart overlegt ze: Als het kind er maar eenmaal is, dan heb ik m'n handen weer vrij en kan ik gaan en staan waar ik wil! Ik stel me helemaal niet voor, dat ik stapelgek zal worden op zo'n klein wurm! Het zal me er nooit van kunnen weerhouden de plaat te poetsen als het nodig is. En Ed zal er wel niet anders over denken. Eigenlijk wel zielig voor zo'n schaap van een kind. Maar dat 'mevrouw Jungerius', dát lachte me toe! Gek eigenlijk, want nu ik het ben, kan het me geen lor meer schelen. Het leek mooier dan het in werkelijkheid is. Zo komen de snoepers te pas! spotlacht ze van binnen, terwijl ze haar mond in de vereiste gelukkige plooi wringt van een jonge vrouw die pas aan de wittebroodsweken is begonnen, want daar gaat de deur al open. Naast de moeder van Josien met glad achterovergekamde haren en een vriendelijke lach van welkom op haar gezicht, torent de boer zelf, een warrige grijze kuif boven een bruine met rimpels doorploegde kop.

'Zo, daar waren jullie dus al,' zegt de boerin hartelijk. 'Net op tijd, want de koffie is bruin.'

Tot verbazing van Ed, die zichzelf nog wat stijf en onbeholpen voelt, is het Riek die op ongedwongen manier reageert. 'Heerlijk,' juicht ze op verlekkerde toon. 'Dat is nou juist, waar ik naar snak.'

Er is geen grote mensenkennis voor nodig om uit de klank van haar stem te distilleren dat ze het meent.

Ed voelt zich min of meer schuldig. 'Waarom heb je dat dan niet gezegd? We hadden toch ergens onderweg wat kunnen drinken?'

'O, ik dacht,' sneert Riek, 'het zal me benieuwen wanneer het in m'n echtgenoot opkomt me iets aan te bieden. Maar je had zeker zelf geen dorst!'

'Daar sla je de spijker op z'n kop. Het is dus helemaal mijn schuld. Nou, ik heb gelukkig brede schouders.'

Hier haakt vader Doornekamp op in en maakt zo meteen een eind aan het niet direct vreedzame gesprek. 'Die brede schouders zullen je hier van pas komen, jongeman, want er is werk genoeg aan de winkel.'

'Prachtig!' Ed wrijft zich in de handen. 'Ik ben niet bang voor een beetje werk!'

'Behalve als ze je achter de vodden zitten,' laat Riek zich ontvallen, wat haar een nijdige waarschuwende blik van Ed bezorgt, die mee door vrouw Doornekamp wordt opgevangen. Zij ziet de bui aankomen, daarom stelt ze voor: 'Zouden we nu eerst maar eens niet naar binnen gaan? Doe je spullen uit en hang die daar maar op.'

Ze wijst naar de lege kapstok en gaat de jongelui dan voor naar een vertrek dat, naar het gezellige allegaartje te oordelen, het midden houdt tussen kamer en keuken.

'Hier zitten we het meest, of eigenlijk altijd, behalve als er visite is, maar dat komt weinig of nooit voor. Wij hadden gedacht jullie de, wat wij noemen, mooie kamer te geven en verder onze slaapkamer. Nee, nee, dat is helemaal geen gemis of opoffering, want wij slapen daar...' Ze wijst naar een wand met twee deuren, die een bedstee doet vermoeden. Of dat niet benauwd is? 'Welnee, famke, er zitten raampjes in, maar die hebben heit en ik meestal dicht, veel te koud, vindt vooral heit. Hij heeft wat last van reumatiek en daar is warmte goed voor!'

Onder deze uitleg schenkt ze koffie in ouderwetse blauwe kopjes en presenteert ze uit een Makimmer schaal met zilveren hengsel Friese koek en iets van zandgebak.

'Nee, van elk één, dat zijn we hier zo gewend,' dringt ze aan, als het jonge paar zich met één stuks tevreden stelt, zoals zij het op hun beurt gewoon zijn.

'Nou graag, als het mag!' hapt Riek toe.

Ed doet hetzelfde. 'Goeie gewoontes houdt u er hier op na. Ik zal het doorgeven aan ma.'

Dat brengt vrouw Doornekamp op de gedachte naar de familie te informeren.

'Is het thuis allemaal goed? En onze Josien, hoe redt zij het? Daar maak ik me, om jullie de waarheid te zeggen, wel eens zorgen over.'

'Helemaal niet nodig,' wimpelt Riek lachend af. 'Ze vrolijkt het hele huis op. Is het niet, Ed?'

'O ja,' knikt Ed instemmend. 'Het is een opgewekt persoontje, die dochter van u. Mijn zus – Josien zal u wel geschreven hebben, dat ze blind is – verandert door haar zienderogen. Josien heeft dadelijk haar heropvoeding ter hand genomen! Evelien had een berustende houding aangenomen, ze was bij de pakken neer gaan zitten. Kwam zelden of nooit meer buiten en sprak heel weinig. In het begin, toen ze de blindeninrichting ontgroeid was, zijn er door mijn ouders en mij wel heel zwak wat pogingen ondernomen om haar zelfwerkzaamheid te bevorderen, maar toen niets hielp zijn we er met z'n allen in gaan berusten. Och ja, blind, geen wonder dat het arme kind zo is! U begrijpt, dat uw actieve Josien die mening in geen enkel opzicht deelde. Wat wij met opzet probeerden en wat grandioos mislukte, lukte haar door wars van alle listen regelrecht op haar doel af te stevenen in eenvoudige natuurlijkheid. Ze wandelen samen kilometers. Evelien schenkt tot onze grenzeloze verbazing thee in zonder te morsen, alles op commando van Josien. Met 'ja' en 'ho maar' speelt ze het klaar.'

Heit aait eens over zijn sikje en zegt, duidelijk ingenomen met de door Ed beschreven gang van zaken: 'Krek, zo is onze Josien, geen gezeur, maar recht op haar doel af. Zo was ze thuis ook, hè mem?'

'Ja, wat hebben we er een nood mee gehad en wat is het famke goed te plak komen.'

'Te plak, te plak,' herhaalt Ed. 'Met de plak kregen de stoute kinderen vroeger van de meester!'

'Nee, wij bedoelen er wat anders mee,' legt mem glimlachend uit. 'Bij ons betekent het: ze is op een best plekje terechtgekomen!'

'Hoe kwam u er toch bij om uw dochter Josien te noemen?' mengt Riek zich in het gesprek. 'Het is helemaal geen naam voor hier.'

'Dat is het net niet,' stemt heit grif toe. 'Dat kwam zo: ze moest volgens recht en gebruik naar een tante Joukje heten. Dat vonden wij maar niks, want dan wordt het hier algauw 'Jouk', en toen zei de dokter: 'Maak er Josien van'. En dat hebben we gedaan. De vrouwen die op kraamvisite kwamen vonden het wel een vreemde, maar geen lelijke naam. Het heeft lang geduurd voordat tante Joukje aan die verbastering van haar naam gewend was.'

'O ja,' lacht mem. 'Dat heeft jaren geduurd, en ze heeft het ons geloof ik nog niet vergeven, want ze blijft Josien koppig Joukje noemen. Zogenaamd vergist ze zich dan, als ze haar nichtje ziet. Dan is het eerst: 'Dag Joukje', en dan slaat ze bestraffend de hand op haar mond en roept: 'Och nee, het is ook zo, Josien bedoel ik'. En nu zal ik jullie het hoekje van het huis dat we voor jullie bestemd hebben eerst eens laten zien. Ga maar mee.'

Ze gaat de jongelui voor door een lange gang naar een deur die toegang geeft tot twee kamers achter elkaar, een vrij grote en een wat kleinere, met een alkoof ertussen.

De beide vertrekken zijn schaars gemeubileerd.

Mem verklaart deze koude kaalheid: 'Wij hebben een stuk of wat stoelen van ons naar boven gebracht. Dan kunnen jullie neerzetten wat je zelf hebt.'

'O, dank u,' jubelt Riek, terwijl ze razendsnel bij zichzelf over-legt: Ed en ik moeten vanmiddag direct naar de stad om allemaal mooie, nieuwe dingen te kopen.

Zodra de deur achter moeder Doornekamp is dichtgevallen, komt ze met haar voorstel op de proppen. Ed stemt er tot haar stomme verbazing dadelijk mee in.

'Gelukkig!' is de reactie van Riek. 'Dan raak ik misschien net als Josien ook te plak, maar ik weet het nog zo net niet hoor, of dat met mij zo vlot zal gaan. Haar vader en moeder zijn beter dan best, maar ze zijn van een ander soort.'

'Een andere provincie, zul je bedoelen,' corrigeert Ed haar met een effen gezicht.

Aangezien Riek het verschil tussen wat zij beweerde en wat Ed zegt niet zo gauw ziet, zwijgt ze wijselijk.

HOOFDSTUK 6

Riek zit voor het raam en staart met nietsziende ogen naar bui-ten. Zo heeft ze al zo vaak gezeten, zonder dat er op die wijde weilanden ook maar iets was, dat haar aandacht trok, of het zou-den een stuk of wat schapen moeten zijn, die onder het dorre gras naar iets eetbaars zochten. En nu, heel in de verte op een ondergelopen stuk land, schaatst een eenzame figuur. Te weten Ed, haar man.

Gisteren had hij haar tegen zijn zin meegenomen. Hij was erop tegen, dat zij zich in haar omstandigheden nog op het ijs waagde. En daar was vrouw Doornekamp het roerend mee eens geweest. Ze had er geen snars begrip voor dat Riek, een jonge moeder in hope, dus blij en gelukkig, nu nog naar het ijs taalde en haar man trachtte te bewegen haar mee te nemen.

'Je waagt je eigen leven en dat van je kind! Als je komt te vallen is het niet best!'

En ziedaar, die sombere voorspelling was uitgekomen. Ze heeft een smak gemaakt van jewelste. Ze kan schoonrijden en Ed ook! Dus ging het eerst erg lekker, ze genoot! Maar natuurlijk moest zij, ongeluksvogel, juist met de punt van haar schaats in die ene scheur terechtkomen, terwijl het ijs verder zo mooi was als je het maar kon begeren, nergens een barst, glad als een spiegel!

Wat zwierden ze fijn en sierlijk van de ene kant van de baan naar de andere, en dat alles in een kameraadschappelijke sfeer.

'Zelden zo,' zou heit Doornekamp zeggen. Maar jawel hoor, een ongeluk zit in een klein hoekje en het trof haar weer, dat ene onnozele scheurtje deed haar de das om.

Ed was zich een hoedje geschrokken en was mede daardoor tegen haar uitgevallen: 'Waarom moest je ook met alle geweld op het ijs? Zeurpiet die je bent! En grote gek die ik was om nog toe te geven ook!'

Toen is ze spinnijdig geworden: O, natuurlijk, zij heeft het weer gedaan. O, ze weet best, dat hij er haar in zijn hart ook een verwijt van maakt, dat de baby komen moet, maar of hij het nu wil toegeven of niet, het was helemaal zijn schuld.

Razend is-ie geworden. Wát? Zijn schuld? Terwijl ze alles in het werk heeft gesteld om hem zo ver te krijgen? En als ze nu nog stapelverliefd op hem was geweest, maar al die verleidingstrucjes moesten dienen om de mevrouw te worden die ze niet is en ook nooit worden zal.

Toen was de maat meer dan vol! 'Och, hou je mond toch, jij! Kan het gewoner dan waar je me nu gebracht hebt, bij die Doornekamps?'

'Nee, maar ook niet beter! Ze hebben een innerlijke beschaving, waar jij niet aan tippen kunt.'

'Jij dan wel?'

'Ja, als ik wil wél!' had hij geantwoord.

Het was haar rood voor de ogen geworden. Ze was bij hem weggevlogen, had haar schaatsen afgebonden, was bij de wal omhoog geklauterd, en toen, verdraaid, weer gevallen.

Nou, als ze zich niet vergist, heeft die tweede buiteling haar de das omgedaan. Ze heeft zo'n naar, haast pijnlijk gevoel in haar buik. Vrouw Doornekamp en Ed konden wat dat betreft wel eens gelijk krijgen, hoewel zij ze, al was het dan niet hardop, heeft uitgescholden voor zwartkijkers.

Het zou haar wel spijten, niet zozeer om het kind, dat ze nooit begeerd heeft, maar omdat ze niet graag bekennen wil, dat het gelijk aan hun kant was. O, tegen mem Doornekamp zou ze dit desnoods wel willen toegeven. Voor haar vindt ze het wel jammer! Het goeie mens stelt er zich zoveel van voor. Breit nu nota bene al een kruikezak en ze heeft haar ook al betrapt, terwijl ze met iets lichtblauws bezig was. Het is of ze een eigen kleinkind verwacht. Ons famke, Josien, zal menselijkerwijs gesproken niet trouwen, en dan toch straks een *lytse poppe* in huis, waarop ze af en toe misschien wel eens mag passen, dat is allemaal boven verwachting. Nee, zij zal het er echt even moeilijk mee krijgen, als het eens mis zou gaan.

Verder gaat de gedachtegang van Riek niet, want ineens scheurt een vreemde, nooit ervaren pijn door haar rug, en dan begint ze te vloeien.

Tijd om alarm te slaan dus. Ze strompelt naar de keuken. Daar zit mem in volle gemoedsrust aardappelen te schillen.

'Mem!' De toon waarop Riek het zegt is deemoedig, een hulpkreet, zodat vrouw Doornekamp de half af geschilde aardappel weer terug laat vallen in de schaal, het mes nog in de aanslag.

'O, famke, is er wat?' Ze blikt verontrust en geschrokken op naar Riek, die naast haar stoel staat met een wit, krampachtig vertrokken gezicht en – haars ondanks – angst in de ogen.

'O, ik zie het al, het gaat niet goed. Maar gauw naar bed! Wacht, eerst m'n handen even wassen.'

Vrouw Doornekamp heeft daarvoor niet zoveel tijd nodig als een chirurg die gaat opereren.

'Zo, klaar. Ik maak je bed wel in orde.'

'Het lijkt wel of Riek van toeten noch blazen weet. 'Het bed? Maar dat is al opgemaakt.'

'Ja, *bern*, dat weet ik!' Vrouw Doornekampt dribbelt voor Riek uit, in zichzelf pratend en de treurnis in haar hart niet verbergend: 'Wat jammer, wat jammer! Hoe kan dat nou, hoe kan dat nou?'

En dan troostend: 'Ja, een ongeluk zit in een klein hoekje,' alsof ze een volksmenigte toesprak. Haar mond staat niet stil, maar haar handen evenmin. Ze spreidt, bij gebrek aan hospitaallinnen, een groot stuk plastic over het onderlaken, dat eens om de nieuwe matras heeft gezeten, die ze zich voor de komst van Ed en Riek hadden aangeschaft. Heit had het willen weggooien, maar zij had gezegd: 'Nee, nee, je weet nooit hoe het te pas kan komen.' En daar heb je het nu al! Nu nog een in vieren gevouwen oud laken erbovenop en Riek kan erin. Die heeft zich intussen uitgekleed en zich zo goed mogelijk verzorgd.

'En nu mooi stil liggen. Ik zal direct de dokter bellen. Misschien valt het allemaal nog wat mee.' Het is duidelijk, dat dit niet zomaar een wens van haar is.

Ze haast zich naar de telefoon en is nog nooit zo blij geweest met 'dat ding' als op dit moment. Josien wou, voordat ze het huis uitging, de zekerheid hebben dat ze heit en mem ieder ogenblik bereiken kon. Naar mems wat benepen oordeel kon dit ook per brief, maar heit was er voor, dus was het ding er gekomen. Wat een geluk!

Ze krijgt bij de dokter direct gehoor. Wel een wonder, want hij doet na zijn spreekuur altijd direct de ronde langs zijn patiënten. 'Ja dokter, met vrouw Doornekamp. Dat famke, och nee, ik bedoel dat jonge vrouwtje, dat met haar man bij ons inwoont, verwacht een baby, en nu lijkt het er veel op dat het een misbevalling wordt. Zou u, als het kan, gauw bij haar willen komen kijken?'

Ja, hij komt direct. Ze treft het, want hij was net startklaar. Tot zo dus!

Zijn route begint hij met de jonge vrouw, en hij wordt door moeder Doornekamp dan ook hoog geprezen om zijn wijs beleid. 'Gelukkig, gauwer kan het niet, dokter.'

De arts grinnikt jongensachtig. 'Zo mag ik het horen. Dat gebeurt me niet alle dagen. Het is meestal: Is u daar eindelijk? Dat werd tijd ook!'

Vrouw Doornekamp hoeft hem niet voor te gaan. Hij weet de weg in huis. Hij heeft het algauw gezien. 'U moet opgenomen worden,' beslist hij kort en bondig.

'Een miskraam dus!' stelt de patiënte zelf vast, zo nuchter of het haar dagelijks gebeurde.

Wat een ijskouwe! Mijn Sarie zou in alle staten zijn, denkt hij. Zijn vrouw verwacht na zeven jaar hopen en wachten eindelijk ook een baby.

Hardop zegt hij: 'Juist, u bent er nogal kalm onder.'

Riek erkent zonder blikken of blozen: 'Ben ik ook! Zo erg verlangde ik niet naar een kind. En mijn man evenmin.'

'Ha, ha. Zo, zo.' De dokter beheerst zich, hoewel hij haar nog wel het een en ander zou willen vragen. Hij zwijgt echter en begeeft zich naar de telefoon om een ambulance te bellen.

Ondertussen tracht vrouw Doornekamp, haar keel met schelle kreten forcerend, Ed te bereiken.

'Wat doet u nou toch?' wil de dokter weten.

'Ik probeer haar man te roepen, hij is daar ginds op het ijs.'

'O, ik rij er wel even langs. Gaat u maar naar die kenau toe! Hoe ziet die echtgenoot eruit?'

'Als u een keurige lange mijnheer ziet met donkerblauwe broek en ijsmuts en een lichtblauwe trui, dan is dat hem.'

'O, dan zal ik hem gauw genoeg vinden, want van zulke chique manspersonen wemelt het hier niet op de baan,' lacht de goedmoedige dokter.

De ambulance is echter al vertrokken voordat hij Ed te pakken heeft. Hij moet er zich voor op het ijs wagen, want ginds, heel in de verte, ontwaart hij iemand die aan de natuurgetrouwe beschrijving van Eds tenue beantwoordt.

Hij houdt een paar jongens aan. 'Halen jullie die blauwe heer eens voor mij. Ik heb een boodschap voor hem.'

De knapen schieten er als pijlen uit een boog op af. Zij rijden niet schoon, zoals Ed, maar alleen maar keihard. En het is voor de dokter, dat scheelt ook nog. Ze kunnen erop bogen, dat ze hem allebei eens aan hun bed hebben gehad. Een stem als die man heeft. Hij kan het Friese volkslied zingen dat het huis ervan dreunt en us mem de vingers in de oren steekt. Hoef je niet te vragen!

Ze hebben Ed binnen de minuut bereikt.

'Mijnheer, mijnheer!' schreeuwen ze, naar adem happend. 'U moet bij de dokter komen! Hij staat daar!'

Ed vraagt niet: 'Waarom?' of: 'Wat is er gebeurd?' maar mompelt alleen: 'Dank je wel, beste jongens,' en schaatst om het leven naar de hem aangewezen figuur. Met een snijdende kras in het harde ijs houdt hij halt voor de man die de jongens hem hebben gewezen.

'Eduard Jungerius,' stelt hij zich met een lichte knik van zijn hoofd voor.

'Hans van Ravenswaay,' antwoordt de arts en gaat dan in één adem verder. 'Het zou wel gewenst zijn dat je meteen naar huis ging, want ik heb je vrouw naar het ziekenhuis moeten sturen. De baby meldt zich voortijdig. Ze vloeit nogal erg en het gaat zeker fout, maar haar reactie is onnatuurlijk rustig en gelaten, net of het haar niet raakt. Is dat een pose, of is ze werkelijk zo?'

'Nee, dat is geen doen alsof. Ze heeft dat kind niet gewild en – om eerlijk te zijn – ik evenmin. Ik hield en hou nóg niet van haar. Miserabel, maar waar! Het was een 'per ongelukje', zoals mijn zusje dat vroeger, en dan van onnozeler vergrijpjes, zei.'

Terwijl hij deze openhartige ontboezeming spuit, heeft hij zich vlug van zijn schaatsen ontdaan en stapt hij naar de dokter op de wal.

Die kijkt hem met ongewone ernst aan. 'Kerel, wat spijt mij dat voor jullie! Wat hebben jullie elkaar aangedaan!'

'Ja, dat heb ik me, sinds ik het wist, ook vaak afgevraagd, maar berouw komt meestal na de zonde, dokter! Maar misschien vertel ik je dat later nog wel eens uitvoeriger, ik moet nu direct naar haar toe!'

'Natuurlijk. Maar waar blijft in vredesnaam die ambulance?'

'Alweer vertrokken misschien,' veronderstelt Ed laconiek. 'En dan zit mem Doornekamp wel naast haar, een troostende hand op die van Riek en een traan in het oog.'

'Ja, precies, zij is een schat van een mens!'

De twee mannen vinden een vreemd stil huis en een wanordelijke slaapkamer met bebloede lakens, doeken en kommen.

'Wat een janboel!' laat Ed zich ontvallen.

'Ja man, dat hoort er nu eenmaal bij, maar het lijkt altijd erger dan het is. Heb je een auto?'

'Ja, gelukkig wel.'

'Dan maar zo snel mogelijk naar het ziekenhuis. Nee, weet je wat? Stap maar in die van mij! Dan ga ik even mee. Die van jou

start misschien niet zo snel.'
Ed gaat zonder verdere plichtplegingen op dit voorstel in.
De dokter laveert handig door de stad. Het is te merken, dat hij deze rit niet voor het eerst maakt.
'Mevrouw Jungerius?' vraagt hij aan de opnamezuster.
'O, ze is al op de operatiezaal. Er was nogal haast bij. Maar die oudere dame, die bij haar was, is erg ontdaan en zit daar, in die wachtkamer.'
'Dank u! Dan zullen we daar eerst maar even kijken.'
Ze treffen mem Doornekamp totaal ontredderd en in tranen aan. De dokter slaat een arm om haar schouders, of ze zijn bloedeigen moeder was. 'Kom, kom, een beetje flink zijn! Het is niet hopeloos! Over een week loopt ze weer rond.'
'Ja, maar dat *bern*! Dat *lytse berntsje*,' snikt vrouw Doornekamp.
'Het leek mij zo mooi. Ik had er zo'n zin in!'
'Ja, maar dit is de eerste keer nog maar, er kunnen meer komen,' troost de dokter haar, hoewel zijn eerste indruk en intuïtie hem zeggen, dat er weinig grond is voor zijn hoopvol betoog.
Ja, dat kan, maar het gebeurt niet, als het aan mij ligt, overlegt Ed in zijn hart, maar hij houdt dit wijselijk voor zich. Hij heeft zelfs de euvele moed om te liegen: 'O, wel ja, mem, zit daar maar niet over in!'
Mem snuft nog wat na. Ze is wel weer wat opgemonterd, maar helemaal goed voelt ze zich nog niet. Voor even wint haar verbazing het van de teleurstelling. Die Ed staat erbij of het hem niet raakt en zijn vrouw was ook al zo weinig uit haar doen. Ze mag een boon worden, als dat goed zit tussen die twee!
Kalm blijven, best, maar dit is abnormaal en onnatuurlijk.
De dokter en Ed laten mem Doornekamp in de wachtkamer achter en gaan op onderzoek uit. In de gang komt een man in een witte jas met uitgestoken hand op de dokter af. 'Ha, Hans, jij komt toch ook nooit met alledaagse gevallen, hè?'
'Nee, die kan ik zelf meestal wel af. Maar was dit...?'
Dokter Hans stopt. Wat stom, om zoiets in het bijzijn van een leek te vragen!
Intussen komt de arts op Ed af, met een vriendelijke lach van deelneming. 'U bent zeker getrouwd met de dame die ik pas geholpen heb?' Na een bevestigend antwoord gaat hij verder.
'Het was een dubbeltje op z'n kant, want hoe luchtig er tegen-

woordig ook over gedacht wordt, het is en blijft toch een riskante zaak. Ze vloeide buitengewoon erg. Ik heb haar dus heel wat bloed laten toedienen en daar zal ze ongetwijfeld wel van opkikkeren. Maar de baby is ze natuurlijk kwijt, dat begrijpt u zelf wel.'

Ed knikt. 'Je kon niet anders verwachten.'

Het is zo'n nuchtere reactie. De dokter voelt zich dan ook van de plicht ontslagen er nog een opbeurend woord aan toe te voegen, daarom volstaat hij met: 'U kunt nu wel even naar haar toe gaan, maar niet te lang blijven. Het is beter dat ze nu rust, dan kunt u vanmiddag op het bezoekuur de schade inhalen.'

Als de deur nog maar nauwelijks achter Ed gesloten is, wendt hij zich tot Van Ravenswaay en merkt met een sarcastische glimlach op: 'Het zou beslist onbillijk zijn deze lieden een tekort aan zelf-beheersing in de schoenen te schuiven.'

'Nee, eerder een bedenkelijke mate van onverschilligheid,' meent dokter Van Ravenswaay.

'Hoe verklaar je nou zoiets?' vraagt de ander.

De huisarts haalt de schouders op. 'Volgens mij is het een klassiek voorbeeld van één uur van onbedachtzaamheid... Maar ik kan me natuurlijk vergissen. Ik weet wel dat mijn vrouw in alle staten zou zijn en – het klinkt misschien wat overdreven – het zichzelf nooit zou vergeven als zij op dezelfde manier onze baby verloor. En om eerlijk te zijn – ik zou het zelf ook heel beroerd vinden, als ik er haar niet van teruggehouden had.'

'Ha, zo! Jullie zijn dus ook in blijde verwachting. Gelukkig! Ik weet dat er met smart op gewacht werd. Proficiat, collega!'

'Dank je!'

En Van Ravenswaay, voorstander van het ijzer smeden als het heet is, vaart in één adem voort: 'Nu we het er toch over hebben, zou jij Sarie willen helpen als het zover is? Ik vind het te riskant om het zelf te doen, vanwege de zenuwen, die me zeker zullen plagen.'

'Zeer vereerd!' De ander buigt schertsend. 'Samen is in ieder geval beter dan alleen.. Maar ziedaar – daar komt de heer Jungerius ook alweer aanzetten. Die heeft het ook niet lang gemaakt aan de sponde van zijn echtgenote!'

'Het is de verstandigheid ten top gestegen, maar ik prijs hem in dezen niet,' zegt Van Ravenswaay, en als Ed de beide heren bereikt heeft, vraagt hij langs zijn neus weg: 'Sliep ze misschien al?'

'Nee, dat niet, maar ze had ook geen behoefte aan gezelschap, dus heb ik mij maar weer van het toneel verwijderd,' verklaart Ed koeltjes.

'Ja, dat is in zo'n geval het beste.'

Deze uitspraak herhaalt de arts nog eens, als ze weer met z'n tweeën zijn, maar nu voegt hij eraan toe: 'En toch zou ik, geloof ik, gebleven zijn, ik zou me niet hebben laten afwijzen zonder meer.'

'Nee, ik ook niet, in andere omstandigheden zou ik het 'waarom' hebben willen weten! Ons huwelijk wordt echter niet gekenmerkt door de meest noodzakelijke factor, 'geluk'!'

Zo, dat is eruit! Het is voor het eerst, dat deze bekentenis Ed ontglipt is en hij is zelf verrast, dat dit hem een gevoel van opluchting geeft.

'Jammer! Jammer! Dan is er tussen jullie natuurlijk iets kapot. Maar dat kan toch gelijmd worden?'

'Nee!' is het stugge antwoord van Ed. 'Eerlijk gezegd heeft er nooit zoiets als een band tussen ons bestaan, alleen heel even, een zuiver lichamelijke!'

De arts kijkt hem verbaasd aan.

'Hè, zo'n kerel lijk je me helemaal niet, die zonder een spoor van liefde een meisje neemt en haar ongelukkig maakt.'

'Nee, ik begrijp mezelf ook niet. Maar ik had heibel gehad met m'n vader – tussen hem en mij strookt het ook niet – zo zocht ik die avond troost of hoe je het maar noemen wilt – bij haar, met het ongewenste resultaat, waarvan wij nu bevrijd zijn. Och, (schouderophalend) en nu zal ons huwelijk ook wel gauw afgelopen zijn. Het klikt nu eenmaal niet. Zij had het hoog in haar hoofd en meende het gewonnen te hebben als ze met mij trouwde. Ze was dienstmeisje bij ons en werd nog naar oud gebruik behandeld, zo van: niet mee aan tafel eten, 's avonds in de keuken blijven, dat soort zaken. Ze dacht: als ik Ed krijg, moeten ze me wel accepteren, maar dat is haar lelijk tegengevallen! Zeker, ze werd in het gezin opgenomen, het hele huis was nu ook haar domein, maar ze voelde drommels goed, dat het noodgedwongen gebeurde. En wat mij betreft ben ik een volslagen desillusie. Ik ben niet de gezellige vent, die het geld kan laten rollen en dat ook graag doet. Ze vindt me, nader beschouwd, een eerste klas droogpruim, een grote teleurstelling, en eigenlijk heeft ze gelijk. Ik verstrak in haar nabijheid, ik heb niet de minste behoefte haar aan te halen, en bars en disco's en wat dies meer zij kunnen mij allemaal gestolen worden. Ik ben nu eenmaal niet de lolbroek die zij graag in mij zou zien. Ze had zich een leventje van plezier voorgesteld en in plaats daarvan moet ze van onze deftige behuizing verkassen naar niet veel meer dan een keuterboerderijtje, waar ik dan – voor zolang als het duurt – zetboer ben.'

'Maar hoe kwam je eigenlijk terecht in deze uithoek van Friesland?' onderbreekt de dokter hem.

'Wel, ik heb een zuster die blind is en die, nadat ze uit de inrichting was gekomen, thuis helemaal verpieterde. M'n ouders plaatsten, ten einde raad, een advertentie. De prettigste en meest aantrekkelijke brief kregen ze van Josien Doornekamp. Haar handicap – ze mist een halve arm – zagen ze over het hoofd, omdat ze er zelf helemaal geen punt van maakt en er finaal afstand van heeft leren nemen. Ze zagen direct de energieke tante in haar, geschikt om onze Evelien, die het niet meer zag zitten, door haar fleurige ondernemende aard uit de poelen der moedeloosheid te halen.'

'Bunyan,' grinnikt de dokter. 'Daar heb je die uitdrukking van gestolen.'

'Toch niet, toch niet!' ontkent Ed ook lachend. 'Die is van mijn oma afkomstig. Ze heeft samen met opa een gedeelte van ons huis bewoond. Opa was nogal aan de tobberige kant, maar oma wist hem altijd met een grapje of een bijbeltekst, al naar ze gepast vond, uit de poelen der moedeloosheid te halen, zo noemde ze dat zelf. Maar Bunyan, nooit van gehoord!'

'Gebrek in je opvoeding!' luidt de diagnose van de dokter.

Ed haalt zijn schouders op. 'Och, dat weet ik niet. Vader deed nergens aan en toen is moeder met hem afgeweken. Noemen jullie dat niet zo?' Zijn vraag is spottend bedoeld, dat is duidelijk.

De dokter antwoordt in ernst: 'Ik geloof niet, dat het een algemeen gebruikte term is, zoiets als dát drankje voor die kwaal, maar dat wil niet zeggen dat het zó fout uitgedrukt is.'

Dan doen ze er allebei het zwijgen toe en gaan weer op weg naar de wachtkamer. De dokter denkt: Dit is niet de juiste tijd voor een dergelijk debat.

En Ed heeft het onderwerp wegens onvoldoende interesse alweer losgelaten: Riek komt straks weer thuis, verlost van wat ze als een belemmering zag! Hoe nu verder? Afwachten maar! De tijd zal het leren. Maar lekker zit het hem niet. En ineens flapt hij het eruit: 'Ik denk, dat ik er haar maar een punt achter laat zetten!'

'Dat klinkt, ik zou haast zeggen, geraffineerd.'

'Ja, maar dat zijn over het algemeen de boeren van het zogenaamde 'Hooge laand', trots, nuchter en vrij berekenend. Ik wil graag van haar af, dat geef ik grif toe, maar haar aan andere kant ook niet nodeloos krenken. Ik gun haar dus de eer om onder mijn onmerkbare suggestieve leiding uit eigen beweging op een scheiding aan te dringen. Voor het oog alles in vrede en vriendschap. En ik wil er m'n laatste cent om verwedden, dat ze erin tippelt!'

'In de val, die jij slim voor haar gezet hebt!' voltooit de dokter droogjes.

'Juist!' beaamt Ed grimmig uitdagend.

'Ik ben niet jaloers op je, dat begrijp je misschien wel,' zegt Van Ravenswaay, terwijl hij de deur naar de wachtkamer opent.

'En?' vraagt mem met een benauwd stemmetje.

'Een miskraam, maar dat wist u al!' is het korte droge bescheid van Ed. 'Voor de rest is ze in orde.'

'Gelukkig!' Mem slaakt een zucht van verlichting.

De dokter is zo vriendelijk hen terug te rijden naar de boerderij. Als ze daar zijn aangekomen, zegt Van Ravenswaay. 'Dit was wel een korte, maar geen zinloze ontmoeting. Het beste. Hoe dan ook!'

'Dank!' zegt Ed. 'De kwitantie stuur je maar. Ik gireer.'

Aardige kerel, denkt hij, als hij met mem Doornekamp de boerderij binnengaat.

HOOFDSTUK 7

'Het spijt mij ontzettend voor jullie,' zegt mem.

'Niet nodig,' repliceert Ed koud.

'Wij blij en u bedroefd, dat zou de omgekeerde wereld zijn.'

'Jimme blied?' Mem is zo verbaasd, dat ze in onvervalst Fries overgaat. 'Sa raar hab ik het nou nog nooit jert!'

'En toch is het zo!'

Ed verlaat de kamer om geen verdere uitleg te hoeven geven. Wat hij er tegen de dokter heeft uitgegooid, daar kan hij toch dit lieve goede mensje niet mee op het lijf vallen. Ze zou denken, dat hij zich een ongepast grapje, waar hij geen snars van meent, veroorloofde.

Mem kijkt hem verslagen na. Moet ze dat nu maar allemaal geloven? Ze waren nu wel niet stapelgek op elkaar, tenminste zo voor het oog niet, maar ja, heit en zij lieten zich vroeger ook niet gaan in het publiek. Ze mochten, zogenaamd per ongeluk, eens even elkaars hand of schouder aanraken, maar dat was dan ook wel het allerinnigste.

Als heit binnenkomt geeft ze hem niet, zoals gewoonlijk, een kop koffie, waarnaar hij snakt, maar ze vertelt hem eerst wat er zich die middag heeft afgespeeld. En laat heit daar nou helemaal niet gek van opkijken!

'Het verwondert me niks,' zegt-ie. 'Dat is geen verliefd paar, ze halen elkaar immers nooit aan.'

'Nou ja, nou ja, maar wij hingen elkaar ook niet om de haver-klap om de hals, vooral niet waar iedereen bij was.'

'Nee, dat niet, maar een 'tuutsje' stal ik wel eens, zo in het voorbijgaan en niemand van de familie of van de vrienden heeft ooit gedacht: Zou dat stel wel genoeg van elkaar houden? Waar of niet?'

'Dat is zo,' stemt mem toe, peinzend haar eigen levensweg over-ziend. 'Maar wat moet dat dan nou?'

'Dat is hun zaak, niet de onze,' meent heit nuchter en verstan-dig. 'En als je het mij vraagt, blijven ze niet eens lang meer bij elkaar,' voorspelt hij nog ten overvloede.

'Och heden, heden,' jammert mem. 'Wat is het toch een wereld, tegenwoordig.'

Ze sloft naar het driepits oliestelletje om de koffie te halen. 'Zou ik hem ook een kopje brengen?' vraagt ze, haar hoofd gebarend in de richting van de kamer waar Ed zich bevindt.

Heit wappert afwijzend met z'n hand en verdiept zich in z'n krant.

Dan verlaat mem – ze meent ongemerkt – het vertrek met koffie en koek.

Haar man ziet het best en zijn lippen rimpelen zich tot een toegeeflijk lachje. Die vrouw van hem is gek van goedheid en misschien wel daardoor verschrikkelijk lief! Het heeft hem in die afgelopen jaren van hun huwelijk nooit gespeten dat hij met haar getrouwd is. Gelukkig van het begin tot het eind. Nou ja, het eind? Zover zijn ze, hoopt hij nog lang niet. Wat zou hij moeten beginnen zonder haar? Hij moet er niet aan denken! Zij was, als het erop aankomt, altijd de flinkste. Zij heeft zo'n rotsvast geloof. Bij de geboorte van Josien! Wat schrok hij van dat misvormde handje, maar zij zei: 'Och, wat is het anders een lief bernsje, hè? Zo'n mooi kopje! Ja, dat armpje, dat is jammer vanzelf, maar ze komt er evengoed' – (dat klonk bijna profetisch) – 'want het verstand is goed, dat zie je met een half oog.'

Natuurlijk viel er wel een traantje, maar ze hield zich dapper, ook tijdens de onvermijdelijke visites. Ze maakte het bezoek er zelf op attent, hoewel het kind een ponnetje met lange mouwtjes aan had. 'Ja, het is een schattig famke, alleen heeft het één klein gebrekje, het ene armpje is niet helemaal goed. Waar bij ons de elleboog zit, heeft zij wat bewijsjes van vingertjes, zien jullie wel?' En daardoor reageerden de vrouwen even gewoon als mem erover praatte.

O ja, nu zagen zij het ook! Alsof ze onderweg niet zorgelijk onder elkaar gefluisterd hadden: 'Och heden, heden, hartsje, wat zien ik ertegenaan! Wat moeten we straks zeggen?'

De wijste van het gezelschap sprak: 'Afwachten. Dat regelt zich vanzelf!' En toen stonden ze daar en ontdekten het ene pluspunt na het andere. Natuurlijk speet het hun o zo voor buurvrouw, maar het was een dot van een kind met een paar pientere oogjes en een huidje als fluweel, die zou zich later wel redden in de wereld.

Juist, daar was vrouw Doornekamp ook niet bang voor. Ze zou het zeker wel redden met God!

Ineens was bij alle bezoeksters niet het medeleven, maar wel het medelijden verdwenen. Zij riepen er ook niet ach en wee meer over in hun gezinnen. Het niet-gave kindje is voorgoed aanvaard, ze heeft vanaf haar geboorte haar eigen weg gezocht en gevonden, helemaal in Groningen en alle dorpelingen gaven haar hun zegen mee.

Dat deden de zusters in het ziekenhuis ook met Riek, maar wel in een andere betekenis, zo van: 'De zegen! We kunnen je missen als kiespijn!'
Riek had zich niet bemind gemaakt door met nadruk de mevrouw uit te hangen. Had veel hautaine op- en aanmerkingen, vooral over het eten, dat niet was zoals zij het gewend was. Gelukkig duurde die tijd van ergernis niet langer dan vijf dagen. Toen had zij er, net als de zusters, schoon genoeg van. Ze kwam dan ook met niets dan klachten thuis. Het eten? Er was geen smaak of heerlijkheid aan. Het was of het van de bedeling ging, of je allemaal aan suikerziekte of te hoge bloeddruk leed. En kleine porties, bespottelijk!
'Gelukkig,' merkt Ed sarcastisch op, 'dan kreeg je niet te veel van dat slechte spul naar binnen!'
En dan zij fel, zijn bedoeling met haar gerechtvaardigde klachten de spot te drijven dadelijk voelend: 'Ja, jij denkt natuurlijk dat ik overdrijf, maar ik ben nog zo slap als een vaatdoek en dat komt door die beroerde voeding.'
'Dan is het te hopen, dat je het een volgende keer beter treft.'
Dit op de toon, die haar altijd zo irriteert. Ze wordt dan ook briesend boos en bijt hem toe: 'Een volgende keer? Een volgende keer? Die komt er niet. Ik ben er tenslotte zelf bij!'
'Zo is dat! Maar het hoeft niet altijd een miskraam te zijn, waardoor je in het ziekenhuis belandt. Er zijn ook plenty andere oorzaken!'
Ze mompelt iets, alleen voor haar zelf bestemd. Eenmaal heeft Ed haar begeerd, uit pure verveling, onlust gepaard met wellust, maar nu hoeft het van hem niet meer. Hij verlangt wel naar een vrouw, maar zij kan zijn zinnen niet meer bekoren.
Het is Riek, die van dit onnatuurlijke leven het snelst genoeg heeft. 'Al willen we geen kind, daarom kunnen we toch wel...'
'Nee, dat kan niet!' kapt hij beslist en stug af
Sindsdien is de sfeer om te snijden. Zo, dat zelfs een buitenstaander het wel moet opvallen. Mem het eerst.
Als ze Ed op zekere keer alleen heeft, vermant ze zich en vraagt ze met een bibberstemmetje: 'Moet dat nou zo raar met jim?'

'Wat bedoelt u?' houdt Ed zich van de domme.

'Och, wat zal ik zeggen, je haalt haar nooit eens aan. Het is net of jullie niets om elkaar geven.'

'U hebt gelijk,' geeft Ed grif toe. 'Maar ik heb ook gelijk. Nee, dat is geen raadseltaal, dat is echt zo. U begrijpt ons niet, omdat er tussen u en heit een band gegroeid is, die alleen door God – mocht Hij al bestaan – verbroken kan worden, maar wij hangen als los zand aan elkaar. We denken in geen ding gelijk.'

'Och, dat doen heit en ik ook niet, maar we maken er geen herrie om. Bij jullie ontbreekt wat.'

'Precies, en dat is de liefde!'

Mem knikt zo droevig, of het haarzelf betreft. 'Ja, dat is de hele kwestie. Jullie houden niet echt van elkaar. En lijmen? Als we geen zondige mensen waren, zou ik zeggen: probeer het. Maar dat is het nou maar net. Onbekwaam tot enig goed en geneigd tot alle kwaad. Zo staat het er en zo is het!'

Die uitspraak kan Ed niet onderschrijven. Hij zou nooit iets goeds gedaan hebben? En de gespannen verhouding met zijn vader dan? Hij heeft wat van de oude heer moeten slikken! Natuurlijk hapte hij wel eens terug en schold hij hem in z'n hart uit voor alles wat lelijk is, wenste hij hem soms dood... Dus toch?

Met Evelien kan hij goed opschieten, maar wat heeft hij gedaan om haar het leven te veraangenamen? Om haar over de drempel heen te helpen, waar ze maar tegenaan bleef schoppen, dat obstakel van 'ik kan niets', dat haar een volstrekt minderwaardigheidscomplex bezorgde? Niets! Daar had hij in zijn binnenste binnen een zekere minachting voor. Dus toch...? Nee, dan Josien, die heeft er slag van, zij helpt zijn zusje zich los te worstelen uit haar eigen blinde onzelfstandige 'ik'.

Hij legt mem het resultaat van zijn overpeinzingen voor: 'Geneigd tot alle kwaad. En Josien dan? Om van u zelf maar niet te spreken!'

'Nou, daar wou ik juist mee beginnen. Je moest eens weten, wat een verkeerde gedachten ik soms, wat zeg ik, vaak, heb! Hoe moeilijk ik vergeten kan als mij ook maar een strobreed in de weg gelegd wordt. Hoe slecht ik tegen mensen kan, die mij plagen met hun nieuwsgierig gevraag. 'Zo, zo, is jimme Josien het huis uitgaan en ik dacht nog wel, dat jullie zó goed samen konden opschieten.' Dan kook ik inwendig, en ik vertik het om zulke mensen tekst en uitleg te geven, zo van: Ja hoor, dat is ook zo, Josien en ik waren o zo goed met elkaar, daar ging het dus niet om, maar Josien wou wel eens verder de wereld inkijken en eens wat anders.' In plaats daarvan doe ik net of ik niets gehoord heb, omdat m'n stijve Friese kop me dat influistert. Fout natuurlijk.'

'Welnee, niks fout,' rebelleert Ed. 'U hoeft toch op elke insinuerende vraag niet in te gaan.'

'Wat voor geleerd woord gebruik je daar nu weer? In... insu...' stottert mem.

'O,' legt Ed uit, een beetje rood aanlopend, 'O, niks bijzonders, het betekent dat je iets of iemand in een vals, onwaar daglicht stelt. Dag mem. U bent de beste!'

Hij geeft haar een klopje op de rug als hij langs haar heen naar de deur loopt. Waarom weet hij zelf niet, maar hij brengt dit gesprekje woordelijk aan Riek over.

'Zo,' zegt ze, 'mem heeft er dus best erg in, dat het tussen ons niet botert.'

'Blijkbaar wel,' geeft hij effen ten antwoord.

'Nou, zullen we er dan maar niet langer meer doekjes om winden, en er een eind aan maken?'

Ed schrikt niet van dit voorstel, zoals Riek half en half verwacht. 'Ik ga akkoord,' zegt hij, zo rustig en onaangedaan alsof ze op de proppen komt met het voorstel morgen naar de markt in Sneek te gaan. 'Maar wat wil jij dan? Een hoge alimentatie kan ik je niet geven. Mijn pa mag een man in bonis zijn, maar dat ben ik niet!'

Riek, op een nonchalante toon: 'O, ik denk dat ik eens ga proberen of een winkel me bevalt, caissière bijvoorbeeld. Dat lijkt me erg leuk, in ieder geval niet zo saai als hier bij jou en de Doornekamps, al zijn jullie ook alle drie halve heiligen. Ja, jij ook! Je kijkt, of je het in Keulen hoort donderen. Jij bent echt de beroerdste niet, alleen passen we niet bij elkaar.'

'Ja, je hebt gelijk, dat is de hele clou,' beaamt Ed. 'Want toen er nog niets tussen ons bestond, heb ik je altijd een aardige meid gevonden, die door mijn moeder veel te veel werd gediscrimineerd. Dat eten in de keuken bijvoorbeeld, dat vond ik zo uit de tijd, ze maakte mij er spinnijdig mee.'

Dit relaas brengt Riek direct in een betere stemming. 'O, wat enig dat jij dat ook zo aanvoelde, maar je zei er toch nooit wat van.'

'Nee, niet tegen jou, maar moeder kreeg het wel van mij te horen.'

Riek geeft hem spontaan een zoen op de wang. 'Ik zou haast bij het scheiden van de markt nog van je gaan houden, maar niet heus!' lacht ze. En zo gaan ze in alle vrede en vriendschap uit elkaar. Tijdens die weken maken ze meer de indruk van een harmonieus echtpaar, dan ze daarvoor ooit gedaan hebben.

Het geeft mem Doornekamp, die zo'n kronkel in een mensenziel onmogelijk kan volgen, alle moed voor de toekomst. Ze ziet er weer licht in en zegt tegen haar man: 'Ik mag een boon zijn als het niet weer helemaal in orde komt tussen die twee. Ik hoorde ze vanmorgen samen zo hartelijk lachen.'

Ze heeft geen flauw vermoeden, dat dit zeldzaam voorkomend gebeuren juist het gevolg is van het feit dat het paar bezig is de banden los te maken, zich van de boeien die hen knelden te bevrijden. Dat geeft het gevoel van ontspanning, waardoor ze hoe langer hoe meer op voet van vriendschap met elkaar gaan leven.

Zodra de scheiding erdoor is, pakt Riek haar koffers met een licht hart, waarin geen zweem van spijt is. Het door haar nagestreefde geluk was immers met haar. Ze schreef op een advertentie, waarin een caissière gevraagd werd in een niet onaanzienlijke zaak. Ed haalde meelevend en welwillend de taalfouten uit haar brief en schaafde de wat onbeholpen zinnen hier en daar bij. Ze legde een proeve van bekwaamheid af, die klonk als een klok, want in de praktijk is ze de handigheid zelf.

Ook de verdeling van het meubilair, indertijd door Ed betaald, leverde geen enkele moeilijkheid op. Hij was daarin heel soepel: 'Neem de hele rataplan maar mee, dan kun je een eigen kamer en keukentje inrichten. Nee echt, ik hoef niks, want ik blijf hier ook niet. Ik ga m'n vleugels uitslaan, maar in welke richting weet ik nog niet.'

Waaruit Riek triomfantelijk concludeerde: 'Je vond het dus toch nog wel en beetje gezelliger met mij dan alleen. Dat doet m'n hart goed!'

Bij het afscheid geeft ze hem een klapzoen. Ze krijgt een stevige handdruk terug.

Gepakt en bezakt komt ze bij mem Doornekamp binnen.

'Och heden, hitske, wat zullen we nou beleven. Ga je uit?'

'Ja,' lacht Riek vrolijk. 'En nog wel voorgoed. Ed en ik zijn gescheiden en nu ga ik wat anders beginnen. Ik word caissière bij de firma Van Hesteren in Sneek!'

'Och,' jammert mem, 'en ik dacht nog wel dat het wat meer boterde tussen jullie.'

'Dat hebt u dan goed gezien!' geeft Riek toe. 'We konden het best met elkaar vinden, zolang er niets dan wat vriendschap tussen ons was, maar als echtpaar, nee, dat kon absoluut niet. Ed ergert zich verschrikkelijk aan mij, ziet allerlei mankementen, waarin ik, dankzij mijn doodeenvoudige opvoeding, helemaal geen erg heb. En omgekeerd heb ik lak aan al die vormen en manieren waaraan Ed zo gehecht is en die hij op zijn beurt ook weer van huis heeft meegekregen. Kan hij ook niet helpen, al vond ik het toen we getrouwd waren knap lastig. Ik hou er niet van op m'n vingers getikt te worden en daar heeft hij nu het recht niet meer toe. Hij heeft niet dát' – ze knipt veelbetekenend met haar vingers – 'meer over me te zeggen!'

'Maar dat wist je toch?' werpt mem haar nuchter tegen. 'Je diende daar toch al voordat jullie verkering met elkaar kregen?'

'Verkering? Zo kon je het nauwelijks noemen. Een paar weken, niet langer, en dan nog stiekem te hooi en te gras. Z'n ouders mochten het natuurlijk niet weten. Ja, toen het misliep moesten we er wel mee voor de draad komen. Ze gingen niet eens erg tekeer, maar meenden wel dat ik nog wat opgepoetst moest worden wilden ze met mij voor de dag kunnen komen. Ik moest er inwendig om lachen en dacht: Jullie met je poespas van lepel zo, vork zus, en dit hoort niet en dat doet men niet, maar ondertussen zijn jullie toch maar boeren, al is het dan van het Hooge laand en bewonen jullie een huis als een kasteel. Heel gek, zo'n verbeelding als dat volk heeft, daar sta je versteld van. Maar hun kinderen kunnen ook blind geboren worden, dat zie je maar. En zij gaan ook dood, net zo goed als wij allemaal. Maar dit moet ik Ed nageven, hij stelde direct voor om 'dan maar' te gaan trouwen. Met dat 'dan maar' deed hij zichzelf en mij de das om. Daar proefde ik direct uit: hij geeft geen zier om mij. Nou ja, ik ook niet om hem, hoor! Toen we niets met elkaar uit te staan hadden, ging het best. Maar getrouwd? Wij zouden elkaar op de duur zijn gaan haten. Dat hebben we gelukkig op tijd ingezien en daarom zijn we ook uit elkaar gegaan. Om het kind hoefden we het niet te laten, dus... Nee, echt mem, sta daar maar niet te snuffen, alsof het zo verschrikkelijk is. Het is heus goed zo! Maar evengoed, ik vond u een lieverdje, daarom hartelijk bedankt voor alles, en heit van hetzelfde laken een pak. U was een voorbeeldig stel om bij in te wonen. Hoe zou het ook anders kunnen met een dochter als Josien? Schrijft u het haar? Ed zal z'n ouders het heuglijke nieuws wel meedelen en ik zal het bij mij thuis wel vertellen. Mijn vader zag er direct al niets in. En nou ga ik echt weg.'

Ze kust mem. 'Huil maar niet, ik kom nog wel eens aanwaaien. Sneek is het andere eind van de wereld niet!'

Heit krijgt een hand en geeft haar om het hoekje van het Fries Dagblad de wens mee: 'Het beste famke, en nou niet weer op het verkeerde paard wedden.'

Riek lacht vrolijk: 'Heit gelooft dus, dat ik nog wel eens weer tegen een ander zal oplopen.'

Dan koerst ze in de richting van de deur en opent die resoluut. Mem roept haar nog na met bewogen stem: 'Moet Ed je niet even wegbrengen?'

'Nee hoor,' antwoordt Riek, 'niet nodig. Ik neem de bus wel. Wij willen er geen drama van maken. Moet u ook niet doen!'

'Zo'n famke toch!' verzucht mem en sluit langzaam de deur, met het nare, weeë gevoel in haar maag, dat de meeste mensen ook overvalt nadat ze een geliefde dode naar het graf hebben gedragen.

HOOFDSTUK 8

Pas de volgende dag – vroeg, omdat er gemolken moet worden – vertoont Ed zich.

Hij wordt door mem vertroeteld alsof hij een bloedeigen zoon van haar is, die kort geleden een zware beproeving kreeg te verwerken. Ze verdubbelt haar zorgzaamheid: 'Kom, m'n jongen, ben je daar al? Maar gauw een kopke thee zeker? En een beschuit met suiker erbij? En hier is suikerbrood! Daar hou je immers ook zo van?' En dan in één adem erachteraan: 'Heden,

heden, wat is het ook wat!'

Het wordt de omgekeerde wereld. Ed klopt haar troostend op de schouder, alsof zij het slachtoffer is geworden van een infame behandeling: 'Kom, kom, mem, niet zo bedroefd.' En dan, niet vrij van zachtmoedige spot: 'U gelooft toch, dat ieders weg door God is uitgestippeld? Nou, als dat waar is, dan is alles gegaan zoals het moest. Ik heb er vrede mee! En ik ga straks op eigen initiatief ook iets ondernemen! In ieder geval ga ik het land uit! Waarheen weet ik nog niet. Maar het zal zich wel wijzen.'

'Och jongen toch!' Mem slaakt voor de zoveelste keer vanmorgen een zucht, die van heel diep weg komt. 'Ga toch met God! Want op eigen gekozen wegen – dat heb je ondervonden – bega je zo gauw een misstap.'

Ed geeft haar jolig een zoen. 'Dáár! Zo'n schat als u bent, daarvan lopen er niet zoveel op twee benen. Josien is net zo, maar niet zo boterzacht als u.'

Mem kijkt hem even aan met iets van een vraag, die voor het eerst bij haar opkomt, in haar blik, en heit kijkt onderzoekend, bijna verschrikt op van zijn ontbijtbordje. Zou die knaap het een beetje op onze Josien voorzien hebben? Hij praat altijd zo in lovende zin over haar. Dat is toch niet te hopen!

Maar dan stelt hij zichzelf – nuchter als hij is – gerust: 'Och, welnee, Josien is, hoe weinig last ze er ook van heeft, min of meer mismaakt, zo'n meisje zou niets voor Ed zijn. Daarbij, hij wil de wereld in! Groot gelijk. Zo'n jongeman als hij hoort niet op dit keuterboerderijtje. En op het omvangrijke bedrijf van zijn vader was hij toch ook eigenlijk maar knecht onder de knechten. Zijn vader voert daar onbetwist de alleenheerschappij en piekert er volgens Ed geen seconde over daarvan ook maar een fractie uit handen te geven. Maar waar vindt iemand als Ed passend werk, dat hem ook op de lange duur zal bevredigen? Heit zou het niet weten.

Maar wat wil het geval? Op zekere dag belt Ed, die na een paar bezoekjes – gebracht zonder Riek, omdat ze zich bij dat soort volk niet op haar gemak voelt – bevriend is geraakt met de doktersfamilie hen op en vraagt of het goed is, dat hij nog even aan komt wippen. Want gek, telkens als hij z'n eigen vertrekken betreedt, bevangt hem een depressief makend gevoel van eenzaamheid. Hij mist Riek toch, hoe onlogisch het ook mag klinken.

Hij tuft naar het doktershuis in de geruststellende zekerheid, dat hij er alleen het echtpaar zal aantreffen. Dorpelingen heeft hij er nooit aangetroffen, ook notabelen niet, maar dat blijkt deze keer een misrekening. Er is een logé.

'Even voorstellen, mijn broer.' De dokter gebaart zwierig naar de gast. 'Dit is, zoals hij in de kring van de familie wordt genoemd: Frits de Zwerver. Nee, in het verzet heeft hij nooit gezeten, want hij zag pas na de oorlog het levenslicht en is maar enkele jaren ouder dan ik. Toch kennen we elkaar nauwelijks, want toen hij zestien was en naar Canada ging, was ik nog op de lagere school.'

De broer, een forsgebaard heer, valt hem in de rede: 'Dat was een uitgebreid commentaar. Voordat je daarmee verder gaat, meen ik het recht te hebben te horen met wie ik het genoegen heb.'

Ed neemt deze taak zelf op zich, terwijl hij zijn hand uitsteekt: 'Ed Jungerius! Verder valt er van mij niets roemrijks te vertellen, kleurloos dus.'

'Nou, niets!' meesmuilt Van Ravenswaay. 'Dat is een beetje bezijden de waarheid, in aanmerking genomen dat je pas gescheiden bent. Dat noem ik niet niks!'

'Is het ook niet,' geeft Ed grif toe. 'Om de drommel niet! En dat merk ik nu pas, nu Riek toch niet ongeëvenaard toegewijd van het toneel is verdwenen. Ik voel me een weeskind!'

'Net goed,' reageert Sarie van achter haar ouderwetse krantjespot.

'Sarie toch!' waarschuwt haar man.

'Nee, nee,' protesteert Ed, 'Sarie kiest partij voor Riek, en dat is haar goed recht. Van haar standpunt uit heeft ze gelijk, maar ik heb ook gelijk.'

'Raadselachtige taal slaat die man uit!' vindt Van Ravenswaay. 'En toch geef ik hem ook gelijk.'

Dan barst het viertal in lachen uit.

'Ander onderwerp,' vindt Ed. 'Wanneer komt de baby, Sarie? Of mag ik dat niet vragen?'

'O ja, gerust. Als het goed is pas over een dag of veertien, maar als jullie mij zo aan het lachen maken, kon ze zich wel eens eerder melden, dat voel ik! Ze wil eruit! Ze is een vrouw, dus nieuwsgierig. Ze wil vást weten waar al dat kabaal voor nodig is.

Nee, ik sta nergens meer voor in.'

Van Ravenswaay grijpt haastig naar de telefoon. 'Als dat zo is, zal ik direct Hendrik de Waal waarschuwen en hem op het hart binden zich binnen bereik te houden.'

'Doe niet zo mal, Hans!'

Sarie trekt de telefoon onder zijn handen vandaan.

'Dan nu het tweede punt van de agenda,' gaat Ed verder. 'Wat voert broeder Frits uit in Canada? Ook arts misschien?'

'O, no, no! Naar zieke mensen gaat mijn hart niet uit. Veearts, dat was misschien nog wel wat geweest, maar dan had ik moeten studeren en daar had ik een broertje aan dood. De hbs heb ik maar net gehaald! Nee, ik ben farmer! Man, ik heb een stal met koeien om ú tegen te zeggen. Een vrouw die ik trouw hoop te blijven totdat de dood ons scheidt, zoals ik ten aanhoren van de gemeente van Red Deer beloofd heb, en bij haar gewon ik, om het nu maar eens in oudtestamentische taal uit te drukken, vier dochters en vier zonen. Dus, Sarie, er staat je nog wat te wachten!'

Sarie zet zich in positie, handen in de zij, wat haar onder de gegeven omstandigheden geen moeite kost, en ze verklaart resoluut: 'Als Hans van plan is jouw voorbeeld te volgen, ga ik vanavond nog naar m'n moeder.'

'Moeder,' grient Frits op hoge toon en hij slaat in wanhoop de handen voor de ogen, 'Hans wil acht kinderen en dat is mij veel te veel! Dat kan ik nooit aan! Wat moet ik nou?'

En dan komt Ed met een in aller ogen redelijk voorstel: 'Zullen we nummer één eerst maar eens afwachten, voor Sarie alarm begint te slaan?' En zich vervolgens tot Frits wendend, gaat hij verder. 'Op gevaar af, dat jullie mij een oude zeur zullen vinden, toch zou ik graag van Frits willen weten of ik, die nu niet direct onbemiddeld ben...'

'Zeg maar gerust steenrijk,' interrumpeert Sarie hem.

'Kans zou hebben in Canada een behoorlijke boerderij te kopen. Hoe duur komt me dat te staan?'

'Nou,' antwoordt Frits op langgerekte toon, 'daar zul je dan toch wel enige tonnen voor op tafel moeten leggen! Natuurlijk met hypotheek, maar de rente is bij ons aanzienlijk hoger dan hier.'

'Dat liegt er hier anders ook niet om,' meent Hans. 'Sarie en ik moeten nog steeds krom liggen om de hypotheekrente te kunnen betalen. Het is iedere keer weer een rib uit ons lijf, waar of niet, Sarie?'

'Zeker,' dikt Sarie hun beklagenswaardige toestand nog wat aan. 'Wij moeten ons nagenoeg alles ontzeggen, pleziertjes bedoel ik. Naar een film? We kunnen onze centjes wel beter gebruiken. Een concert? Jammer van het geld.'

'En afgezien daarvan,' vult Hans eerlijkheidshalve aan, 'ik vind er ook niks aan.' Ik ben a-muzikaal. Als daar voor de tv zo'n sopraan hoog staat uit te halen, lopen de koude rillingen me over de rug.'

Sarie doet er nog een schepje bovenop. 'Daar heeft hij bij een bevalling of operatie nooit last van. Hans kan beter bloed zien dan een concertprogramma.'

Ze moeten er allemaal hartelijk om lachen en laten het onderwerp verder rusten. Maar Ed komt eerst nog met een voorstel op de proppen.

'Weet je wat? We gaan morgen met z'n allen uit eten. Ik fuif jullie, en dan praten we wel verder.'

'O, Ed!' Sarie legt familiair een hand op Eds arm. 'Mogen wij dat etentje alsjeblieft te goed houden tot na de bevalling? Ik wil dolgraag, maar ik ben geen mens meer om in het publiek te verschijnen en daarbij, ik moet veel te vaak opstaan om mij ergens heen te spoeden.'

'Afgesproken! Jullie houden je dineetje te goed, misschien wordt het wel een afscheidsetentje, wie zal het zeggen! En misschien is het zo ook nog beter geregeld, omdat ik toch graag van Frits wil horen wat mij allemaal te doen staat, mocht ik zijn voorbeeld willen volgen en naar Canada verkassen. Het zou voor jullie stomvervelend worden!'

'Daar kon je wel eens gelijk in hebben,' mompelt Hans. 'Maar eerlijk ben je wel!'

Ed vervolgt rustig: 'Morgen ga ik eerst maar eens naar huis, om daar overleg te plegen. Mijn vader zal het niet weemoedig stemmen, maar hij zal wel bezwaar maken tegen het geldelijk voorschot dat hij op moet hoesten. Dat is de spreekwoordelijke Groningse behoudzucht. Geld genoeg, maar hij zit er liever op dan dat hij het uitgeeft! Verder zal niemand rouwen om mijn heengaan!'

'Je moeder toch zeker wel en je zus?' protesteert Sarie.

'En Josien, die vergeet je nog!' meesmuilt Hans.

'Die hoort er niet bij!' Ed corrigeert zichzelf op hetzelfde moment: 'Wat bazel ik toch? Die hoort er juist wél bij, al was het alleen maar om de bewonderenswaardige manier waarop ze met Evelien omspringt. Zij wordt onder de bekwame leiding van Josien een heel ander mens. Josien heeft beslist pedagogische gaven, zonder dat ze zich daarvan bewust is. Het gaat haar zo natuurlijk af! Wat wij in al die jaren niet konden bereiken, lukt haar in een paar dagen!'

'Ja!' beaamt Sarie peinzend. 'Josien heeft een lichamelijke handicap. Maar als een soort alternatief heeft ze een talent meer gekregen dan wij.'

'Zo is het, lieve mensen,' zegt Frits. En dan vertelt hij over een van zijn eigen kinderen: 'Wij hebben een zoon, onze oudste, die van niets weet, van goed noch kwaad, zijn hersenen functioneren niet, alleen zijn maag schreeuwt om eten, altijd, de ganse dag door. Mijn vrouw Jenneke heeft het eenmaal bestaan hem in zijn rolstoel mee te nemen naar een winkelcentrum. Zodra ze de afdeling brood en gebak bereikt hadden, was hij niet meer te houden. Hij kwam omhoog en griste alles wat onder zijn bereik lag weg en propte het in zijn mond. Jenneke schrok zich naar, maakte rechtsomkeert en vluchtte de winkel uit, nageroepen door een bediende: 'Ho, ho, dat gaat zo maar niet!' Ze kwam in tranen thuis, zoals jullie zullen kunnen begrijpen. Ze was de hele dag verder totaal van streek en waar ze liep, hoorden we haar fluisteren: 'Nooit meer! nooit meer!' Ik ben naar de zaak gegaan om uitleg te geven en de schade te vergoeden, want hij had ook nog midden in een met slagroom bespoten taart gegrepen, maar toen ze hoorden wat er aan de hand was, zeiden ze. 'Mijnheer, wij peinzen er niet over om van u ook maar een cent aan te nemen. Wij wensen u veel sterkte'. Nu, dat hebben we nodig gehad, al die jaren. We zagen op het laatst zelf wel in, dat we hem niet thuis konden houden en hebben hem naar een inrichting gebracht, waar hij uitstekend en met liefde wordt verzorgd. Iedere week gaan we naar hem toe en neemt Jenneke het nodige lekkers voor hem mee, tot dit kort geleden verboden werd. Wat in de tas zat werd vriendelijk, maar streng gecontroleerd. 'U mag voortaan één krentenbol en één puddingbroodje voor hem meenemen, beslist niet meer, zijn maag verdraagt het niet. Hoe wij dat weten? Wel, hij ligt na uw bezoek 's nachts soms te krimpen van de pijn en zet dan de hele zaal op stelten met zijn gejammer. Daarbij wrijft hij dan over zijn buik. Na een grondig onderzoek bleek dat hij een maagzweertje heeft. Wees dus verstandig en voorzichtig, anders komt het nog tot een operatie.' Nu, wat we toen beleefd hebben, toen Jenneke weigerde hem meer te geven dan de voorgeschreven portie, is met geen pen te beschrijven. Hij gooide zich op de grond, rolde als een bezetene – dit in de ware zin van het woord – heen en weer en huilde zoals de wilde honden aan de rand van de bossen in Canada doen. Het was niet om aan te zien, in één woord hartverscheurend als het je eigen kind is.

Wij zijn op advies van de broeder maar gauw weggegaan. Op een of andere manier heeft hij overwicht op hem en hij weet hem vaak te kalmeren door hem af te leiden. Daar troostte hij ons toen ook mee.

Nee, het is niet zo erg als het lijkt. Met een flinke knoest van een wortel, die hij vanwege zijn zwak gebit niet bijten kan, maar waaraan hij wel naar hartelust kan knagen, krijg ik hem wel weer zoet, heus!'

Jenneke en ik gingen naar huis met een hart vol smart. Iemand die het niet ondervonden heeft, kan in de verste verte niet bevroeden wat een beproeving voor de ouders het is, zo'n kind te hebben!'

Hij heeft het allemaal verteld met neergeslagen blik. Hij kijkt op, recht in de ogen van Sarie, die vol tranen staan. Hij schrikt ervan en denkt: Wat doe ik nou toch?

'Och, lieve Sarie, wat ben ik toch een levensgrote, domme egoïst. Kom ik daar met ons persoonlijk verdriet aandragen, terwijl jij zó bent. Het hoeft jou niet te overkomen, hoor!'

En wat antwoordt Sarie? 'Ik huil niet om mezelf, maar om Jenneke en jou, ik heb zo'n intens medelijden met jullie. Wat een zegen dat jullie er nog zeven hebben, waaraan jullie liefde en pedagogische talenten wel besteed zijn.'

Ze lacht door haar tranen heen: 'Wat is een mens toch een wonderlijk wispelturig wezen. Net vond ik jullie beklagenswaardig met je acht kinderen en nu zijn ze ineens zeer gewenst!'

Hans slaat zijn arm om haar omvangrijk figuurtje en zegt quasitroostend: 'Schat, dat wisten we toch al lang, dat een vrouw zo veranderlijk is als het weer! Daar troost ik me altijd mee als je me weer eens uitfoetert om een of andere onbenulligheid!'

Daarmee redt hij de ietwat gedrukte sfeer, de mist trekt op. Frits valt hem bij: 'Zo gaat het mij precies met Jenneke. En verder, we zijn niet zo beklagenswaardig als ik jullie in een aanval van neerslachtigheid vertelde. Dit kind is een van de acht. Met de rest vormen we zo dagelijks een heel normaal, vrolijk gezin, met alle ups en downs van dien. De meisjes vliegen elkaar in de haren. Niet letterlijk hoor, daar is mama Jenneke zelf bij – om een nieuwe jurk of een volgens de anderen onnodige gang naar de kapper. En de jongens discussiëren over politiek, kraken dan de ene bewindsman en dan de andere af, maar in ieder geval zijn ze het nooit eens. Alleen als de nood aan de man komt, vechten ze broederlijk voor elkaar. Wat dat betreft zou je misschien moeilijk bij ons wennen, Ed. Ik stel me voor, dat jij uit een rustige, royale en eensgezinde familie komt.'

'Dan heb je je een te gunstige voorstelling van ons gemaakt, want eensgezind is anders. Mijn vader en ik hebben het de laatste jaren nooit al te best met elkaar kunnen vinden. Ik wou na de middelbare school naar Wageningen, maar daar was hij vuur en vlam tegen, omdat ik naar zijn zeggen alles bij hem kon leren wat ik moest weten om later de leiding van onze kapitale boerderij over te kunnen nemen. En dat druiste weer regelrecht tegen mijn ideaal in: landbouwkundig ingenieur. Daarom – afgezien van mijn mislukt huwelijk – lokt Canada mij ook. Dan ben ik onder de knoet vandaan – want zo voelde ik het toch altijd – en kan ik een eigen leven opbouwen, vrij van die vernederende tirannie, waar ik elke dag dwars tegenin ging, om een beetje zelfrespect te behouden.'

'Ik kan er een beetje inkomen,' zegt Frits nadenkend knikkend. 'Weet je wat? We spreken zó af. Jij gaat morgen naar huis en maakt daar, zonder al te veel trammelant als het kan, de zaak in orde en zorgt aan de weet te komen op welke geldelijke basis je eventueel in Canada kunt beginnen, en dan praten wij verder!'

'Oké!' stemt Ed toe. 'Dan is dit onderwerp voor vanavond van tafel geveegd.'

'Mooi! En dan zet ik daar wat anders op dan koffie! Wat believen de heren?'

Sarie telt op haar vingers af, welke dranken ze alzo onder de kurk heeft. 'Allemaal een jonkie dus? Hans, je ligt daar zo lui. Treed jij eens als gastheer op!'
En dat doet hij dan maar.

HOOFDSTUK 9

Ed wordt tegen zijn verwachting in door heel het gezin – papa incluis – met vreugde ontvangen.
'Hè, hè, in lang niet gezien,' zegt Evelien, en lacht hartelijk met de anderen mee om haar vergissing, waaruit blijkt dat ze er niet meer zo'n erg in heeft als vroeger.
'Ben je erg veranderd?' en ze doet wat hij vroeger met tegenzin toestond, ze tast omzichtig zijn gezicht af, op haar tenen staand, en komt tot de conclusie: 'Nee, alleen vriendelijker geworden!'
'Onder de invloed van mijn heit en mem, dat moet haast wel,' eigent Josien zich een stukje eer toe, dat haar niet van rechtswege toekomt.
Maar Ed stelt haar wel in het gelijk: 'Ja Josien, geen beter geneesmiddel voor een mens dan de sfeer in jullie huis. Jouw ouders bekommeren zich zo om de mensen in hun omgeving, dat elk zelfmedelijden hun vreemd is. Ik was daar graag!'
'Dus ga je weer terug naar dat zielenzuiverende retraite-oord?' informeert zijn moeder, niet zonder jaloezie. Ed kon toch altijd bij haar terecht, als er weer eens iets haperde tussen hem en vader? Ja, maar zij kon niet rechtstreeks partij kiezen – al deed ze dat in haar hart wel – ze kon toch haar man niet afvallen. Het ging daar dus meer tussen hem en Riek. Dat stilt haar afgunst.
Terwijl deze gedachten door het hoofd van zijn moeder spoken, formuleert Ed zijn antwoord: 'Nee, ma, dat denk ik niet. Ik heb heel andere plannen.' Hij draait er niet verder omheen: 'Schrik niet, ik wil naar Canada!'
'Naar Canada?' echoot de hele familie in koor.
'Hoe kom je daar nu zo ineens bij?' zegt Evelien verbaasd.
Ed grinnikt: 'Dat 'ineens' van jou is zeer terecht, Evelien! Ik kwam pas gisteravond op het lumineuze idee. Dat kwam zo: bij de dokter, met wie ik bevriend ben geraakt, ontmoette ik de veel bezongen neef uit Canada, die in dit geval een broer is. Wij

raakten aan de praat en hij maakte mij er warm voor, of nee, zo is het eigenlijk ook niet helemaal, hij schilderde het leven daar niet mooier af dan het is, en toch kwam het idee ineens bij mij op: dat is wat voor mij! Er eens helemaal uit, om veel te vergeten en aan de andere kant bijgespijkerd te worden, omgevormd!'
'Dat zal toch wel niet zonder geld gaan,' merkt zijn vader op, nuchter als de Groningers in het algemeen zijn.
Ed heeft prompt en zakelijk, zijn vader daarin evenarend, zijn antwoord klaar: 'Wel, ik dacht zo, u geeft mij een bepaald, liefst een flink bedrag, en dat wordt van mijn erfdeel afgetrokken met rente en al, zodat Evelien er geen schade van ondervindt. Dat zou dan natuurlijk notarieel moeten worden vastgelegd!'
Zijn vader reageert met een milde, haast trotse glimlach, waarin ligt opgesloten: Jongen, je valt me mee, je hebt meer ruggengraat dan ik dacht en je hebt ook een goed verstand.
'Jij weet van spijkers met koppen slaan en ik moet zeggen: je voorstel is helemaal niet zo gek, weldoordacht!' is het commentaar van vader.
Evelien legt een hand op de arm van haar broer en plaagt: 'Daar heeft-ie dan ook een nachtje voor wakker gelegen, hè Ed?'
'Nee!' Ed wimpelt die veronderstelling kort en krachtig van de hand. 'Juist niet! Ik wil niet ontkennen dat ik, door die ongelukkige affaire met Riek, wel eens slapeloze nachten gehad heb, maar toen dat allemaal zonder stampij achter de rug was, heb ik altijd als een marmot geslapen, in het vaste bewustzijn dat dit, die scheiding, de juiste en enige weg was. Alles verliep als gesmeerd, want Riek wou net zo graag van mij af als ik van haar! En het gekste van het geval is, dat wij als de beste maatjes uit elkaar zijn gegaan, een zoen ten afscheid. Ongelooflijk!
Zij zag haar weg voor zich afgebakend, duidelijk uitgestippeld, wist waar ze zelf capabel voor was en ik geloof dat ik het in Canada moet zoeken. In die vaste overtuiging ben ik gisteravond in mijn bed gekropen en ik heb heerlijk geslapen.'
Josien bekijkt hem met een peinzende blik, waarin ook instemming ligt, en ze zegt op warme toon, onbevangen als ze is: 'Fijn dat je zo, zonder aarzelen, je kans durft te grijpen!'
Niemand denkt: Hoor haar! Wat verbeeldt ze zich wel, haar oordeel doet toch niets ter zake? Daarvoor is ze dit jaar te veel een van hen geworden.

Ed aanvaardt haar mening als een bemoediging en knikt haar vrolijk toe: 'Mooi, van één stem ben ik alvast verzekerd, de rest heeft misschien wat langer werk om aan de gedachte te wennen, dat ze me een jaar lang niet zullen zien!'

Ma Jungerius begint wat hoopvoller te kijken. Dus vervolgt Ed: 'Ja moeder, wat dacht u dan? Als het me een beetje voor de wind gaat, kom ik over een jaartje weer eens kijken hoe de zaken er op het Hooge laand bij staan of, – dat zou helemaal leuk zijn – jullie komen naar mij.'

Zijn moeder schudt bangelijk haar hoofd: 'Ik in een vliegtuig?'

Hij lacht: 'Met een auto komen veel meer mensen om, ma, volgens de statistieken, en daar stapt u zonder scrupules in.' En dan zichzelf corrigerend: 'Och, ik loop ook veel te hard van stapel!' om meteen weer in dezelfde fout te vervallen: 'Maar de twee meisjes komen toch wel eens overwaaien?'

Evelien hapt, geheel tegen de verwachting van de familie in, gretig toe: 'Ik? Graag!'

Josien blijkt ook niet afkerig te zijn van een trip naar Canada. 'Ik ben ook van de partij!'

'En dat maakt maar plannen of het niets is,' zucht mevrouw Jungerius met evenveel bewondering als afgunst in haar stem.

Haar man legt zijn arm bij wijze van troost over de leuning van haar stoel. 'Daar zijn ze nu eenmaal jong voor, moeder!'

Ed brengt de dag verder genoeglijk thuis door. Josien vraagt hem honderduit over haar heit en mem. 'Redden ze het wel samen, denk je?'

'Ja, famke,' begint Ed naar Friese trant, 'best. Maar ze zouden het natuurlijk wel leuk vinden als je eens overwipte. En dan moet je Evelien meenemen, dat zou mem helemaal het einde vinden!'

De beide meisjes verklaren zich in een duetje ook hier van harte voor; Evelien roept nog het hardst.

Mevrouw Jungerius kan dit enthousiasme beter billijken. Het maakt haar zelfs blij. Stel je voor, Evelien opgetogen over een logeerpartij. Een jaar geleden zou ze tot de uitvoering van zo'n plan met geen stok te bewegen zijn geweest. Hoewel ze niet zo gelovig is, zou ze haast zeggen: 'Het is een godswonder!'

In die geest laat ze zich 's avonds ook uit tegen haar man.

Hij reageert negatief. 'Och, zo gelovig zijn we anders ook niet.

Het is dat wichie, die Josien, die zo'n geweldig goede invloed op haar heeft. En van die arm merk je niets, hè?'
'Nee!' antwoordt ze. 'Ik ben er al zo aan gewend. Ik let er niet eens meer op. Zij zelf ook niet. En dat is ook een godswonder!'
'Wij worden dus nog gelovig op onze oude dag,' grimlacht hij en dient haar de gebruikelijke nachtzoen toe, drukt zijn hoofd in het kussen en slaapt. Zij ligt nog een hele poos wakker met gevouwen handen en een verward gebed in het hart.

HOOFDSTUK 10

Het kost Ed weinig moeite zijn papieren in orde te krijgen, al moet hij er menig reisje naar Den Haag voor maken. Frits verklaarde zich gaarne bereid als sponsor te fungeren. Wat geld betreft is alles zo safe als de bank. Papa schoof geheel tegen zijn behoudende aard in gul het bedrag af waarom Ed had gevraagd. Het afscheid van huis was niet direct vrolijk, maar er werd ook geen drama van gemaakt. Alleen bij zijn moeder vloeiden de tranen overvloedig en tot aller stille verbazing liet ze haar omhelzing vergezeld gaan van de wens: 'Ga met God, m'n jongen!'
Ed nam die woorden niet te zwaar op. Waarom zou hij? Hij is zonder God opgevoed en nu ineens dit? Och, ma zei het natuurlijk onder de indruk van het ogenblik. Maar toch, eenmaal in het vliegtuig gezeten, blijft dat zinnetje in zijn hoofd zingen door het eentonig geronk van de motoren heen. Dat belet hem echter niet de diverse stewardessen met keurende blikken te volgen. Wel, wat hebben die meisjes het druk. Ze rennen maar heen en weer en toch blijven ze tot het eind toe fris. Misschien met behulp van een kleurtje uit een doosje, maar dat mag dan ook.
Na de landing op het vliegveld van Edmonton en de douanecontrole die soepel verloopt, ontdekt hij tussen het gewriemel van speurende mensengezichten die allemaal een neus, mond en oren hebben, en waarvan er toch geen twee gelijk zijn, het hoofd van Frits, een en al brede lach. Ed wringt zich door de menigte en ze schudden elkaar als oude vrienden de hand.
Dan pas ontdekt hij de schare kinderen die Frits omringt.
'Ja!' lacht zijn gastheer, 'ik kan er niets aan doen. Ze moesten en zouden allemaal mee, behalve onze Sheila en de baby, die heb-

ben nog niets in te brengen. Dit stel trouwens ook niet veel! Even voorstellen. Vooruit, jongens, op een rijtje!' En hij wijst: 'Dit is Tom, dat is Ann, hier heb je Jim en die daarnaast' – hij gebaart naar een schattig krullenbolletje – 'noemen we Audrey, ze is naar haar Friese grootmoeder Aukje genoemd, en dit is Anthony, een verbastering van Anton.'

Ed drukt alle gretig uitgestoken handen en ze zeggen allemaal na elkaar. 'Hello, uncle Ed!'

'Jullie lijken wel papegaaien,' zegt Frits. 'En nou vlug de bagage gehaald en dan naar moeder Jen. Zij wacht op ons met de koffie.'

Onmiddellijk rennen de twee oudsten als goed gedresseerde hondjes naar de voor de bagage bestemde ruimte.

'Het zijn er vier en om elk handvat is een oranje lint gebonden,' roept Ed hen nog na.

'Wat een uitvinding!' grinnikt Frits.

'Ja, de hulp en vriendin van mijn blinde zus kwam op dat lumineuze idee en het blijkt een goede raad, want daar komen ze al aan!'

De twee handige spruiten van Frits komen met een wagentje aangereden, waarop ze vakbekwaam de koffers gestouwd hebben.

'Goed zo!' prijst Ed en hij haalt een pakje chocoladerepen uit zijn jaszak, die hem op het laatste moment nog door Josien toegestopt werden.

'Hier! Dan heb je direct wat voor de kinderen en steel je aller harten!'

'O, dank je! Daar zou ik zelf nooit aan gedacht hebben, maar het is een prima idee!'

Toen hij bij zijn vertrek zoenen uitdeelde, had hij Josien ook niet overgeslagen, onder het motto: 'Het is een dochter van mem, hoort dus bij de familie'. Maar hij had haar op de mond gekust, dat wel!

'Het is een niet noemenswaardige afstand naar huis,' vertelt Frits aan Ed, terwijl hij de motor start. 'We zijn er zo!'

Dat is naar Eds begrip wel erg eufemistisch uitgedrukt, want het duurt minstens een uur. En als ze van de gladde weg op de hobbelige weg komen, is het lang geen lolletje! Eerst is de weg geasfalteerd, dus goed, zeer goed zelfs. Maar o, als Frits naar rechts afzwaait, gaat het asfalt over in grof grind, waarvan de dikste stenen nu en dan de onderkant bombarderen, en de hier en daar aanwezige kuilen in het slecht onderhouden plaveisel maken dat Ed onwillekeurig beschermend naar zijn hoofd grijpt. Bang, dat hij op onzachte manier met het dak in aanraking zal komen.

De kinderen achter hem giechelen en ook Frits kan een verstolen lachje niet onderdrukken. Het laatste eind gaat dwars door een bos. Op een gegeven moment ontdekt Ed een hert met de horens verward in laaghangende takken. Het dier is duidelijk dood.

'Hè!' roept hij. 'Kijk daar toch es!'

'Een hert!' is het laconieke antwoord van Frits.

'Wat doen jullie daaraan?'

'O, niets! Die wordt wel door de wilde honden verorberd.' En direct erachteraan: 'Zie je daar die twee silo's? Nu zijn we dicht bij Beauty Farm!'

Ed begrijpt, dat dit de naam van Frits' hofstede is.

Het laatste stuk gaat vrij steil omhoog. Het huis ligt op een heuvel. In Friesland zouden ze het een terp noemen. Door de opklapbare deur van een reusachtige garage rijden ze naar binnen. Daarnaast is nog een deur, waardoor Frits hem voorgaat. Ze komen in een enorm groot vertrek, de basement. Ed krijgt niet de gelegenheid deze zaalachtige kamer rustig in zich op te nemen, want er komen snelle voetstappen naar beneden langs een niet al te hoge trap.

Moeder Jenneke voorop met in welkom uitgestoken handen, en de op een na jongste onder haar arm.

'Hallo, Ed. Blij je te zien. Had je een goede reis?'

'O, uitstekend!' antwoordt Ed. 'En is dat de baby?'

Ed aait even over het wangetje van het van gezondheid blakende meiske.

'Nee, die ligt in de box, dit is onze Sheila.'

'En dan is Hugh er ook nog!' zegt Audrey bezorgd, bang dat dit broertje zal worden vergeten. Ze is een schat om te zien, met bruine ogen en dito haar en een fris blozend smoeltje. Ze haspelt het Engels en het beetje Nederlands dat ze kent, grappig door elkaar.

'Hij is in een heel groot huis, veel groter dan dit, maar niet zo mooi! En hij is ook wel lief,' voegt ze er dan met peinzende oogjes en twee vingertjes in de mond, aan toe. 'Maar hij weet het allemaal niet zo goed!'

'Lief, dat je toch aan hem denkt en je houdt geloof ik ook veel van hem, is het niet?'

'O, yes!' verzekert het kind hem met een stralend gezichtje.

'Honey!' Ed bukt zich en kust haar.

Dat neemt Ann niet. 'Ik ook!' bedelt ze met opgeheven gezichtje. Zij krijgt ook een zoen.

De jongens steken hem ook hun guitige snuiten toe: 'Please, uncle Ed!'

Ed wuift hen lachend weg. 'Je zou raar kijken als ik echt zo gek zou zijn.'

Hij bedient zich, zo goed en zo kwaad als het gaat, van zijn schoolengels en vindt zelf dat hij het er aardig afbrengt. Zijn nieuwe huisgenoten, vooral de jongere garde, lachen zich af en toe in hun hart slap, maar ze blijven in tegenstelling tot sommige Nederlanders die, als ze een buitenlander op een foute zin betrappen en een glimlach niet kunnen onderdrukken, doodernstig.

Jenneke merkt zelfs lovend op: 'O, Ed, wat spreek jij het Canadees goed!'

'Yes!' juichen haar nazaten in koor, daarin voorgegaan door papa Frits.

Voordat de hele kudde de trap bestijgt, maakt Jenneke hem eerst nog even wegwijs in het basement, want daar telt Ed, ongelogen, zeven deuren: 'Kijk, dit wordt jouw kamer – boys, zet de koffers van oom Ed daar maar direct neer – en dan is dit je badkamer, niet zo groot, maar wel gerieflijk!'

Nu, daar is Ed het gloeiend mee eens, want al zou hij geen enkel toiletartikel hebben meegebracht, dan zou hij hier toch alles vinden wat hij nodig heeft. Dat ziet hij in één oogopslag.

'O, wat zijn jullie Canadezen efficiënt in alles!' roept hij verbaasd uit.

'Ja, dat moet ook wel, want we zitten hier mijlenver van een winkelcentrum af we kunnen niet gauw even iets halen, wat vergeten is!'

Dan dromt alles naar boven. Langs de wenteltrap aan de buitenkant zijn planten gehangen in netten van gedegen kleurrijk materiaal. Zo fris en groen of ze alle dagen bespoten worden!

Ed roept niet, zoals sommige dames vaak doen: 'O, wat enig, wat een gezellige indeling!' maar hij geeft zijn ogen wel goed de kost. Links bevindt zich een vrij hoge bar, waarachter zich de keuken en dus een aanrecht bevindt, dat ombuigt naar rechts. Daarboven diverse kastjes. Deze open keuken staat in directe verbinding met eetkamer en salon. Hij krijgt een zitplaats toegewezen op een vijfpersoonsbank, die met gebloemd velours is overtrokken. Zo ook de rest van de stoelen en crapauds. Hij kan het in zijn hart niet bewonderen, al dat blomige, want ook de gordijnen hebben een nogal druk kleurig patroon.

'Gaan jullie maar spelen of aan je huiswerk,' adviseert Jenneke haar veeltallig kroost, maar zij geven door hun houding duide- lijk te kennen dat zij deze moederlijke raad niet, althans niet direct, van plan zijn op te volgen. Ze houden zich Oost-Indisch doof en groeperen zich om de nieuwe huisgenoot heen, liggend of zittend. Wel kijken ze Ed de woorden uit de mond, maar ze mengen zich niet in het gesprek.

Tom vindt dat er ook nog best een beetje tv bij kan, maar dat wordt hem door Frits met een krachtig 'uit dat ding!' verboden, en hij gehoorzaamt, hoewel schoorvoetend.

'Dat is zo'n verschrikkelijke tv-aanbidder,' zegt zijn moeder ter verklaring van haar zoons opzettelijke traagheid.

'O, we waren thuis weinig tv-minded. Mijn zus kan het toch niet zien en daarom laten mijn ouders het kastje zo veel mogelijk uit. Natuurlijk wil mijn vader wel het nieuws zien. Maar het wordt tegenwoordig wel wat anders, want omdat Evelien helemaal dreigde te vereenzamen hebben mijn vader en moeder apart voor haar een meisje van haar leeftijd aangetrokken. Het leek ons eerst een hachelijke onderneming, omdat Josien ook enigs- zins gehandicapt is – haar ene arm is niet uitgegroeid – maar in de praktijk merk je niets van haar handicap. Ze is ongelooflijk handig – al heeft ze dan maar één arm tot haar beschikking – en daarbij, en dat is het voornaamste, heeft ze een buitengewoon goede invloed op Evelien. Hoe ze het klaarspeelt is ons allemaal een raadsel, maar de dames gaan tegenwoordig samen wande- len, hele einden, terwijl Evelien daarvoor nooit een voet buiten zette, of het moest bij avond zijn. En Josien weet haar ervan te overtuigen dat ze best werkjes in de huishouding kan doen, zon- der brokken te maken. Ze zit zelfs weer voor de piano en dan zingt Josien daarbij het hoogste lied.'

'Ze kan toch geen muziek lezen?' waagt Audrey in het midden te brengen.

'Nee, maar Josien zingt haar de wijs voor en Evelien is – dat blijkt nu – muzikaal genoeg om het te kunnen naspelen. Ons hele huis – vader en moeder incluis – fleurt erdoor op. En zo vertelt Josien haar ook aan de hand van de tv-beelden hele films en toneelvoorstellingen!'

'Is uw zus blind geboren?' vraagt Audrey met vochtige ogen. 'Heeft ze nooit kunnen zien?'

'Nee, nooit!'

Ed weidt er, haar bewogen gezichtje opmerkend, verder niet over uit. Maar Audrey's hoofdje houdt zich er intussen nog wel mee bezig.

Ineens zegt ze: 'Wat jammer, dat Jezus niet meer op aarde is. Hij zou haar best beter hebben kunnen maken. Wij moesten eigenlijk afspreken dat we iedere avond bidden: 'Here, maak de ogen van Evelien weer beter, graag direct!' Doet u dat wel eens, oom Ed? Het is uw zusje!' Alsof ze zeggen wil: 'Dat spreekt toch vanzelf!'

'Nee,' bekent Ed, toch wel een beetje beschaamd. 'Nee, dat doe ik niet. Wij bidden thuis nooit en we gaan ook nooit naar de kerk.' En hij denkt: Zo, dan is die kogel meteen door de kerk.

Niemand gaat er verder op door, maar Jenneke trekt haar dochtertje naar zich toe.

'Audrey, liefje, toen de Here Jezus op aarde was, maakte Hij niet alle mensen beter. Hij deed dat hier en daar, om de mensen te doen geloven dat Hij echt de zoon van God was!'

Audrey neemt geen genoegen met deze uitleg. 'Ja, maar dat dochtertje van Jaïrus dan? Tegen haar zei hij: 'Sta op! Eet en drink!' Nou, en dat kon ze toen ook. Ze was zo maar beter!' Ze spreidt haar handjes erbij uit, om dat 'zo maar' te illustreren. Ze zit duidelijk met het probleem: waarom de één wel en de ander niet? Wat de hele mensheid, door ramp of verlies getroffen, zolang de wereld bestaat heeft uitgeroepen en waarop geen antwoord werd gekregen, alleen dat ene, een wissel op de eeuwigheid: 'Gij zult het na dezen verstaan!'

Gelukkig komt Tom met een meer aardsere en reëlere vraag aandragen: 'Heeft ze een hond?'

'Ja!' knikt Ed, 'vroeger wel. Een erg goed, trouw dier, zo zorg-
zaam als een echte geleidehond. Als ze met hem door de tuin
wandelde en er lag een afgewaaide tak, dan bleef hij daarvoor
staan, blafte waarschuwend en nam het obstakel, hoe groot het
ook was, in zijn bek, legde het aan de kant, nu op een andere
manier blaffend, zo van: Ga je gang maar, de weg is vrij!
Toen Buffie stierf heeft mijn zus wekenlang om hem getreurd en
ze weigerde een andere hond in zijn plaats te nemen! Maar ik
heb alle hoop, dat die nieuwe vriendin haar op den duur wel zo
ver krijgt. Josien kan alles van haar gedaan krijgen.'
Jenneke glimlacht stilletjes voor zich heen: Ed is verliefd op diezelfde flinke Josien, zonder dat hij het zich bewust is.
Intussen gaat Ed verder met de karakterschets van Josien en zijn
zuster.
'Het lag Evelien vroeger op de lippen bestorven: 'Ik weet niet of
je het weet, maar ik ben blind, zie je!' en dat was dan sarcastisch
bedoeld. Dat raakt helemaal over, zó zelfs, dat ze toen ze haar
kamer had laten veranderen en iemand vroeg: 'Hé, waarom heb
je dat gedaan? Ik vond dat je het leuk had ingericht', antwoordde: Ja, ik ook! Maar ik raakte erop uitgekeken, dus heb ik de hele
zaak eruit gegooid en ben op nieuw overgegaan!'
'En de kleuren?'
'O, daar had ik geen moeite mee!'
Moeder vertelde me dit, met tranen van blijdschap in de ogen,
zo fijn vond ze het, dat onze als een plant vegeterende Evelien
zo menselijk, haar handicap voor een moment vergetend,
reageerde.'
'Ze moeten komen logeren, mam!' vindt Audrey. 'Ze lijken mij
allebei zó aardig!'
'Ja, we zullen ze eens uitnodigen, als oom Ed hier een beetje
gewend is. Wie weet, misschien is de vogel dan allang weer
gevlogen.'
'Daar zou ik maar niet al te veel op hopen, als ik jou was,' meesmuilt Ed en strekt zijn lange benen behaaglijk voor zich uit.
'De wens was bij mijn idee niet de moeder van de gedachte,
hoor! Denk dat alsjeblieft niet!'
'O, geen ogenblik,' stelt Ed haar gerust en hij lacht haar broederlijk toe!

HOOFDSTUK 11

Ed is een blijvertje. Ja zeker! In zijn vrije tijd doorkruist hij tot ieders afgrijzen de uitgestrekte bossen, waar het, naar men zegt, niet alleen wemelt van vlug wegschietende herten – want daar is een haas zelfs niet bang voor – maar waar ook wilde honden rondzwerven, die 's nachts aan de rand van het woud, met opgeheven kop, zo ijzingwekkend en verdragend huilen, of ze een aanklacht bij hun Schepper indienen over het wangedrag van de mensheid, die 's winters, als ze door honger gedreven zich wat dichter bij de farms wagen, er niet voor terugdeinst ze dood te schieten. Ed beweert dat hij wel eens zo'n dog gezien heeft, maar dat hij nooit is aangevallen. De kinderen hebben hem de woudloper gedoopt.

Het hele gezin is erg op hem gesteld. Ze mogen twee aan twee met oom Ed naar de stad. Met de meisjes drentelt hij, quasi net zo geïnteresseerd als zij, de diverse etalages langs en gelooft ze, als ze verklaren doodmoe te zijn en geen stap meer te kunnen verzetten, op hun woord. Doodgelukkig dat ze er genoeg van hebben stapt hij met zijn dames de eerste de beste ijssalon in en trakteert ze op een eerbiedwaardige hoeveelheid van dat met slagroom en vruchten versierde spul, zodat ze verrukte kreetjes slaken en hem vertellen dat vader Frits, hoe lief hij ook is, niet aan zijn gulheid tippen kan. Met de jongens bezoekt hij meer op mannen afgestemde gelegenheden, zoals een stampede, ook wel rodeo genoemd, indianenreservaten, eindeloze optochten en wat dies meer zij.

De jongens volgen het wilde gebeuren in de arena geboeid. En stort er een van het paard of de stier, dan slaken zij geen verschrikte gilletjes en evenmin stokt hun adem en vliegen hun handen naar hun mond, zoals bij die flauwe meiden, nee, ze houden zich stoer, halen hoogstens nonchalant hun schouders op, zo van: 'Ja, dat is nou éénmaal het risico van het vak!'

Onophoudelijk worden de trappen van de amfitheatersgewijze gebouwde balkons, waarop de toeschouwers ademloos kijken naar alles wat er zich aan gruwelijk gevaar beneden hen afspeelt, bestegen door kelners, die zeer beslist niet in een stijlvol hotel zouden worden gedoogd. Zij torsen bladen vol ijs en frisdranken, die gretig aftrek vinden. Wie zou geen droge tong krijgen bij zo'n warmte en zo'n wild spektakel. De jonge heren Van Ravenswaay wél! En oom Ed – de man moet ongelooflijk rijk zijn – laat het ene glas na het andere aanrukken.

Nee, Ed voelt zich in dit wereldje thuis als een vis in het water. Alleen heeft hij één bezwaar: het gebrek aan privacy, waar hij thuis over en te veel van had. Als hij zich op zijn kamer heeft teruggetrokken, sluipt er altijd wel één bij hem binnen.

Ann, zo klein als ze is liefhebster van muziek, nestelt zich in zijn bed om te luisteren naar een jolig plaatje, dat hij om haar te plezieren opzet. Tom, omdat hij aan de huiskamertafel niet rustig werken kan, want Audrey, die nare meid, moet zo nodig, zittend op de grond, op haar gitaar spelen. Niet om aan te horen! Ze mist alle aanleg volgens haar broer, en er bestaat bij hem ernstige twijfel of ze het ooit zal leren. Zo hebben ze allemaal wel een reden om Ed geen ogenblik alleen te laten.

Op zich niet erg, wel leuk soms en gezellig, maar toch... En dan, tijdens een wandeling, valt zijn oog op het bouwvallige huisje, dat eens een nederig bungalowtje was.

'Hé! schiet het door zijn hoofd, zou dat niet wat opgekalefaterd kunnen worden?'

Natuurlijk, geeft hij zichzelf antwoord, dát is de oplossing! Dan heeft hij een eigen optrekje buiten de huiselijke kring.

Natuurlijk zullen de kinderen daar ook wel eens binnen komen vallen, maar toch zal hij daar meer op zichzelf kunnen zijn.

Hij besluit het plan direct bij Frits en Jenneke ter tafel te brengen, juist omdat hij er een beetje tegen opziet. Hij heeft zijn kopje koffie dan ook nog nauwelijks leeg, of hij vraagt zo langs zijn neus weg: 'Dat oude huisje, hierachter, wat doen jullie daar eigenlijk mee?'

'Niets, helemaal niets!' verklaart Frits. 'Het staat er schandalig bij, maar mijn Jenneke, zo'n schat als ze is – lijdt aan een overmaat van sentiment. Het is de farm in miniatuur, waarin we eerst woonden! Haar hart hangt er nog met al de vezelen van haar ziel aan, is het niet, vrouwtje?'

'Ja!' stemt Jenneke volmondig toe. 'Zo is het. Ik heb er zoveel heerlijke en indroevige herinneringen aan. Ik kan er geen afstand van doen! Frits zou het graag tegen de vlakte gooien, maar daar ben ik op tegen, en daarom is het ook nog niet gebeurd!'

Ze kijkt de beide mannen met open blik, waarin iets tartends speelt, aan: Waag het niet!

Dat geeft Ed vrijmoedigheid om met zijn voorstel op de proppen te komen.

'Jenneke, ik pas dus precies in jouw straatje, want in plaats van neerhalen wil ik het opknappen, zo veel mogelijk in zijn oude staat terugbrengen en dan van jullie huren tegen een redelijke prijs!'

Frits lacht honend: 'Een redelijke huur, zei je toch, hè? Voor dat tochtige kavalje? En jij de herstelwerkzaamheden ook nog betalen? Man, je bent niet lekker! Hier!' Hij tikt op zijn voorhoofd. 'Ben jij een Groninger? Kun je niet beter rekenen? Je werkt hier al voor een krats, maar dat is je eigen schuld, je geeft zo overvloedig veel voor kost en inwoning, dat je haast niets overhoudt!'

'Toegestemd, toegestemd,' haast Ed zich hem in de rede te vallen. 'Jij kunt nu wel denken dat ik niet verder kijk dan m'n neus lang is, maar dat zal je toch meevallen! Ik heb nu eenmaal m'n zinnen gezet op dat oude kavalje, maar ik heb mijn oren en ogen toch verder open dan jij denkt, en zo heb ik bij geruchte vernomen, dat die Canadees, Haiward heet-ie geloof ik – het is al een oude man – behoefte heeft aan een bedrijfsleider. Hij woont hier, naar jullie begrippen van afstand, maar 20 mijl vandaan. Daar wilde ik, graag met jou als adviseur, eens gaan kijken. Die man zoekt uitgerekend een Hollander. Die zijn volgens hem betrouwbaarder dan de eigen mensen, heb ik ook van horen zeggen. Je kent die De Jager wel, hier ook ongeveer zo'n twintig mijl vandaan, net de andere kant op, die vertelde me dat op een van mijn strooptochten door de bossen en hij is ook de enige sterveling die ik daar ooit ben tegengekomen. Zo staan de zaken dus! Jenneke, wat zeg jij ervan?'

Jenneke bloost als een jong meisje, dat van haar eerste aanbidder een zoen krijgt.

'Wel,' zegt ze aarzelend, 'je plannen komen me eigenlijk wel van pas, want zie je – ik heb het nog niet eens aan Frits verteld – ik ben bang, och nee, zo bedoel ik het niet, ik denk dat ik weer in verwachting ben en dan zou ik jouw kamer er best bij kunnen gebruiken. En – egoïste die ik ben, ik wil jou toch graag in de nabijheid hebben, je bent als een broer geworden. Dat je de kinderen altijd zo gezellig opvangt, dat is me ook wat waard. Ik ben de laatste weken ongewoon moe, dan kan ik niet veel van ze hebben, en ik vind het een rustige gedachte, dat ze, als de baby zich zal melden, bij jou een toevlucht kunnen vinden.'

'Alsof ik, hun vader, er niet ben!' brengt Frits verontwaardigd in het midden.

'O ja, lieve Frits, ongetwijfeld!' Ze legt haar hoofd liefjes tegen hem aan, maar lacht intussen zowel moederlijk als ondeugend. 'Maar weet je, je bent zo weinig waard als het gebeurt, en tot niet veel meer in staat dan flauwvallen. Daarom verwees de dokter in het ziekenhuis jou ook naar de gang en zei zoiets als: 'Mijnheer Van Ravenswaay, u bent een beste kerel, maar bij een bevalling kan ik u niet gebruiken. Ga maar mooi op een bankje of een stoel zitten, en dan liefst wat ver uit de buurt van deze zaal.'

Er kan bij Frits een zuinig lachje af, vooral niet meer. 'Ik wou, dat je niet zo uitweidde over mijn zwakheden en mij zo ongeveer op één lijn stelde met de Papoea's, die, terwijl de vrouw het kind krijgt, de lijdende kraamheer uithangen en zich in die kwaliteit laten bijstaan en verwennen, alsof zij de baby ter wereld moeten brengen.'

Ed schatert om deze dialoog tussen man en vrouw, die – dat begrijpt hij wel – een grote kern van waarheid bevat.

'Ik hoor het al, Frits, je bent niet in alle opzichten een held, en daarom, Jenneke, beloof ik jou bij dezen, dat ik de kinderen bezig zal houden als de tijd daar is!'

'Wat een praats voor een man, die nog geen enkele ondervinding op dit gebied heeft!' smaalt Frits.

'Nou ja, dat is te zeggen' – komt er wat haperend uit bij Ed 'Riek, mijn ex-vrouw, heeft een miskraam gehad, maar daar was zij noch ik ernstig van onder de indruk. Het was daarna gemakkelijker voor ons tot een scheiding over te gaan. Het klinkt misschien paradoxaal, maar wij hadden meer waardering voor elkaar ná dan tijdens ons kortstondig huwelijk.'

'En toch hoop ik, dat jou ook nog eens de geneugten van het vaderschap ten deel zullen vallen, ik zou het je graag gunnen, want het zit wel in je, het omgaan met kinderen,' meent Jenneke.

'O ja, dat kan best. Maar of ik die stap ooit nog eens voor een tweede keer zal wagen, is zeer de vraag.'

Terwijl het stil blijft en Jenneke de kopjes nog eens vult, zweeft Ed ineens het beeld van Josien voor ogen. Hij weet zelf niet, hoe dat komt!

Maar dan verplaatsen zijn gedachten zich naar de kinderen. Zij zullen toch zijn verhuizing niet zien als een vlucht uit hun onmiddellijke omgeving? Dat moet hij voorkomen! Die vrees wordt versterkt als hun moeder er ook over begint. 'Zal ik het ze vertellen, Ed? Ik heb er direct de troostprijs van de nieuwe baby bij.'

'Nee!' wimpelt hij zeer beslist af. 'Dat doe ik liever zelf en op mijn eigen manier,'

'Later op de dag loopt hij de oudste tegen het lijf en dan vat hij de koe maar meteen bij de horens: 'Ha! Ik heb voor vanavond een vergadering belegd te mijnen huize – nou ja, in mijn kamer. Goede opkomst gewenst!'

'Waarover gaat het, oom Ed? Ik ben nieuwsgierig!'

'Dat zeg ik je lekker niet. Laten we afspreken om acht uur vanavond. Zorg jij dat ze allemaal komen?'

Nou, daar mankeert het niet aan! Zelfs Ann is er en ze kruipt zonder verwijl bij de geachte voorzitter op de knie, een armpje om zijn hals, wat Ed in een zeer behaaglijke stemming brengt.

Nadat hij Audrey met een grote schaal lekkers heeft laten rondgaan, deelt hij plechtig mee: 'Zo, na deze eerste ronde verklaar ik de vergadering voor geopend. Nou goed luisteren, jullie!'

De gezichten zijn gespannen naar hem opgeheven. Ann heeft iets van angst in haar blik. 'Je gaat toch niet weer weg, oom Ed?'

Hij drukt een zoen op haar boze bollege. 'Voor geen geld, kleine pop.

'Mooie pop!' bromt Jim. 'Moet je zien, hoe ze me vanmorgen gekrabd heeft!' Hij toont een onbeduidend schrammetje.

'O, dat is niks!' wuift Ed luchtig weg. 'Niet de moeite waard om er ophef van te maken!'

'Hij plaagt mij ook altijd zo!' verdedigt Ann zich met een namaaksnik.

'Oom Ed gelooft het direct!' zegt deze, met een knipoog van verstandhouding naar Jim. 'Maar nu heb ik het woord! Jullie moeten mij allemaal helpen, want jullie raden nooit wat ik voor stoute plannen heb!'

'Jij bent toch nooit stout, oom Ed? Toch altijd lief?' komt het vleiende stemmetje van Ann ertussen.

Oom Ed geeft uiting aan zijn twijfel omtrent eigen braafheid met een langgerekt: 'Nou...?' en gaat dan verder. 'Jullie weten dat je ouders hierachter hun eerste farm hebben laten staan, hè? Nu wil ik dat op instorten staande bungalowtje helemaal opknappen en er dan zelf in gaan wonen, en daar mogen jullie me bij helpen.'

'Vindt u het bij ons dan niet prettig?' vraagt Audrey hem op beledigde toon en op de man af.

'O ja! Heel gezellig zelfs, maar het wordt op den duur voor je moeder een te zware belasting, alle dagen zo'n man erbij, en ik wil mijn voeten ook wel eens onder eigen tafel steken!'

'Ga je dan zelf ook koken, oom Ed?'

Het is aan Audrey's toon te horen, dat ze zijn kundigheden op kookgebied sterk in twijfel trekt.

'Nee, ik vraag aan je moeder of ik de eerste tijd nog bij jullie mag aanschikken en ga dan ondertussen je mama de kunst afkijken. En als ik dan toch eens met de handen in het haar zit, roep ik jou erbij, jij kunt geloof ik ook al aardig kokkerellen!'

Ann, jaloers, valt hem in de rede: 'Ik ook, oom Ed, ik ook! Ik kan al lammetjespap voor mijn poppen koken!'

'Prachtig! Dan mag jij dat voor mij ook eens doen!'

De jongens vinden dit maar kinderachtig gezwam. Die girls ook met hun gezeur!

'Wanneer beginnen we, oom Ed?'

'Zodra de drukke tijd voorbij is en je vader me niet meer zo hard nodig heeft, dus eind augustus ongeveer!' Hij springt op. 'Gaan jullie maar mee? Dan kunnen we zien hoe de vlag erbij hangt!'

'Er is geen vlag, oom Ed.' Dat is Ann.

'Nee?' doet oom Ed quasiverbaasd. 'Maar als het huis klaar is wél, hoor. Dan gaat-ie in top! Dat is Hollandse gewoonte!'

De hele troep marcheert mee om de ravage van wat eens een fatsoenlijk bungalowtje was in ogenschouw te nemen. De kritiek is niet gering en wordt niet onder stoelen of banken gestoken.

De meisjes trekken hun neusjes op. Wat bezielt oom Ed toch om dit armoedige gedoetje te verkiezen boven de mooie kamer die hij nu heeft?

De jongens bekijken de zaak met een kennersblik en komen tot de vernietigende conclusie: 'Wat een rommeltje, niets meer van te maken!'

'O nee?' daagt Ed hen uit. 'Wedden dat jullie over een poosje wel anders praten? Maar natuurlijk, alleen hoef ik er niet aan te beginnen. Ik reken op jullie hulp en bijstand. Is dat afgesproken? Hand erop?'

En dat doen ze dan allemaal heel plechtig.

De vergadering stuift uiteen naar moeder Jenneke. 'Moet je horen, mama!' En dan doen ze met horten en stoten, omdat ze allemaal tegelijk willen praten, verslag van oom Eds aan het onmogelijke grenzende plan.

Jenneke grijpt meteen de gelegenheid aan om tegelijk met de verdediging van oom Eds voornemen haar kroost mededeling te doen van de nog in het verschiet liggende maar onvermijdelijke gezinsvermeerdering.

'Nee, het is zo gek nog niet, wat oom Ed wil. Er komt over een maand of wat nog een broertje of zusje bij en dan kan ik zijn kamer best gebruiken voor de baby!'

De schare om haar heen reageert gematigd enthousiast.

Ann verwekt met haar naïeve vraagje: 'Weet papa het al?' grote hilariteit. De anderen lachen, omdat ze echt kinderen van deze tijd zijn, dus zo goed als van alles op de hoogte wat de seksualiteit betreft. Daarbij hebben ze vaak genoeg gezien, hoe een kalf of veulen geboren wordt en hoe de bevruchting plaatsvindt. Die kleine Ann toch, wat een onnozel schaap!

'Vertel je het ook aan Hugh, mama?'

'Och, direct nog niet, maar we halen hem wel dadelijk thuis als het kindje er is!'

'Hij weet vast geen raad met al die baby's, we hebben er al twee, dat is straks drie,' rekent Audrey haar moeder voor.

Jenneke kan haar wijsneus van een dochter in haar hart geen ongelijk geven, maar hardop zegt ze: 'Ja, Sheila zit soms nog wel in de box, maar ze kan lopen als een haas en Gary, als ik hem z'n gang laat gaan, dan is hij in een wip in de basement, hij kan kruipen als de beste en is nergens bang voor!'

Maar Audrey, net zo goed als haar moeder uit ondervinding sprekend, komt nog met een minpunt op de proppen: 'Dat bedoel ik niet, maar ze plassen allebei nog in hun broek!'

'En dat zal de nieuwe baby ook wel doen!' geeft Jenneke haar lachend toe.

'Dus drie natte kindertjes! Wat een geluk, dat ik al zo'n grote dochter heb!' Het klonk als een juichkreet!

Audrey komt er ook door in een goede stemming en vat moed. 'Ik zal 's morgens voordat de schoolbus er is Sheila en Gary doen, maar dan moet u de baby voor mij bewaren tot ik thuis kom, dan kan ik die helpen! Ja?'

Jenneke kijkt vertederd op haar dochter van tien neer. 'Goed, als baby tenminste zolang wachten wil!'

'O, dat wil ze wel, maar je moet er haar natuurlijk wel even aan wennen!'

Ja, oma! lacht Jenneke in haar hart.

En Audrey gaat in één adem door. 'Wat heb je het liefst, mama, een jongen of een meisje?'

Direct vliegen Jennekes gedachten terug naar zeventien jaar geleden, toen Hugh geboren moest worden. Heeft ze in die maanden daarvoor God niet ernstig gebeden om een zoon? Dat zou toch immers zo mooi zijn voor Frits? Ze kreeg een zoon, Hugh, de onnozele. Van dit grootste leed in haar leven heeft ze geleerd: Laat Hem besturen, waken, het is wijsheid, wat Hij doet. Daarom antwoordt ze: 'Och, liefje, dat komt voor mij niet in de eerste plaats, als het kindje maar gezond is!'

Audrey, met haar gevoelig hartje en goed verstand, denkt op hetzelfde moment ook aan haar ongelukkig broertje. 'Hugh, dat was zeker wel heel erg, hè mam?'

'Ja!' – en het is of Jenneke met iemand van haar eigen leeftijd praat – 'dat zou ik niet graag nog eens voor een tweede keer beleven!'

Audrey gaat er niet op door. Ze ziet de betraande ogen van haar moeder. Tegelijk groeit in haar het vaste voornemen: 'Ik zal iedere avond bidden of de Here zorgen wil, dat het niet weer gebeurt.

HOOFDSTUK 12

Ann krijgt voor zo'n klein ding te veel te verwerken. Eerst dat oom Ed niet meer met pappie samenwerkt, maar iedere morgen

naar een farm gaat van een vreemde mijnheer, wel tien mijl hier
vandaan. En dan het huis van oom Ed, waaraan 's morgens vroeg
en 's avonds laat wordt gewerkt, met vele handen en uit alle
macht. Zelfs vader Frits, die eigenlijk na het melken het liefst
met een schoon overhemd aan en op z'n sloffen de krant spelt,
offert zich in zijn vrije tijd op. Niet alleen om oom Ed van raad
te dienen, hij steekt zijn handen bovendien uit de mouwen en
het blijkt dat hij van alle markten thuis is. Hij kan metselen,
maar hij verft ook als de beste en als loodgieter, monteur, elek-
tricien slaat hij ook geen gek figuur. Ann mag gerust trots op
hem zijn.
Oom Ed kan ook wel wat, hoor! Maar pappie, dat ziet Ann best,
kan soms zijn lachen niet houden als oom Ed aan het metselen
is of een deur schildert. Hardop zegt vader dat oom Ed het lang
niet gek doet voor iemand die nooit een steen of een verfkwast
in de handen gehad heeft. Daar lachen de jongens zich krom
om! Oom Ed? Een beste man en een royale kerel, maar er zit
beslist geen vakman in! Als zij er niet waren, kwam het huis
nooit klaar!
Oom Ed is de laatste om het ze kwalijk te nemen. Hij grijnst.
'Gelijk hebben jullie, boys. Ik zou als leerling van een ambachts-
school een beroerd figuur geslagen hebben, als boer vind ik zelf
doe ik het nog niet zo gek, maar nog beter zou het geweest zijn
als ik ingenieur had mogen worden, en achteraf bekeken ben ik
eigenlijk gek geweest dat ik naar Canada gekomen ben, ik had
mijn vader een ultimatum moeten stellen: studeren of ik smeer
'm.'
Ze lachen allemaal om het onbedoelde rijm, behalve Ann, die
van het hele betoog niets begrijpt. En Audrey, die het beter
snapt, kijkt gegriefd naar Ed op: 'Maar oom Ed, dan had je ons
ook niet gehad!' Haar ogen spreken boekdelen. Er glinsteren
tranen in.
De broers hebben een spottend lachje over voor dit sentimen-
tele gedoe. Maar och, het zijn die kleintjes maar. En om eerlijk
te blijven, zij kunnen zich ook niet voorstellen hoe het zou zijn
als oom Ed weer uit hun kringetje zou verdwijnen. Maar je kunt
toch moeilijk bij voorbaat gaan zitten grienen om als... als!
Ed leest de gedachten van hun gezichten af en voelt zich van
binnen begrijpelijk zeer gestreeld, zoveel aanhankelijkheid heeft

hij nooit eerder ervaren.

Uit de volheid van zijn hart vraagt hij ineens: 'Wat gaan we doen als het huis af is? Ik zie dat vrijdag, zaterdag wel gebeuren!'

De vlag uitsteken, wil Ann roepen, maar tegelijk beseft ze dat ze bijna iets zou verraden. Ze slaat haar beide handjes voor haar mond en slaakt een onderdrukte gil. 'O!'

Audrey komt met een heel ander voorstel op de proppen. 'Laten we Hugh thuishalen! Hij zal die...' Zij blijft ook steken bij het woordje 'vlag'. Ook prachtig vinden! had ze eraan willen toevoegen.

De jongens kijken opmerkelijk weinig enthousiast, om niet te zeggen, sip. Zij zien er duidelijk geen brood in, in die thuiskomst van hun broer. Je kunt nu wel doen of je dat wondermooi lijkt, maar in de praktijk geeft het niets dan last. De hele familie moet de ganse dag voor politie spelen, het is almaar oppassen geblazen! 'Nee Hugh, niet aankomen. Mooi laten staan! Nee Hugh, in de stoel blijven zitten!' Want je bent nog niet gelukkig als hij aan de wandel gaat. Hij loopt alles omver en stoot overal tegen aan, hoewel de dokter zegt dat zijn ogen perfect zijn.

Ed laat er zich niet over uit, het zijn tenslotte zijn zaken niet, wel die van Frits en Jenneke. 'Zullen we dat maar aan je moeder en vader overlaten?' suggereert hij rustig.

Daar zijn ze het allemaal mee eens. Het onderwerp heeft maar matig hun belangstelling.

Op vrijdagavond wordt de minibungalow bewoonbaar verklaard en komt Jenneke opdraven met haar grote verrassing, een rood-wit-blauwe vlag. Succes verzekerd als Hollands glorie in top wordt gehesen. Luid applaus! Ze neemt de hulde als haar wel toekomend in ontvangst. Het heeft haar dan ook nog heel wat hoofdbrekens gekost, ze heeft er zelfs een reis naar Red Deer voor moeten maken vóór ze de drie kleuren in de vereiste kwaliteit had.

'We hebben er toch een uit Holland meegenomen?' had Frits zich nog menen te herinneren.

'Ja, maar heb jij enig idee waar die gebleven is?'

'Och, koop een nieuwe!' had hij haar aangeraden.

'Ja goed, maar dan zal ik die toch zelf in elkaar moeten zetten!'

'Nou ja! Dan doe je dat toch! Je hebt wel voor zwaardere karweitjes achter de machine gezeten. Dan moet dit een peulenschilletje voor je zijn!'

'Mannenpraat,' had Jenneke gemompeld en was stadwaarts getogen.

Als Frits vertelt wat een moeite zijn vrouw zich voor haar bijdrage in de feestvreugde heeft moeten getroosten, krijgt ze op iedere wang een zoen van Ed: 'Daar, dáár! Je bent een schat, Jen. Heel erg bedankt!'

'Zie, dat je er zelf ook zo één krijgt!' adviseert Frits hem, 'dan hoef je mijn vrouw niet om de hals te vallen!'

'Poe,' komt Ann verontwaardigd. 'Oom Ed mag mama toch zeker wel een kusje geven?'

'Jij bent een schat, dat je het zo voor me opneemt!' Ed zwaait haar hoog in de lucht.

Zaterdags wordt Hugh gehaald, om mee in de vreugde te kunnen delen. Hij wordt door zijn broers en zusjes in optocht naar de bungalow gevoerd, zonder dat ze er iets van verwachten. Het kan dus nooit tegenvallen. Dat staat bij voorbaat vast. Hij kijkt wat wazig rond, gebaart wat met zijn motorisch gestoorde handen in onbestemde bewegingen en babbelt: 'Huis! huis!'

Audrey, met haar warm, hem toegewijd hartje, heeft nog wel hoop dat hij er enig besef van heeft. Ze wijst naar boven en tilt zijn wankel hoofd ook op. 'Kijk Hugh, die vlag zie je wel, hè? Die heeft mama voor oom Ed gemaakt, mooi hè?'

'Mooi! Mooi!' stottert hij haar na en hij kwijlt er erg bij.

Audrey vangt dat overtollig vocht op met het zakdoekje dat ze van oom Ed heeft gekregen en zelf nog nooit gebruikte, omdat ze er zo zuinig op is.

'Hebbe! Hebbe!' Hugh heft beide handen ten hemel, en schreeuwt zijn wens uit met de schorre keelstem van een krankzinnige. Het gaat zijn vader en moeder plus Ed door merg en been. Zijn kleine broertje en zusje worden ook door zijn begeerte aangestoken. Zij krijsen om het hardst mee: 'Hebbe! Hebbe!'

Audrey kan wel huilen om dit resultaat. Het was alleen maar haar bedoeling geweest Hugh een pleziertje te doen, maar Jenneke zegt met een geforceerd lachje: 'Vooruit, druktemakers, naar binnen! Mama heeft van allerlei lekkers!' Hiermee is de aandacht afgeleid van de zo fel begeerde driekleur. Als er wat te snoepen valt, zijn ze er allemaal als de kippen bij. De hele schare dromt achter haar aan. Er is koffie voor de groten en limonade voor beneden de twaalf. Hugh graait naar alle kanten, maar de anderen, zijn vraatzucht kennende, stellen hun deel – een stuk taart met slagroom om ú tegen te zeggen – snel in veiligheid. Hugh heeft zijn part – de grootste portie – in minder dan een tel verzwolgen en duwt zijn moeder zijn bordje onder de neus, dwingend hakkelend: 'Meer, meer!' Hij krijgt zijn plastic schoteltje nog eens afgeladen vol. Voor hij om een derde stuk kan vragen, neemt vader Frits de schotel van tafel en onttrekt die aan het oog van zijn verstandelijk gehandicapte zoon.

Ter compensatie wordt de sjoelbak te voorschijn gehaald. Dat is het enige spel, waarschijnlijk vanwege het lawaai, waaraan ook Hugh kan deelnemen en dan op zijn manier. Hij kletst alle schijven over de vakjes heen, zodat ze overal terechtkomen behalve waar ze moeten zijn en stoot daarbij beestachtige vreugdekreten uit. De hele familie juicht te zijner ere als alle schijven hun doel gemist hebben.

'Goed zo, Hugh, goed zo!'

Hugh roept met rauw stemgeluid mee: 'Goed, goed!' en kwijlt van genoegen nog meer dan anders. Jenneke geeft het moedertje in de dop, Audrey, enige daarvoor bestemde servetten, die ze allemaal in de grote zak van het schortje propt dat ze voor de gelegenheid heeft voorgebonden. Ze vindt het niet erg om zijn voortdurend druipende mond droog te houden.

Als Hugh blijk geeft geen interesse meer te hebben voor de sjoelbak, zetten ze hem in een speciaal voor hem door Frits vervaardigde reusachtige trekkar en rijden ze onder groot gejoel, dat door Hugh overstemd wordt, over het erf. Hij geniet er uitbundig van en stoot een verrukt gebrom uit als van een beer die eindelijk zijn prooi bemachtigd heeft. Moeten ze echter ergens even stoppen of vertragen ze hun vaart, dan kent Hughs razernij geen grenzen en zet hij een keel op, dat horen en zien vergaat.

Audrey kent deze symptomen als geen ander! 'Hij heeft er geen aardigheid meer in,' begrijpt ze. 'Dan ga ik nu maar met hem wandelen.'

En daar stapt ze heen, haar broer in de kar meevoerend. Alles aan hem is buiten proportie. Ongelooflijk lange benen en armen heeft hij, een mager uitgerekt lichaam en hoofd. Dit laatste staat alsof hij dronken is op zijn dunne slappe nek. Het zwiebelt naar alle kanten. Maar Audrey heeft er, zo te zien, geen erg in. In ieder geval speelt ze de zichzelf aangemeten rol met een voor een kind van haar leeftijd bewonderenswaardige wijsheid. Ze maakt hem overal attent op: 'Kijk Hugh, een spin! Hij maakt z'n huis van allemaal draadjes. Zo, die is klaar, nu gaat hij weer terug en maakt tegelijk een heel fijn koordje. Zie je dat? Straks gaatie er middenin wonen, dat vindt-ie fijn, lekker een eigen huis net als oom Ed. Zullen we daar nu nog even naartoe gaan? Ja, dat doen we!' geeft ze zelf jubelend antwoord.

'Doen! Doen!' echoot Hugh haar na, met warempel ook een ietsje opgewondenheid in zijn toon!

Eerst loopt ze met hem om het bouwwerkje heen. Dan gaan ze naar binnen. 'Kijk, hier slaapt oom Ed!' probeert Audrey hem uit te leggen. 'Mooi hè?'

Nee, het kan Hugh geen sikkepit schelen, waar oom Ed vanavond het moede hoofd zal neerleggen. 'Nee, nee!' Hij wijst naar de deur en trekt haar mee, zo hard dat ze tegelijk op de grond buitelen.

'Pijn?' vraagt Audrey medelijdend. Nee, Hugh heeft geen pijn, alleen maar honger.

'Hap, hap!' hakkelt hij smakkend met zijn spaarzaam van tanden voorziene mond.

Audrey haast zich met hem naar hun eigen huis. Aan 'hap, hap' moet onmiddellijk worden voldaan, anders is het leed voor de familie niet te overzien.

'Hij wil eten!' verklaart ze kalm en verdwijnt in een diepe provisiekast om in een oogwenk terug te komen met een enorme homp van een door haar moeder zelf gebakken koek. Alle aanwezigen slaken een zucht van verlichting als hij gulzig begint te verslinden wat Audrey hem netjes op een bordje brengt. Gelukkig is het plastic, want hij laat dat onnutte ding, dat niet eetbaar is, achteloos vallen. Hij perst zich in dezelfde fauteuil als Audrey en stouwt zo vlug hij kan alles tegelijk in zijn mond en legt dan het moede, slappe hoofd tegen de schouder van zijn zusje en slaapt, kwistig kwijlend.

Audrey begint onverdroten het te veel op te vangen, moederlijk op hem neerkijkend. Ieder zwijgt, doodsbang dat het voorwerp van hun aller zorg wakker zal worden. Zelfs Ann in haar hoekje fluistert tegen haar poppen, dat ze niet luidkeels mogen kwebbelen met elkaar of met haar – hun moeder – want ssst, vingertje op de mond, Hughje slaapt.

Als hij diep genoeg weg is om vervoerd te worden, geeft Frits een wenk aan Ed, die dadelijk begrepen wordt. Het is de hoogste tijd om Hugh weer naar de inrichting terug te brengen. Als vanzelfsprekend gaat Audrey mee om zijn hoofd op haar schoot te houden en zijn mond af te vegen. Het ontroert Ed tot in het diepst van zijn ziel. Wat is het een schat! Ze is onvervangbaar!

HOOFDSTUK 13

Ze mogen allemaal om de beurt een dagje bij oom Ed komen. Dat wil zeggen voor het ontbijt en de lunch. Aan een volledig diner waagt oom Ed zich nog niet. De warme maaltijd gebruikt hij veiligheidshalve liever bij Jenneke.

Audrey en Ann zijn het eerst aan de beurt. En als ze hun maagjes hebben overladen met al het lekkers dat oom Ed ze toestopte, komt Audrey ineens met de vraag voor de dag: 'Hoe heet uw huis nu eigenlijk?'

Ed heeft er geen seconde over gedacht zijn nederige stulp een naam te geven. Hij haalt dus onverschillig de schouders op en zegt dan, zijn voorhoofd fronsend: 'Weet ik veel! Moet dat dan?'

'Natuurlijk moet dat!' roept Audrey met grote stelligheid. 'En ik weet ook al een goede: De Woudloper!'

De triomf straalt haar de ogen uit en Ed kan zich tot haar grote vreugde direct met het voorstel verenigen. 'Ja, dat is leuk! Hoe kom je erop?'

Dat doet Ann hem uit de doeken: 'Nou, gewoon! U bent toch zo graag in de bossen? Bij de herten en de wilde honden? Brrr, hoe durft u!'

Audrey geeft hem nog een advies: 'Het moet op een geel plankje met bruine letters. Dad wil het vast wel voor u doen. Hij heeft dat van ons ook gemaakt.'

Frits geeft 's avonds onder het eten zijn toestemming. Zeker, dat kan hij wel even voor elkaar maken.

'Maar ik heb de naam bedacht!'

Audrey klopt zich op de borst, of haar idee minstens de Nobelprijs verdiende. Ondanks haar zelfingenomenheid eet ze echter niet veel, zo goed als niets zelfs.

'Hoe komt dat?' vraagt Jenneke. 'Dat zijn we van jou niet gewend. En je ziet ook wat pips.'

'Ik heb bij oom Ed zeker te veel gegeten. Het was allemaal zo lekker!' Ze wrijft eens over haar buik. 'Helemaal vol.'

Jenneke is gerustgesteld en schenkt verder ook geen aandacht meer aan de kleine portie, die Audrey met lange tanden verorbert.

Zonder aangemaand te hoeven worden, gaat ze vroeg naar bed. Ook dat draagt de goedkeuring van haar ouders weg. Ze wensen haar eenparig 'good night'.

'Ze is moe,' meent haar moeder. 'Geen wonder! Ze is de laatste tijd ook zo druk in de weer geweest met van alles en nog wat.'

Maar midden in de nacht hoort ze Audrey huilen. Zij snellen erheen. 'Wat is er, kindje?'

'Ik weet het zelf niet,' jammert Audrey. 'Ik ben zo moe!'

'Och, darling! Mama kan zichzelf wel ik weet niet wát doen! We hebben jou maar met Hugh om laten tobben. Niemand van ons kan zo goed met hem opschieten als jij, daarom hebben we hem te veel aan jou overgelaten. Dat was niet verstandig en het zal ook niet weer gebeuren. Maar die moeheid trekt wel weer weg, hoor. Blijf morgen maar lekker lang liggen en dan ga je voor een keer maar eens niet naar school!'

'Ja, maar dat zou ik ook niet kunnen,' klaagt Audrey. 'Ik kan niet eens staan! Ik wou wat water gaan drinken, maar ik tolde zo maar achterover weer in bed! Hoe kan dat nou? Net of m'n benen helemaal slap zijn, en alles doet pijn!'

Jenneke schrikt heftig, maar uiterlijk blijft ze rustig.

'Weet je wat? Je probeert nu nog wat te slapen. En als je je morgen nog zo naar voelt, roepen we de dokter. Maar ik denk dat je de griep te pakken hebt. Dan doet ook alles zeer!'

Jenneke dekt haar nog eens toe en zoent haar op haar hete wangetjes. Vreemd, ze kon wel koorts hebben! Een akelig voorgevoel bekruipt haar.

'Wat was er?' vraagt Frits doezelig.

'Ik weet het niet, maar ik vertrouw het niet. Ze kon ineens wel eens heel erg ziek zijn.'

'Och, kom, jij ziet altijd leeuwen en beren op de weg, en hoe

vaak is niet achteraf gebleken dat je het veel te donker had ingezien!'

Jenneke gaat liggen en denkt: 'Frits heeft gelijk, ik heb mij
gelukkig vaak vergist in die dingen. Het valt misschien nu ook
wel weer mee!

Maar deze keer heeft ze de toestand goed aangevoeld. De volgende morgen klaagt Audrey over pijn overal, maar vooral
onder haar armen. Als Jenneke voorzichtig een onderzoek
instelt, blijken de klieren in de oksels opgezwollen.

'Dadelijk de dokter!' zegt ze. 'Ed zorgt wel voor de koeien, dan
worden ze maar wat later gemolken.'

Gelukkig is de arts tevens huisvriend, zijn kinderen komen vaak
spelen op de boerderij. Hij zet er dus haast achter, heeft zelfs het
spreekuur bekort toen Jenneke hem de verschijnselen beschreven had. Hij is er vlugger dan men had verwacht. Hij parkeert
zijn auto zonder die op slot te doen en begeeft zich haastig naar
binnen. Frits brengt hem in het slaapkamertje van Audrey. Hij
ziet met één oogopslag dat men hem niet onnodig heeft geroepen en niet te vroeg alarm heeft geslagen. Ogenschijnlijk is hij
de opgewektheid zelve.

'Zo, liefje, en vertel het nou maar eens aan oom dokter.'

'Ik ben zo moe!' zegt het kind mat. 'En alles doet pijn. Hier is
het het ergst!' Ze wijst naar de opgezette plaatsen.

De dokter betast haar o zo voorzichtig en ziet nog kans een vrolijke toon aan te slaan. 'Well honey, je zult wel een paar dagen
naar het ziekenhuis moeten! Dat is niet erg, hè? Word je lekker
verwend door de zusters! Dág! Oom Barry komt iedere dag naar
je kijken!'

En dan gaat alles heel snel en als in een droom: de ambulance,
het ziekenhuis, de onderzoeken. En dan komt het moment dat
de dokter Frits apart neemt en onomwonden zegt: 'Heeft u wel
eens van leukemie gehoord?'

'Jawel.' Het hart van de vader wordt samengeknepen door een
angstig vermoeden. 'Maar dat is het toch niet?'

'Ik vrees van wel, helaas, en daar de ziekte in alle hevigheid heeft
toegeslagen, lijkt het me beter u niet met valse hoop te vleien.
Daar is de tijd te kort voor. Het is een van die ziekten, waar
eigenlijk nog geen kruid voor gewassen is.'

Frits kreunt als een zwaargewonde. 'O nee, alles, maar dit niet!'

Dan staat ineens Jenneke naast hem, die nog even naar Audrey was gaan kijken. De dokter, haar verregaande staat van zwangerschap ziende, tracht haar nog te sparen met de woorden: 'Het laat zich niet gunstig aanzien, mevrouw, maar we zullen doen wat we kunnen.'

'Heeft ze dan nog een kans, dokter?'

Hij slaat zijn ogen neer voor haar doordringende blik en voor de vraag: 'Waarom is mijn man dan zo overstuur?'

Eer de dokter haar een misleidend antwoord kan geven, neemt Frits haar in zijn armen en snikt: 'Het is een bloedziekte, lieveling, waar weinig aan te doen is.'

Jenneke wordt grauw tot in haar lippen, maar ze laat geen traan, daarvoor is haar schrik en smart te groot.

Als ze thuiskomen staat daar de auto van hun huisdokter en vriend. Hij komt hen tegemoet en Jenneke jammert: 'O Barry, onze lieve, lieve Audrey, hoe kunnen we ooit zonder haar verder leven? Ze is er altijd voor ieder die verdriet heeft, ze denkt nooit aan zichzelf maar altijd eerst aan de ander. Ik kan me niet voorstellen, dat ze er niet meer zal zijn!'

'Dat hoeft nu ook nog niet, Jenneke. Geniet zo lang het mogelijk is nog van haar, verlicht haar pijn en bereid intussen haar en je zelf voor op een scheiding, die – dat geloof je toch? – niet voor altijd zal zijn. En vergeet ondertussen de andere kinderen en het kind dat nog komen moet niet. Het klinkt misschien hard, maar oefen je in zelfbeheersing, want die zal jullie in de weken of maanden die haar nog resten, te pas komen! Laat een poosje gerust alles om jullie zwaar zieke dochtertje draaien, verwen haar maar en geef haar alles waar ze om vraagt, al is het ook nog zoiets wonderlijks. Wil ze een bepaalde soort soep? Haal die voor haar, al moet je er ook mijlen voor rijden. Heeft ze trek in aardbeien, probeer die dan voor haar te bemachtigen, al eet ze er maar één van. Het zal niet lang meer duren, dan vraagt haar maag niets meer, wel, dan dringen jullie ook niet aan. Het lijkt me het beste jullie een ervaren nurse te sturen of jullie moeten haar liever in het ziekenhuis willen laten. Ze zal daar toch af en toe naar toe moeten voor een bloedtransfusie. Dat zal eerst goed helpen, maar de tijd ertussen zal hoe langer hoe korter worden, tot het niet meer zal helpen. Maar hoe het ook zij, de verpleging zal zwaar zijn en Jennekes omstandigheden in aanmerking

genomen raad ik jullie toch aan nog een derde kracht in te scha-
kelen. Weten jullie zo iemand?'

'Ja,' roepen ze als uit één mond. 'Ed! Onze vriend uit Holland,'
zegt Frits. 'Hij is dol op Audrey en zij op hem. Hij zal haar vast
graag samen met ons willen verzorgen en ook op de farm kan hij
mij dan zo nodig vervangen.'

'Dat zou prachtig zijn.' De arts knikt hen bemoedigend toe.

En dan vraagt Frits: 'Zeg eens eerlijk, Barry, heeft het zin, die
bloedtransfusies?'

'Of het zin heeft?' De dokter strijkt peinzend over zijn al grij-
zend hoofd en antwoordt dan langzaam, zijn woorden met zorg
kiezend: 'Ja, in zoverre, het verlengt wel haar leven, maar geeft
geen genezing, en jullie willen haar toch zielsgraag zo lang
mogelijk bij jullie houden? We kunnen met medicijnen heel wat
bereiken om de pijn te onderdrukken, maar dat zal, als het tegen
het eind loopt, hoe langer hoe minder het geval zijn. Maar daar
staat weer tegenover dat ze heel waarschijnlijk van de vreugde
om het nieuwe broertje of zusje mee zal mogen genieten. Vrees
voor besmetting hoef je niet te hebben, je zult dus gerust de
baby naast haar kunnen leggen...!'

De tranen breken los bij Jenneke. Audrey, de enige van haar kinderen die de baby al bij voorbaat in haar liefhebbend hartje heeft
gesloten, zij zal juist dit alles maar kort mogen meemaken. En
ze heeft er zich het meest van voorgesteld.

De dokter en haar man leggen tegelijk een vertroostende hand
op haar schouder.

Frits smeekt: 'Jenneke, kun je je niet een beetje beheersen?'

Maar de dokter zegt: 'Nee, huil maar, huil er maar gerust om,
want het is heel erg wat jullie overkomt en te wachten staat!'

'Wat te wachten staat?' Eddy is ongemerkt binnengekomen en
heeft de laatste woorden van de arts opgevangen. Omdat een
antwoord uitblijft, dringt Ed nog eens aan; 'Wat is er aan de
hand? Is Audrey zo ziek?'

'Ja, Ed!' antwoordt Frits en zijn stem stokt. 'Zó ziek, dat we haar
binnen afzienbare tijd af zullen moeten staan. Ze heeft leukemie!'

'Leukemie!' herhaalt Ed en hij wordt grauw van schrik. Hij weet
wat dat betekent. Hij heeft het in Holland in zijn naaste omgeving meegemaakt. De kruidenier van zijn moeder had een kies

laten trekken en de wond die daardoor was ontstaan wilde niet genezen. Na veel onderzoeken werd de door Frits genoemde ziekte geconstateerd en de man stierf na af en toe vreselijke pijnen te hebben geleden. Met een vroeger buurmeisje, ongeveer van dezelfde leeftijd als Audrey, was hetzelfde gebeurd.

'Dat is niet best,' stemt hij met tegenzin toe.

De volgende dag komt Audrey thuis. 's Avonds zitten de volwassenen zwijgend en bedroefd bij elkaar. Tot Ed ineens zijn vinger opsteekt en zegt: 'Hoor nou toch eens, ze zingt!'

Geen van drieën kan zijn tranen bedwingen als ze horen wat ze zingt: 'Lord Jesus, I long to be perfectly whole. I want Thee forever to live in my soul, break down every idol, cast out every foe. Now wash me, and I shall be whiter than snow. Whiter than snow, yes whiter than snow. Now wash me, and I shall be whiter than snow, Amen!'*

'Ja, hoor toch eens, Frits, ze zingt, dat kleine, lieve ding!' Jenneke snikt het uit.

En Frits produceert iets als een niesbui, die hij met een zakdoek bedwingen moet.

Audrey zingt intussen door, alle verzen van hetzelfde lied, en ze vergeet het refrein niet.

Voor Jenneke lijkt het een bemoediging.

'Wat heerlijk,' snikt ze, 'ze heeft haar houvast gevonden.'

Frits legt een arm om haar schouders. 'En dat is het voornaamste, meid.'

Ed heeft zich omgekeerd naar het raam en kijkt met wazige, nietsziende ogen naar buiten. O, dit onnozele lam, dat ten dode is opgeschreven, is oneindig rijker dan hij; zij bezit die vrede die alle verstand te boven gaat, zoals heit eens uit de Bijbel voorlas. Dat zachte, zuivere stemmetje is balsem voor Jennekes hart, maar het snijdt hem door de ziel. Als er een hemel is dan kan zij straks zo meezingen in dat grote kinderkoor, dat daar boven

* Heer Jezus, ik verlang ernaar helemaal volmaakt te zijn. Ik wil dat U voor altijd in mijn ziel woont, iedere afgod te gronde richt, iedere vijand verjaagt. Was me, en ik zal witter zijn dan sneeuw.
Witter dan sneeuw, ja witter dan sneeuw. Was me, en ik zal witter zijn dan sneeuw. Amen!

juicht voor Gods troon!

Hoe komt hij toch aan zo'n opmerkelijk vrome gedachte en aan die woorden? Wacht eens, was het niet Josien, die dat zong? En begeleidde zijn bloedeigen zuster haar toen niet? Ook weer zoiets ongelooflijks, Evelien, die in haar niet zeldzame wanhoopsbuien zichzelf en God vervloekte. Maar ze liet nooit na er later, als ze haar zelfbeheersing weer terug had, smalend op terug te komen: 'Nou ja, ik had God wel achterwege kunnen laten. Als Hij er is, dan zit Hij in zijn ivoren toren en trekt zich van zijn zogenaamde kinderen niets aan!'

Wie heeft gelijk? O, Audrey, dat is zeker! Dus! Wát dus?

HOOFDSTUK 14

Je kunt zeggen wat je wilt, maar ik ga deze keer niet naar het ziekenhuis! Ik blijf hier!' Jenneke klemt haar lippen vastbesloten opeen.

'Och kind, dan heb je immers geen ogenblik rust met een gezin als dat van jullie!' zegt de dokter, en Frits knikt instemmend.

'O, aan dat rumoerige ben ik gewend en de kinderen zullen heus niet in een kring om mijn bed komen, of onophoudelijk in en uit lopen, daar zijn ze oud en wijs genoeg voor. En de kleinsten worden wel door de oudsten in toom gehouden. Heus, dat zal best meevallen! En ik wil Audrey nog éénmaal de blijdschap gunnen en de belevenis van – ik zou haast zeggen – het nieuwgeboren kind! Zodra het er is mag zij bij mij in bed komen en de baby in haar armpjes houden. En dat zal ze heerlijk vinden! En het zal voor het laatst zijn. Dat weet ik zeker! We zien haar toch voor onze ogen achteruitgaan. Wát ze in het ziekenhuis ook aan haar doen, bloedtransfusie, prikken in de rug, wat ze een verschrikking vindt, medicijnen, het helpt allemaal niets! En zo voelt ze het zelf ook!

Gister zei ze tegen me: 'Wees maar niet bang, hoor mam! Ik ga niet naar de hemel voor ik de baby gezien heb!'

Ik vroeg: 'Hoe weet je dat zo zeker, honey?'

'Dat heeft de Here met mij afgesproken. Ik heb hem erom gevraagd, niet telkens weer, want de Here houdt niet van zeuren, net zomin als jij, mam! En ik heb er ook van gedroomd en toen, in mijn slaap, heeft Hij het mij beloofd! Hij zei: Dat doen we, hoor, Audrey! Ik haal je niet eerder bij mij thuis of het kindje moet er zijn! Nou, beloofd is beloofd, dat zegt u toch ook altijd, mam?'

Jenneke huilt tegen Frits aangeleund.

Dan zegt de dokter iets heel merkwaardigs, met ontroering in zijn stem: 'Ergens in de Bijbel staat – ik weet niet waar en in welk verband: 'Gij beweegt mij bijna een christen te worden'. Zo vergaat het mij als ik dat lieve, dappere meiske zie.'

"Bijna', zeg je, Barry, maar ik hoop 'helemaal'. Daar zou dit ziekbed voor mijn idee meer zin door krijgen!' Frits zegt het aarzelend. 'Nu overheerst bij mij dag en nacht de vraag: waarom, o God, waarom?'

'Gij zult het na dezen verstaan,' snikt Jenneke. 'Ik heb nog nooit zo'n moeite gehad met die belofte als tegenwoordig. Na dezen! Maar ik zou nu willen weten, waarom wij dit kind moeten verliezen. Ik denk soms heel oneerbiedig: waarom neemt God die oude mensen niet die nergens meer toe dienen dan om verpleegd te worden, die maar vegeteren, zonder benul van leven of dood?'

Maar haar man, die zo-even ook nog blijk gaf van twijfel, zegt nu: 'Ons geloof wordt beproefd, Jenneke. Als wij Gods doen en laten konden begrijpen, zou Hij niet meer Gód zijn. Wij zouden aan Hem gelijk zijn geworden, zoals de slang Adam en Eva voorspiegelde, en het is hun tot een oordeel geworden. Maar het blijft voor ons kleine mensen verwarrend, we begrijpen het niet. Evenmin als onze kinderen als ze tegen onze manier van opvoeden protesteren.'

Jenneke kalmeert een beetje, haar verdriet gaat naar het lijkt in doffe berusting over. De dokter, blij dat het innerlijk verzet voor het oog gebroken is, wil ook wat bijdragen.

'En zit er nu maar niet langer over in hoe het straks moet als de baby zich aankondigt. Liever niet naar het ziekenhuis? Goed, dan help ik je thuis! Als je maar zorgt, dat je me tijdig roept!'

'O, fijn!' is Jennekes dankbare reactie. 'Ik wist wel dat je het doen zou.'

De beide mannen wisselen een blik van verstandhouding: een vrouw is een man altijd te slim af! Dat zie je maar weer.

'Audrey is zo stil vanmorgen!' merkt Frits ineens op.

'En ze heeft nog niet gezongen!' valt Jenneke hem bij. 'Zou ze pijn hebben?' Dit verontrust haar. Ze doet al een stap in de richting van Audrey's kamer.

Frits houdt haar tegen: 'Welnee. Ik hoor een mannenstem. Ed zal haar wel weer een van zijn fraaie verhalen aan het vertellen zijn. Daar is-ie een meester in!'

'Komt hij nog zo vaak bij jullie?' informeert de dokter min of meer verbaasd.

'Gelukkig wel,' knikt Jenneke. 'Nou ja, De Woudloper is wel zijn eigenlijke home, maar hij is dol op Audrey en zij op hem. Meestal gaat hij na zijn werk rechtstreeks naar haar toe en vermaakt hij haar zeer met de onuitputtelijke geschiedenissen uit zijn jeugd, vooral met de verhalen over zijn kwajongensstreken op school en thuis. Ik hoorde Audrey laatst schateren en vragen: 'Is het echt gebeurd, oom Ed?' Dan heeft hij zeker zijn fantasie een beetje te veel de vrije loop gelaten!'

Frits had gelijk: Ed zit inderdaad aan het voeteneind van Audrey's bed en voert net weer zijn strenge vader ten tonele.

'Ik geloof dat ik je pa niet zo aardig vind,' zegt ze aarzelend.

'Vind je dat erg?'

'Welnee!' stelt Ed haar haastig gerust. 'Hij is ook niet wat jij lief noemt, maar ik was ook niet zo'n lekkertje. Dat zie je vaak pas later!'

'En wil je nou graag naar huis, om hem dat te zeggen?' vraagt ze angstig, o zo bang dat Ed weer met een hart, zwaar van berouw, in het vliegtuig zal stappen.

'Nee hoor!' Ed gooit de gedachte zo ver mogelijk weg. 'Ik blijf, al was het alleen maar om jou! Ik ga niet graag bij jou weg!'

Audrey bekijkt hem peinzend en medelijdend. 'En dat moet straks toch, want je weet best dat ik er over een poosje niet meer zal zijn.'

Ed kan zijn tranen nauwelijks bedwingen, en dat ziet ze. Ze pakt troostend zijn hand.

'O, oom Ed, ik wou zo graag, dat je nog veel meer van de Here hield dan van mij, dan kon ik straks zeggen: See you later!'

'Wie weed' zegt Ed, louter om haar gerust te stellen. 'Wie weet, wat er nog eens gebeurt.'

En dan gooit hij het gesprek over een andere boeg. ' 'See you later', zei je. Weet je wat wij, toen ik nog naar school ging, elkaar achterna riepen? 'Mojje.' Of het nou morgen, of middag of avond was, het was altijd: 'mojje'.'

'Niet mooi!' vindt Audrey met een preuts juffersmondje. 'Eigenlijk lelijk! Mama zou zeggen: onbeschaafd!'

En dan, om haar oordeel ter wille van Ed wat te verzachten: 'Och, het was zeker nou eenmaal de gewoonte bij jullie. Maar je moeder, mocht het van haar?'

'O, foei, nee!' zegt Ed quasigeschrokken en lacht. 'Maar er was zoveel waaraan ze zich ergerde, het hele Groningse dialect, en dat de ene mens zich kilometers ver boven de andere verheven voelde, omdat hij rijker was of omdat hij een boer was en die ander een arbeider. Mijn moeder was helemaal geen boerenmeisje, maar de dochter van een dokter. Zij logeerde bij vrienden van haar ouders op het Hooge land, dat is de streek van Groningen waar de rijkste boeren wonen met huizen als kastelen. Daar heeft zij mijn vader leren kennen, die daar een enorme hofstede bewoonde en beheerde met behulp van knechten en meiden. Hij moest het vak nog wel leren, want zijn vader was musicus. Nu zijn die doorgaans niet rijk, maar grootvaders familie was het wel. Een ongetrouwde broer van opa liet hem een kapitale boerderij na met het nodige land eromheen en zo vlogen de gebraden ganzen mijn vader zomaar in de mond zonder dat hij er iets voor had hoeven doen. Op de landbouwschool bakte hij er niets van, want leren kon-ie niet best, maar voor herenboer spelen kon hij wel en de baas spelen nog beter!'

Audrey hoort de honende ondertoon in Eds stem, en ze zegt zacht bestraffend: 'Papa zegt altijd: 'Boos worden, dat mag soms, maar boos blijven is altijd fout.' En jij bent nog wel een beetje boos gebleven, hè, oom Ed?'

'Klein, wijs vrouwtje! Jij zet oom Ed maar mooi op zijn nummer.' Hij streelt haar over het hoofd en merkt met schrik dat het gloeit van de koorts.

'Ik ga op een draf naar De Woudloper, hoor. Ik heb veel te lang met je gepraat. Je zou er nog zieker van worden!'

'Hè, nee. Toe, blijf nog even,' soebat Audrey. 'Ik zal niet meer wijs zijn,' want in haar onschuld denkt ze dat Ed op zijn teentjes is getrapt. 'Weet je nog niet een leuk verhaaltje over toen je op school ging?'

Ed, haar gevoelig hartje kennend, wil in geen geval dat ze zich schuldig voelt aan zijn wat haastig voornemen tot vertrek. Hij denkt: Of ik nu wat meer of minder met haar babbel, beter wordt ze toch niet! Hij zwicht: 'Ja, warempel, daar schiet me nog wat te binnen, waaraan jij je lieve hartje kunt ophalen. We hadden op de landbouwschool een leraar, een lange magere, bleke man, die altijd even vermoeid en bedroefd keek, en toch plaagden wij hem! We maakten lawaai en praatten gewoon door als hij binnenkwam! En hoe hij ook op de lessenaar sloeg met een liniaal en hoe hij ook over onze hoofden heen schreeuwde dat hij de les beginnen wou, wij gingen maar door met herrie schoppen. Maar toen, op een morgen, was hij er niet en kregen we een leraar die ons wel aan kon. Hij deed niets, hij bulderde niet dat wij stil moesten zijn, maar ging rustig aan zijn tafeltje zitten en wachtte. Ja, gek, maar toen was de aardigheid er ineens af en wij gaven geen kik meer. Hij had zijn doel dus bereikt en zei: 'Voor wij beginnen, jongelui, moet ik eerst iets rechtzetten. Mijnheer Overtrecht kan hier niet zijn, hij zit bij het sterfbed van zijn vrouw. Het laatste jaar is heel zwaar voor hem geweest. Hij moest er 's nachts, als jullie en ik in diepe slaap lagen, ontelbare keren uit om zijn vrouw te helpen. Dat was voor hem haast niet om uit te houden en als hij dan hier op school kwam, maakten jullie hem het leven zuur, door er een janboel van te maken. En nu wou ik jullie dit vragen, als hij over een week of zo zijn werk hier weer hervatten moet, willen jullie dan proberen hem door deze moeilijke tijd heen te helpen, in plaats van die nog meer te verpesten? Denk er eens over na! Waar waren jullie gebleven met de les?'
'Pagina 17, mijnheer!' klonk van achter uit de klas een stem.
'Dan beginnen we daar!'
'En verder?' dringt Audrey aan.
'Die leraar is onze beste vriend geworden!'
'O, gelukkig!' herademt ze. De tranen lopen vanonder haar gesloten oogleden over haar ingevallen gezichtje.
Ed sluipt als een dief haar kamer uit naar zijn eigen huisje. Daar drinkt hij een flesje bier. In eten heeft hij geen trek.

HOOFDSTUK 15

De baby wordt prompt op tijd geboren.

Ed onderhoudt tijdens het gebeuren een pendeldienst van deur tot deur.

Even, als Jenneke in de hoogste nood verkeert en ze een felle schreeuw ook niet ter wille van Audrey kan onderdrukken en deze pijnkreet Audrey's gespitste oortjes bereikt, vraagt ze, hevig geschrokken: 'Oom Ed, doet mama dat?'

Het lijkt hem beter haar niet om de tuin te leiden. Daarom antwoordt hij: 'Ja Audrey, maar nu is het er ook gauw!'

'Hoe weet je dat, oom Ed?'

Hoewel in dat soort zaken totaal een onbeschreven blad, verhindert dit hem niet om koelbloedig te reageren met de mededeling: 'O, de laatste pijn is altijd de ergste!' alsof hij zelf al menige wee heeft doorstaan.

Gelukkig wordt hij niet voor gek gezet. Opeens is er vader Frits die binnenkomt met een in luier en truitje verpakt bundeltje, dat hij voorzichtig in Audrey's gretig uitgestoken armpjes vlijt. Ze leunt ter ondersteuning met haar zwakke ruggetje tegen Ed aan, en knelt met samengeklemde lippen het baby'tje tegen zich aan, doodsbang dat het niet-mogelijke toch zal gebeuren en zij het kindje zal laten vallen, haar wangetje tegen het ongelooflijk zachte huidje van de pasgeborene.

'Ik hou nu al van hem!' zegt ze met een verrukte zucht:

De beide mannen bedwingen hun bewogenheid.

'Hoe weet je dat het een jongetje is?' vraagt haar vader glimlachend.

'Omdat ik daarom gebeden heb! 'Graag een jongetje, Here! Die worden niet zo gauw ziek'!'

Hoewel elke logica aan die gedachtegang ontbreekt, proberen ze niet haar uit te leggen dat het geslacht niet bepalend is voor de gezondheid. Ze laat zich het broertje gewillig uit de armen nemen. Voor geen goud zou ze willen bekennen, dat deze last, hoe licht ook, haar toch nog te zwaar wordt.

'Gaat hij nu drinken?'

'Nee, dat hoeft nog niet, hij heeft, toen hij nog bij moeder was, of liever in moeder, voor de eerste uren voeding genoeg meegekregen. Morgenvroeg krijgt hij zijn eerste flesje.'

'Flesje?' verbaast Audrey zich. 'Moeder geeft haar baby's toch altijd de borst?'

Haar vader verzwijgt dat Jenneke het zelf zo heeft gewild. 'Nee, ik voed het deze keer niet zelf, dan kan Audrey hem het flesje ook eens geven,' heeft ze gezegd.

Audrey's ogen zinken nog wat dieper weg, nu ze bedekt worden door een waas van treurigheid. 'Ik wou het zo graag zien!'

'O, maar dat kan toch. Dan draag ik je naar mama's bed en leg je lekker naast haar. Is dat goed?'

Het is Ed die met dit voorstel komt. De farm en de omliggende landen zijn voor hem totaal op de achtergrond gedrongen. Het gaat hem momenteel alleen om dit kleine, wegterende figuurtje. Hij zou haar graag aan alle kanten willen omringen met alle kleine genoegens die het leven haar nog te bieden heeft.

'Goed?' Haar gezichtje straalt. 'Wat kun jij altijd lieve dingen bedenken, oom Ed!'

Ed bloost alsof hem van hare majesteit zelf een compliment gewerd!

Haar vader, die ook graag een steentje wil bijdragen om haar nog gelukkiger te maken, zegt: 'Je mag nu ook wel even mee om mammie een zoentje te geven!'

'Het kan niet op!' juicht Audrey, alsof het over een of andere lekkernij ging.

Ze heft haar armpjes op, maar dan pakt Frits puur per ongeluk haar heel ondeskundig vast, wat haar een gekreun ontlokt.

'O nee, pappie, niet daar!'

De klieren in haar oksels zijn sterk gezwollen. Ed, die haar vaker hanteert, weet dit en verwijt het zichzelf, dat hij Frits niet op tijd waarschuwde.

Audrey kijkt hem even aan en ze weten van elkaar dat ze het-zelfde denken. Het 'Oom Ed kan het wel, of beter' ligt haar wel op de tong, maar ze houdt het binnen. Ze wil pappie voor geen geld het gevoel geven, dat oom Ed er meer slag van heeft met haar om te gaan dan hij.

'Díe hand onder mijn rug en die onder mijn knieën,' wijst ze.

'Sorry, liefje!' En zo wordt ze onder aanwijzing van haar zelf als kraakporselein vervoerd.

Ed draagt het kindje, wat bij hem een nooit eerder ervaren gewaarwording oproept van zorg en tederheid. Toen Riek die miskraam kreeg, had hem dat niet veel, om niet te zeggen, niets gedaan. Nu pas komt het bij hem op: Dit had ik ook kunnen hebben. Maar van Riek! O nee, hun verhouding zou er geen zier beter door geworden zijn. Ze lagen elkaar nu eenmaal niet. Eén keer heeft hij zichzelf overwonnen en haar geschreven, koud en zakelijk! Haar antwoord deed in koelheid niet voor het schrijven van hem onder, bovendien was het stuntelig gesteld en wemelde het van taalfouten.

Dit hoeft voor mij niet meer, was zijn eerste gedachte geweest. Jenneke moet lachen om het vreemdsoortige optochtje. Vooral Ed met de baby, die hij draagt met de voorzichtigheid van een volslagen leek, vermaakt haar, maar het valt haar toch ook weer mee dat hij het kleintje eigenhandig in de wieg vlijt en dat nog wel al keuvelend en koerend, zoals zij nog niet vaak van een man heeft gehoord.

'Zo, jij weer lekker in je wiegje, hè? Nee, nee, niet huilen! O, ben je er moe van? Direct op visite bij je zusje, was dat te veel? Nou, dan nu maar lekker slaapje doen, hè?'

Hij streelt, terwijl hij zo maar wat kalmerende zinnetjes aan elkaar rijgt, zijn ruggetje, heel zacht. Ineens stokt het dreinend schreien in een paar snikjes. Baby heeft zijn duimpje gevonden en zuigt daar blijkbaar alle troost uit die hij nodig heeft.

'Hij slaapt!' kondigt Ed even later aan en hij richt zich op uit zijn gebogen houding. Hij kijkt en zegt het zo triomfantelijk, of hij samen met het duimpje dit wonder tot stand heeft gebracht.

Audrey heeft zich in haar moeders arm genesteld en naar haar gelukkige gezichtje te oordelen, voelt ze zich daar zielstevreden.

'Mama!' zegt ze, zich verkneuterend, 'wat verwent de Here ons, hè! Een honneponnie van een broertje en ik mocht hem het eerst op schoot hebben en – ik wil het zo graag – mag ik hem morgen z'n flesje geven?'

'Ja hoor, dat mag!' stemt Jenneke van harte toe. 'Ik zal het je eerst voordoen, of de nurse, maar dat zien we nog wel. Maar nu moet je weer naar je eigen bed, anders wordt het allemaal te veel, voor jou, maar ook voor mama. Broertje is er nog maar net! Ik ben er nog wel een beetje moe van! Dag lieve schat, tot morgen!'

Jenneke kust haar innig.

Dan draagt Ed haar weer – het warrige krullenkopje tegen zijn borst – naar haar eigen verblijf.

'Lig je zo goed, dametje?'

Audrey knikt doezelig. 'Eerst nog een verhaaltje?' soebat ze met een zwak stemmetje.

Ed wil niet weigeren en zoekt naarstig in zijn vermoeide hersenpan naar een bruikbaar gegeven. Ineens schiet hem iets te binnen. Morgen is het in Nederland het feest van Sint Maarten, en bijna fluisterend geeft hij weer, wat hij in zijn verbeelding ziet!

'Weet je wat de kinderen morgenavond in Nederland allemaal doen? Met een lampje in de ene hand en in de andere een grote tas langs de huizen lopen, overal aanbellen en voor de deur gaan staan zingen: 'Sinte Maarten, wat is het koud! Geef me een stukje turf of hout. Geef me een hallef centje. Dan ben je mijn beste ventje. Geef me een appel of een peer. Dan kom ik het hele jaar niet weer.'

En als er mensen zijn die de deur dicht laten, omdat ze geen zin hebben om telkens in de kou te staan, dan zingen ze zo hard ze kunnen: 'Sinte Maarten, de deur is vast. Geef die kerel op z'n bast. Geef die vrouw een dikke zoen. Dan zal ze de deur wel opendoen'.'

Hij vertaalt de verzen vrij voor de vuist weg in het Engels.

Audrey lacht hardop. Alleen klinkt het een beetje schril. Ed schrikt ervan en wordt nijdig op zichzelf. Stom! Het is allemaal veel te veel voor dat arme, zieke wurm!

'Goodnight, honey!'

Nog een kusje op haar wang. Hij verdwijnt stil en vlug.

Audrey slaapt al met een gelukkig lachje om haar bleke mond. Ze ziet lichtjes dwarrelen en hoort kinderen zingen, wie ook al weer?

HOOFDSTUK 16

Nog geen veertien dagen na de geboorte van de baby komt Jenneke bij het bed van Audrey met een omvangrijk pakket.

'Uit Holland,' roept ze.

'O, mama!'

Audrey is heel erg lusteloos, veroorzaakt door een onbeschrijflijke moeheid. Ze hoeft niets, maar ze kan ook niets, alleen maar liggen en ten dode toe moe zijn.

Maar bij het zien van die veelbelovende grote doos gaan haar ogen wijder open en veert ze omhoog. Dat was tenminste de bedoeling, maar de werkelijkheid is dat ze zich uiterst langzaam overeind hijst, maar wel met oogjes vol nieuwsgierige verwachting en kleurtjes op haar in-wit gezichtje.

'Wie stuurt ons dat, mama?' hijgt ze.

Haar moeder lacht geheimzinnig en tegelijk veelbetekenend.

'Ik denk – ik denk haast...' zegt ze een beetje aarzelend, 'dat de familie van oom Ed ons zo verrast. Wij hebben ze een geboortekaartje gestuurd van onze kleine Carl, dat weet je toch?'

'Ja, en krijgt hij nou een doos vol cadeautjes, wat énig! Jammer dat hij er nog niet blij mee kan zijn! Pak gauw uit, mam. Ik ben zo nieuwsgierig!'

Er moeten ettelijke lagen papier worden afgepeld voordat de inhoud te voorschijn komt.

Het eerste pakje is klein en rond en hard en in een fleurig cadeaupapiertje verpakt.

'Hier, kijk jij maar wat het is!'

Audrey's dunne vingertjes trillen van emotie.

'O, wat mooi!' Het is een snoezig onbreekbaar mokje met deksel en tuitje, waaruit de baby als hij in de box zit kan drinken en waarmee hij naar hartelust kan smijten, zonder dat er ook maar een druppel gemorst wordt.

Audrey blijft maar aan het uitpakken en slaakt verrukte gilletjes. Maar ineens kan ze niet meer, ze zakt achterover in de kussens. Jenneke schrikt verschrikkelijk. 'O hartje, wat is er? Pijn?'

'Nee,' zucht Audrey, met een geruststellende glimlach. 'Alleen maar moe.'

'Zullen we dan vanmiddag maar de rest...'

'Nee!' protesteert het kind, met een fluisterend stemmetje. 'Ik kan toch niet slapen als ik alles niet gezien heb. Die grote doos, wat zou daarin zitten?'

Haar moeder ontdekt dat er iets met reuzerode letters op het deksel gekalkt is. 'Voor Audrey!' leest ze.

'Voor mij?' roept het kind in opperste verbazing. 'Ik ben toch niet pas geboren! Ik lig niet in een wieg!'

'Nee, maar wel in je bedje en je bent ziek, daarom denk ik!' verklaart haar moeder. 'Zal ik het maar openmaken?'

'Nou! Graag!' Audrey's vleesloze vingertjes wringen zich van plezier, ze geniet al bij voorbaat.

'Oooo! Kijk toch eens! Wat word jij verwend!'

Haar moeder zet een metalen muziekinstrument op haar dekens, vlak onder haar nieuwsgierig neusje. Het lijkt wel wat op een piano, maar in plaats van toetsen heeft het plaatjes. En er is een houten hamertje bij, om er tonen aan te kunnen ontlokken.

Jenneke doet het haar voor, op de rand van Audrey's bed gezeten. 'Do, re, mi, fa, sol,' speelt ze. 'Het is een xylofoon,' licht ze toe. 'Daar kun je versjes op spelen van school'

'O, mag ik het eens proberen?' Audrey's beweeglijke handen trillen van opwinding.

Het heeft dezelfde uitwerking als een opwekkend spuitje, constateert Jenneke verheugd en ze tilt met door ervaring geoefende handen Audrey hoger op. 'Zó! Timmer er maar op los! Dan ga ik nu naar de baby, niet om hem al die prachtige kleertjes te laten zien, want dat zal ons Carltje een zorg zijn! Als ik ze naast hem zou leggen, zou hij er gauw op gaan sabbelen. Hij zuigt nu al natte puntjes aan zijn lakentje. Nee, als hij maar geen vieze luier heeft, een lekker warm bedje en zijn flesje op tijd krijgt, liefst wat eerder, dan vindt hij het allang goed!'

Audrey luistert maar half naar het gebabbel van haar moeder, zo graag wil ze op dat haar onbekende speelding gaan oefenen.

Jenneke hoort even later haar krachtloze poging. Ze krijgt er haast geen geluid uit!

Ze wordt steeds zwakker! piekert ze en ze huilt, terwijl aan haar hart een onpeilbaar verdriet knaagt.

Algauw wordt het stil in Audrey's kamertje. Zodra ze de baby, die allerliefst naar het bedroefde gezicht boven hem kirt en lacht, in zijn wiegje gelegd heeft, gaat ze bij Audrey kijken. Ze slaapt! Om haar bleke lippen speelt een verzaligde lach. Haar uitgeputte slappe handjes liggen als met een zegenend gebaar over het presentje uit Holland.

Na een paar uur maakt Ed zoals elke dag zijn entree. Dan is ze wakker en tingelt ze er lustig op los, er zo aandachtig in verdiept, dat ze zijn binnenkomst niet eens merkt.

'Hallooo,' begroet hij haar dan, wat harder dan gewoonlijk, om haar aandacht te trekken.

'Ha, oom Ed!' antwoordt ze opgewekt en monter. 'Kijk eens, wat ik gekregen heb, helemaal uit Holland? Van je vader en moeder, je zuster en Josien! Zomaar! Ze kennen me niet eens. Dat is toch verschrikkelijk lief! En veel als ze voor de baby gestuurd hebben! Een heel pak!'

'Ja, ik hoorde het van je moeder. Ze zijn maar gek met ons! Ik kreeg mijn zoveelste pijp en m'n vriendjestabak, zou ik vroeger gezegd hebben.'

'Waarom is vriendjestabak fout?' Het klinkt Audrey heel normaal in de oren!

'O, in Holland maken ze het wat mooier en zeggen ze in plaats van vriendjes-, lievelingstabak. En weet je wat er ook in zat? Een paar werksokken, door mijn blinde zus gebreid! Josien heeft er haar natuurlijk bij geholpen.'

'Wat fijn!' Audrey tuurt een poosje peinzend voor zich uit.

'Ze moeten hier eens gauw komen, want anders heb ik geen haar meer op m'n hoofd!'

'Geen haar? Op je hoofd?' Ed is een echte man en kan het verband niet zo gauw leggen.

'Och, oom Ed! Domkop!' Het is voor de eerste keer, dat Audrey zo tegen hem uitvalt. 'Zie je dan niet dat ik kaal word?'

'Kaal?' herhaalt Ed als een robot. 'Kaal?'

En dan herinnert hij zich plotseling, dat Jenneke laatst op een avond schreiend aan Frits en hem vertelde, dat Audrey als het zo doorgaat, geen haar op haar hoofd overhoudt. Haar pogingen, door kundig borstelen en kammen de kale plekken te verbergen, willen haast niet meer lukken. Bij bosjes ligt het 's morgens op haar kussen.

'Och!' geeft hij toe. 'Het is natuurlijk niet leuk voor je, maar het komt terug, wie weet wat een prachtige krullenbol je weer krijgt!'

'Ja, maar ik wou toch graag, dat ik er nog een beetje uitzie als vroeger. Ik word alle dagen minder, er blijft niets meer van me over. Het gaat zo hard! Laat ze komen, oom Ed? Ja?'

Ed zit er duidelijk mee. Hij haalt zijn schouders op en zegt: 'Van mij mag het natuurlijk, maar of je moeder er ook zo blij mee zal zijn? Ze heeft haar handen al meer dan vol.'

Audrey stemt het grif toe. 'O ja, ze rent altijd. Maar ze vindt het

zeker goed, ze wil mij voor ik wegga nog graag een heleboel pleziertjes doen!'

Ed lacht in zichzelf. Dat listig aangeboren natuurtje, waarmee
iedere vrouw behept is, verloochent zich toch nooit, onder
welke omstandigheden en hoe jong ook.

Maar hij belooft intussen: 'Ik zal er eens een balletje over
opgooien, als ik je moeder spreek.'

'O, ze vindt het vast goed!' jubelt Audrey met grote stelligheid
en sluit tevreden haar ogen.

In plaats van met een aanloopje valt Ed met de deur in huis.
Jenneke zit in de huiskamer en geeft de baby zijn flesje, terwijl
drie kleine kleutertjes een stoelentrein hebben geformeerd en
daarmee op hun manier door het huis rijden.

De ene heeft zichzelf opgeworpen tot machinist, die dus het
geval bestuurt, want: 'Ik ben pa en die weet hoe het moet, dat is
met alle pa's zo!' De tweede zit gewichtig met een gevaarloze
schaar en verkoopt kaartjes, het zusje – allang blij dat haar genadig toegestaan werd mee te doen – wordt niet moe telkens weer
in en uit te stappen en zich in een andere passagier te transfor-
meren en dan wel van diverse pluimage en verschillend geslacht.
De ene keer is ze een mama met een hele sleep kinderen, en om
deze rol waar te kunnen maken torst ze haar uitgebreide pop-
penverzameling mee. Even later is ze een farmer met een enorme kudde vee. De conducteur tekent protest aan. Nee, dit is al
te gek! Het is geen beestenwagen! Maar zusje weerstaat hem:
'Wel beestswagen!' en neemt alle tijd om haar arke Noachs een
plaatsje te bezorgen in de zeer beperkte ruimte waarover ze kan
beschikken. Als haar konijn bij al dat schikken en plooien uit de
trein valt, klautert ze omstandig weer uit het geïmproviseerde
vervoermiddel, schreeuwend: 'Nijn moet nog mee!'

'Een beetje zachter is ook goed!' waarschuwt Jenneke. 'Baby
schrikt ervan!'

'Och, honey!' De reizigster maakt weer aanstalten de trein te
verlaten om haar broertje troostend toe te spreken, maar dat
wordt de leiding te gortig. 'Sit down!' wordt met schel stemgeluid bevolen en de kleine meid berust.

De machinist hanteert driftig en in verschillend tempo een rond
houten onderzettertje. Ed kijkt geamuseerd toe, waar vergeet
intussen niet de belangen van Audrey te behartigen. 'Raad eens,

wat er in het boze bolletje van Audrey opkwam? Ze wil dolgraag dat Evelien en Josien heel gauw komen, voordat ze helemaal geen haar meer heeft. Er moet nog iets over zijn van hoe ze er voor haar ziekte uitzag!'

'Wat heb je gezegd?' vraagt Jenneke met ogen, die haar bewogenheid weerspiegelen.

'Dat ik er met jou over zou praten, maar het wel wat te druk voor je vond! Maar ze lachte me vierkant uit met de intuïtie van een vroegwijs vrouwtje. Ze twijfelde geen moment aan je toestemming. 'Ze vindt het zeker goed, ze wil mij voor ik wegga nog graag een heleboel pleziertjes doen!''

'En daar lag natuurlijk in besloten: Omdat ze het nu nog doen kan. Ik ben er niet zo lang meer. Ze voelt de dingen zo fijn aan!'

Jenneke snikt onbeheerst. 'O Ed, hoe we er moeten doorkomen? Frits heeft het er zo moeilijk mee. Hij zit maar met dat waarom? Hoe dichterbij het komt, hoe meer ons geloof op de proef wordt gesteld!'

'En dat van mij!' zegt Ed zacht. 'Ik bedoel voor zover ik ooit geloof gehad heb.'

Jenneke kijkt verbaasd op. 'Dat is al één antwoord op ons waarom! Ik ben er blij mee.'

'O,' protesteert Ed. 'Zoek er niet te veel achter, alsjeblieft.'

'Nee, maar het begin is ook maar een mosterdzaadje,' is het antwoord van Jenneke en meteen erachteraan: 'Ik ga direct even naar haar toe. Leg jij Carl even in zijn wiegje?'

Ed neemt het kind aan of haar verzoek de gewoonste zaak van de wereld is. 'Kom maar hier, kleine knul.'

Jenneke komt bij Audrey binnen en vraagt zo opgewekt als haar mogelijk is: 'En! Wat wou mijn lieve meisje nou zo graag?'

'Evelien en Josien hier hebben!'

Ze klopt op de dekens. 'Straks kan het niet meer, ik ben nu al zo'n slappe Tinus! Nou ben ik nog een beetje goed, ik heb niet eens veel pijn, alleen dat haar van me, dat is niks meer! Hoe zou dat toch komen?'

'Door de medicijnen of door het bestralen, denk ik,' zegt haar moeder op een toon alsof het er niet zoveel toe doet. 'Maar het komt terug! Wie weet wat een prachtige krullenbol je nog krijgt. En Josien en Evelien zal ik morgenvroeg bellen!'

Er wordt door Evelien en Josien niet lang gedelibereerd over de vraag of ze wel of niet gevolg zullen geven aan de uitnodiging uit Canada. Vooral omdat Jenneke er sterk op aandringt zo vlug mogelijk te besluiten. 'Zij zelf is klaar voor de reis, het wachten is alleen nog op jullie!'

'Wat doen we?' vraagt Josien.

'Gaan natuurlijk!' is het rappe antwoord van Evelien.

Pas dan wordt deze beslissing aan pa en ma Jungerius voorgelegd.

Ze komen met geen enkel bezwaar aandragen. 'Natuurlijk, al was het alleen maar om dat zieke kind,' zegt pa, die anders nogal op de penning is.

Dat vindt zijn vrouw ook. 'Als je daar nu zo'n meiske, dat het eind van haar korte leventje al voelt naderen, nog blij mee kunt maken, dan zeg ik ook: 'Gaan, zo gauw mogelijk!' Alleen, Josien zal er eerst nog wel met haar ouders over moeten praten.

Die zeggen ook, als Josien ze opbelt, zonder aarzelen, eenparig ja. Alleen vraagt mem nog: 'Durf je het aan, Josien?'

'Ikke wel!' is haar commentaar.

'Nou famke, ga dan met God, en een behouden reis gewenst. En natuurlijk een tuut, ook een van heit.'

'Het is wel druk voor die moeder, die toch al overbelast is.' Daar komt mevrouw Jungerius nog mee aandragen.'

'Maar wij kunnen toch onze handen uit de mouwen steken.' Dat antwoord komt regelrecht van Evelien.

'Dat is te zeggen: ik maar één!' lacht Josien.

'Nou, dan leen ik jou de mijne wel. We spreken zo af: ik leen jouw ogen en jij mijn hand en dan denk ik dat ik met die ruil het beste af ben, want uw dienaresse is nog niet volleerd en op geen stukken na zo handig als jij!'

En dan wordt verder alles in het werk gesteld om de vereiste papieren in orde te krijgen.

Pa Jungerius schakelt daar een oud emigratiedirecteur bij in, die het klappen van de zweep nog niet is verleerd. Hij komt er zelfs voor over 'uut staad', uit Groningen. Binnen de kortste keren zijn de pasfoto's klaar en de tickets in hun bezit, en voor het goed en wel tot hen kan doordringen zitten ze al in het vliegtuig.

Audrey kan het haast niet meer afwachten.

'Kindje,' probeert Jenneke haar te kalmeren, 'ze zijn immers al onderweg!'

'Ja, maar ik ben zo bang dat ze te laat komen,' zegt Audrey met een bevend stemmetje en een trillend mondje. Maar dan ineens klaart haar gezichtje op. 'Wat dom doe ik toch. Ik kan het de Here toch vragen?' Haar handen kruipen naar elkaar toe en haar ogen gaan dicht. Het is maar een kort gebedje, want even later laat ze haar eerbiedige houding varen. 'Zo. De Here vindt het goed.'

Jennekes ogen worden verduisterd door tranen, omdat ze voelt hoe vlug het einde nadert. Toch vraagt ze: 'Hoe weet je dat zo zeker?'

'Hier!' wijst Audrey. 'De Here geeft nooit een antwoord dat je kunt horen, maar hij zegt het hier in mijn hartje! Fijn, hè?'

'Ja, heerlijk!' Jennekes stem stokt.

'Daar moet je niet om huilen, mama! Het is toch alleen maar mooi, dat de Here direct 'ja' zei! Nou hou je me nog een poosje. Maar niet lang meer!' laat ze er zacht op volgen.

En weer vraagt Jenneke, hoewel ze voelt hoe het antwoord zal luiden: 'Hoe weet je dat zo zeker?'

'Voel ik ook hier!' komt prompt het antwoord. 'Dan tikt het daar soms haast niet meer. Dan zeg ik: Toe luie klok, nog even, ik wil ze zo graag zien.'

Jenneke loopt stil weg. Ze zou het uit kunnen schreeuwen van ellende, maar dat mag niet.

Ze moet de baby voeden, ruziënde kinderen uit elkaar halen en bestraffen. Ze zingen luid 'Van je ras, ras, ras, rij de koning door de plas, van je voort, voort, voort, rij de koning door de poort, van je een, twee, drie!' En bij dat een, twee, drie flink stampen. Ze heeft het ze zelf geleerd en eigenlijk doen ze het schattig in verhaspeld Nederlands, maar ze verbiedt nu kort en bondig: 'Stil, niet meer zo schreeuwen!'

Dit lokt luid protest uit: 'Wij schreeuwen niet, ons doet zingen!'

'Ja, lieverds, ik weet het, maar Audrey is zo ziek, ze wil graag slapen en dat lukt niet als jullie zo'n lawaai maken!'

'Yes, mam!' beloven ze gedwee, want mama's wangen zijn zo nat of ze net uit de regen kwam. Dat is om Audrey.

'Jullie zijn lief.' Jenneke kust ze één voor één op de gezond blozende gezichtjes. 'Lief zijn jullie.'

'Ja, ons wief,' beaamt de jongste. 'Audrey is ook wief!'

'Zo, en nu gaat mama de bedden opmaken voor de tantes uit Holland.'

'Ja, ja, wij helpen, wij ook bedden maken!' juicht het stel.

Dat mag, want de kamers voor de logees liggen gelukkig buiten het gehoor van Audrey.

De volgende dag worden ze uit Edmonton gehaald, niet door de voltallige kinderschaar, maar door zoveel als ze in de auto kunnen proppen. Er moet ook nog plaats blijven voor de koffers. Frits en Ed zijn de chauffeurs.

Jenneke heeft Audrey met een onschuldig slaapdrankje in laten sluimeren.

En dan zijn ze daar! De begroeting is hartelijk, maar kort. Eerst wat drinken en dan direct naar het patiëntje.

Zonder nadere afspraak voelen ze allemaal, dat de tijd hun toegemeten niet lang zal zijn.

De groten, die de ernst van het ogenblik terdege aanvoelen, passen op de hummels.

'Audrey liefje, daar zijn de tantes!'

Frits buigt zich over haar heen. De ogen kieren open.

'Wie?' fluistert Audrey, nauwelijks bij bewustzijn.

'De tantes toch, je weet wel!'

'O ja!' Audrey's hele gezichtje wordt als met blij zonlicht overgoten.

Eerst gaan Eveliens zoekende handen over de dekens en vinden het kleine uitgeteerde gezicht. Ze kust het: 'Dag, lieve, lieve Audrey, wat heb ik naar je verlangd.'

'Ik ook!' murmelt Audrey moeilijk.

Dan legt Josien een arm om het smalle ruggetje van het wegstervende kind.

'Och, Audrey, lieveling, ga je nu naar de Hemel?'

'Ja,' lispelt het kind. 'Hemel is mooi. Zingen!'

Niemand kan aan dat verzoek voldoen. De ontroering kropt in ieders keel. Alleen Josien vermant zich, zij zingt in het Engels: 'Mijn Heiland, genees mij en heilig Gij mij en witter dan sneeuw zal ik zijn!'

'Yes, I go!' En Audrey ontslaapt in de arm van Josien.

'Ed schreef eens, dat Audrey met dit lied op de lippen haar lijdensweg begon.'

Iedereen huilt en dan breken ook bij Josien de tranen los, zo hevig en ongeremd, dat ze niet meer ophouden kan. Het is of er sluizen zijn opengezet.

Ed neemt haar met zachte drang bij de elleboog en troont haar mee, de sterfkamer uit, naar De Woudloper, zijn eigen domein. Hij dwingt haar in een crapaud te gaan zitten en wat te drinken.

'O, Ed, wat erg, we zijn er nauwelijks en nu is ze er al niet meer. Dat arme, lieve kind!'

'Nee, niet arm!' weerspreekt Ed haar.

'Nee, dat is zo. Maar haar vader en moeder, die haar moeten missen! Je kunt ze niet helpen met wat troostwoordjes, daarvoor heb je zelf te weinig ondervonden. Je kunt alleen voor ze bidden!'

'Ja!' zegt Ed. 'En als je dat doet, bid dan ook voor mij!'

'O, maar dat doe ik allang,' snikt Josien.

'Waarom?' vraagt Ed.

'Ja, waarom?' aarzelt Josien. 'Ik kon het niet laten! Ik moet jou er altijd bij betrekken.'

'Gelukkig!' zegt Ed. 'Want ik heb in al die tijd dat ik hier was, jou ook bij alles betrokken! Wat zou dat te betekenen hebben, denk je?'

Josien kijkt hem door haar tranen heen aan. 'Ja, wat?'

Ed weet het antwoord. 'Dat wij van elkaar houden, allang!'

Hij kust haar, zonder hartstocht. Hun geluk zal de eerste tijd overschaduwd worden door de dood van Audrey, die nu een ander geluk kent, dat niet van deze aarde is.

SARIE MARIJS

Ben jij mijn vader?

Ik voelde zijn ogen in mijn rug prikken. Langzaam voelde ik me boos worden. Waarom staarde die man telkens zo naar me? Ik draaide mij abrupt om, om hem recht in de ogen te kijken. Mijn bruuske beweging deed hem schrikken. Althans, dat veronderstelde ik. Met een donderend geraas viel zijn blad op de grond. Zijn lunch spatte alle kanten op. Hulpeloos keek hij naar de grond en zonder dat ik besefte wat ik deed, stond ik op en liep naar hem toe.

De vrouw achter de toonbank kwam er al aan en had een doekje in haar hand. Iemand anders hielp de scherven die overal lagen bij elkaar te rapen en ik knielde neer. Ik legde wat scherven op het dienbord en pakte met het servet natte stukjes sla. Hij had een grote natte vlek op zijn broek, ter hoogte van zijn knieën. Het waren echt knokige knieën, maar zo was hij helemaal, knokig. Hij was een en al botten, een bonenstaak met een slobberige broek en een jasje zonder model.

Hij knielde naast me neer en zijn lange, magere armen bewogen voorzichtig door de scherven en de resten voedsel. Zijn hoofd was vlak bij het mijne toen hij glimlachte.

Het was een prachtige glimlach.

Zijn vermoeid ogende gelaat straalde ervan. Het verraste me dat zo'n lelijke man zo'n mooie glimlach kon bezitten.

'Dank je wel.'

Ik knikte en schoof het blad naar hem toe. Ik stond op en liep terug naar mijn plaats in de kantine van de grote uitgeverij waar we allebei werkten. De man was me nooit opgevallen als hij me niet zo had aangestaard. Hij was lang, net als ik, maar hij zag er vooral vreemd uit. Zijn grijze haar was te lang of slecht geknipt en zijn kleding was ouderwets en saai: een te wijde corduroy broek en een verwassen trui over een goedkoop overhemd. Meestal zat hij alleen in de kantine en zat hij een beetje te prikken in zijn eten. Of hij las en propte af en toe wat voedsel naar binnen.

Een paar dagen later stopte hij bij mijn tafeltje waar ik met Steven van de productie zat te eten. Hij knikte naar de twee lege stoelen en vroeg of hij bij ons mocht zitten. Ik keek hem aan en zei kortaf dat de stoelen bezet waren. Daarna ging ik door met eten. Hij verontschuldigde zich en liep verder. Steven keek me met open mond aan.

'Wat doe jij nou, Moniek,' vroeg Steven verbluft.

'Hoe bedoel je?' zei ik onschuldig.

'Je deed wel erg onbeschoft tegen die ouwe.'

Ik haalde mijn schouders op. 'Ik besluit zelf wel met wie ik mijn tafeltje deel.'

Het was Steven die me later meer over hem vertelde. 'Ik heb gister met hem aan tafel gezeten. Interessante kerel. Is overal geweest. Heeft bij veel uitgeverijen gewerkt, ook in het buitenland.'

Ik reageerde door heel nadrukkelijk naar mijn salade te staren.

'Hij vroeg hoe je heette...'

Ik slikte. 'Wat heb je gezegd?'

Steven grijnsde. 'Moniek. Wat dacht je anders?'

Ik kon niet verhinderen dat ik kleurde. Ik schoof de salade weg.

'Ik heb geen trek meer. En ik heb nog verschrikkelijk veel te doen.'

'Hij zei dat je hem bekend voor kwam,' ging Steven door. 'Dat je hem aan iemand deed denken die hij gekend had.'

'O,' zei ik. Intelligent antwoord, dacht ik. Ik kleurde weer eens.

'Misschien zei hij dat expres. Omdat hij je leuk vindt.'

'Omdat hij me leuk vindt? Maar het is een oude vent!'

'Hoogstens zo oud om je vader te kunnen zijn.' Stevens grijnsde en genoot zichtbaar van mijn ongemakkelijkheid.

Ik pakte mijn tas en verliet de tafel. De hele middag kwam er niks uit mijn handen. Ik wenste de hele tijd dat Steven dat niet gezegd had. 'Hoogstens zo oud om je vader te kunnen zijn'.

Een week later nam ik een boek mee naar de lunch. Ik drukte op mijn etage op de liftknop en toen de deur open ging, stond hij al in de lift. Hij groette me en ik groette terug toen ik naar binnen stapte. Maar ik glimlachte niet. We stonden met zijn tweeën in de lift en dat baarde me zorgen. Ik vroeg me af of ik gewoon bij de volgende etage uit de lift zou stappen en zou gaan lopen naar de kantine. Doe niet zo raar, dacht ik. Dat de man al tijden naar je zit te staren betekent niet dat hij je wat zal aandoen.

'Je zult toch moeten zeggen waar je naartoe wilt, anders gaan we gewoon naar beneden.'

Ik had zo zitten piekeren dat ik niet eens op het liftknopje had gedrukt! Ik voelde me ongelofelijk dom en toen hij glimlachte, gaf ik hem dat domme gansje grijnsje – en ik had juist niet willen glimlachen! Ook genoot ik weer van zijn mooie glimlach en ik moest toegeven dat als hij glimlachte, hij er gewoon leuk en heel aardig uitzag. Op dat moment liet ik mijn boek uit mijn hand vallen en het viel met een klap op de vloer van de lift. Ik knielde om het op te rapen en dat deed hij ook. Onze hoofden kwamen meteen onzacht met elkaar in aanraking. Op dat moment gingen de liftdeuren open en stapte er een aantal collega's binnen.

'Hé,' riep er een, 'op jullie knieën voor een boek? Het is hier een uitgeverij hoor, geen heiligdom!'

De anderen lachten en hij grijnsde toen hij overeind kwam. Ik voelde me zo opgelaten dat ik de lift uit beende en pas na vijftien meter tot de ontdekking kwam dat ik op een andere etage was dan die van de kantine.

Ik nam de trap en liep net voor hem naar de toonbank. Ik pakte een blad, zette er een salade en een frisdrank op, betaalde en liep naar een tafeltje waar maar één plaats vrij was. Ik slaakte een zucht van verlichting en begon te eten. De salade smaakte me niet en toen ik even snel naar de kassa keek, zag ik dat hij aan het afrekenen was. Hij scande de omgeving om te kijken waar ik zat. Toen ontdekte ik dat de mensen aan mijn tafeltje klaar waren met lunchen en opstonden. Een paar seconden laten plofte hij naast me neer, hoewel ik mijn best deed hem niet aan te kijken.

Doe niet zo idioot, dacht ik en keek op. Ik zag het omslag van mijn boek voor mijn ogen. *Inpakken en wegwezen* heette de bundel. Een roman is niet zo handig om te lezen tijdens de lunch, maar korte verhalen wel. Ik keek ook naar zijn vingers die het boek vasthielden. Het waren lange vingers, langer dan ik ooit had gezien bij iemand. Zijn nagels waren keurig gemanicuurd. Dat had ik niet verwacht. Ik had hem slordig ingeschat, niet verzorgd.

'Je had je boek in de lift laten liggen. Kan ik naast je zitten?' Wat kon ik zeggen? Alle tafels leken vol. Ik knikte en nam het boek aan. Zijn stem was zacht… netjes. Hij wenste me smakelijk eten en begon te eten. Nu pas zag ik dat hij niet prikte en prakte met zijn eten, maar het zorgvuldig in kleine stukjes sneed, ze aan zijn vork spietste en voorzichtig naar zijn mond bracht. Hij kauwde zorgvuldig en wees naar het boek.

'Ga je op reis?'

'Op reis?' Ik wist het even niet meer. Ik had mijn boek laten vallen, mijn hoofd gestoten en me belachelijk gemaakt. Er kwam niets zinnigs over mijn lippen.

'Je boek. Ga je op reis? Ik neem aan dat je ook vakanties opneemt en reist. Al is het maar naar een populair vakantieoord.'

Ik dacht aan Steven en aan zijn opmerking dat hij mijn vader had kunnen zijn. En dat ik hem aan iemand deed denken. Een ex-geliefde? Een voormalige echtgenote?

'Ik ben zelf meer een fan van de reisverhalen van Cees Nooteboom. Staat hij er ook in? En Lieve Joris? Of Hannes Meinkema?' Zijn glimlach verzachtte de rimpels in zijn gezicht. Ik vermande me. 'Nee, ik ga niet op reis. En ja, ik ga wel eens op vakantie. En nee, Cees staat er niet in, maar Hannes wel.'

Hij lachte. Ook die was aangenaam. En zo begon het. Hij stelde vragen, knikte als ik ze beantwoordde, en stelde meer vragen. Ik vond het heerlijk te praten over schrijvers, manuscripten en boeken. Ik hou daarvan.

'Ik heet Moniek,' zei ik.

'Dat weet ik,' antwoordde hij. 'Ik ben Rik.'

Toen hij de volgende dag richting mijn tafeltje dat ik met Steven deelde liep, vroeg ik of hij bij ons wilde zitten. Steven keek me nog verbaasder aan dan de eerste keer en ik voelde dat ik weer eens kleurde tot mijn hals.

De dagen erna bleven Rik en ik elkaar opzoeken. We praatten over boeken, films en van alles en nog wat. We vertelden elkaar zelfs persoonlijke dingen. Zoals dat ik was opgevoed door mijn moeder en geboren was aan het begin van het flowerpower en hippie tijdperk. Hij vertelde dat me dat hij in die tijd een relatie had gehad, later getrouwd was geweest maar was gescheiden.

Toen vroeg Rik of ik met hem mee wilde naar een lezing.

'Eh, dat weet ik niet...'

'Cees Nooteboom. Zijn nieuwste roman komt uit en dat boek zal volgens iedereen een topper worden.'

Ik vind Cees Nooteboom geweldig. Maar hoewel ik Rik niet meer eng vond, twijfelde of ik of ik zijn gezelschap ook buiten lunchtijd op prijs zou stellen.

'Als je het leuk vindt, nodig ik je na afloop ook uit om Thais te

eten. Vind je dat lekker?'
'Ik vind het heerlijk.'
'Dat maakt twee. Ik ook. Afgesproken dus?' Hij gaf me weer die glimlach. Het was dus niet verbazingwekkend dat ik knikte en akkoord ging.
De lezing was top en de maaltijd ook. Die genoot ik niet in een restaurant maar tot mijn verbazing bij Rik thuis. Ik voelde me niet opgelaten om met hem mee te gaan en was ook niet eens verrast dat hij buitengewoon goed Thais kon koken. Deze man had gewoon bijzondere kwaliteiten. Toen ik na afloop van de maaltijd bij hem in de zitkamer genoot van een glas wijn, bewonderde ik zijn kolossale boekenverzameling. Aan alle wanden had hij boekenkasten. Ik begon enthousiast de titels op de ruggen te lezen.
'Als je er een wilt lenen...' stelde Rik voor.
'Aan lenen begin ik niet. Ik wil ze hebben, bezitten.'
'Ha, bij mij is dat precies zo. Maar ja, dan kom je dus net als ik om in de boeken.'
'Ik kan niet zonder boeken. Eerlijk waar niet. Het zijn... mijn vrienden.'
'Hm. Dat klinkt... een beetje eenzaam.'
Ik zei niks en trok een boek uit de kast.
'Ben je dat?'
'Wat?'
'Een beetje eenzaam?'
Ik haalde mijn schouders op. 'Niet echt.'
'Niet echt maar wat?'
'Ik ben... selectief. Ik heb geen massa's vrienden.'
Hij tikte op de stoel naast de zijne. 'Vertel.'
'Mijn jeugd was... Kijk, mijn moeder zat er niet mee om constant te verhuizen. Ze was overal op haar plek, kon met iedereen opschieten en als ze het te saai vond, was ze zo weer vertrokken. Ik haatte verhuizen, opnieuw wennen aan mensen en scholen. Vreselijk! Boeken verhuisden met me mee. Zij waren er altijd voor me. Dus begroef ik me in boeken.'
'Herkenbaar, Moniek. Ik had hele intellectuele ouders. Wetenschappers. Altijd bezig met hun onderzoek. Ze hielden wel van me, maar ze lieten me gewoon alleen opgroeien. Alleen. Maar wel met boeken.'

Ik ging in de stoel zitten.
'Dat klinkt ook best wel eenzaam, Rik.'

Toen ik vertrok had ik een aantal boeken van hem geleend. Mijn vriendschappelijke gevoelens voor Rik groeiden. Maar mijn nieuwsgierigheid bleef. Aan wie deed hij mij denken? Aan mijn moeder? En zo ja, zou hij mijn vader kunnen zijn? Mama had me nooit veel over mijn vader verteld. Slim, had ze meestal gezegd. Het was een slimme man. Eén keer had ze iets meer over hem verteld. Omdat ik mazelen had en zielig was.
'Hoe zag hij eruit, mam?'
'De magerste man die je ooit hebt gezien. Magere Hein was dikker!'
'Waar heb je hem voor het eerst ontmoet?'
'Op een plein. In Amsterdam. Ik zat lekker op een bankje. Het was al herfst en het woei flink, maar de zon scheen heerlijk. Ik probeerde nog een beetje bruin te worden. Toen kwam je vader. Ik had hem nooit opgemerkt als een windvlaag niet zijn paperassen uit zijn handen had geblazen. Voor ik het wist blies de wind allemaal papieren in mijn gezicht. Toen zag ik je vader achter zijn blaadjes aan rennen. Het was heel komisch. Ten slotte hield hij moedeloos stil naast mijn bankje. Hij keek zo hulpeloos, ik moest verschrikkelijk lachen.'
'En toen, mam?'
'Toen ben ik hem gaan helpen, lieverd. We hebben achter alle papieren aangejaagd en we hebben ze allemaal gevonden, hoewel sommige niet meer heel of leesbaar waren. Toen we klaar waren, is je vader blikjes drinken gaan halen en hebben we op het plein met elkaar gepraat. Hij was student, ik kan me niet meer herinneren wat hij nou studeerde. Ik had er nooit van gehoord, en later ook niet meer. Maar hij was erg slim, dat weet ik wel.'
'Waarom ben je niet met papa getrouwd?'
'Lieverd, hij was helemaal mijn type niet. Die dag was leuk, 's nachts bleef hij slapen. Ik was jong en had plezier en dacht niet na. Maar ik zou nooit met hem zijn getrouwd, we waren veel te verschillend.'
'Vertel nog eens wat meer over hem, mam.'

'Nee kind, je moet gaan slapen, je hebt al je kracht nodig om weer beter te worden.'

Mama had wel beloofd dat ze het allemaal een keer zou opschrijven. Dan mocht ik het lezen als ze was overleden. Maar toen het onverwachts zo ver was – ze kreeg twee jaar geleden een ongeluk – had ik geen brief kunnen vinden. Ik voelde me zonder vader, moeder, broertjes en zusjes lang als op open zee. Ik was alleen, geen stukje kust te zien. Ik vergeleek mijn leven met drijfzand, tussen twee stukken niets. Ik was jaloers op mensen met een geliefde, met familie, met een geloof. Ik had alleen mijn boeken.

Het idee dat Rik mijn vader zou kunnen zijn, beheerste mij meer en meer. Ik besloot het erop te wagen. Ik kreeg hem zo gek dat hij voor de vroegste lunchpauze met me aan tafel ging. We konden alleen salades krijgen, maar dat vind ik lekker en hem maakte het niet uit.

'Rik, op wie vind jij mij lijken?'

Verrast keek hij mij aan. 'Hoe bedoel je?'

'Steven vertelde dat je dat had gezegd.'

Rik nam een hap van zijn tonijnsalade. 'Dat klopt, je doet me aan iemand denken. Ik heb haar ontmoet toen ik nog studeerde.'

Mijn hart klopte in mijn keel. 'Je studeerde toch in…?'

'In Amsterdam.'

'Studeerde zij daar ook?'

'Nee joh, ze was helemaal het type niet dat studeerde. Ze was *streetwise*, zouden we nu zeggen. Ze las volgens mij nooit een boek, alleen tijdschriften. Maar ze was heel aantrekkelijk. Dat leven dat ze leidde ook, dat hippieachtige.'

'En hoe was jij toen?'

'Ik? Hetzelfde als nu, denk ik. Beetje een *einzelgänger*, altijd met mijn neus in de boeken. Geen hippe man, geen persoon waar zij op zou vallen.'

'Ga verder.'

'Toch liet ze zich mijn aandacht welgevallen. Ik was verliefd op haar, zij vond me amusant. Ik liet haar heel Amsterdam zien, zij vond het prachtig. Toen zei ze dat ze zwanger was…'

'Oeps,' zei ik werktuigelijk. 'Dat was vast niet de bedoeling.'

'Ik vond het niet erg. Ik was er zelfs blij mee, want ik hoopte dat ze daarom zeker bij mij zou willen blijven. Maar toen zei ze me dat ze het kind alleen wilde opvoeden en dat ik niet gewenst was. Baas in eigen buik, Dolle Mina, het kwam allemaal op in die tijd...'
Hij keek me aan en dit keer was zijn glimlach triest.
'Ik was zwaar terneergeslagen. Hoopte dat als de zwangerschap zou vorderen, ze zou merken dat het heel moeilijk was in je eentje. Maar ook toen accepteerde ze mijn hulp niet. Ze weigerde me te zien. Ik heb mijn studie in Amsterdam afgebroken en heb een baan in Brussel geaccepteerd. Slecht salaris, maar veilig ver weg. Dan had ze geen last meer van mij en kon ik haar niet tegen het lijf lopen.'
'En werkte dat?'
'Pfff,' blies hij. 'Niet echt. Maar ik ben ruim een jaar niet terug geweest in Amsterdam. Toen werd het me te veel. Ik ben terug gegaan. Eenmaal voor haar deur, woonde er een ander. Vertrokken, zonder een adres achter te laten.'
'Dus je weet niet of je een zoontje of een...' Ik haperde.
'... of een dochtertje heb gekregen?' vulde hij aan.
Ik knikte. Sprakeloos.
'Een jongetje. Ik wist natuurlijk wanneer ze was uitgerekend, ik kende haar achternaam, dus bij Burgerzaken wisten ze me dat te vertellen.'
Ik probeerde te verwerken wat Rik vertelde. Ik kon geen woord uitbrengen, ik voelde me alsof ik door een vrachtauto was overreden.
'Ze waren verhuisd naar Enschede. Heb zelfs het adres gekregen. Maar in plaats van dat ik een plekje in het leven van mijn zoon zou veroveren, ben ik terug naar Brussel gegaan.'
Ik antwoordde niet. Het viel hem nu pas op. 'Wat is er?'
'Ik... ik dacht dat je een meisje had gekregen. Een dochter. Ik.'
Nu was hij even sprakeloos. Maar niet voor lang. 'Jij... jij dacht dat ik je vader was?'
'Is dat zo gek? Boeken, Thais eten, ik ben lang, jij ook. We vinden dezelfde dingen leuk.' Ik sprak niet, ik piepte.
Hij streelde even mijn hand. 'Sorry Moniek, ik ben niet je vader. Het spijt me.'
Mijn ogen werden nat. Driftig veegde ik de tranen weg. Ik pro-

beerde te glimlachen. Het lukte me niet.

'We hebben zeker onze overeenkomsten, Moniek. We zijn geen familie van elkaar, maar we kunnen wel wat van elkaar zijn.'

'Wat dan?' Ik voelde me eventjes op mijn hoede.

'Vrienden.'

'Vrienden?'

'Ja, vrienden. Vriendjes. Maatjes. Volgens mij zijn we al aardig op weg.'

Ik dacht even na. Geen vader of lief, maar een vriend. Een echte, dat voelde ik aan alles. 'Oké. Vrienden. Gaan we vieren. Bij de Thai vanavond.'

Er brak een glimlach bij me door. Een echte, zo'n brede, warme glimlach. Hij was vast net zo mooi als die ik van hem terug kreeg.

J. VISSER-ROOSENDAAL

Beter laat dan nooit

Een vieze nevel lag over het land op de avond dat Klaas Bot zo laat naar huis ging. Dat kwam omdat hij zijn bietenveld ruim wilde hebben en als Klaas iets wou dan moest het beslist gebeuren. Zijn werk ging vóór alles. Hij was een bouwerman zoals je er maar zelden meer zag. Altijd 'het opperst en het voorst' noemde zijn vrouw die manier van werken. Nu ook weer. Zijn knecht was met de laatste schuit bieten naar de boer die ze dit jaar van hem had gekocht en hijzelf had daarna het hele veld verder opgeruimd en het gereedschap schoongemaakt, geolied en opgeborgen. Daardoor was hij nu zo ongewoon laat. Een beetje krom sjokte hij op zijn klompen over het pad tussen de akkers. Groot en knoestig zoals hij altijd geweest was, zijn hele leven lang. Heel anders dan Grietje, dat kleine, tere vrouwtje van hem.

'Het is helegaar geen passend stel,' hadden de mensen gezegd toen ze trouwden. En dat zeiden ze nu nog.

De mensen hadden gelijk. Klaas, zo grof en zo onbehouwen van buiten en van binnen en zij zo'n fijn schepseltje en zo netjes in haar manieren en haar hele wijze van doen. Hoe hadden die twee elkaar kunnen vinden...

En toch was dat heel eenvoudig geweest. Klaas had nooit naar een meisje durven kijken en Grietjes verloving met een vreemde jongen was kort tevoren door die persoon uitgemaakt toen ze elkaar voor het eerst op een rederijkersavond ontmoetten. Zij was toen nog wat verdrietig geweest en Klaas, voor zijn doen, bijzonder hartelijk en zo was die kennismaking uitgegroeid tot een soort verkering. Hun huwelijk volgde zeer spoedig, want zo heel jong waren ze geen van beiden meer. Een paar jaar later was er een dochter geboren en daar waren ze zo dol op dat ze alleen voor haar schenen te leven. Dat meisje, ze heette Hilda, naar de moeder van Klaas die altijd kortaf Hil genoemd was, groeide voorspoedig op. Ze was even mooi en fijn als eens haar moeder was en bleek een helder verstand te hebben. Op school was ze al dadelijk nummer één en dat is ze altijd gebleven.

Klaas en Grietje werkten zo hard ze maar konden en leefden zelf uiterst zuinig om hun dochter alles te geven wat die later nodig mocht hebben als ze studeren zou. Want dat was haar grootste wens. Maar toen ze daar ver weg, in een vreemde stad, een paar jaar aan bezig was, kreeg ze longontsteking en een week later was ze dood en begraven.

Dat was een vreselijke slag voor haar ouders. Ze leken er eerst wel wat verdoofd van. Het was net alsof ze niet konden begrijpen dat de spil waar hun leven al die jaren om gedraaid had, ineens weg was. Maar er kwamen geen brieven meer en geen bezoek en zo drong het toch langzamerhand tot hen door en moesten ze het wel aanvaarden.

Toen Hilda nog leefde hadden ze haar steeds als onderwerp van hun weinige gesprekken gehad. Dat was nu over en zo zaten ze avonden aaneen zwijgend elk aan een kant van de tafel in hun hoekje. En hoe ze ook hun best ervoor deden, een ander gesprek lukte nooit. Er leek wel niets te wezen waar ze allebei enig belang in stelden. Haar werken en doen was geen onderwerp om over te praten en dat van hem had geen doel meer, dus roerde hij dat liever niet aan, al werkte hij nog veel harder dan voorheen om zijn gedachten af te leiden.

Toen gebeurde het dat Klaas af en toe eens naar een vergadering ging en ook wel eens naar een kaartavondje. En als hij dan, na hun avondmaaltijd, zo eens zei: 'Ik denk dat ik daar maar d'rs opan gaan,' dan zei Grietje altijd: 'Welja man, dat deed ik as ik je was.'

En Klaas ging en zijn vrouw zat stilletjes te haken of te breien en ging dan meestal vroeg naar bed.

Totdat Klaas in zoveel besturen van verenigingen zat en zoveel kaartavondjes had dat hij zelden meer thuis was. Nu, deze avond, moest-ie naar een vergadering van de ijsclub. Niet dat hij zelf zoveel van schaatsenrijden hield, maar hij was daar zomaar ingehaald. Eer hij er zelf recht erg in had was-ie al gekozen. En och, ook dit was weer een verzetje. Elk gesprek gaf andere gedachten.

Slof, slof, gingen zijn klompen over het padje tot hij op de weg kwam. Nu moest hij nog een klein stukje lopen en dan was ie thuis. Maar daar, dicht bij zijn huis, stond kleine Pietje Dekker te huilen met een klein zwart hondje in zijn armen.

'Wat scheelt eraan, mijn knecht?' vroeg Klaas.

'Wil jij dit hondje hewwe?' vroeg Piet terug. 'Voor op de bouw? Hij is erg lief en zijn moeder is een beste rattenvanger.'

'Welnee,' zei Klaas. 'Ik heb nog nooit een hond hewwe willen Piet. Wat is er dan met 'm?'

Want Piet huilde nu nog erger.

'Aars moet-ie verzopen,' bracht hij snikkend uit.

'Zo...'

'Ja. Hij of zijn moeder, want mijn pa wil geen twee honde houwe. Deze zou naar Siemen Kort, maar die is verleden week zomaar doodgaan vanzelf en nou ken dat dus niet meer. En nou ben ik de hele middag al op sjouw en geen mens wil 'm hewwe. Toe Klaas, neem jij 'm maar, dan mag ik ons Fannie houwe.'

Vol hoop keek Pietje omhoog.

Klaas bekeek het hondje. Het was een miezerig, klein beestje zoals het daar in Pietjes armen lag. Maar dat kwam wel door de klamme mist, die al een poos over het veld hing. En hij had daar zeker een poos in rondgelopen, want zijn lijfje zat vol slijk. Hij had wel een aardig kopje, vond Klaas. En dat Pietje keek hem maar aan. Zo kon Hilda vroeger ook naar je kijken als ze graag iets wou hebben. En dan kon hij dat nooit weigeren.

Maar om die hond in huis te nemen... Hij, Klaas Bot, die nooit een dier wilde hebben. En evengoed, wat zou Grietje wel zeggen? Die was de laatste jaren zo akelig precies geworden, je durfde nergens een vuile vinger te zetten. Nee, dat ging niet, echt niet. Hij zei het, stuurs en kortaf.

Dikke tranen vielen op de kop van het hondje en die draaide zich om en likte Piet in zijn behuilde gezicht. Zo sukkelde het kind weg. Maar met enkele grote passen haalde Klaas hem weer in.

'Toe dan maar,' zei hij. 'Geef 'm maar hier. En haal morgen effies een kwartje bij Grietje, dan is het beest kocht en betaald.'

'Ja...?'

Een klein geluidje, dat net zo goed een zucht als een snik kon zijn, kwam uit Pietjes borst omhoog en meteen had Klaas een ruig, zwart bundeltje in zijn arm.

Daar stond-ie nou. Pietjes klompjes draafden al verder weg en hij had een hond. Wat zou Grietje er wel van zeggen... Vroeger had ze er graag één gehad, maar nou...? Ze leek wel nergens meer om te geven.

Enfin, hij zou wel zien.

Klaas liep over het straatje naast zijn huis naar de achterdeur en ging naar binnen. Enigszins bedremmeld bleef hij in het achterend staan toen Grietje daar het licht aanknipte.

'Wat nou?' vroeg die scherp, na een korte groet. 'Heb jij nou die hond van Pietje Dekker wél nomen? En ik had 'm net weg-stuurd... Jij wou er toch nooit eentje hewwe? En dan zo'n jong beest... Die verniele alles wat los en vast is en ze blaffe en slob-be de boel vol en ze hewwe veelal vlooie en ze verhare of tig...'

'Ja, dat weet ik ok wel,' zei Klaas. 'Maar ik heb 'm nou een keer nomen en we moeste het toch maar met 'm probere. Gaat het niet dan kan ik 'm altijd nog verzuipe. Ik deed het om Pietje. Die keek zo beloord dat het mijn an 't hart ging.'

Dus daarom... dacht Grietje en ze werd meteen opstandig. Ze kon moeilijk verdragen dat Klaas voor een ander kind deed wat hij haarzelf en later zelfs Hilda geweigerd had.

'Laat 'm maar hier in het achterend blijve 'oor,' mopperde ze. 'Ik zal hem aanstonds eerst wel d'rs wat opknappe. Ik heb van-daag net de boel zaterdag houwen en nou zo'n smerige hond...'

Zo bleef het hondje alleen. Zielig snuffelde hij wat rond en jank-te een paar maal klagend om zijn moeder. Ten slotte ging hij maar op Klaas zijn bouwerssokken liggen, die voelden warmer aan dan de betonnen vloer.

Na de maaltijd, toen Klaas naar de vergadering van de ijsclub was en Grietje de afwas klaar had, moest het hondje in bad. Ze had een teiltje met lauw water gereed, daar zette ze hem in, wreef zijn vacht vol zeepschuim en toen waste en spoelde ze het trillende lijfje tot het naar haar idee wel schoon zou zijn.

Het was een raar beest, vond ze. Hij had een mager, klein lichaampje op korte, dikke pootjes. Doordat hij lang, zwart, krullend haar had zag je dat niet zo erg, maar omdat hij nu drijf-nat was viel het goed in 't oog. En dan die kop. Veel te groot voor de rest van die hond. Maar wat bibberde die stumper...

Snel greep ze een moltonnen dweil en droogde hem daar zo goed mogelijk mee af voor hij haar schone achterend volspatten kon, want hij probeerde van alles om vrij te komen en het water uit zijn vacht te schudden.

Toen nam ze hem op haar arm.

'Kom nou maar gauw mee in de kamer,' zei ze. 'Daar, bij de kachel, wor je wel droog en lekker warm.'

Maar toen ze daar op haar stoel zat hield ze het diertje nog even op haar schoot. Dat kon, want ze had haar zwartwollen schort nog niet afgedaan. Het hondje vond dat zeker prettig. Het rolde zich behaaglijk in elkaar zodat zijn neus bij zijn staart lag en sliep dadelijk in. Grietje zat een hele tijd stil naar hem te kijken; hij lag daar zo rustig, net alsof hij zich al bij haar thuisvoelde. En toch was-ie zó bij zijn moeder weggehaald en was er deze hele middag met hem rondgesjouwd. Misschien was-ie wel doodaf van al dat ongewone gebeuren.

'Hij is vast loof,' prevelde ze. 'En hij ken ok wel honger hewwe; en dorst vanzelf... Ik zal 'm maar gauw wat eten en drinken geve. Maar eerst moet ik nog een paar schaaltjes zoeke, want hij moet toch zijn eigen bakkies hewwe...'

Toch deed ze dit nog niet. Ze bleef heel stil zitten en keek maar neer op het wollen balletje in haar schort. En ze bedacht hoe lang het nu al geleden was dat Hilda op haar schoot in slaap viel. Toen bleef ze dan net zolang zitten tot zij uit zichzelf weer wakker werd. Wat was haar leven toen toch mooi en rijk geweest, wat had ze toen van iedere dag volop genoten. Ze had in die tijd dolgraag nog een paar kinderen willen hebben, maar Klaas dacht daar heel anders over. Klaas bekeek een heleboel dingen anders dan zij. Daarom hadden ze nu misschien zo weinig aan elkaar. Tegenwoordig vooral... Vroeger maakte Hilda hun leven zo vol dat er geen leegte kon zijn. Grietje bleef zitten. Achter de micaruitjes van de kachel gloorde gezellig het vuur. Kleine vlammetjes speelden en dansten uit die gloed omhoog en de koffiepot die er boven stond liet af en toe een licht pruttelend geluidje horen. Het was mooi in Grietjes kamer, ze hield van mildaandoende kleuren en had smaak; ze kon van weinig dingen een aardig geheel maken. Vroeger vond ze het prettig om dat te doen. Nu deed ze het enkel om de tijd dood te slaan, de dagen en nog meer de avonden... ze waren zo eindeloos lang.

Het hondje kreunde even, gaapte en rekte zich uit. En toen... toen zette hij zijn voorpootjes tegen haar borst en likte haar in 't gezicht. En hij kwispelde met zijn komieke staartje.

Grietje, die de laatste jaren geen aanhaligheid meer gewend was, wist niet hoe ze het had. Ze voelde zelf dat ze opeens een blos van genoegen kreeg. En ze streelde die rare hondenkop en speelde met zijn zachte, slappe oren en voelde hoe zijn hele lijfje leefde en bewoog onder haar liefkozende vingers.

Toen bedacht ze plotseling dat, als Klaas hem niet meegenomen had, dit beestje nu wel al verdronken was. Beschermend hief ze hem tegen haar borst. Blaffen, verharen, vernielen... het was van geen belang. Het hondje mocht blijven.

Klaas kwam die avond niet laat thuis; er waren weinig leden opgekomen en daardoor was de vergadering vroeg afgelopen. Hij vond zijn vrouw op haar knieën bij de kachel en daar speelde ze met de hond. Ze had een oude slof gezocht en nu trokken ze ieder aan een eind. Het hondje knorde en gromde en Grietje... Grietje lachte. Klaas wist de tijd niet meer te noemen dat hij die blijde, klaterende lach van haar voor het laatst had gehoord. En ze praatte en ze vertelde over die hond... en toen ze koffie voor hem inschonk vroeg ze hoe ze het beest zouden noemen. Het duurde een hele poos voor hem een naam in gedachten kwam, die hij geschikt vond voor zo'n koddig beest. Ten slotte besloot hij dat 'Sjarlie' wel geschikt was en dat vond zij gelukkig ook.

En toen moest er nog een mandje gezocht worden en een plaats waar die mand moest staan.

Het werd er laat van. Het was al bijna twaalf uur eer ze naar bed gingen en toen praatten ze nog.

En zo bleef het. Het hondje was jong en speels en deed elke dag wel iets. Soms thuis bij Grietje en soms bij Klaas op de bouwen dat vertelden ze elkaar later haarfijn. 's Avonds, in de kamer, liep hij van de een naar de ander. Klaas kon er haast niet van wegkomen en hij kwam dan weer vroeg naar huis, want Sjarlie moest nog even naar buiten en hij kwam slechts terug als Klaas op een speciale manier floot. Daar hadden ze geregeld plezier over. En als hij een standje kreeg, ging-ie parmantig zitten met zijn kop scheef en één voorpoot omhoog en dan keek hij hen met zijn bruine ogen vragend aan. Dan leek zijn malle snuit nog langer dan-ie al was. En Klaas en Grietje keken dan vertederd terug en de rest der boze woorden bleef ongezegd.

Wat ook in jaren niet gebeurd was... ze gingen nu op zondagmiddagen vaak wandelen. Ook alom die hond... enkel omdat hij dan zo blij was als-ie met hen mee mocht.

Dat duurde zo twee jaar...

Toen... op een morgen was Sjarlie opeens ziek. De dag ervoor leek hij nog zo gezond als je maar wensen kan en nu lag-ie suf in zijn mand en wilde eten noch drinken. 'Hij gaat dood,' zei Klaas bezorgd.

'Och, Sjarlie toch...' zuchtte Grietje. Toen het beest zijn naam hoorde keek hij haar zielig aan en kwispelde nog even met zijn staart. Zodra Grietje dit zag, begon ze te huilen.

'Kom, kom, het is maar een hond,' deed Klaas ruw. Zelf was hij er ook verdrietig over, maar zulks kon je niet tonen.

'Dat weet ik zelf ook wel,' zei Grietje vinnig. 'Maar hij is het enige mooie dat ik in mijn leven nog heb. As Sjarlie doodgaat wordt het bij ons weer krek as voor dat we 'm hadde. Jij prakkezere dan weer niks aars als over je bouwerij en je vergaderinge en zo meer. Jouw leven is vol genoeg. Maar ik... En hij was altijd zo blijd als-ie mijn zag en zo anhalig. Maar jij begrijpe zukke dinge toch immers niet.'

'Wat?' Klaas keek verbouwereerd om zich heen. Zo had-ie Grietje nog nooit horen praten. Zijn bouw... wat mieter, het werk ging toch vóór alles, dat was toch je bestaan...

'Wat?' vroeg hij nog eens.

'Nou, dat een mens meer nodig heb als eten en drinken en geld. Ik had nog een paar kindere en een stuk of wat beeste hewwe moeten. En wat heb ik had...? Niks. Want het beetje dat ik kreeg gaat nog dood.'

Meteen liep ze de kamer uit, zachtjes huilend, met haar schort voor het gezicht. Klaas deed een paar stappen in haar richting, doch bleef dan staan en keek verwezen naar buiten.

Hoe kon Grietje zoiets zeggen. Dit was toch niet zijn schuld. Hij was altijd goed voor haar geweest van de eerste trouwdag af. Hij kon geen mooie woordjes fluisteren, dat was waar. Als hij de neiging had wat liefs of teers te zeggen, dan lukte dat hem nooit. Dan zei hij een paar onbeholpen dingen en vloekte meteen een paar keer. Maar dan bedoelde hij heel iets anders. Zo was hij nu eenmaal en dat moest ze toch langzamerhand wel weten.

Kinderen, zei ze. Ja, dat had-ie later ook vaak gedacht. Toen het te laat was, toen Hilda er niet meer was. Maar als je, net als hij, uit een huishouding van elf kwam en je had daardoor nooit anders gekend dan de zwartste armoede, dan wil je het je eigen kind zo goed geven als je maar kunt. En hij had gedacht dat Grietje het ook zo bekeek.

Nou ja... niet helemaal. Ze had wel eens zo toevallig gezegd: 'Als er d'rs wat beurt met Hilda... Als je maar één hewwe, heb je er ok maar één te verliezen, Klaas.' Maar daar had hij altijd om gelachen. Hilda was een gezonde meid. Waar dacht ze allemaal over? Onzin natuurlijk!

Ja... als hij alles vooruit had kunnen weten... En beesten...

Honden, katten, kippen, konijnen en geiten... Die kreeg je zomaar als je een huis vol kinderen had, dat wist-ie nog veel te goed uit zijn jeugd. En dat gaf een afgrijselijke rommel om je huis. Ze hadden vroeger zelfs witte muizen gehad en marmotjes.

Klaas lachte even bij de herinnering aan al dat vee.

Het was toch wel gezellig geweest in al die armoe en die rommel bij vader en moeder thuis.

Hij liep weer terug naar de hondenmand.

Het zou hem ook bar spijten als het beestje doodging. Maar de klok sloeg zes uur en hij moest nodig weg. Het werd een drukke dag vandaag. Het stond buiten naar mooi, zonnig weer, dus konden ze nu eindelijk het laatste bloemenzaad dorsen.

Sjarlie kermde even en trok af en toe met zijn trillende pootjes. Klaas schoot haastig zijn kiel aan en greep zijn bouwerssokken. Het was erg stil in huis, vond hij. Wat zou Grietje doen? Die bleef nou alleen bij dat zieke dier. Ze zou straks wel bij hem gaan zitten. Zomaar stil zitten wachten. Waarop...?

Wel foei, wat maakten ze allebei toch een drukte om die hond. 'We lijke wel gek,' mompelde hij. 'Als deuz' doodgaat kenne we toch morgen zo weer een aar kope? Het is dan wel dezelfde niet wat zijn haar en zijn natuur angaat elke kop heb zijn kure en dat zal bij de honde ok wel zo weze – maar daar wen je eerder an as je denke. Grietje mag van mijn de allermooiste en de allerduurste hond als ze dat wil.'

Als... ze... dat... wil...

Klaas stond stil met de sokken nog steeds in zijn hand. En hij moest zo nodig naar zijn bouw.

Zou Sjarlie nog te helpen zijn? Als hij nou eens met hem naar de dierenarts ging die in het andere dorp woonde? Het was op de fiets maar een kwartier tijd. Het zag er zo wel erg hopeloos uit, maar bij zo'n man was je zogezegd op de hogeschool. Wát er nog aan te doen was, dat gebeurde dan.

Hij gooide vlug zijn sokken weer in het achterend, zocht een klepmand van de zolder en deed die halfvol hooi. Als-ie heel voorzichtig fietste en de hond lag op dat hooi, dan zou het wel gaan, meende hij.

Maar hij mocht eerst wel een ander pak aantrekken. Je kon bij zo'n dokter niet in je werkgoed verschijnen. Verdorie, daar kwam zijn knecht al het straatje op lopen. 'Gaan jij maar vooruit, Dirk. Ik kom over een ruim uur 'oor. Ik heb eerst nog aare drukte.'

Dirk had er niks mee nodig dat hij met de hond naar dokter ging. Die zou het gewoonweg niet begrijpen. Net zomin als hij het van zichzelf begreep.

'Maar we moete toch dorse?'

'Ja, dat doen we ook. Maak jij de spulle alvast voor mekaar. En als we vandaag niet klaar kenne, dan doen we de rest morgen wel.'

Dirk keek zijn baas verwonderd aan. Zoiets had-ie hem nog nooit horen zeggen. Bij Klaas Bot was het altijd vandaag en niet morgen.

Het was halfzeven toen Grietje weer achter kwam. Ze zag meteen Klaas zijn sokken liggen. Niet netjes op elkaar zoals het hoorde, maar zo lukraak neergesmeten.

'Wat nou...? Is Klaas nog niet vort?' prevelde ze.

Ze streelde de hond even over zijn kop en fluisterde een paar lieve woordjes. Weer kwispelde de staart zachtjes een paar maal heen en weer.

'De vrouw blijft nou bij je 'oor mijn joon,' beloofde ze.

Tegelijk kwam Klaas het achterend in. Gewassen, gekamd en omgekleed.

'Wat moet jij?' vroeg ze verbaasd.

'Ik wou effies met de hond weg. Er mocht nog wat an te doen weze. En het is maar een prikkie om effies met hem in een mand op de fiets...' Klaas keek verlegen voor zich uit.

'Wil je met 'm naar de dierenarts?'

'Wat aars? Je kenne zo'n beest toch niet zomaar doodgaan late? En zo'n man is er toch voor?'

'Jazeker.'

Samen legden ze Sjarlie voorzichtig in de klepmand. En toen... toen lei Grietje haar beide handen op de brede schouders van 'r man en ze gaf hem een zoen.

Zij wist wat dit voor hem betekenen moest. Dat Klaas uit zijn werk liep om met een hond naar de dokter te gaan, hij, haar Klaas, die amper tijd had voor de begrafenis van zijn eigen ouders...

Deze ene daad maakte alles goed. Hoe het ook met Sjarlie zou aflopen... dat Klaas dit voor haar over had, dat was genoeg.

En Klaas zelf, die heel voorzichtig het dorp doorfietste, onverschillig voor elk die hem zag en er iets van dacht, Klaas had het ook begrepen en hij wist nu, na al die jaren, hoe hij Grietje aanpakken moest.

Alleen... hij wist het wel wat laat.